Siegfried Obermeier

Bianca Lancia
Die Buhle des Kaisers

Siegfried Obermeier

Bianca Lancia
Die Buhle des Kaisers

Roman

VERLAG PHILIPP VON ZABERN

Für Susanna und Felix

416 Seiten

Bibliografische Information der Deutschen Nationalbibliothek

Die Deutsche Nationalbibliothek verzeichnet diese Publikation in der Deutschen Nationalbibliografie; detaillierte bibliografische Daten sind im Internet über <*http://dnb.d-nb.de*> abrufbar.

Weitere Publikationen aus unserem Programm finden Sie unter: *www.zabern.de*

ISBN: 978-3-8053-4276-6
Lektorat: Ulrich Berkmann, Mainz
Gestaltung: Vollnhals Fotosatz, Neustadt a. d. Donau
Umschlaggestaltung: Katja Holst, Frankfurt am Main
Umschlagabbildung: Codex Manesse, Bl. 249 verso; bpk/Knud Persen
Druck: CPI – Ebner & Spiegel, Ulm

Printed on fade resistant and archival quality paper (PH 7 neutral) · tcf

Prologus

Wunderliche Gedanken gingen dem Kaiser durch den Kopf. Als er am Morgen dem Schreiber mit matter Stimme etwas diktierte und nach dem Datum fragte, flüsterte der Mann ehrfurchtsvoll: „*Decembris decimus, Maiestas.*“

Jetzt, einige Stunden später, bohrten sich diese Worte zwischen andere Gedanken, schoben sie beiseite wie unnützen Ballast. *Decimus Decembris – Decembris decimus.* Warum der zehnte Monat, wo er doch eigentlich der letzte, der zwölfte sein sollte? So müßte es eigentlich *duodecimus* – der Zwölfte – heißen. Hatte er diese Frage als Siebenjähriger nicht schon seinem Lateinlehrer Francisius gestellt? Ein Deutsch-Sizilianer, mit dem Vornamen Friedrich Wilhelm – Federico Guglielmo. Der Kaiser flüsterte die Namen vor sich hin und sogar die deutsche Form ging ihm leicht von den Lippen – dank Bianca. Auch mit Adelheid hatte er Deutsch gesprochen, ein sehr dürftiges Deutsch zwar ... Wieder schob dieser lästige *Decembris decimus* alles andere beiseite. Ja, warum der zehnte Monat? Weil, so Magister Francisius, bei den alten Römern das Jahr mit dem ersten März begann und so der Dezember als zehnter Monat gezählt wurde. Das war noch vor Julius Caesar ...

Der Kaiser blickte zum Fenster, wo sich draußen die Blätter der alten Steineiche im Wind bewegten wie Kastagnetten, und er glaubte sogar das erregte Klappern zu hören, als sei die Eiche eine vielarmige Tänzerin und hielte in Dutzenden von Händen dieses – dieses Musikinstrument. Lässt sich das Scheppern von Kastagnetten schon als Musik bezeichnen? Er schloss die Augen und hörte die leisen Stimmen des Arztes Johannes von Procida, der sich mit Manfred unterhielt. Sie standen am Fenster, doch nicht so nahe beieinander, dass sie die Eiche ganz verdeckten. Magister Johannes liebte den Abstand, umso mehr, da Manfred als kaiserlicher Prinz im Rang unendlich hoch über ihm stand. Der Medicus war kein Mann, der so etwas vergaß.

Der Kaiser fühlte sich so unendlich schwach, dass er glaubte, kein Glied regen zu können. Neugierig wie stets machte er einen Versuch. Zu glauben, bedeutete auch, etwas anzunehmen, zu vermuten. Wenn sich das Experiment bestätigte, wurde Wissen daraus. Er konzentrierte seinen Willen darauf, die linke Hand zu heben, und sah, wie seine abgemagerten, fast skelettierten Finger eine Spanne über der Bettdecke schwebten – zittrig und kraftlos. Schnell ließ er die Hand wieder sinken, doch der Medicus, der auch während des Gesprächs immer wieder seinen Blick auf das Bett gerichtet hatte, verstand es als einen Wink und kam schnell näher.

„Majestät?"

Friedrich hatte bei seinem Kommen die Augen geschlossen und stellte sich schlafend. Hatte Johannes es bemerkt? Nein, im Zimmer war es auch am Vormittag so dämmrig, als kündige sich schon die Nacht an. Das lag an den grauen Wolkenfetzen, die so hurtig über den Himmel sausten, als seien sie von Gott zu einer eiligen Audienz befohlen. *Decembris decimus* spaltete aufs Neue seine Gedanken. Da wurde der Kaiser unwillig und rief: „Nein, jetzt nicht!" Doch er glaubte nur, es gerufen zu haben, in Wahrheit war es nur ein kaum hörbares Flüstern gewesen – so leise, dass sogar der stets aufmerksame Medicus es nicht bemerkt hatte. Prinz Manfred aber, sein liebster Sohn, sprach mit kaum gedämpfter Stimme. Er nahm wenig Rücksicht auf den Kranken – ein Vorrecht kraftvoller und auch gedankenloser Jugend.

So schwach sein Körper war, so geschärft war sein Gehör. Der Hofstaat fürchtete es, denn der Kaiser vernahm kritische Worte, auch wenn sie leise und ganz hinten im Saal gesprochen wurden. So versuchte er jetzt, ganz Ohr zu sein. Im Laufe seines Lebens hatte er festgestellt, dass die menschlichen Sinnesorgane über den Kopf zu steuern waren, nicht in jedem Fall und mit einer kleineren oder größeren Fehlerquote, aber manchmal war das sehr hilfreich; beim Verrat des Pietro delle Vigne etwa, der sich lateinisch Petrus de Vinea nannte und darauf achtete, so angesprochen und angeschrieben zu werden.

Wieder schlugen seine Gedanken Haken, wie der vom Falken gejagte Hase. Nutzlose Finten natürlich, im Falle des Hasen, denn das Hakenschlagen hatte nur einen Sinn, wenn ein *quadrupes* ihn verfolgte, also Fuchs oder Hund. Der Falke aber stieß von oben herab, da gab es kein Entrinnen. So erging es den meisten seiner Feinde, er stieß von oben herab, aus der Höhe seiner kaiserlichen Erhabenheit, und all diese Verräter, Wort- und Eidbrüchigen mochten sich ducken oder nach einem Loch schielen, in dem sie sich verkriechen konnten, sie wurden zur Strecke gebracht!

Eine Flut von Gedanken stürmte auf ihn ein, darunter nutz- und sinnlose. Warum eine Spanne im Italienischen zwar *spanna*, aber auch *palmo* heißt? Die Deutschen sagen Spanne und damit war die Entfernung von der Spitze des Daumens bis zur Spitze des kleinen Fingers einer Männerhand mit gespreizten Fingern gemeint. Gespannte Finger – Spanne.

Doch er wollte ganz Ohr sein, wie er bei Petrus de Vinea ganz Auge war und im bärtigen Gelehrtenkopf des ungemein geschickten Verräters den Verrat entdeckte. Nicht am Kopf, sondern an der Stelle des Kopfes, wo die beiden Augen saßen, schmale Augen, kluge Augen, doch eines Tages war darin der Schimmer des Verrats zu erkennen. Der Kaiser, vom Papst gebannt, wird bald stürzen, sagten die verräterischen Augen, und wird mich, den allzeit getreuen Petrus mit in den Abgrund reißen. Ist es das wert? Habe ich deshalb meine Reichtümer angehäuft, um mit dem entthronten und geächteten Kaiser zugrunde zu gehen? So aber ist er durch mich und nicht mit mir vernichtet worden. Vernichtet? Das richtige Wort? Ein besseres: ausgemerzt, zerstört, beseitigt, zerschmettert ... Wie auch immer. Der größte Fehler dieser Verräter und Eidbrecher war, ihn, den Kaiser, zu unterschätzen. Was waren sie denn schon vor Seiner Herrlichkeit? Was hatten sie diesen majestätischen Worten entgegenzusetzen:

Imperator Fridericus Secundus
Romanorum Caesar Semper Augustus
Italicus Siculus Hierosolymitanus Arelatensis
Felix Victor Ac Triumphator?

Warum aber fehlt das *Rex Germaniae*? So fragten nicht wenige, und er war zu stolz, es zu beantworten, während die Klugen nicht fragten, sondern wussten, dass ihn die Kurfürsten zum deutschen König gemacht hatten – im Grunde ein leerer Titel, der sich auslöschen und auf einen anderen übertragen ließ. Aber alles Übrige hatte er ererbt und erheiratet oder – die Kaiserkrone – durch den Stellvertreter Christi auf Erden verliehen bekommen.

Da hörte er deutlich die Stimme seines Sohnes Manfred vom Fenster her. Ganz Ohr wollte ich doch sein ...

„Wird er es überstehen?"

Nun war Magister Johannes kein Mann der Körpersprache, niemals nickte er, schüttelte den Kopf oder hob die Schultern. So auch jetzt. Er trat ein wenig näher und sagte etwas.

Er könnte ruhig lauter sprechen, dachte der Kaiser, er hat doch gesehen, dass ich schlafe. Aber aus Manfreds erfreutem Nicken konnte er sehen, dass es eine positive Antwort gewesen war.

Friedrich aber fühlte, dass er sterben musste. Seit wann? Seit heute, seit gestern? Eigentlich schon, seit sie nach dem Jagdausflug dieses kleine Kastell betreten hatten. So wenig der Kaiser an einen allmächtigen Gott glaubte, der als bärtiger Greis das Universum regierte, so viel hielt er von der Botschaft der Sterne. Der weithin berühmte Michael Scotus hatte bis zu seinem Tode, das war im Jahr von Manfreds Geburt gewesen, am kaiserlichen Hof gelebt. Der Astrologe hatte zu den wenigen gehört, die den Kaiser mit „Dominus" anreden durften, auch zu den wenigen, die immer empfangen wurden.

Ob er nicht doch ein Betrüger war? Seine äußerliche Ähnlichkeit mit Petrus de Vinea war groß, doch die beiden mochten sich nicht. Scotus hielt den Großhofrichter für einen von maßlosem Ehrgeiz besessenen Mann, der alles tat, um bei mir in Gunst zu stehen. Petrus aber, um es geradeheraus zu sagen, nannte Scotus einen geschickten Betrüger, doch ich mischte mich nicht in diesen Streit. Michael Scotus hatte, wie man so sagt, des Kaisers Ohr – aber ich schweife ab ...

Friedrich öffnete die Augen und da stand niemand mehr am Fenster. Hatte er geschlafen? Was war mit diesem Kastell, warum ...? Ja, jetzt fiel es ihm ein und die Verbindungsschnur von Magister Scotus zum Castel Fiorentino spannte sich. Als er ihn nach der Art und dem Zeitpunkt seines Todes fragte, blickte der Bärtige ihn ernst an. Scotus gehörte zu den wenigen Menschen, die den jähen, feurigen Blick des Kaisers ruhig aushielten.

„Der Zeitpunkt, Domine, liegt allein in Gottes Hand. Die Art des Todes? Nun, alles weist darauf hin, dass Ihr *sub flore* sterben werdet."

Sub flore – unter Blumen? Scotus gab trotz dringender Nachfrage keine weiteren Erklärungen. Er sagte, mehr wisse er auch nicht und sollte sich wider Erwarten sein diesbezügliches Wissen erweitern, so werde er es sofort an den Dominus weitergeben. Nun, es kam nichts mehr, aber Friedrich mied, um nur ein Beispiel zu nennen, zeitlebens die Stadt Florentia, die Blühende, die Blumenreiche. Zum Glück bestand kein Anlass, diese bedeutendste Stadt Mittelitaliens zu besuchen – da waren eher Gründe, es nicht zu tun. Florentia war kurz nach Friedrichs Geburt dem Tuscischen Bund beigetreten, eine gegen die deutsche Kaiserherrschaft gerichtete Liga. Als Kaiser war er klug genug, gegen diese wichtige, wohlgerüstete Handelstadt nichts zu unternehmen. Sie gehörte nicht zur Lombardei und er wusste, dass es auch in Florentia eine ganze Reihe von ghibellinisch gesinnten Familien gab, auf die er notfalls zählen konnte.

Wieder schloss er die Augen. Heute hatte es kaum diese *passione iliaca* gegeben – jene grässlichen Darmkrämpfe, die ihn zuvor tagelang gequält und geschwächt hatten. Nun aber stellte er sich die kritische Frage, ob er Florentia besucht hätte, wäre nicht die Warnung des Magisters Scotus gewesen? Neugierde und Wissensdrang, die ihn stets begleiteten, hätten wohl gesiegt und er wäre – vielleicht verkleidet und anonym – durch eine Stadt gewandert, von deren Kirchen und Palästen man sich Wunderdinge erzählte.

So hatte er Florentia, die Blumenreiche, gemieden, aber das unerbittliche Schicksal hatte ihn auf das Castel Fiorentino geführt und so würde sich die Prophezeiung seines Todes „*sub flore*" erfüllen. Er lächelte leise und dachte: Was kann es denn Schöneres geben, als „unter Blumen" zu sterben? Ein Geräusch riss ihn aus seinen bunt wirbelnden Gedanken. Er öffnete die Augen und blickte in das Greisengesicht von Berardo, dem Erzbischof von Palermo. Einer der Treuesten, die je des Kaisers Lebensweg begleitet hatten. Fast von Anfang an ... Über vier Jahrzehnte, unbeirrt durch Niederlagen oder durch Siege, stand er Friedrich zur Seite, als er König von Sizilien war, später dem deutschen König und dem römischen Kaiser. Berardo gehörte zu den wenigen Priestern, die den von der Kirche Gebannten zur Krönung nach Jerusalem begleiteten. Dreimal traf ihn selber der päpstliche Bann, doch er blieb standhaft.

„Setzt Euch, Eminenz ..."

Ein Diener brachte den Stuhl, der Erzbischof ließ sich ächzend nieder. Friedrich räusperte sich, hustete krampfhaft und flüsterte: „In allen Gefahren standet Ihr mir zur Seite und vieles habt Ihr um mich erduldet."

„Du warst im Recht, mein Sohn, und das Recht ist bei Gott. Wir standen also auf Gottes Seite."

Die zittrige Greisenstimme ... Jedes Mal, wenn Friedrich sie hörte, musste er seine Rührung verbergen, was ihm nicht immer gelang. Berardo de Castanea war der einzige lebende Mensch, der den Kaiser noch duzen durfte, auch der einzige, den Friedrich schon in seiner Kindheit gekannt hatte.

„Es geht dir besser, sagen die Ärzte."

„Die Ärzte sagen viel ..."

„Empfindest du es nicht so?"

„Doch, Eminenz, aber das kann auch ein schlechtes Zeichen sein. Oft genug haben die Ärzte eine *euphoria mortis* beobachtet, eine Gnade der Natur, die Gott den Sterbenden schenkt."

Berardo nickte. „Gut möglich, aber es kann auch ein Zeichen der beginnenden Genesung sein. Und gerade deshalb schlage ich eine Generalbeichte vor. Damit soll für dich ein neuer Lebensabschnitt beginnen."

„Heute nicht ... Ich muss mich dazu erst sammeln, morgen ist auch noch ein Tag."

Der Erzbischof erhob sich, wieder laut ächzend. „Wie du willst, Federico." Es klang freundlich und verständisvoll.

Draußen senkte sich die Dämmerung über das Land, die Steineiche war nur noch als Schatten zu erkennen, aber der Wind hatte sich verstärkt und Friedrich hörte wieder den erregenden Ton der Kastagnetten. Doch nicht die vom Wind bewegten, immergrünen Blätter der Steineiche verursachten dieses Geräusch, sondern die Erinnerung an das aufreizende rhythmische Klopfen, das dieses primitive hölzerne Musikinstrument erzeugte. In den Händen der Tänzerinnen. In seinem Harem. Er hatte sich niemals geweigert, die Existenz eines solchen Frauenhauses zuzugeben. In Melfi, in Foggia, auf Reisen. Seine meisten Kinder hatte er wohl mit diesen braunhäutigen, schwarzhaarigen, dunkeläugigen Mädchen gezeugt. Da wurde er zum rasenden Satyr, der sich tagelang durch die Schöße der Mädchen wühlte, unermüdlich, unerbittlich, potent wie ein junger Stier.

Das hatte mit Bianca nicht aufgehört, doch er war ruhiger und besonnener geworden. War er fern von ihr, musste der Harem einspringen, lebten sie aber zusammen in einem Haus, dann war sie es und nur sie. Freilich, den Pfaffen hatte das alles nicht gepasst und es hagelte Kritik an seinem „orientalischen Lotterleben" mit einem „muselmanischen" Harem. Bianca, weitherzig, wenn es bloß um

„lieblose Bettgeschichten" ging – so hatte sie es einmal genannt –, fragte ihn im Scherz, ob sie auch einmal als halb nackte Bauchtänzerin mit Kastagnetten auftreten solle, um ihm Ähnliches bieten zu können wie seine Haremsdamen. Warum nicht, hatte er gesagt und ihr zwei Kastagnetten geschenkt. Getanzt hatte sie dann doch nicht für ihn, es war auch nicht nötig.

Würde man ihn heute fragen, welche seiner zahllosen Frauen – Gemahlinnen und Kebsen – er wirklich und wahrhaftig geliebt hatte, dann würde er ohne zu zögern antworten: Es waren zwei. Aber wer würde es wagen, eine solche Frage zu stellen? Bianca – ja, sie hatte ihn nach dem Tod seiner dritten Gemahlin gefragt, welche seiner drei Ehefrauen ihm die liebste gewesen sei. Nicht, welche von ihnen er geliebt habe. Zwei von ihnen ruhten, nur einige Dutzend Meilen von hier entfernt, im Dom von Andria, Jolanda von Brienne und Isabella von England. Konstanze aber, die zehn Jahre Ältere – er hatte sie mit fünfzehn auf päpstliches Geheiß heiraten müssen – hatte mit ihm in Rom die Kaiserkrone empfangen. Sie ruhte im Dom von Palermo. Bald werden wir uns dort treffen. Geliebtes Sizilien, mein goldener Apfel. Da hörte er Biancas rauchige Stimme: Du hast meine Frage nicht beantwortet, mein Falke. Ja, so nannte sie ihn wegen seiner scharfen, alles durchdringenden Augen: Falco oder Falcone. Auch er hatte sich ein Kosewort erdacht: Unica. Die Einzige. Ihm war nichts Besseres eingefallen, denn einzig in ihrer Art war Bianca Lancia ja tatsächlich und dieses „Unica" ließ sich noch ergänzen: einzig Geliebte.

Damit war die erste Frage schon beantwortet, denn Adelheid war schon tot, als Bianca seine Geliebte wurde. Diese beiden Frauen hatte er tatsächlich geliebt, von Herzen, mit ganzer Seele, wie man so sagt, denn Friedrich war zu der Erkenntnis gelangt, dass es eine unsterbliche Seele nicht gab. Das behielt er für sich. Als Kaiser sah er sich manchmal veranlasst, etwas anzuordnen, woran er nicht glaubte. Er hatte die Ketzergesetze unterschrieben, obwohl es ihm persönlich völlig gleichgültig war, woran ein Mensch glaubte. Dem Kaiser aber durfte es nicht gleichgültig sein, denn er war der oberste Herr eines christlichen Landes und als solcher musste er Häretiker verfolgen. Sein Sohn Heinrich mochte das nicht einsehen und missachtete als deutscher König die von seinem Vater unterschriebenen Ketzergesetze. Das führte zu seinem Untergang. Friedrich schob diesen Gedanken beiseite, nicht, weil die Erinnerung an den verräterischen Sohn ihn quälte, sondern weil er dieses Kapitel ein für alle Mal abgeschlossen hatte. Auch diesen Sohn hatte er geliebt und seinen Tod als elender Gefangener bedauert, sogar beweint.

Da war noch die Frage offen – Bianca hatte sie gestellt –, welche seiner drei Gemahlinnen ihm die liebste gewesen sei. Er schaute Bianca in die wie dunkler Bernstein leuchtenden Augen. Eigentlich, so sagte er, wolltest du ja fragen, ob ich eine von ihnen geliebt habe. Nein, das habe ich nicht, aber Isabella von England ist mir in ihrer stolzen, fröhlichen Art die liebste gewesen. Bianca runzelte die Stirn. Aber weggesperrt hast du sie wie alle anderen, mein Falke. Niemand hätte so reden dürfen, nur sie, die Einzige, durfte es. Nur ihretwegen, so dachte Friedrich, hatte ich mir gewünscht, eine unsterbliche Seele zu besitzen, um mich im Jenseits mit der ihren zu vereinigen.

Schon länger hatten Zuträger ihm vom Minoritenmönch Salimbene von Parma berichtet, der an einer Chronik über Friedrichs Regentschaft arbeitete und bei jeder passenden Gelegenheit daraus zitierte. Ezzelino da Romano, sein raubeiniger, jähzorniger und rachsüchtig-grausamer Schwiegersohn, Herr über Verona, Vicenza, Padua und andere oberitalische Städte, hätte dem Mönchlein längst den Garaus gemacht, doch vor Klostermauern schreckte auch er zurück. So durfte Salimbene ungestraft verkünden: „Friedrich suchte jede Stelle auf, die er selbst oder seine Gelehrten in der Hl. Schrift finden konnten, wenn sie nur dem Beweis diente, dass es nach dem Tod kein zweites Leben gebe."

Ein Lächeln flog über Friedrichs ausgezehrtes Gesicht. Als ob es da Beweise brauchte! Wer es nicht selber spürt, wird nach dem Tod überrascht sein, dass da nichts ist. Sofort verbannte er diese absurden Gedanken. Wenn da nichts ist, kann es keine Überraschung geben ...

Als Magister Johannes nach ihm sehen wollte, war Friedrich eingeschlafen. Die Tagträume hatten ihn so geschwächt, dass keine Traumbilder seinen totenähnlichen Schlaf unterbrachen.

Der Kaiser erwachte bei Tagesanbruch. Ein trübes Dämmerlicht lag in dem Raum wie grauer Nebel, aus dem nun das liebliche Oval eines Frauengesichts auftauchte.

„Bianca", flüsterte er, „du bist also gekommen ..."

„Ich bin es, Vater, Violante."

Friedrich lächelte. „Ach, Tochter, mit mir geht es zu Ende ..."

Sie beugte sich tiefer und strich ihm das schweißfeuchte Haar aus der Stirn.

„Magister Johannes ist ganz und gar nicht Euer Meinung. Er sagt sogar, es wäre an der Zeit, dass Ihr wieder eine Kleinigkeit ..."

Friedrich schüttelte den Kopf, so gut das im Liegen ging.

„Nein, es ist Zeit für geistige Nahrung. Ich möchte heute beichten und das Abendmahl nehmen."

Sie lächelte auf eine Art, wie er sie nur von Bianca kannte.

„Das kann nicht schaden und wird Eure Genesung fördern."

Er hatte Violante als Vierzehnjährige dem Grafen Richard von Caserta zur Frau gegeben, dessen kriegerischer Sinn mit Klugheit und Umsicht gepaart war. Er war es, der die elende Verschwörung des Jakob von Morra aufgedeckt hatte. Das Ziel war, den Kaiser, seinen Sohn Enzio und Ezzelino da Romano bei einem Festmahl zu ermorden. Ein ungeheuerlicher Plan, der ihn tief getroffen hatte, denn außer diesem Jakob war noch eine Reihe von Männern beteiligt, an deren Treue er niemals gezweifelt hätte.

Er winkte Violante, sich tiefer zu beugen.

„Weißt du, dass ich einmal von deiner Mutter verlangt habe, für mich zu tanzen?"

„Nein ..."

„Ich habe ihr dazu ein paar Kastagnetten geschenkt. Sie sollte tanzen wie ... wie ..." Er schloss die Augen und flüsterte kaum hörbar: „Geh jetzt, Violante."

Drei Kinder hatte Bianca ihm geboren. Zuerst Costanza, bei der die Natur wohl unentschlossen war, wem sie gleichen sollte. Aus Biancas Bernsteinaugen und seinen leuchtend blauen war ein unentschlossenes Graubraun geworden und sie hatte sein kräftiges Kinn geerbt – nein, eine Schönheit war nicht aus ihr geworden. Sie hatte es am weitesten gebracht, denn vor sechs Jahren war sie die Frau des Kaisers Johannes von Nikaia geworden. Michael Scotus hatte es prophezeit ...

Dann kam Manfred, ein rechtes Vaterkind. Schön wie ein Apoll wuchs er heran, von edler Gestalt, dunkelblond mit großen blaugrauen Augen. Wo ist er jetzt? Er muss doch im Haus sein ... Steckt wohl wieder mit dem Medicus zusammen und wacht über meine Gesundheit ...

Aus Violante aber, dem dritten Kind, wurde ein Abbild Biancas. Das dunkle Haar, die Bernsteinaugen, das liebliche Oval des Gesichtes und die zierliche Gestalt – ja, Richard von Caserta wusste, was er an ihr hatte, und lohnte es mit unerschütterlicher Treue.

Warum willst du beichten, Kaiser Friedrich? Das Zimmer war leer, die Wachen standen draußen – woher kam die Frage? Hatte er sie selber gestellt? Wieder zischelte es ihm ins Ohr: Du glaubst weder an Gott noch an eine unsterbliche Seele, brauchst weder eine Strafe zu fürchten, noch einen Lohn zu erwarten. Sollte er darauf antworten? Die Frage war ja nur gewesen, warum er beichten wollte. Ich werde beichten, um der Welt ein Beispiel zu geben. Es käme vieles in Unordnung, wenn das Volk erführe, der Kaiser sei als verstockter Sünder gestorben. Kaiser bin und bleibe ich, auch im Sterben, auch im Tod, auch danach in dem von vier Löwen getragenen Sarg aus Porphyr im Dom zu Palermo. Der auf mich wartet. Kaiser in Ewigkeit.

Friedrich schloss die Augen und glitt in einen Traum hinein. Der führte ihn nach Aachen in die Pfalzkapelle des großen Karl auf die sechs Stufen zum Marmorthron des fränkischen Kaisers. Erzbischof Siegfried von Mainz setzte ihm die deutsche Krone auf, überreichte ihm Szepter und Schwert. Da war er zwanzig Jahre alt und schwebte wie auf Wolken, war in einer Hochstimmung, die sich dem ganzen Körper mitteilte, die seine Testes so anschwellen ließ, dass er darauf achten musste, nicht mit gespreizten Beinen zu gehen, als trage er eine Last zwischen den Schenkeln. Seine Gemahlin Konstanze war auf dem Weg in die deutschen Lande, doch das würde noch viele Wochen dauern. So lange konnte und wollte er nicht warten, aber als deutscher König musste er einige Rücksichten nehmen. Da gab es nun nach seiner Krönung mehrere rangmäßig gestufte Bankette: eines für den Hochadel und hohe Geistliche, eines für die Stadtväter und Zunftmeister von Aachen und eines für solche, die sich um den König verdient gemacht hatten. Darunter war auch ein Herr von Urslingen, aus dessen Familie ein Zweig mit Friedrichs Vater, dem Kaiser Heinrich, nach Sizilien gekommen war. Bei der Huldigung kniete neben dem rauschebärtigen Urslinger seine Tochter.

„Meine Gemahlin ist kürzlich verstorben, Majestät, und so habe ich meine Tochter Adelheid ..."

Nach drei Jahren auf deutschem Boden hatte sich Friedrich so viel von der Landessprache angeeignet, dass er das meiste verstand und einfache Reden führen konnte.

„Euer Besuch ehrt Uns, Fräulein Adelheid."

Das Mädchen senkte die Augen und errötete.

„Sie ist es noch nicht gewohnt, Majestät, vor so vielen Menschen …“

Friedrich sah nur sie, die Stimme ihres Vaters rauschte an ihm vorbei, er nahm sie kaum wahr. Blond war sie, mit Augen wie graue Rheinkiesel, groß, etwas üppig – ein Bild strotzender Weiblichkeit.

Friedrich wandte sich an ihren Vater.

„Meine Gemahlin wird in Kürze eintreffen und neben ihren sizilischen auch deutsche Hofdamen benötigen. Eure Tochter fände ich dazu sehr geeignet.“

Der brave Urslinger kam ins Stottern.

„Aber Ma-Majestät … das ist … ist eine gro-große Ehre …“

Dann sprang der Traum weiter, mitten hinein in Friedrichs *dormitorio*, wo er mit Fräulein Adelheid – er nannte sie Adelaide – im Bett lag. Es war, als hätte man bei einem Buch die mittleren Seiten herausgerissen. Zwischen ihrer ersten Begegnung und der Bettszene musste doch einiges geschehen sein? Doch ein Traum fragt nicht danach, er gehorcht seinen eigenen rätselhaften Gesetzen.

Es war ein rechter Kampf, der sich da im zerwühlten Bett abspielte, denn Adelaide legte sich nicht hin und spreizte ergeben die Beine wie später seine allzeit willigen Haremsdamen. Sie presste die üppigen Schenkel zusammen und verdeckte mit den Händen ihre nicht weniger üppige Brust. Niemals wäre es Friedrich in den Sinn gekommen, eine Frau mit Gewalt zu nehmen – damals nicht und auch nicht später. Er stieg aus dem Bett, wies auf seinen wie eine Lanze aufgerichteten Phallus und sagte:

„Was machen wir mit dem da? Er lässt mir keine Ruhe, er zielt auf Eure Leibesmitte, dolce Adelaide, ich kann ihm zureden, so viel ich will, er ist störrisch und lässt sich nicht belehren.“

Da musste Adelheid leise lachen, und um dies schicklich zu verbergen, nahm sie ihre rechte Hand von ihrer linken Brust und hielt sie vor den Mund. Friedrich tat, als bemerke er es nicht, hob die Hände und stimmte ein sizilisches Liebeslied an:

„Wer hat Augen, wie diese so schön
solch Lächeln um einen Mund gesehn.
Einen Leib, so verlockend und süß
doch verschlossen ist die Pforte zum Paradies …‘

Der Kaiser erwachte und spürte am Geschlecht, wie ihn der Traum erregt hatte. Es dauerte noch eine Weile, bis Adelheid sich ihm – zögerlich zuerst, dann aber recht heftig – hingab. Aber wo waren die fehlenden Seiten dieser Geschichte geblieben? Schließlich hatte er Adelheid nicht vom Bankett gleich in seine Schlafkammer geführt.

Friedrich fühlte sich todesmatt; der Traum hatte ihn so erschöpft, als hätte er tatsächlich einer Frau beigelegen. Natürlich hatte er dem Ritter von Urslingen nicht die ganze Wahrheit gesagt, denn seine Gemahlin war nicht „in Kürze" zu erwarten, sondern es dauerte bis zum Herbst des nächsten Jahres. Zudem war an „deutschen Hofdamen" kein Bedarf, denn Konstanze von Aragon war eine stolze Spanierin, auch als Frau des Königs von Sizilien misstraute sie allen Deutschen. Sie hatte Friedrich dringend abgeraten, sich die deutsche Krone zu holen, und wenn es nach ihr gegangen wäre, säße Otto der Welf weiterhin unbehelligt auf dem deutschen Königsthron – den Segen des Papstes hatte er damals ohnehin.

Es war nicht, was man „Liebe auf den ersten Blick" nennt, denn sein erstes und mächtigstes Verlangen war rein animalisch – er wollte sich mit diesem verlockenden Weibwesen paaren – endlos, heftig, immer wieder, tage- und nächtelang.

Der Ritter von Urslingen muss dann schon bald erfahren haben, dass an deutschen Hofdamen kein Bedarf bestand und Adelheid zur Geliebten des jungen deutschen Königs geworden war. Aber die Umstände machten es ihm leicht. Da fast alle Reichsfürsten – und damit ihre Lehnsmänner – von dem jungen Staufer begeistert waren, gaben sie dem Ritter von Urslingen zu verstehen, dass es eine hohe Ehre sei, wenn der deutsche König und künftige Kaiser das Fräulein Adelheid quasi zur linken Hand als zweite Ehefrau ansehe.

So war es ja tatsächlich und bei der Ankunft seiner Gemahlin im Herbst des nächsten Jahres war Adelheid auf die Burg ihres Vaters zurückgegangen und hütete dort ihr Söhnchen Enzio. Der süße kleine Blondschopf war neun Monate nach Friedrichs jetzt nachgeträumter Liebesnacht geboren worden. Damals hatte sich Friedrich die Fantasie und dichterische Kraft der großen deutschen Minnesänger gewünscht, deren Lieder er kannte. In königlicher Sorglosigkeit – wer hätte es ihm verbieten sollen? – wandelte er ein Lied des Walther von der Vogelweide etwas ab, ließ es mit kunstvollen Initialen auf ein Pergament bringen, das er um einen Rubinring verschnürte und der noch Schlafenden aufs Bett legte.

Herzensliebste Adelheid
Gott geb dir heut und ewig Heil!
Könnt ich schönern Preis dir leihn,
so würd dir gern auch das zuteil.
Doch hab ich Besseres für dich:
Keiner liebt dich mehr als ich!

Noch von manchem anderen Lied hatte Friedrich sich inspirieren lassen und er folgte – nobel, wie er stets war – des Vogelweides Bitte:

Schirmvogt von Rom, Apuliens König, hab Erbarmen,
lasst mich, der reich an Kunst, nicht so verarmen:
gern möchte ich, könnt es sein, am eigenen Herd erwarmen.

Der Kaiser ließ dem Sänger ein Lehen in Würzburg überschreiben – das Danklied dafür erreichte ihn unterwegs nach Rom.

Ich hab mein Lehen – alle Welt! Ich hab mein Lehen!
Nun fürcht ich nicht den Winter an den Zehen,
will nicht mehr viel von kargen Herrn erflehn!

Andere erzeigten sich weniger dankbar ...

„Was ist?"

Der Medicus beugte sich über ihn.

„Majestät, Ihr habt den Wunsch geäußert, eine Beichte abzulegen – seid Ihr dazu jetzt kräftig genug?"

Über die Schulter des Arztes blickte der Erzbischof und die Augen in seinem faltigen Greisengesicht leuchteten vor Güte und Zuneigung.

„Ja – nein, schieben wir es ein wenig auf ... Mein Geist ist so müde ..."

Die Herren verneigten sich und Manfred kam ans Bett, stand da in der kraftvollen Jugendfrische seiner achtzehn Jahre.

„Vater, kann ich etwas für Euch tun?"

Laut tönte die helle Stimme, aus dem Gesicht, das dem des Vaters so sehr ähnelte, blickten ihn klare, blau-graue Augen besorgt an. Vor Rührung spürte der Kaiser seine Augen feucht werden.

„Ja, das kannst du, mein Sohn. Sei dem Volk von Sizilien ein guter Herrscher!"

Manfreds Gesicht zeigte Sorge und Bestürzung.

„Aber Vater, Ihr seid doch auf dem Weg der Besserung. Magister Johannes hat gesagt ..."

„Der Medicus schließt aus dem, was er sieht oder zu sehen glaubt, aber er steckt nicht in meiner Haut. Der Tod wartet draußen vor der Tür – wenn du ihn beim Hinausgehen siehst, grüße ihn vom Kaiser und sage ihm, er fürchte ihn nicht!"

Mit letzter Kraft hatte Friedrich diesen Satz hervorgestoßen, dann wandte er sich ab und flüsterte: „Geh jetzt, Manfred, komme später wieder."

Ein Problem gab es für Friedrich noch zu lösen oder, besser gesagt, eine Frage harrte noch ihrer Antwort. Was unterschied die beiden einzigen Frauen, die er jemals geliebt hatte, voneinander? Da drängte sich eine zweite Frage auf: Hätte Adelaide noch gelebt, als er auf dem – gescheiterten – Hoftag zu Cremona Bianca kennenlernte, wäre es dann zu einer näheren Beziehung gekommen? Adelheid wäre dann vielleicht sogar in seinem Gefolge gewesen, wie ihr damals zehnjähriger Sohn Enzio ... Kann ein Mann zwei Frauen mit gleicher Kraft und Hingabe lieben? Andere können es vielleicht – ich könnte es nicht. Wäre Adelheid am Leben geblieben, hätte sie mir weitere Kinder geboren und mein Lieblingssohn Manfred hieße vielleicht Bernardo oder Arnoldo. Müßige Gedanken! Friedrich schalt sich einen Grübler, der sinnlosen Überlegungen nachhängt.

Blieb noch die Frage, was die beiden Frauen so unterschiedlich machte, denn innerlich wie äußerlich bildeten sie Gegensätze. Adelaide war knapp eine Handbreit größer als er, strohblond, grauäugig, mit einem runden, pausbäckigen Gesicht. Üppige Schenkel, üppige Brüste – das Urbild einer Frau. Vom Wesen her war sie etwas schweigsam, nachdenklich, sorgsam wägend, in ihrer Liebe zu ihm unerschütterlich – übrigens die einzige Eigenschaft, die beide gemeinsam besaßen.

Bianca hingegen war zierlich, eine Handbreit kleiner als er, mit tiefbraunem Haar, einem ovalen Gesicht und Augen von der Farbe dunklen Bernsteins. Ihre Brüste waren klein und fest, ihre Hüften so schmal, dass die Wehmuttter jedes Mal, wenn eine Geburt bevorstand, besorgt die Stirn runzelte. Aber immer ging es gut. Vom Wesen her war sie redselig, lachte viel und fasste spontane Entschlüsse. Über Gott und die Welt dachten sie beide recht ähnlich. Aber, so fragte sich der Kaiser, Frauen von der Art einer Adelheid oder einer Bianca gibt es viele. Warum ist meine Liebe nach Adelheids Tod nicht auf eine ihr ähnliche Frau gefallen? Weil es etwas geben muss, das uns über die äußere Erscheinung hinaus an einen Menschen fesselt. Was das genau ist, wird man wohl niemals herausfinden.

Enzio war drei Jahre alt, da wollte Friedrich seine geliebte Adelheid nach Würzburg kommen lassen – das war im Mai 1219 –, um sie und den Sohn mit nach Süden zu nehmen. Aber es kam anders. Zu dieser Zeit grassierte am Rhein die Blatternseuche, an der Adelheid und ihr Vater starben. Die Amme hatte das Kind rechtzeitig aufs Land bringen lassen und sie war es nun, die Enzio seinem Vater übergab.

Adelheid und Friedrich, sie hatten einander nicht lange gehabt – von Juli 1215 bis Februar 1216. Widerwillig entließ er die Hochschwangere zu ihrem Vater, doch sie wollte ihr Kind zuhause gebären. Acht Monate waren sie ein Paar, eine kurze Zeit, zugleich aber auch eine lange. Kaum ein Tag verging, da sie sich nicht sahen, das war mehr Zeit, als er mit seinen Ehefrauen Jolanda und Isabella verbracht hatte. Enzio war von nun an immer dabei – sein liebstes Kind, bis Manfred kam, doch Friedrichs Vaterliebe reichte für beide.

Wie mochte es Enzio jetzt gehen? Er hatte ihn vor sieben Jahren zum König von Sardinien gemacht, nachdem er eine sardische Fürstin geheiratet hatte. Die war dann zu Kreuze gekrochen und hatte ihre Ehe vom Papst annulieren lassen, denn dieser betrachtete Sardinien als Lehen der Kirche. Enzio aber hatte sich in den lombardischen Kriegen stets bewährt, bis der dunkle Tag bei Fossalta kam und er in bolognesische Gefangenschaft geriet. Das war vor über einem Jahr geschehen und nichts hatte die stolze Stadt bewegen können, Enzio wieder herauszugeben. Friedrich hatte es ein paarmal erleben müssen, dass sein Kaiserwort an den Mauern der reichen und wohlgesicherten Städte zerschellte

Er schlief ein und als er am späten Nachmittag erwachte, schien draußen eine fahle Wintersonne, die Steineiche bewegte nur leicht ihre dunklen, vor Nässe glänzenden Blätter. Friedrich fühlte sich kräftig und ausgeruht. Fast hätte er sich von seinem Zustand täuschen lassen, doch er wusste, dass der Tod draußen vor der Tür nach wie vor geduldig auf seine Stunde wartete. Er ließ den Erzbischof rufen, der sich unter dem üblichen Schnaufen und Ächzen auf einen Hocker sinken ließ.

„Bist du bereit, mein Sohn?"

Friedrich nickte und Don Berardo winkte seinen Begleiter, einen Hofkaplan, hinaus.

„Was soll ich beichten, Eminenz? Ich habe immer nur nach den Geboten des mir von Gott verliehenen Kaiseramtes gehandelt, habe manches für die Kirche, auch gegen meine Überzeugung getan. Dass dabei einiges Unrecht geschehen ist, habe ich zu verantworten und ich bereue es."

„Nicht selten hast du überaus grausam gehandelt und du weißt es. Verrat gehört mit dem Tode bestraft, aber müssen sich die Qualen über Wochen und Monate hinziehen? Auch einem Verräter muss letztlich verziehen werden, das verlangt unser christlicher Glaube."

„Ja, Eminenz, aber ein Kaiser – auch ein christlicher – muss nach anderen Gesetzen handeln als ein Privatmann. Was der Kaiser tut, geschieht vor den Augen der ganzen Welt, wird dadurch exemplarisch. Verrat verzeihen, hieße aus einer schweren Sünde gegen Gott und die Obrigkeit ein leichtes Vergehen machen."

Der Erzbischof hob unwillig seine weißen, buschigen Brauen. „Du sollst mich weder belehren, noch mit mir diskutieren, sondern in Demut und Reue deine Sünden bekennen!"

„Ja, Eminenz. Wenn ich es recht bedenke, habe ich gegen alle zehn Gebote Gottes verstoßen – ausgenommen vielleicht das vierte. An meinen Vater habe ich keine Erinnerung und meine Mutter starb, als ich vier Jahre alt war."

„Das weiß ich so gut wie du. Ich halte dir deine Leibesschwäche zugute und werde dir die Absolution erteilen."

Als das geschehen war, fragte der Kaiser: „Eminenz, wäre es eine große Sünde, wenn eine Frau zu mir ins Bett käme?"

Der Erzbischof brachte ein Lächeln zustande. „Was könntest du in deinem Zustand mit ihr anfangen?"

„Sie an mich drücken, mich an ihrem Leib erwärmen. Vielleicht würde es die Genesung, von der unser Medicus spricht, beschleunigen?"

„Dass du schon wieder zum Scherzen aufgelegt bist, ist ein gutes Zeichen."

Auch als Adelheid schwanger war, ließen sie nicht voneinander. Die Ansichten der Medici gingen da ziemlich auseinander. Einige meinten, es gäbe nur sehr wenig, was dem Kind im Mutterleib schaden könne, und führten Beispiele an: lange, scharfe Ritte, schwere Stürze, Vergiftungen und manches mehr, das dem Körper der Mutter stark zugesetzt hatte, und trotzdem sei die Geburt normal verlaufen. Andere wieder wandten ein, dass die heranwachsende Leibesfrucht gegen den eindringenden väterlichen Samen zu kämpfen habe und dadurch geschwächt werde. Adelheid kümmerte das nicht und als ihr Bauch am Ende des siebten Monats dem Liebesverkehr hinderlich wurde, durfte Friedrich sie von hinten nehmen. „Was den Tieren recht ist, kann den Menschen nur billig sein", scherzte er und meinte, nur der Verstand unterscheide uns von anderen Warmblütern. Wie gerne hätte Friedrich seinem Sohn Enzio erzählt, dass er zu Lebzeiten seiner Mutter zwar anderen Frauen beigelegen, aber nur sie geliebt habe.

Als Manfred gegen Abend erschien, fasste der Kaiser seine feste, jugendwarme Hand.

„Eines musst du mir versprechen, mein Sohn: Bemühe dich weiter, deinen Bruder Enzio frei zu bekommen – mit allen Kräften, hörst du? Biete ihnen Geld, Verträge, Privilegien, tue alles nur Menschenmögliche, um Enzio zu befreien!"

Manfred versprach es, beschwor es.

„*Decembris tertius decimus*", sagte der Scriptor auf des Kaisers Frage.

„Warum soll diese Zahl Unglück bringen? Weißt du das?"

Der Schreiber, ein junger Mann, diente dem Kaiser noch nicht lange und erstarrte jedes Mal vor Ehrfurcht, wenn er angeredet wurde.

„N-nein, Majestät, das weiß ich nicht, a-alle halten die Dreizehn für – für eine Un-Unglückszahl ..."

„Selbst wenn die ganze Menschheit dieser Meinung ist, so muss sie dennoch nicht richtig sein."

Der Scriptor nickte eifrig. „Wie recht Eure Majestät haben!"

„Trotzdem erkläre ich es dir. Die Dreizehn wird als Unglückszahl verstanden, weil man die Zwölf für heilig hält: Jakobs zwölf Söhne, die zwölf Apostel und so fort. So glaubt man, etwa, dass, wenn dreizehn Menschen bei einem Mahl zusammensitzen, einer von ihnen binnen Jahresfrist sterben muss, um die heilige Zwölfzahl wiederherzustellen."

Der Scriptor wollte etwas sagen, doch der Kaiser kam ihm zuvor.

„Es gibt jetzt Wichtigeres, ich brauche meine Freunde und Verwandten als Zeugen, sie sollen sich hier versammeln!"

Da sie alle im Haus weilten, dauerte es nicht lange und sie standen um sein Bett. Dem Kaiser am nächsten Prinz Manfred, daneben sitzend der greise Erzbischof, dann Medicus Johannes, Richard von Caserta mit Violante, dazu einige hohe kaiserliche Beamte. Der junge Schreiber stand am Fußende des Bettes vor einem Stehpult. Friedrich hob die Hand, der Scriptor tauchte seine Feder ein.

„Im Hinblick auf die Vergänglichkeit des Menschen wollen Wir, Friedrich, von Gottes Gnaden immer erhabener Kaiser der Römer, König von Jerusalem und Sizilien, für das Heil Unserer Seele sorgen und über Reich und Länder verfügen, da Uns das Ende des Lebens bevorsteht, in vollem Besitz der Sprache und des Denkvermögens, krank am Körper, aber bei klarem Verstande, auf dass Wir noch zu leben scheinen, auch wenn Wir dem irdischen Leben entrückt sind."

Sein Erbe aber verteilte der Kaiser nach Rang und Gesetz, nicht nach persönlicher Neigung, denn sonst hätte Manfred alles erhalten. Jolandas Sohn Konrad – sie war bei seiner Geburt gestorben – war schon seit Jahren deutscher König und bekam nun Sizilien übertragen, würde er ohne Söhne sterben, sollte Manfred der Nachfolger sein. Der Kaiser wies mit zittriger Hand auf seinen Lieblingssohn.

„Da Konrad kaum nach Sizilien kommen wird, sollst du dort Statthalter sein."

Als der Scriptor gegangen war, ließ Friedrich sich vor aller Augen das graue Habit der Zisterzienser anlegen, deren drittem Orden er seit seiner Krönung angehörte. Dann sprach der Erzbischof ein kurzes Gebet und ging mit den anderen hinaus. Nur Manfred durfte bleiben. Friedrich tätschelte die Hand seines Lieblings.

„Weißt du, was mich besonders freut?"

Manfred schüttelte betrübt den Kopf. Er ahnte, dass sein Vater im Sterben lag, stemmte sich aber mit aller Kraft gegen diese Vorstellung. Kaiser Friedrich doch nicht! *Stupor mundi* – das Staunen der Welt! Ein Gigant! Ein Ausbund an Macht und Wissen!

Da hörte er die leise Stimme seines Vaters und beugte sich tiefer.

„*De arte venandi cum avibus* – unser Buch! Es ist gerade noch rechtzeitig fertig geworden ..."

„Euer Buch, Vater! Mein Anteil daran war gering."

„Es war deine Anregung, es zu schreiben – ohne dein Drängen wäre es wohl nicht entstanden."

Was redete der Vater jetzt von dem Falkenbuch? Es gab doch viel Wichtigeres!

„Vater, ich danke Euch für das Erbe, aber ich werde es nicht antreten können, da ich kein legitimer Sohn bin."

Der Kaiser lächelte und zwinkerte dabei mit den Augen.

„Öffne die Truhe am Fenster. Hinter anderen Papieren findest du eine gesiegelte und in Purpur eingeschlagene Rolle."

Manfred folgte der Aufforderung, fand das Gesuchte und brachte es ans Bett.

„Verwahre es gut und öffne es gleich nach meinem Tod. Lass mich ein wenig schlafen, aber bleibe bei mir."

Manfred nickte und ließ den Vater nicht aus den Augen. Später kam der Arzt Johannes von Procida herein und fragte leise:

„Wie geht es ihm?"

„Er schläft ..."

„Ruft mich sofort, wenn er aufwacht."

Manfred nickte und stellte etwa um die Mittagszeit fest, dass die Atemzüge des Kaisers mühsamer wurden, in ein rasselndes Keuchen übergingen. Er griff nach der Hand seines Vaters, die sich eiskalt anfühlte. Behutsam versuchte er, sie warm zu reiben, spürte einen leisen Gegendruck.

Friedrich öffnete kurz die Augen und sagte laut und deutlich: „Es gibt nur sie – die Einzige!"

Dann verstummte das Keuchen und der Kaiser lag mit offenen Augen da – leise lächelnd.

Als Manfred dem Erzbischof von den letzten Worten seines Vaters berichtete, sagte Berardo von Palermo: „Damit war gewiss die Kirche gemeint, mit der er sich sterbend versöhnt hat."

Manfred aber wusste es besser, denn er war einige Male Zeuge gewesen, als sein Vater den Kosenamen „Unica" für die Mutter benutzte. Als er den Purpurstoff öffnete, fand er ein gesiegeltes und von drei Zeugen unterzeichnetes Dokument. Er las es und brach in Tränen aus.

Erstes Buch

1

Mit dem Zurückerinnern ist es so eine Sache. Die einen behaupten, sie könnten sich der Zeit entsinnen, da sie an der Mutterbrust lagen, bei anderen setzt die Erinnerung erst mit dem dritten oder vierten Lebensjahr ein. Freilich gehen die meisten dabei irre und halten, was sie später von Eltern und Geschwistern erfahren, für im eigenen Gedächtnis Bewahrtes.

Bianca aber war ganz sicher, ihr sei der traurige Tag im Gedächtnis geblieben, als der Vater starb. Wenige Tage später, am neunten Oktober, sollte nämlich ihr dritter Geburtstag gefeiert werden und ihr ganzes kindliches Sinnen und Trachten war auf diesen Festtag gerichtet. Ihre *nutrice* unterstützte sie dabei nach Kräften und gemeinsam heckten sie Geburtstagswünsche aus. Das konnten sie – vom Spott der älteren Brüder verschont – ganz unbehelligt tun, denn die Amme Berta stammte aus Innsbruck, und sie unterhielten sich in einem bairisch gefärbten Deutsch. Bertas Mann Jörg war Söldner im Dienst der gräflichen Familie Lancia, mochte sich von seiner Frau nicht trennen und hatte sie über die Alpen geholt. Biancas Milchschwester starb bald nach der Geburt und so war Berta zu ihrer zweiten Mutter geworden.

Biancas Vater, Tommaso Lancia, war ein begeisterter Waidmann und er fieberte alljährlich der herbstlichen Jagdzeit entgegen. Die gräfliche Familie Lancia war in und um Pisa reich begütert und wenn Don Tommaso jagte, dann tat er es im Gebiet des Monte Pisano auf eigenem Grund und Boden. Er hatte seine Jagdlust nicht ererbt, denn sein Vater, Don Bartolomeo, war eher ein Gelehrter, der sich viel mit Familien- und Stadtgeschichte befasste. Freilich, auch er war ein Lehnsmann und somit dem Kaiser verpflichteter Waffenträger, aber unter Heinrich VI. war hier kein Kriegsdienst zu leisten und der Gefolgschaft Ottos des Welfen hatte er sich geschickt entzogen. Nun aber musste sein Sohn den Waffendienst leisten, aber vorerst sah es so aus, als würden unter dem neuen König friedliche Zeiten heraufziehen. So hatte sich der zum Krieger verpflichtete Bartolomeo Lancia in einen Gelehrten verwandelt. Mit heiterer Ironie betrachtete er den Jagdeifer seines Sohnes und meinte einmal, in seiner Familie habe es Feldherren, Bürgermeister, auch Notare und Richter gegeben, da könne man einen Jäger schon einmal verkraften. Er hoffe nur, sein Enkel Galvano werde sich einmal nützlicheren Dingen zuwenden. Das war Biancas älterer Bruder, Don Tommasos Erstgeborener. Mit seinen vierzehn Jahren erschien er Bianca fast schon wie ein Erwachsener. Aber es gab noch den damals achtjährigen Giordano, der – wenn es ihm gerade gefiel – grimmig über das Wohl seiner kleinen Schwester wachte.

Biancas Mutter, Donna Gaetana, entstammte einem uralten piemontesischen Adelsgeschlecht, eine dünnblütige häufig kränkelnde Schönheit, von Mann und Söhnen vergöttert, stets zerstreut und ihren Kindern gegenüber eher nachsichtig. Die beiden Söhne, vor allem Galvano, hielten sich mehr an den Vater, während Bianca von Berta mit Liebe und der gebotenen Strenge erzogen wurde. Donna Gaetana war das ganz recht – zwar liebte sie ihre Kinder, doch sie hatte nie so recht gewusst, was sie mit ihnen anfangen sollte.

Zurück zu jenem schwarzen Tag, da Don Tommaso Lancia im Valgraziosa nahe der Ortschaft Calci seiner Lieblingsbeschäftigung nachging. Als Adliger übte er ausschließlich die Hohe Jagd aus, stellte nur dem sogenannten edlen Wild nach, also Hirsch und Reh, Steinbock und Gemse; von den Raubtieren waren es Bär, Wolf und Luchs. Dazu hätten auch Fasane, Auerhähne, Kraniche, Reiher und Schwäne gehört, doch die Pirsch auf jede Art von Vögeln lehnte er ab, auch die vom Adel besonders geschätzte Jagd mit dem abgerichteten Falken. Es entsprach seinem Wesen, beim Waidwerk den ganzen Menschen einzusetzen und nicht einem dressierten Vogel die Arbeit zu überlassen.

Nun war in diesen Tagen aus dem seiner Herrschaft unterstehenden Calci die Klage gekommen, eine Bärenplage nehme so überhand, dass die Schweinehirten sich weigerten, ihr Vieh auf die alljährliche Eichelmast in die Wälder zu treiben. Zwei von ihnen seien dabei auf gräßliche Weise schon umgekommen. Der *podestà* in eigener Person war nach Pisa gekommen und hatte bei der Herrschaft die Beschwerde vorgebracht.

Don Tommaso, ohnehin schon dabei, alles für die herbstliche Jagd vorzubereiten, nahm auch einige der schweren, langen Spieße mit, mit denen man den Bären zu Leibe rückte. Galvano, der Erstgeborene, sollte ihn begleiten, aber da fiel von Donna Gaetana alle Zerstreutheit ab.

„Nein, mein Lieber“, so forderte sie mit fester, entschlossener Stimme, „eine Bärenhatz ist mir für den Jungen zu gefährlich. Lasst ihn erst einmal erwachsen werden!“

Natürlich fügte sich Don Tommaso, aber Galvano fühlte sich in seinem Stolz verletzt.

„Ich bin erwachsen, Frau Mutter! Mit vierzehn ist man nach dem Gesetz ...“

Da wurde Don Tommaso zornig.

„Halte deinen Mund! Deine Mutter hat recht und es war unbedacht von mir, dich auf eine Bärenjagd mitnehmen zu wollen.“

„Ihr hättet mich wenigstens zuschauen lassen können.“

Da musste Don Tommaso laut lachen.

„Auch das hat schon so manchen das Leben gekostet. Nein, mein Sohn, da warten wir noch ein paar Jahre. Ich aber darf die guten Leute nicht mehr warten lassen ...“

Eilig brach Don Tommaso mit seinen Gehilfen auf, bezog im Palazzo della Città Quartier und ließ sich von den Betroffenen genau erklären, in welchem Gebiet die Hirten getötet oder wo Bären gesichtet worden waren. Auch Jörg, Bertas Mann, war unter seinen Begleitern. Seit seine Frau Biancas Amme geworden war, hatte sich auch sein Ansehen gehoben. Jörg war ein gutmütiges Raubein und fürchtete nichts, ausgenommen seine Frau. Von simplem Geist und dürftiger Sprache, war auf ihn dennoch unbedingter Verlass. Da einfache Leute nur einen Vornamen tragen und dazu meist die Bezeichnung ihrer Herkunft, ihres Berufs oder den Vornamen des Vaters, hatten italische Zungen aus ihm einen Giorgio da Ponte gemacht. An Innsbruck hätten seine Kameraden sich die Zunge zerbrochen und so wurde „Bruck“ daraus – in der Landessprache *ponte*.

Am nächsten Morgen brachen sie dann auf und ein paar Mutige begleiteten Don Tommaso und zeigten ihm die Stellen, wo man die zerfleischten Hirten gefunden hatte. Die Fundorte lagen nicht weit auseinander in einer kleinen Waldlichtung. Don Tommaso hatte bis jetzt keinen Bären erlegt und so wollte er sich kundig machen. Vor allem bewegte ihn die Frage, ob der Bär die Hirten getötet hatte, um an Nahrung zu gelangen. Ein alter Jägersmann aus Calci – er hatte sich sofort Don Tommaso angeschlossen – schüttelte heftig seinen Kopf.

„Nein, Herr, Bären sind keine Menschenfresser. Es ist aber so, dass sie im Spätherbst ihre bevorzugte Nahrung nicht mehr finden, sich aber für den Winterschlaf rüsten wollen. Den überstehen sie nur, wenn sie feist genug sind."

„Du sprichst von ihrer gewohnten Nahrung? Was ist das?"

Der alte Jäger grinste.

„Bei so großen Tieren klingt es schon seltsam, aber sie bevorzugen Obst, Waldbeeren, Getreide, Pilze, Schnecken – lauter Kleinzeugs. Geht das aber zu Ende und sie fühlen sich nicht dick genug, dann reißen sie irgendwelche gerade erreichbaren Tiere. Das können Schafe sein, auch Ziegen, Kälber, sogar Pferde In diesem Fall liefen ihnen die Schweine über den Weg und die Hirten stellten sich ihnen vermutlich entgegen. Da richtet sich dann der Bär zu seiner vollen Größe auf – das können über drei Ellen sein – und schlägt mit den Pranken zu. Zwei oder drei Hiebe genügen und der Mensch liegt da wie ein Stück Hackfleisch."

Don Tommaso schüttelte den Kopf und fragte ärgerlich: „Sind denn diese Hirten nicht bewaffnet?"

„Nein, das hat Euer Vater verboten – die Anweisung liegt beim *podestà*."

„Mein Vater? Aber der hat doch mit der Jagd ..."

„Nein, Don Tommaso, da geht es nicht um die Jagd, sondern darum, die Hirten vom Wilddiebstahl abzuhalten. Ich selber war dreißig Jahre lang im Dienst Eures Vaters Jagdaufseher und habe darauf geachtet, dass dieser Befehl befolgt wurde."

„Hm", sagte Don Tommaso und blickte etwas verlegen drein, „da werde ich wohl mit meinem Vater reden müssen."

Zwei Tage lang gingen sie auf die Pirsch und am Abend des dritten – auf Anraten des alten Jägers hatten sie eine tote Ziege ausgelegt – sahen sie, wie ein riesiger Braunbär sich dem Aas näherte. Er richtete sich auf und blickte schnaubend um sich. Da war Don Tommaso nicht mehr zu halten, gab seinen Gehilfen ein Zeichen und zu dritt drangen sie mit vorgestreckten Spießen auf ihn ein. Das Tier reagierte sofort. Mit schnellen Prankenhieben fegte es die Lanzen beiseite und griff den ihm Nächststehenden wütend an. Das aber war Don Tommaso, den sein Jagdeifer vorwärtstrieb. Die langen Krallen des Bären schlitzten ihm die Halsschlagader auf und noch während die anderen das Tier zu töten versuchten, verblutete Don Tommaso Lancia auf dem Waldboden. Das geschah im Jahr des Herrn 1216 am sechsten Oktober.

Auch Jörg war dabei schwer verletzt worden, die messerscharfen Krallen des Bären hatten ihm den linken Oberarm und einen Teil der Brust aufgerissen. Als Jörg in Bertas Obhut kam, war er halb verblutet und tief bewusstlos. Ihre Heilkenntnisse hatte sie von der Mutter übernommen und da hieß es bei Blutverlust und großflächigen Wunden die Blutbildung zu fördern und die Wunde so sauber wie möglich zu halten. Sie mischte starken Rotwein mit feingestoßenem Eisenrost und flößte dem Fiebernden so viel wie möglich davon ein. Das Fieber, so meinte sie, habe eher eine heilende Wirkung, solange es nicht zu hoch steige. Die Wunden behandelte sie mit einem Absud von Beinwell, wie sie diese Pflanze nannte, die auch hier auf sumpfigen Wiesen häufig zu finden war. Zwei Wochen später war Jörg schon wieder auf den Beinen und meinte, die paar Kratzer hätte er auch ohne besondere Pflege leicht überstanden. Da tippte sich Berta an die Stirn und schüttelte den Kopf. Bianca brachte diese Geste zum Lachen und Jörg ergriff die Flucht. Eine Frau und ein Mädchen, das hielt er nicht lange aus.

Donna Gaetana verfiel in tiefe Trauer, seelischer Schmerz verdunkelte ihre Tage und zeitlebens fand sie nicht mehr ans Licht zurück. Sie siedelte in ein Klosterhospiz über und starb zwei Jahre nach ihrem Gemahl. Da war Bianca gerade fünf geworden und wenn sie es auch nicht eingestand, so hielt sich ihre Trauer über den Tod der Mutter doch in Grenzen. Sie hatte ja ihre Amme Berta, mit der zusammen sie eine verschworene Gemeinschaft bildete.

Wenn sich der jetzt sechzehnjährige Galvano als zweites Familienoberhaupt besonders spreizte, dann begann Bianca in deutscher Sprache über diesen „dummstolzen Gockel“, dem „noch die Eierschalen hinter den Ohren kleben“, zu lästern. War Berta zugegen, dann gab es ein großes Gekichere auf Kosten der „Männer“ – auch der jetzt zehnjährige Giordano zählte sich dazu – und je wütender sie sich dieses „Kauderwelsch“ verbaten, umso mehr musste Bianca lachen. Natürlich wagte keiner der Brüder die Schwester anzurühren, denn sie war nun der einzige weibliche Spross in der Lancia-Familie.

Das eigentliche Familienoberhaupt war Don Bartolomeo, der die beiden schweren Schicksalsschläge mit stoischem Gleichmut ertragen hatte. In seiner Einstellung orientierte sich der Hochgebildete eher an den alten Philosophen als an der christlichen Lehre. Seneca bedeutete ihm mehr als Augustinus, aber das behielt er für sich, denn schließlich stand er einem christlichen Hauswesen vor.

Seinen beiden Enkeln versuchte er den Vater zu ersetzen, was bei Galvano leichter war als bei Giordano, aus dem ein rechter Wildfang geworden war. Dem Zehnjährigen fiel es besonders schwer, sich irgendeiner Disziplin zu unterwerfen und als er in einem Anfall von Jähzorn seinem Hauslehrer an die Gurgel ging, sah sich der sonst eher nachsichtige Großvater gezwungen, harte Maßnahmen zu ergreifen. Giordano musste vor dem Maestro niederknien und um Verzeihung bitten. Danach verabreichte ihm ein kräftiger Hausknecht dreißig Stockhiebe und er wurde bei Wasser und Brot drei Tage lang in einen lichtlosen Kellerraum gesperrt. Ein wenig half das schon, denn Don Bartolomeo drohte seinem Enkel an, im Wiederholungsfall das Strafmaß zu verdoppeln. Sechzig Stockhiebe und sechs Tage Kellerhaft wollte der Junge doch nicht riskieren, sodass er alles daransetzte, sich wenigstens im Haus gesittet zu benehmen. Um seine Wildheit abzureagieren, fand er den Ausweg, sich draußen mit anderen, meist älteren Jungen herumzuprügeln. Da zog er nicht selten den Kürzeren, kam aus mehreren Wunden blutend und mit zahlreichen blauen Flecken nach Hause. Galvano, mit der Autorität des älteren Bruders, schalt und hänselte ihn dann, doch Don Bartolomeo mischte sich da nicht ein.

„Später wird seine Wildheit vergehen", meinte er dann.

In diesem Fall sollte er nicht ganz recht behalten.

Auf Geheiß des Großvaters nahm Bianca ebenfalls am Unterricht des Hauslehrers teil, doch das sollte – wie er stets betonte – weder Zwang noch Pflicht sein, sondern ihr freiwilliger Entschluss. Was sie sonst selten tat: Diesmal schlug sie den Rat ihrer Amme in den Wind. Berta hatte gemeint, ein Mädchen habe die Gelehrsamkeit nicht nötig, es gebe für Frauen so viele andere, auch wichtigere Dinge, mit denen sie sich befassen sollten. Bianca blickte sie neugierig an.

„So? Dann nenne mir doch diese wichtigen Dinge."

Die kleine, rundliche Berta geriet in einige Verlegenheit.

„Na ja, da du doch später als Haus- und Ehefrau das Gesinde beaufsichtigen musst, solltest du dich mit Dingen aus Küche und Keller befassen, solltest Gutes vom Schlechten zu unterscheiden wissen – also, ich meine zum Beispiel, wenn Fleisch oder Fisch nicht mehr genießbar sind, die essbaren Pilze von den giftigen ..."

Da musste Bianca lachen.

„Aber Berta, dies alles lernt man doch mit der Zeit ganz von selber. Aber Schreiben und Lesen, Geographie und Geschichte, dieses Wissen fliegt einem nicht zu, das muss von kundigen Menschen gelehrt werden. Nachdem diese wegen meiner Brüder ohnehin ins Haus kommen, wäre es doch dumm, eine solche Gelegenheit nicht zu nutzen. Ich nehme ja keinem etwas weg und Großvater ist auch einverstanden."

Ja, das war nun der entscheidende Punkt, denn ihre Beziehung zu Don Bartolomeo war eine ganz besondere. Bianca war sein Schatz. Die Nachfolge war durch Galvano und Giordano gesichert, die Enkelin aber konnte später in eine wichtige Familie einheiraten, natürlich eine ghibellinische.

Es wäre hier anzumerken, dass die Lancia von alters her kaiserlich gesinnt waren, wie übrigens die ganze Stadt Pisa seit Jahrhunderten auf Seiten des Kaisers stand, auch wenn er kein Staufer war. Nach der Ermordung König Philipps von Schwaben hatte sich Otto, der Welf, als deutscher König behauptet, aber dann – es war wie ein Wunder – hatte der siebzehnjährige Friedrich, bisher nur König von Sizilien, sich in Aachen die deutsche Krone aufs Haupt gesetzt, mit fast einhelliger Zustimmung der Reichsfürsten. Was nun die Heiratspläne betraf, so war das eine notwendige Familienpolitik, besaß jedoch einen weichen Kern. In Wahrheit nämlich wollte Don Bartolomeo seine Enkelin so lange wie möglich um sich haben – solange er lebte, wie er sich insgeheim eingestand. Oft führten sie ausgedehnte Gespräche, wobei Don Bartolomeo nicht selten vergaß, dass er mit einem siebenjährigen Kind über Dinge redete, die weit über dessen Verständnis lagen.

Der mehrfach vergrößerte Lancia-Palazzo – viele Generationen hatten daran gebaut – lag am nordöstlichen Stadtrand auf einem sanften Hügel zu Füßen des Monte Pisano. Früher mochte der Blick auf die Stadt noch frei gewesen sein, jetzt aber versperrten Pappeln, Platanen und mächtige Eichen die Sicht. Der Vater hatte da immer eine Schneise schlagen wollen, aber der *nonno* sperrte sich dagegen mit den Worten:

„Wenn wir von oben die Stadt nicht sehen, bleibt auch von unten unser Haus verborgen. Gerade das schätze ich ..."

Da Don Tommaso nun tot war, gab es keine Auseinandersetzungen mehr darüber.

An einem milden, sonnigen Spätherbsttag saßen sie nach dem Mittagsmahl im Freien. Galvano und Giordano hatten sich nach dem Essen schnell verdrückt, weil sie Gespräche mit dem Großvater wegen seiner strengen Gelehrsamkeit fürchteten. Bei Bianca war das freilich nicht der Fall. Sie war gerade sieben geworden, als Don Bartolomeo plötzlich von seiner Familie zu sprechen begann.

„Deinen Brüdern habe ich es schon erklärt, sie werden ja zeitlebens Träger unseres Namens sein, während du später den deines Gatten übernehmen wirst. Trotzdem wirst du – so gut kenne ich dich – deine Herkunft niemals verleugnen und nie vergessen, dass du eine geborene Lancia bist. Was hat es also mit diesem Namen auf sich? Sprachlich gesehen, kann man ganz Verschiedenes daraus ableiten. Der Begriff einer bestimmten Waffe liegt am nächsten und wir denken an Lanze, Spieß, Speer. Aber auch für schmale Boote wird dieses Wort gebraucht, also für Kahn oder Nachen. Ebenso lässt es sich auf einen Menschen übertragen, etwa *lancia* für Speerwerfer. Damit nähern wir uns dem Bezug zu unserer Familie. Bei den alten Römern gab es die *lancea*, das war eine Wurfwaffe, welche die dafür gründlich Ausgebildeten mit tödlicher Sicherheit handhaben konnten. Die kaiserliche Leibwache nannte sich *lanceari* und nahm nur Männer aus angesehenen Familien auf – wenigstens in den Glanzzeiten des Römischen Reiches. Eine Familienlegende spricht davon, dass ein verdienter Centurio dieser Leibwache nach Ablauf seiner Dienstzeit mit Land in der Gegend von Pisa beschenkt wurde. Er könnte unser Urahn geworden sein. Weniger wahrscheinlich, dafür aber viel schöner, viel aufregender ist eine Herkunft vom Ritter Lancelot aus der Artussage."

In sein beherrschtes, kluges und sorgfältig barbiertes Gesicht trat etwas wie Neugierde, eine Eigenschaft, die er sonst weniger schätzte. Aber jetzt wollte er wohl erkunden, ob Bianca von dieser Sage schon gehört hatte.

Sie lächelte verschmitzt, auf eine Weise, die keiner der Jungen zustande brachte. Die konnten nur frech grinsen oder schallend lachen.

„Habe ich davon gehört? Ich glaube schon, der Lehrer hat es einmal erwähnt."

„Erwähnt? Ganz kurz, in Umrissen oder ausführlich?"

„Kurz nur, glaube ich."

„Glaube, Donzella Bianca, ist ein Mangel an Wissen. Aber wie dem auch sei, du wirst dich an die berühmte Tafelrunde dieses englischen Königs erinnern können. Einer der daran teilnehmenden Ritter war Sir Lancelot. Als er am Hofe dieses Königs in Erscheinung trat, war um ihn eine Aura des Geheimnisvollen. Er kam aus der Bretagne, soll dort an einem See von einer Zauberin großgezogen worden sein. Später stellte sich heraus, dass er der Sohn des bretonischen Königs Ban und seiner Frau Alene war. Seinen Ritterschlag erhielt er von König Artus auf der Burg Kamalot, da war er gerade achtzehn Jahre alt. Von nun an musste er alle Rechte und Pflichten eines christlichen Ritters übernehmen.

Da setzt wieder unsere Familiengeschichte ein, die davon spricht, dass Lancelot in ganz jungen Jahren, kurz nach dem Ritterschlag, im Zorn einen Mann getötet hat. Bei Verstößen konnte er nur von seinesgleichen gerichtet werden und unser Lancelot wurde zu einer Pilgerfahrt ins Heilige Land verurteilt. Man könnte nun sagen, dass das Adelsgericht es einem der ihren sehr leicht machte mit dem Schuldspruch. Eine Fahrt ins Heilige Land – was ist das schon? Noch dazu waren damals die heiligen Stätten alle in christlicher Hand, beherrscht vom Oströmischen Reich. Sir Lancelot brauchte also von den Britischen Inseln bis Jerusalem christlichen Boden nicht zu verlassen. Jetzt, da die Muselmanen Palästina beherrschen, ist es viel schwieriger, wenn nicht gar unmöglich. Dem steht entgegen, dass von zehn Jerusalempilgern vielleicht einer zurückkam. Die anderen starben an irgendwelchen Krankheiten, nicht wenige fielen auf ihrer monatelangen Fahrt Piraten oder Wegelagerern in die Hände, ihre Schiffe konnten im Sturm untergehen oder an Klippen zerschellen. So betrachtet, sieht der Schuldspruch gleich anders aus, nicht wahr?"

Bianca nickte.

„Schön, dass du mir das alles erzählst, *nonno*. Von unserem Lehrer hätte ich es nicht so ... so genau erfahren."

Übrigens durfte nur Bianca ihn duzen; die Jungen mussten seit ihrem sechsten Lebensjahr die Höflichkeitsform benutzen.

Don Bartolomeo begann sich Sorgen zu machen, ob er seine erst siebenjährige Enkelin damit nicht überforderte. Aber sie hörte gespannt zu, während die jungen Herren zu gähnen begannen oder einwandten, dies sei alles lange, lange her, und es sei besser – so

Galvano –, nach vorne zu blicken. Dabei trug der Kerl den Namen eines Ritters der Tafelrunde: Gauvain!

Biancas Stimme riss ihn aus seinen Gedanken.

„Aber wie geht die *favola* dann weiter?“

Er drohte ihr mit dem Finger.

„Das Wort Märchen gefällt mir in diesem Zusammenhang nicht! Könntest es ruhig *storia* nennen ...“

„Gut, also, wie geht die Geschichte weiter?“

Er blickte sie liebevoll an und meinte in ihrem Kindergesicht den Sohn und dessen Gemahlin vereinigt zu sehen.

„Ich glaube, dass du einmal eine schöne Frau wirst ...“

Sie lächelte.

„Glaube, lieber *nonno*, ist ein Mangel an Wissen – deine Worte.“

Da musste auch er lachen.

„Da es sich um die Zukunft handelt, ist meine Wortwahl zu entschuldigen. Die Geschichte geht so weiter, dass Sir Lancelot sich von Cornwall – das ist eine Grafschaft im äußersten Südwesten von England – auf den Weg nach Süden, ins Heilige Land machen musste. Er wird mit einem Küstensegler die französische Westküste entlanggefahren sein, vermutlich bis Bordeaux, dem Hauptort von Aquitanien und seit Römerzeiten ein wichtiger Hafen. Er hätte sonst mit dem Schiff um die Iberische Halbinsel herumsegeln müssen – ein gewaltiger Zeitverlust. So ritt er von Bordeaux die Garonne entlang bis Narbonne und von dort in zwei Tagen nach Marseille, dem alten Massilia. Wieder mit einem Küstensegler wollte er von da bis Sizilien reisen, aber in Pisa – so unsere Familiengeschichte – erkrankte er schwer. Nun, er war ein adliger Herr, mit Geld und Dienerschaft, da brachten sie ihn ins Bürgerhospiz. Dort wie auch anderswo war es christlicher Brauch, dass Bürgerfrauen sich in der Pflege der Kranken abwechselten, um Gotteslohn. Eine dieser Damen – ihren Namen kennen wir nicht – brachte ihre Tochter ins Hospiz mit, damit die vielleicht Sechzehnjährige eine Vorstellung von Krankheit und Elend bekam, sozusagen eine pädagogische Maßnahme.“

„Gibt es das heute auch noch? Ich meine, dass vornehme Damen ...“

„Heute haben Nonnen diese Dienste übernommen. Zurück zu Sir Lancelot. Langsam genas er wieder und kaum war er auf den Beinen, stattete er seiner Pflegerin einen Höflichkeitsbesuch ab, der freilich mehr ihrer Tochter Julia galt. Irgendwie muss er Julias Eltern von seiner vornehmen Abstammung überzeugt haben, denn sie stimmten einer Heirat zu. Es heißt, da seien noch mehr Töchter gewesen und Lancelot habe auf eine Mitgift verzichtet. Natürlich sollte seine junge Frau mit ihm nach England gehen, wo er später seinen Platz an der Tafelrunde des Königs Artus wieder einnehmen musste. Aber da war der Schuldspruch und Lancelot hätte sein christliches Rittertum verleugnet, wäre er ihm nicht nachgekommen. Gleich nach der Hochzeitsnacht, äh, also unmittelbar nach der Trauung machte er sich auf den Weg. Wir wissen nicht, wie es ihm auf dieser gefahrvollen Reise ergangen ist, aber nach über einem Jahr kehrte er zurück. Da war sein Sohn schon einige Monate alt, doch Julia hatte die Geburt nicht überlebt. Sir Lancelot hatte wenig Zeit für Trauer, denn der Ruf des Königs Artus war hierhergedrungen; wegen eines bevorstehenden Krieges brauchte der König seine Lehensmänner im Land. So ließ Lancelot den Sohn bei den Großeltern, bat sie aber, ihn auf einen keltischen Namen zu taufen: Walwain – so hieß der Neffe seines Königs, die Bretonen sagen Gauvain. Dieser Name, mit dem bei uns unbekannten W, wurde hier in Galvanus abgeändert, denn damals sprach die kultivierte Welt noch Latein. Aus Lancelot wurde Lancia und als der Knabe mündig war, ging die Rede davon, ihn ins Land seiner Väter zu schicken, doch man fand heraus, dass dort mehrere Könige sich bis aufs Blut bekämpften. So blieb Galvano Lancia im Land seiner Mutter, ließ sich später die adlige Herkunft bestätigen und war der Stammvater unseres Geschlechts – vielleicht ...“

Don Bartolomeo lächelte in die vor Staunen weit geöffneten Bernsteinaugen seiner Enkelin. Warum, so fragte er sich im Stillen, ist dieses zarte Kind meinem Herzen näher als die ganze übrige Familie? Bianca muss wohl damals schon etwas von dem Zauber besessen haben, der sie später mit einem magischen Schein umgab und dem sich kaum ein Mann entziehen konnte. Zuletzt stellte sie ihrem Großvater noch eine überraschende Frage.

„Wie mag dieser Sir Lancelot wohl ausgesehen haben? Vielleicht wie unser junger König? Du hast ihn doch gesehen?“

Er nickte.

„Ja, ich war bei der Pisaner Abordnung, die Federico in Modena begrüßte.“

Biancas Augen glänzten wie im Fieber.

„Wie sah er aus?“

„Mittelgroß, von ebenmäßiger Gestalt, rotblondes Haar, ein Antlitz voll Adel und Majestät mit leuchtend blauen Augen. Ein richtiger Staufer ...“

Bei späteren Gesprächen über König Friedrich benutzte Bianca hartnäckig die deutsche Form, während der *nonno* und ihre Brüder bei Federico blieben. Es wurde dann zu einer Art Wettkampf, dass sie „Friedrich“ sagte und ihr das deutsche „ch“ makellos über die Lippen ging, während die anderen grinsend „Federico, Federico, Federico“ skandierten.

2

Acht Jahre hatte König Friedrich sich in deutschen Landen aufgehalten, unentwegt auf Reisen, nur unterbrochen von der vorläufigen Krönung in Mainz – mit den falschen Insignien – und der endgültigen Krönung in Aachen ein Jahr später – mit den echten Kronjuwelen. König Otto, der Welf, hatte sie zurückgehalten, doch dann war er entmachtet worden und im Mai 1218 auf der Harzburg gestorben.

Auf den Hoftagen in Mainz, Augsburg, Nürnberg, Regensburg und Koblenz hatte Friedrich wieder und wieder betont, dass Gott ihn zum deutschen König bestimmt habe und dies durch deutliche Zeichen – Philipp von Schwaben ermordet, König Otto besiegt und gestorben – kundgetan hatte. Und alle glaubten ihm. Wenn er von der Höhe seines Thrones im Königsgewand Recht sprach, Privilegien erteilte, Streit schlichtete, Lehen bestätigte, dann wagte keiner einen Widerspruch. Hielt er es für nötig, wurde zuvor im kleinen Kreis beratschlagt, aber was er dann vom Thron herab verkündete, war unwiderruflich – die Königsworte machten es zum Gesetz.

Das war nun der König in seinem äußeren Glanz, wie ihn viele sahen, seine Stimme hörten, seine Verfügungen mit einem großen roten oder dem kleineren Goldsiegel entgegennahmen. An seiner Seite die etwas farblose Konstanze, aus königlichem Geschlecht, Witwe und nun wieder Gemahlin eines Königs, auf dem Weg zur Kaiserkrönung. Den neunjährigen Sohn hatten sie in deutschen Landen zurücklassen müssen – als gewählten deutschen König.

Wie das? Was brachte die Reichsfürsten dazu, ein Kind zu ihrem König zu wählen?

Es war nicht einfach gewesen. Ein Jahr nach der Krönung in Aachen traf Konstanze mit dem fünfjährigen Heinrich ein und einige Monate später stellte Friedrich auf dem Hoftag zu Nürnberg seinen Sohn den deutschen Fürsten vor. Kurz darauf ernannte er das Kind zum Herzog von Schwaben und belehnte es mit Burgund. Auf den im deutschen Reich ausgestellten Urkunden erschien nun auch Heinrichs Name, doch die Fürsten zögerten. Sie wussten, was Friedrich anstrebte, mochten sich aber mit der Vorstellung eines „Erbkönigtums" nicht abfinden. Sie hatten Friedrich zu ihrem König gewählt und nach seinem gewiss noch sehr fern liegenden Tod würden sie oder ihre Söhne einen anderen wählen, nach den künftigen Erfordernissen, die jetzt – außer Gott – niemand kannte. Wählten sie Heinrich, so wären sie auf Generationen hinaus an die Staufer gebunden.

Dennoch gelang es ihm. Mit jedem einzelnen Reichsfürsten setzte er sich persönlich auseinander, sprach unter vier Augen von Gleich zu Gleich, ohne Zeugen. Draußen warteten schon die Schreiber, um es zu beurkunden, und dann gab es kein Zürück mehr.

Auf dem Hoftag zu Frankfurt im April 1220 wählten die Reichsfürsten dann tatsächlich den kaum neunjährigen Heinrich zum deutschen König. Der Papst gab später seinen Segen dazu, denn Friedrich war so klug, den Erzbischof Engelbert von Köln zum Reichsverweser bis zur Mündigkeit seines Sohnes zu ernennen. Dass sie ihren Sohn in deutschen Landen zurücklassen musste, traf Konstanze schwer. Friedrich versuchte, sie zu trösten, aber seine Worte klangen hohl, denn er liebte weder sie noch diesen Sohn. Diese Menschen waren für ihn politische Instrumente, die er nach den jeweiligen Erfordernissen einsetzte. Sein Herz gehörte dem vierjährigen Enzio, der seit dem Tod seiner Mutter den Vater auf seinen Reisen durch das deutsche Reich begleitete. Kaum ein Tag verging, da Friedrich den Kleinen nicht sah, und wenn er ihm Gute Nacht sagte, mussten Amme und Kinderfrau verschwinden.

Im Spätsommer überquerten sie den schneefreien Brenner, zogen dann langsam und im Triumph über Bozen, Trient, Verona, Modena und Bologna nach Rom. In Bologna erschienen die Abgeordneten der ghibellinischen lombardischen Städte, um dem künftigen Kaiser zu huldigen. Friedrich, bei der Ausübung seines Amts übergenau und immer bedacht, seine Anhänger nicht zu enttäuschen, ließ sich von seinen Sekretären vor jeder Audienz genau erläutern, mit wem er es zu tun hatte. So auch, als an einem Morgen Anfang Oktober eine Abordnung aus Pisa ihren Huldigungsbesuch ankündigte. Ihr Sprecher war der Graf Bartolomeo Lancia aus Pisa, begleitet von seinem achtzehnjährigen Enkel Galvano.

„Diese Familie zählt zu den Treuesten der Treuen Majestät", bemerkte der Sekretär und fügte hinzu: „Das war schon so zu Zeiten Eures Großvaters, des erhabenen Friedrich Barbarossa, und Eures Vaters, des Kaisers Heinrich."

„Männer von solcher Art würden Wir Uns, was die Lombardei betrifft, noch viel mehr wünschen."

Die beiden Lancia küssten dem König knieend die Hand.

„Erhebt Euch, Grafen Lancia. Vater und Sohn?"

„Nein, Majestät, Großvater und Enkel. Don Tommaso ist vor zehn Jahren bei der Jagd tödlich verunglückt. Er wollte einen Bären spießen und dann ..."

„Damit muss jeder Jäger rechnen. Hat Don Tommaso weitere Kinder hinterlassen?"

„Ja, Majestät, es gibt noch einen zwölfjährigen Giordano und eine siebenjährige Bianca."

Friedrich spürte verwundert eine seltsame Rührung beim Klang dieses Namens. Bianca ... Keine seiner Frauen oder Geliebten hatte diesen Namen getragen. Bianca ...

„Ein schöner Name – Bianca. Es hätte Uns betrübt, den Stamm einer so kaisertreuen Familie erlöschen zu sehen. Habt Ihr schon eine Frau erwählt, Don Galvano?"

Der junge Mann errötete.

„Nein, Majestät, aber mein Herr Großvater ist dabei ..."

Don Bartolomeo unterbrach ihn.

„Ja, ich führe Verhandlungen mit ghibellinischen Familien. Vielleicht kommt es zur Weihnachtszeit schon zu einer Verlobung."

„Das hören Wir gerne."

Dann zog sich König Friedrich mit Don Bartolomeo zu einer Aussprache zurück.

Als ihn seine Enkelin Bianca einige Wochen später nach dem Aussehen des Königs fragte, sagte er nur: „Mittelgroß, von ebenmäßiger Gestalt, rotblondes Haar, ein Antlitz von Adel und Majestät mit leuchtend blauen Augen. Ein richiger Staufer ..."

Seine eigenartigen Empfindungen aber verschwieg er. Nicht nur, weil er sie einem siebenjährigen Kind kaum hätte vermitteln können, sondern auch, weil er sich ihrer schämte. Sich schämen ist nicht das richtige Wort, besser wäre vielleicht, Don Bartolomeos Gefühl als ein Bedauern zu bezeichnen. Er als nüchterner, gelehrter und freisinniger Mann bedauerte, dass er sich zu solch unsinnigen Gefühlen hatte hinreißen lassen. Er glaubte nicht daran, dass Gott durch den Mund eines Menschen sprach, aber es hatte ihn beeindruckt, dass es diesem zum Herrscher geborenen Staufer gelang, in ihm ein solches Gefühl zu erwecken. Das Angebot des Königs, ihn zur Krönung nach Rom zu begleiten, musste er ablehnen. Das Reiten über längere Strecken fiel ihm zunehmend schwer, seine Magenschwäche hatte sich in den letzten Jahren verstärkt und er brauchte eine gewisse, auf Reisen kaum zu beschaffende Kost. So schlug er vor, sich durch seinen Enkel Galvano vertreten zu lassen, und der König war einverstanden.

In seiner bedächtigen, manchmal sogar etwas zögerlichen Art war Galvano das genaue Gegenteil seines jüngeren Bruders Giordano. Dass sein Großvater sich den Anstrengungen einer solchen Reise nicht unterziehen wollte, wunderte ihn nicht, aber dass er nun dafür einspringen und mit einigen anderen die kaisertreue Stadt Pisa vertreten sollte, überraschte ihn doch. Eigentlich hätte sein Vater diese Rolle übernehmen müssen, aber nun war er es – Galvano sah es ein –, der die Zukunft des Hauses Lancia verkörperte. Sobald er diese Notwendigkeit erkannt hatte, setzte er alles daran, diesem ehrenvollen Auftrag gerecht zu werden.

Giorgio da Ponte, Bertas Ehemann, inzwischen zum Capitano der Söldner im Dienst der Grafen Lancia aufgestiegen, begleitete ihn dabei. Er machte sich keine Sorgen um den „ehrenvollen Auftrag“, er freute sich über das Abenteuer einer Romreise, insgeheim auch darüber, dass ihn jede Meile von seiner Gemahlin entfernte.

Als Galvano um die Weihnachtszeit zurückkam, schien es seinem Großvater, als sei der Enkel älter, erwachsener geworden. In dieser kurzen Zeit? Aber auch Bianca spürte es. Galvano, sonst eher zögerlich und wortkarg, erging sich in begeisterten Schilderungen des Krönungszugs, entwickelte eigene Ideen, drängte den Großvater, seinen Einfluss geltend zu machen, um bei der kleinen, aber sehr aktiven Gruppe von Guelfen in Pisa eine Wandlung zu bewirken. Dieser Parteiname war entstanden, weil die Staufergegner sich zu Zeiten König Ottos für die Welfen eingesetzt hatten. Nun, da die Welfen entmachtet waren, bedeutete es auch „Parteigänger des Papstes".

Don Bartolomeo schüttelte bedächtig den Kopf.

„Wie stellst du dir das vor? Ein Parteiname soll nicht nur eine Sache des Gefühls sein, sondern ebenso des Verstandes. Diese Leute sehen sich als Lokalpatrioten, wollen ihre Städte selbst verwalten und vergessen dabei ganz, dass die Zeit nicht stillsteht. Das reiche und mächtige Florenz schielt auf unseren Seehafen, für Genua sind wir eine harte Konkurrenz und du wirst es noch erleben, dass es da zu einem Kampf kommt. Warum aber bisher nicht? Weil niemand eine ghibellinische Stadt anzugreifen wagt, denn er muss damit rechnen, dass der Kaiser bei seinem nächsten Italienzug die Dinge zurechtrückt."

Galvano lächelte. „Mich braucht Ihr nicht zu überzeugen, *caro nonno* ..."

Da tönte ein helles Stimmchen aus einer dunklen Ecke des Raumes:

„Mich auch nicht! Diese langweiligen Männergespräche sind ja zum Einschlafen!"

„Den Lauscher an der Wand trifft die eigene Schand", sagte Galvano spöttisch.

„Ich bin schon eine ganze Weile da, ihr habt mich nur nicht bemerkt. Galvano, ich möchte jetzt endlich von dir hören, wie das war mit der Krönung. Wie sah der Papst aus? Trugen die Menschen im Petersdom goldene Kleider? Ist Rom eine schöne Stadt? Sieht man dort viele Frauen auf den Straßen?"

„Halt, halt! Im Gefolge eines Kaisers kriegst du nicht so viel zu sehen. Du stellst mit den anderen eine Art Dekoration dar, etwas, mit dem der Kaiser sich schmückt, seine Macht demonstriert. Aber du hast schon recht, Kleines, auf einer solchen Reise gibt es viel zu sehen ..."

„Dann erzähle es uns!", forderte Bianca und ihre Stimme klang recht energisch.

Galvano tat es und er ließ sich Zeit.

Im kaisertreuen Modena waren sie fast eine Woche geblieben und dann hatten sie sich nach Süden gewandt, in Richtung Florenz. Nun ging die große Frage im Gefolge um, ob Friedrich dieser Stadt einen Besuch abstatten würde. Florenz war weder guelfisch noch ghibellinisch, die Parteien hielten sich hier die Waage, wenn auch die Papsttreuen so taten, als seien sie in der Mehrheit.

Der König ließ in Prato anhalten, denn dort gab es einen kaiserlichen Praefectus, der sich vor Eifer überschlug und sich diebisch freute, dass der König die reiche und stolze Nachbarstadt nicht besuchen wollte. Das war Ende Oktober und von da an waren sie noch über drei Wochen unterwegs. Einen längeren Aufenthalt gab es in Siena, das sich an Glanz und Reichtum nicht ganz, aber doch fast mit Florenz messen konnte. Seit es vor vierzig Jahren in den Besitz der reichen Silberminen von Montieri gekommen war, hatte die Stadt einen ungeheueren Aufschwung genommen. Im Gegensatz zu Florenz, das sich selber genügte, aber doch guelfisch geprägt war, hatte Sienas Adel die andere Partei gewählt. So scharten sich hier die Kaisertreuen um König Friedrich, der hier, obwohl noch ungekrönt, bereits als Imperator gefeiert und angesprochen wurde.

Auf dem abendlichen Bankett im Palazzo della Città konnte Galvano Lancia eine seltsame Beobachtung machen. An der Stirnseite des Saales stand erhöht die kaiserliche Tafel, an der die Tischgäste im Laufe des Abends wechselten. Zuerst nahmen dort der *podestà* und seine Gemahlin Platz, danach der Bischof mit zwei hohen Prälaten, zuletzt einige Häupter des Stadtadels. Die Kaiserin sprach wie stets sehr wenig, lächelte maskenhaft starr und verabschiedete sich, als der Pflicht Genüge getan war. Danach lockerte sich die Festgesellschaft auf, der Kaiser erhob sich, machte da oder dort Halt, ließ sich die Hand küssen, verbot den Kniefall. Kurz vor Mitternacht tanzten junge Mädchen einen anmutigen Reigen, wobei sie ein lateinisches Loblied auf Imperator Fridericus sangen. Der Kaiser bedankte sich mit freundlichen Worten, trat dann auf eines der Mädchen zu, sagte etwas und küsste ihr die Hand. Sie senkte den Kopf und Galvano glaubte, sie erröten zu sehen, doch er saß zu weit entfernt und war sich nicht sicher.

Am übernächsten Tag zogen sie weiter und rasteten zur Mittagspause unterhalb des hoch gelegenen Städtchens Montalcino. Wie immer, wenn man unterwegs war, ging es etwas turbulent zu und im Gefolge wurde wenig auf Standesunterschiede geachtet. Wenn das Essen ausgeteilt wurde, setzte man sich auf einen freien Platz und bei Galvano war es zufällig die Leibwache des Kaisers, die, durch einiges Buschwerk getrennt, hinter ihm das ziemlich karge

Mittagsmahl vertilgte. Da hörte er einen der Männer halblaut, doch durchaus verständlich, sagen:

„Gestern hat er's wieder wie ein Wilder getrieben! Er brachte die kleine Tänzerin gleich mit und als der Kammerdiener zum Auskleiden kam, mussten wir ihn wegschicken. Was dann durch die Tür zu hören war – man hätte neidisch werden können!"

Und dies alles unter den Augen der Kaiserin, dachte Galvano ganz verdattert, aber da er im Laufe dieser Reise noch mehrmals Ähnliches erlebte, nahm er es später gelassener hin. Jörg bemerkte wenig davon und wenn, dann spielten sich diese Ereignisse in einer so hohen und aus seiner Sicht auch verbotenen Sphäre ab, die Neugier oder Anteilnahme ausschloss, sodass sich jeder Kommentar erübrigte. Er hatte genug damit zu tun, seine Leute zusammenzuhalten, damit sie dem Hause Lancia keine Unehre machten.

Im Laufe des November verschlechterte sich das Wetter, eisige Stürme trieben tagelang Regenschauer vor sich her und so befahl der Kaiser, nicht mehr an jedem *borghetto* Halt zu machen, sondern zog mit seinen Berittenen dem langsameren Tross voraus. Am Abend des zwanzigsten November standen sie vor den Toren Roms, wo sie eine päpstliche Abordnung empfing. Schnell sprach es sich herum, dass sie die Stadtgrenzen nicht überschreiten durften, ehe Friedrich die bereits mit dem Papst abgesprochenen Zugeständnisse aufs Neue besiegelt hatte. Galvano stand nahe genug, um zu sehen, wie jäh die Zornesröte auf Friedrichs sonst immer beherrschtem Gesicht aufflammte. Es schien, als wolle sich seine nächste Umgebung unter dem zu erwartenden kaiserlichen Donnerwetter ducken, doch Friedrich mochte das päpstliche Wohlwollen nicht verlieren, nickte leicht, stieg vom Pferd und verschwand mit der Abordnung in einem an die alte Stadtmauer angebauten Zollhaus. Ein päpstlicher Sekretär erläuterte ihm später mit einiger Herablassung die schon lange vorher gegebenen Zugeständnisse. Es waren dies die staatsrechtliche Trennung Siziliens vom Reich und Anerkennung als päpstliches Lehen, verbunden mit zahlreichen Einzelheiten.

Nach einer Stunde wandten sie sich nach Süden und lagerten auf dem etwa siebzig Ellen hohen Monte Mario, von wo man die ganze Stadt übersehen konnte. Hier hatte Kaiser Otto III. den Aufrührer Crescentius mit Dutzenden seiner Anhänger grausam hinrichten lassen, was die Römer bewog, dem Hügel einen zweiten Namen zu verleihen: Mons Malus.

Diesmal aber war alles anders. Als Galvano Lancia im Gefolge des Kaisers den Hügel hinabritt und durch die grasbewachsenen oder zu Festungen umgebauten Türme des alten Roms auf die Via Triumphalis einbog, herrschte unbeschreiblicher Jubel. Wer im Gefolge des Kaisers war, wurde mit Blumen bekränzt, mit Wein gelabt, ja von wildfremden Menschen umarmt und geküsst. Galvano zuckte vor solchen Freudenausbrüchen zurück, konnte sich ihnen aber letztlich nicht entziehen und zwang sich zu einer freudigen Miene.

Vor dem Einzug in den inneren Stadtbereich bestätigte Friedrich die alten Rechte der römischen Bürgerschaft. Vier Kammerherrn umgaben ihn auf dem Weg zur Peterskirche und warfen mit vollen Händen silberne *grossi* unter das Volk. Bei dem wütenden Kampf um diese begehrten Münzen kamen einige Schwächere – Kinder und ältere Menschen – zu Tode, aber wen kümmerten an einem so großen Tag solche kleinen Unfälle?

An der Porta Collina wartete die römische Geistlichkeit auf das Kaiserpaar. Inzwischen war es schon Mittag geworden, aber der Zug durch die Via Triumphalis war immer wieder aufgehalten worden und hatte Stunden gedauert. Der Praefectus von Rom – eine Art *podestà* – setzte sich mit erhobenem Schwert an die Spitze des Zuges, ihm folgten die Kardinäle und Bischöfe, danach das Kaiserpaar mit seinem Gefolge, während der römische Stadtadel den Abschluss bildete. Des beschränkten Platzes wegen mussten die Abgeordneten der ghibellinischen Städte den Kaiser ohne ihre Bewaffneten begleiten. Allen ausländischen Waffenträgern war das Betreten der Stadt ohnehin untersagt. Jörg hatte das verärgert, denn er wusste, dass er zeitlebens nie mehr nach Rom kommen würde, nun aber war er da und durfte die Stadt nicht besuchen! Das hatte er in respektvollen Worten seinem Herrn zu verstehen gegeben und Galvano, der ihm gegenüber, dem Ehemann der schwesterlichen Amme, doch so etwas wie ein Verwandtenverhältnis empfand, sah es ohne weiteres ein.

„Wenn dies alles vorbei ist, zieht der Kaiser nach Süden weiter und wir machen uns auf den Heimweg. Zuvor aber legen wir unsere Waffen ab und treten als Rompilger auf, um die heiligen Stätten zu besuchen. Da wird es keinerlei Schwierigkeiten geben."

Jörg bedankte sich geziemend und sah seinem Herrn nach, der den Monte Mario hinunterritt.

Jetzt aber steckte Galvano im kaiserlichen Gefolge und kam sich trotz des furchtbaren Gedränges einsam und verlassen vor. Von den anderen städtischen Abordnungen war ihm niemand bekannt, auch gab es wenig Gelegenheit, in diesem Trubel jemand kennenzulernen.

Die Peterskirche, Grabstätte des ersten Papstes und nach Jerusalem heiligster Ort der Christenheit, enttäuschte Galvano zutiefst. Er hatte sich etwas Gewaltiges, Mächtiges, alles Menschenmaß Übersteigendes vorgestellt und fand ein paar Torbögen, einen Kreuzgang mit einem an der Ostseite angefügten schmalen, achtstöckigen Campanile, der eher zu einer Kleinstadtkirche gepasst hätte. Da musste er gleich an den gut dreimal so breiten Glockenturm in Pisa denken. Zwar hatte man schon vor Jahrzehnten den Bau nach dem dritten Stockwerk eingestellt, weil der Turm sich wegen des sumpfigen Untergrunds zu neigen begann, aber es war geplant, noch drei weitere Stockwerke anzufügen.

Es herrschte ein unglaubliches Gedränge, weil der Stadtadel glaubte, in Rom bei allen wichtigen Ereignissen ganz vorne stehen zu müssen. Galvano ärgerte sich, weil diensteifrige *sbirri* ihn und die anderen Stadtvertreter immer weiter abdrängten. Fast wären sie im Säulenhof geblieben, aber irgendwie war ein Befehl des Kaisers durchgedrungen, er wolle die Vertreter der lombardischen Städte als Zeugen seiner Krönung um sich haben. Ganz kurz nur sah Galvano den Papst, eine graubärtige, gebeugte Gestalt, sorgsam von zwei Kardinälen gestützt. Das genaue Alter des Heiligen Vaters wusste niemand, doch wurde gemunkelt, er sei bei seiner Wahl schon weit über achtzig gewesen. Die Kaiserkrönung zog sich in mehreren Stufen lange hin und Galvano, eingezwängt wie ein Pökelhering, sah nur Teile davon. Als der Papst und das Kaiserpaar eine Seitenkapelle betraten, verlor er sie aus den Augen, doch dann schritten sie zum Hochaltar, um am Grab Petri niederzuknien. Da sanken auch alle anderen in die Knie und Galvano, der es einen Augenblick später tat, sah staunend den prachtvollen Krönungsmantel – er stammte von Friedrichs Großvater Roger –, an dem so gar nichts Christliches war. Die Goldstickerei zeigte eine Dattelpalme, je zur Seite ein Kamel, die sich unter den Pranken zweier Tiger duckten. Die Umschrift am Saum war in arabischen Lettern. Bis das Kaiserpaar endlich am Altar gekrönt wurde und das festliche Hochamt begann, waren viele Stunden vergangen. Am Ende wurde das kaiserliche Gefolge beurlaubt, bis weitere Befehle eintrafen.

Am nächsten Tag war Galvano mit seinen Männern aus den kaiserlichen Diensten entlassen worden und sie hatten sich auf den Heimweg gemacht. So wenigstens hatte er es seiner Familie dargestellt, doch das stimmte nicht ganz, denn da gab es Dinge, die weder für Biancas Ohren noch für die seines jüngeren Bruders Giordano geeignet waren. Er musste sich eingestehen, dass er es dem Großvater, auch unter vier Augen, genauso verschwiegen hätte. Dabei hatte er nichts Unrechtes getan ...

3

Eigentlich war es Giorgio da Ponte – Jörg aus Innsbruck –, der Galvano auf diese Idee gebracht hatte. Ursprünglich war ja geplant gewesen, dass sie zusammen als waffenlose Rompilger den von den Päpsten seit Jahrhunderten gewährten Generalablass gewinnen sollten. Da musste man sich die entsprechende Kleidung besorgen, Mantel, Hut und Stab, um dann in den sieben Pilgerkirchen die vorgeschriebenen Gebete zu sprechen.

Jörg wiegte zweifelnd seinen vierkantigen Bauernschädel.

„Die Kirchen liegen zum Teil weit auseinander, habe ich mir sagen lassen."

Galvano nickte.

„Das stimmt, von San Giovanni zur Peterskirche ist man Stunden unterwegs und San Paolo liegt sogar außerhalb der Stadtgrenze, aber dafür gibt es einen Generalablass. Jörg, führe dir das vor Augen: Sämtliche Sünden, die du bisher begangen hast, sind wie ausgelöscht! Da bist du unschuldig wie ein neugeborenes Kind ..."

Jörg, etwa doppelt so alt wie sein Herr, seufzte leise.

„Ja, ja, bei mir mag sich das lohnen, aber bei Euch? Mit Euren achtzehn Jahren kann da noch nicht viel gewesen sein. Habt Ihr schon eine Frau gehabt?"

Da errötete Galvano. Ja, der junge Mann, Erbe und späteres Haupt der gräflichen Familie Lancia errötete wie ein Nönnchen, wenn ein Mann es ansah. Er hatte noch nie mit einer Frau geschlafen, aber das lag an ihm und seiner Schüchternheit gegenüber dem weiblichen Geschlecht.

„Was geht dich das an?"

Das klang recht schroff, aber der lebenserfahrene Jörg nahm es nicht krumm.

„Da habt Ihr wohl recht, Don Galvano, aber mir ist da eine Idee gekommen ..."

Er grinste vielsagend und zog Galvano beiseite, weil einige der anderen Männer sichtlich die Ohren spitzten. Die räumliche Entfernung von seiner strengen Frau Berta hatte in dem rauen Söldner etwas entfacht, was er schon verloren glaubte, nämlich eine sich steigernde Lust auf den Umgang mit Frauen, mit willfährigen, anschmiegsamen Frauen. Sogar seine Wortkargheit war einer Redseligkeit gewichen, die Galvano sonst an ihm nicht kannte. Sie setzten sich auf niedrige Feldhocker und Jörg rückte seinem Herrn ganz nahe.

„Verzeiht, aber was ich zu sagen habe, soll nicht nach draußen dringen."

Galvano zog eine spöttische Miene.

„Da bin ich aber neugierig ..."

Das klang eher so, als sei er es nicht, aber Jörg ließ sich nicht beirren.

„Fahrt nicht gleich aus der Haut bei dem, was ich jetzt vorschlage. Eines aber vorweg: Wenn wir um die Weihnachtszeit nach Hause kommen, steht Eure Verlobung zu erwarten – oder irre ich mich?"

Galvano wurde ungeduldig.

„Nein, du irrst dich nicht, aber was soll diese Frage?"

„Ich habe noch eine: Wie stellt Ihr Euch die Hochzeitsnacht mit Eurer jungen Frau vor?"

„Jörg, jetzt vergisst du dich!"

Galvano war zornig und laut geworden.

„Don Galvano, denkt an meine Bitte – Ihr sollt nicht aus der Haut fahren. Darf ich eine Vermutung äußern? Ihr steigt da zu Eurer Braut ins Bett und wisst nicht genau, was dann anzufangen ist. Freilich, Ihr habt Hunde, Rinder und Pferde bei der Begattung gesehen, aber ich kann Euch versichern, bei uns Menschen ist das doch ein wenig anders."

„Ja, ja, das mag schon sein, aber ich habe bisher nicht den Eindruck gewonnen, dass es bei Berta und dir ein reges Liebesleben gibt."

Da zeigte sich Jörg etwas verlegen.

„Ja, schon, aber das hat andere Gründe. Jetzt versucht einmal, mir ohne Zorn die folgende Frage zu beantworten: Wäre es Euch nicht lieber, Eurer Braut als kenntnisreicher Liebhaber zu begegnen, als ein Mann, der weiß, worauf es ankommt? Das kann für den Beginn einer Ehe schon wichtig sein ..."

Galvanos Zorn war verflogen und einer gewissen Neugier gewichen – worauf wollte der Kerl hinaus?

„Ja, schon, du hast recht, aber wie ..."

Da wurde Jörg ganz eifrig.

„Bin schon dabei, es Euch zu erklären. Mein Vorschlag geht dahin, zwei Fliegen mit einer Klappe zu schlagen. Jetzt komme ich wieder auf unsere Pilgerfahrt zurück. Wenn ein Generalablass sämtliche Sünden löscht, dann doch auch solche, die man zuvor, also sozusagen in letzter Minute begeht?"

„Ja, gewiss ..."

Jörg grinste verschlagen.

„Dann würde ich meinen, wir sollten das nutzen und zuvor noch kräftig einer der sieben Todsünden huldigen, nämlich der Unzucht. Während Eurer Abwesenheit sind hier Männer aufgetaucht, die man auf gut italienisch als *mezzani* bezeichnen kann, Kuppler also, die sogar bereit sind, ihre Damen hierher auf den Monte Mario zu bringen. Einige der Männer hatten davon Gebrauch gemacht, aber für unsere Zwecke würde ich doch vorschlagen ..."

Galvano unterbrach ihn.

„Für unsere Zwecke? Wie meinst du das?"

„Ich meine, Ihr sollt Euch, ehe wir die Pilgerfahrt antreten, eine erfahrene Kurtisane suchen, die Euch halbwegs zu dem macht, was Eure künftige Frau erwarten kann, nämlich zu einem erfahrenen Liebhaber."

Vielleicht sollte noch gesagt werden, dass Jörg aus Innsbruck seine Erklärungen und Vorschläge in stockender, ungeschickter, mit deutschen Worten untermengter Sprache vorgebracht hatte und sie hier in gleichsam gereinigter Form wiedergegeben sind. Galvano hatte seinen Hauptmann jedenfalls verstanden und er war zuletzt von dessen Vorschlägen recht angetan, mochte es aber nicht zu erkennen geben. Ein dummer Jungmännerstolz, gewiss, aber Galvano glaubte es sich schuldig zu sein.

„Ich weiß nicht recht ... Ob ich meiner Braut damit wirklich einen Gefallen tue? Und was ist mit dir? Schließlich bist du verheiratet ..."

„Ja, das schon, aber Ihr habt vorhin selber mein nicht sehr reges Liebesleben erwähnt. Nun, auch unsereiner hat Bedürfnisse und da wir nun schon hier sind ..."

„Gut, mir soll's recht sein, aber was ist mit den anderen?"

Die Männer wurden befragt, aber jeder hatte anderes im Sinn. Der eine wollte nur die Peterskirche sehen, einige begnügten sich mit dem, was die Kuppler herbeischafften. Zwei hätten schon gerne die sündentilgende Pilgerfahrt gemacht, aber die Kosten waren ihnen zu hoch. Galvano, schon dabei, ihnen unter die Arme zu greifen, hörte aus dem Hintergrund Jörgs laute Stimme.

„Da hätte ich einen Vorschlag: Wir schließen eure Namen in unsere Gebete mit ein, dann kostet es nur zwei *grossi.*"

„Und das gilt?", kam die misstrauische Frage.

„Fragt doch einen Pfaffen!"

Nun gut, sie glaubten ihrem Capitano und Galvano mischte sich nicht weiter ein. Ehe sie aufbrachen, bestimmte er einen Unterführer und gab den Männern zu bedenken:

„Wenn einer von euch sich entschließen sollte, in die Stadt hinunterzugehen, dann lautet mein Befehl: ohne Waffe! Sollte es zu irgendwelchen Händeln kommen, dann kann euch keiner mehr helfen! Die päpstlichen *sbirri* hängen jeden sofort auf, der offen oder heimlich eine Waffe trägt – verstanden?"

Da war nur ein unwilliges Gemurmel zu hören, denn dieses Verbot traf die Männer im Innersten. Die meisten von ihnen hatten sich schon jung zur Kriegerlaufbahn entschlossen und seither kannten sie nichts anderes, als eine Waffe zu tragen und sie notfalls zu gebrauchen. Ohne das vertraute Schwert, ohne Lanze oder Köcher und Bogen kamen sie sich nackt vor. Jörg wusste das besser als sein Herr und flüsterte ihm ins Ohr, wenigstens einen Dolch müsste man ihnen lassen. Galvano nickte und fügte seinem Befehl hinzu:

„Ich weiß, dass ihr euch ohne die vertrauten Waffen schutzlos fühlt, und ich kann mir denken, dass ihr vielleicht einen kurzen Dolch unter der Kleidung mitführt. Das ist aber weder eine Aufforderung noch ein Rat – verstanden?"

„Verstanden!", schallte es zurück.

Der Kaiser hatte es eilig mit seiner Abreise und machte sich schon am Morgen des fünften Tages nach seiner Krönung auf den Weg nach Süden. Als Grund der Eile wurde das gute Reisewetter genannt, denn selten hatte es in dieser Jahreszeit so sonnige und fast spätsommerlich milde Tage gegeben. Mit dem Kaiser sei die Sonne gekommen, hieß es beim römischen Volk. Der tatsächliche Anlass zur Eile waren die schlechten Nachrichten aus dem Königreich Sizilien gewesen, denn während Friedrichs langer Abwesenheit hatte sich beim sizilischen Adel eine Art Faustrecht eingeschlichen und das war mit dem geltenden Recht nicht zu vereinbaren.

So warteten Galvano und Jörg bis zur Abreise des Kaisers, ließen Pferde und Waffen auf dem Monte Mario und suchten eine der zahlreichen Pilgerkanzleien auf. Schon auf den Weg dorthin überlegte Galvano sich im Stillen, wo in Rom diese käuflichen Damen zu finden seien, während Jörg laut darüber nachdachte.

„Das Beste ist, wir suchen im Borgo eine dieser Schenken auf, ich kann mir kaum vorstellen, dass ein Kneipenwirt da nicht Bescheid weiß."

„Ja, gut, aber vergiss die Hauptsache nicht – wir wollen eine Pilgerfahrt antreten."

„Eines nach dem anderen, Don Galvano."

Doch dieses Problem löste sich ganz von selber, als sie in der Pilgerkanzlei die entsprechende Kleidung anlegten und der Gehilfe mit halblauter Stimme murmelte:

„Wenn die Herren vor dem *pellegrinaggio* noch ein wenig sündigen wollen ..."

Jörg schien es nicht richtig verstanden zu haben und machte ein fragendes Gesicht, doch Galvano sagte laut:

„Ein guter Vorschlag, den wir vielleicht bei einem Becher Wein erläutern sollten."

Der *secondo* verstand sofort und ging mit den beiden – durch Mantel, Stab und Hut als Pilger kenntlich – in die nächstgelegene Kneipe. Dann saßen sie vor einem Krug Wein und der Gehilfe begann mit den Worten:

„Mein Rat kostet zwei *grossi*, aber er ist es auch wert."

Galvano legte wortlos das Geld auf den Tisch und die Münzen verschwanden wie durch einen Zauber.

„Kann einer der Herren lesen?"

Galvano nickte und der Mann zog einen schmutzigen Zettel aus der Tasche.

„Hier sind die Häuser mit Namen und Ort notiert, und zwar in der Reihenfolge der Kostenhöhe und somit der Qualität. Wirklich empfehlen kann ich nur die ersten zwei. Sollten die Herren aber mit dem Geld etwas knapp sein, dann ..."

„Wir kommen schon zurecht", meinte Galvano steif.

Der Mann erhob sich.

„Muss wieder an die Arbeit zurück. Die Casa Gicia findet ihr am leichtesten, sie ist allerdings die teuerste. Immer den Fluss entlang nach Süden bis in Höhe des Kapitols, da führt der Ponte Fabricio zur Tiberinsel. Hart am Ufer steht ein kleines Haus, hinter Bäumen gut verborgen, da geht ihr zur Pforte, dann hebt eine Hand ..."

Galvano schmunzelte.

„Ihr wisst ja überraschend gut Bescheid."

„Werde ja ständig danach gefragt."

„Unsere Pilgerkleidung stört dort nicht?"

„Die sind das gewohnt."

Immer den Tiber entlang – das war einfach gesagt, aber nicht so leicht getan. Ständig mussten sie ummauerten Grundstücken, mit Macchia bewachsenen Ruinenhügeln oder Häusergruppen ausweichen, die das Ufer verstellten. Jörg schien es recht eilig zu haben, seine Augen glänzten und ständig strich er sich über den Bart, den er heute Morgen sorgsam gestutzt hatte. Galvano aber ergriff ein Gefühl, das er zuletzt als halbwüchsiger Junge empfunden hatte, wenn er es den Erwachsenen wieder einmal nicht recht machen konnte: Er kam sich blöd vor. Anstatt seinen Blick auf die Heimreise und die bevorstehende Hochzeit zu richten, strebte er einem dieser Häuser zu, wo vermutlich Krankheiten und Überfälle drohten. Am liebsten hätte er kehrtgemacht, aber er wollte vor Giorgio das Gesicht nicht verlieren. Gerade von ihm, dem alten Haudegen, hätte er solche Bedürfnisse nicht erwartet.

Endlich waren sie da und von dem kleinen Haus waren nur einige gelbe Mauerflecken hinter Bäumen und Sträuchern zu erkennen. Als sie an der Gartentür stehen blieben, rannten zwei riesige Hunde herbei und begannen fürchterlich zu bellen und zu knurren. Da sie nicht damit aufhörten, war es für den *portiere* das Zeichen, dass jemand Einlass begehrte. Er brüllte die beiden Köter so lange an, bis sie kuschten und sich Leinen anlegen ließen.

„Pilger?", fragte er mürrisch, „da seid ihr wohl am falschen Ort."

Galvano schluckte und stotterte: „Pi-Pilger sind wir erst momorgen ..."

Da lachte der Pförtner rau und herzlich.

„Aber heute wollt ihr noch einen draufmachen, oder? Geld ist doch hoffentlich vorhanden?"

Galvano nickte und wollte die Börse ziehen, doch der andere sagte schnell:

„Lasst das, ich glaube es auch so. Ist das Euer Diener?"

„Ja, nein, sagen wir ein Freund."

Die *mezzana* – eine schwarz gekleidete Dame unbestimmten Alters mit stechenden Augen – führte sie in eine Art Vorzimmer, wo sie auf gepolsterten Stühlen Platz nahmen.

„Ehe wir ins Geschäft kommen, möchte ich Euch mit den Gepflogenheiten unseres Hauses vertraut machen."

Sie hatte gleich erkannt, dass Galvano der Herr war, und sprach nur zu ihm gewandt.

„Wir bitten drum", sagte Galvano höflich.

Die stechenden Augen blickten auf seine linke Schulter, als sie sagte:

„Bezahlung im Voraus, pro Mann anderthalb Dukaten."

Galvano erschrak und Jörg zeigte eine besorgte Miene. Zwar hatte ihm sein Herr versichert, ihn bei den Damen freizuhalten, aber jetzt sollte der dafür drei Goldstücke berappen ...

Galvano gab sich einen Ruck und sagte:

„Viel Geld! Was schließt diese Summe mit ein?"

Ein kaltes Lächeln huschte über das Gesicht der *mezzana*.

„Vor und nach dem Damenbesuch ein Bad, eine Mahlzeit mit reichlich Wein und natürlich die freie Wahl unter den Damen – soweit sie gerade frei sind."

„Ein Bad!" Jörg konnte den erstaunten Ausruf nicht unterdrücken. „Wozu soll das gut sein?"

Galvano schämte sich ein wenig für ihn und sagte belehrend:

„Du stellst aber seltsame Fragen! Willst du dich den Damen des Hauses vielleicht ungewaschen nähern? Also, ich muss schon bitten!"

Jörg wusste, dass er etwas Falsches gesagt hatte, nickte mehrmals ergeben und schwieg von da an. Die *mezzana* räusperte sich und es klang ein wenig ungeduldig.

„Wollen die Herren gemeinsam wählen oder jeder für sich?"

„Gemeinsam", sagte Galvano schnell.

„Gut, darf ich die Herren dann ins Bad bitten?"

„Aber ...", setzte Jörg an, doch Galvano trat ihm gegen das Schienbein und sagte schnell:

„Aber gerne, *padrona*!"

Sie erhoben sich.

„Dort beginnt auch gleich die Auswahl", setzte sie noch hinzu.

„Wir lassen uns überraschen", scherzte Galvano, obwohl ihm nicht danach zumute war.

Die schwarz gekleidete *mezzana* verschwand nach einer flüchtigen Verneigung und ein vielleicht zwölfjähriges Mädchen tauchte auf, ging voran und führte sie hinab in den Keller.

„Das könnte eine Falle sein ...", murmelte Jörg auf Deutsch vor sich hin, aber dann kamen vernünftige Gedanken, die ihm sagten, dass ein solcher Betrieb nicht durch Raubmord, sondern durch Wohlverhalten auf die Vorschlagsliste des Vermittlers gekommen war.

Das Mädchen öffnete die Tür zu einem fensterlosen, nur mit zwei Öllampen spärlich erleuchteten Raum.

„Die Auskleidekammer", erläuterte sie, deutete auf die gegenüberliegende Tür und fügte hinzu: „Das Bad!"

Stumm legten sie ihre Kleider ab, doch Galvano behielt den Lendenschurz an. Er mochte nicht einfach so nackt herumlaufen ... Jörg schüttelte leicht sein bärtiges Haupt und deutete auf das Kleidungsstück.

„Ich glaube nicht, dass sie so etwas gestatten ..."

„Gestatten, gestatten, wer bin ich denn?"

Aber dann legte er das gute Stück doch ab, hielt aber gleich eine Hand wie schützend vor sein Geschlecht.

„Geh du voraus ..."

Jörg nickte und öffnete die Tür, aus der sogleich ein Schwall heißen Dampfes wölkte, als hätte man den Deckel eines riesigen Kochtopfes gehoben. Er zögerte etwas und musste daran denken, wie er manchmal mit erhobenem Schwert in fremde Häuser eingedrungen war. Jetzt stand er da, nackt und bloß, mit leeren Händen. Er gab sich einen Ruck und tauchte ein in den warmen Nebel, dicht gefolgt von Galvano, der noch immer mit der rechten Hand seine Körpermitte bedeckt hielt.

„*Attenzione*!"

Erschrocken blieben beide stehen und da kamen zwei locker und luftig gekleidete Wesen herbei – sie trugen nur ganz kurze Tuniken – und wiesen in die Tiefe, wo undeutlich das Wasser glänzte. Jede der Quellnymphen nahm eine Männerhand und sie wurden zu der Stelle geführt, wo Stufen hinab in das kleine marmorgefasste

Becken führten. Das Wasser war nicht heiß, aber gut warm und Galvano spürte, wie sich in seinem Körper die Spannung löste, während Jörg sich boshaft seine Frau als heimliche Zuschauerin herbeiwünschte.

Sie mussten dann auf der untersten Stufe Platz nehmen, sodass nur noch Kopf und Schultern aus dem Wasser schauten. Die Quellnymphen begannen ihr Reinigungswerk mit Schwämmen und duftender Seife, ließen dabei auch keine Stelle aus. Hatte nicht die Hurenwirtin gesagt, schon hier beginne die Auswahl? Galvano hätte sich gleich für sein Nymphchen entschieden, ein schlankes Mädchen mit feurigen, schalkhaft blitzenden Augen und einem großen frechen Mund, der Unverständliches plapperte und dabei ständig lächelte. Als sie mit ihrem Schwamm über seinen Penis fuhr, richtete sich der sofort auf, worauf sie ihm einen spielerischen Klaps versetzte und lachend sagte:

„*Pazienza, caro mio, più tardi*!“

Das war nicht misszuverstehen und Galvano hatte nichts gegen dieses „später“.

Das mit Jörg beschäftigte Mädchen nahm die Waschung sehr gründlich vor, denn da gab es einiges nachzuholen ... Danach wurden sie abgetrocknet und in knielange wollene Mäntel gehüllt.

Im Speiseraum war der Tisch schon mit verschiedenen kalten Speisen gedeckt, dazu gab es heißen Würzwein, der nicht nur zu Kopf stieg, sondern auch die unteren Regionen so erhitzte, dass die beiden Männer glänzende Augen bekamen und immer weniger ans Essen dachten. Dazu kam, dass jeder Handgriff von einem anderen Mädchen ausgeführt wurde; jedes blieb nur kurz, drehte sich, lächelte und ein ganz freches zog sogar blitzschnell die kurze Tunika hoch, wohl um zu zeigen, was die Herren erwartete.

Ohne dass man es ihnen sagen musste, trafen sie dabei eine Auswahl. Galvano entschied sich für ein schlankes, braunhäutiges Mädchen mit langer dunkler Haarflut, die weit über ihre Brüste reichte. Jede von ihnen hatte sich mit ihrem Namen vorgestellt und sie deutete mit einer neckischen Geste auf sich und eine dunkle Stimme sagte: „*Sono Julia.*“

Galvano staunte über Jörgs Wahl, denn sie fiel auf eine kleine, etwas dickliche, nicht mehr ganz junge Frau. Sie hieß Tulla und hatte tatsächlich nur Blicke für Jörg gehabt, als wisse sie schon, dass sie seine Erwählte sei. Doch er verschluckte, was er sagen wollte, nämlich dass dieses Mädchen Jörgs Ehefrau am ähnlichsten sah. Jörg hingegen machte sich Sorgen, ob diese doch sehr junge Julia die Rechte sei, um Galvano mit Liebeskünsten vertraut zu machen.

„Don Galvano“, flüsterte er, „diese Julia ist ja fast noch ein Kind und ich glaube nicht, dass – dass, also ich will damit sagen, dass ich daran zweifle, ob sie für Euch die Geeignete ist. Verzeiht, wenn ich es sage, aber schließlich sollt Ihr ja bei dieser Gelegenheit etwas – etwas Erfahrung sammeln ...“

Galvano hörte nur mit halbem Ohr hin; das heisere Geflüster seines Capitano war ohnehin kaum zu verstehen. So nickte er nur versonnen und murmelte vor sich hin: „Julia, oder keine ...“

Erst später fiel ihm ein, dass die von den Eltern für ihn erkorene Braut Giulia hieß, aber war zwischen ihrem italienischen Namen und einem lateinischen Julia nicht doch ein Unterschied?

Wie viele Mädchen hatten sie im Laufe ihrer Mahlzeit gesehen? Fünf, sechs – oder waren es nur vier? Ja, die Casa Gioia bot etwas für das viele Geld und zu allem ließ man sich Zeit.

Ob die Herren noch ein wenig ruhen wollten, wurde gefragt, wenn nicht, dann stünden die Erwählten jederzeit zur Verfügung. Galvano schaute Jörg fragend an, doch der hob unschlüssig die Schultern. Galvano aber war durch den Würzwein in eine feurige Stimmung versetzt worden und bei Julias Anblick hatte sein Penis eine Art Habachtstellung angenommen, in Erwartung der kommenden Freuden. So sagte er im strengen Ton eines Vorgesetzten:

„Capitano, Ihr solltet nicht vergessen, dass wir noch vor Einbruch der Dunkelheit auf dem Monte Mario sein müssen. Unsere Männer würden sich Sorgen machen, wenn ...“

„Jawoll, Don Galvano, ich habe es nicht vergessen!“

Doch Galvano hatte Glück. Julia war zwar jung, aber keineswegs unerfahren. Ein muselmanischer Großgrundbesitzer – solche gab es noch auf Sizilien – hatte sie als kindliche Sklavin gekauft und, als sie mit zwölf mannbar geworden war, zur Kebse genommen. Als hochgebildeter, auch in Liebesdingen vielerfahrener Mann hatte er das Mädchen nicht missbraucht, sondern behutsam in die Geheimnisse eines erfüllten Liebeslebens eingeführt. Nach seinem Tod – da war sie gerade sechzehn – kam sie laut testamentarischer Verfügung frei, doch die Erben wollten diesen Wunsch nicht anerkennen. Julia wurde gewarnt und ergriff als junger Mann verkleidet die Flucht in den christlichen Teil Siziliens. In Messina kam sie in einem Frauenkloster unter, ließ sich taufen und verrichtete als Laienschwester niedrige Dienste. Da war sie freilich anderes gewohnt und als sie auf dem Markt ein Hurenanwerber ansprach und ihr die Schönheiten und Verlockungen der Ewigen Stadt beschrieb, ging sie mit ihm auf das Festland. Schönheit und Liebreiz, verbunden mit gesittetem Benehmen brachten sie in die Casa Gioia, wo sie hoffte, sich in kurzer Zeit eine Mitgift für eine spätere Ehe zu verdienen. Sie wollte heiraten, Kinder kriegen – ein normales, unauffälliges Leben führen. Ja, sie hatte schon ihren eigenen Kopf, diese Giulia da Messina, wie sie sich nannte. Eine Reihe meist älterer, sehr wohlhabender Stammkunden schätzten sie als *cortigiana* der gehobenen Art, die mehr zu bieten hatte als geöffnete Schenkel. Auf Wunsch griff sie zur Laute und sang arabische Liebeslieder, auch eine Art Schleiertanz hatte sie erfunden, nachdem einer der Herren ihr von der biblischen Salome erzählt hatte. Sie erkannte auf den ersten Blick, dass dieser *giovanetto* aus gutem Hause kam und seine sexuellen Erfahrungen über pubertäre Wunschvorstellungen nicht hinausgekommen waren.

Galvano, vom Wein erhitzt und von Julias Anblick entzündet, griff kühn nach ihren Brüsten, doch sie schüttelte lächelnd ihren schönen, von dunkler Haarflut umspielten Kopf. Als sie hörte, dass ihr junger Kunde bald eine Giulia heiraten würde, scherzte sie:

„Dann veranstalten wir jetzt eine Probe-Hochzeitsnacht, sozusagen eine Vorübung für die tatsächliche. Da deine künftige Frau mit Sicherheit noch eine *virgo* ist, musst du ihr zuerst die Angst nehmen, die sie vor deinem männlichen Körper empfindet. Begatte sie nicht wie ein Hengst die Stute, sondern mache sie zuerst mit deinem Körper vertraut. Führe ihre Hand dahin und dorthin, damit sie die Unterschiede erkennt und später gewiss auch zu schätzen weiß. Wir aber werden es umgekehrt machen."

Und so erkannte Galvano durch Julias geduldige und geschickte Führung, wie eine Frau beschaffen war und welche Körperstellen besonders beachtet und erkundet sein wollten. Als er dabei war, ihre Brüste mit plump-feuchten Küssen zu bedecken, schüttelte sie wieder den Kopf und brachte ihn dazu, dass er ihre Brustwarzen mit der Zunge sanft liebkoste. Ja, Galvano lernte viel an diesem denkwürdigen Tag – mehr als bei zehn einfachen *puttane*, die es immer eilig und anderes im Sinn haben, als einen jungen Mann auf seine Ehe vorzubereiten.

Als Galvano und Julia am Ende eines langen Spiels tatsächlich zu- und ineinanderfanden, war das, was er und die meisten Männer unter Begriffen wie „ficken“ oder „rammeln“ verstanden, nur der krönende Abschluss gewesen. Nach einer langen Ruhepause wiederholten sie – um einiges verkürzt – die schöne Übung, doch diesmal war Julia der Reiter und Galvano entzückte schon allein das Spiel ihrer schlanken braunen Schenkel, die klammernd seine Hüften umfassten.

Jörg erwartete keine Lehrstunde, sondern solide Kost, um das lange Angestaute schnell und genussvoll loszuwerden. Sie trieben es dreimal, doch beim zweiten Mal war es am schönsten und Jörg presste, vom Orgasmus angefeuert, einen Namen heraus: Berta! Tulla unterließ es, ihn zurechtzuweisen, denn sie ahnte die Zusammenhänge. Auf dem Höhepunkt der Lust hatte Jörg tatsächlich geglaubt, seiner Frau beizuliegen, doch musste er sich später eingestehen, dass er mit ihr niemals eine solche Ekstase erlebt hatte. Für Berta war das Beiliegen immer eine Pflicht gewesen und im Laufe der Jahre ließ sie ihn fühlen, dass es ihr eine lästige geworden war.

Die Tage Ende November sind kurz und so dunkelte es schon, als Galvano und Jörg den Monte Mario erreichten. Sorgen hatte sich offenbar niemand gemacht, ein Teil der Männer war betrunken und Huren aus der Stadt trieben sich auch noch herum. Galvano ließ es auf sich beruhen – nicht weil er sich selber schuldig fühlte, sondern weil er einfach zu müde und entschlusslos war. Ein Teil von Julia steckte noch in ihm, sie war keine Frau, die man so schnell vergaß.

Jörg empfand es anders: Tulla war für ihn Vergangenheit und seine Erinnerung an sie glich der an eine leckere Mahlzeit, an die man noch ein paar Tage genussvoll zurückdenkt und die man beim nächsten guten Essen vergisst. Ja, das war ein Punkt, den Jörg künftig beachten wollte. Von Zeit zu Zeit wollte er sich dieses Vergnügen gönnen und es würde gewiss auch in Pisa nicht an entsprechenden Gelegenheiten fehlen. Er konnte nicht einmal behaupten, dass Berta sich ihm verweigerte, sie setzte dann nur ein solches Gesicht auf, dass ihm jede Lust auf ein Liebesspiel verging.

Ein Gedanke jedoch vereinte den Capitano mit seinem Herrn: Beiden fehlte das Bewusstsein, in der Casa Gioia gesündigt zu haben. Für Galvano war es fast ein gottgewollter, längst überfälliger Akt gewesen, der ihm lustvoll vor Augen führte, warum der Schöpfer Mann und Frau so unterschiedlich gestaltet hatte. Für Jörg war es eine Notwendigkeit gewesen, sich anderswo das zu verschaffen, was die eigene Ehefrau ... nein, nicht verweigerte, aber doch unmöglich machte. So gab es in dieser Hinsicht auch keine Reue, als sie ihre Pilgerfahrt antraten, mit langem Mantel, Stab und breitem Hut. Sie führte durch sieben Kirchen und es wurde schon erwähnt, wie weit manche davon auseinanderlagen. Ja, sie kürzten es etwas ab, haspelten die notwendigen Gebete herunter, spendeten knapp und schafften es in zwei Tagen.

Auf der Heimreise musste Galvano öfters an Kaiser Friedrich denken, der schon seit Jahren verheiratet war und so unendlich mehr von Frauen wusste als die meisten anderen Männer. Übrigens sprachen weder Galvano noch der Capitano Giorgio da Ponte jemals von ihrem Erlebnis in der Casa Gioia – nicht miteinander und auch nicht zu anderen.

Für Galvano begann mit dem nächsten Jahr ein neues Leben an der Seite seiner Frau Giulia. Auch sie trug den Familiennamen Lancia, doch die Verwandtschaft war nicht sehr eng, da sich schon vor etwa zwei Jahrhunderten die Zweige dieser Sippe geteilt hatten. Die einen waren Krieger und Gefolgsleute der Staufer geworden und hatten von Kaiser Friedrich Barbarossa die Grafenwürde erhalten. Der andere Zweig hatte sich auf den Handel verlegt, sie waren Kauffahrer und durch glückliche Fügung sehr reich geworden. Weniger glücklich verlief das Familienleben, denn es gab keine Kinder. Über mehrere Generationen hatte es gerade immer zu einem Sohn gereicht, zuletzt aber war nur Giulia geblieben. So hielten es beide Familien für richtig, die beiden Zweige wieder zu vereinen, und der Brautvater konnte sich damit trösten, dass sein Name auch über die Tochter erhalten blieb.

Es wäre noch zu fragen, ob Galvano aus der Probe-Hochzeitsnacht mit der Kurtisane Julia die entsprechenden Lehren zog. Das ist schwer zu sagen, denn Giulia war von ihrem Vater schon früh in seine Geschäfte mit einbezogen worden, hatte an Verhandlungen teilgenommen und dabei ein heiter-furchtloses Wesen erworben. Die Hochzeitsnacht fand sie nicht angstvoll zitternd oder demütig-ergeben in der Erwartung ihres Gatten, sondern fest entschlossen, alles so gut und richtig wie möglich zu machen. Von Galvanos rücksichtsvollem Verhalten war sie nicht überrascht, es hatte nur ihre Erwartungen bestätigt. Sie fand die Brautnacht recht vergnüglich, öffnete sich weit und willig Galvanos Begehren und so wurde schon damals ein Sohn gezeugt, der nach Galvanos unbeugsamen Willen den Namen des Kaisers erhielt, freilich in der italischen Form Federico.

Der Hauptmann Jörg aus Innsbruck aber betrachtete von dieser Reise an seine Frau mit mehr Nachsicht. In Pisa fand er eine Witwe, die ein kleines Haus zu unterhalten und für drei Kinder zu sorgen hatte. Er mietete dort eine Dachkammer und besuchte als „guter Onkel" seine Ersatzfamilie von Zeit zu Zeit. Die Witwe hatte nichts dagegen, dass seine Besuche meist in ihrem Bett endeten, sie war noch keine dreißig und schätzte durchaus die kräftige Hausmannskost, die dieser bärtige Deutsche zu bieten hatte.

Aus Giulia Lancia – jetzt Biancas *cognata* – wurde bald die Herrin des Hauses. Don Bartolomeo, dem Großvater der drei Kinder, war das ganz recht und er zog sich mehr und mehr auf seine Bücher zurück.

Der frühe kriegerische Geist des Hauses, vom Jäger Tommaso und seinem gelehrten Vater eher vernachlässigt, fand durch Giordano eine neue Belebung. Kaum mündig geworden, ging er zur Bürgerwehr, die alle waffenfähigen Männer von vierzehn bis vierzig aufnahm und durch erfahrene Krieger gründlich ausbilden ließ. Schon mit sechzehn gehörte Giordano zu den geschicktesten Armbrustschützen und war bei den alljährlichen Wettbewerben regelmäßig unter den fünf Besten. Mit dem Wurfbeil traf er einen Kürbis auf zwanzig Ellen, den Speer schleuderte er mit achtzehn so weit, dass keiner mehr gegen ihn antreten wollte. Sein jugendliches Ungestüm milderte sich allmählich, tobte sich bei den Waffenübungen aus.

Berta und Giulia, die neue Herrin des Hauses, konnten sich anfangs nicht ausstehen. Giulia hätte sich nicht gescheut, dieses Hindernis zu beseitigen, wären nicht Biancas Protest und Don Bartolomeos Einlenken gewesen. Er gab der Schwiegertochter zu verstehen, dass Berta von Anfang an Biancas eigentliche Mutter gewesen war, und so fand sich die Regelung, dass die Amme dem weiblichen Hausgesinde vorstand und dabei Giulia gegenüber verantwortlich war. Dazu erzog sie Bianca in allem, was den weiblichen Körper betraf. Don Bartolomeo aber fühlte sich für die geistige Entwicklung seiner überaus wissensdurstigen Enkelin zuständig und tat alles, um aus ihr einen rundum gebildeten Menschen zu machen.

Sie hatte den Bericht des Großvaters über die denkbare Herkunft ihrer Familie niemals vergessen, aber sowohl Lancelot wie auch der mögliche Urahn aus der kaiserlichen Leibwache waren lange tot und gesichtslos im Dunkel einer fernen Vergangenheit verschwunden. Dafür gab es den Kaiser Friedrich, der lebte und dessen Gesicht auf einer schweren Goldmünze zu sehen war, die der Großvater ihr zum zehnten Geburtstag geschenkt hatte. Die Münze war noch nicht im Umlauf, doch der Kaiser hatte Probeprägungen schlagen lassen, die er an seine treuesten Anhänger verteilte. Nach antiker Manier war sein Gesicht im Profil zu sehen, bartlos, mit strengem herrscherlichen Blick, das Haupt mit Lorbeer umwunden, die Schultern von einem altrömischen Gewand bedeckt. Die Rückseite des Augustalis – so nannte man diese Prägung – zeigte einen stolzen kaiserlichen Adler mit ausgebreiteten Flügeln. Bianca hütete die Münze als ihren größten Schatz und hatte für sie ein purpurfarbenes Kästchen anfertigen lassen, innen mit blauem Samt ausgeschlagen. Immer wieder musste ihr Bruder Galvano sich fragen lassen, ob dieses Bildnis mit der tatsächlichen Erscheinung des Kaisers übereinstimme.

„Schließlich" – wie oft musste er das hören! – „hast du Seine Majestät von nahem gesehen."

Dann fiel ihm etwas ein, das ihre Fragerei beenden konnte.

„Nicht so ganz nah, denn stets war er von vielen Menschen umgeben, aber halt! Warum bin ich da nicht eher draufgekommen? Großvater hat mit dem Kaiser ein längeres Gespräch unter vier Augen geführt – frag doch ihn!"

Für seine Enkelin war Don Bartolomeo immer zu sprechen, für seine Söhne nur in dringenden Fällen. Allerlei Altersbeschwerden machten ihm zu schaffen und immer häufiger hatte er das Gefühl, die ihm noch bleibenden Lebensjahre seien wie Sand, der schneller und schneller aus seinen immer kraftloser werdenden Händen rann.

„*Nonno*, du bist der einzige aus unserer Familie, der den Kaiser aus allernächster Nähe gesehen hat – das stimmt doch?"

„Ja, Bianca, ich saß ihm an einem Tisch gegenüber."

Sie hatte das Münzkästchen mitgebracht, öffnete es und legte es vor ihn hin.

„Stimmt dieses Bildnis mit dem überein, was du damals gesehen hast?"

Don Bartolomeo beugte sich über die Goldmünze, ja, er nahm sogar sein geschliffenes Vergrößerungsglas zur Hilfe. Er hatte es von Giulias Vater erhalten, der auch mit arabischen Ländern Handel trieb und dabei manches Seltsame zutage brachte. Dann legte er die Lupe behutsam beiseite, dachte nach und sagte schließlich:

„Ja und nein. Es gibt so etwas wie eine äußere und eine innere Ähnlichkeit. Die äußere Ähnlichkeit ist zwar da, denn der Kaiser ist bartlos, seine Augen sind groß und ausdrucksvoll, seine Nase gerade und von antiker Schönheit, sein Kinn kräftig. Größer jedoch ist die innere Ähnlichkeit, auch wenn es nicht jedem gegeben ist, sie zu erkennen. Da kann ich den Münzmeister nur loben, denn ihm ist es gelungen, die erhabene Majestät dieses Menschen darzustellen, sodass ich dir versichern kann: Die innere Ähnlichkeit des Münzbildes mit diesem Mann ist groß."

Hatte Bianca verstanden, was der Großvater damit sagen wollte? Vielleicht nicht im Einzelnen, aber die Antwort hatte sie zufriedengestellt, es blieben keine Fragen mehr offen, die das Aussehen des Kaisers betrafen. Andere wohl, und die stellte Bianca von Zeit zu Zeit und Don Bartolomeo – über das Wirken des Kaisers meist gut informiert – versuchte sie nach bestem Wissen zu beantworten.

4

In seiner äußeren Erscheinung wie auch im inneren Wesen hatte Kaiser Friedrich von Vater und Großvater ein deutliches Erbe übernommen – im Guten wie im Schlechten. Vom Großvater Barbarossa hatte er das rötliche Haar, die Wohlgestalt und das helle, freundliche Wesen geerbt, auch Scharfsinn, Entschlossenheit und eine offene Hand wurden ihm und später seinem Enkel nachgerühmt. Grausamkeit und Strenge wandte Barbarossa nur an, wenn die Umstände ihn dazu zwangen.

Sein Sohn, Heinrich VI., geriet ganz und gar nicht nach ihm. In einem schmächtigen Körper wohnte ein scharfer Geist, der auf Macht und nur auf Macht ausgerichtet war. Sie war seine einzige Leidenschaft und um sie zu erhalten und auszuweiten, wandte er – vorsichtig ausgedrückt – bedenkliche Mittel an, die bis zu einer kaum zu beschreibenden Grausamkeit reichten. Großmut kannte er nicht und wenn er sie dennoch zeigte, so war eine politische Absicht damit verbunden. Seinen Sohn Friedrich hatte er nur zweimal kurz gesehen und als er – erst 31 Jahre alt – in Messina am Fieber starb, war Friedrich gerade drei Jahre alt geworden.

Auf einen kurzen Nenner gebracht: Kaiser Friedrich II. war seinem Großvater in seiner heiteren, gewinnenden Art sehr ähnlich, hatte aber vom Vater die unerbittliche, oft grausame Strenge übernommen, wenn es galt, politische Absichten durchzusetzen.

Für Grausamkeit, besonders in ihrer extremen Form, gibt es keine Entschuldigung. Noch zu verstehen ist es, wenn sie spontan auftritt, also etwa wenn der Sohn eines tückisch hingemordeten Vaters den Mörder in die Hand bekommt. Einige Tage später – ruhiger geworden – hätte er ihn vielleicht von einem Gericht aburteilen lassen, aber jetzt, in der ersten zornigen Anwandlung, das Leid des Vaters vor Augen, lässt er den Mörder grausam verstümmeln.

Zurück zu Kaiser Friedrich, der nach seiner Krönung in Eilmärschen nach Süden zog, um die dort während seiner langen Abwesenheit entstandenen Rechtsbeugungen zu beseitigen. Die süditalischen und sizilischen Feudalherren hatten sich durch Gewalt, zweifelhafte Schenkungen und nicht selten durch dreiste Urkundenfälschung Besitztümer und Rechte angeeignet, die ihnen nicht zukamen. Kaiser Friedrich wusste das längst, die Klagen der Betroffenen waren schon während seines Aufenthalts in deutschen Landen zu ihm gedrungen. Schnell entschlossen und von erfahrenen Beratern unterstützt, hatte der Kaiser schon hier begonnen, Gesetze zur Neuordnung Siziliens auszuarbeiten. Wenn vom Königreich Sizilien die Rede ist, dann war damit freilich auch das um einiges größere Süditalien gemeint, das im Nordwesten an den Kirchenstaat und das Herzogtum Spoleto grenzte, wo Friedrich übrigens seine ersten Lebensjahre bei der Gattin Konrads von Urslingen verbracht hatte. Seine spätere Geliebte Adelheid entstammte dieser Familie.

In Capua nun, der ersten großen Stadt des Königreichs Sizilien, wurden die inzwischen fertiggestellten Gesetze verkündet – und nicht nur das: Sie wurden auf eine derart rigorose Weise durchgesetzt, dass dem Feudaladel der Atem stockte. Die wichtigste Bestimmung der sogenannten Assisen von Capua „De resignandis privilegiis" erklärte alle vor 1189 erfolgten Vorgaben, Schenkungen und Verfügungen für ungültig. Freilich hatte es schon Herrscher gegeben, die neue und strenge Rechte verkündet, aber ihre Durchführung kaum noch überwacht hatten. Wer bei Friedrich mit einem solchen Verhalten rechnete, spielte ein gefährliches Spiel. Da wurde nicht auf die Einsicht der Betroffenen gesetzt, sondern Beamte – geschützt durch Bewaffnete – erschienen an Ort und Stelle, prüften sorgfältig die Dokumente, wobei alles Zweifelhafte eingezogen wurde. Die Klugen spürten es sofort, die meisten aber erkannten erst später, dass damit das Feudalsystem auf rigorose Weise eingeschränkt oder fast schon beseitigt war.

Nach dieser kurzen, aber doch notwendigen Darstellung des Königs und Kaisers als Gesetzgeber und Umwandler wenden wir uns wieder dem Menschen Friedrich zu. Die ihm vom Papst erwählte, ungeliebte, aber hochgeachtete Kaiserin Konstanze war inzwischen in Capua gestorben – kaum vierzig Jahre alt. Die eheliche Gemeinschaft mit ihr hatte Friedrich auf gelegentliche Besuche und Mahlzeiten beschränkt. Ihr Ehebett blieb kalt, ihre Pflicht hatte sie mit der Geburt des Thronfolgers erfüllt. Das hieß freilich nicht, dass Friedrich andere Frauen mied. Sie machten es ihm leicht, er brauchte nur auszuwählen. Dazu kam, dass er den Frauen – wer immer sie sein mochten – anders gegenübertrat als den Männern, denen er von vornherein misstraute. Da wurde geprüft und erwogen, da zog er Petrus de Vinea oder Hermann von Salza zu Rate, bis er sicher sein konnte: Dieser Mann ist nach bestem Wissen gewogen und wurde nicht zu leicht befunden, jetzt kann ich ihm vertrauen und eine Aufgabe übertragen. Umso schlimmer war es dann, wenn einer dieser Vielgeprüften später Verrat beging. Da wandelte Friedrich sich zur rächenden Furie, ohne sich dabei zur schnellen Vernichtung des Verräters hinreißen zu lassen – nein, der Unselige wurde von Kennern ihres Faches wochen-, ja monatelang auf eine Weise geschunden, die schaudern machte. Das sollte anderen zur Warnung dienen, doch wer zum Verrat entschlossen ist, hofft es besser und erfolgreicher zu machen als die anderen.

Bei Frauen aber gelang es Friedrich, den Kaiser und König abzustreifen, um Mann zu sein und dabei eine Unbefangenheit an den Tag zu legen, die vergessen ließ, wie viel Vorgängerinnen es gab. Jede der Erwählten fühlte sich und nur sich gemeint, auch wenn die Beziehung nur eine Nacht dauerte. Später stand es ihnen frei, reich beschenkt zu gehen oder rundum versorgt zu bleiben, doch das kostete sie die Freiheit. Was anfangs nur leise gemunkelt oder scherzhaft umschrieben wurde, hatte sich in späteren Jahren zur Gewissheit verdichtet: Kaiser Friedrich unterhielt einen Harem. Das waren etwa ein Dutzend Frauen, die jedoch wechselten. Kam ein Kind, sorgte Friedrich für seine Ausbildung und suchte – wenn die Frau es wünschte – einen Ehemann. All dies tat er auf eine Art, die niemand kränkte oder veranlasste, sich ausgenützt zu fühlen.

Unter all diesen Frauen gab es freilich keine Adelheid. Als Trost blieb nur Enzio, der seinem neunten Geburtstag entgegensah, als sein Vater sich aufmachte, die dreizehnjährige Jolanda von Brienne zu freien. Ihr Vater Jean trug den an sich wertlosen, aber doch bedeutsamen Titel „König von Jerusalem“ und hatte zugesagt, ihn nach der Heirat auf die Tochter und so auf deren Ehemann zu übertragen. Der Vorschlag zu dieser Ehe war wieder vom Papst gekommen, denn der uralte Honorius III. erwartete von einem Träger des Titels „König von Jerusalem“ eine Wiedergewinnung des Heiligen Landes mit den hochbedeutsamen christlichen Erinnerungsstätten, als wichtigste das Grab Jesu. War die erste von einem Papst arrangierte Heirat mit einer um zehn Jahre älteren Braut geschlossen worden, so ging mit Jolanda von Brienne ein dreizehnjähriges Kind auf die Brautreise.

Zuvor aber hatte der Kaiser, beraten von Hermann von Salza, lange nachgedacht, welche Vor- oder Nachteile diese Ehe mit sich brachte. Die Nachteile lagen auf der Hand: Die Braut war arm und eine Mitgift von Geldeswert kaum zu erwarten. Auch politisch war diese Verbindung ohne Belang, aber die zu erwartende Würde eines Königs von Jerusalem überstrahlte alles. Einmal zu diesem Schritt entschlossen, trieb Friedrich, wie es seine Art war, die Vorbereitungen ungeduldig voran. Zwar hielt er es mit seiner kaiserlichen Würde für unvereinbar, der Braut entgegenzureisen, doch er begab sich nach Brindisi, um dort die Ankunft ihrer Schiffe zu erwarten. Zuerst aber erfolgte in der Heiligkreuzkirche von Akkon eine Art Ferntrauung und ein Bischof steckte der Braut stellvertretend den Ring des Kaisers an den Finger. Dann ging es nach Tyros, der zweiten Stadt, die mit Akkon vom Königreich Jerusalem geblieben war.

Dort wurde die inzwischen Vierzehnjährige zur Königin von Jerusalem gekrönt und was vom chistlichen Adel noch übrig war, huldigte ihr. Jolanda ließ dies alles mit mühsam beherrschtem Gesicht über sich ergehen, aber als sie ihr Schiff bestieg, brach sie in Tränen aus und rief:

„Ich empfehle dich Gott, mein geliebtes Syrien, das ich niemals wiedersehen werde."

Sie sollte recht behalten, aber wenn sie gewusst hätte, wie wenig Gutes sie in Italien erwartete, wäre sie wohl lieber in ein Kloster gegangen. Um am kaiserlichen Hof nicht als Fremde unter Fremden dazustehen, hatte sie einige vertraute Hofdamen mitgenommen, darunter die um einige Jahre ältere Anais, eine entfernte Verwandte. Das schwarzlockige und glutäugige Mädchen hoffte am Hof des Kaisers einen Ehemann zu finden, der mehr auf ihre Schönheit und weniger auf die kaum vorhandene Mitgift achtete.

In Brindisi erwartete der Kaiser mit dem Brautvater das Anlegen des Schiffes. Ein steifer, kalter Herbstwind blähte ihre Kleider zu grotesken Formen und die anwesende Geistlichkeit hatte alle Hände voll zu tun, um ihre bodenlangen Prunkgewänder schicklich am Körper zu halten. Während Friedrich seine Braut auf beide Wangen küsste, erblickte er hinter ihr eine junge Frau, deren schwarze Augen sich nicht züchtig senkten, sondern den seinen keck standhielten und dabei begehrlich glitzerten – so glaubte er es deuten zu müssen. Das war Anais, Hofdame und Verwandte der Braut und um einiges älter als sie.

Jean de Brienne, der Brautvater, hatte sich alles ein wenig anders vorgestellt. Noch während der Festvorbereitungen erfuhr er von Friedrichs Absicht, gleich nach der Hochzeit den Titel des Königs von Jerusalem zu übernehmen. Zudem forderte er die Herausgabe der 50.000 Silbermark, die der inzwischen verstorbene französische König Philipp August dem bisherigen Titularkönig überlassen hatte – zur Wiedergewinnung des Heiligen Landes. Schließlich sei er es, beharrte Friedrich, der demnächst das Kreuzzugsgelübde erfüllen werde, und da habe er das Geld bitter nötig. Es kam zu einem bösen Streit mit Jean de Brienne, der sich von Friedrich ernsthaft bedroht fühlte. Bei Nacht und Nebel floh er nach Rom, wo der Papst ihn zur Neutralität bewegte, um Friedrichs weiteres Vorgehen abzuwarten.

Für Jolanda war dies alles sehr bedrückend; auch die Wohnverhältnisse in Brindisi waren so beschränkt, dass der Kaiser ihr syrisches Gefolge – bis auf zwei Zofen – im Zeltlager vor der Stadt unterbrachte. Ob ihn dabei schon ein gewisser Hintergedanke leitete, muss offen bleiben.

So fand die Hochzeit im Dom von Brindisi ohne Jean de Brienne statt und ein syrischer Graf musste statt seiner die Braut zum Altar führen. Am Abend beim Hochzeitsbankett saß Jolanda wie ein verheultes Kind neben dem Kaiser, der immer wieder zu Anais schaute, die schräg gegenübersaß. Wenn ihre Blicke sich fanden, flog ein leises Lächeln über das schöne Gesicht der Syrerin. Einige bemerkten es und dachten sich ihren Teil, Jolanda aber war so in ihren Kummer versunken, dass sie nichts davon spürte. Zudem glaubte sie, dass ihr das Schlimmste noch bevorstand – die Nacht mit ihrem Gemahl. Wenig später sollte sie erfahren, dass sie sich umsonst geängstigt hatte. Zwar begleitete sie Friedrich ins Brautgemach, doch dann küsste er sie nur auf beide Wangen und verneigte sich.

„Jolanda, meine Liebe, nach dem Wunsch des Heiligen Vaters und um der Krone Jerusalems willen habe ich nicht gezögert, mit Euch den Ehebund zu schließen. Mit Rücksicht auf Euer zartes, noch der Kindheit nahes Alter halte ich es für besser, die Hochzeitsnacht etwas aufzuschieben – Euer Einverständnis vorausgesetzt."

Die Erleichterung war ihr anzusehen, als sie mit leiser Stimme sagte:

„Wie Ihr wünscht, mein Gemahl, vielleicht ist es tatsächlich besser, noch etwas zu warten."

Er verneigte sich nochmals und lächelte verständnisvoll.

„Dann wünsche ich Euch eine gesegnete Nacht."

In einem Nebenraum wartete schon sein Diener mit einfacher, unauffälliger Kleidung. Mit ein paar Vertrauten ritt der Kaiser zum Lager vor der Stadt. Die Leibwache vor seinem Zelt salutierte und dann trat der Capitano hinzu und verneigte sich tief.

„Ein Gast erwartet Euch, Majestät."

Friedrich nickte, betrat sein Zelt, legte seinen Mantel ab und schlug den Vorhang zur Schlafecke zurück.

„Anais, du bist gekommen!"

„Das wolltet Ihr doch ..."

„Nicht alles, was der Kaiser, was ein Mann will, geschieht dann auch."

„Wie war die Hochzeitsnacht?"

Friedrich setzte sich aufs Bett und küsste Anais auf beide Wangen.

„So war sie."

„Nur zwei Küsse?"

„Jolanda ist ein Kind und ich werde jetzt die Rolle des Bischofs von Akkon übernehmen."

Anais richtete sich auf und fragte misstrauisch:

„Wie soll ich das verstehen, Majestät?"

Friedrich lächelte.

„Die Majestät lassen wir jetzt beiseite. Ganz einfach: Der Bischof von Akkon hat mich bei der Ehezeremonie vertreten und Jolanda statt meiner den Ring angesteckt. Du aber wirst sie in der Hochzeitsnacht vertreten – wenn du willst …"

Und ob sie wollte! Anais war nicht unerfahren, hatte am leichtlebigen syrischen Hof so manchen Liebhaber beglückt und als der Kaiser sie bei der Ankunft in Brindisi ansah, da dachte sie: Ich gehöre dir. Jetzt durfte sie es laut sagen:

„Ich gehöre dir, Federico."

Friedrich erhob sich und sah, wie sein Leibdiener den Kopf hereinsteckte und ihn fragend ansah.

„Scher dich fort!" Da er dabei schmunzelte, wusste der Diener Bescheid – aus langer Erfahrung.

Friedrich blies die Öllampen aus bis auf eine, deren Flackern über das Gesicht der schönen Anais geheimnisvolle Schatten huschen ließ. Friedrich kleidete sich schnell aus, schlug die Decke aus rötlichem Fuchsfell zurück und betrachtete den nackten Frauenkörper.

„Weißt du, wie schön du bist? Als hätte Gott dich zum Muster erschaffen, nach dem er alle anderen Frauen bilden wollte."

„Was er aber nicht getan hat."

„Vielleicht abgelenkt durch andere Pflichten …"

Er beugte sich über sie und küsste zuerst zart, dann immer heftiger den nackten Körper, als wolle er ihn sich einverleiben, ihn sich zu eigen machen. Gesicht, Schultern, Brüste, Bauch, Schenkel, Knie, Waden herab zu den Zehen, nur das schwarze Dreieck ließ er aus.

„Jetzt habe ich jeder Stelle deines Körpers mein Siegel aufgedrückt und so gehörst du mir – nur mir allein!"

Anais hatte ihre Augen geschlossen und schlug sie nun plötzlich auf. Diese dunklen Spiegel versetzten Friedrich in solches Entzücken, dass er versucht war, auch sie, die offenen Augen, zu küssen. Da hörte er ihre leise Stimme.

„Du hast nicht alles versiegelt …"

„Ich weiß, aber dazu verwende ich das große, geheime und nur den Frauen vorbehaltene Siegel."

Sie öffnete die Schenkel, krallte sich in seine Hüften und ihr Atem ging schnell und schneller. Als er in sie eindrang, seufzte sie tief, fast schmerzlich auf.

„Ja", stöhnte sie, „ja, ja, ja ..."

Es wurde eine bewegte Nacht und erst bei Morgengrauen schlief Friedrich ein. Als der Leibdiener hereinschlich, stand draußen eine müde Herbstsonne schon schräg am Himmel, doch sie wärmte nicht, da von der See ein steifer, eisiger Wind kam.

Der Platz neben ihm war leer, die Stelle fühlte sich kalt an. Der Diener ahnte, was sein Herr dachte, aber er schwieg. Er war es gewohnt, nur auf Fragen zu antworten, doch der Kaiser ließ sich schweigend ankleiden, nachdem der Diener ihn mit einem nassen, duftenden Schwamm von Kopf bis Fuß abgerieben hatte.

Einige Tage später brach die Hofgesellschaft nach Melfi auf, wo der kaiserliche Palazzo vor kurzem fertiggestellt worden war, als einer von vielen Palast- und Kastellbauten, die geplant, schon im Bau oder fast vollendet waren. Die wichtigsten und auch am weitesten fortgeschrittenen Bauprojekte lagen im Tavoliere di Puglia mit der Stadt Foggia als Mittelpunkt. Diese Bezeichnung wäre als „Apulisches Tafelland" zu übersetzen und es stellt sich die Frage, warum Kaiser Friedrich dieses nicht sehr anziehende Flachland so bevorzugte.

Das hatte mehrere Gründe. Der politisch wichtigste war die Mittellage. Von hier aus war die Lombardei ebenso schnell zu erreichen wie Sizilien, das Friedrich wegen der abgelegenen Insellage nicht so günstig erschien. Was aber waren die anderen Gründe, warum fühlte der Kaiser sich hier so wohl, dass man den Tavoliere mit gutem Grund als seine „Lebenslandschaft" bezeichnen kann?

Dieses Gebiet entsprach seinem Wesen, seinen geistigen Bedürfnissen. Die wirre, schroffe Unübersichtlichkeit von Bergländern stieß ihn ab. Es war die überschaubare Klarheit, die ihn anzog. Freilich begann gegen Süden ein flaches, dicht bewaldetes Hügelland mit sanften, offenen Tälern und das war sein Jagdgebiet, hier ließ er seine Falken aufsteigen. Eine bunte Gruppe von *amici Caesaris* begleitete ihn dabei und auf Friedrichs Wunsch galt während der Jagd keine andere Rangfolge als die von guten oder schlechten Waidmännern. Letztere waren schnell ausgesondert und was dann blieb, war eine verschworene Gemeinschaft von Jägern aus Leidenschaft.

Kam Friedrich zurück nach Melfi, so empfing ihn Anais mit offenen Armen und einem vor Freude flackernden Blick. Wo aber war Königin Jolanda geblieben? Da sie das lockere und heitere

Treiben zwischen Melfi und Foggia nur gestört hätte und ihre Hofdame Anais zur festen Konkubine geworden war, hatte Friedrich sie nach Terracina verbannt, wo sie in einem streng bewachten Schloss lebte, umgeben von allem erdenklichen Luxus. Dort wartete sie auf den Besuch ihres Gemahls und auf den endlichen Vollzug ihrer Ehe.

Anais, mit dem Egoismus einer verliebten Frau, fand das ganz richtig so, ohne zu vergessen, dass sie *concubina* auf Zeit war und sie eines – hoffentlich noch sehr fernen Tages – der Königin oder einer neuen Geliebten würde weichen müssen. Natürlich wusste sie längst, dass es vor ihr schon eine Reihe anderer Frauen gegeben hatte, aber es erging ihr wie fast allen ihren Vorgängerinnen: Wenn Friedrich bei ihr war, verhielt er sich so, als sei sie die Einzige, die er jemals wirklich geliebt hatte. Er selber musste sich eingestehen, dass Anais nach Adelheid die erste Frau war, die sein Herz gewann und nicht nur seiner Lust diente. Der Kaiser dachte nicht daran, die Geliebte zu verstecken oder ihre Verbindung zu verheimlichen. Gab es ein Bankett, an dem – was allerdings selten geschah – auch Frauen teilnahmen, so saß Anais zwar nicht an seiner Seite, doch in nächster Nähe. Das brachte es dann mit sich, dass gewisse Leute sie als Machtfaktor sahen, weil sie glaubten, wer mit dem Kaiser das Bett teilt, der kann ihm gegenüber auch Wünsche äußern. Anais aber war im Orient aufgewachsen, wo sich auch die meisten christlichen Familien dem Landesbrauch fügten und den Frauen ausschließlich die Macht über den Haushalt und die weiblichen Dienstleute zugestanden. So wies Anais die Bittsteller niemals schroff ab, sondern erklärte sich einfach nicht für zuständig und schlug vor, sich an die Sekretäre des Kaisers zu wenden.

Die schönen Jahre im befriedeten Königreich Sizilien neigten sich dem Ende zu, als aus Rom immer schärfere Aufforderungen kamen, den Kreuzzug endlich zu beginnen. Papst Honorius hatte das achtzigste Lebensjahr schon überschritten und wollte seinen Herzenswunsch endlich verwirklicht sehen. So tat der Kaiser das Nächstliegende und begann im deutschen Reich für den Kreuzzug zu werben. Hermann von Salza reiste mit einem Sack voll Gold dorthin, aber es war schwer, die deutschen Fürsten für dieses doch so gottgefällige Werk zu gewinnen. Wer zusagte, ließ sich kaufen und das sizilianische Gold schmolz dahin wie Schnee in der Frühjahrssonne.

Auch Friedrich war nach Norden gereist, wo er für Ostern 1226 in Cremona einen Reichstag einberief. Sein Sohn König Heinrich sollte mit den deutschen Fürsten dort erscheinen, dazu die Abgeordneten der lombardischen Städte. Als Grund für den Reichstag nannte der Kaiser die Wiederherstellung der Reichsrechte in Italien, vor allem aber die Klärung der lombardischen Verhältnisse. Um den Papst milde zu stimmen und die Unterstützung der Kurie zu gewinnen, wurden zwei weitere Themen genannt: Bekämpfung der Ketzerei und Vorbereitung zum Kreuzzug.

Als Friedrich von Süden und sein Sohn Heinrich von Norden heranzogen, führten sie Truppen mit sich, was das Misstrauen der guelfischen Kommunen verstärkte. So bildeten zwölf lombardische und venetische Städte unter mailändischer Führung eine Liga, denn sie fürchteten, die vom Kaiser in Sizilien angewandten Gewaltmaßnahmen. Ihre erste Handlung war, die Gebirgspässe zu sperren, sodass König Heinrich mit seinen Truppen nicht weiterziehen konnte. In Friedrichs Augen war das Hochverrat, doch er war machtlos und das geplante Strafgericht musste verschoben werden. Die kaisertreuen Städte hatten ihre Vertreter nach Cremona geschickt und für sie veranstaltete Friedrich ein Abschiedsbankett.

Galvano, seit zwei Jahren Oberhaupt der Familie Lancia, kam als Führer einer Abordnung aus Pisa und hatte seine zwölfjährige Schwester Bianca mitgebracht. Für die Familie war sie die „Zwölfjährige“, sie selber nannte sich „fast dreizehn“, doch bis dahin war es noch ein halbes Jahr.

Bei der Familie Lancia hatte sich während der letzten Jahre einiges verändert. Don Bartolomeo, der Großvater, war plötzlich gestorben. Er hatte sich eines Morgens an sein Schreibpult gesetzt, um etwas zu notieren, als ihn ein Schlagfluss überraschte und seinen Kopf auf das Pult sinken ließ. In der rechten Hand hielt er noch die Schreibfeder, die er gerade zugespitzt hatte und in das offene Tintenfass tauchen wollte. Er starb wohl in Frieden, denn er hatte noch erleben dürfen, dass Giulia – Galvanos Gemahlin – den Sohn Federico zur Welt brachte. Giordano, jetzt siebzehn, war der hitzige Raufbold geblieben, der er schon als Kind gewesen war, doch es gab kaum noch Schwierigkeiten, da er sich bei den Zusammenkünften der Bürgerwehr, bei Wett- und Schaukämpfen austoben konnte. Er war schnell beleidigt, aber ebenso schnell zur Versöhnung bereit, was ihm viele Freunde einbrachte.

Bianca hatte sich mit den Jahren zu einer Schönheit entwickelt, die nicht ins Auge sprang, sondern erst beim zweiten Blick erkennbar wurde. Nach wie vor steckte sie mit Berta unter einer Decke und noch immer sprachen sie Deutsch miteinander. Der heimliche Kummer ihrer früheren Amme aber war, dass Biancas Regel ausblieb. Nach außen wirkte sie mit ihrem schönen, ernsten Gesicht, den kleinen, runden Brüsten und den lieblich geschwungenen Hüften wie eine junge Frau, aber dazu passte nicht – wie Berta meinte –, dass Bianca zwischen den Schenkeln trocken blieb wie eine verdorrte Frucht. Um sie nicht zu verstören, sprach Berta nur auf Umwegen über dieses Thema, etwa wenn sie von dem Volksglauben erzählte, dass das Regelblut der Frauen vor Fieber und Fallsucht schütze, ja sogar imstande sei, Blitz, Hagel und Sturm abzuwehren. Sie tat das in der Hoffnung, Bianca möge nachfragen, was Regelblut sei und so war es dann auch.

„Wenn ein Mädchen zur Frau wird, dann geschieht allmonatlich etwas, vor dem du keine Angst zu haben brauchst. Aus deinem Gröttchen sickert ein wenig Blut, das hört dann nach drei oder vier Tagen auf …“

Bianca hörte mit gerunzelter Stirne zu und fragte:

„Zu was soll das gut sein?“

„Ja, das weiß ich auch nicht. Jedenfalls können Frauen von da an Kinder kriegen. Wie es dazu kommt, habe ich dir ja schon erklärt.“

Das hatte sie tatsächlich, doch Bianca war nicht sehr interessiert gewesen. Was Männer mit Frauen trieben, gehörte für sie in eine andere, noch sehr ferne Zeit. Aus eigener Erfahrung hatte Berta ihr den Vorgang als nicht sehr erfreulich – was die Frauen betraf – geschildert, aber doch als notwendig zur Erhaltung der Menschheit.

Von Berta hatte Bianca im Laufe der Jahre so manches über das Zauberwesen erfahren und wusste einiges über die heilenden oder auch Schaden bringenden Kräfte von Tieren, Pflanzen, Steinen und Metallen. Sie trug ein von Berta gefertigtes Amulett am Hals, wusste aber nicht, was die Kapsel enthielt, und wurde belehrt, dass die Wirksamkeit umso höher sei, je weniger man darüber wisse. Nur so viel könne man sagen: Das Amulett sei aus Bernstein gefertigt, der allein schon als mächtige Schadenabwehr gelte und zudem gegen jede Art von Halserkrankungen schütze. Für sehr wichtig hielt Berta, dass man die Eigenschaften der Wochentage kenne und sich danach verhalte.

„Der Montag", so verkündete sie, „ist ein Unglückstag! Da soll man nichts Wichtiges beginnen, kein Geld einfordern, keine Reise antreten, nicht an Begräbnissen teilnehmen. Wer sich daran hält, dem geht es nicht nur am Montag gut, sondern während der ganzen übrigen Woche. Der Dienstag bringt auch nichts Gutes, ist dem Kriegsgott geweiht – ein Männertag. Das gilt auch für den Mittwoch, denn an diesem Tag hat Judas seinen Verrat begangen. Da soll man ebenfalls nichts Wichtiges unternehmen, vor allem kein Vieh austreiben oder verkaufen, auch nicht Hochzeit halten. Dazu ist der Donnerstag weit besser geeignet. Der Freitag ist zur Erinnerung an Christi Tod ein Tag der Besinnung, soll aber auch frei von Krankheiten machen. Der Samstag muss als Glückstag gelten, ist gut für Hochzeiten und große Unternehmungen, ist freilich auch der große Hexentag, an dem sie ihren Sabbat feiern. Ein Glückstag ist natürlich auch der Sonntag als Tag des Herrn. Glückskinder werden am Sonntag geboren und die armen Seelen sind frei vom Fegefeuer."

Berta schwieg eine Weile und Bianca fragte:

„Daran glaubst du fest?"

Berta blickte unwillig auf.

„Was heißt schon fest? Alles liegt in Gottes Hand und wenn er es will, kann er auch die Unglückstage günstig gestalten."

Das war ihre unerschütterliche Lebenseinstellung: alles, was die Weiße Magie – die keinem schadete – gebot und anriet, genau zu beachten, dabei aber beide Augen zum Himmel zu richten und auf Gott zu vertrauen.

Als Bianca gegangen war, seufzte Berta schwer. Was half das ganze Gottvertrauen, was nützte die Kenntnis der Weißen Magie, wenn ihr Augenstern nicht endlich zur Frau wurde? Ihres Wissens gab es kein Mittel – ob menschlicher, tierischer, pflanzlicher oder mineralischer Natur –, um diesen Vorgang zu beschleunigen. Freilich, einen wirksamen Liebeszauber hätte sie schon schaffen können, und da fiel ihr wieder das eigene Erlebnis ein, wo er jämmerlich versagt hatte. Sie lebte noch bei den Eltern am Rand von Innsbruck und hatte sich in einen Vetter verliebt, den sie bei Familienfesten öfter sah. Da der Vater als Innfischer sein Brot verdiente, fiel es ihr leicht, einen bestimmten Liebeszauber anzuzuwenden. Sie stibitzte einen kleinen Fisch, der noch zuckte, ging auf den Abtritt und steckte das Tier in ihre Scheide, bis es sich nicht mehr regte.

Sie tat das am Tag vor einer Tauffeier, da die ganze Sippe bei einem Festmahl versammelt war, und es gelang ihr, eben diesen Fisch mitzubraten und dem Vetter auf den Teller zu legen. Er verputzte ihn samt den Gräten, doch die Wirkung blieb aus. Freilich hatte die alte Kräuterhexe betont, dass nicht jeder Liebeszauber bei jedem wirke. Da müsse sie dann einen anderen versuchen. Berta schmunzelte in sich hinein. Wenn es bei Bianca so weit war – vom Fischzauber würde sie ihr abraten.

Bianca, in manchen Dingen ihre gelehrige Schülerin, kam schon früh zu einer anderen Anschauung. Obwohl sie es für gut hielt, die Regeln der Weißen Magie zu kennen, gründete sich ihre Lebenseinstellung – vom Großvater beeinflusst – auf das nach und nach erworbene Wissen über alles, was den Menschen betraf. Don Bartolomeo hatte ihr gesagt:

„Wer das Wesen der Menschen und sich selber kennt, ist für die Wege des Schicksals bestens gerüstet. Freilich gibt Seneca zu bedenken: *Eunt via sua fata*, und das sollst du niemals vergessen: Das Schicksal geht eigene Wege."

So gesehen, war Bianca sicher die gelehrigste Schülerin ihres Großvaters gewesen, während ihre Brüder sich anders entwickelten. Galvano war der Art seines Vaters nachgeraten und handelte niemals überstürzt. Alles musste gründlich überlegt und erwogen werden, aber wenn ein Entschluss gefasst war, dann verfolgte er beharrlich seine Umsetzung.

Giordano, sein jüngerer Bruder, war anders geartet. Er handelte schnell und spontan, konnte Entschlüsse im letzten Augenblick ändern, war aber in ihrer Durchführung nicht weniger beharrlich als sein Bruder. Leider huldigte er nicht der Anschauung, vieles sei leichter mit Verstand und im Einvernehmen zu lösen, sondern baute auf die brachiale Gewalt. Führte sie zu Misserfolgen, so lag das seiner Anschauung nach an einer halbherzigen Durchführung. Er hätte eben härter zuschlagen müssen ... Zu seiner Verteidigung sei gesagt, dass sich diese Einstellung mit den Jahren milderte und verfeinerte, was dazu führte, dass der erwachsene Giordano sich später bemühte, Probleme zuerst mit dem Kopf und nicht gleich mit der Faust zu lösen.

Wie aber fand Giulia Lancia, Galvanos Frau und Federicos Mutter, sich zwischen so unterschiedlichen Charakteren zurecht? Sie war nicht besonders gebildet, war dafür aber mit einem ausgeprägten weiblichen Instinkt gesegnet, der sie vieles ahnen und meist richtig vorhersehen ließ. Sie und Bianca begegneten sich mit kühlem Respekt, aber Giulias eigener Hausstand in einem angebauten Teil des Palastes machten diese Begegnungen selten. Dazu kam, dass Giulia jedes Jahr ein Kind zur Welt brachte, von denen am Ende nur Federico und zwei Töchter die ersten Jahre überlebten.

Was sie aber wirklich störte, war Biancas inniges Einvernehmen mit Berta, die sie gelegentlich eine *strega* nannte – freilich stets hinter vorgehaltener Hand und niemals in Biancas Gegenwart. Sie mochte ihren Galvano, ertrug geduldig die häufigen Schwangerschaften und ließ die Familie niemals spüren, dass das Erbe nach dem Tod ihrer Eltern die nicht übermäßig begüterten Lancia zu einer sehr wohlhabenden Familie machen würde. Wenn sie darauf auch niemals nur mit einem Wort anspielte, so wusste sie doch, dass die anderen es auch wussten. Als Mutter des Stammhalters Federico und als einzige Erbin ihrer steinreichen Eltern war ihre Stellung in der Familie so unerschütterlich fest, dass sie über Biancas Eigenheiten großzügig hinwegsah.

5

Der von Kaiser Friedrich zu Ostern 1226 einberufene Reichstag kam nicht zustande – aus den schon genannten Gründen. Da er nun schon einmal in Cremona war, sollten wenigstens die ghibellinischen Lombardenstädte – Parma, Pavia, Modena, Pisa und Lucca wären als wichtigste zu nennen – Gelegenheit haben, ihm zu huldigen. Auch die Familie Lancia wurde dazu geladen und noch ehe Galvano ein Wort dazu äußern konnte, rief Giordano laut:

„Da komme ich natürlich mit! Wann geht es los?“

Seine Augen glühten vor Ungeduld und mit der Faust schlug er mehrmals auf den Tisch, dass die noch nicht abgeräumten Teller und Schüsseln zu klirren begannen.

Galvano, der sich von Giordanos Ungestüm niemals aus der Ruhe bringen ließ, sagte nur:

„Jetzt beruhige dich erst einmal – ja, warum sollst du nicht mitkommen, schließlich wirst du heuer achtzehn Jahre alt.“

Das war heute ihr gemeinsames Sonntagsmahl, an dem die ganze Familie teilnahm.

Wundersame Gedanken waren Bianca bei dieser Nachricht durch den Kopf gezogen. Der Ritter Lancelot, sonst fern im Süden, war in den Norden gekommen, um seine treuen Vasallen zu begrüßen. Eine und vielleicht sogar die letzte Möglichkeit, ihn persönlich zu sehen, anstatt sich sein Bild aus den gewiss fehlerhaften Berichten ihres Bruders zusammensetzen zu müssen. Natürlich wusste sie, dass es weder üblich noch angebracht war, die Frauen der Stadtvertreter oder sogar deren Schwestern mit auf die Reise zu nehmen. Es war allein Galvanos Aufgabe, vielleicht zusammen mit seinem Bruder, dem Kaiser in Cremona zu huldigen, während sie daheim auf die Berichte ihrer Brüder warten musste. Nein, nein, nein, diesmal würde sie sich nicht damit begnügen, diesmal nicht! Im Oktober würde sie dreizehn Jahre alt werden, sie war kein Kind mehr! Doch ihr nüchterner Verstand sagte ihr, dass ihre Lebensjahre nicht zählten – ob acht oder achtundzwanzig, eine Frau hatte bei einer Gesandtschaft nichts zu suchen. Schon formte sich in ihrem Kopf ein Plan. Zuerst kam es darauf an, nichts oder nur Unverbindliches zu äußern. Sie zwang sich zu einem Lächeln.

„Das ist ja schön, den Kaiser so nahe zu wissen. Du, Galvano, könntest ihn vielleicht dazu anregen, auch unsere Stadt zu besuchen – immerhin findet er hier seine treuesten Anhänger."

Wieder kam Giordano seinem Bruder zuvor.

„Was du dir in deinem kleinen Mädchenverstand so ausdenkst! Glaubst du, der Kaiser habe nichts anderes zu tun, als reihum seine Anhänger zu besuchen? Es ist unsere Pflicht, zu ihm zu gehen!"

Galvano versuchte die Wogen zu glätten.

„Natürlich wäre es schön, den Kaiser in unserer Stadt zu wissen, aber ich muss Giordano schon Recht geben – er ist auch König von Sizilien und seine Zeit ist knapp. Ich verspreche dir einen genauen Bericht, Bianca, ja, ich werde die Haare auf seinem Kopf zählen, um dich zufriedenzustellen."

Alle lachten, denn es geschah höchst selten, dass der ernste und bedächtige Galvano einen Scherz machte. Bianca aber wartete ab, bis sie ihn alleine antraf. Das war sozusagen zwischen Tür und Angel, denn er kam aus den Ställen, wo er die Pferde auf ihre Reisetauglichkeit überprüft hatte. Sie fasste ihn am Arm.

„Ach, Galvano, hättest du etwas Zeit für mich? Du solltest dir meine Stute Brunella anschauen. Ich glaube, sie lahmt etwas."

„Aber dafür ist doch der *cavallerizzo* zuständig, ich glaube nicht, dass ich ..."

„Ich möchte es trotzdem."

Sie zog ihn zum Stall und schickte den die Raufe füllenden Pferdeknecht hinaus. Dann schob sie den kaum widerstrebenden Galvano in eine Ecke und flüsterte:

„Ich habe etwas mit dir zu besprechen."

„Aber warum gehen wir nicht ins Haus, da ist es ..."

„Nein, es soll hier und unter vier Augen geschehen."

Er fügte sich und Bianca kam gleich zur Sache.

„Galvano, ich möchte dich nach Cremona begleiten und Giordano soll hierbleiben."

Da blieb ihrem Bruder vor Staunen der Mund offen und es dauerte etwas, bis er wieder zur Sprache fand.

„Aber wie denkst du dir das? Ein zwölfjähriges Mädchen hat bei einer Gesandtschaft nichts zu suchen, ja nicht einmal den Ehefrauen würde man so etwas gestatten."

Sie schaute ihn ruhig an.

„Wer ist ‚man'? Du bist Galvano Graf Lancia und kannst mitnehmen, wen du willst."

Er schüttelte störrisch den Kopf.

„Nein, das kann ich nicht! Und was würde Giordano dazu sagen?"

Auch dafür hatte sie längst einen Plan.

„Du sagst ihm, er werde hier gebraucht, denn in deiner Abwesenheit ist er das Haupt der Familie. Hast du je daran gedacht? Ihr seid vielleicht monatelang unterwegs und es müssen irgendwelche wichtigen Entscheidungen getroffen werden – wer soll das tun? Giulia? Ich? Wie stellst du dir das vor? Du kannst die Familie Lancia nicht ohne männlichen Schutz zurücklassen. Giordano wird das einsehen."

Dieses Argument gab Galvano zu denken und etwas zögerlich musste er sich eingestehen, dass Bianca Recht hatte. Nach langem Schweigen brummte er:

„Da ist etwas dran, aber du kannst trotzdem nicht mitkommen. Die ganze Familie würde über mich herfallen und nicht nur das, auch den anderen Gesandten wäre das kaum begreiflich zu machen."

Auch dafür hatte sie eine Lösung.

„Sprich von einem Gelübde, das ich getan habe. Du musst nicht erklären, um was es geht, sage nur, deine Schwester habe ein Gelübde für den Kaiser abgelegt, wozu gehört, dass sie ihm ins Auge blickt."

„Das wird mir keiner abnehmen ..."

„Ein Gelübde ist etwas Heiliges."

„Ein erfundenes nicht."

„Das lässt sich nachholen."

Er brummte etwas Undeutliches und wandte sich ab. Im Hinausgehen sagte er:

„Du solltest erst einmal mit Giordano reden, denn ich weiß nicht, wie ich es ihm begreiflich machen soll."

Damit hatte sie schon gerechnet. Galvano war kein Mann des Wortes und das wusste er recht gut.

Am nächsten Tag war es wieder vor dem Pferdestall, wo sie Giordano abfing. Der Knecht führte das gesattelte Pferd hinaus, denn Giordano wollte an einem Treffen der Bürgermiliz teilnehmen. Er hatte es dort schon zum *portastendardo* gebracht und hoffte, nach seinem achtzehnten Geburtstag zum Capitano ernannt zu werden.

„Auf ein Wort, Giordano."

Er hatte schon einen Fuß im Steigbügel.

„Du siehst doch, ich habe es eilig! Heute Abend können wir reden, da habe ich Zeit."

„Es ist aber wichtig ..."

Was Bianca nicht wusste: Giordano musste jetzt die Entscheidung zwischen zwei Frauen treffen. Er war nämlich auf dem Weg zu einer Geliebten, denn das Treffen der Bürgermiliz fand erst am Nachmittag statt. Seufzend zog er seinen Fuß aus dem Steigbügel und sagte zum Pferdeknecht:

„Reite den Baleno ein wenig warm und komme dann hierher."

„Danke, Giordano."

Sie gingen in den Stall, just zu der Stelle, an der sie gestern mit Galvano gesprochen hatte.

„Also, was ist?" Das klang recht ungeduldig.

„Ich habe gestern mit Galvano gesprochen und ihm zu bedenken gegeben, dass wir hier ohne männlichen Schutz bleiben, wenn ihr beide nach Cremona reitet."

„Was? Was soll das? Es sind mindestens zehn waffenfähige Männer am Hof!"

„Aber wer soll ihnen befehlen? Zum Beispiel würde der Stadtrat von Pisa keine wichtige Entscheidung ohne Zustimmung des Adels treffen. Ihr seid über alle Berge und auf Giulia und mich wird kaum einer hören. Ich halte es für absolut notwendig, dass du während Galvanos Abwesenheit die Lancia vertrittst – als Haupt der Familie."

Damit berührte Bianca Giordanos geheimste Wünsche, die er niemals laut geäußert hätte. Wochen- oder sogar monatelang würde er der Graf Lancia sein, der Wortführer einer der wichtigsten Pisaner Familien.

„Hast du Galvano auf diesen Gedanken gebracht?"

„Wir sind beide darauf gekommen, aber ich möchte dir klar und deutlich sagen, dass Giulia mit ihrem unmündigen Kind und ich als Tochter des Hauses erwarten, ja einen Anspruch darauf haben, dass ein Mann von Gewicht im Haus bleibt. Ich mag gar nicht daran denken, was alles geschehen kann, wenn ihr beide unterwegs seid! Auf dem Weg nach Cremona kommt ihr in den Machtbereich von Piacenza und wer hat dort das Sagen?"

„Die Guelfen, ich weiß."

„Wenn da irgend so ein Hitzkopf die Gelegenheit beim Schopf packen will, euch eines auszuwischen – was dann? Einer von euch fällt, der andere kommt in Gefangenschaft und wir müssen ein so hohes Lösegeld zahlen, dass wir am Ende dastehen wie Bettler. Willst du das?"

Diesen Argumenten war Giordano nicht gewachsen.

„Natürlich nicht, an eine solche Möglichkeit mag ich gar nicht denken."

„Solltest du aber!"

„Dann werde ich wohl hierbleiben müssen ..."

„Als Haupt der Familie, ja."

Natürlich dachte er sofort auch daran, dass er auf der Reise nach Cremona immer der Zweite sein würde, hier aber war er in Galvanos Abwesenheit der Erste! In seiner spontanen Art übernahm Giordano sogleich diese Rolle. Seinem Liebchen teilte er stolz mit, sie habe es demnächst mit dem Grafen Lancia zu tun, und auf der Bürgerwehrversammlung ließ er durchblicken, dass man sich künftig an ihn wenden müsse, wenn von dem Grafen Lancia eine Entscheidung verlangt werde. Da alle seine aufbrausende Art kannten, wagte niemand einen Scherz, sondern sie nickten nur mit ernsten Gesichtern.

Nach dem Nachtmahl bat er Galvano auf ein Wort. Den Älteren beschlich ein unbehagliches Gefühl und er machte sich auf flammende Empörung gefasst. Doch er hatte sich getäuscht.

„Bianca hat mir ihre Befürchtungen mitgeteilt und ich muss schon sagen, das hätten wir beide auch erwägen sollen! Wir reisen zum Teil durch feindliches Gebiet – denke an Piacenza! Nur angenommen, einer von uns fällt und einer wird gefangen. Es geht um Giulia und um Bianca! Sie wären dann schutzlos allen Anforderungen ausgeliefert und nach der Zahlung des Lösegeldes ...“

„... es gibt immer noch Giulias Eltern ...“

„Die wird man auch nicht verschonen. Nein, nein, ich sehe meine Pflicht darin, hierzubleiben und das Haus Lancia zu führen.“

Galvano gefiel diese Wortwahl nicht.

„Zu führen? Sagen wir besser, mich zu vertreten.“

„Ja, ja, das kommt wohl auf eines hinaus.“

„Hat Bianca dir gesagt, dass sie nach Cremona mitkommen will?“

„Was? Aber das geht doch nicht! Wann ist jemals eine Frau, ein Mädchen mit einer Gesandtschaft ... nein, nein, das musst du ihr ausreden!“

Galvano seufzte. „Ich werde es versuchen, aber du weißt ja, wie wenig wortgewandt ich bin, da übertrifft Bianca mich bei weitem.“

„Also gut“, Giordano rief es in seiner schnell entschlossenen Art, „dann werde ich es versuchen.“

Auf eine seltsame Weise war Bianca nämlich in die Rolle ihrer Mutter hineingewachsen. Ihr Verstand war scharf und schnell, ihre Wortwahl knapp, geschickt und logisch. Ihre Brüder fürchteten sie ein wenig und jeder vermied es, sich mit ihr anzulegen.

So verspürte Giordano ein sonst ungewohntes Flattern im Bauch, das er nicht unterdrücken konnte. Ehe er an ihre Tür klopfte, sagte er sich: Jetzt nimm dich aber zusammen!

Biancas behaglich eingerichteter Wohnraum unterschied sich doch in einigem von anderen Mädchenzimmern. Auf einem Wandbord stand eine Reihe von Büchern, ein kostbarer Schatz, vom Großvater ausdrücklich ihr vermacht. An der Wand hing eine sorgfältig gezeichnete Karte von Italien, daneben eine Marienikone, die – angeblich – ein kreuzfahrender Ahne vor über hundert Jahren aus Ostrom mitgebracht hatte. Der große Schreibtisch aus dunklem Olivenholz war mit Papierrollen und Schreibzeug übersät, während man im ganzen Raum vergeblich nach Spuren einer weiblichen Handarbeit suchte. Als der Vater ihr zum fünften Geburtstag ein kleines Spinnrad geschenkt hatte, musste es bald einem Astrolabium weichen, das aus einem abgewrackten Schiff stammte und das sie seit ihrem zehnten Lebensjahr in seinen wichtigsten Funktionen bedienen konnte.

„Setz dich, Giordano. Übrigens weiß ich, warum du kommst."

Das nahm ihm gleich den Wind aus den Segeln und er stotterte: „Ja, dann – dann muss ich dir – möchte ich dir ..."

Sie lächelte fein und sagte im schnoddrigen Jungmännerton: „Spuck's trotzdem aus!"

Das nun verunsicherte ihn vollends.

„Was – wie – wie redest du denn?"

„Wie rede ich denn? Nicht verständlich? Nicht nach vornehmer Mädchenart?"

„Von dir bin ich das einfach nicht gewohnt."

„Na gut, was führt dich zu mir?"

„Von Galvano habe ich gehört, dass du ihn nach Cremona zum Kaiser begleiten willst, aber dann musst du mir auch die Frage gestatten: Warum?"

„Spielst du dich jetzt schon als Herr des Hauses auf?"

„Nein, aber ich bin dein Bruder und möchte es wissen."

„Weil du mein Bruder bist? Ich bin deine Schwester und möchte gern wissen, wie es bei dir mit den Mädchen steht? Galvano war so alt wie du, als er geheiratet hat."

Giordano lachte laut auf.

„Verheiratet wurde, das kommt der Wahrheit näher. Ansonsten komme ich mit den Mädchen gut zurecht – eine freilich ausgenommen."

„Das bin natürlich ich. Also gut, warum soll ich deine Frage nicht beantworten. Du weißt so gut wie ich, dass das Schicksal unseres Hauses mit dem Kaiser steht und fällt. Setzt der Lombardische Bund sich durch, dann können wir nur noch auswandern oder Verrat begehen."

Giordano lief rot an.

„Niemals! Um keinen Preis der Welt! Was unsere Großväter dem Kaiser Friedrich Barbarossa geschworen haben, müssen die Enkel halten. Dafür stehe ich!"

Bianca nickte mehrmals.

„Gut, das ist nun die Sache der Männer. Wir Frauen beschwören nichts, stehen aber fest zu unseren Vätern, Gatten und Brüdern, versuchen sie nach Kräften zu unterstützen. Ich habe ein Gelübde getan, das aber erst wirksam wird, wenn ich dem Kaiser ins Gesicht schaue."

War das nun ein spontaner Einfall, um den Bruder umzustimmen? Nein, denn Bianca hatte von einem Gott gegenüber abgelegten Gelübde eine zu hohe Meinung, um leichtfertig damit umzugehen. Nach stundenlangem Grübeln hatte sie ihre Hand auf das Kreuz vor ihrem Betschemel gelegt und Gott ihre Jungfräulichkeit dargebracht, wenn er die Sache des Kaisers und das Schicksal ihrer Familie zu einem guten Ende führe. Damit war kein Versprechen verbunden, ins Kloster zu gehen, auch wenn der Gedanke nahelag. Außerdem hatte Bianca die Kühnheit besessen, eine einzige Ausnahme zuzulassen. Für den Kaiser galt das Gelübde nicht. Wenn er sie zur Geliebten oder gar zur Frau begehrte, dann musste sie der von Gott eingesetzten höchsten Majestät gehorchen.

Woher nahm sie die Dreistigkeit, einen so abwegigen Gedanken auch nur ins Auge zu fassen? Damit ging sie ans Äußerste der Möglichkeiten, hielt die Tür zur Umgehung des Keuschheitsgelübdes einen winzigen Spalt offen, um sich nicht ganz als Gefangene ihres Versprechens zu fühlen. Weiter dachte sie nicht, doch sie musste ihn leibhaftig sehen, diesen Mann, der ihr Gelübde ausgelöst hatte. Für sie war er noch eins mit dem Ritter Lancelot aus der Artussage, von dem möglicherweise ihre Familie abstammte. Vielleicht würde der Augenschein dieses Traumgebilde auf den Boden der Wirklichkeit ziehen und den Lancelot vom Kaiser trennen.

Weder Galvano noch Giordano hätten das verstanden, auch Giulia nicht, die von den Rechten und Pflichten einer Frau genaue Vorstellungen besaß. Sie beließ es dabei, Galvano abzuraten, ohne dabei viel Worte zu machen.

„Das ist nur mein Rat, aber letztlich ist es allein deine Verantwortung."

Wie aber war es mit Berta? Zuerst stemmte sie sich mit aller Kraft dagegen, mochte ihr Küken nicht aus dem Nest lassen. Dann aber war sie dafür, sogar mit Hingabe und Begeisterung. Beides geschah nicht ohne gewichtige Gründe. Der erste wurde schon genannt, es war der Beschützerinstinkt der Amme und liebevollen Ziehmutter, die sich ohne ihr Kind verwaist vorgekommen wäre. Als aber

Bianca darauf bestand, Berta auf die Reise mitzunehmen, war sie Feuer und Flamme. Dass auch ihr Ehemann Jörg seinen Herrn begleitete, störte sie nicht weiter.

Galvano hatte seiner Schwester diesen Wunsch gerne erfüllt, denn die zarte, noch kindliche Bianca unter all diesen Männern – nein, das wäre ihm nicht recht gewesen. Als Bianca ihrer Ziehmutter erzählte, wie schwierig es gewesen war, Galvano und dann Giordano von der Notwendigkeit dieser Reise zu überzeugen, zeigte Berta sich empört.

„Ja, so sind sie, die Männer, messen je nach Bedarf mit zweierlei Maß. Dir wollen sie es verbieten, sie auf einer harmlosen Reise zu begleiten, die nicht mal eine Woche dauert. Aber auf Kriegszügen, wenn große Heere wochenlang in den Kampf ziehen, da sind Weiber haufenweise dabei, das kann ich dir flüstern!"

Bianca staunte.

„Bist du da sicher?"

„Jeder weiß doch, dass im Tross der Armee hunderte von Marketenderinnen und Huren, aber auch Ehefrauen oder Soldatenliebchen mitziehen."

„Auf mich trifft aber nichts von alledem zu."

„Umso schlimmer, dass man es einem Mädchen verwehren wollte, sein Gelübde zu erfüllen."

Berta wusste davon, doch nichts Genaueres – das ging sie nichts an. Ihr Ehemann aber war alles andere als begeistert. Giorgio, der bärtige Capitano, hatte sich schon auf lustige Tage in Cremona gefreut, in der richtigen Annahme, dass der Kaiser und sein Gefolge auch Scharen leichter Mädchen herbeilocken würden, die man hier *bagasce* oder *baldracche* nannte und im Deutschen als „Hübschlerinnen" bezeichnete. Sein Verhältnis in Pisa – die Witwe mit den drei Kindern – war inzwischen so eheähnlich geworden, dass er dort die vorzügliche Küche bald höher schätzte als die Freuden des Bettes, die schon ein wenig schal geworden waren. Als Berta kurz vor der Abreise noch mit spöttischem Grinsen bemerkte, das träfe sich sehr gut, denn Jörg könne unter ihrer Aufsicht keinen Unsinn anstellen, da löste sich, als er allein war, ein ellenlanger lästerlicher Fluch aus seinem bärtigen Mund.

Während der Reise ergab es sich dann, dass die beiden Frauen langsamer waren als die Männer auf ihren schnellen und ausdauernden

Rössern. Bianca ritt auf ihrer Stute Brunella und Berta auf einem kräftigen Maultier, doch immer wieder blieben sie zurück, sodass Galvano sie mit einer kleinen Begleittruppe versah, mit der sie dann um Stunden später beim jeweiligen Nachtquartier eintrafen.

Zuerst ritten sie durch das Hügelland der Ausläufer des Apennin, dann aber gelangten sie in die flache Po-Ebene und blieben noch weiter hinter den schnellen Pferden der Männer zurück.

Bianca störte das nicht.

„Wie auch immer, wir werden sie einholen und was macht es schon, wenn wir einen Tag später in Cremona eintreffen? Sie werden uns nicht los, liebe Berta, mögen sie auch ihren Entschluss verfluchen, sich mit uns eine solche Last ans Bein gebunden zu haben."

Sie näherten sich dem feindlichen Piacenza bis auf etwa zehn Meilen, aber nicht ein einziger Bewaffneter ließ sich blicken. Der Respekt vor den kaiserlichen Truppen war wohl zu groß.

6

Cremona brodelte wie ein Topf, der überzuquellen drohte. Da nützte es wenig, dass die Truppen des Kaisers im Süden vor der Stadt lagerten, auf einer weiten Fläche, die sich bis an die Ufer des Po erstreckte. Friedrich wohnte im Palazzo del Comune, dessen sämtliche Räume von seinem engeren Gefolge belegt waren.

Zog der Kaiser durchs Land, so verbreitete sich diese Nachricht in Windeseile und alles fahrende Volk war schon vor ihm da – die Feuerschlucker, Seiltänzer, Possenreißer und wer sonst noch mit allerlei Gaukeleien dem Volk das Geld aus der Tasche zieht – und brachte die Stadtväter schier zur Verzweiflung. Da half es wenig, dass man vor den Mauern der Stadt zusätzliche, mehrschläfrige Galgen aufbaute, da auf einen Gehängten zehn lebende Börsenschneider kamen, die es geschickter anstellten. Die Huren hatten sich in einem eigenen Zeltlager zu einer Zweckgemeinschaft verbunden, weil die Stadtväter ihre Gegenwart innerhalb der Mauern nicht duldeten. Nun, das Geschäft florierte auch so, denn die kaiserlichen Truppen nutzten die Anwesenheit von so viel Weiblichkeit recht wacker aus und vertaten ihren Sold nicht nur bei Spiel und Suff.

Für Bianca und Berta kam als Unterkunft nur eines der beiden Frauenklöster in Frage. Galvano hatte schon vorgesorgt und mit der Autorität eines kaiserlichen Vasallen den widerstrebenden Nonnen einen Raum abgemietet.

Vor wenigen Tagen waren die Abgeordneten der ghibellinischen Städte eingetroffen, ungeachtet der Tatsache, dass der Reichstag nicht zustande gekommen war und die abtrünnige Lombardische Liga sich als Sieger betrachtete. Auch in Parma oder Pavia, in Modena oder Lucca, ja sogar in Pisa hatte es Stimmen gegeben, die anrieten, besser abzuwarten und einem Verlierer nicht nachzulaufen. Natürlich hatte die Lombardische Liga überall ihre Spitzel eingeschleust, um die Stimmungslage in den kaisertreuen Städten zu erkunden und, wo es sich ergab, für den Bund zu werben. Viel hatten sie nicht erreicht, denn sämtliche Abgeordneten waren gekommen und erwarteten in der Sala Grande des Stadthauses die Rede des Kaisers.

Sein Auftritt war glanzvoll wie stets; vier Fanfarenbläser und zwei Trommler begleiteten mit schmetternder Triumphmusik seinen Einzug. Friedrich hatte das kaiserliche Ornat angelegt, auf seinem Haupt funkelte die Lilienkrone, die rechte Hand hielt das Szepter. Als die Versammlung bei seinem Erscheinen in die Knie sank, rief Friedrich mit seiner hellen, wohlklingenden Stimme:

„Nein, Freunde sollten nicht voreinander knien, aber Unsere Feinde werden es bald tun müssen und nicht nur das: Sie werden sich wegen Hochverrats zu verantworten haben. Die Gründung des sogenannten Lombardischen Bundes ist offene Rebellion gegen Unsere kaiserliche Majestät! Wir werden Seine Heiligkeit bitten, unverzüglich den Bann auszusprechen und Wir werden Uns mit der Verhängung der Reichsacht anschließen. Dieses schändliche Verhalten ist nicht nur Verrat an Unserer kaiserlichen Majestät, es bedeutet Verrat an Gott, kurz: Gotteslästerung. Warum, mag sich mancher von euch fragen, warum Verrat an Gott? Die Antwort ist einfach: Das Verhalten der sogenannten Lombardischen Liga beinhaltet unter anderem auch die Verweigerung von Steuern und behindert Unsere Vorbereitungen zum Kreuzzug, missachtet das heiße Verlangen aller christlichen Völker, das Heilige Land aus seinen heidnischen Fesseln zu befreien. Ihr aber, die ihr hier versammelt seid, sollt für eure Treue und Hingabe reich belohnt werden.“

Der Kaiser nannte nicht die Art der Belohnung, aber jeder der Gesandten wusste, um was es ging: Privilegien, Steuererlass, Markt-, Handels- und Zollrechte.

Das Bankett klang mit einem großen Festmahl aus. Danach wechselte der Kaiser mit jedem der Stadtvertreter einige Worte, während der Sekretär ihnen Zeit und Ort der in den nächsten Tagen stattfindenden Einzelgespräche nannte.

Es fiel Galvano nicht leicht, seine Bitte vorzubringen:

„Kaiserliche Majestät, ich möchte um Eure gnädige Erlaubnis bitten, meine Schwester Bianca mitbringen zu dürfen. Es ist ihr Herzenswunsch, einmal in ihrem Leben den Kaiser zu sehen."

Es war, als fliege ein heller Schein über Friedrichs klare, ernste Züge.

„Wie alt ist Eure Schwester?"

„Dreizehn Jahre, Majestät."

„Warum nicht? Ich werde sie gerne begrüßen, aber", da glitt ein Lächeln über Friedrichs Gesicht, „bei Unserer Besprechung kann sie nicht zugegen sein."

„Das weiß ich, das weiß ich ..."

Später dann, auf dem Weg zum Kloster, klang Galvanos Freude schnell ab – er wusste selber nicht, warum. Dafür erfasste ihn ein seltsamer Groll auf Bianca, den er nicht zu deuten wusste. Hätte der Kaiser abgelehnt, so dachte er – so dachte etwas in ihm –, so wäre ich erleichtert gewesen und hätte ihr mitteilen können, die Majestät habe keine Zeit, sich mit kleinen Mädchen zu befassen. Wie hätte Giordano da reagiert? Wahrscheinlich anders, vermutlich so, wie es sich für einen Bruder gehört. Einen Freudentanz hätte er aufgeführt und Bianca auf beide Wangen geküsst. Mir aber ist nicht danach und ich weiß nicht, woran es liegt. Warum bin ich nur so? Das fragte er sich und empfand dabei tiefe Scham. Du bist so, antwortete das Etwas in ihm, weil es dich ärgert, dass Bianca immer und immer ihren Kopf durchsetzt. Was sie sich vornimmt, das gelingt ihr – immer und immer wieder. Wir alle müssen doch Rückschläge hinnehmen, dafür ist der Kaiser ein lebender Beweis. Es ist schon hart einen Reichstag anzusetzen und dann wird nichts daraus, weil ein Dutzend Kommunen vor Dünkel und Eigensucht den Sinn für Ordnung und Recht verloren hat. Ja, so ist es doch! Aber was hat das mit Bianca zu tun? Warum hätte der Kaiser ablehnen sollen? Jeder weiß, wie gern er junge Frauen sieht. Aber sie ist doch noch ein Kind und trotz Bertas Schweigen hat es sich im Haus herumgesprochen, dass sich in Biancas Wäsche niemals gebrauchte Monatsbinden fanden. Und wenn schon! Das ist bei einer Dreizehnjährigen doch nicht ungewöhnlich. Aber was weiß ich schon, so etwas ist für einen Mann kein Thema. Ich könnte Giulia fragen, wann es bei ihr angefangen hat ...

„Nein!", sagte er laut zu sich, „das werde ich nicht!"

„Habt Ihr etwas gesagt?" Der hinter ihm reitende Bewaffnete drängte sein Pferd an Galvanos Seite. Den erfasste ein hilfloser Zorn.

„Nein, du Esel, ich habe nichts gesagt! Warte jetzt hier!"

Sie waren an der Klosterpforte angelangt und Galvano wurde von der Schwester Pförtnerin ins Besuchszimmer geführt. Als Bianca erschien, blickte sie ihn stumm und fragend an. Eine für ihn ungewöhnliche Spottlust trieb ihn zu der Bemerkung:

„Du kannst ihn also bestaunen, wie ein Kalb mit zwei Köpfen ..."

Bianca schüttelte ärgerlich den Kopf.

„Wie redest du über unseren Kaiser? Nur gut, dass dich niemand gehört hat."

Wieder schämte er sich.

„Verzeih, aber ich habe zurzeit so viel um die Ohren – also, Seine Majestät wird dich kurz begrüßen und dann mit mir zu einer Besprechung unter vier Augen gehen. Zufrieden?"

Sie nickte und schaute ihn dabei besorgt an.

„Ist dir etwas über die Leber gelaufen, Galvano? So schroff und spöttisch kenne ich dich gar nicht."

„Nein, nein, außerdem habe ich mich ja entschuldigt."

„Wann will mich der Kaiser empfangen?"

„Morgen, zur fünften Tagesstunde."

„Ich werde bereit sein."

Berta saß natürlich schon wie auf Kohlen. Obwohl sie nicht genau wusste, warum es für Bianca so wichtig war, so hatte sie doch – wie eine rechte Mutter – den Herzenswunsch ihrer Ziehtochter zu dem ihren gemacht. Bianca wiederum liebte es, manchmal aus der betulichen Fürsorge auszubrechen und Berta im Ungewissen zu lassen. So setzte sie eine nichtssagende Miene auf, als sie den Raum betrat. Berta erschrak. Sie wusste, dass Bianca sich Enttäuschungen ungern ansehen ließ, und glaubte nun, ihr Herzenswunsch sei abgelehnt worden.

„Mach dir nichts draus, mein Täubchen. Wenigstens haben wir eine schöne Reise gehabt. Eines Tages wird der Kaiser vielleicht Pisa besuchen und dann ...“

Bianca runzelte unwillig die Stirn und sagte scharf:

„Und dann was?“

„Aber das weißt du doch, dann wird dein Herzenswunsch gewiss erfüllt.“

„Zweimal brauche ich den Kaiser nicht zu sehen ...“

Lachend umarmte sie die rundliche Berta und küsste sie auf beide Wangen. Da gab es gleich einen derben Klaps aufs Hinterteil.

„Da hab ich mich von dir wieder einmal drankriegen lassen! Aber warte nur, mir fällt schon die geeignete Strafe ein.“

Bianca rieb sich mit schmerzlicher Miene ihr Hinterteil und rief:

„Was denn noch? Du hast mich ja gerade abgestraft!“

„Das war nur ein Vorgeschmack, meine Liebe.“

Ja, das war so der Umgangston zwischen den beiden und sie genossen solche Auftritte sehr.

„Ach, Berta, wenn ich dich nicht hätte! Was soll ich nur zu dieser Audienz anziehen?“

„Da gibt es keine große Auswahl, schließlich sind wir nicht mit deiner Kleidertruhe auf Reisen gegangen. Außerdem weiß ich nicht, was der Kaiser von seinen Besuchern erwartet: dass sie in einfacher und bescheidener Kleidung vor ihm erscheinen oder ihm zu Ehren in ihren besten Gewändern.“

„Ich werde Galvano fragen.“

„Was weiß denn ein Mann schon ...“

„Immerhin ist er schon einmal beim Kaiser gewesen.“

„Ja, mag sein, aber ich glaube, dass für Frauen und Mädchen etwas anderes gilt als für Herren.“

Bertas runde graue Augen blickten verträumt.

„Der Kaiser ist ein Frauenfreund, das weiß doch alle Welt. Ich kann mir denken, dass er keine grauen Mäuse sehen will, sondern schmuck gekleidete Mädchen, also ...“

„Ich weiß schon, was du meinst: reizend, aber nicht aufreizend gewandet.“

„Ja, so ungefähr.“

Berta hatte schon Recht, die Auswahl war nicht groß und so nahm sie ein goldbraunes ärmelloses Oberkleid mit Stickmuster, darunter ein bodenlanges lindgrünes Untergewand, oben züchtig geschlossen und mit langen Ärmeln. Als Jungfrau durfte sie ihr Haar offen tragen, ein schmaler goldener Reif hielt es über der Stirn zusammen. Schmuck legte sie keinen an, von zwei kleinen smaragdenen Ohrringen abgesehen.

Berta klatschte in die Hände.

„Du bist eine Augenweide, mein Täubchen."

Dieses deutsche Wort hatte Bianca noch niemals gehört.

„Augenweide – was bedeutet das?"

Berta versuchte es auf Italienisch zu umschreiben.

„Vielleicht *gioia dell occhi*?"

„Wenn, dann *degli occhi* oder besser noch *delizia degli occhi*."

„Ja, das wird es treffen. Darf ich mitkommen?"

„Natürlich nicht, du wartest hier."

Galvano erschien überpünktlich bereits zur vierten Tagesstunde.

„Draußen wartet die Sänfte – ich möchte nicht, dass dich wer sieht."

„Warum?"

Er zuckte verlegen mit den Achseln.

„Na ja, wenn der Kaiser eine Frau empfängt ..."

„Sonst sagst du immer, ich sei noch ein Kind."

„Jolanda war kaum älter, als der Kaiser sie heiratete."

„Ja, aber man sagt, er habe mit – mit dem Vollzug der Ehe noch gewartet."

Die Sänftenträger hatten es wohl eilig, denn sie liefen im Trab und Bianca konnte durch das schmale Fenster kaum etwas erkennen. Sie sausten am Dom vorbei, der nach seiner Zerstörung durch ein Erdbeben erst zur Hälfte wieder aufgebaut war. Gleich gegenüber erhob sich der Palazzo del Comune und die Sänfte wurde unsanft abgesetzt. Sogleich eilte Galvano mit zweien seiner Männer herbei, um gleichsam eine Deckung zu bilden, doch der Platz vor dem Stadthaus war so von Menschen überfüllt und durchbrandet, dass niemand auch nur den Kopf nach ihnen wandte.

Die Wachen an der Tür kreuzten ihre Hellebarden und fragten nach dem Namen. Den riefen sie ins Innere des Hauses, bis von dort das „*passare*!" ertönte. Den Weg zum Obergeschoss sperrten wieder zwei Wachen, daneben stand an einem Pult der Secretarius. Er blätterte und nickte:

„Stimmt, Graf Lancia und seine Schwester Bianca."

Der Kaiser liebte Pünktlichkeit über alles und empfand Verspätungen als persönliche Beleidigung. Wer etwas früher kam, wurde mit Wohlwollen betrachtet.

Schon in der Sänfte hatte Bianca ein seltsames Erstarren ergriffen, das sich im ganzen Körper von oben nach unten ausbreitete. Zuerst lähmte es den Kopf, die Denkfähigkeit, dann Schultern, Brust, Bauch, Schenkel und zuletzt die Füße. Später verglich sie es mit der häufig beobachteten Tragestarre bei den Kätzchen. Sobald die Katze ein Junges am Nacken fasste, war das Tierchen wie gelähmt, hing wie tot in den Zähnen der Mutter.

Was aber hatte sie am Nacken gepackt und in eine Art Todesstarre versetzt? War es die außerordentliche Situation an diesem Tag? Im Stadthaus wartete Lancelot, wartete der Kaiser auf sie, auf Bianca Lancia. Ihr Denken setzte später wieder ein, doch als sie jetzt aus der Sänfte stieg und mit Galvano die Treppe hinaufging, war ihr Körper starr und kalt geblieben und später wunderte sie sich, dass sie überhaupt zu einer Bewegung fähig gewesen war.

An der Tür zur *anticamera* standen wieder zwei Wachen, baumlange Kerle, mit unbewegten Gesichtern. Sie traten ein und wenig später kam der Kaiser aus dem Besprechungsraum.

Galvano verneigte sich tief und Bianca versank im Hofknicks.

„Graf Galvano, Donzella Bianca, genug der Höflichkeit!"

Beide richteten sich auf und der Kaiser wandte sich Bianca zu. Seine strahlenden Augen hielten die ihren fest und sie fühlte, wie sein feuriger Blick in sie eindrang und die eisige Erstarrung sich löste, so wie sie entstanden war. Zuerst setzte die Denkfähigkeit wieder ein, ihre Brust hob und senkte sich, wie von einer Last befreit, eine wohlige Wärme durchströmte den Bauch, vermischt mit einem schmerzlichen Ziehen, und dann war es, als platze etwas in ihr. Sie spürte eine warme Feuchtigkeit zwischen den Schenkeln und ihre Knie gaben nach. Sie flüsterte:

„Bitte einen Stuhl ..."

Der Kaiser reagierte schnell, stellte einen Hocker hin und schob sie sanft darauf.

Galvano blickte verwirrt drein, er wusste nichts, ahnte nichts, wunderte sich nur über den Schwächeanfall der sonst gar nicht zimperlichen Bianca.

Der Kaiser beugte sich herab.

„Soll ich meinen Medicus ...?"

„Nein, nein, Majestät, es geht schon wieder."

Sie ahnte, was geschehen war, dachte flüchtig: Da wird Berta sich freuen, und dann kam ein Diener mit einem Becher Würzwein.

Der Kaiser lächelte.

„Etwas zu Eurer Stärkung ..."

Sie nahm zwei kleine Schlucke und erhob sich.

„Majestät, ich möchte mich für die Gnade bedanken, dass Ihr mich, ein unbedeutendes Mädchen, so freundlich empfangen habt."

Der Kaiser war auf eine Weise angerührt, wie er sie – so erkannte er später – nur bei der ersten Begegnung mit Adelheid empfunden hatte. Hinter dem noch kindlichen Äußeren entdeckten seine geübten Augen die Frau. Das liebliche Oval ihres Gesichts, die großen bernsteinfarbenen Augen, die hohe Stirn, der leicht geöffnete, schön geschwungene Mund – ja, das gab es bei anderen auch, aber dahinter war etwas, das ihm tief in die Seele drang, als hätte das Mädchen ihn verzaubert. Fast gegen seinen Willen sagte er schnell:

„Ich hoffe, das ist nicht unsere letzte Begegnung, Gräfin Bianca."

Gerade noch konnte er den anzüglichen Satz etwas mildern, indem er sie mit ihrem Rang ansprach. Bianca nickte.

„Das hoffe ich auch, Majestät."

Als Bianca hinausging und der Diener den Hocker wegtrug, sah der Kaiser den dunkel glänzenden Blutfleck auf dem polierten Holz. Hatte der Diener es auch bemerkt – oder gar Graf Lancia? Der Diener vielleicht, aber der blieb stumm, während Galvano aus Höflichkeit immer den Kaiser im Auge behielt. Nun ja, dachte Friedrich, das Mädchen war aufgeregt und hat ihre Tage früher bekommen, unerwartet und plötzlich.

Sie gingen ins Besprechungszimmer und als sie Platz genommen hatten, fragte der Kaiser:

„Habt Ihr für Eure Schwester schon einen Ehemann ins Auge gefasst?"

„Nein, Majestät, Bianca ist ja noch ein Kind."

Diesen Eindruck hatte ich nicht, dachte der Kaiser und dann begannen sie die politische Lage zu erörtern.

Berta konnte nur schlecht ihre Neugierde verbergen. Für Bianca aber ging es zunächst um etwas anderes.

„Ich blute", sagte sie leise und ihre frühere Amme wusste sofort, was gemeint war.

„Allen Heiligen sei Dank!" Sie rief es mit nach oben gerichteten Augen und es klang fast wie ein Jubel.

„Er hat es ausgelöst, für ihn habe ich es aufgehoben ...", murmelte Bianca kaum hörbar.

„Aufgehoben? Was meinst du damit?"

Einige Dinge aber gab es, die konnte sie nicht mit Berta, auch mit sonst niemandem besprechen.

„Ist nicht so wichtig ..."

Berta scheuchte eine mürrische *conversa* ins Waschhaus und als der Zuber endlich kam, prüfte sie die Wärme und Bianca musste sich nackt hineinsetzen.

„Mach dich unten sauber", sagte sie und kramte unterdessen frische Wäsche aus einem geschnürten Sack. Dabei redete sie unentwegt.

„Viel ist da nicht zu machen, weißt du. Später spürst du genau, wann es kommt und dann müssen halt die Binden zur Hand sein. Jedenfalls beginnt für dich ein neuer Lebensabschnitt, bist jetzt kein Kind mehr." Sie lachte leise.

„Für mich schon, für mich bist du immer mein Küken, mein Kleines. Dein Bruder muss es natürlich wissen ..."

Ärgerlich unterbrach Bianca sie.

„Was geht das Galvano an? Mich betrifft es, und nur mich!"

„Da hast du freilich Recht, aber Kinder in einer Adelsfamilie bedeuten zunächst nicht viel – wichtig ist, dass man sie hat. Werden aber aus den Buben Männer und aus den Mädchen Frauen, dann gewinnen sie an Bedeutung und gleich erwartet man, das beide für die eigene Familie etwas tun. Die Männer müssen handeln, kämpfen, die Familie führen und die Frauen sollen Männer heiraten, die zur Familie passen, die igendwelche Vorteile bringen. So ist es halt, mein Täubchen, und so ist es immer gewesen. Glaube nur ja nicht, dass ich dich los sein will, denn jeder Tag, den ich dich habe, ist für mich wie ein Geschenk. Aber ich muss mich darauf gefasst machen, dass du eines – eines Tages ..." Sie brach in Tränen aus und redete schluchzend und stockend weiter: „... eines schlimmen Tages fortgehst – für immer. Vielleicht sogar in eine andere Stadt ..."

„Nein, das werde ich nicht! Und wenn, dann gehst du einfach mit."

Den Kaiser aber hielt es nicht mehr in Cremona, einer Stadt, die für ihn zum Symbol des politischen Scheiterns geworden war. Freilich ließ er das hier niemand spüren, sondern versicherte den Honoratioren, dass er ihnen die Bereitschaft, ihn und sein Gefolge aufzunehmen, hoch anrechne, und er lobte ausdrücklich die unwandelbare Treue der Stadt Cremona. Das Osterfest stand vor der Tür und auf diese Zeit wäre der Reichstag angesetzt gewesen.

Friedrich konnte und wollte nicht an einem Ort bleiben, der ihn an sein Versagen erinnerte. So wenigstens empfand er es damals, aber bei der Ostermesse in Ravenna ordneten sich seine Gedanken neu. Der Bischof hatte San Vitale für diese festliche Gelegenheit auserwählt und nutzte die Anwesenheit des Kaisers zu einer langen, ermüdenden Predigt, die im Grunde nur ein süßliches Loblied auf den Imperator war.

Friedrichs Blick wanderte zur Apsis, wo in kunstvollen Mosaikbildern das Kaiserpaar Justinianus und Theodora in all seiner Pracht dargestellt war. Als profunder Geschichtskenner wusste er natürlich, dass der Thron dieses Kaisers bei einem blutigen Volksaufstand arg zu wackeln begonnen hatte und Justinianus schon dabei gewesen war, aufzugeben. Doch Theodora, aus niederstem Stand aufgestiegen, hatte sich damit nicht abfinden wollen und sinngemäß gesagt, sie ziehe es vor, als Kaiserin zu sterben und nicht als Bettlerin am Leben zu bleiben. Der Aufstand war niedergeschlagen worden und Justinianus hatte unangefochten noch weitere zwei Jahrzehnte regiert.

Darum aber geht es, dachte Friedrich, Kaiser sein heißt immer der Stärkere zu sein. So reduzierte er sein Versagen darauf, den Gegner falsch eingeschätzt zu haben. Mit dreifacher Truppenstärke hätte er die Pässe freihalten können und Heinrich wäre nach Cremona gekommen.

So ist das nun und kein Gott kann es ändern. Sein Blick wanderte zu der zweiten Gruppe von Menschen, die aus dem leuchtenden Mosaik der Apsis auf die Gläubigen herabschauten. Da stand Theodora – ehemals Tänzerin – in ihrem kaiserlichen Ornat, das Haupt von einem goldenen Nimbus umgeben, begleitet von ihren Hofdamen, ein Gefäß mit Opfergaben in beiden Händen haltend. Das Oval ihres Gesichtes, die großen dunklen Augen, der kleine wohlgeformte Mund – es könnte, so dachte Friedrich, ein Bildnis der Bianca sein. Warum kam ihm gerade jetzt dieser Name in den Sinn, jetzt, da ein Priester aus dem Evangelium zur *Dominica Resurrectionis*, zum Hohen Ostersonntag vorlas: „*Surrexit Christus, spes mea: Praecedet vos in Galilaeam* ..."

Dein Sinn, christlicher Imperator, sollte an diesem hohen Festtag auf die Frohe Botschaft und nicht auf ein kleines Mädchen gerichtet sein. Er hörte seine eigene Stimme dies sagen, aber es war die Stimme des Kaisers und wozu sie mahnte, war richtig. Aber da gab es noch den Mann Friedrich, der bei allem, was mit Frauen zu tun hatte, das kaiserliche Gewand abstreifte – frohgemut und ohne zu zögern.

Frauen? Sprach der Kaiser nicht eben noch von einem kleinen Mädchen? Friedrich senkte den Kopf und lächelte: Da war doch der Blutfleck auf dem Hocker, sodass es eher angebracht war, in Bianca eine junge Frau zu sehen. Mit dem Manne Friedrich, der sein Lächeln zu verbergen suchte, neigte zugleich der Kaiser sein Haupt – es traf sich gut, dass der Priester bei der Wandlung gerade die Hostie emporstreckte.

„*Accipite et manducate ex hoc omnes: Hoc est enim corpus meum* ..."

Der Kaiser verfolgte jeden, der nicht an diesen Kanon glaubte. Dies ist mein Leib – so steht es geschrieben, so muss es geglaubt werden! Die Einheit der christlichen Völker wäre dahin, würde jeder nach seinem Belieben glauben und, schlimmer noch, es verkünden!

Friedrich aber glaubte nicht daran. Dies Stück Weizenbrot bleibt auch nach den Wandlungsworten, was es ist – Brot. Jeder darf das denken, keiner in meinem Reich darf es sagen. Seine Gedanken machten einen großen Sprung. Würde sich doch einmal die Gelegenheit ergeben, Pisa einen Besuch abzustatten? Wenn nicht, so wird Pisa mich aufsuchen – wo immer ich mich aufhalten mag. Weiter dachte der Kaiser nicht, denn alle erhoben sich, um den Worten des Schlussevangeliums zu lauschen: „... *et vidimus gloriam ejus, gloriam quasi unigeniti a Patre, plenum gratiae et veritatis. Deo gratias.*"

7

Bianca brauchte lange, um sich an die allmonatlich einsetzende Regel zu gewöhnen. Noch beim fünften und sechsten Mal war sie überrascht und auch ein wenig bestürzt von dem, was da in ihrem Körper vorging. Schon bald nach ihrer Rückkehr sprach Galvano sie darauf an. Es war Juni und Bianca spielte mit dem fünfjährigen Federico im Garten. Sie hatte den Jungen jetzt oft um sich, weil Giulia ihrer dritten Geburt entgegensah. Bei der zweiten waren Komplikationen eingetreten und das Kind, ein Mädchen, war an der Nabelschnur erstickt. Sie und Bianca hatten ein etwas gespanntes, nur auf das Nötigste beschränktes Verhältnis, was Giulia aber nicht von der Bitte abhielt, sie möge sich um Federico kümmern.

„Aber nur du allein, ich möchte den Kleinen in keinem Fall dem Einfluss dieser Berta aussetzen."

„Ist der so schlimm? Hat sie ein Monstrum aus mir gemacht?"

„Nein, darum geht es nicht. Diese Frau ist mir einfach zu deutsch, zu fremd ..."

Bianca lächelte spöttisch.

„Auch Kaiser Friedrich kommt aus deutschem Stamm."

„Seine Mutter war Sizilianerin."

„Von der Geburt her schon, aber ihre Vorfahren waren Normannen."

Giulia umfasste seufzend ihren aufgetriebenen Leib.

„Du hast Recht, wie sooft, aber stelle dich nicht dümmer, als du bist."

Federico kam vom Wesen her ganz nach dem Vater. Er war ein ruhiger, stiller Junge, der wenig sprach und sich in fast allem leicht lenken ließ. Was er aber aus Herzensgrund ablehnte, das konnten ihm auch Strafen nicht näherbringen. So aß er etwa keinen Fisch, seit ihm ein Verwandter einen Goldfisch geschenkt hatte, den er in einem gläsernen Becken hütete wie seinen Augapfel. Wenn es am Freitag Fisch gab, nahm er nur Brot und Käse. Auch beim Spiel gab es solche Abneigungen. So verweigerte er jede Art von Wettkampf. Wenn seine Spielgefährten – gleichaltrige Söhne der im Hause lebenden Bedienten – ihn zu irgendeinem Wettstreit aufforderten, so schüttelte er nur den Kopf und sah den anderen beim Wettschießen mit Pfeil und Bogen, beim Steinewerfen, beim Wettlaufen und was es sonst noch gab, einfach zu mit freundlichem Wohlwollen, ja sogar mit Lobesworten für den Sieger.

An diesem sonnigen Junitag saß er mit Bianca im Schatten und spielte Zahlenraten. Federico kannte bereits die Zahlen von eins bis zehn, konnte sie auch schreiben. Nun hatte er sein Hemdchen hochgeschlagen und Bianca musste ihm Zahlen mit dem Finger auf den Rücken schreiben, die es zu erraten galt. Da sie dies schon oft getan hatten, hatte er darin eine solche Fertigkeit erreicht, dass ihm kaum noch Fehler unterliefen. Als Galvano herantrat, ließen sie sich nicht stören. Er schaute dem Spiel eine Weile zu und sagte dann:

„Federico, lässt du mich jetzt mit Tante Bianca allein, ich muss sie etwas Wichtiges fragen."

„Frage sie nur, ich störe euch schon nicht."

Galvano lachte. „Nein, Söhnchen, du störst nie, aber manches ist nicht für deine Ohren bestimmt. Die Rösser werden gerade gefüttert, magst du nicht zusehen?"

Da zog Federico sein Hemd herunter und stopfte es in die kurze Hose. Die durfte er nur zuhause und beim Spiel tragen, ansonsten kleideten ihn die Eltern wie einen Erwachsenen.

„Ist gut – bis später dann!"

Sie blickten ihm nach und Bianca meinte:

„Der Junge ist gut zu haben – wenn ich da an Giordano denke ..."

Galvano lachte. „Den hast du in diesem Alter noch nicht gekannt, da warst du gerade geboren."

„Schließlich hast du uns davon erzählt, wie bockig er als Fünf- und Sechsjähriger war."

Galvano blickte zerstreut.

„Mag sein, aber ich möchte über etwas anderes mit dir reden."

Sie gingen in den rückwärtigen Teil des Gartens, wo der Großvater eine Rundbank um eine alte Steineiche hatte zimmern lassen. Wenn sich seine Gäste beklagten, dass von der Stadt nichts zu sehen war, dann hatte er sie hierhergeführt. Dom und Taufkapelle waren deutlich zu erkennen, während der nur bis zur Hälfte gediehene Campanile sich dahinter versteckte. In Pisa war das ein beliebtes Gesprächsthema. Die einen meinten, der jetzt schon schiefe Turm würde nach einer Aufstockung umkippen, nicht wenige waren dafür, ihn abzureißen und an anderer Stelle zu errichten. Es gab aber auch Stimmen für den Weiterbau an Ort und Stelle, doch zu einer Einigung kam es nie und so blieb der Turm unvollendet.

Sie setzten sich auf die Bank und da Bianca beharrlich schwieg, begann Galvano mit abgewandtem Gesicht – er blickte auf die Stadt – und stockender Stimme zu sprechen.

„Noch vier Monate und wir können deinen vierzehnten Geburtstag feiern und du weißt ja, dass dies ein besonderer ist."

Auch Bianca schaute ihren Bruder nicht an.

„Was soll daran Besonderes sein?"

„Von diesem Alter an pflegen Mädchen zu heiraten und man bezeichnet sie als *nubile*."

„Es gibt welche, die heiraten erst mit sechzehn."

„Ja, das gibt es auch, gewiss, so manche Eheschließung kann sich aus unterschiedlichen Gründen verzögern. Dennoch sollten wir ins Auge fassen, welcher junge Mann für dich ..."

Sie erhob sich abrupt.

„Nein", fauchte sie mit vor Empörung heiserer Stimme, „ich fasse gar nichts ins Auge! Lasst mich erst einmal meinen Geburtstag feiern, ja? Derzeit mag ich von Heirat nichts hören und werde wohl auch in den nächsten Jahren nicht daran denken. Vielleicht entschließe ich mich fürs Klosterleben."

Galvano war so verdutzt, dass ihm die Stimme versagte. Nach einigem Husten und Räuspern brachte er heraus:

„Aber – aber – das – das gestatte ich nicht – nein, nein, das schlage dir nur gleich aus dem Kopf!"

„Wenn Gott ruft, muss die Familie schweigen."

„So, so, aha ..."

Galvano war kein schneller Denker und musste sich erst sammeln.

„Also Bianca, ich habe bisher an dir keine Spur einer besonderen Frömmigkeit bemerkt. Du steckst dauernd mit dieser Berta zusammen und die, so scheint mir, ist auch keine Betschwester."

Bianca setzte sich wieder und wandte sich ihrem Bruder zu.

„Schau, Galvano, was hilft das ganze Gerede über ein Thema, das für mich noch lange nicht reif ist. Nüchtern und vernünftig betrachtet ist es doch so, dass kein Mädchen quasi über Nacht zur Frau wird. Als Dreizehnjährige behandeln mich alle noch wie ein Kind, das sich am Tag seines vierzehnten Geburtstags in eine heiratsfähige Frau verwandelt. Wie soll das gehen? Auch ein Mann muss doch wissen, dass das Erwachsenwerden einige Zeit dauert, so wie es keine Frucht gibt, die über Nacht zur Reife gelangt. Beim

Menschen ist das nicht anders und weil es so ist, muss es gottgewollt sein."

Solcher Argumentation war Galvano kaum gewachsen. Er kniff die Augen zusammen.

„Gottgewollt, gottgewollt, das sagt sich so leicht. Du kannst uns Menschen doch nicht mit irgendwelchen Früchten vergleichen, bei uns ist eben einiges anders."

„Da hast du Recht, aber reifen müssen auch wir, das lässt sich doch nicht leugnen – oder bist du als erwachsener Mann auf die Welt gekommen? Das hat doch immerhin fast zwei Jahrzehnte gedauert, bis es so weit war. Bei Frauen ist das nicht anders. Ich wenigstens fühle mich alles andere als erwachsen und allein der Gedanke, zu einem Mann ins – ins Bett zu steigen ..."

Sie schüttelte sich vor Grausen.

„Na ja, so schlimm ist es auch wieder nicht ..."

„Woher willst du das wissen?"

„Wenn ich an Giulia denke, dann muss ich sagen, dass – dass ..."

„Und wie alt war sie damals?"

„Nun ja, als einzig verbliebenes Kind wollte ihr Vater sie ... wollten ihre Eltern sich nicht so leicht von ihr trennen."

„Du hast meine Frage nicht beantwortet."

„Welche Frage?"

„Nach Giulias Alter bei eurer Hochzeit."

Er tat, als müsse er nachdenken.

„Bemühe dich nicht, ich kann es dir sagen. Ihr habt im Sommer geheiratet und Giulia wäre zwei Monate später siebzehn geworden."

„Was du alles weißt", brummelte er unwillig.

„Ich habe sie danach gefragt."

„Na, wenn schon! Überall gibt es Ausnahmen, aber wir sollten uns an die Regeln halten. Ich werde jedenfalls meine Fühler ausstrecken."

„Wonach?"

„Nach Heiratskandidaten."

„Sind die auch erst vierzehn?"

„Du brauchst nicht zu spotten, natürlich muss ein Mann um einige Jahre älter sein."

„Weil ihr so lange zum Erwachsenwerden braucht, das verstehe ich schon."

Er beschloss, ihren Spott einfach zu überhören.

„Besonders an zwei Familien habe ich gedacht, weil wir sie kennen und es dort Söhne im heiratsfähigen Alter gibt."

Wieder stand sie auf.

„Ich will nichts davon hören."

Noch ehe er ewas sagen konnte, war sie zwischen den Sträuchern verschwunden. Später erzählte sie Berta von dem Gespräch.

„Was der sich einbildet – will mich verschachern wie eine Kuh!"

Obwohl Berta Galvanos Verhalten für nicht ungewöhnlich hielt, nahm sie sofort Biancas Partei.

„Darüber hätte er mit dir erst reden sollen, wenn du älter geworden bist."

„Na ja, ich habe ihm damit gedroht, ins Kloster zu gehen, und da hat es ihm die Stimme verschlagen."

„Aber das war doch nicht im Ernst gemeint?"

„Als letzte Möglichkeit, warum nicht?"

Berta lachte hellauf.

„So gut kenne ich dich schon, dass keine weniger fürs Klosterleben geeignet ist als du."

„Ah – und warum?"

„Klosterleben, das bedeutet eiserne Disziplin und unbedingte Gehorsamspflicht. Da muss ich nun daran denken, was du tätest, wenn die Äbtissin, dir einen Befehl erteilt, den du für unzumutbar hältst. Du würdest in die Luft gehen und da drücke ich mich noch vorsichtig aus."

„Na ja, einfach wäre es gewiss nicht – andererseits ..."

Sie schwieg, ging zum Fenster und blickte hinaus.

„Andererseits?", forschte Berta nach.

Bianca wandte sich wieder um.

„Das muss man einfach abwägen oder sich fragen: Was ist dir lieber: Klosterleben oder ein Mann im Bett?"

Berta schmunzelte.

„Wenn du klug bist – und ich weiß, dass du es bist –, dann ist ein Mann im Bett gar nicht so schlimm. Noch ehe er es merkt, hältst du das Heft in der Hand. Noch besser wäre es, er merkt es nicht, weil du ihm das Gefühl gibst, er sei der Herr im Haus. Im Kloster aber bist du allem hilflos ausgeliefert: den Regeln, der Gehorsamspflicht und den Launen der Höhergestellten."

„Wie ist das mit dir und Jörg? Wer hält da das Heft in der Hand?"

Sie hob ihre rundlichen Schultern.

„Jeder von uns lebt sein eigenes Leben. Ich brauche keinen Mann und er soll sich seine Hörner abstoßen, wo er will. Hintenrum habe ich erfahren, dass er in Pisa regelmäßig eine Witwe beglückt. Aber was soll's? Kann ich hier nicht zufrieden sein? Mein Tag ist ausgefüllt und das Mutterglück hast du mir verschafft. Da versteht es sich von selber, dass ich dich nicht so bald fortgeben will. Sobald Galvano seine Freier anschleppt, müssen wir uns etwas einfallen lassen, um ihnen die Brautschau zu versalzen."

„Das wird nicht einfach sein ..."

„Das weiß ich auch, aber gemeinsam werden wir es schon schaffen."

Berta musste sich im Stillen eingestehen, dass sich Galvanos Pläne auf die Dauer nicht durchkreuzen ließen, weil er auf seine Weise Recht hatte und nach Landesbrauch auch im Recht war. Doch hatten ihn Biancas ablehnende Haltung und vor allem ihre Drohung, ins Kloster zu gehen, so verstört, dass er beschloss, erst wieder nach ihrem vierzehnten Geburtstag, dem neunten Oktober, dieses Thema anzuschneiden, und zwar ganz behutsam. Damit wollte er bis zum Sommer warten und hoffte auch auf die Einsicht der dann fast Fünfzehnjährigen.

Im Frühjahr anno 1227 blickte die christkatholische Welt nach Rom, wo der uralte Papst Honorius III. im Sterben lag. Zwar hatte Kaiser Friedrich für dieses Jahr den Aufbruch zum Kreuzzug versprochen, ja, er hatte sich in dem Vertrag von San Germano feierlich dazu verpflichtet und als spätesten Zeitpunkt den August genannt. Doch Gott schien seinem höchsten Diener, dem Vikar Christi auf Erden, diese Genugtuung nicht zu gönnen, denn der Papst starb am achtzehnten März. Bei den Kardinälen hinterließ der milde und umgängliche Honorius die besten Erinnerungen und im Konklave herrschte überwiegend die Meinung, man sollte einen Kardinal von ähnlicher Wesensart zum Nachfolger wählen. Dafür empfahl sich vor allem Konrad von Urach, der schon im ersten Wahlgang die meisten Stimmen auf sich vereinigte. Doch dem Heiligen Geist, der ja bekanntlich über jedem Konklave wacht, war diese Wahl nicht geheuer. Er fürchtete, die Kirche könne Schaden nehmen, wenn ein zweiter Papst von der Art des Verstorbenen nachfolgte. So flüsterte er dem Kardinal Konrad ins Ohr: „Diese Bürde ist dir zu schwer, du musst sie ablehnen!"

Der Erwählte hielt es für die Stimme seines Gewissens und folgte dem Rat. Die Kardinäle aber, vom Heiligen Geist inspiriert, verhielten sich wie brave Schafe und wählten in Graf Ugolino di Segni einen strengen Hirten. Der so prunk- wie herrschsüchtige Adlige vereinigte in sich zwei Wesenszüge. Machtbewusst und machtbesessen und zu maßloser Verschwendung neigend, war er andererseits hochgebildet und von scharfem Verstand. Das hinderte ihn nicht daran, dem Bettelmönch Franziskus in schwärmerischer Verehrung anzuhängen und sich von Zeit zu Zeit in meditative Versenkung zu flüchten. Schon ein gutes Jahr nach seiner Wahl vollzog er die feierliche Heiligsprechung des von ihm so hoch geachteten Franz von Assisi.

Im Frühsommer traf der Kaiser in Melfi ein und schon Tage zuvor hatte er kaum noch an etwas anderes denken können als an Anais, die ihn gewiss schon sehnlichst erwartete. Da sie zu den zwei Frauen gehörte, die er bis jetzt am meisten geschätzt hatte, fiel ihm, dem leidenschaftlichen Analytiker, dabei auf, dass er beim Gedanken an Adelheid immer ihr Antlitz vor sich sah. Bei Anais aber war es der Körper, von dem er jedes Fleckchen kannte und den er sich jederzeit vor Augen rufen konnte, zu dem Preis, dass er sich dann vor geiler Steifheit im Sattel wand, als sitze er auf Dornen. Du bist wie ein Tier, schalt er sich, stellte aber zugleich richtig, dass bei Tieren nur der Anblick und der Geruch des anderen zur sexuellen Bereitschaft führte, während beim Menschen schon der Gedanke genügte. Das versöhnte ihn mit sich selber.

In Anais Armen vergaß Friedrich den Kreuzzug und schob die Weiterreise von Tag zu Tag hinaus. Niemand wagte es, ihn an seine Pflicht zu erinnern, bis einer den Mut dazu fand, nämlich Petrus de Vinea, seit vielen Jahren Freund und enger Berater des Kaisers. Friedrich hatte seine Umgebung wissen lassen, dass er am nächsten Tag auf die Jagd gehen wolle, um dann beim Nachtmahl den Tag der Weiterreise bekannt zu geben. Nun war Petrus kein begeisterter Waidmann, aber er wusste, dass der Kaiser während der Jagdzeit aufgeschlossen und zugänglich war. Während der Mittagsruhe bat er Friedrich, ihn ins Zelt begleiten zu dürfen. Der Kaiser drohte lächelnd mit dem Finger:

„Da steckt noch etwas anderes dahinter, nicht wahr? Geht es um ein Gespräch unter vier Augen?“

Petrus nickte und Friedrich schickte die Diener hinaus. Bestens gelaunt, scherzte der Kaiser:

„Tut mir doch endlich den Gefallen und nehmt Euren Bart ab! Das Ding bedeckt Euer Gesicht wie eine Maske und verbirgt Euer Mienenspiel – aber das ist Euch wohl ganz recht?“

„Was soll ich da antworten, Majestät? Vielleicht opfere ich meinen Bart dem Kreuzzug – wenn er gelingt.“

„Warten wir es ab – also, worum geht es?“

De Vinea machte es ganz geschickt.

„Zu Eurer Geliebten möchte ich Euch Glück wünschen! Es gibt am Hof kaum einen Mann, der Euch nicht darum beneidet. Möge die schöne Anais Euch noch lange erhalten bleiben.“

Friedrichs Miene blieb gelassen.

„Und was weiter?“

„Es geht um Königin Jolanda. Sie hat Euch noch kein Kind geboren, aber wie sollte sie auch. Bitte verübelt es mir nicht, Majestät, wenn ich ein wenig an die Zukunft denke. Bisher gibt es einen legitimen Sohn und der sitzt auf dem deutschen Königsthron. Einmal angenommen, Ihr kehrt von der Kreuzfahrt nicht mehr zurück – wer wird dann König von Sizilien? Gregor wird sein Lehen an den Meistbietenden verhökern, aber das wird kein Staufer sein, weil der Papst – und vor allem dieser Papst! – Eurem Sohn Heinrich mit Sicherheit die sizilische Krone verweigert. Nun frei und gerade heraus: Es ist Eure Pflicht, Königin Jolanda zu schwängern.“

„Belehre du mich nicht über meine Pflichten, Petrus de Vinea! Das hat bisher noch keiner gewagt!“

Es war eine Eigenheit des Kaisers, seine engsten Vertrauten sowohl im Zorn als auch bei intimen Gesprächen zu duzen. Das klang zwar recht ärgerlich, aber keineswegs zornig.

„Einer muss es wohl tun und wenn ich mich Euren Freund nennen darf, so ist es Freundespflicht.“

„Du hast Recht getan, mich zu mahnen. Sende noch heute einen Kurier nach Terracina mit dem Befehl, nein, mit der Bitte, meine erlauchte Gemahlin möge sich auf den Weg nach Brindisi machen.“

„Gut, Majestät, und wann reisen wir ab?“

Der Kaiser gähnte und setzte sich auf sein Feldbett.

„Spätestens in drei Tagen, vielleicht schon übermorgen.“

Friedrich verlor nun keine Zeit mehr und brach fast überstürzt nach Brindisi auf. Dort traf wenige Tage nach ihm seine Gemahlin Jolanda ein, mit der er seinen schon fast fertigen Palast bezog, den er sich am Westhafen hatte errichten lassen.

Die zarte, schüchterne Jolanda war ein wenig zänkisch und auch ziemlich dick geworden. Was hätte sie in ihrer haremsartigen Verbannung auch tun sollen, als Süßigkeiten zu naschen, während ihr Warten auf den Gemahl immer weniger dringlich wurde? Sie lebte mit ihren syrischen Hofdamen so in den Tag hinein, klimperte ein wenig auf der Laute, versuchte sich im Gesang und verfolgte neidvoll die Liebesaffären ihrer Damen, die im stillen Terracina ein recht lustiges Leben führten. Ihre engsten Vertrauten mussten dann ganz genau von ihren Erlebnissen berichten, manchmal so genau, dass sie in Jolandas Bett kamen und handgreiflich demonstrierten, was die Männer mit ihnen anstellten. Das war wenigstens ein Ersatz für ihr männer- und liebeloses Dasein und manchmal kam es schon dazu, dass sie Friedrichs Abwesenheit genoss und sich wünschte, es könnte noch länger dauern.

Aber dann kam die Botschaft und jetzt lagen sie in Brindisi gemeinsam im Bett. Friedrich dachte an Anais und versuchte sein Bestes, während die von ihren Damen verwöhnte Jolanda es ein wenig störend fand, dass ihr Gemahl darauf bestand, in ihr Innerstes einzudringen. Natürlich wusste sie, warum: Sie sollte ein Kind gebären. Sie mochte nicht recht daran glauben, dass sie dazu fähig war, aber schon im nächsten Monat blieb ihre Regel aus.

Brindisi war auch zuvor eine lebhafte Hafenstadt gewesen, aber jetzt glich sie einem kochenden Topf. Rings um Brindisi war ein neuer, weitaus größerer Ort entstanden, eine bunte Zeltstadt mit Straßen, Läden, Kneipen, Wechselstuben, Hurenhäusern und Plätzen, auf denen abwechselnd Wanderprediger geiferten oder Gaukler und Akrobaten ihr vielsprachiges Publikum mit Vorführungen unterhielten, die auch ohne Sprachkenntnisse verstanden wurden.

Diese Zeltstadt diente nicht nur einfachen Pilgern oder allerlei losem Volk zur Unterkunft, auch der hohe Adel mied die enge, maßlos übervölkerte Stadt und hatte sich draußen eingerichtet. So wehte über einem prunkvollen und sehr geräumigen Zelt die Fahne des Landgrafen von Thüringen, den Friedrich sofort nach der Ankunft zu seinem Stellvertreter hatte ernennen lassen. Dem Landgrafen folgten tausende von deutschen Kreuzfahrern, die ihre Zelte schon weit außerhalb der Stadtmauern errichten mussten.

Vorhin war von einem siedenden Topf die Rede gewesen, nun aber, als Ende Juli weitere tausende von englischen Pilgern eintrafen, begann der Topf überzukochen. Das Wasser wurde knapp, der Nachschub an Proviant immer kärglicher. Wie die Nahrung, so ließ auch der stets vom Meer kommende erfrischende Wind nach, bis er ganz erstarb. Alles in und um Brindisi begann zu stinken. Zuerst die hochgetürmten Müllhaufen, dann die kaum noch versorgten Latrinen, auch das brackig gewordene Wasser in den Fässern und Zisternen. Um die kranken und schlaffen Menschen entstand ein fauliger Dunst und was an Nahrung noch vorhanden war, wimmelte vor Fliegen und Maden. Dies alles stank so gewaltig zum Himmel, dass sich über Brindisi eine trübe Dunstglocke bildete, wo all die üblen Gerüche sich zusammenfanden und drohten, die Stadt zu vergiften.

In den letzten Augusttagen kam dann, was unweigerlich kommen musste: Es brach eine fiebrige Seuche und mit ihr eine ungeheuere Panik aus. Fast alle diese Menschen waren bereit, für die Rückgewinnung der heiligen Stätten ihr Leben einzusetzen, aber hier, noch vor der Abreise elend zu verrecken, das trieb sie in den Wahnsinn. Wer konnte, flüchtete landeinwärts und die schon Erkrankten schleppten die Seuche in apulische Städte und Dörfer.

In dem verzweifelten Bemühen, den Kreuzzug noch halbwegs zu retten – und auch um ein Beispiel zu geben –, bestieg der Kaiser zusammen mit dem Landgrafen von Thüringen und einigen hohen Adligen ein Schiff, doch die Krankheit hatte beide schon erfasst und sie mussten auf der kleinen Insel San Andrea Halt machen. Als ihr Zustand sich besserte, segelten sie weiter, doch der Landgraf erlitt einen Rückfall und sie mussten in Otranto anlegen. Dorthin hatte Friedrich gleich nach dem Ausbruch der Seuche seine Gemahlin bringen lassen.

Wenige Tage später starb Ludwig von Thüringen und Friedrich folgte dem dringenden Rat seiner Ärzte und reiste nach Pozzuoli, um dort in den Schwefelbädern Heilung zu finden. Die schwangere Jolanda musste nicht mehr in ihre Verbannung nach Terracina zurück, sondern durfte nach Melfi reisen, Friedrichs Lieblingsaufenthalt. Dort aber lebte auch Anais, die kaiserliche Geliebte. Sie bemühte sich, ihrer früheren Herrin ganz unbefangen gegenüberzutreten, aber es hätte der Anstrengung nicht bedurft, denn Jolanda war ahnungslos. Man hatte in Terracina alle Gerüchte sorgfältig von ihr ferngehalten und selbst wenn sie es erfahren hätte, wäre sie kaum davon berührt worden. Der Kaiser war kein Mann wie andere, das hatte sie bald erkannt.

Gleich nach seiner durch Krankheit erzwungenen Umkehr hatte Friedrich eine Delegation nach Rom gesandt, die den Papst von den Ereignissen unterrichten sollte. Gregor, der schon vorher davon erfahren hatte, weigerte sich, die Gesandtschaft zu empfangen und verhängte am 29. September den Bann über Kaiser Friedrich. Der Wortlaut des Bannspruchs war derart von Hass getragen, dass niemand daran zweifeln konnte, der Papst wolle Kaiser Friedrich vernichten, aus welchen Gründen auch immer. Unter anderem hieß es darin, der Kaiser habe sein Heer im Stich gelassen und somit das Heilige Land den Heiden in den Schoß geworfen, um dann zu seinen üblichen Schwelgereien zurückzukehren.

Es ist nur schwer zu glauben, welch seltsamen Beschluss Friedrich in all dieser Bedrängnis fasste, und zwar schon während seines Aufenthaltes in den Schwefelbädern von Solfatara am Stadtrand von Pozzuoli. Schon die Römer hatten die heilsame Wirkung dieser übelriechenden Dämpfe erkannt, und so zwang sich auch Friedrich dazu, sich in einer der schwefelglitzernden Höhlen des fast erloschenen Vulkans den kochend heißen Dämpfen auszusetzen. Danach wankte er jedes Mal halb bewusstlos ins Freie, wo er sich mit kaltem Wasser übergießen ließ.

Beim dritten oder vierten Besuch dieser Dampfgrotten hatte er eine seltsame Vision. Er musste wohl auf seiner steinernen Liege etwas eingenickt sein, jedenfalls weckte ihn ein leises Lachen und er sah, wie sich eine zierliche Gestalt auf ihn zubewegte. Friedrich richtete sich überrascht auf, als er sah, dass eine nackte Frau vor ihm stand. Aus ihrem ovalen Gesicht blickten ihn große dunkle Augen an, das Haar fiel ihr über die Schultern und bedeckte wie ein feiner Schleier ihre Brüste.

„Bianca? Du bist doch Bianca? Wer hat dich hereingelassen? Sind draußen keine Wachen?“

Wieder hörte er ihr leise klingendes Lachen und dann eine Stimme, die nur scheinbar von ihr, wahrscheinich aber aus ihm selber kam.

„Hast du mich vergessen?“

Er schüttelte den Kopf und flüsterte: „Nein, nein, nein!“

Ermattet von der Hitze und dem kurzen Schlaf fiel es ihm schwer, aufzustehen. Er stützte sich mit beiden Händen ab und schaute kurz zu Boden. Als er endlich stand, war die Erscheinung verschwunden. Schwankend ging er zum Eingang, öffnete den Vorhang einen Spalt breit. Da standen die Wachen und erregt fuhr er sie an:

„War da etwas? Ist eine Frau hier?“

Der Capitano eilte herbei.

„Nein, Majestät, das ganze Gelände ist abgesperrt, da könnte nicht einmal eine Maus ...“

„Ist ja gut ... vermutlich habe ich geträumt.“

Den zweiten Teil des Satzes hatte Friedrich leise und zu sich gesprochen.

Am nächsten Tag diktierte er dem Sekretär ein Schreiben an die gräfliche Familie Lancia in Pisa.

„Wir haben Uns entschlossen, im Jahre des Herrn 1228, im April zu Barletta einen Hoftag einzuberufen. Dabei sollen sich alle treuen Vasallen um Uns versammeln, ehe Wir im Juni oder Juli Unsere Kreuzfahrt ins Heilige Land antreten werden. Da Wir nicht wissen, ob Gott Uns die Gnade einer gesunden Heimfahrt gewährt, soll dabei festgelegt werden, was in Unserer Abwesenheit oder im Fall Unseres Todes zu geschehen hat.“

Dem Schreiben war ein gefaltetes und mit dem kaiserlichen Privatsiegel versehenes Blatt beigelegt, mit dem Hinweis, es nur dem Grafen Galvano Lancia oder in dessen Abwesenheit seinem Bruder Giordano auszuhändigen. Darin hieß es kurz:

„Unsere Gemahlin, die Königin Jolanda, hat den Wunsch geäußert, eine Dame aus guter einheimischer Familie zu ihrer Ersten Hofdame zu ernennen, auch im Hinblick auf die Erziehung ihres zu erwartenden Kindes. Eure Schwester Bianca scheint Uns dazu geeignet, auch weil sie mit Unserer Gemahlin etwa gleichen Alters ist. Wenn nicht gewichtige Gründe Unserem Wunsch entgegenstehen, so soll Donzella Bianca Euch zum Hoftag begleiten.“

8

Draußen mühte sich der Winter mit vergeblichen Versuchen, seinen Platz zu verteidigen und dem Frühling den Weg zu versperren. Doch der vom Apennin herabtosende Wind hatte seine Stetigkeit verloren und blies nur noch in kurzen, heftigen Böen. Ende Februar lebte er wieder auf, kam aber diesmal aus Südwest, war auch wärmer geworden. So schmolzen die Reste des Schnees von den Bergkuppen und die Menschen gingen wieder gerne hinaus und spähten am Himmel nach der Sonne, die sich jetzt von Tag zu Tag häufiger zeigte. Am ersten März traf ein Bote aus dem Süden ein und überreichte Galvano das kaiserliche Schreiben.

Bianca hatte von ihrem Fenster aus den Kurier gesehen und sein mit dem Kaiseradler geschmücktes Wams hatte sie aufspringen, die Treppe hinabfliegen und zum *atrio* laufen lassen. Atemlos stieß sie hervor:

„Nachricht vom Kaiser?"

„Ja", sagte Galvano unwillig, „aber die Botschaft wird ja nicht dich betreffen."

Während der Bote von einem Diener ins Haus geführt wurde, ging Galvano in sein nach Norden gelegenes und höchst selten benutztes Arbeitszimmer. Bianca folgte ihm auf dem Fuß.

„Was willst du noch?"

„Darf ich mir ein wenig Tinte borgen? Die meine ist schon gestern zu Ende gegangen."

„Muss das jetzt sein?"

Sie antwortete nicht, ging voraus und öffnete ihm die Tür. Wider Willen musste er schmunzeln.

„Lästig bist du und neugierig dazu."

„Die Nachricht könnte ja auch mich betreffen ..."

„Dich? Dass ich nicht lache! Dich hat der Kaiser längst vergessen!"

Sie grapschte nach dem gesiegelten Pergament, aber Galvano war schneller und versteckte es hinter seinem Rücken.

„Ich könnte es dir vorlesen, denn das Lesen fällt dir doch immer so schwer ..."

Das stimmte zwar schon, aber in diesem Fall ...

„Können wir uns darauf einigen, dass ich es öffne und erst einmal anschaue?"

Sie nickte.

„Gut, dann setz dich dort hin."

Er wies auf einen Stuhl am Fenster – weit genug entfernt, um jeden Zugriff zu verhindern.

Zuerst entfaltete er das an die Familie Lancia gerichtete Schreiben. Galvano war an die schmucklose Umgangsschrift gewöhnt, wie sie in der Handelsstadt Pisa in Gebrauch war, aber das kaiserliche Schreiben prunkte in verschnörkelter Zierschrift und so ließ er das Blatt schnell sinken.

„Damit komme ich nicht zurecht ..."

Schnell stand sie auf, ging zum Tisch und nahm es ihm aus der Hand. Der Großvater hatte ihr einmal einige Urkunden von Kaiser Friedrich Barbarossa gezeigt und sie hatten sich bemüht, diese Dokumente Wort für Wort zu entziffern.

Leicht war es auch diesmal nicht und manchmal musste sie lange an einem Wort herumrätseln, bis der letzte Satz entziffert war.

„... im Fall Unseres Todes zu geschehen hat."

Galvano schaute sie nachdenklich an.

„Barletta! Das ist eine Reise von einigen Wochen . ."

Bianca aber schaute auf das zweite, mit dem kleinen Privatsiegel versehene Schreiben. Sie deutete darauf.

„Da ist noch etwas ..."

Ohne es näher anzuschauen, reichte er ihr den Brief. Sie las die Anschrift und legte es auf den Tisch.

„Das ist für dich persönlich."

Er nickte und brach mit dem Daumennagel das Siegel.

„Ja, das kann ich lesen!"

Er bewegte stumm seine Lippen, als er es langsam, Wort für Wort entzifferte. Dann reichte er es an Bianca weiter.

„Es ist zwar an mich persönlich gerichtet, aber dich geht es an."

Die drei Sätze brannten sich ihrem Gedächtnis ein, trafen sie aber auch ins Herz, als hätte Amor aus dem fernen Süden seine *freccia d'amore* abgeschossen.

Aber wo war in diesen nüchternen Sätzen von Liebe die Rede? Jeder andere hätte kaum etwas davon entdecken können, doch Bianca traute der Königin einen solchen Wunsch nicht zu. Friedrich war es, der sie sehen wollte. Daran glaubte sie felsenfest und unerschütterlich, doch diesen Glauben behielt sie für sich.

Galvano berief einen eiligen Familienrat ein, denn die Zeit drängte, wenn ein Lancia den Hoftag noch im April erreichen wollte. Zuerst einmal aber stellte sich die Frage: Welcher Lancia? Wer sollte reisen?

„Natürlich du!“, rief Giordano und schaute seinen Bruder dabei eindringlich an. Der wusste gleich, dass es Giordanos sehnlicher Wunsch war, wieder einmal, und diesmal gewiss für längere Zeit, das Haus Lancia in Pisa zu repräsentieren. So schüttelte Galvano nachdrücklich den Kopf.

„Nein, Giordano, so natürlich ist es diesmal nicht. Demnächst kommen wichtige und sehr entscheidende Verhandlungen auf uns zu, auch die neuen Grenzen betreffend. Der Stadtrat von Pisa will die ewigen, über Generationen sich hinziehenden Streitereien um Landbesitz beenden. Jede der Familien hat ihren eigenen Standpunkt und so behaupten etwa die Longetti, ihr Grund reiche über den kleinen Weiher im Südwesten hinaus, während die Gambacorti beweisen, dass dieser *vivajo* seit jeher die Grenze zwischen unserem Landbesitz markiert habe. Aber das ist noch nicht alles! Es geht um verschiedene öffentliche Bauvorhaben am Dom, am Battisterio wie auch am Campanile und in welcher Höhe sich die jeweiligen Adelsfamilien beteiligen sollen. Ich habe mich tagelang mit diesen Dingen befasst und wenn abgestimmt wird, dann habe ich eine begründete Meinung, kenne die Grenzen unserer Möglichkeiten. Du, mein lieber Giordano, weißt davon so gut wie nichts, aber das soll kein Vorwurf sein. Das fällt nun einmal in meinen Aufgabenbereich als Capo unserer Familie. Aus all diesen Überlegungen heraus wird es mir nicht möglich sein, die Reise nach Barletta zu unternehmen – du wirst sie machen müssen.“

Auf diese für Galvano ungewöhnlich lange Rede hatte es dem sonst so wortreichen Giordano die Sprache verschlagen. Er blicke wie gehetzt in die Runde, schaute auf Bianca und Giulia, ja sogar auf das Kind Federico, das an der Fensterbank mit kleinen grob geschnitzten Soldaten einen Kampf ausfocht und sich durch nichts in seinem Spiel stören ließ.

Schließlich fand er zur Sprache zurück.

„Ich soll also – ich muss – aber was wird der Kaiser dazu sagen? Er erwartet dich, Galvano, und keinen anderen!“

„Nein, Giordano, du musst das anders sehen. Du bist ein erwachsener Mann von zwanzig Jahren und durchaus fähig, unsere Familie zu vertreten, hast es schließlich auch getan, als wir nach Cremona gingen.“

Galvano hätte nicht besser argumentieren können. Als nämlich Giordano daran dachte, welche kniffligen Entscheidungen demnächst anstanden, hatte er sich innerlich schon entschieden, aber so leicht wollte er es seiner Familie auch nicht machen. So rief er mit gespielter Empörung:

„Das war etwas anderes! Da war ich der Lancia von Pisa, aber jetzt soll ich Truppen führen, vielleicht sogar mit dem Kaiser reden ...“

Galvano winkte ab.

„Ich gebe dir ein Schreiben für den Kaiser mit, darin ist alles erklärt. Übrigens ist es durchaus möglich, dass Friedrich dich auffordert, ihn auf den Kreuzzug zu begleiten. Das musst du ablehnen.“

„Warum? Es ist doch in jeder Hinsicht verdienstvoll, um das Heilige Land zu kämpfen.“

„Mag sein, doch wir können es uns nicht leisten. Du berufst dich auf mich und sagst, die kaisertreuen lombardischen Familien dürfen jetzt in keiner Hinsicht geschwächt werden, schließlich steht der Endkampf noch bevor.“

„Ja, gut, ich werde mein Bestes tun.“

Nun blickte Galvano auf seine Schwester.

„Da ist noch etwas, das ihr alle wissen sollt.“

Er zog das kaiserliche, an ihn persönlich gerichtete Schreiben aus der Tasche und las es langsam vor. Es waren ja nur wenige Sätze, deren letzter lautete: „Wenn nicht gewichtige Gründe Unserem Wunsch entgegenstehen, so soll Donzella Bianca Euch zum Hoftag begleiten.“

„Euch, das heißt dich!“ Giordano wies anklagend auf seinen Bruder.

Der ließ sich nicht aus der Ruhe bringen.

„Das haben wir jetzt schon hinreichend geklärt und du hast zugestimmt. Jetzt aber geht es um Bianca. Sie selbst empfindet den Wunsch des Kaisers als Befehl, dem man folgen muss.“

Giulia hatte bis jetzt noch nichts gesagt, doch nun meldete sie sich zu Wort.

„Ihr wollt doch nicht allen Ernstes das Kind auf eine so weite Reise schicken?“

„Ich bin kein Kind mehr!“, warf Bianca dazwischen. „Ihr könnt ja Berta fragen.“

„Das“, rief Giulia empört, „wäre wohl das Letzte, was ich tun würde: eine Magd um ihre Meinung fragen!“

„Sie hat sich mehr um mich gekümmert als alle anderen!"
Galvano schlug mit der flachen Hand auf den Tisch.

„Schluss jetzt! Es geht nicht um Berta und auch nicht um uns, es geht um Bianca und um die Frage, mit welcher Begründung wir einen kaiserlichen Wunsch ablehnen sollen, noch dazu einen so ehrenvollen."

Giulia runzelte unwillig ihre sonst so glatte Stirn.

„Was ist daran so ehrenvoll?"

„Hofdame einer Kaiserin – wem bietet sich eine solche Möglichkeit?" Galvano sagte es mit nachdenklicher Miene und fügte hinzu: „Es hängt freilich alles davon ab, ob Bianca das wirklich möchte. Gegen ihren Willen soll es nicht geschehen und dann fallen mir auch die vom Kaiser erwünschten ‚gewichtigen Gründe' ein, um seinen Wunsch abzulehnen."

Alle Blicke richteten sich nun auf Bianca, die bisher geschwiegen hatte. Doch sie musste sehr behutsam vorgehen, durfte nichts von ihren wirklichen Gefühlen preisgeben.

„Der Kaiser hat in seinem Schreiben einen Wunsch und keine Bitte geäußert. In diesem Fall aber ist der Wunsch als Befehl zu verstehen. Befehle wird der Kaiser nur äußern, wenn es sich um seine Dienerschaft oder seine Truppen handelt. Einem Grafen Lancia gegenüber wird er es niemals tun."

„Und woher weißt du das alles?", platzte Giordano heraus. „Du tust ja gerade so, als sei das Hofleben dir seit Jahren vertraut. Das kann doch alles ganz anders sein ..."

„Nein, ist es nicht. Großvater hat mit mir öfters über Sinn und Wesen der Monarchen gesprochen. Er selber hat Kaiser Friedrich Barbarossa noch gesehen und mit seinem Sohn, Kaiser Heinrich, längere Gespräche geführt."

Das stimmte zwar nur zum Teil, aber so, wie sie es mit fester Stimme, in fast autoritärem Ton aussprach, wurde es zur Wahrheit – zur ganzen Wahrheit.

Giulia hakte nach:

„Deine eigene Entscheidung kennen wir immer noch nicht, unabhängig davon, ob der Kaiser einen Wunsch, eine Bitte oder einen Befehl ausgesprochen hat."

„Diese Frage stelle ich mir nicht", sagte Bianca mit tiefernstem Gesicht. „Wenn der Kaiser es wünscht, will ich es auch, im Übrigen kann es für unsere Familie nur von Vorteil sein."

Dieser Ansicht war Galvano auch und so stand er auf und sprach sein Schlusswort als Haupt der Familie.

„Also gut, der Fall ist geklärt und jeder hat dazu seine Meinung geäußert. Wir werden mit dem nächsten geeigneten Schiff in See stechen und so würde ich Giulia bitten, das bei dem ohnehin für morgen geplanten Elternbesuch in die Wege zu leiten. Vielleicht finden wir einen Küstensegler nach Sizilien, dann könntet ihr in Taranto anlegen und auf dem Landweg nach Barletta reisen."

Giulia konnte sich ein nachsichtiges Lächeln nicht versagen.

„Mein lieber Gemahl, ein für Sizilien bestimmtes Schiff wird nicht nach Taranto fahren, sondern in Messina oder Palermo anlegen. Der einfachste Weg wäre, von Salerno aus den Landweg über Melfi und Andria zu nehmen. Wie jeder weiß, hat dort der Kaiser seine meisten Paläste und Kastelle errichtet und so wäre es auch der sicherste Weg."

Galvano verneigte sich übertrieben tief.

„Danke für die Belehrung! Meine Gemahlin kann ihre Herkunft als Tochter eines Kauffahrers nicht verleugnen. Da muss sich ein rauer Krieger wie ich unterordnen ..."

Hatte Bianca bei ihrer Entscheidung die Ziehmutter vergessen? Natürlich nicht und bei allem, was sie sagte oder dachte, war Berta eine wichtige Figur in diesem Spiel gewesen, das die festgefügte Welt der Familie Lancia neu ordnete. Ehe sie mit ihr darüber sprach, bat sie Galvano, den Capitano Giorgio da Ponte, also den bärtigen Jörg aus Innsbruck, nicht mit auf die Reise zu nehmen.

„Er wird es gewiss wollen, er war ja mit dir auch bei der Kaiserkrönung in Rom, aber da ich Berta zurücklassen muss, will ich ihr nicht auch noch den Mann wegnehmen."

Galvano, der die Familienverhältnisse seiner Männer meist recht gut kannte, brach in ein kurzes Lachen aus.

„Na, na, wie ich ihn kenne, wäre er eher geneigt, den Abstand zu seiner Berta zu vergrößern. Wie es bei ihr ist, weiß ich nicht so genau – im Gegensatz zu dir ..."

„Es ist nicht gerade das, was man eine gute Ehe nennt, aber manchmal hat sie davon gesprochen, in ihre Heimat zurückzugehen, wenn ich sie nicht mehr brauche. Ohne Jörg wird sie das wohl nicht tun."

„Da möchte ich mich nicht einmischen, rede du erst einmal mit ihr."

Obwohl das kaiserliche Schreiben geheim gehalten wurde, wusste Berta schon halbwegs Bescheid. Aber woher? Das deutete sie nur vage an.

„Na ja, die Herrschaft meint immer, die *servità* ist taub und stumm und vielleicht noch dumm dazu. Ihr habt einen ganzen Nachmittag bis in die Dämmerung hinein darüber geredet und dabei wurden Wein und Wasser gebracht, Brot, Käse und Schinken gereicht. Es ist ja nicht immer so, dass ihr sofort verstummt, wenn ein Diener eintritt. Da kann man sich manches zusammenreimen."

„Aber weißt du wirklich alles? Wir werden bei nächster Gelegenheit mit dem Schiff nach Süden fahren – Giordano, ich und ein paar Dutzend Bewaffnete. Das wird eine wochenlange Reise und ich werde vorerst nicht zurückkehren, weil Kaiser Friedrich mich zur Hofdame seiner Gemahlin Jolanda bestimmt hat. Sie ist schwanger und erwartet für Ende April ihr erstes Kind."

Berta hatte unterdessen still zu weinen begonnen, die Tränen kollerten wie kleine Perlen über ihre runden Wangen. Bianca nahm ihre Hand.

„Du hast also nicht alles gewusst?"

„N-nein, d-das nicht ..."

„Ich hätte dich schon mitgenommen, das darfst du mir glauben, aber erstens ist diese wochenlange Reise für dich zu anstrengend und zweitens gibt es am kaiserlichen Hof keine Aufgabe für dich."

Berta wischte sich mit ihrer Schürze die Tränen ab.

„Aber meine Aufgabe bist doch du, wer wird denn dort für dich sorgen?"

„Ich bin schon fünfzehn und wie du weißt, geht es mir schon seit zwei Jahren nach Art der Frauen. Eine Hofdame hat freilich auch ihre Bedienten, doch die sind meist gleichaltrig und werden von der Königin bestimmt. Dein Mann wird übrigens auch hierbleiben, weil Galvano ihn dringend braucht."

„Der ist weniger wichtig ..." Sie schnäuzte sich kräftig und sagte trotzig: „Dann warte ich aber deine Rückkehr ab! Du wirst ja schließlich nicht ewig bei denen da unten bleiben."

„Nein, Berta, gewiss nicht. Nichts würde mir mehr Freude machen, als dich bei meiner Heimkehr wieder hier zu finden."

Gut, Berta war eine Frau weit über dreißig, doch von eiserner Gesundheit, und gegen Krankheiten schien sie immun zu sein. Rechnete Bianca tatsächlich mit ihrer Rückkehr? Sie machte sich keine Gedanken darüber, das alles lag in Gottes – nein, sie verbesserte sich – in Kaisers Hand.

Der Capitano Giorgio nahm es gelassen hin. Wäre Galvano gereist, hätte es ihn schon gewurmt, nicht dabei sein zu können, aber Giordanos Befehlen zu gehorchen wäre ihm sehr schwergefallen. Dieser junge Spund hatte doch von nichts eine Ahnung!

Giulias Vater, der *commerciante per mare*, hatte sich schon aus dem Tagesgeschäft zurückgezogen und überließ einem jüngeren Teilhaber die laufenden Geschäfte. Als er aber hörte, dass nicht sein Schwiegersohn, sondern dessen jüngerer Bruder zum Hoftag nach Barletta reiste, atmete er auf. Seine Tochter als Witwe – das hätte ihm gerade noch gefehlt! Zuletzt sagte Giulia wie nebenbei:

„Bianca wird Giordano begleiten, der Kaiser hat sie zur Hofdame für seine Gemahlin bestimmt."

Da verschlug es dem alten Herrn doch ein wenig die Sprache, aber ein kaiserlicher Wunsch musste respektiert werden und von der ghibellinischen Lancia-Sippe war das als selbstverständlich vorauszusetzen.

Er stellte ihnen einen mittelgroßen Küstensegler zur Verfügung, der für Giordano, Bianca und ihre bewaffneten Begleiter gerade ausreichte. Es verstand sich von selbst, dass Bianca nicht ohne weibliche Begleitung reisen konnte. Nach einigem Hin und Her – Galvanos Vorschläge erwiesen sich als unbrauchbar – kam Berta auf Anna zu sprechen. Sie war die Tochter eines Hirten, der – wie auch sein Vater – die Schaf- und Ziegenherden der Lancia hütete.

„Wir haben sie zuerst in der Küche beschäftigt, aber das Mädchen war in vielerlei Hinsicht so tüchtig, dass sie fast für alles zu brauchen war." Berta deutete auf ihren Rock. „Den hat sie aus Resten zusammengesetzt und man sieht es kaum. Den Frauen im Haus richtet sie die Haare und vom Vater her – Hirten kennen ja jedes Kraut – hat sie auch gute Kenntnisse über Arzneipflanzen."

„Du rätst mir also zu, sie mitzunehmen?"

„Wenn sie will und ihr Vater es erlaubt."

Der *pecorajo* machte keine großen Umstände. Er habe acht Kinder zu versorgen und wenn eines davon auf eigenen Füßen stünde, könne es ihm nur recht sein.

Mit Anna war es nicht so einfach. Weder sie noch ihre Eltern wussten genau, wie alt sie war. Die Mutter meinte, sie sei im Jahr jenes Hagelsturmes geboren, der die halbe Ernte vernichtet hatte, der Vater aber glaubte sicher, dass es im Jahr des kalten Winters war, wo sogar die Schafträнke im Wald zugefroren war. So ergab sich ein Alter von vierzehn oder fünfzehn Jahren.

Anna hatte, wie viele Lombarden, rostrotes Haar, auf das sie besonders stolz war, wenn manche auch glaubten, dies sei eines der Hexenzeichen. Zudem sprenkelten einige lustige *lentiggini* die Haut um Nase und Wangen, was besonders im Sommer deutlich wurde.

Berta schüttelte beruhigend ihren runden Kopf.

„Rote Haare und Sommersprossen? Nein, nein, das hat keinerlei Bedeutung, genauso wenig wie die Mittel dagegen, etwa das Bestreichen mit den Federn junger Gänse. Manche finden Sommersprossen sogar reizvoll, besonders wenn's nicht zu viele sind."

Das war nun bei Anna nicht der Fall, aber für sie waren diese blassbraunen Flecken – von denen man sagt, es seien Kotspritzer vom Kuckuck – ohne jeden Belang.

In einer ausführlichen Besprechung versuchte Bianca ihr zu erklären, um was es ging und was sie von ihr erwartete.

„Wir reisen mit dem Schiff und später zu Land nach Barletta, das ist eine Hafenstadt im Süden von Italien. Dort erwartet uns der Kaiser oder besser gesagt, dorthin hat er seine Verbündeten gerufen."

„Und die Lancia gehören dazu?"

„Ganz Pisa ist ghibellinisch."

Anna blickte misstrauisch.

„Ist das etwas Unrechtes?"

„Nein, im Gegenteil, aber darum geht es jetzt nicht. Solltest du dich entschließen mitzukommen, dann als meine persönliche *serva*. Niemand anders hat dir etwas zu befehlen."

„Und was muss ich tun?"

„Du redest mich als Donna Bianca an und gebrauchst die Ihr-Form. Also: Wenn du mich fragst, ob ich noch etwas benötige, dann sagst du: Habt Ihr noch einen Wunsch, Donna Bianca? Verstanden?"

Anna nickte mürrisch.

„Ist ja nicht so schwer."

„Gut, ansonsten richtest du mein Haar, hältst meine Kleider in Ordnung, hilfst mir beim An- und Auskleiden, aber das wird meistens nicht nötig sein. Unterwegs essen wir gemeinsam, am Hof der Königin Jolanda wirst du mit dem Gesinde speisen, aber sonst immer nur mir zur Verfügung stehen. Wie das Hofleben abläuft, weiß ich selber noch nicht so genau, aber wir werden es herausfinden. Zwar wird das kaum der Fall sein, aber sollte dich der Kaiser oder seine Gemahlin etwas fragen – etwa ‚Gefällt es dir hier?' oder ‚Geht es deiner Herrin gut?' –, dann vergiss niemals, wie immer deine Antwort auch lautet, die Anrede ‚Eure Majestät'. Du antwortest: ‚Ja, Eure Majestät, Donna Bianca geht es gut' oder ‚Gewiss, Eure Majestät, mir gefällt es hier.' Hast du das verstanden?"

„Ich werde es mir merken."

„Das heißt also, du willst mich begleiten?"

Annas frisches, herbes Gesicht hellte sich auf und die Sommersprossen schienen um ihre Nase herumzutanzen.

„Eine solche Gelegenheit will ich nutzen, weil ich sie kaum ein zweites Mal bekomme."

„Da muss ich dir Recht geben. Du bist von heute an in meinem Dienst und wir werden gemeinsam mein Reisegepäck zusammenstellen. Im Übrigen wirst du dich besser kleiden müssen. Dein Kittel sieht aus wie ein alter Hafersack und dein Unterkleid verschenkst du besser, da ist mir zu viel herumgeflickt, genauso wie bei deinen Strümpfen. Dein Gürtel ist zu breit, eigentlich ein Männergürtel, und die Haube passt zu einer alten Frau. Berta wird dich neu ausstatten."

Das tat Berta umso lieber, als sie ja das Mädchen selber empfohlen hatte. Als der Tag des Abschieds kam, versteinerte ihr Gesicht. Da war zu sehen, dass Berta aus deutschem Stamm kam und – im Gegensatz zu den Südländern – ihren Schmerz, ihre Rührung hinter einer starren Maske verbarg. Bianca aber kannte sie und wusste, was hinter dieser Maske vorging. Berta weigerte sich, ihr Küken bis zum Hafen zu begleiten – nein, sie wollte sich nicht in fremder Umgebung verabschieden, sondern umgeben von vertrauten Dingen.

Entgegen ihrer Ahnung tat Bianca, als sei dies nur ein Abschied auf Zeit – ja fast so, als käme sie im nächsten Jahr wieder. Ob Berta dabei nur mitspielte oder tatsächlich fest mit einem Wiedersehen rechnete, war nicht zu erkennen.

„Vielleicht ist es ganz gut, wenn wir uns eine Weile aus den Augen sind. Man soll sich nicht zu sehr aneinander gewöhnen ..."

Ja, und von noch einer lieben Freundin musste Bianca sich verabschieden – von ihrer Stute Brunella. So flehentlich sie Giordano gebeten hatte, das Tier mit aufs Schiff zu nehmen, so entschieden musste ihr Bruder es ablehnen.

„Bianca, auf einem Küstensegler ist der Ballast so genau berechnet, dass wir am Ende nicht eine Melone mehr an Bord nehmen können. Wir müssen mit Stürmen, mit Flauten, mit allem Möglichen rechnen. Es kann Situationen geben, da muss alles Entbehrliche von Bord und wenn es dann Brunella träfe, wäre das weitaus schlimmer, als sie hierzulassen. Das Pferd ist noch jung, wir sind es auch und so Gott will, werden wir uns alle gesund und noch immer jung hier wiedertreffen."

Giordano steckte voll Zuversicht und Tatendrang. Sein Herz hing hier an nichts Wichtigem und seinem Liebchen hatte er ein schönes Geschenk und eine baldige Rückkehr versprochen.

„Und wenn du aus irgendeinem Grund nicht wiederkommst – wo bleibt dann mein Geschenk?"

Da hatte er herzlich lachen müssen und ihr ein paar Goldstücke für schmucke Gewänder überreicht, in denen sie ihn, wie er hinzufügte, dann bei seiner Rückkehr empfangen könne.

Bald gab es einen guten Wind und sie segelten schon im Morgengrauen ab. Freilich wäre ein Nordwind besser gewesen, denn in der steifen Brise aus dem Westen musste das Schiff kreuzen, kam aber gut voran. Der Nordwind setzte in der Regel erst ab Mitte bis Ende Mai ein und so lange hätten sie nicht warten können. Nur für Giordano und Bianca gab es einzelne Kabinen, die anderen schliefen an oder unter Deck, je nach Wetterlage.

Bianca, die noch niemals einen Fuß auf Schiffsplanken gesetzt hatte, fühlte sich auch nach drei Tagen noch frisch und munter. Während Giordano leicht, die Hälfte der anderen aber schwer unter dem *mal di mare* litten. Anna hatte es schon am ersten Tag erwischt, doch das alte Seefahrermittel, nämlich die meiste Zeit liegend in der Mitte des Schiffes zu verbringen und dabei nur wenige und sehr leichte Speisen zu sich zu nehmen, half dann doch etwas. Zuerst schluchzte sie vor Verzweiflung und Scham, weil ihre Herrin ohne sie auskommen musste, aber Bianca tröstete sie mit den Worten:

„Was kannst du auf dem Schiff schon für mich tun? Ich komme auch ohne dich zurecht und an Land, so wird gesagt, verschwindet das Übel fast augenblicklich."

In Populonia, dem alten etruskischen Hafen, legten sie erstmals an und die Seekranken wankten an Land, wo binnen weniger Stunden das Unwohlsein verschwand.

Bisher hatte der Wind es gut mit ihnen gemeint, wehte stetig aus West bis Nordwest und füllte die Segel wie pralle Weinschläuche. Als sie aber am dritten Tag zwischen den felsigen Inseln Monte Argentario und Giglio hindurchsegeln wollten, schlug der Wind plötzlich um. Nach einer kurzen Flaute war es, als beginne eine Riesenfaust das Boot zu schütteln, und für Unerfahrene war die Windrichtung kaum noch auszumachen. Er schien gleichzeitig von allen Seiten zu kommen und versetzte dem Schiff eine Maulschelle nach der anderen, was es derart schwanken und taumeln ließ, dass sogar Bianca glaubte, nun sei das Ende dieser Reise und das aller Menschen auf diesem Schiff gekommen. In dieser schrecklichen Not legte jeder von ihnen ein Gelübde ab.

Der kriegerische Giordano wandte sich an den Erzengel San Michele und gelobte eine Wallfahrt auf den Monte Sant'Angelo, der ja nicht weit von Barletta entfernt lag. Bianca, nicht sehr fromm, aber doch gläubig, wollte der nächsten Marienkirche, auf die sie stießen, einen ihrer drei Lieblingsringe stiften. Anna flehte ihre heilige Namenspatronin an und versprach, ein tägliches Gebet an sie zu richten.

Was taten die Übrigen? Der Kapitän, ein in vielen Stürmen erprobter *navigatore* fluchte nur leise vor sich hin, ließ sämtliche Segel abschlagen, jagte den *timoniere* davon und versuchte, durch geschicktes Steuern, sein Schiff über Wasser zu halten. Oben am Himmel tobte eine Schlacht. Wolkenhaufen rasten aufeinander zu, dunkel geballte Fäuste schlugen den enteilenden Gegner in Stücke und diese wiederum drangen, wie ein Steinschlag, tief in die schwarz geblähten Bäuche von träge sich drehenden Wolkenriesen. Manchmal erhob die Sonne ihr fernes Haupt und verfolgte die erbitterte Schlacht, bis ein dickbäuchiger Gigant seinen aufgeblähten Leib darüberschob oder zwei ineinander verkeilte Gegner sie kurz verdeckten, doch ihr glühender Atem ließ die Störenfriede schnell zerplatzen.

Die zutiefst erschreckten Menschen auf ihrer wie wild sich drehenden Nussschale bemerkten von all dem nichts. Jeder krallte sich irgendwo fest und wer keinen Halt fand, klammerte sich an einen anderen Körper. So erging es Bianca und Anna. Sie lagen eng umschlungen in ihrer durchnässten Kabine, nicht mehr die Herrin mit ihrer Dienerin, sondern zwei verängstigte Lebewesen, die aneinander Halt und Trost suchten.

Letztlich war es dem erfahrenen Kapitän zu verdanken, das der Segler weder kenterte, noch an den felsigen Riffen von Giglio zerschellte. Als sein Ruder zerbrach, war der Sturm schon schwächer geworden und hörte dann so unvermittelt auf, dass jeder sich weiter an irgendetwas festhielt, denn diese Stille konnte ja nur ein kurzes Atemholen bedeuten. Als dann nichts kam und sogar die schon tiefstehende Nachmittagssonne den frei gewordenen Himmel zufrieden überschaute, löste sich die Starre. Die Menschen begannen durcheinander zu reden; Giordano bereute schon sein Gelübde und warf sich vor, es aus Feigheit zu schnell abgelegt zu haben.

Der Kapitän brüllte seine Befehle und als Erstes musste der Schiffszimmermann das Ruder flicken, wozu man ihn an einen Strick band, den zwei Matrosen festhielten, während andere ihm das nach und nach verlangte Werkzeug hinunterreichten. Dann wurden die Segel wieder aufgezogen und ein günstiger Wind brachte sie bei tiefer Nacht in den kleinen Hafen von Civitavecchia.

Völlig zerschlagen krochen sie an Land und das ist wörtlich zu verstehen, da viele von ihnen nicht mehr die Kraft besaßen, aufrecht zu gehen. Giordano stützte Bianca, an deren Arm eine totenbleiche Anna hing, die sich in diesem Augenblick nichts sehnlicher wünschte, als zuhause zu sein und – ja, wenn es sein musste, die Schweine zu hüten. Selbst diese verachtete Tätigkeit erschien ihr um vieles besser, als am nächsten Tag wieder ein Schiff zu besteigen.

Es war dann erst der übernächste Tag, an dem sie wieder in See stachen, aber da sah alles anders aus. In der Erinnerung war das Unglück kleiner geworden, auch als Giordano feststellen musste, dass zwei seiner Männer fehlten. Ein Priester las für sie eine Gedenkmesse, doch bei den anderen konnte die Genugtuung nicht ausbleiben, dass es einen nicht selber getroffen hatte. Freilich sprach keiner darüber, aber es ist nun einmal Menschenart, sich am Tod eines anderen – wenn er kein Freund oder Verwandter ist – aufzurichten und ein wenig zu wachsen.

Von da an war die Reise das reinste Vergnügen, denn weder schlechtes Wetter noch widrige Winde hinderten den Segler an seiner zügigen Fahrt.

In Salerno wurden sie von einer Abordnung der Stadt so festlich empfangen, dass Giordano sich staunend fragte, ob da nicht eine Verwechslung vorliege. Der *podestà* hielt eine kurze Rede des Inhalts, dass vom Kaiser geladene Gäste höchsten Respekt verdienten und man bemüht sein werde, ihnen jeden Wunsch zu erfüllen. Auch ein kaiserliches Schreiben lag vor, das neben einem Willkommensgruß die Anordnung gab, nicht über, sondern an Melfi vorbeizureisen. Die Reiseroute war genau angegeben und die zur Übernachtung geeigneten Orte genannt.

Ende März erreichten sie spätabends das Städtchen Canosa di Puglia, das seinen Beinamen stolz und auf des Kaisers nachdrücklichen Befehl trug. Es sollte nicht mit der gleichnamigen Burg bei Parma verwechselt werden, wo Kaiser Heinrich IV. vor einhundertfünfzig Jahren seinen schimpflichen Bittgang zu Papst Gregor VII. getan hatte. Auch der jetzige Papst hatte diesen Namen gewählt, doch Kaiser Friedrich ließ keinen Zweifel daran, dass er diesen Gang nicht wiederholen würde – in welcher Lage auch immer.

9

In dem Kastell zu Melfi sah die hochschwangere Königin Jolanda ihrer ersten Geburt entgegen. Die knapp sechzehnjährige Kindfrau hatte sich in ein hässliches Wesen verwandelt. Ihr Leib war so aufgetrieben, dass er die groteske Form eines prall gefüllten Sackes angenommen hatte, das sanfte kindliche Gesicht war mit seiner gelblich gefleckten Haut und den unter Wülsten halb verborgenen Augen zu einer abstoßenden Fratze geworden. Die im Grunde gutmütige Anais diente ihr mit einer Mischung aus schlechtem Gewissen und Mitleid auf selbstlose Art. Täglich segnete sie ihr in Syrien erworbenes Wissen um die fruchtbaren Tage der Frau, sodass es trotz Friedrichs häufigen und heftigen Beischlafs nie zu einer Empfängnis gekommen war.

Jolanda war in den letzten Wochen auch geistig so stumpf und träge geworden, dass kaum noch ein Gespräch mit ihr möglich war. Anais hingegen drängte es, über Friedrich zu sprechen, freilich ohne Hinweis darauf, dass er längere Zeit ihr Geliebter gewesen war. Vielleicht wusste Jolanda es längst? Der Kaiser hatte ja nichts getan, um ihr Verhältnis zu verbergen und, wenn hunderte Bescheid wissen, werden tausende darüber reden. Ob davon etwas nach Terracina gedrungen war? Vielleicht nicht, aber Jolanda lebte seit zwei Monaten in Melfi und da wusste jedes Kind Bescheid.

So hatte Anais sich vorgenommen, ganz behutsam die Fühler auszustrecken. An einem frühlingswarmen Tag führte sie die Königin ins Freie, ließ einen bequemen Stuhl und eine Decke bringen und nahm auf einem Hocker daneben Platz. Jolanda blinzelte mit ihren trüben, verschwollenen Augen in die Sonne, schloss die Lider und schien eingenickt. Anais begann leise zu reden und überließ es dem Zufall, ob Jolanda sie hörte.

„Es hat ja schon in deiner Hochzeitsnacht begonnen, die im Grunde keine war, doch müssen wir es so sehen: Friedrich hat Rücksicht darauf genommen, dass du – was ja den Tatsachen entsprach – noch ein Kind warst. Mit dreizehn! Was hätte ich tun sollen? Ich redete mir ein, dich als Verwandte in diesem etwas heiklen Fall zu vertreten."

Hörte Jolanda zu? Sie zeigte keine Regung, gab durch tiefes Atmen auch nicht zu erkennen, ob sie eingeschlafen war. Anais sprach weiter, rückte aber zuvor noch etwas weg und dachte: Wenn sie mich hören will, wird sie mich bitten, lauter zu sprechen.

„Friedrich ist ein Mann, dem es sehr schwerfällt, enthaltsam zu leben. Siehst du das auch so? Manche werfen ihm vor, die Frauen nur zu benutzen, um einen klaren Kopf zu bekommen. Ich glaube das nicht – nein, das sehe ich anders. Wer ihn näher kennt, muss es anders sehen. Und ich kenne ihn näher, das darfst du mir glauben. Bei ihm hatte ich eher den Eindruck, dass ihm Frauen viel, sehr viel bedeuten. Er hört nicht weg, wie die meisten Männer, wenn sie reden, geht auf unsere Wünsche ein, gibt selber Anregungen – als Frau fühlt man sich bei ihm gut aufgehoben und verstanden. Du kannst das nicht wissen, ihr wart ja so selten beisammen – zwei- oder dreimal?"

„Zweimal."

Anais blickte sich erschreckt um. War das Jolandas Stimme gewesen? Aber sie saß noch immer mit geschlossenen Augen da und schien tatsächlich zu schlafen.

„Hast du etwas gesagt, Jolanda?"

Die trüben Augen öffneten sich einen Spalt.

„Zweimal, habe ich gesagt. Einmal durfte ich den Kaiser nach Palermo begleiten und im Sommer vorigen Jahres war ich mit ihm in Brindisi. Da wurde dieses Kind gezeugt."

Sie legte eine Hand auf ihren aufgetriebenen Leib, doch ohne Zärtlichkeit, nur um das Gesagte zu unterstreichen. Anais wagte nicht zu fragen, ob Jolanda ihr Selbstgespräch gehört und alles verstanden hatte. Mühsam und leise ächzend erhob sich die Königin.

„Ich möchte ins Haus zurück."

Anais sprang auf und stützte sie sorgsam. Es war später Nachmittag geworden, der Wind lebte auf und sauste fauchend um das auf einer Anhöhe gelegene Kastell. Anais ließ die Läden vor den Fenstern schließen, nur das mit einer dünn geschliffenen Alabasterscheibe versehene Fenster blieb offen und wandelte das grelle Licht der nachmittäglichen Sonne in einen blassgoldenen Schein.

Eine Dienerin hatte das Bett aufgedeckt und Anais legte zwei Kissen unter Jolandas Kopf, wie sie es liebte, wenn sie nicht schlafen wollte. Kaum war die *serva* draußen, begann die Königin mit heiserer Stimme zu reden.

„Ja, Anais, ich habe alles gehört, was du mir, oder vielleicht dir selber, erzählt hast. Auch wenn wir nur zweimal länger zusammen waren, weiß ich mehr über den Kaiser, als du denkst. Schon vor der Hochzeit ahnte ich, dass ich nicht die Frau seines Herzens, sondern nur Mittel zum Zweck war. Mit mir hat er die Krone von Jerusalem geheiratet und das hätte er auch getan, wenn ich hässlich und älter gewesen wäre. Auch einen Buckel oder einen Klumpfuß, schielende Augen und fehlende Zähne hätten ihn nicht daran gehindert, denn der Glanz dieser Krone überstrahlte alles andere. Dass Friedrich seine Hochzeitsnacht bei dir verbrachte, ist mir bekannt, ebenso dass er dich weiter als seine Geliebte hielt. Glaube nur ja nicht, dass diese Tatsache Zorn, Eifersucht, Neid oder ähnliche Regungen in mir erweckt hätte. Ich lege keinen großen Wert auf ein Beilager mit Männern, musste es aber hinnehmen, um der Jerusalemer Krone einen Erben zu schaffen. Selbst wenn es ein Mädchen wird, kann sie diesen nutzlos gewordenen Titel an ihren Gemahl übertragen. Natürlich wünsche ich mir einen Sohn, dann habe ich meine Schuldigkeit getan und Friedrich kann sich wieder seinem Harem zuwenden."

Anais spürte Erleichterung und zugleich Bedauern. Jedermann wusste, dass Jolanda nur die Dame in einem politischen Schachspiel war, und sie wusste es auch und nahm es als gottgegeben hin. In Syrien hätte sie unter den Adligen einen Mann nach ihrer Wahl nehmen können und hätte in ihrem kleinen Restkönigreich – es war nur noch ein Viertel des ursprünglichen – als unabhängige Herrscherin nach Belieben schalten und walten können. Jetzt war sie die Frau eines Kaisers und Königs, doch welche Bedeutung hatten diese beiden Kronen für sie? So gut wie keine, denn aller Glanz fiel auf Friedrich, den Imperator Mundi, und sie, Jolanda, stand im Schatten – bis zu ihrem Tod.

In der letzten Aprilwoche setzten mit dem Blasensprung die Wehen ein, blieben wieder aus, kamen von neuem so stark, dass Jolandas Leib einen Schmerzenstanz aufführte. Doch der Kopf des Kindes wollte nicht erscheinen, die *ninfe* blieben geschlossen. Die beiden Hebammen schauten sich besorgt an, die Ärzte unterhielten sich flüsternd. Freilich waren sie nicht für die Geburt zuständig, sondern für vielleicht auftretende Komplikationen danach. Natürlich wussten die Wehmütter, dass es bei Erstgebärenden länger dauert, aber dieser Zeitpunkt war schon überschritten. Sie zogen sich in die andere Ecke zurück und berieten, ob man als letztes Mittel die *cornuta* anwenden sollte, das hochgiftige, in richtiger Dosierung die Wehen beschleunigende Mutterkorn, von den Ärzten *secale cornutum* genannt. Da schüttelte die eine Hebamme nachdrücklich den Kopf und zischte:

„Bei der Königin? Nein, dieses Risiko gehe ich nicht ein. Stirbt sie, dann werden wir als Giftmischerinnen lebendig verbrannt. Nein!"

Während sie berieten, waren Jolandas Schreie wieder lauter und schriller geworden und jetzt – endlich! – begannen die Schamlippen sich zu öffnen und der feuchte, dunkle Scheitel des Kindes erschien, brach durch und dabei blieb es zunächst. Nach einer kurzen Ruhepause traten die Presswehen ein und der Rumpf des Kindes glitt zusammen mit dem Fruchtwasser heraus. Dann kam die Nachgeburt und mit ihr das Blut, Jolandas Blut, und es strömte und strömte. Weder die Hebammen noch die Ärzte konnten dem Einhalt gebieten und mit dem Blut floss Jolandas Lebenskraft davon. Geisterbleich lag sie da, mit blutgetränkten Tüchern auf dem Leib und dann tat sie lächelnd den letzten Atemzug, gerade als draußen die Sonne aufging. Ja, sie lächelte, befreit, entspannt und glücklich, sich aus diesem trostlosen Leben davonstehlen zu können. Der Knabe aber war gesund, kräftig und gedieh prächtig. Nach dem schon länger geäußerten kaiserlichen Wunsch sollte er den Namen Konrad erhalten, bei einem Mädchen stellte er es in das Belieben der Mutter.

Anais war wie gelähmt. Mit allem hatte sie gerechnet, aber nicht damit. Jolandas Tod ließ sie als Hofdame und Gesellschafterin überflüssig werden. Sie befand sich in einem seltsamen Schwebezustand: einerseits über den Dingen, andererseits mit ihnen auf vielfältige Weise verhaftet. Sie war Jolandas Verwandte, sie war ihre Vertraute, sie war aber auch des Kaisers Geliebte gewesen, und nicht nur für eine Nacht – Vergangenheit, bitter und süß. Jetzt aber war sie nichts als eine heimat- und bindungslose Syrerin.

Der von Jolandas Sekretär verfassten Todesnachricht legte sie einen persönlichen Brief an den Kaiser bei.

„Dieser große Verlust trifft nicht nur Eure Majestät, sondern auch mich, die Verwandte und Vertraute der Königin. Da meine Aufgabe nun auf diese tragische Weise ein Ende gefunden hat, lege ich meine Zukunft in die Hände Eurer Majestät."

Anais hielt es für das Beste, alles dem Kaiser zu überlassen. Wenn ihr seine Zukunftspläne nicht gefielen, stand es ihr frei sie abzulehnen. Das durften die meisten anderen nicht, aber sie stammte aus adligem Haus und musste sich höchstens einem Familienrat fügen.

Als Giordano mit Bianca und seiner kleinen Truppe in Barletta eintraf, ging es hier anders zu als in jenem unseligen Sommer, da Brindisi überkochte und die Seuche wie ein schwarzer Todesengel die Menschen zu tausenden abwürgte. In der kühlen belebenden Frühlingsluft kamen keine schwarzen Gedanken auf und allein beim Anblick der Zeltstadt im Westen von Barletta hoben sich die Herzen. Das Adlerbanner wehte über dem brokatenen Purpurzelt des Kaisers. Auch die Grafen und Barone hatten sich nicht lumpen lassen, stolzierten in prunkenden Festkleidern durch die Stadt, bewundert von den Frauen, beneidet von den Männern. Einige freilich vermieden jedes Aufsehen und trugen das schmucklose Habit der Kreuzfahrer, begleitet von Söldnern, die demonstrativ die kreuzgeschmückte Fahne vor ihnen hertrugen.

Giordano ließ sofort einige Zelte errichten, darunter ein kleineres, nur für Bianca und ihre *serva* Anna gedacht. Gleich nach der Ankunft hatte er sich beim Kaiser melden lassen und wurde schon am nächsten Morgen zur Audienz befohlen.

In der Aufbruchstimmung des bevorstehenden Kreuzzuges verzichtete Friedrich auf jeden kaiserlichen Glanz, nur ein schmaler Goldreif mit kleinen Lorbeerblättern funkelte im rötlichen Haar und wies auf seinen hohen Rang hin. Bei Giordanos Anblick verdüsterten sich seine Züge und er fragte:

„Konnte Euer Bruder nicht kommen?"

„Nein, Majestät, es steht alles in diesem Schreiben ..."

Er streckte es dem Kaiser hin, doch sofort sprang ein Sekretär herbei und nahm es ihm ab. Friedrich dachte kurz nach und sagte dann:

„Es ist auch besser, das Haupt der Familie vertritt Unsere Interessen in Pisa – seid also willkommen, Giordano Lancia! Und Eure Schwester?"

„Bianca wartet in ihrem Zelt. Hat die Königin Jolanda schon ...?"

Friedrich schüttelte leicht den Kopf.

„Wir erwarten täglich eine Nachricht aus Melfi."

Am Abend lud der Kaiser zu einem Bankett, wozu ein großes Mannschaftszelt ausgeräumt und festlich geschmückt wurde. Es waren auch einige Damen geladen, doch man musste schon genau hinsehen, um ihre bunteren Kleider unter den meist dunklen Festroben der Herren auszumachen. Nur manche der Jüngeren trugen sich stutzerhaft mit überlangen Schnabelschuhen und prunkvoll verzierten Gürteln.

Der Kaiser saß an der Stirnseite einer kleinen Tafel, zusammen mit den Bischöfen Berardo von Palermo, Jacobo von Capua und einigen engen Vertrauten wie Hermann von Salza und Petrus de Vinea. Giordano und Bianca Lancia waren so postiert, dass er einen freien Blick auf sie hatte.

Bianca trug ein lindgrünes Übergewand mit langen Ärmeln und freien Schultern, das weit über die Knie fiel, während das seidene rotbraune Untergewand vom Hals bis zu den Füßen reichte. Die langen dunklen Haare waren aufgesteckt und durch ein schmales silbernes, mit kleinen Smaragden besetztes Band gehalten. Schon früher war ihr gesagt worden, dass die Höflichkeit es gebot, in Anwesenheit des Kaisers kein Gold zu tragen. Bianca blickte sich unauffällig um und musste feststellen, dass die anderen Damen sich nicht daran gehalten hatten.

Auch der Kaiser hatte sich festlich gekleidet, mit goldgesticktem weißen Untergewand – der Alba –, einem purpurnen, vorne offenen Umhang, dazu eine von den Schultern bis zu den Schuhen reichende helle Stola, bestickt mit kleinen goldenen Kreuzen. Das waren Teile eines geistlichen Gewandes, die der Kaiser zu festlichen Anlässen trug – tragen durfte, denn bei seiner Krönung hatte er auch die niedrigen Priesterweihen erhalten. Auf seinem rötlichen Haar funkelte die sogenannte Reisekrone, eine schmälere und leichtere Ausführung der prunkvollen Lilienkrone.

Der Anblick des Kaisers hatte Bianca in eine feierliche Stimmung versetzt; weder achtete sie darauf, was sie aß, noch darauf, was sie trank – alles schmeckte schal, essen erschien ihr jetzt als eine profane, ja ungehörige Tätigkeit. Jedes Mal, wenn Friedrich den Pokal hob, blickte er Bianca kurz an und seine feurigen Augen entfachten in ihrem Körper einen Brand, der ihr den Schweiß auf die Stirn und fiebrige Röte auf die Wangen trieb. Giordano bemerkte kaum etwas davon, das Gefühl seiner Wichtigkeit überschattete alles andere. Nun war er der Graf Lancia, der dem Imperator Truppen zugeführt, Treue geschworen und sich damit zum erlauchten Kreis des ghibellinischen Adels zählen durfte.

Am Ende des Banketts ließ der Kaiser ihm mitteilen, dass er vor der Nachtruhe noch einiges mit ihm und seiner Schwester zu bereden habe. Die Wachen würden sie beide auf das Kennwort Lancia einlassen.

Als Giordano seine Schwester zu ihrem Zelt brachte – Anna wartete schon am Eingang –, fragte er sie:

„Warum will der Kaiser dich sehen? Vermutlich geht es um den Kreuzzug und da verstehe ich nicht ..."

Bianca fiel ihm ins Wort.

„Was verstehst du nicht? Schließlich bin ich zu Königin Jolandas Hofdame bestellt und so werden es Familienangelegenheiten sein, die der Kaiser mit mir besprechen will."

„Reg dich nicht auf, Schwesterchen. Ich als dein Bruder habe das Recht, über all diese Dinge unterrichtet zu sein, damit wirst du dich abfinden müssen."

Zuhause hätte er nicht gewagt, mit Bianca in diesem Ton zu reden, aber hier vertrat er Galvano und war für seine Schwester verantwortlich.

Auf das Kennwort Lancia gaben die Wachen – finster blickende, baumlange Sarazenen – sofort den Weg frei.

Der Kaiser empfing sie stehend neben seinem mit Fuchsfellen bedeckten Feldstuhl.

Bianca sank in die Knie, Giordano verbeugte sich tief. Friedrich rief fröhlich:

„Nicht so förmlich, ihr beiden! Hier geht es nicht um Politik, sondern um Frauengeschichten, die Euch, Don Giordano, eigentlich nicht betreffen. Dennoch habe ich eine Frage an Euch. Da Euer Bruder Galvano die Interessen seiner Familie wie auch die meinen in Pisa aufs Beste vertritt, wäre es mir angenehm, wenn Ihr Euch dem Kreuzzug anschließt."

Giordanos Herz begann vor Freude zu hüpfen. Aus eigenen Stücken hätte er nicht gewagt, ohne die Zustimmung seines Bruders das Kreuz zu nehmen, und so beschloss er, die Worte des Kaisers als Befehl auszulegen.

„Von ganzem Herzen, Majestät! Was aber nun Bianca betrifft ..."

„Eure Schwester ist bei meiner Gemahlin in bester Hut, darauf habt Ihr mein Wort."

Giordano strahlte. „Ja, dann – dann ..."

„Dann würde ich sagen, Ihr geht in Euer Zelt zurück und ich werde mit Donna Bianca das Weitere besprechen."

Das war mit solchem Nachdruck gesagt, dass Giordano keine Gegenrede wagte, sich stumm verneigte und das Zelt verließ. Dass der Kaiser bei ihrem Gespräch nicht den Pluralis Majestatis anwandte, war ihm entgangen.

Friedrich wies lächelnd auf den Feldstuhl.

„Setzt Euch doch, Donna Bianca."

Sie bemerkte, dass der Kaiser jetzt das „Donna" gebrauchte, während er sie bei der ersten Begegnung mit Donzella – Fräulein – angeredet hatte.

„Aber ich kann doch nicht sitzen, wenn Ihr steht, Majestät."

„Dann setze ich mich auch."

Er nahm auf seinem Feldbett Platz. In ihm stieg ein Gefühl auf, als habe er eine Schlacht gewonnen. Er hatte nicht ernsthaft damit gerechnet, dass die Lancia ihre Schwester auf eine so weite Reise schicken würden – Ausflüchte hätten sich leicht gefunden. Aber nun war sie da und strahlte ihn mit ihren wunderschönen bernsteinfarbenen Augen an, als sei es ihr Herzenswunsch gewesen, ihn zu treffen.

Und so war es auch. Bianca fühlte sich am Ziel und von nun an würde der Kaiser über ihre Zukunft bestimmen. Schweigend schauten sich die beiden Menschen an und ihre Blicke prallten nicht aufeinander, sondern drangen tief in ihre Herzen und das war wie ein Einklang, ja wie eine Vereinigung, die der ihrer Körper vorausging.

Es drängte Friedrich zur Erinnerung – ja, genauso ist es bei Adelheid gewesen –, aber er wusste zugleich, dass dies ungehörig war. Bianca aber drängte es, zu sagen: Gut, dass ich bei meinem Keuschheitsgelübde die eine Ausnahme machte – die eine, auf die es ankommt. Doch sie schwieg.

Sie erhoben sich gleichzeitig, als folgten sie beide einer höheren Weisung. Friedrich ging zum Eingang, gab den Wachen einen halblauten Befehl in arabischer Sprache. Als er sich umwandte, hatte Bianca schon ihr grünes Oberkleid abgelegt, löste den Gürtel vom Untergewand und nun war Friedrich behilflich, die seitliche Verschnürung zu lösen. Dann schlüpfte er selber etwas ungeschickt aus seinen Kleidern, behielt aber wie sie den schmalen Lendenschurz an. Ihre Brüste mit den großen dunklen Warzen schauten ihn so auffordernd an, als wollten sie sagen – endlich, endlich ist es so weit, lange genug haben wir gewartet.

Sorgsam und ohne Hast löschte Friedrich alle Kerzen bis auf eine, die in der Zugluft leise flackerte, sich dann wieder aufrichtete und beim nächsten Windhauch wieder zu tanzen begann. Eng umschlungen sanken sie aufs Bett und Bianca flüsterte:

„Jetzt weiß ich, worauf ich die ganze Zeit gewartet habe."

„Mir ging es nicht anders, aber ich versuchte, die unzüchtigen Gedanken beiseitezuschieben. Ein Kaiser vergreift sich nicht an den Töchtern seiner treuesten Vasallen, hatte ich mir vorgehalten, aber das Verlangen war da, war stärker, und so habe ich gewagt, dich auf diese weite Reise ..."

„Das Ziel hat mir die Reise verkürzt ..."

„Ich war das Ziel?"

„Wer sonst?"

Dann begannen sie ihre Körper zu erkunden, ohne Hast, doch mit steigender Erregung. Für Friedrich war das nichts Neues, aber Bianca spürte, wie jeder Teil ihres Körpers erwachte, wie Lippen, Brüste, Schultern, Bauch und Schenkel ein Eigenleben gewannen, Signale aussandten. Wohin? Alles bündelte sich in ihrem Schoß, der so feucht wurde, dass Bianca erschrak. Ihre Tage konnten es nicht sein, das war vor einer Woche gewesen. Friedrich aber spürte ihre Erregung, ihre Bereitschaft, pochte behutsam an das Tor, fand es offen und trat langsam ein.

Das ist es also! Etwas in Bianca begann zu singen und zu klingen und sie klammerte sich wie eine Ertrinkende an Friedrichs Schultern, ihre Nägel drangen in sein Fleisch, doch er spürte nichts – spürte nur sie, ihre Bereitschaft, ihre Hingabe, ihr Glück. Ja, das Glück umgab sie wie eine Aura, war sichtbar, fast greifbar.

Gegen Morgen fragte sie ihn: „Hast du jetzt ein Kind gezeugt?“

Friedrich lachte leise. „Ich kann dir aus Erfahrung sagen, dass dies sehr wahrscheinlich ist. Möchtest du es?“

„Ja, mein Falke, das wünsche ich mir.“ Sie hatte es auf Deutsch gesagt, denn alles sollte er auch nicht wissen.

„Du nennst mich einen Falken?“ Er fragte es auf Deutsch zurück.

Erstaunt richtete sie sich auf. „Du verstehst Deutsch?“

Er lachte, doch diesmal laut und unbekümmert. „Warum wohl? Weißt du nicht, dass ich auch deutscher König bin?“

„Und römischer Kaiser, dazu König von Sizilien und Jerusalem …“

„Hier im Bett mit dir bin ich nur Federico oder Friedrich oder ein *falco*, wie du mich nanntest. Das gefällt mir …“

„Falcone würde besser passen – großer Falke.“

„Dein Falke – für die Welt bin ich ein Adler, den du auf meinen Münzen, Fahnen und Siegeln findest.“

Bei Morgengrauen liebten sie sich zum letzten Mal und dann musste Bianca herzlich lachen. Friedrich stutzte.

„Lachst du mich aus?“

„Nein, ich musste nur daran denken, was meine Amme Berta über den *concubito* gesagt hat.“

„Sage es mir.“

„Sie hat viel darüber gesagt, aber ich kann es in einem Satz zusammenfassen. Sie hielt den Beischlaf für ein notwendiges Übel, der anscheinend nur den Männern Vergnügen bereitet.“

„Da hat sie nicht ganz Unrecht und so müssen wir uns fragen, woran es liegt. Gott oder die Natur haben dafür gesorgt, dass beide Geschlechter an der körperlichen Vereinigung ihr Vergnügen finden. Wäre es nicht so, gäbe es längst keine Menschen mehr oder es hätte nie welche gegeben. Wenn es nun häufig so ist, wie deine Amme sagte, dann tragen beide die Schuld daran, Mann wie Frau, doch bei euch ist sie geringer. Die Mädchen werden von den Müttern, denen es meist nicht anders erging, schon in dem Bewusstsein erzogen, dass der Beischlaf eine eheliche Pflicht ist und nicht unbedingt eine freudige. Die Männer aber, von ihren Vätern geleitet, stoßen sich bei Huren und hörigen Mädchen die Hörner ab, ohne dabei die Liebeskunst zu erlernen. Wenn sie dann heiraten, werden sie ihre Gemahlinnen zwar nicht wie Huren oder Hörige behandeln, aber der Vorgang bleibt der gleiche: Sie rammeln sich den Samen aus dem Leib und die armen und meist sehr jungen Ehefrauen sind froh, wenn der Mann sich danach umdreht und einschläft."

Er wollte weiterreden, doch Bianca küsste ihn auf den Mund und fragte dann schnell:

„Warum gibst du den Männern die größere Schuld? Sie sind doch auch nur Opfer einer falschen Erziehung."

„Weil sie freier sind als die Frauen und sich kundig machen können. Ich habe es auch getan!"

Über dem Bett war eine schmale Stoffklappe, die Friedrich jetzt zurückschlug.

„Es dämmert schon, ich glaube, du musst zurück."

„Was werde ich meinem Bruder sagen? Ihm wird es nicht entgangen sein, dass ich hiergeblieben bin."

„Wenn er dich zur Rede stellt, schicke ihn zu mir."

„Schenkst du mir noch eine halbe Stunde? Ich hätte zu gern gewusst, auf welche Weise du dich kundig gemacht hast."

Friedrich wusste, dass er längst hätte aufstehen müssen, wusste, dass ein halbes Dutzend Sekretäre ihn erwarteten, wusste, dass seine Freunde Salza und Vinea ungeduldig auf ihre Sanduhren starrten – all dies war ihm bewusst und dennoch nickte er.

„Also gut. Ich lebte in Palermo, war gerade zwölf geworden. Seit vier Jahren durfte ich mich König von Sizilien nennen, doch für den Vollwaisen herrschte ein Regentschaftsrat, der froh war, wenn ich ihn nicht behelligte, und mich tun ließ, was ich wollte. Damals verkehrte ich häufig im Haus eines sarazenischen Kaufmanns, der mich seine Sprache lehrte und noch so manches andere. Er nahm sich des vater- und mutterlosen Kindes an und als er sah, dass ich mannbar geworden war, nahm er mich beiseite und fragte, ob ich schon Erfahrungen mit Frauen hätte. Viel gab es da nicht, ein paar Hürchen hatten versucht, mich in ihre Fänge zu ziehen, denn ihnen war wohl bewusst, dass ich in zwei Jahren mündig war und dann mein Szepter über Sizilien schwingen würde. Das sei nicht der Rede wert, meinte der Kaufmann und begann, mich aufzuklären. Der Kernpunkt seiner Lehre über die Frauen war: Vergnügen wirst du bei jeder finden und du kannst sie besteigen wie der Hengst die Stute, bespringen wie der Hund die Hündin. Aber wir sind Menschen und der Verstand muss uns sagen, dass wir mehr daraus machen können. Präge dir eines besonders ein: Vergnügen findest du bei jeder, aber sorge dafür, dass auch sie daran teilhat. Je geschickter du dich anstellst, je mehr wird sie dir zurückgeben und dann wird aus einer Rammelei von zehn Minuten eine subtile Kunst, die sich über Stunden hinziehen kann. Dann gab er mich in die Hände einer schon älteren Haremsdienerin, die mich lehrte, was mir fehlte."

Friedrich schwieg und richtete sich auf.

„Ja – und was weiter?"

Er lächelte. „Nichts weiter! Wärst du mein Sohn, würde ich jetzt weiterreden, aber zum Glück bist du es nicht, doch werde ich mich bemühen, die Lehre des Kaufmanns auf dich anzuwenden."

Er sprang aus dem Bett und schlüpfte schnell in seine Kleider.

„Warte hier und nimm inzwischen ein Bad."

Sie nickte und zog die Felldecke bis zum Kinn.

Es dauerte nicht lange, dann trat eine fremdartig gekleidete, dunkelhäutige Frau ein, begleitet von zwei halbwüchsigen Mädchen mit Eimern in der Hand. Sie lächelte, verbeugte sich mehrmals, deutete mit dem Finger auf sich und sagte mit dunkler Stimme:

„Safia! Safia! Salam aleikum!"

„Ja, gut, ich heiße Bianca ..."

Sie nickte mehrmals und wiederholte: „Bianca, Bianca."

Dann gab sie mit Gesten zu verstehen, dass sie ihr Lager verlassen solle, um – sie nahm einen Schwamm aus dem Eimer und fuhr sich über das Gesicht. Bianca verstand. Nackt wie sie war, stieg sie aus dem Bett und Safia rieb sie am ganzen Körper mit dem in lauwarmes Duftwasser getauchten Schwamm ab, sparte auch das dunkel behaarte Dreieck nicht aus und entfernte an den Oberschenkeln etwas eingetrocknetes Blut.

„Sangue", murmelte sie, *„poco sangue ..."*

Bianca nahm es zur Kenntnis, wusste auch von Berta, dass beim ersten Mal ein wenig Blut floss, unter Schmerzen. Sie hatte keinen Schmerz verspürt ...

Am Ende trocknete Safia sie gründlich ab, half ihr in die Kleider und winkte sie zum Ausgang. Dort warteten zwei Sarazenen, lächelten grimmig und brachten Bianca zu ihrem Zelt. Sogleich kam ein Capitano von Giordanos Leuten herbei und stieß hervor:

„Don Giordano hat Euch schon gesucht, Ihr sollt sofort in sein Zelt kommen!“

Bianca schüttelte den Kopf.

„Er soll sich zu mir bemühen – sagt ihm das!“

Eine solche Unbotmäßigkeit verschlug dem Capitano die Sprache. Als er sie wiederfand, war Bianca schon in ihrem Zelt verschwunden. Anna lag verheult in ihrem Bett und schreckte sofort auf.

„Seid Ihr's, Donna Bianca?“

„Wer sonst – was ist geschehen?“

„Ich habe auf Euch gewartet und gewartet und dann wurde es tiefe Nacht und ich bin zu Don Giordano gegangen. Der wusste zwar, wo Ihr seid, konnte sich aber Euer langes Ausbleiben nicht erklären. Dann wurde er zorniger und zorniger, hat laut herumgeschimpft und ist schließlich zum Zelt des Kaisers gelaufen.“

Anna schluchzte tief auf und Bianca dachte: Dort haben sie ihn gleich wieder weggeschickt.

„Als er zurückkam, sagte er kein Wort und so ging ich schlafen.“

„Gut, Anna. Ich erwarte hier meinen Bruder und sobald er eintritt, gehst du hinaus, verstanden?“

Ihre Antwort ging in dem Gebrüll unter, das Giordano ausstieß, als er hereinstürmte.

„Wie hast du dir das gedacht? Kaum bist du mit dem Kaiser allein, springst du in sein Bett! Du bist die Schande unserer Familie und mir bleibt nichts anderes übrig, als dich sofort in ein Kloster zu stecken, in ein möglichst strenges, wo man dich Zucht und Sitte lehrt. Wo doch jeder weiß, dass dieser – dieser Kaiser hinter den Frauen her ist wie ein geiler Bock! Aber ich werde dich lehren ...“

„Du wirst gar nichts!“

Ihre sonst eher dunkle Stimme klang hell und messerscharf. Zugleich aber wusste sie, dass Giordano als verantwortlicher Bruder so reden musste.

„Was ich tat, habe ich gerne getan – ja, ich musste es tun, aber das verstehst du nicht. Im Übrigen wird der Kaiser dich zu einem Gespräch bitten.“

Giordanos hübsches, jugendfrisches Gesicht mit der kecken Nase und dem festen Kinn war zorngerötet, sein Mund verzerrt, sodass die Zähne freilagen und es aussah, als wolle er zubeißen.

„So, Seine Majestät will mich sprechen? Ja, das kann er haben und was ich ihm sagen werde, wird ihm nicht gefallen.“

„Warte eine Stunde, bis du dich beruhigt hast. Du bist des Kaisers Untertan und ihm Respekt schuldig. Und vergiss niemals, was ich dir jetzt sage: Der Kaiser hat mich zu nichts gezwungen, alles geschah freiwillig und in Liebe. Er hat mir keine Belohnung versprochen, weder habe ich eine verlangt noch erwartet. Also beruhige dich und lasse deinen Zorn draußen, wenn du vor den Kaiser hintrittst.“

Giordano sagte nichts mehr, schüttelte nur heftig den Kopf und lief hinaus. Es dauerte nicht lange und Anna kam wieder herein – man müsste sagen, schlich herein. Sie ging auf Zehenspitzen und tat alles, um kein Geräusch zu erzeugen. Bianca wandte sich um.

„Ja, Anna, da wird sich einiges ändern, glaube ich.“

„Was ist eigentlich los? Ich verstehe das alles nicht ...“

„Ich werde es dir erklären, aber nicht jetzt.“

Giordanos Zorn hatte einer tiefen Niedergeschlagenheit Platz gemacht. Er schämte sich, Bianca nicht besser gehütet zu haben, gab sich die Schuld an ihrem „Fall“. Es war nicht seine Art, Probleme analytisch zu zergliedern, in seiner jähen Art neigte er eher zu Gewaltlösungen, wusste aber aus Erfahrung, dass ihn dies nicht immer zum Ziel, sondern eher davon abbrachte. Zudem war jetzt der Kaiser mit im Spiel und da hieß es, behutsam vorzugehen. Aber wie? Was tun? Abwarten! Der Kaiser wollte ihn ja schließlich sprechen.

Das tat dieser dann auch, aber erst zwei Tage später und nicht nur wegen Bianca. Am Abend zuvor war der Bote aus Melfi eingetroffen und hatte die traurige Nachricht überbracht. Dass es eine solche war, sahen die vor dem kaiserlichen Zelt Versammelten an der auf Halbmast gesetzten Adlerfahne.

Das Wetter hatte umgeschlagen, ein lauer Südwind fuhr in heftigen Stößen in die Zeltplanen, blähte sie auf, dann schien er Atem zu holen und blies wieder mit neuer Kraft. Der Himmel hatte sich mit Dunst überzogen, die Sonne schaute fahl und blässlich auf die versammelten Menschen hinab.

Als der Kaiser erschien, verstummten die halblauten Gespräche und gegen seine sonstige Gewohnheit ergriff er selber das Wort.

„Gott dem Herrn hat es gefallen, die Königin Jolanda von der Erde abzuberufen, nachdem sie ihr Kind, einen Knaben, geboren hatte. Der Prinz soll Konrad heißen und steht in der Thronfolge an zweiter Stelle, aber dazu nach den Ostertagen mehr. Wir werden dann Unsere Verfügungen für die Zeit Unserer Abwesenheit treffen. Am kommenden Sonntag sind die Herren aufgerufen, an dem Requiem für die verstorbene Königin im Dom teilzunehmen."

Der Kaiser hob die Hand zum Gruß und ging in sein Zelt zurück. Giordano verharrte unschlüssig auf seinem Platz und wollte schon zurückgehen, als ihn ein kaiserlicher Sekretär ansprach.

„Don Giordano Lancia? Ja? Haltet Euch heute Abend zu einer Besprechung mit Seiner Majestät bereit."

Als er dann noch vor Sonnenuntergang abgeholt wurde, war seine Niedergeschlagenheit, die den Zorn abgelöst hatte, zur Ratlosigkeit geworden. Wie sollte er, der kleine Vasall, dem allmächtigen Imperator gegenübertreten? Enttäuscht, zornig, fordernd, gekränkt, kompromissbereit? Er wusste es nicht.

Friedrich empfing ihn sitzend, neben ihm stand der bärtige Petrus de Vinea, Großhofrichter und enger Vertrauter des Kaisers. Verglichen mit seinem Herrn wirkte er wie ein Greis, dabei war er nur fünf Jahre älter.

„Seid gegrüßt, Graf Lancia. Machen wir es kurz: Eure Schwester Bianca und Wir haben uns in Liebe verbunden. Ihre ursprünglich vorgesehene Aufgabe, Unserer Gemahlin als Hofdame zu dienen, ist nun auf tragische Weise beendet, noch ehe sie begonnen hat. Ins Heilige Land kann sie Uns nicht begleiten, und ohne Euch möchten Wir sie nicht zurückreisen lassen, aber das ist ohnehin nur eine theoretische Möglichkeit. Wir sind ihr auf eine Weise verbunden, die Euch vielleicht unbegreiflich erscheint, weil alles so schnell geschehen ist. Seid aber versichert, dass Unsere Verbundenheit sich zwar hier befestigt und bestätigt, aber schon in Cremona begonnen hat.

Nun zum Wesentlichen und Maestro Petrus ist hier, um Unseren Entschluss zu bezeugen: Erstens möchten Wir Uns von Donna Bianca niemals mehr trennen und zweitens sind Wir gesonnen, sie zu gegebener Zeit vor Gott zu Unserer Gemahlin zu erheben. Auch wenn dies erst in einem Jahr oder noch später geschehen wird –

seid versichert, Conte Lancia, es wird geschehen, darauf habt Ihr Unser kaiserliches Wort. Wenn Wir vorhin sagten ‚vor Gott', so heißt das nicht vor aller Welt. Es wird zwar ein Dokument geben, doch es muss geheim bleiben. Gebt das so an Euren Bruder Galvano weiter."

Der Kaiser wandte sich zum Großhofrichter und forderte ihn mit einer Geste zum Sprechen auf.

„Als Zeuge Seiner Majestät stehe ich hier und wiederhole: Der Kaiser und König Fridericus hat Euch, Graf Lancia, sein Wort gegeben, Eure Schwester Bianca zu gegebener Zeit vor Gott zu ehelichen, darüber wird ein geheimes Dokument ausgefertigt. Die aus dieser Verbindung entsprossenen Kinder werden sich damit legitimieren können."

Als Giordano den Kaiser im Pluralis Majestatis reden hörte, wusste er, dass jedes seiner Worte fest wie ein Felsen stand – unverrückbar und nur durch Gott oder den Kaiser selbst zu verändern. So verneigte er sich und sagte:

„Ich werde den hochherzigen Entschluss Eurer Majestät meinem Bruder, dem Grafen Galvano Lancia, übermitteln."

„Tut das, Don Giordano."

Der Kaiser hob die Hand, als gebe er ein Zeichen und Bianca trat aus dem Hintergrund des Zeltes ans Licht der drei fünfarmigen Leuchter. Friedrich lächelte.

„Es wäre nicht gerecht, über das Schicksal eines freien Menschen zu bestimmen – ohne sein Wissen. Donna Bianca, Ihr habt jedes Wort gehört, das nach dem Erscheinen Eures Bruders gesprochen wurde?"

„Ja, das habe ich."

„Und Ihr seid mit allem einverstanden?"

„Das bin ich, doch mir läge auch an Don Galvanos Zustimmung. Er ist das Oberhaupt unserer Familie."

Der Kaiser nickte. „Wir werden ihm eine Botschaft senden."

Als die Herren gegangen waren, schaute Friedrich seine Geliebte nachdenklich an.

„Ich habe es nachgerechnet und sehe es als Zufall, aber seltsam ist es doch. Die Königin Jolanda ist am Morgen des Tages gestorben, da wir die Nacht – die Nacht ..."

Friedrich schüttelte den Kopf, als könne er es noch immer nicht glauben.

„Am Morgen nach unserer Liebesnacht?"

„Ja, Bianca. Jolanda war nicht für das Irdische geschaffen, jetzt ist sie Königin im himmlischen Jerusalem." Er lächelte bei dieser Bemerkung und fügte hinzu: „Nun, da mir der dritte Sohn geboren wurde, erhoffe ich mir von dir eine Tochter."

„Ich werde mir Mühe geben."

Er umarmte und küsste sie.

„Jetzt würde ich mir fast wünschen, es gäbe für diesen – diesen unseligen Kreuzzug ein neues Hindernis."

„Dann nimm mich doch mit!"

„Nichts würde ich lieber tun, aber da sind zu viele Fragen offen. Ich weiß nicht, was mich dort erwartet. Das ganze Unternehmen ist ein Wagnis mit ungewissem Ausgang. Gibt es Kämpfe oder nicht? Wird der Papst seine Meinung ändern? Lässt sich der Sultan Malik auf Verhandlungen ein? Es ist wie ein Ritt in den Nebel, bei dem man nicht weiß: Geht es in den Abgrund? Stürze ich ins Wasser oder gelange ich auf festen Grund?"

„Warum ist der Papst nun plötzlich dagegen, wo er die Zeit vorher so eifrig dafür war?"

„Weil dieser unheilige Vater mich vernichten will. Er nennt diese Unternehmung ein Teufelswerk, das ich ohne Buße und Absolution verrichte, und so kann es nur übel ausgehen. Doch das entspricht ja seinen Absichten, denn er will, dass alles Unheil dieser Welt über mich kommt."

Friedrichs beherrschtem Gesicht war nicht anzusehen, ob ihn dies kränkte, erzürnte oder ratlos machte.

„Das ist nicht christlich gedacht", wandte Bianca ein.

Der Kaiser nickte. „Nein, gewiss nicht und ich bezweifle sehr, ob der Heilige Geist den Sinn der Kardinäle bei seiner Wahl geleitet hat. Ich denke dabei eher an satanische Irreführung." Er machte eine abschätzige Geste. „Das Böse ist in der Welt und liebt es, seine Macht zu zeigen."

„Und du verkörperst das Gute?"

„Nein, das wäre zu einfach. Es hat vor mir Gesetze gegeben und ich habe neue geschaffen, zum Wohl meines Volkes. Diesem Gesetzeswerk sind alle verpflichtet und wer es missachtet, stellt sich außerhalb der Menschengemeinschaft und muss vor den Richter."

Friedrich blieb bis Mitte Juni in Barletta und sie sahen sich täglich. Inzwischen wusste Bianca, dass sie schwanger war, und als sie es Friedrich mitteilte, freute er sich wie ein Kind.

„Ein schöneres Abschiedsgeschenk hättest du mir nicht machen können! Aber sieh zu, dass es ein Mädchen wird, Söhne habe ich genug. Ein Mädchen, das dir gleicht! Ach, Bianca, warum sind wir uns nicht früher begegnet?"

Sie lächelte. „Aber das sind wir doch – hast du Cremona vergessen?"

„Ja, aber da warst du noch ein Kind."

„Zum Leidwesen Bertas, meiner Ziehmutter. Dein Anblick hat mich dann zur Frau gemacht."

Er wusste sofort, was sie meinte. „Der Blutfleck auf dem Hocker?"

„Ja, es war das erste Mal und du hast es ausgelöst."

„Wir sind füreinander bestimmt ..."

„Ich wusste das von Anfang an. Als Don Bartolomeo, mein Großvater, mir von der Herkunft unseres Geschlechts erzählte, nannte er zwei Möglichkeiten, von denen mir die eine weit besser gefiel. Danach war Sir Lancelot, Ritter der Tafelrunde des Königs Artus, der sagenhafte Begründer unseres Geschlechts. Als dann Galvano von seiner römischen Reise zurückkam und dein Aussehen schilderte, verwuchs Lancelot mit dir zu einer Gestalt und ich kannte von da an nur ein Ziel, nämlich dir zu begegnen."

Über Friedrichs Gesicht flog ein heller Schein. „Habe ich dann deinen Vorstellungen entsprochen?"

„Mir war, als seist du der Artussage entstiegen, und zugleich wusste ich, dass Gott uns füreinander bestimmt hatte."

„Und ich ahnte es. So kurz damals unser Treffen war, dein Bild hat sich unauslöschlich eingebrannt und das war dann auch der Grund, dass ich dich kommen ließ. Allerdings hatte ich damit gerechnet, dass Don Galvano es ablehnen würde, und ich hätte es hinnehmen müssen. Auch ein kaiserlicher Wunsch muss sich dem Familienrat unterordnen, wenn es sich um persönliche Dinge handelt."

„Es fiel Galvano nicht leicht, mich ziehen zu lassen, aber der Gedanke, ich würde Hofdame der Königin sein, schien ihm dann doch so verlockend, dass er zustimmte. Wäre ich es geworden, wenn Jolanda überlebt hätte?"

Friedrich runzelte die Stirn und tat, als denke er angestrengt nach. „Das ist schwer zu sagen ..."

Sie drohte scherzhaft mit dem Finger. „Es ist leicht zu sagen, doch es fällt dir nur schwer."

Da musste er lachen. „Nein, es fällt mir überhaupt nicht schwer und so sollst du wissen, dass ich es von deinem Verhalten abhängig gemacht hätte. Wären wir, aus welchen Gründen auch immer, kein Paar geworden, dann hätte ich mein Versprechen eingelöst, aber so ..."

Er redete nicht weiter. Bianca ergänzte: „Aber so ist es besser, nicht wahr?"

„Für uns beide, ja. Übrigens hätte Jolanda Anais, ihre Verwandte aus Syrien, wieder als Gesellschafterin gehabt."

„Was heißt wieder?"

„Du wusstest nichts davon?"

„Woher denn auch?"

„Da Jolanda bei ihrer Ankunft wirklich noch ein Kind war, habe ich mir ihre Base ins Bett geholt."

Bianca blieb unbeeindruckt. „Habt ihr viel Spaß gehabt?"

„Ja, Spaß schon, aber der beschränkte sich auf die unteren Regionen, das Herz blieb unberührt.

„Auch bei ihr?"

„Da bin ich mir nicht so sicher."

Nach diesem Gespräch tat der Kaiser, was er längst hätte tun sollen – er beantwortete den Brief seiner früheren Geliebten.

„Anais, ich sehe in Italien keine Zukunft mehr für Euch. Der gesamte syrische Hofstaat meiner verstorbenen Gemahlin – soweit es die Frauen betrifft – wird mit mir in Eure Heimat zurückkehren und so halte ich es für besser, Euch wieder in den Schoß Eurer Familie zurückzuführen. Für Eure Dienste bei Königin Jolanda werde ich Euch eine Art *dota* aushändigen und sie wird es Euch ermöglichen, einen Mann Eurer Wahl und Eures Standes zu ehelichen. In der letzten Juniwoche werde ich von Brindisi zum Kreuzzug aufbrechen und bis dahin erwarte ich Euch und das syrische Gefolge meiner verewigten Gemahlin."

Anais hatte keine andere Antwort erwartet, doch dem Brief war eine *canzone* beigegeben, die ihr Tränen in die Augen trieb. Ihr anfänglich dürftiges Italienisch war inzwischen so gut geworden, dass sie jedes Wort verstand.

Das mehrstrophige Lied endete mit den Worten:

Zur Blume aus dem Syrerland
mein Lied den Gang nun lenke
und sag ihr, die mein Herz gebannt
dass sie in Lieb und Wehmut
dann meiner noch gedenke.

10

Beim Abschied in Barletta zeigte sich, wie ähnlich sie sich waren, Bianca und Friedrich. Da gab es kein Schluchzen und Seufzen, keine tragischen Gesten und dramatischen Abschiedsworte, sondern ein letztes Gespräch, das ganz auf die Zukunft bezogen war.

Die Junisonne zeigte ihre volle Kraft und ihr heißer Atem erwärmte den über das Meer von Osten heranstreichenden Wind. So hatte Friedrich den Wachen befohlen, den Zelteingang weit zu öffnen. Sie saßen im Schatten, hatten aber einen freien Blick nach draußen, wo in respektvollem Abstand Bewaffnete hin und her liefen oder Pferde am Zügel führten. Die sarazenischen Wachen hatten sich so weit zurückgezogen, dass ihr Anblick den Kaiser und seine Geliebte nicht störte. Friedrich wiederholte mit anderen Worten, was er schon einmal gesagt hatte.

„Ich könnte dir jetzt versichern, dass diese Kreuzfahrt ein Kinderspiel ist, dass wir in wenigen Wochen Klarheit schaffen werden, dass meine Truppen die des Sultans besiegen und wir uns spätestens im Herbst dieses Jahres wiedersehen werden, auf jeden Fall noch vor der Geburt - meiner Tochter?“ Er lächelte und blickte sie fragend an.

Bianca hob beide Hände und ließ sie wieder sinken.

„Ich weiß so wenig wie du, nichts über Ausgang und Dauer des Kreuzzugs, nichts über unser Kind. Aber sei versichert, dass mir die Zeit kurz erscheinen wird, weil die Tage und Wochen nichts sind ohne dich. Und was nichts ist, existiert nicht ...“

Friedrich beugte sich vor, nahm ihre Hand und küsste sie lange.

„Ich möchte, dass du nach Melfi gehst und dort unser Kind zur Welt bringst. Auch dir wird es dort gefallen. Das Kastell steht auf einer Anhöhe, von dort hast du einen weiten Blick ins Land, da lässt es sich frei atmen. Schon jetzt freue ich mich auf meine Rückkehr, auf unser Wiedersehen ...“

Die syrischen Damen waren pünktlich zur Stelle, doch die Abfahrt musste widriger Winde wegen auf die letzten Junitage verschoben werden. Der Kaiser hatte überlegt, ob er Anais persönlich begrüßen sollte, sich aber dagegen entschieden. Es gab keine Begegnung mehr, denn die Flotte von vierzig Galeeren teilte sich vor Zypern, wo Friedrich anhielt, während zehn seiner Schiffe nach Akkon weiterfuhren, darunter jenes mit den syrischen Damen.

Während der ganzen Überfahrt hatten die anderen Abstand zu Anais gehalten, weil niemand wusste, ob sie den Kaiser begleiten oder nur zu ihrer Familie zurückkehren würde. Anais war das ganz recht, sie hatte keine Lust, die Neugier der anderen zu befriedigen, irgendetwas erklären oder sich gar rechtfertigen zu müssen. Es ist schon seltsam, dachte sie, da fährt Friedrich auf seinem Schiff in Sichtweite zu dem unsrigen und doch scheint es mir, als sei er hunderte von Meilen entfernt. Meilen? Nein, er ist weltenweit entfernt und – sie griff in ihr Brusttuch – da ist sein Abschiedslied, eigenhändig geschrieben. Ist auch nicht von Anais die Rede, dann geht es doch um „die Blume aus dem Syrerland" und das kann nur ich sein, denn sonst gab es keine Geliebte aus Syrien. Längst brauchte sie nicht mehr auf den Papyrus zu schauen, denn jedes Wort war unauslöschlich in ihr Gedächtnis gegraben. Fiel sie Trauer an, dann flüsterte sie den Anfang des Liedes, der zwar von Leid sprach, sie aber dennoch fröhlich stimmte.

Weh mir, denn ich vermag es nicht zu fassen,
Dass es mir brächte solche Herzensnot,
Von meiner Herrin Abschied zu erbitten,
Denn kaum, dass meine Süße ich verlassen,
Da schien mir wünschenswert nur noch der Tod.

Da war er ihr dann wieder ganz nah, doch diese Nähe bezog sich auf die drei gemeinsamen Jahre, davor und danach war er der weltenweit entfernte Imperator, Herr des christlichen Abendlandes, ein Monument, zu dem die Völker aufblickten.

Als die Kreuzfahrer in Akkon landeten, war es schon September geworden, doch der Empfang des Langersehnten war überwältigend. Lang ersehnt deshalb, weil der Rest des einstigen Königreichs

Jerusalem um seine Existenz bangte. Dass Sultan Malik sich diesen Rest einverleiben wollte, war jedem bewusst.

Zunächst sah es so aus, als sei der Bannspruch des Papstes nicht bis hierher gedrungen. Die Führer der verfeindeten Orden der Templer, Deutschritter und Johanniter küssten einträchtig dem Kaiser die Hand; auch der Patriarch von Jerusalem mit seinen Bischöfen huldigte ihm. Friedrich ließ es sich gefallen, doch sein Misstrauen blieb und bald zeigte sich, dass es berechtigt war. Aus Rom kam ein Breve des Papstes, das dem Kaiser das Recht absprach, christliche Ritter anzuführen. Sofort nahmen die Templer und Johanniter wie auch der Patriarch von Jerusalem eine feindliche Haltung ein, während der Deutsche Orden, geführt von Hermann von Salza, fest zum Kaiser stand. Das galt auch für seine eigenen Truppen sowie die Einheiten der Pisaner und Genuesen. Das waren freilich insgesamt nur fünfzehnhundert Berittene und etwa zehntausend Mann Fußvolk und damit waren sie der gewaltigen Heeresmacht des Sultans weit unterlegen.

Zu seinen Vertrauten sprach Friedrich ganz offen darüber, dass eine militärische Auseinandersetzung so unklug wie sinnlos sei und er auf Verhandlungen setze.

„Wenn wir dadurch nichts erreichen, können wir den Kreuzzug als verloren betrachten und der Papst wird doppelt triumphieren: Einem Gebannten und Unbußfertigen gebühre die Strafe Gottes und dies sei nun geschehen. Aber so wird es nicht kommen!“

Dass Kaiser Friedrich nicht nur eine sarazenische Leibwache mit sich führte, sondern auch ein Teil seiner Truppe aus Muselmanen bestand, blieb nicht ohne Eindruck auf den Sultan, dem auch noch berichtet wurde, dass der Kaiser fließend Arabisch sprach. Sie wechselten freundschaftliche Briefe, aber es zog sich hin. Unterdessen ließ Friedrich die syrischen Festungen verstärken und ein Dutzend neue errichten.

Die beiden Herrscher sollten sich niemals persönlich begegnen, doch Malik ließ seinen Vertrauten, den Emir Fahr-ed-Din die Gespräche führen, dem es nach fünfmonatigen zähen Verhandlungen endlich gelang, einen für beide zufriedenstellenden Vertrag auszuhandeln. Der beinhaltete einen zehnjährigen Waffenstillstand, die Überlassung Jerusalems mit Ausnahme der den Muselmanen heiligen Stätten und den freien Zugang der christlichen Pilger. Außerdem wurden Bethlehem und Nazareth sowie alle

Küstenorte von Sidon bis Jaffa dem Königreich Jerusalem angegliedert.

Das war mehr, als Friedrich erwartet hatte, doch für die muselmanische Bevölkerung zu viel. Es gab Proteste und Aufstände und die Mullahs von Jerusalem riefen zu Trauergebeten auf. Der Sultan ließ sich nicht beirren und begründete seine Entscheidung damit, dass ihm der Friede mit den Christen mehr wert sei als ein paar Meilen Land.

Die Kreuzfahrer triumphierten, doch das Verhalten der Papsttreuen wurde zunehmend feindlicher, sodass die Templer und Johanniter es ablehnten, mit dem Kaiser in Jerusalem einzuziehen. Der Patriarch Gerold von Jerusalem überschlug sich fast vor Hass und Empörung. Den Friedensvertrag bezeichnete er als ein unsinniges Verbrechen und bezichtigte Friedrich der Falschheit, Niederträchtigkeit und Betrügerei, sein Verhalten als tückisch und verlogen. Dem gebannten Kaiser verbot er, die Stadt zu betreten, und warnte die christlichen Pilger davor, sich dem Kaiser anzuschließen.

Friedrich bedauerte diese Entwicklung, doch er dachte keinen Augenblick daran, seine Pläne zu ändern. Zwar konnte er nicht damit rechnen, dass die Tempelritter, die Johanniter und papsttreue Prälaten ihn begleiteten, doch an seiner Seite waren immerhin die Deutschordensritter, die Erzbischöfe von Palermo und Capua und natürlich die kaiserlichen Würdenträger, an der Spitze Hermann von Salza und Petrus de Vinea.

Die Grabeskirche platzte fast unter dem Ansturm der Pilger, die den Kaiser anstaunten, als er sich die hereingebrachte Krone selber aufsetzte. Er empfand dabei weder Reue noch Bedauern, dachte plötzlich an Bianca und flüsterte tonlos die Worte: Das hättest du sehen müssen, das hättest du sehen müssen – ja, Geliebte, wenn diese päpstlichen Lobhudler es nicht wagen, dann muss ich es selber tun. Und ich hab's getan! Du hättest mich sehen sollen ...

Viele der Anwesenden wussten, dass es diesen Akt in christlichen Ländern noch niemals gegeben hatte. Nur Gott konnte durch seine geweihten Diener eine Krone verleihen, und noch dazu die heilige Krone von Jerusalem!

Danach versuchte Friedrich den Versammelten sein Handeln begreiflich zu machen und hielt, was er höchst selten tat, eine kurze Rede. Er berief sich auf sein Kreuzzugsgelübde und betonte nachdrücklich, dass nur mit Gottes Zustimmung und Hilfe ein derart überragender und noch dazu kampfloser Sieg möglich war. Dem Papst versicherte er seine unwandelbare Treue zur Kirche und seinen festen Willen zur Versöhnung.

Noch während Friedrich in Jerusalem weilte, erreichte ihn eine durch die Winterstürme verspätete Botschaft: Bianca hatte ihm am vierundzwanzigsten Dezember vorigen Jahres eine Tochter geboren und sie – sein Einverständnis vorausgesetzt – Costanza genannt, nach seiner Mutter, der Großmutter des Kindes. In einem persönlichen Brief schrieb sie dazu:

„Und nicht nur deshalb habe ich diesen Namen gewählt, sondern in Bezug auf die Bedeutung des lateinischen Wortes *constantia*, das man mit Stetigkeit, Beharrlichkeit und Übereinstimmung übersetzt. Trifft dies alles nicht auf uns zu? Meine Liebe zu dir ist beharrlich und wird stetig so bleiben. Dass wir in vielem – in sehr vielem! – übereinstimmen, hat sich in den gemeinsamen zwei Monaten so deutlich gezeigt, dass ich hoffe, ja fast gewiss bin: Es wird so bleiben! Zum anderen siehst du jetzt, wie gehorsam ich bin, da ich deinem Wunsch nach einer Tochter entsprochen habe – vielleicht deine erste überhaupt? Wer weiß …"

Wie immer, wenn Friedrich wichtige Botschaften erhielt, ganz gleich, ob privater oder politischer Natur, lösten sie in ihm zuerst unterschiedliche Gefühle aus. Die überprüfte er dann in aller Ruhe, bis nur eine Empfindung blieb, die seiner Analyse standhielt.

Biancas Brief löste zuerst Freude, dann auch Ärger aus, dazu kamen Stolz und eine gewisse Belustigung. Ärger, weil sie so eigenwillig und unabhängig handelte. Hätte sie ihn nicht fragen können, ob ihm der Name Costanza genehm sei? Doch der Ärger verflog schnell, denn sie hätte das Mädchen ja auch nach ihrer eigenen Mutter benennen können, deren Name ihm jetzt nicht einfiel. Stolz war er auf ihre freie und furchtlose Art, mit der sie durchs Leben ging und die auch aus diesem Brief zu spüren war, ebenso darauf, dass sie in diesem besonderen Tag – was die Tochter betraf – keine Bedeutung sah. Wie sie Mastro Micheles Verhalten schilderte, belustigte ihn so, dass er dabei laut auflachte. Was blieb am Ende? Die Freude, jetzt eine Tochter zu haben und die Vorfreude sie beide, Bianca und Costanza bald zu sehen.

Von Michael Scotus war bisher nicht die Rede gewesen, weil der Kaiser ihn – was dem Astrologen sehr recht war – etwas abseits hielt. Ursprünglich stammte er aus Schottland, hatte als junger Mann in Paris studiert und schon bald den Grad eines Magisters erreicht. Schnell erwarb er sich einen europaweiten Ruf als kritischer Astrologe, umfassend gebildeter Philosoph und als Übersetzer von Schriften der aristotelisch-arabischen Philosophie. Zugleich hing ihm der Ruf an, ein schwarzer Magier zu sein, zweifelhafte alchemistische Experimente zu unternehmen und weniger an Gott als an die Sterne zu glauben. Mastro Michele, wie man ihn in Italien nannte, wusste nur zu gut, wie schnell ein solcher Ruf ihn als Häretiker auf den Scheiterhaufen führen konnte, und verfasste ein astrologisches Handbuch, in dem er unmissverständlich seinen rechten, kirchengetreuen Glauben darlegte. Damals war er schon an Friedrichs Hof und wenn der Kaiser Zeit fand, führte er mit dem bärtigen Gelehrten lange Gespräche.

Petrus de Vinea aber sah in dem Astrologen, den er vor anderen einen Scharlatan nannte, einen Feind und Widersacher. Schon dass sie sich durch dichte Vollbärte so ähnlich sahen, erzürnte ihn. Dabei gab es für beide nicht den geringsten Anlass, einander um etwas zu beneiden, denn der Kaiser sprach mit Michael niemals über politische Dinge und mit Petrus kaum über Astrologie, Alchemie oder Philosophie.

Ja, Friedrich ließ sich von Mastro Michele auch Horoskope zu politischen oder persönlichen Fragen stellen, die er aber niemals sklavisch befolgte, sondern nur als Richtschnur ansah, manchmal auch völlig missachtete. Mastro Michele unterstützte das mit der Meinung, er sehe die Bahnen der Planeten nicht als Ursache bestimmter Ereignisse, sondern als deren Zeichen. Ohne dass es einer der beiden Männer aussprechen musste: Kaiser und Astrologe waren sich sehr ähnlich in der Betrachtung der Welt und ihrer Erscheinungen.

Nun lebte Mastro Michele in der Palastburg von Melfi und wartete mit Bianca und vielen anderen auf Friedrichs Rückkehr. Die Geburt des Mädchens am Christtag machte ihn tatsächlich ganz konfus. Er hatte sich darauf eingerichtet, dem Kind sogleich das Horoskop zu stellen, aber nicht darauf, dass es Christi Geburtstag zu seinem eigenen gemacht hatte. Da kam wieder die dunkle Seite in dem sonst so nüchtern abwägenden Gelehrten zum Vorschein und er suchte mit magischen Mitteln zu ergründen, was es mit diesem so ganz besonderen Geburtstag auf sich hatte.

Er ließ sich ein Schaff Wasser in seine Turmstube bringen und goss davon etwas in eine kleine Schale. Inzwischen hatte er auf ein geweihtes Stück Papier Geburtstag und Namen der kleinen Costanza geschrieben, samt denen von Vater und Mutter. Das Papier setzte er mit der Flamme einer geweihten Kerze in Brand und streute die Asche in die Schale. Dann brachte er Bienenwachs zum Schmelzen und goss es in drei Schüben langsam dazu. Dreimal erstarrte das Wachs in dem kalten Wasser zu formlosen Klumpen. Formlos? So mochten es andere sehen. Mastro Michele legte die Klümpchen nebeneinander auf den Tisch und siehe da – sie ähnelten sich auffällig.

Wie kann etwas Formloses sich ähneln? Aber da war doch eine Form, Michele erkannte sie deutlich: Das waren die Umrisse von Kronen, sogar die Zacken waren zu sehen. Nun hätte man erwidern können, das sei nicht ungewöhnlich, denn schließlich sei Costanza die Tochter eines Kaisers und Königs sowie einer Gräfin aus altem Geschlecht. So wiesen die Kronen auf die hochgeborenen Eltern hin. Diesem Einwand begegnete Michele mit dem Hinweis, dass Magie nicht das zu zeigen habe, was bereits sei, sondern das, was im Verborgenen ruhe und sein werde.

Doch der Gelehrte gab sich nicht mit dem einen Versuch zufrieden. Er schmolz Blei und ließ dreimal etwas davon ins dampfig aufzischende kalte Wasser tropfen. Was war das? Er, der längst das Staunen verlernt hatte, riss überrascht die Augen auf und beugte sich über die drei Bleistücke. Eines davon war länglich erstarrt, eines rund und das dritte ähnelte den gezackten Wachsklumpen.

„Reichsapfel, Szepter und Krone“, flüsterte er ergriffen.

Freilich gab es auch Zweifel, denn ein anderer hätte die amorphen Formen auch anders deuten können. Michael Scotus war es nicht vergönnt, Gewissheit zu erlangen: Er starb schon drei Jahre später und durfte nicht mehr erleben, wie sich die Vorzeichen tatsächlich an Costanza erfüllten.

11

Ehe der Kaiser Jerusalem verließ, wollte er der weithin berühmten und altehrwürdigen Al-Aqsa-Moschee einen Besuch abstatten. Am Eingang drängte sich ein zerlumpter Mönch heran, hob das Evangelium wie eine Waffe und bettelte um Almosen. Das erzürnte Friedrich so sehr, dass er seiner Leibwache befahl, den Mann wegzuprügeln. Er rief ihm hinterher:

„Du Schwein! Der Sultan hat uns gnädig erlaubt, diesen heiligen Ort zu besuchen und du wagst es, hier das Evangelium zu küssen wie eine Fahne! Dafür gehörtest du totgeschlagen!"

Der Zorn hatte aus ihm geredet, doch es wurde auf beiden Seiten übel vermerkt. Die Muselmanen verstanden es nicht, dass ein christlicher Herrscher seinen eigenen Glauben so schmähte, und bei den Christen ging die Rede, Friedrich sei heimlich ein Muselman geworden, um beim Sultan solche Zugeständnisse zu erreichen. Die ganz Frommen sahen ihn mit dem Teufel im Bund und hofften, er möge bald zur Hölle fahren.

Schon auf dem Weg nach Akkon erreichten den Kaiser einige Hiobsbotschaften. Johann von Brienne – sein Schwiegervater – hatte ihm die schnelle Übernahme der Krone von Jerusalem nicht verziehen und fiel mit päpstlichen Truppen in Apulien ein. Um die Sache voranzutreiben, setzte Papst Gregor das Gerücht in die Welt, der Kaiser sei von empörten Pilgern ermordet worden. In Akkon angelangt, wurde Friedrich berichtet, dass in der Stadt eine Art Bürgerkrieg im Gang sei, nämlich Kaiserliche gegen Päpstliche. In den Kirchen hetzten Predigermönche gegen den „Antichrist" – so nannten sie ihn jetzt. Diesen Brand hatte der Patriarch Gerold vielleicht nicht entfacht, aber er schürte ihn nach Kräften. Der Kaiser stellte ihn unter Hausarrest, ließ die Hetzprediger von den Kanzeln holen und einsperren.

Friedrich wäre längst abgereist, doch die Kapitäne weigerten sich, bei dem stürmischen Aprilwetter Segel zu setzen. Am ersten Mai war es dann endlich so weit. Als der Kaiser zum Hafen ritt, bewarf ihn der Pöbel mit Kot, faulem Obst und stinkenden Fischresten. Friedrich hatte seinen Wachen verboten, etwas dagegen zu unternehmen, denn „die Leute wissen wahrhaftig nicht, was sie tun, wenn sie den vom Papst gesäten Hass hier aufgehen lassen".
Giordano Lancia erlebte dies alles von Anfang bis Ende mit und war dem Kaiser durch Mut, Draufgängertum und unwandelbare Treue aufgefallen. Freilich vermochte er dabei seine jähe Natur nicht immer im Zaum zu halten, was er später bereute, aber nicht ungeschehen machen konnte.

Den letzten Streich hatte ihm sein Temperament einige Tage vor der Abreise gespielt, als er vor dem Franziskanerkloster einen Bettelmönch – trotz kaiserlichen Verboten – von einem Fass herabpredigen hörte. Offenbar unfähig, mit eigener Rede die Menschen zu entflammen, zitierte der Mönch ständig aus der Apokalypse, verglich Friedrich mit Babylon, der großen Hure, und brüllte schließlich mit sich überschlagender Stimme: „Und danach sah ich einen anderen Engel niederfahren vom Himmel, der hatte eine große Macht und die Erde ward erleuchtet von einer Klarheit." Dann streckte der Mönch beide Fäuste zum Himmel und jubelte: „Und wisst ihr, wer dieser Engel ist? Es ist Papst Gregor, der die Hure Friedrich vernichten wird, und es wird bald geschehen! Gott kann nicht länger zusehen ..."

In diesem Augenblick packte Giordano ihn an der Gurgel, riss ihn von seinem Fass und verprügelte ihn derart, dass seine Männer ihn zurückreißen mussten. Der Mönch lag ächzend am Boden, mit blutverschmiertem Gesicht und zerrissener Kutte. Giordano schrie ihn an:

„Wobei kann Gott nicht länger zusehen? Los, sag's schon!"

Doch aus seinem Mund kam nur ein Röcheln und dann spuckte er zwei eingeschlagene Zähne aus. Giordano grinste böse: „Ich werde es dir sagen: Gott kann nicht länger zusehen, dass ein stinkendes Geschmeiß wie du den von ihm erwählten Kaiser so unflätig schmäht."

Dann wollte er sich wieder auf den Liegenden stürzen, doch seine Männer zerrten ihn fort.

Wenig später kam das dem Kaiser zu Ohren und er sagte: „Nicht jeder besitzt die Kraft einer eisernen *moderatio*, wenn er solche Töne hört. Graf Lancia hat ein jähes Wesen, dafür ist er tapfer, treu und zuverlässig."

Als Giordano diese Worte hinterbracht wurden, nickte er und meinte: „Der Kaiser weiß, wie ich bin, aber auch, was ich bin."

Am zehnten Juni fuhren sie in den Hafen von Barletta ein. Schon dass die kaiserliche Standarte hoch auf dem Schiff flatterte, hatte die Menschen am Hafen verwirrt, von denen die meisten glaubten, Friedrich sei tot und auf seiner Galeere müsste die schwarze Trauerfahne wehen. Hatten nicht Priester im Auftrag Seiner Heiligkeit *ex cathedra* verkündet, der Kaiser sei zur Hölle gefahren? Hatten nicht Bischöfe und Kardinäle dies beschworen und im ganzen Reich verbreitet? Aber der Augenschein trog nicht: Der Kaiser zeigte sich hoch zu Ross in der ganzen Stadt, ehe er seine Festung am Meer bezog.

Friedrich reagierte sofort. Das Geheimnis seiner Erfolge war, dass er schneller handelte, als andere denken konnten. Zum Glück ging es nur um Süditalien, denn im deutschen Reich hatte der Papst mit seinem kaum noch verständlichen Hass wenig Resonanz und auch keine Unterstützung gefunden. Dass er Friedrichs Abwesenheit genutzt hatte, um in Sizilien einzufallen, wurde scharf missbilligt. Übrigens hatte Gregor Friedrichs Untertanen in Süditalien und Sizilien von ihrem Treueid entbunden und maulfertige Prediger ins Land geschickt, die nicht ohne Erfolg Städte und Grafschaften zum Abfall verleiteten. Sie alle traf es wie ein Blitz aus heiterem Himmel, dass der Kaiser lebte und seine Truppen bereits auf dem Weg waren. Friedrich hatte nicht nur das Glück, sich auf fähige Heerführer wie Rainald von Spoleto verlassen zu können, auch aus Palästina heimkehrende Kreuzfahrer – von Stürmen an die Küste Apuliens getrieben – hatten sich des Kaisers Truppen angeschlossen.

An ihrer Spitze zog Friedrich nun im Sommer durch die apulische Ebene – den Tavoliere –, dann über Berge und durch Flusstäler nach Capua. Sie hatten mit Widerstand und Kämpfen gerechnet, doch die Gegenwart des gefürchteten Imperators hatte die Aufrührer in ihre Schlupflöcher zurückgetrieben. Sein Hauptgegner und ehemaliger Schwiegervater Johann von Brienne floh mit dem kläglichen Rest seiner Truppen – die meisten hatten sich abgesetzt – auf päpstliches Gebiet.

Der Kaiser machte sich nicht die Mühe, Stadt um Stadt und Grafschaft um Grafschaft zurückzugewinnen. Er bezwang die strategisch wichtige Stadt Sora, die über das Lirital und damit den Zugang zu den Abruzzen wachte. Die Einwohner wurden aus ihren Häusern gejagt und ohne Rücksicht auf Alter und Geschlecht niedergemacht, die Stadt eingeäschert. Was durch günstigen Wind von den Flammen verschont blieb, ließ Friedrich niederreißen. Angesichts dieses grausamen Exempels ergaben sich an die zweihundert Städte und Herrschaften, nur wenige verhielten sich störrisch, wie die Stadt Gaeta. Nach deren Eroberung verbreitete sich die Nachricht, der Kaiser habe befohlen, den Angehörigen der oberen Stände die Nasen abzuschneiden, sie zu blenden und nackt aus der Stadt zu jagen, ihre Söhne hingegen zu entmannen. Der Befehl wurde freilich nicht ausgeführt, aber die Drohung tat ihre Wirkung.

Gegen Ende Oktober herrschte wieder Frieden im Land und Friedrich war so klug, die „Schlüsselsoldaten" – also die päpstlichen Truppen – nicht über die Grenze verfolgen zu lassen. Der Papst hatte die Lektion verstanden und wurde nun von den Reichsfürsten gedrängt, mit dem Kaiser endlich einen dauerhaften Frieden zu schließen. Mochte Gregor auch vom Hass verblendet sein, so spürte er doch, dass dies, auch vor Gott, kein Weg war. Mutige Kurienkardinäle setzten sich für den Kaiser ein, fanden Anhang und am Ende „ergab" sich Gregor – so konnte er sein Gesicht wahren – den Argumenten seiner Berater.

Am achtundzwanzigsten August wurde in einer feierlichen Zeremonie der Kirchenbann von Friedrich genommen. Daraufhin ritt er mit seinem Gefolge nach Anagni, wo Papst Gregor dauerhaft residierte, da er den wankelmütigen Römern nicht traute. Der Papst – fast doppelt so alt wie der Kaiser – empfing ihn freundlich mit dem Friedenskuss. Er sah nun, dass er in blindem Hass einen Menschen verteufelt hatte, der so gar nicht teuflisch auftrat und es an dem gebotenen Respekt nicht fehlen ließ.

Und so erhielt der Patriarch von Jerusalem zu seiner Überraschung den päpstlichen Befehl, den vom Kaiser mit dem Sultan geschlossenen Vertrag in allen Punkten einzuhalten. Die Hochmeister der Templer und Johanniter wurden streng angemahnt, sich an den Waffenstillstand mit den Muselmanen zu halten. Da gab es viel Zähneknirschen im Heiligen Land. Ein großes Aufatmen ging dagegen durch Friedrichs Reich. Der Kaiser durfte wieder in der Gnade Gottes regieren, auf dem deutschen Thron saß unangefochten sein Sohn, der zwanzigjährige Heinrich VII., das Heilige Land war offen für friedliche Pilger und die Krone von Jerusalem besaß wieder ihr altes Gewicht.

Kaum ein Tag verging, da Friedrich nicht an Bianca dachte, und sobald er Zeit fand, sandte er ihr Botschaften über den Stand der Dinge, sprach auch von seiner Sehnsucht und vergaß niemals nach dem Ergehen der kleinen Costanza zu fragen. Gleich nach seiner Rückkehr hatte er Giordano nach Melfi gesandt und einmal hatte er ihn auf Deutsch seinen „Liebesboten" genannt. Giordano stutzte:

„Majestät, das verstehe ich nicht ..."

„Weil du kein Deutsch sprichst, im Gegensatz zu deiner Schwester. So sage ich's dir in deiner Sprache: *messaggero d'amore.*"

Giordano errötete und der Kaiser schmunzelte.

„Was ist schon dabei? Liebesbote eines Kaisers zu sein, ist nicht weniger ehrenvoll, als für ihn zu kämpfen – es ist nur angenehmer."

Also ritt Giordano Lancia mit einigen seiner Leute nach Melfi und fand Bianca beim Stillen ihres Kindes. Auch diesmal errötete er.

Biancas große strahlende Bernsteinaugen musterten ihn liebevoll.

„Ich wollte nicht warten und der kleine Liebling hatte Hunger. Was ist schon dabei – ich bin deine Schwester!"

So hatte auch der Kaiser gesprochen: Was ist schon dabei ...

„Warum hast du dir keine Amme genommen? Du selber bist ja schließlich auch ..."

„Ach, erinnere mich nicht an meine Berta – wie mag es ihr gehen?"

Natürlich hatte man gleich nach einer Amme Ausschau gehalten, doch Biancas vordem eher kleine Brüste hatten sich stark vergrößert und platzten fast vor Milch. So hatte sie zu ihrer Vertrauten Anna bemerkt: „Ich mache es selber, sag das den anderen."

Da ihr kleiner Hofstaat wusste, dass sie, nicht anders als der Kaiser, niemals von gefassten Entschlüssen abwich, blieb es dabei.

Giordano fiel nichts anderes ein, als zu sagen: „Wenn das der Kaiser wüsste ..."

Bianca lachte fröhlich: „Aber er weiß es doch! Wir sind in ständiger brieflicher Verbindung."

„Ja, dann ..."

Bianca löste Costanza behutsam von ihrer Brust, wartete, bis sie ihren *rutto* gemacht hatte und rührte dann die Handglocke. Sofort kam Anna herein und nahm ihr das Kind ab. Bianca schloss ihr Gewand und stand auf.

„Ihr kennt euch ja?"

Wieder errötete Giordano und diesmal ärgerte er sich.

„Natürlich, das ist Anna, deine *serva.*"

Bianca schaute Anna freundlich an.

„Nennen wir sie lieber meine *compagna* – ja, in manchen Stunden möchte ich sie sogar *amica* nennen."

Jetzt war es Anna, die errötete, wobei ihre Sommersprossen kurz verblassten, aber sofort wieder aufblühten, als die Röte schwand.

Sie ist hübsch, dachte Giordano, warum habe ich das nicht früher bemerkt?

Dann verschwand Anna mit dem Kind und sie setzten sich wieder.

„Ich bin neugierig, das gebe ich zu. Wie alt bist du jetzt, kleiner Bruder?“

„Was heißt hier klein!“ Es fuhr ihm so heraus, aber dann mäßigte er sich. „Fast zweiundzwanzig ...“

„Also einundzwanzig, aber du hast dich gut herausgemacht. Da es keine Kämpfe gab, kann ich nicht fragen, ob der Kreuzzug gefährlich war – aber anstrengend schon?“

Giordano lachte spöttisch.

„Ja, das sind so die Ansichten der Daheimgebliebenen. Nein, im Kampf ist keiner gefallen, aber da gab es Hunger, Seuchen und manchmal so große Mühen, dass die Männer vor Erschöpfung zusammenbrachen.“

„Ist ja gut, aber Gefahren gibt es auf jeder Reise. Du bist heil und gesund zurück, das ist mir das Wichtigste.“

„Ja, und der Kaiser auch und jetzt geht es nur noch um die Einigung mit dem Papst, dann hast du ihn wieder.“

Sie runzelte unwillig die Stirn.

„Was soll das heißen? Wir alle haben ihn wieder, er ist unser Herr und König.“

Da gab es aber doch etwas, das der Kaiser gerügt hatte, weil es die Muselmanen von ihm erwarteten. Als sie während der Verhandlungen mit dem Sultan monatelang in Akkon festsaßen, begann die Disziplin nachzulassen und auch Giordano – als Capitano seiner kleinen Truppe – war aufgerufen, etwas dagegen zu unternehmen. So stellten die Hauptleute ein gemeinsames Programm auf, um die Männer zu beschäftigen. Da gab es die täglichen Waffenübungen, dann wurden Trupps gebildet, die auf dem Markt Proviant einkauften, und wer wollte, konnte einmal pro Woche in das Hurenhaus vor der Stadt gehen, wo Mädchen aus aller Herren Länder, doch keine Muselmaninnen, zu finden waren.

Eines Morgens, es war Ende Oktober, waren Giordanos Männer zum Brotkauf eingeteilt. Der Marktplatz von Akkon war viergeteilt: Den Metzgern und Fischhändlern war die Schattenseite vorbehalten, während die Stände mit Obst, Gemüse und Brot sich im sonnigen Teil befanden. Die Capitani waren angewiesen, nach Möglichkeit keinen zu bevorzugen, sondern jeden der Händler bei ihren Einkäufen zu berücksichtigen. Mit wenigen Ausnahmen führten Männer die Marktgeschäfte, da und dort sah man schwarz verhüllte Ehefrauen ihren Männern zur Hand gehen.

Diesmal steuerte Giordano eine Brotverkäuferin an, deren Gehilfe, ein vielleicht zehnjähriger Junge, offenbar ihr Sohn war. Freilich mussten die Kreuzfahrer mit dem Vorhandenen vorliebnehmen, knusprige Wecken oder Laibe mit brauner Kruste waren da nicht zu finden. Es gab Kringel, die mit Sesam, Mohn oder Kümmel gewürzt waren, doch das tägliche Brot bestand aus labbrigen Fladen, die man mit gekochtem Gemüse, Zwiebeln oder Hackfleisch füllte.

Während seine Männer die Backwaren in den Säcken verstauten, verhandelte Giordano über den Preis, und das war gar nicht so einfach, weil hier keine einheitliche Währung existierte. Da gab es die *besanti sarracenati* aus Gold, Dinare aus Silber und kupferne Münzen, von den Deutschen als Pfennige, den Italienern als *quattrini*, von den Franzosen als *fenin* oder *denier* bezeichnet. Jeder christliche Fürst in Syrien prägte dazu noch sein eigenes Geld, zum Teil mit lateinischen, manchmal mit arabischen Aufschriften. Die Verhältnisse wurden durch die vom Sultan geprägten arabischen Münzen auch nicht durchschaubarer. Im Tross des christlichen Heeres gab es dafür Spezialisten: Geldwechsler, die sich in diesem Chaos einigermaßen zurechtfanden. Ein solcher war bei größeren Einkäufen in der Regel dabei und zweigte für sich einen Anteil ab. So war es eigentlich der *cambiavalute* oder *changeur*, der die Verhandlungen führte.

Da hatte Giordano Zeit, die Bäckersfrau unauffällig zu beobachten, und was er sah, gefiel ihm. Muselmanische Frauen, die in der Öffentlichkeit auftraten, unterschieden sich deutlich von denen im Harem, den Gebär- und Arbeitsmaschinen, verschüchtert, unselbständig und meistens sehr dick. Nichts von alldem traf auf Amina zu. In dem runden, weichen Gesicht standen zwei dunkle, blitzende Augen, denen nichts entging. Der Landessitte entsprechend mied sie zwar den Blick der Männer, doch nicht immer. Ganz kurz streiften ihre Augen Giordanos Gesicht, während er den Geldwechsler befragte, und er glaubte zu erkennen, dass ihr Interesse an ihm über das einer Händlerin hinausging. Und so beging er den Fehler, von nun an beim Broteinkauf jedes Mal zu ihrem Stand zu gehen. Als man ihm zutrug, dass die anderen Händler sich über ihn beklagten, ließ er das Gerücht verbreiten, der Hofstaat des Kaisers bevorzuge eben die Erzeugnisse dieser Bäckerin. Schon bald erfuhr er, dass sie Amina hieß – wie die erste Frau des Propheten –, eine Witwe mit drei Kindern war und für ihren Ältesten, den Zehnjährigen, bis zu dessen Mündigkeit die Geschäfte weiterführte.

In der Regel wohnten die Händler in nächster Nähe des Marktes. So auch Amina, deren Haus in Sichtweite lag. Hätte der Kaiser sich mit dem Sultan schneller geeinigt, so wäre aus Giordano und Amina wohl nie ein Liebespaar geworden, aber sie hatten gut ein halbes Jahr Zeit, und als gewisse Hindernisse überwunden waren, ging es sehr schnell.

Wie alle hier auf dem Markt tätigen Menschen sprach auch Amina leidlich Französisch, denn es waren überwiegend Franzosen, die Akkon seit über zweihundert Jahren besetzt hielten und der Stadt den Namen Saint-Jean d'Acre gegeben hatten. Wenn Giordano diese Sprache auch nicht beherrschte, so hatte sie doch den gleichen Ursprung wie das Italienische und es bedurfte keiner besonderen Fantasie, *pain* als *pane*, *amour* als *amore*, *seigneur* als *signore* und *fille* als *figlia* zu deuten. Dann gab es ja noch die Zeichensprache. Und außerdem macht die Liebe erfinderisch, wie man sagt. Da Liebe ein Wort mit mannigfacher Bedeutung ist, hatten wenigstens die deutschen Liederdichter den Unterschied zwischen hoher Minne und niederer Liebe gemacht, während Franzosen und Italiener *amour* und *amore* gleichsam für jede Liebeslage gebrauchen.

Nun, hohe Minne war es nicht, was den Christen zur Muselmanin ins Bett führte, aber bei beiden doch ein tiefgreifendes Bedürfnis. Giordano hatte in Pisa schon seit Jahren ein Liebchen gehabt und Amina musste bei ihrem Gatten auch nicht darben.

Den zweiten Verstoß beging Giordano, als er nach Sonnenuntergang in die Stadt schlich, denn das war für Angehörige des Kreuzfahrerheeres verboten. Aus gutem Grund, denn so mancher war danach spurlos verschwunden oder lag mit durchschnittener Kehle auf dem Schindanger. Bei den oberen Rängen drückte man natürlich ein Auge zu und ließ unter der Hand verbreiten, dass es besser sei, zu zweien die nächtliche Stadt zu betreten. Giordano hielt sich nicht daran, doch seine ständigen Waffenübungen bei der Bürgermiliz hatten aus ihm einen äußerst gewandten Kämpfer gemacht, der keinen Gegner fürchten musste.

Jeder weiß, dass die Bäcker nicht wie andere Handwerker von Sonnenauf- bis Sonnenuntergang arbeiten, sondern – um frühmorgens den Markt mit frischem Brot zu beliefern – bereits in der neunten oder zehnten Nachtstunde ihre Arbeit mit dem Teigrühren beginnen. So war es in Bäckerhaushalten die Regel, dass nach Sonnenuntergang alle in ihren Betten lagen. Brannte in Aminas Haus noch Licht, dann hatte Giordano zu warten, bis das Gebäude in völliger Dunkelheit versank. Die Tür zur Backstube stand dann offen und Amina hatte in einem Winkel aus einem Stapel leerer Mehlsäcke ein Liebeslager bereitet.

Ach, diese Nächte! Amina war eine reife, erfahrene Frau um die dreißig und Giordano ein junger Mann mit nahezu unbeschränkter Lendenkraft, sodass die Liebesfeste sich drei bis vier Mal wiederholten. Giordano musste achtgeben, denn seine Geliebte pflegte auf dem Höhepunkt der Lust eine Art von Winseln oder Stöhnen von sich zu geben, das wohl auch draußen zu hören war. So hielt er ihr den Mund zu, aber auch das gelang nicht immer, wenn im eigenen Sinnenrausch die Welt um ihn versank.

Nun gab es auch Nachbarinnen mit stets offenen Augen und Ohren, die streng auf die Tugend der anderen Frauen achteten, und bei der verwitweten Amina zeigten sie hierin einen besonderen Eifer. Was der einen nicht auffiel, konnte die andere berichten und so wurde dem Mullah des Viertels zugetragen, dass nach Sonnenuntergang in Aminas Haus etwas Ungehöriges vorgehe. Nun verlangt der Koran bei solchen Anschuldigungen vier Zeugen und diese fanden sich schließlich.

Amina leugnete nicht sehr geschickt und so verurteilte sie der Mullah zu den ebenfalls vom Koran vorgeschriebenen hundert Peitschenhieben. Diese sollten am nächsten Tag im Vorhof einer kleinen Moschee verabreicht werden, wobei Amina, um die Wirkung zu erhöhen, nur ein ganz dünnes Gewand tragen durfte. Sie konnte gerade noch ihrem Sohn zuflüstern, er möge im Zeltlager der Christen nach Giordano fragen und ihm die Lage schildern. Als der Capitano von der Not seiner Geliebten hörte, zögerte er keinen Augenblick und ritt, von dem Jungen und zwei Bewaffneten begleitet, zum Markt. Dort spielte er den Empörten, weil Aminas Stand nicht aufgebaut war, und so erfuhr er recht schnell, wo der Mullah wohnte.

Nun beging Giordano seinen dritten und schwersten Fehler. Seine Begleiter donnerten mit ihren Schwertknäufen an die Haustür des Mullahs und als dieser heraustrat, drängte ihn Giordano zurück und warf ihn mit einem Stoß zu Boden. Einer der Bewaffneten, ein getaufter Sarazene, beherrschte die Landessprache und musste übersetzen. Giordano hätte den Mullah am liebsten beim Bart gepackt, in die Moschee gezerrt und ihm dort Aminas hundert Hiebe aufgezählt, doch er beherrschte sich, was ihn viel Mühe kostete.

„Heute fand ich die mir so vertraute Brothändlerin Amina nicht auf dem Markt und musste stattdessen erfahren, dass du sie zu einer harten Prügelstrafe verurteilt hast. Warum?"

Der Mullah strich seinen Bart und erklärte mit Würde:

„Vier Zeuginnen haben sie der Unzucht überführt und dafür verhängt Allah hundert Stock- oder Peitschenhiebe als Sühne."

„Und das hat Allah dir ins Ohr geflüstert?"

„Nein, das nicht, doch sie waren Ohrenzeugen."

Giordano lachte spöttisch.

„Ohrenzeugen? Wir haben einen in der Gruppe, der kann bellen wie ein Hund. Hätte er das jetzt nebenan getan, so würdest du hundert Eide schwören, du habest einen Hund bellen gehört. So viel ist also ein Ohrenzeuge wert. Ich sage dir nun Folgendes: Wir haben Männer in Aminas Haus geschickt, Stunden ehe die Arbeit dort begann, und diese mussten prüfen, ob die Zutaten zum Backwerk den christlichen Geboten entsprachen. Auch ich war mehrmals dort. Was die Zeuginnen gehört haben, war das Ächzen und Stöhnen dieser Männer, wenn sie Säcke schleppten, um ihren Inhalt zu untersuchen. Das schwöre ich auf den Koran."

Nun wurde der Mullah unsicher, zwinkerte mit den Augen und zupfte an seinem Bart.

„Dann muss ich die falschen Zeuginnen bestrafen ..."

Giordano begann die Geduld zu verlieren und wurde laut.

„Geht es nicht in deinen störrischen Schädel, dass es sich hier um einen Irrtum handelt? Verbietet der Koran den Irrtum? Gewiss nicht! Die Zeuginnen haben sich getäuscht und wir hätten unser Tun öffentlich machen sollen."

Er ließ Aminas Sohn hereinholen und befahl ihm, vier ehrenwerte Männer herbeizurufen. Der Junge grinste, nickte und lief hinaus. Er musste nicht lange suchen, denn das Eindringen der christlichen Soldaten ins Haus des verehrten Mullahs war nicht unbemerkt geblieben. Bevor die Männer eintrafen, drohte Giordano:

„Falls du meinen Wunsch nicht erfüllst, werde ich dich ins Zeltlager holen. Da möchte ich nicht in deiner Haut stecken ..."

So verkündete der Mullah vor vier Zeugen, dass ein Irrtum vorliege und alle Beteiligten schuldlos seien.

„Gut", sagte Giordano, „wir sind noch lange hier und wehe dir, wenn du dein Urteil widerrufst."

Damit aber war der Fall leider nicht ausgestanden, denn Giordanos rüdes Verhalten drang bis zu seinen Vorgesetzten. So wurde er – ein Graf Lancia hatte Anspruch darauf – zu Graf Thomas von Acerra, dem kaiserlichen Statthalter von Syrien gerufen. Der empfing ihn mit der Feststellung:

„Ich kann mir schon denken, was da geschehen ist, verstehe auch, dass man sein Liebchen vor einer solchen Strafe bewahren will. Aber mit brachialer Gewalt ins Haus eines Mullahs einzudringen – nein, mein Lieber, da seid Ihr zu weit gegangen. Wir müssen uns mit diesen Herrschaften gut stellen, solange wir hier sind. Also kauft künftig Euer Brot woanders und macht dem Mullah ein Versöhnungsgeschenk."

Der Graf ließ ein in grüner Seide eingeschlagenes Buch bringen aus dem eingezogenen Besitz eines überführten Verräters. „Was sollen wir mit einem Koran anfangen?"

Letzten Endes freuten sich dann alle. Der Mullah über das kostbare Geschenk, Amina, weil sie der Strafe entgangen war, und Giordano, weil es für ihn keine weiteren Konsequenzen gab, abgesehen von einer Rüge des Kaisers, die aber nur ein Sekretär unterzeichnet hatte. Amina durfte sich doppelt freuen, denn nun wollten sich viele die schöne Bäckerswitwe anschauen, und das ging nur während eines Einkaufs. Ob das die Freuden des Bettes aufwog? Als lebenstüchtige Frau stellte sie sich diese Frage nicht.

Diese Geschichte hatte Giordano seiner Schwester nicht erzählt, wie auch der Kaiser Bianca gegenüber einiges verschwieg. Während der langen Vertragsverhandlungen mit dem Sultan tauschten die beiden hohen Herren eifrig Geschenke aus. Aber auch das wurde ein wenig eintönig, nachdem eine Reihe von Dolchen, Schwertern, Harnischen, illustrierten Büchern, das zierlich gewundene Horn des sagenhaften Tieres *unicorno* und manch andere Kuriosität den Besitzer gewechselt hatten.

Der Sultan allerdings genoss den Vorzug, auch Menschen verschenken zu dürfen, sodass Friedrich für die jungen und hübschen Sklavinnen – sie waren in Gesang, Musik und Tanz ausgebildet – am Ende ein eigenes Haus errichten musste. Diese Geschenke trugen Namen wie Fatima, Aischa, Sara oder Halima und Friedrich war nicht der Mann, sie wegzusperren. Nein, jedes dieser sehr hübschen, sehr reinlichen und als Liebhaberinnen sehr geschickten Mädchen holte er mehrmals in sein Zelt, wo sie ihren Sklavenstand vergaßen und zu ihrem Erstaunen einen Liebhaber vorfanden, der sie achtungsvoll behandelte, fließend Arabisch sprach und mit Geschenken nicht geizte. Es ging ihnen besser als jemals zuvor und als Friedrichs Heimfahrt bevorstand, brauchten die meisten nicht lange zu überlegen, für welche der beiden Möglichkeiten sie sich entscheiden sollten: die Freiheit und eine kleine Abfindung zu erhalten oder als eines seiner Kebsweiber mit nach Italien zu reisen. Nur zwei wählten den ersten Weg und kehrten zu ihren Familien zurück. Die anderen wussten, dass ihre Freiheit wenig wert war, denn man würde in ihnen stets die früheren Sklavinnen sehen.

So besaß der Kaiser nun einen Harem, den er in Foggia im dortigen Palast unterbrachte. Da gab es natürlich viel Gerede und Bianca wusste von Anfang an Bescheid, aber sie dachte nicht weiter darüber nach und Friedrich sah darin nur einen kleinen – sehr geheimen – Teil seiner Hofhaltung, von dem er in Italien aber selten Gebrauch machte, auch wenn dieser Harem sich auf wunderbare Weise nach und nach vergrößerte. Da gab es beschnittene Aufseher, Dienerinnen und mit der Zeit kamen Kinder dazu. Als einer von Friedrichs vertrauten Jagdgenossen behutsam anfragte, wie der Kaiser es mit seinem Harem halte, sagte er schmunzelnd:

„Jeder Mensch hat eine Lieblingsspeise, die er allen anderen vorzieht, aber nicht täglich zu sich nimmt. Anderes wird des Hungers wegen vertilgt und vergessen. Die Lieblingsspeise aber trägt man im Herzen und im Kopf, man vergisst sie nicht und das Herz klopft, wenn sie auf den Tisch kommt.“

Ein schöneres Kompliment hätte er Bianca nicht machen können.

12

Über zwei Jahre hatte es gedauert, bis Bianca Lancia ihren kaiserlichen Liebhaber wiedersah. Costanza war schon über ein Jahr alt, als Friedrich das ernst blickende Kind hochhob und behutsam auf beide Wangen küsste.

„Ich bin dein Vater", sagte er, „dein Papa ..."

Plötzlich lächelte sie ihn an und sage: „La-la-la."

„Spricht sie denn noch nicht?"

Bianca schüttelte den Kopf.

„Es gibt auf der ganzen Welt kein Kind, das in diesem Alter spricht. Da musst du schon noch etwas warten."

Friedrich dachte nach, ging zum Fenster, kehrte wieder um.

„Man müsste herausfinden, ob das Kind die Sprache von seiner Umwelt nach und nach aufnimmt oder ob in ihm eine – eine Art Ursprache verborgen ist. Sie müsste zutage kommen, wenn man das Kind von Stummen aufziehen lässt. So hört es niemals ein einziges Wort, vielleicht kommt dann, wenn es sie gibt, diese Ursprache zutage."

„Was du dir alles ausdenkst! Wirst du jetzt für immer in Melfi bleiben?"

„Nicht für immer, aber ihr sollt immer dabei sein, du und Costanza. Du wirst ja festgestellt haben, dass es hier im Winter recht ungemütlich werden kann."

„Oh ja, wir haben halbe Wälder verheizt, um nicht zu erfrieren."

„Siehst du! Darum werden wir es künftig so halten, dass wir im Spätherbst nach Foggia ziehen und im Frühling, Mai oder Juni, wieder hierhergehen."

„Darf ich daraus schließen, dass wir demnächst aufbrechen werden? Es ist ja schon Mitte Oktober."

„In einem Monat etwa, vielleicht auch erst im Frühjahr, denn das Kastell wird beträchtlich erweitert – für dich."

„Für mich, aber das ist doch ..."

„... unbedingt notwendig. Es war bisher nichts weiter als eine kriegerische Festung und Mastro Bartolomeo, der weithin gerühmte Baumeister, wird jetzt einen kaiserlichen Palast daraus machen."

Sie lächelte.

„Dann wird also jetzt ein Harem angebaut?

Friedrich winkte gelassen ab.

„Ich kenne das Gerede ... Ich habe tatsächlich einige – Damen aus Palästina mitgebracht, Geschenke des Sultans, Tänzerinnen meist. Mich betrifft das nicht. Wenn ich in die Zukunft schaue, sehe ich nur dich an meiner Seite."

„Warten wir es ab ..."

Aus dem Umzug wurde dann tatsächlich nichts, aber es war ein milder Winter und Friedrich steckte voller Tatendrang. Wie es seine Art war, arbeitete er gleichzeitig an verschiedenen Projekten, an denen er oft persönlich teilnahm oder sie durch Vertrauensleute überwachen ließ. Mit Bianca sprach er am liebsten über Untersuchungen, die ihm besonders am Herzen lagen, doch über allem stand die Maxime: *Intentio vero nostra est manifestare ea quae sunt sicut sunt.* So lautete dieser Grundsatz in lateinischer Sprache und Friedrich mühte sich mit Hilfe Biancas ab, ihn auch ins Deutsche zu übersetzen, und aus verschiedenen Varianten entstand der Satz: „Unsere wahre Absicht ist es, die Dinge sichtbar zu machen, so wie sie sind." So bildete sich der „Liber Augustalis", die kaiserliche Gesetzessammlung. Da gab es viele einschneidende Veränderungen, vor allem, was die Rechte der Beamten betraf. Die Richter ewa durften nicht in der gleichen Provinz tätig sein, aus der sie stammten, nicht einmal eine Frau solcher Herkunft konnten sie heiraten. Dies alles sollte Rechtsbeugungen irgendwelcher Art verhindern.

Die Gesetzestexte waren von einem Geist erfüllt, der mit der früheren Auffassung nicht konform ging. Die Kirche sah den Ursprung des Herrscheramtes allein in Gott und die Aufgabe des Monarchen war es, als Vollstrecker der göttlichen Vorsehung zu wirken. So aber wollte Kaiser Friedrich es nicht verstanden wissen. Er glaubte an die *rerum necessitas*, den Zwang der Dinge. Da hatte Gott keinen Platz, sodass Papst Gregor aufs Heftigste protestierte und ein scharfes Breve übersandte:

„Es kam Uns zu Ohren, dass du aus eigenem Antrieb oder verführt durch üble Ratgeber neue Gesetze erlassen willst. Aus ihnen ist zu folgern, dass man dich einen Feind der Kirche und Zerstörer der staatlichen Freiheit nennen muss ..."

In diesem Ton ging es weiter, doch geduldige Erklärungsversuche von allen Seiten konnten den Papst fürs Erste beschwichtigen.

Nahm Bianca auch daran teil? War ihr der „Liber Augustalis" ein fester Begriff, wusste sie um die Inhalte dieser Gesetzessammlung?

Friedrich kannte seine Geliebte gut genug, um zu wissen, dass sie trockenen juristischen Texten keine oder nur wenig Beachtung schenkte. Umso mehr horchte sie auf, wenn es um Regeln für den Alltag ging, um Dinge, die ihr auf dem väterlichen Gut häufig begegnet waren. Etwa wenn es da hieß: „Wir verfügen deshalb, dass es keinem erlaubt ist, in den einer Stadt oder Burg benachbarten Gewässern in einer Entfernung von einer Meile oder weniger Flachs oder Hanf zu wässern, weil dadurch – wie Wir bestimmt wissen – die Beschaffenheit der Luft verdorben wird."

„Aber woher weißt du das?", fragte sie ihn erstaunt.

„Lange Erfahrung hat es bewiesen und Versuche haben es bestätigt."

Dieselbe Antwort erhielt sie bei der Verfügung: „Wir verbieten auch den Fischern, Taxus oder ähnliche Kräuter, durch welche die Fische getötet werden, in die Gewässer zu werfen. Denn dadurch werden sowohl die Fische selber giftig wie auch die Gewässer, aus denen Menschen und Tiere trinken ..."

Das Breve des Papstes aber erzürnte ihn so sehr, dass er es nach dem Nachtmahl – das war die Stunde, die allein ihnen gehörte – zur Sprache brachte.

„Gregor ist ein hochgebildeter Mann, also könnte er meine Texte richtig verstehen, wenn er nur wollte. Aber er will nicht! Für ihn ist die Menschheit dazu da, in Demut abzuwarten, was Gott in seiner unendlichen Weisheit beschließen wird, und das hat sie dann ohne Murren hinzunehmen."

Bianca sah ihn erstaunt an.

„Aber so ist es doch ..."

Friedrichs Gesicht lief rot an und es sah aus, als sträubte sich sein Haar. Seine Stimme wurde laut.

„Nein, so ist es nicht! Zwar hat Gott uns und alles andere geschaffen, aber wenn er gewünscht hätte, den Lauf der Welt wie ein Puppenspieler mit seinen Schnüren zu steuern, dann hätte er eines nicht tun dürfen, nämlich den Menschen mit Verstand und Vernunft auszustatten. Wenn ein Haus in Flammen steht, dann schauen wir nicht zu und denken, das ist Gottes Wille, da kann man nichts machen – nein, wir versuchen den Brand zu löschen. Oder es gibt einen wasserarmen Sommer und unsere Gartenkräuter, unsere Heil- und Würzpflanzen vertrocknen: Lassen wir es dann geschehen? Nein, wir gießen sie! Ich könnte noch mit tausenden von Beispielen kommen, um den Zwang der Dinge zu erläutern, oder genügen dir diese zwei?"

Sie lächelte sanft und strich ihm übers Haar.

„Mir genügen sie, aber die meisten Menschen sind seit Jahrhunderten von Glaubenssätzen geprägt, die der Vernunft zuwiderlaufen. Mein Großvater hat mir erzählt, dass er in den Bergen unterwegs war, als von Westen ein schweres Gewitter heranzog. Er stellte sich bei einem Bauern unter und sah, wie die Bäuerin ein schwarzes Wachslicht ansteckte. Sie sagte, das sei eine vom Bischof geweihte Kerze und sie werde das Haus vor Blitzen bewahren. Als mein Großvater darauf sagte, er hielte es für besser, sämtliche Eimer und Tröge vorsorglich mit Wasser zu füllen, schaute sie ihn nur vorwurfsvoll an. Der Zwang der Dinge hätte dies erfordert, aber dazu gehört eben eine gewisse Einsicht."

Friedrich schmunzelte. „Ich sehe schon, du hast von Anfang an verstanden, was ich meinte, aber es ist wohl unterhaltender, mich vorher in Zorn zu versetzen!"

„Nein, Friedrich, nicht unterhaltender, es ist, weil ich dich so gerne argumentieren höre. Dann lerne ich dazu ..."

Nicht selten dehnte sich diese gemeinsame Stunde nach dem Abendessen bis in die Nacht und das Zwiegespräch ging in eine nicht weniger beredte Körpersprache über. Für ihn war sie so lustvoll und befriedigend, dass er – zum Erstaunen seiner Umwelt – ansonsten unempfindlich für alle weiblichen Verlockungen blieb. Er war schon dabei, den Harem nach und nach aufzulösen, für jede der Damen hätte es zehn seiner Sarazenen als Bewerber gegeben.

Nicht wenige hielten deshalb Bianca für eine Hexe, die dem polygam veranlagten Kaiser zu ihren Gunsten in einen monogamen Sklaven verwandelt habe. Und so begannen sie Bianca Lancia zu fürchten. Wenn ihr Liebeszauber so gut wirkt, so dachten sie, dann wird sie auch noch zu anderen Hexenkünsten fähig sein. So spaltete sich der Hof in zwei Lager. Das kleinere bestand aus Friedrichs unmittelbarer Umgebung, aus nüchternen und gebildeten Menschen, wie Petrus de Vinea und dem beratenden Gelehrtenkreis, der für den Kaiser tätig war. Sie hielten Bianca für eine schöne Frau, die den Kaiser mit Liebe und Hingabe an sich band, das waren die Künste einer liebenden Frau und kein Hexenzauber. Die zweite, größere Gruppe, Frauen und Männer aus der Dienerschaft und der Truppe, glaubte mehr oder minder an einen Liebeszauber, doch nicht alle hielten Bianca deshalb für eine Hexe. Bei den meisten Frauen herrschte die Anschauung, sie besitze ein umfassendes Wissen und beherrsche magische Praktiken, die sie für ihre Zwecke einsetze.

Leider gab es auch solche, die sie für eine wirkliche Hexe hielten und mit dem Teufel im Bunde glaubten. An ihrer Spitze stand Thomas, genannt Don Tommaso, der Hofkaplan des Kaisers, nicht jedoch sein Beichtvater, auch nicht der von Bianca. Dieser Mensch sei eine Kreatur des Papstes, hatte Friedrich sie gewarnt, und nur der Papst könne das Beichtgeheimnis aufheben. Zudem hielt Friedrich es für unter seiner kaiserlichen Würde, bei einem Kaplan zu beichten. Wenn er es tat, was höchst selten geschah, dann bei seinem väterlichen Freund, dem Erzbischof Berardo von Palermo. Als Einziger durfte dieser den Kaiser auch vor Zeugen duzen, was wohl daran lag, dass er Friedrich schon als Kind gekannt und ihm damals beigestanden hatte. Bianca duzte ihn nur in intimer Zweisamkeit, ansonsten, auch im Kreis vertrauter Freunde, nannte sie ihn „Dominus" und redete ihn mit „Ihr" und „Euch" an.

Don Tommaso, der *cappellano di corte*, litt am kaiserlichen Hof unter mancherlei Unbill, doch er musste sie ertragen, da Papst Gregor ihn auf Umwegen in diese Stellung gebracht hatte. Der Kaiser und einige Vertraute wussten dies, doch Friedrich nutzte Don Tommasos Spitzeltätigkeit und sprach in seiner Gegenwart manches aus, das er auf solche Weise dem Papst übermitteln wollte.

Die äußere Erscheinung des Hofkaplans zeigte nun keineswegs das Bild eines hageren Asketen mit finsterem Gesicht, der nichts lieber tat, als Buße zu predigen. Thomas war eher klein, etwas dicklich, aß und trank sehr gerne und kleidete sich bescheiden. Doch sein Glaube stand felsenfest, auch der an das Böse. Der Teufel war für ihn tatsächlich ein Dämon, der es liebte, in verschiedenen Gestalten aufzutreten und die Menschen zu allerlei Sünde zu verleiten.

Von Bianca Lancia war er überzeugt, dass Satan sie verführt und gefügig gemacht hatte. So war es ihr gelungen, den Kaiser in ihr Bett zu locken, um ihn im Sinne des Teufels zu beinflussen. Daran glaubte er und so musste er dementsprechend handeln. Natürlich in aller Vorsicht und nicht zu überstürzt. Doch es gab einen Weg, Näheres über Bianca zu erfahren, und der führte über Anna, ihre Leibdienerin, die ihre kleinen Sünden bei Don Tommaso zu beichten pflegte.

Einmal war es freilich um mehr gegangen und es hatte Anna große Überwindung gekostet, im Beichtstuhl der Hofkapelle vor Don Tommaso zu knien. Ihr Hauptanliegen wollte sie am Ende vorbringen, doch kaum hatte sie die kleinen Sünden gebeichtet, als Don Tommaso schon die Absolution herunterleierte. Dann spielte er den besorgten Beichtvater und stellte ihr einige Fragen, die sie ein wenig ungehörig empfand, doch wie sollte sie einem Priester die Antwort verweigern? Als Anna nach der Absolution „Gelobt sei Jesus Christus" sagte, hörte sie statt dem „In Ewigkeit, Amen" Don Tommasos weiche, einschmeichelnde Stimme:

„Bleib noch ein wenig, meine Tochter. Fühlst du dich wohl im Dienst der Donna Bianca? Sie ist dir gewiss eine gute Herrin?"

„Aber ja! Ich bin am Hof ihres Vaters aufgewachsen, das ist fast so, als – als seien wir verwandt ..."

„Das ist ja prächtig! Leider zieht es Donna Bianca vor, anderswo ihre Beichte abzulegen, aber vielleicht ändert sie noch ihre Meinung, das könnte doch sein?"

Anna spürte das Drängende hinter diesen Fragen und verschloss sich.

„Da mische ich mich nicht ein, auch weil es sich für eine Dienerin nicht gehört."

Don Tommaso war nicht so dumm, jetzt weiterzufragen.

„Da muss ich dir schon Recht geben. Also: In Ewigkeit, Amen."

Warum hatte er ihr nicht Zeit gelassen, die Hauptsünde zu beichten? Nach der hastigen Absolution und seinen aufdringlichen Fragen hatte sie keine Lust mehr dazu gehabt. Drückte sie diese Sünde nicht so sehr oder war es in ihren Augen keine? Es war nämlich so, dass Giordano ein Auge auf sie geworfen, sie sozusagen entdeckt hatte. Als Biancas Bruder fehlte es ihm nie an Gelegenheit, sie zu sehen, zu sprechen. Aber warum erst jetzt? Sie kannten sich doch schon von Pisa her, hatten gemeinsam die lange Reise unternommen und nach der Rückkehr vom Kreuzzug hatte er schon wochenlang als einer von drei Capitani die Palastwache geführt. Es lag wohl daran, dass sich in seinen wie auch in ihren Verhältnissen einiges geändert hatte.

Zuhause auf dem Gut war Anna ein kleines Hirtenmädchen gewesen, eine *serva* von vielen, die in Haus und Hof herumliefen. Als Leibdienerin und Vertraute der Geliebten des Kaisers hatte sich dann eine Wandlung an ihr vollzogen. Sie kleidete sich hübsch, trug Schuhe und etwas Schmuck, hatte auch einiges von den Umgangsformen ihrer Herrin angenommen – kurz und gut, sie war mit dem einstigen Hirtenmädchen kaum noch zu vergleichen. Einzig ihr Gesicht war unverändert, die kecken Sommersprossen fand Giordano reizend, die rostroten Haare entzückend, ihre ganze jugendfrische Erscheinung zum Anbeißen.

Anna mochte jetzt etwa sechzehn sein und die Ereignisse um ihre Herrin hatten ihrer noch schlummernden Weiblichkeit einen sanften Stoß versetzt, ohne sie ganz zu erwecken. Doch ein wenig regte sie sich schon. Zwischen ihr und Bianca herrschte ein freier, offener Ton, bei dem aber niemals zur Sprache kam, dass ihre Herrin die Geliebte des Kaisers war. Über Männer wurde aber schon geredet und so manche Liebschaft am Hof bissig oder verständnisvoll kommentiert. Einmal fragte Bianca sie:

„Anna, du bist doch längst kein Kind mehr – gibt es hier gar keinen, der dir gefällt? Schau dir nur die Männer unserer Palastwache an, allesamt junge und stramme Kerle. So mancher von denen hat dich schon recht hungrig angeblickt ...“

Anna errötete. „Hungrig? Davon habe ich nichts bemerkt.“

Giordano beließ es nicht beim Schauen, er passte Anna ab, wenn sie in den Hof zum Brunnen ging, ja, er machte ein System daraus, sich auf ihre Spuren zu setzen, um „zufällige“ Begegnungen herbeizuführen. Freilich, er musste seinen Dienst tun, aber das geschah in ihrer Nähe und allmählich gewann er den Eindruck, ihr nicht ganz gleichgültig zu sein. Sich selber schalt er einen Zauderer und Hasenfuß, der es nicht wagte, ihr klipp und klar zu sagen, worum es ging und was er wollte. War er nicht zu einer Muselmanin in ihr eigenes Bett gestiegen und hatte sie so gefickt, dass ihr Gewinsel bis nach draußen zu hören gewesen war? Und einer kleinen Dienstmagd wagte er nicht zu sagen ... Er schlug sich vor Empörung so hart auf den Schenkel, dass es ihn tagelang schmerzte. Was er sich nicht eingestehen mochte: Die Umstände waren gegen ihn. Wann wäre Anna jemals allein gewesen? Nachts schlief sie im Ankleidezimmer neben der Schlafkammer ihrer Herrin, bei offener Tür, um immer in Rufweite zu sein. Untertags war es eine Kunst, sie unter vier Augen zu sprechen, immer wieselte irgendwer herum, immer hatte sie etwas zu tun, war stets in Eile.

Wir befinden uns noch in der Zeit, da Kaiser Friedrich abwesend war, um sein Land zu befrieden und mit dem Papst zu verhandeln.

Das zog sich über ein Jahr hin, etwa vom Sommer 1229 bis zu jenem ersten September des folgenden Jahres, als der Papst ihm den Friedenskuss bot. Bianca hatte Friedrich eher erwartet, doch es trafen regelmäßig Briefe ein, in denen er sie immer wieder vertrösten musste. Im Frühjahr waren die Verhandlungen mit dem Papst derart ins Stocken geraten, dass der Kaiser sie bat, jetzt nicht die Geduld zu verlieren und sich noch auf eine längere Wartezeit gefasst zu machen.

Um sich abzulenken, beschloss Bianca ein an das Kastell angrenzendes verwildertes Landstück in einen blühenden Garten zu verwandeln. Einen Teil der Büsche und Sträucher sowie einen alten knorrigen Apfelbaum ließ sie stehen. Dazwischen mussten die Gärtner verschlungene Pfade anlegen, Blumen und duftende Kräuter pflanzen. Mit dornigen Heckenrosen ließ sie das Stückchen Land einfrieden und nannte es spaßhaft ihren „Garten Eden".

Von Ende Mai an hielt sie sich, vor allem an den Nachmittagen, häufig dort auf, begleitet von Anna und meistens auch von der kleinen Costanza, deren Korb im Schatten des Apfelbaumes stand, gehütet von ihrer *balia*. Natürlich war immer eine Wachmannschaft in der Nähe und wenn Bianca das Kind stillte, musste die sich entfernen.

Hier nun fand Giordano endlich eine Möglichkeit, sich ungestört mit Anna zu treffen, denn die Büsche standen so dicht, dass es nur wenige Schritte brauchte, um – für die anderen unsichtbar – sich flüsternd zu unterhalten. Zuerst wollte sie sich nicht küssen lassen und so suchte Giordano sie mit Worten zu betören. Sie spürte seinen heißen Atem, als er ihr ins Ohr flüsterte:

„Anna, du bist das schönste Mädchen am ganzen Hof! Du wirst nun fragen, warum ich das nicht eher bemerkt habe? Weil es mit dir ging, wie mit den Blumen: Als Knospen sind sie unscheinbar, halb entfaltet lassen sie etwas ahnen, aber erst, wenn sie voll erblüht sind, trifft es dich wie ein Blitz: Welche Schönheit sich hier verbarg!"

Und so ging es fort und fort. Nicht ungern hörte Anna solche Worte, ließ sich schließlich sogar küssen. Dann kamen die heißen Sommertage und auch Bianca fügte sich dem Gesetz des Südens. Von den Mittags- bis zu den frühen Abendstunden hatte jede Tätigkeit zu ruhen, es sei denn, sie war lebensnotwendig.

Natürlich hatte Bianca die Bemühungen ihres Bruders um Anna bemerkt, ohne sich darüber zu äußern. Mochte aus den beiden ein

Liebespaar werden, heiraten konnte er sie nicht, das Weitere würde sich finden. Da es um die Mittagsstunden im Garten Eden auch im Schatten zu heiß war, blieb Bianca in ihrem nach Norden gelegenen *dormitorio* und gab Anna zu verstehen, dass sie über die nächsten Stunden frei verfügen könne.

So trafen sich die Liebesleute im hitzeflirrenden Garten und Giordano bemühte sich, ihren letzten Widerstand zu überwinden.

„Eine so große Sünde kann ich nicht begehen", wandte Anna ein und presste beide Hände auf ihren Schoß. Sie lagen auf einem schmalen Stück Rasen hinter dichten Sträuchern und Giordano richtete sich bei ihren Worten erstaunt auf.

„Große Sünde? Wir sind beide erwachsene Menschen und lieben uns. Mit deinen unbedachten Worten machst du meine Schwester zu einer großen Sünderin – ist dir das bewusst?"

Nun war es Anna, die sich empört aufrichtete.

„Was redest du da? Wenn der Kaiser ... also, wenn der Kaiser ..."

„Der Kaiser ist auch nur ein Mann. Stelle ihn dir nackt zwischen seiner ebenfalls nackten Leibwache vor – wo ist da ein Unterschied?"

„Ich weiß nicht, wie ein nackter Mann aussieht ..."

Da mussten sie beide lachen. Natürlich hatte Anna längst erwogen, sich seinen Wünschen zu ergeben, aber sie wollte es ihm nicht zu leicht machen. Doch an diesem hitzetrunkenen Augustnachmittag geschah es. Kurz zuvor hatte der Gärtner den ohnehin spärlichen Rasen gemäht und Anna fühlte, wie die Grasstoppeln in ihren nackten Hintern stachen, aber dann spürte sie nur noch den Geliebten, der ruhig und ohne Hast die Tür zu Annas Weiblichkeit aufstieß. Dabei küsste er unablässig ihr vor Hitze und Aufregung glühendes Gesicht, in dem die Sommersprossen sich fast spurlos verflüchtigt hatten.

„Das also war es", sagte sie danach, noch schwer atmend.

Giordano stutzte.

„Hat es dir nicht gefallen?"

„Doch, aber es war anders als ... als ich es erwartet hatte."

„Wie anders? Schöner, schlechter ...?"

„Einfach anders – ich weiß nicht, wie ich es sagen soll."

Von da an waren sie ein Liebespaar und alle wussten es, aber nicht alle hießen es gut. Vor allem nicht Urso da Venosa, der älteste der drei Capitani. Er war nicht von Adel, stammte aus dem Städtchen Venosa und kam aus ärmlichen Verhältnissen. Langsam, doch sehr beharrlich hatte er sich bei den Truppen emporgedient. Aufgefallen war er durch seine absolute, durch nichts zu beeinträchtigende Redlichkeit. Das Gehorchen fiel ihm schon deshalb so leicht, weil er ein Mensch ohne jede Fantasie war. Hätte ein Vorgesetzter ihm befohlen, auf allen Vieren zu kriechen und wie ein Hund ein Stöckchen zu apportieren, er hätte es ohne Murren getan. Als er dann selber Befehlsgeber wurde, dachte er trotzdem über jede Anordnung genau nach, ob sie sinnvoll und nützlich sei. Ja, auf Urso war Verlass, doch eines hatte ihn im Laufe seines Lebens immer wieder betrübt, oft verbittert: Er hatte bei Frauen kein Glück und er konnte sich nicht erklären, warum.

Sein Äußeres war nicht gerade eine Augenweide. Kurze dicke Beine, langer muskulöser Oberkörper, auf dem dann ein kleiner Kopf, um nicht zu sagen, ein Köpfchen saß. Die niedrige Stirn, die immer wässrigen Schweinsäuglein, eine Knollennase und ein häufig wie vor Erstaunen offen stehender Mund machten das Bild auch nicht schöner. Sein Liebesleben hatte sich bisher ausschließlich auf Huren beschränkt, doch er dachte, wenn er erst einmal Hauptmann sei, dann würden sie schon kommen. Er wurde Capitano und sie kamen nicht. Da war wieder zu fragen: Warum? Fanden doch sonst selbst die häßlichsten Männer eine zu ihnen passende Frau, denn aus weiblicher Sicht wurde eine unvorteilhafte äußere Erscheinung oft durch andere Eigenschaften ausgeglichen. Gab es solche bei Urso nicht? Es gab sie und es war bereits die Rede davon, doch was sollte eine Frau mit solch eher soldatischen Tugenden anfangen? Eines wäre ihr sicher gewesen: Hätte Urso endlich die Passende gefunden, er wäre ihr – schon aus Dankbarkeit – zeitlebens treu geblieben.

Niemand ahnte etwas davon, dass dieses ungefüge Mannsbild das Mädchen Anna still, aber innig verehrte. In seinen Wunschträumen war sie das treue Weib an seiner Seite, die Mutter allerliebster Kinder. Dass Anna, wie er selber, von ganz unten kam, dass sie noch vor nicht allzu langer Zeit als barfüßige Gänsehirtin über die Wiesen gelaufen war, wusste er nicht.

Es ist anzunehmen, dass Urso weiterhin die rothaarige Anna still und heimlich verehrt hätte, wäre nicht Giordano gekommen und hätte sie im Sturm erobert. In Ursos Augen war dieser Graf Lancia nur ein junger Hüpfer, der es allein seinem Adel zu verdanken hatte, dass er sich in so jungen Jahren schon Capitano nennen durfte. Hätte Urso nur etwas an Vorstellungskraft besessen, so wäre ihm eine Verbindung mit Anna wenig wahrscheinlich erschienen, doch in seinen Träumen war sie bereits eine Tatsache und er hoffte im Stillen, die Wirklichkeit werde irgendwann nachfolgen.

Nun aber gehörte Anna einem anderen und Ursos verheißungsvolles Traumgebilde zerbarst wie eine bunt schillernde Seifenblase. In seinen Augen war Anna schuldlos und von dem in Liebesdingen sicher vielerfahrenen Grafen einfach überrumpelt worden. Wusste doch jeder, dass diese Feudalherren sich einfach nahmen, was ihnen gefiel, und wenn sie es satt hatten, wurde es weggeworfen. Wäre er, Urso, wortgewandter gewesen, er hätte Anna schon über das Wesen dieser Herren aufgeklärt, aber allein beim Gedanken daran kam er schon ins Schwitzen. Wie ließ sich so etwas überhaupt in Worte fassen? Er wusste es nicht, mochte er noch so lange darüber grübeln. Wer ein Übel nicht abstellen und auch sonst nichts dagegen tun kann, beginnt es zu hassen. So wuchs in Urso eine Verbitterung über das „Unglück" heran, die sich bald in glühenden Hass auf Giordano wandelte. Nun besaß aber dieser Lancia denselben militärischen Rang wie er und war somit sein Genosse, Gefährte, Kamerad. Das musste er hinnehmen, ob er wollte oder nicht. Er wollte nicht, aber er musste. Die unteren Ränge durften nichts davon merken, nein, es wäre nicht recht gewesen, mit persönlichen Problemen die Mannschaft zu verunsichern. Wenn etwas geschah, dann musste es außerhalb der Truppe geschehen, von Mann zu Mann, nicht von Capitano zu Capitano.

Dann kam der Tag Anfang September – der Kaiser wurde in nächster Zeit erwartet –, da gingen Ursos Gefühle mit ihm durch. Er hatte der Nachtwache vorgestanden und wollte sich jetzt ein wenig aufs Ohr legen. Seine ebenerdige Kammer grenzte an den Schlafsaal der Mannschaften und die Sicht durch das kleine Fenster ging auf den Innenhof. Er gähnte, kratzte sich ausgiebig am Schenkel, dessen Innenseite die Flöhe immer wieder heimsuchten, und schenkte sich dann einen Schlaftrunk ein. Während des Dienstes trank er nie, doch in der Freizeit manchmal weit über den Durst, immer darauf bedacht, damit nicht aufzufallen. Er trank, stellte den halb vollen Becher auf das Fensterbord und wollte sich gerade umdrehen, da sah er Anna schnellen Schrittes über den Hof laufen. Sie trug einige Wäschestücke über dem Arm, die sie wohl zum Ausbessern brachte. Da flatterte irgendetwas Weißes zu Boden, doch sie bemerkte es nicht. Schnell entschlossen lief er hinaus, hob, ohne hinzusehen, den Fetzen auf und blickte sich um. Anna war verschwunden, doch sie würde wiederkommen, denn an den Vormittagen gab es immer etwas zu tun. Sie kam wieder, errötete leicht und nahm ihm das weiße Tuch aus der hingestreckten Hand. Etwas in ihm ließ ihn mit vor Verlegenheit leiser Stimme sagen:

„Donna Anna, eine, ja, eine Bitte: Ihr müsst Euch vorsehen! Gebt acht, dass ... dass dieser Lancia Euch nicht ... nicht missbraucht. Kommt eine andere, wird er Euch beiseiteschieben wie ... wie etwas Lästiges ..."

„Was redet Ihr da, Don Urso? Das zwischen mir und Don Giordano geht Euch nichts an! Kümmert Euch um Eure eigenen Angelegenheiten und lasst uns in Frieden!"

Sie war so aufgebracht, dass sie bei ihrem nächsten Treffen mit Giordano davon sprach. Der zeigte sich erstaunt.

„Wenn ich es recht verstehe, so hat dieser Urso dich vor mir gewarnt?"

„Ja, ich solle mich vorsehen, dass du mich nicht – wie hat er gleich gesagt? – entehrst, nein, missbrauchst, sagte er, und dich dann von mir abwendest. Vielleicht nicht genauso, aber sinngemäß, glaube ich, wollte er das ausdrücken."

Jäh wallte der Zorn in Giordano auf. Anstatt zu sagen, er werde sie immer lieben und niemals missbrauchen, rief er empört:

„Was nimmt dieser Kerl sich heraus? Mischt sich frech in unsere Angelegenheiten! Das passt zu einem ... zu einem Liebesversager, der nicht imstande ist, eine Frau aufzutun. Das ist der Neid, und der treibt ihn zu solch hasserfüllten Bemerkungen. Aber den werde ich mir vorknöpfen!"

Anna fasste ihn am Arm.

„Nein, Giordano, tu das nicht! Ihr seid ranggleich und du musst versuchen, es friedlich beizulegen. Vermutlich hast du Recht: Sein eigenes Versagen bei Frauen erzeugt eine Wut auf andere, die es besser machen."

Giordanos Zorn war abgekühlt und nun musste er sogar lachen. Zwar fand ihr Gespräch im „Garten Eden" statt, doch er blickte sich vorsichtig um, ehe er Anna fest umarmte und seinen Unterkörper an den ihren presste.

„Mache ich es denn besser?“

„Da fehlt mir der Vergleich, du bist mein erster Mann.“

„Das ist dein Glück! Ich würde dich ungern mit anderen teilen.“

War das ernst gemeint? Sie schaute ihn fragend an.

„Teilen? Was meinst du damit? Jetzt bist du mein Geliebter und hätte ich einen vor dir gehabt, so wäre das vorbei.“

Er blähte sich wie ein Gockel, ehe er kräht.

„Als Mann hat man nicht gerne einen Vorgänger, vielleicht verstehst du das nicht.“

„Und wie ist das bei dir – bei euch? Wie viele Frauen hast du vor mir beglückt? Zwei, zehn, zwanzig?“

Er blieb gelassen.

„Wer fragt schon danach? Schau dir nur unseren Kaiser an. Glaubst du, der würde auf solche Fragen antworten, wenn meine Schwester sie stellt?“

„Bei Donna Bianca ist es anders ...“

Anna verzichtete auf weitere Erklärungen und so sanken sie hinter den Hecken ins Gras.

Wenn Anna gemeint hatte, bei Bianca sei es anders, dann wollte sie eine Erkenntnis andeuten, zu der sie im Laufe ihres Zusammenseins gelangt war. Obwohl Bianca niemals über ihre Verbindung zum Kaiser sprach, so fiel dann und wann ein Wort, das Anna so nach und nach auf die richtige Spur brachte. Es stellte sich ihr so dar, dass Bianca ein dunkles Gelübde oder einen Vorsatz gefasst hatte, sich für Friedrich aufzusparen. Einmal hatte sie zu Anna gesagt:

„Ich war kaum vierzehn geworden, da kam mein lieber Bruder Galvano schon mit Hochzeitsplänen. Leider konnte ich sie ihm nicht ausreden und so musste er begreifen, dass ich in gar keinem Fall dafür zu haben war. Die ganze Wahrheit konnte und durfte ich ihm nicht sagen, aber ich deutete an, dass es auch noch einen himmlischen Bräutigam gebe. Aber jetzt Schluss damit! Zum Glück hat es sich so gefügt, dass ich Gott nur danken kann.“

Anna folgerte daraus, dass Bianca von Anfang an einen gewissen Entschluss gefasst und alles erreicht hatte, was sie wollte. Das lässt sich dann, so dachte Anna, in einem einzigen Satz fassen: Bianca wollte den Kaiser zum Geliebten und wäre bei einem Misserfolg ins Kloster gegangen. An diese Version glaubte sie, doch das ging keinen etwas an, auch nicht Giordano. Deshalb sagte sie, bei Bianca sei es anders und damit musste er sich abfinden.

Doch eines mochte er nicht hinnehmen, nämlich Ursos dummfreche Bemerkung, und er sprach ihn bei der nächsten Gelegenheit darauf an. Beide standen sie am Brunnentrog und wuschen sich Gesicht und Oberkörper. Ihr Dienst war mit dem Tag zu Ende gegangen, doch ihre Pläne für den Abend unterschieden sich. Giordano war von Bianca zum Nachtmahl geladen und freute sich, dabei Anna wiederzusehen. Urso freute sich auf nichts, er hatte nur den Wunsch, seinen nagenden Kummer zu vergessen, doch das ging nicht und so musste er ihn ertränken. Dafür stand ein Krug mit fünf *caraffe*, also gut zwei Litern schweren Weines bereit und so würde er wenigstens traumlos schlafen können. Seit Wochen quälte ihn ein Alptraum, in dem er an einem tiefen Abgrund stand, am Rand einer Schlucht, während auf der anderen Seite Anna die Arme nach ihm ausstreckte. Da gab es für ihn keine Wahl – er nahm Anlauf, sprang und verfehlte die andere Seite um ein Weniges. Mit einem grässlichen Schrei stürzte er in den Abgrund – und wachte auf, schweißgebadet, verwirrt, verzweifelt.

Zuerst schwiegen die beiden Männer und als Urso sein wassertriefendes Gesicht abtrocknete, sagte Giordano, wobei er auf das gewohnte „Du" verzichtete:

„Ich möchte Euch warnen, Don Urso. Falls Ihr noch ein einziges Mal Donna Anna mit dummen und unzutreffenden Behauptungen belästigt, werde ich Euch zur Rechenschaft ziehen."

Urso rieb langsam seine tonnenförmige und dicht behaarte Brust trocken. Sein Gehirn war wie verkleistert, es suchte nach einer treffenden Entgegnung.

„So, aha", brummte er, „und wie soll das aussehen?"

„Wie man eben mit Verleumdern umgeht: Ich werde in Euren dummen Kopf die Wahrheit hineinprügeln."

„Ah, die Wahrheit, so, so. Ich werde Euch zeigen, wie meine Wahrheit aussieht."

Urso legte das Handtuch weg und wollte Giordano am Hals packen, doch der war schneller, duckte sich und rammte seinen Kopf in Ursos Magen. Er ächzte, rang nach Luft und bewegte dann beide Arme mit geballten Fäusten in einem Rundumschlag. Dabei wurden seine riesigen Pratzen zu Hämmern, die einen Menschen sogar hätten töten können. Giordano sprang einige Schritte zurück, packte eine am Brunnenrand lehnende eiserne Kelle, holte weit aus und schlug mitten in den Fäustewirbel. Es gab einen dumpfen Knall, Urso hielt inne und betrachtete seine stark blutende rechte Hand.

„Blut!", krächzte er, „Blut! Der Saukerl hat mich verletzt! Dafür werde ich dich – werde ich dich ..."

Er kam nicht weiter, weil Don Gentile, der dritte Capitano, ein schweigsamer, wenig beliebter Kalabrier, mit einigen Männern erschien und die Streithähne festhalten ließ.

„Was ihr auszutragen habt, geht mich nichts an, doch hier ist nicht der rechte Ort dafür. Noch ein Wort und ich mache dem Castellano Meldung!"

Der Burgvogt war ihr nächster Vorgesetzter und befugt, sie beide in den Kerker zu werfen. Damit war der Streit vorerst beendet und als wenige Tage später der Kaiser erschien, gab es für die Hauptleute eine solche Fülle von Aufgaben, dass sie ihren Dienst taten, ohne ein persönliches Wort zu wechseln.

13

Es hätte eine schöne, friedliche Zeit in den Kastellen von Melfi und Foggia werden können, wäre nicht die ungelöste lombardische Frage gewesen. Da sich in diesem Jahr ein ungewöhnlich heißer Sommer ankündigte, der schon im Mai die hitzetrunkene Luft zum Flirren brachte und sogar einige Quellen versiegen ließ, ordnete der Kaiser einen vorzeitigen Umzug nach Melfi an. Von den drei Capitani der Palastwache sollte diesmal Don Urso zurückbleiben, weil Friedrich ihn für den Zuverlässigsten hielt.

„Dein Bruder", so erklärte er Bianca, ist draufgängerisch und treu, lässt aber gelegentlich seiner jähen Natur freien Lauf. Auf Don Gentile ist zwar Verlass, doch die Männer schätzen ihn nicht besonders, weil er zu sehr auf strenge Zucht hält. Don Urso ist zwar beschränkt, aber seine Leute mögen ihn und er wird in Foggia verlässlich seine Pflicht tun."

Der Kaiser aber hatte nicht wissen können, dass Don Urso diesen Entschluss der Einflüsterung von Giordano zuschrieb. Er hatte gehofft, dieser würde zurückbleiben, und so wäre Anna seinem schädlichen Einfluss entzogen und er selber könnte ... Doch darüber hatte er noch nicht genau nachgedacht. Wie die meisten hoffnungslos Verliebten war Urso in eine Welt entrückt, die sich von der Wirklichkeit immer weiter entfernte. Bisher hatte es in seinem Leben einen Hauptinhalt gegeben, und das war sein Dienst. Dann kam Anna und seine hündische Verliebtheit wurde zum zweiten Inhalt. Da nun Annas Weggang bevorstand, den Urso mit allen Mitteln verhindern wollte, war die Reihenfolge eine andere geworden. Zuerst kam Anna, dann der Dienst, und der musste sich ihr unterordnen. Dass er jemals so denken könnte, hätte Urso noch vor einem halben Jahr nicht für möglich gehalten, aber sein einfaches Gemüt nahm diese Tatsache hin. Ein Mensch mit etwas Vorstellungskraft hätte sich sagen müssen: Ich kann an den Tatsachen nichts ändern, kann Anna nicht auf meine Seite ziehen, kann Giordano nicht an seiner Liebschaft hindern. Zu solchen Überlegungen aber war er nicht fähig. Wie ein Kampfhund hatte er sich in die Vorstellung verbissen, sein Wunschtraum müsse sich früher oder später erfüllen, und wie man weiß, lassen sich solchermaßen abgerichtete Hunde eher totschlagen, als den Biss zu lockern.

So war es Ursos nächstes Ziel, Giordano auf irgendeine Weise von der Reise abzuhalten. Beim Kaiser vorstellig zu werden, hielt er für sinnlos, er hätte auch nicht gewusst, wie er sich dem hohen Herrn begreiflich machen sollte. So gab es für ihn nur eine Lösung, nämlich Giordano an der Reise zu hindern. Dazu musste er ihn töten, aber davor schreckte Urso zurück, denn so weit reichte seine Fantasie, um sich ausmalen zu können, was dann geschehen würde. Die nächste Möglichkeit war, Annas Liebhaber erkranken zu lassen, und dazu fiel ihm nur ein Weg ein: Er musste ihn vergiften, und zwar so, dass auf ihn kein Verdacht fiel.

Wie alle Haushalte – ob Bauernkate oder Palast – litt auch das Kastell zu Melfi unter der Rattenplage. Mit Katzen war diesen Tieren nicht beizukommen, denn nur große und kräftige Kater wagten sich an die gefräßigen Nager. Mit Gift gab es unterschiedliche Erfahrungen, hatte man doch beobachtet, dass die vergifteten Köder zwar von Ratten gefressen wurden, aber wenn sie dann unter Krämpfen starben, rührten die anderen nichts mehr an. Nun war es den Alchemisten – unter Mitwirkung von Michael Scotus – nach vielen Versuchen gelungen, das bekannte Rattengift, nämlich Arsenikon, auf eine Weise abzuschwächen, dass der Tod erst Tage später eintrat. So ließen sich die meisten der anderen Ratten täuschen und verschlangen die Giftköder.

Urso wusste, dass es unten ein lichtloses Gewölbe gab, wo verschiedene gefährliche oder ungenießbare Zutaten zu Wirkstoffen oder Arzneien aufbewahrt wurden. Die Tage vor der Abreise herrschte ein ziemliches Durcheinander und als er den Burgvogt fragte, wo – falls dies nötig sei – das Rattengift aufbewahrt werde, stieß er sofort auf Misstrauen. Der dürre, graubärtige und etwas schwerhörige Castellano fragte mit gerunzelter Stirn:

„Was geht Euch das an? Dafür sind andere zuständig!"

Urso fiel natürlich nichts zur Rechtfertigung ein.

„Na ja, es könnte – ich meine, im Falle des Falles ..."

„Dann wendet Euch an Mamo", sagte der Graubärtige kurz.

Das war ein im ganzen Kastell bekanntes Faktotum, eine uralte runzelige Frau, die den gesamten Hausbetrieb in- und auswendig kannte und die man um Rat fragen konnte, wenn man nicht weiterwusste. Den männlich klingenden Namen hatte sie einem beachtlichen Bartwuchs zu verdanken, der Kinn und Wangen bedeckte.

Urso suchte sie auf und sagte etwas von unsauberen Mannschaftsquartieren, in denen die Ratten überhandnahmen.

„Ich möchte da etwas vorsorgen ..."

Die Alte nickte nur und winkte ihm, ihr zu folgen. Der finstere Raum war anscheinend in letzter Zeit nicht mehr geöffnet worden, denn die Tür klemmte, knarrte und kreischte, bis sie endlich zur Hälfte offen stand.

Mamos zahnloses Gemurmel war kaum zu verstehen, doch sie hielt die Lampe an ein Regal mit beschrifteten Tontöpfen, auf die ihre runzelige Hand mit Nachdruck deutete. Ihr Zeigefinger wanderte zwischen zwei der Behälter hin und her. Ihrem heiseren Gequake war zu entnehmen, dass aus beiden Töpfen etwas gemischt werden musste, aber in welchem Verhältnis, war nicht herauszufinden. Dann humpelte sie wortlos hinaus und ließ ihn einfach stehen.

Kurz entschlossen stellte Urso die beiden etwa kopfgroßen Behälter auf einen kleinen Tisch, nahm die Deckel ab und leuchtete hinein. Der eine enthielt ein grauweißes, metallisch glitzerndes Pulver, das einen leichten Knoblauchgeruch verströmte. Im anderen Topf fand er eine schwärzliche bröckelige Masse von undefinierbarem, stechenden Geruch. Der eine Behälter war mit einem roten, der andere mit einem schwarzen Kreis versehen. Urso ging nun von zwei falschen Voraussetzungen aus. Der stechende Geruch, der aus dem schwarz markierten Behälter kam, wies seiner Einschätzung nach auf Gift und war deshalb mit schwarzer Todesfarbe gekennzeichnet. Der mit dem roten Kreis und dem beruhigenden Knoblauchduft konnte dagegen nur etwas harmlos Pflanzliches enthalten, und so schaufelte er von der schwarzen bröckeligen Masse zwei Löffel voll in ein mitgebrachtes ledernes Säckchen. Er musste sich dabei ziemlich anstrengen, da seine dick umwickelte linke Hand kaum zu gebrauchen war. Zu einem jedenfalls war sie nütze: Sie erinnerte ihn an die nach wie vor offene Rechnung mit diesem grünen Bürschchen, das wohl glaubte, sein adliger Name könne die Erfahrung und das Wissen eines altgedienten Kriegers aufwiegen.

Zwei Tage später gab es für die Männer ein Abschiedsbankett, wobei der Castellano mit den drei Hauptleuten an einem Tisch saß. Urso tat alles, um bieder und harmlos zu erscheinen, Don Gentile unterhielt sich flüsternd mit dem Burgvogt. Giordano tat es inzwischen leid, dass er Urso verletzt hatte, und er bemühte sich um Ausgleich.

„Deine Fäuste haben mir einfach Angst eingejagt, das musst du schon verstehen. Sie erschienen mir wie Dreschflegel, die alles niedermachen."

Urso versuchte ein verständnisvolles Grinsen.

„Natürlich verstehe ich das und heute weiß ich auch, wie sehr meine dumme Bemerkung dich geärgert haben muss – also Schwamm drüber!"

Er streckte ihm seine gesunde Hand hin, die Giordano kräftig drückte.

„Darauf trinken wir eins! Warte hier, ich hole einen Krug vom Besten."

Der hier ausgeschenkte Wein war tatsächlich ein Krätzer; etwas für einfache Männer, die nichts anderes gewöhnt sind. Giordano drückte dem *tavernajo* einen *grosso* in die Hand und bekam dafür einen kleinen, etwa zwei *caraffe* fassenden Krug vom versiegelten Herrschaftswein. Urso hatte unterdessen etwas von dem schwarzen Zeug unter dem Tisch zerdrückt und in Giordanos Becher gegeben. Das ging nur, weil der Capitano mit Don Gentile nach wie vor in ein Flüstergespräch vertieft war und sie ihm fast den Rücken zukehrten. Er rechnete schon mit einer Geschmacksveränderung, aber vielleicht war der andere schon so angesäuselt, dass er es nicht merkte.

Als Giordano den ersten Schluck genommen hatte, verzog er das Gesicht und spuckte aus.

„Bäh – was ist denn das? Der Kerl hat mir statt des Herrschaftsweines Essig verabreicht! Den werde ich ...“

Urso bekam es mit der Angst.

„Nein, nein, jetzt warte mal. Vielleicht ist etwas von dem Siegel in den Wein geraten.“

Schnell nahm er den Becher, schüttete ihn aus, spülte etwas nach, füllte ihn dann neu, roch daran und trank.

„Einwandfrei“, sagte er und goss aus dem Krug in den anderen Becher. Jetzt war auch Giordano zufrieden, doch nach einiger Zeit griff er sich an den Bauch.

„Mir wird schlecht“, ächzte er, „ich glaube, ich muss ...“

Und schon schoss ihm ein Strahl Erbrochenes aus dem Mund.

„Sauf nicht so viel!“, rügte Don Gentile und wandte sich angeekelt ab.

Der Burgvogt schüttelte den Kopf. „Die jungen Leute kennen kein Maß ...“

Für Urso war es das Erwachen aus einem bösen Traum. Was hast du da getan? Du wolltest einen Menschen umbringen! Einen Kameraden! Adlig zwar, aber ein Krieger wie du! Im selben Rang! Und warum? Warum nur?

Urso sprang auf und lief hinaus, brach durch die Dornenhecke in den „Garten Eden“ und warf sich dort zu Boden. Wenn Giordano jetzt starb? Es würde nicht lange dauern und man käme auf die alte Mamo. Auch der Castellano würde sich seiner seltsamen Frage nach dem Rattengift erinnern. War Anna das wert? Ein unbändiges Selbstmitleid ergriff ihn. Er hatte es doch nur für Anna getan! Nun stand er als Mörder da! Ein schlechter Lohn für Liebe, Zuneigung, Fürsorge! Wie ein Hammerschlag traf ihn die Erkenntnis, dass Don Giordano gewissermaßen der Schwager des Kaisers war. Biancas Bruder! Ein Lancia!

Trotz der frühsommerlichen Wärme brach ihm kalter Schweiß aus. Das ist – das ist, als hätte ich einen Verwandten Seiner Majestät umgebracht ...

Er sprang auf, stieß den heckenschneidenden Gärtner beiseite und lief zur Nordseite des Kastells, wo eine selten benutzte Tür in den Innenhof führte. Nur die drei Capitani trugen den passenden Schlüssel bei sich und so fingerte Urso an dem Schlüsselring, bis er den richtigen gefunden hatte. Um die Tür war jetzt allerlei Unkraut aufgeschossen und es kostete ihm einige Mühe, bis er sie so weit aufgezwängt hatte, dass er durchschlüpfen konnte.

Die Aufbruchstimmung trieb alle Beteiligten bunt durcheinander und so herrschte im Burghof ein Menschengewimmel, in dem kaum einer auf den anderen achtete. Als Urso am Wachraum vorbeiging, wollte ihn einer seiner Männer etwas fragen. Zwar hörte er die Stimme, doch das Gesagte nahm er nicht wahr. Er winkte nur hastig ab, als sei er in größter Eile, nahm den Gang hinüber zur schmalen Wendeltreppe, die auf den höchsten Turm des Kastells führte, der einen weiten Rundblick nach allen Seiten bot.

War Ursos Vorstellungskraft bisher nur schwach ausgeprägt gewesen, so überfiel sie ihn jetzt mit den grauenhaften Bildern von der Bestrafung eines Mannes, der einen fast zur kaiserlichen Familie zählenden Menschen ermordet hatte. Dazu brauchte Urso nicht viel Fantasie, denn er hatte einige der Strafaktionen zur Befriedung Siziliens miterlebt. Da wurden Menschen mit glühenden Zangen in Stücke gerissen, da gab es Gepfählte, die sich stunden-, ja tagelang in ihren Qualen wanden, da waren Gehäutete und Geblendete, langsam in Öl Gesottene und an den Beinen Erhängte. Diese so grausam Gerichteten zogen an seinem inneren Auge vorüber, als er schwer atmend die endlose Wendeltreppe hinaufkletterte. Ihre Qualen trieben ihn hinauf zur Turmstube, ihr Schreien, Keuchen, Stöhnen und Ächzen wollte er nicht länger hören und so öffnete er das schmale Fenster, zwängte seinen schweren Körper hinaus und ließ sich fallen. Das wäre nicht nötig gewesen, denn Giordano hatte die Übelkeit schnell überstanden. Nicht Arsenikon hatte Urso ihm in den Wein gemischt, sondern die an sich harmlose Beimischung für das Rattengift.

Erst am nächsten Morgen fiel Ursos Abwesenheit auf, denn er hatte seine Männer sonst stets um eine bestimmte Zeit bei Tagesbeginn antreten lassen. Über seinen Verbleib wusste niemand etwas zu sagen. Einige Wochen später entdeckten Pilzesammler seinen von Füchsen und Mardern stark angenagten Körper im fast unzugänglichen Dickicht unterhalb des Kastells.

Da hatte sich der kaiserliche Hof längst in Melfi eingerichtet und Friedrich schüttelte den Kopf, als er die Botschaft von Ursos Tod erhielt.

„Friede seiner Asche“, sagte er nur, „wer weiß, was ihn hinauf in den Turm getrieben hat? Und ob er aus dem Fenster fiel, gestoßen wurde oder selber sprang, bleibt im Dunklen.“

Inzwischen war es August geworden, doch das auf einer Anhöhe gelegene Melfi war einem fast ständig wehenden Wind ausgesetzt, sodass es auch im Hochsommer nie zu einem Hitzestau kam.

Ohne seinen Entschluss zu begründen, hatte der Kaiser seinen Harem in Foggia gelassen, was allgemeine Verwunderung erregte. Bianca konnte es nicht lassen, mit leisem Spott zu bemerken:

„Ob die zarten Blumen des Morgenlandes nicht zu sehr unter der Hitze leiden? Hier hätten sie sich wohler gefühlt ...“

Was bei anderen seinen Ärger erweckt hätte, nahm er von Bianca gelassen hin.

„Ich wollte dir eine Freude machen.“

Das war ihm tatsächlich gelungen, doch sie mochte es nicht zugeben.

„Die Damen stören mich nicht, ganz im Gegenteil, ich fand es sehr ergötzlich, wenn sie zur Unterhaltung deiner Gäste ihre Tänze aufführten – sehr einfache zwar ...“

„Jeder nach seinem Vermögen – du könntest nicht einmal das.“

Sie hob erstaunt die Brauen.

„Wenn ich wollte, könnte ich es, aber ich will nicht.“

„Dann werde ich dir zur Anregung *castagnette* schenken.“

„Wenn es dir Spaß macht ...“

Sie saßen in der schattigen Laube, die am unteren Teil des Palastes angebaut und mit wildem Wein dicht überwachsen war. Friedrich gähnte und freute sich wieder einmal, dass Bianca sich nicht den Mund verbieten ließ. Er schaute sie zärtlich an.

„Dir geht es darum, immer das letzte Wort zu haben. Wir könnten noch stundenlang weiterreden, bis mir die Augen vor Müdigkeit zufallen. Du achtest darauf und wenn ich eingeschlafen bin, sprichst du den letzten Satz. Ein Schlafender kann nichts erwidern.“

„Es gibt Wichtigeres. Wann genau willst du abreisen?“

Er tat erstaunt. „Du solltest sagen: Wir reisen ab.“

„Ich darf also mitkommen?“

„Ja, willst du es nicht?“

„Du hast mich bisher nicht gefragt.“

„Dann frage ich dich jetzt."

Sie zog einen Schmollmund. „Ich bleibe in Melfi. Reisen ist immer so anstrengend ..."

„In Ravenna könntest du Galvano treffen – hat er nicht schon einen Sohn?"

„Ja, Federico, er müsste jetzt etwa zehn Jahre alt sein."

„Da gibt es gewiss eine Menge zu erzählen."

„Familiengeschichten – wer will die schon hören? Meine Familie ist jetzt hier."

Friedrich lachte. „Ja, schon, aber du brennst doch darauf, deinen Bruder zu treffen, ich sehe es dir an."

„Wenn du meinst ..."

Natürlich wussten beide, dass Bianca mitkommen würde, aber sie genossen ihre Wortgefechte.

In den letzten Augusttagen setzte sich der kaiserliche Zug in Bewegung, ohne Truppenbegleitung, wie es der Papst verlangt hatte. Auf Ende September war in Ravenna ein Hoftag angesetzt, zu dem König Heinrich, die deutschen Reichsfürsten und die lombardischen Städte geladen waren.

Friedrich hatte mit Bianca lange beraten, ob sie die fast zweijährige Costanza mit auf die Reise nehmen sollten und schließlich die Entscheidung ihr überlassen. Bianca rang sich dazu durch, das Mädchen in der Obhut ihrer erfahrenen und bewährten Kinderfrau zu lassen.

„Da ist sie besser aufgehoben. Eine lange und anstrengende Reise ist nichts für eine knapp Zweijährige. Wir werden ja nicht so lange weg sein, dass ich später statt des Kindes eine junge Dame vorfinde."

„Mit einem halben Jahr musst du schon rechnen", meinte der Kaiser.

„An deiner Seite ist mir die Zeit immer zu kurz."

Nach seiner Rückkehr vom Kreuzzug war in Friedrichs Wesen eine Veränderung eingetreten. Schon zuvor hatte er gespürt, dass von Biancas Gegenwart etwas ausging, das er kaum mit einem Wort benennen konnte. Die Frauen vor ihr hatten – von Adelheid abgesehen – auf ihn nur körperlich gewirkt. Wenn er an ihnen etwas geliebt hatte, dann war es die Summe ihrer äußeren Erscheinung.

Haare, Augen, Mund, Hals, Brüste, Hüften, Arme und Beine mussten nicht wie bei einem Idealbild in makelloser Schönheit harmonieren. Gerade die Unregelmäßigkeiten übten auf ihn einen Reiz aus, etwa eine leise Ungleichheit der Augen, eine zu große, aber edel geformte Nase oder Lippen, deren Schwung ihn begeisterte, auch wenn sie den Mund etwas zu groß erscheinen ließen. Nicht anders war es beim Körper. Zu breite Hüften, zu dünne Arme, zu kräftige Waden hatten ihn nicht gestört oder gar abgestoßen, ja, man kann sagen, dass fehlerhafte Proportionen ihn rührten und anzogen. So viel zum Äußeren. Das innere Wesen dieser Frauen bewegte ihn wenig. Es gab dumme und gescheite, ängstliche und dreiste, geschwätzige und wortkarge – er nahm es in geduldiger Nachsicht hin oder besser gesagt, er nahm es kaum wahr.

Bei Bianca war das anders, wie er schon bald spürte, diese Frau war ihm geistig so ähnlich, dass er einmal zu ihr sagte: „Wenn ich mit dir spreche, dann scheint es manchmal, als redete ich mit mir selber."

Wie er bemühte sie sich nicht nur das Äußere der Dinge zu sehen, sondern in sie einzudringen, ihren Kern zu ergründen. Bei seinen Kebsweibern hatte es schon geschehen können, dass nach dem Beilager eine Ungeduld in ihm aufkam, als habe er eine schmackhafte, reichhaltige Speise genossen und möge nun, als Gesättigter, nicht mehr vom Essen reden, ja nicht einmal mehr daran denken.

Bei Bianca war es anders. Gewiss, nach einer regen Liebesnacht waren sie beide körperlich satt, doch mochte er auch danach ihre Gegenwart nicht missen. Noch nie hatte er Frauen um einen politischen Rat gebeten oder sie um ihre Meinung zu Staatsangelegenheiten gefragt. Dazu war eine bewährte Schar von Freunden und Vertrauten da, deren vornehmlichste Aufgabe es war, sich über solche Dinge den Kopf zu zerbrechen. Bei Bianca hatte er jedoch schon bald den Wunsch, ihre Ansichten zu hören. So auch jetzt, wenige Tage vor der Abreise.

„Glaubst du, die Lombarden werden sich diesmal meinem Willen beugen?"

„Es geht ja nicht nur um deinen Willen, es geht um das geschriebene und akzeptierte Gesetz."

„Gut, aber beantworte meine Frage."

„Nein, das glaube ich nicht. Du müsstest mit überlegener Streitmacht erscheinen, denn nur diese Sprache verstehen die lombardischen Kommunen. Im Königreich Sizilien gilt dein Wort, denn sie haben dein Schwert schon spüren müssen. Diese Erfahrung fehlt den Lombarden."

Friedrich schüttelte erstaunt den Kopf.

„Ich muss mich schon wundern, dass eine Frau so spricht. Unter deinen Vorfahren müssen Amazonen gewesen sein."

Sie lachte.

„Nein, gewiss nicht, doch mein Großvater lehrte mich das Schachspiel und damit zugleich vernünftig und vorausschauend zu denken."

Am Abend vor der Abreise hatte sie ein kurzes Gespräch mit Giordano.

„Du weißt, dass Anna mich auf die Reise begleitet und so möchte ich dich um Zurückhaltung bitten."

Gleich wurde er zornig, seine Augen blitzten und seine Stimme erhob sich.

„Was heißt hier Zurückhaltung? Es muss doch gestattet sein, dass ich meine Liebste auch unterwegs dann und wann ..."

„Was gestattet ist, bestimme ich! Sie ist meine Begleiterin, meine *cameriera* und vor allem für mich da – vergiss das niemals!"

Sein Zorn schlug jäh in Spott um. „Hoffentlich wird sie es nicht vergessen ..."

„Dafür sorge ich schon."

So sehr sich Anna der Zuneigung Giordanos erfreute, so wenig vergaß sie ihre Hauptaufgabe.

„Ich werde ihn schon auf Abstand halten", versprach sie.

„Du bist besonnen, er ist es nicht", warnte Bianca.

„Ich weiß mit ihm umzugehen", sagte Anna schnippisch.

„Wir werden es sehen."

Da der Kaiser, wenn auch widerwillig, den Wünschen des Papstes nachgekommen war und seine Heeresmacht in Apulien gelassen hatte, verdoppelte er sein Gefolge wie auch die Leibgarde. Die Sarazenen umgaben ihn wie eine lebendige Mauer, besaßen auch eine eigene Musiktruppe, die sein Kommen ankündigte, als erscheine Christus zum Jüngsten Gericht. Pauken, Trompeten, Fanfaren und der festliche Klang einiger Schellenbäume ertönten, sobald der Zug sich einer Stadt näherte. Die Reise wurde bis Ancona mit Schiffen unternommen und dann an Land fortgesetzt. Mitte September langten sie in Ravenna an und der Kaiser wurde vom Volk mit jubelnder Begeisterung, vom Senat der Stadt aber mit einiger Zurückhaltung empfangen. Die Rechtslage der einstigen Kaiserresidenz war ein wenig heikel. Der Frankenkönig Pippin hatte sie 755 der Kirche geschenkt, was Karl der Große dann bestätigte.

Friedrich versuchte, Bianca gleich am nächsten Tag Ravennas besondere Situation zu erklären.

„Den Päpsten gelang es nicht, hier wirklich Fuß zu fassen. Die Stadt liegt am äußersten Nordrand des Kirchenstaates und ist aus mancherlei geographischen Gründen nur schwer zu erobern. De facto ist Ravenna eine freie Stadtrepublik, de jure aber noch immer päpstliches Lehen. Dazu kommt noch, dass die Serenissima begierig auf diese Stadt schielt und, Gerüchten zufolge, auch schon verlockende Angebote gemacht hat. Venedig ist zwei Schiffstagesreisen entfernt, die Reise nach Rom dauert Wochen. Bei meiner Begrüßungsrede – ich hielt sie diesmal selbst – konnte ich es mir nicht versagen, Ravenna als die kostbarste Perle in der Krone des Patrimonium Petri zu bezeichnen. Da verzogen sich die Gesichter einiger Stadtväter, als hätten sie auf eine Zitrone gebissen.“

Bianca schaute zum Fenster.

„Draußen dämmert es schon, bald werden uns die *zanzare* überfallen ...“

Friedrich streichelte ihre Wange.

„Aber Bianca, denkst du bei der bewegten Geschichte dieser Stadt wirklich nur an die Stechmücken?“

Sie lächelte entschuldigend.

„Ich bin müde und mir setzt die schwüle Luft zu, aber du hast Recht. Dafür kommt jetzt eine gescheite Frage: Kann man Ravennas Rechtslage mit der von Mailand vergleichen? Seit Friedrich Barbarossa ist die lombardische Hauptstadt kaiserliches Lehen und dennoch gibt sie sich den Anschein einer freien Kommune.“

Friedrich küsste sie auf beide Wangen.

„Ja, das ist freilich eine gute Frage, die ich damit beantworten kann, dass die Ähnlichkeit tatsächlich groß ist. Ravenna sollte dem Papst Lehensgeld bezahlen, tut es aber nicht, Mailand sollte dem Kaiser Tribute leisten und denkt nicht daran. Damit erledigt sich fast die Frage, ob von dort eine Abordnung hierherkommt ...“

So war es dann auch: Weder erschienen die deutschen Fürsten mit König Heinrich an der Spitze, noch ließ der Lombardische Bund etwas von sich hören. Dafür kamen die unterschiedlichsten Botschaften und Geschenke von allen Seiten. Das kostbarste aber war ein Astrolabium, das Sultan Malik al-Kamil seinem kaiserlichen Freund nach Ravenna sandte. Friedrich war außer sich vor Freude, die auch nicht von der Tatsache getrübt wurde, dass – von den ghibellinischen Kommunen abgesehen – noch keine städtische Delegation erschienen war. König Heinrich sandte ein wortreiches Entschuldigungsschreiben, dass ihn die von den Guelfen gesperrten Gebirgspässe an der Weiterreise gehindert hätten.

Seinen engen Vertrauten führte der Kaiser das Astrolabium vor, wohl wissend, dass es auch für die astronomisch Gebildeten ein Gerät war, von dessen Existenz sie zwar wussten, das sie aber noch niemals in einer solch kunstvollen Ausfertigung gesehen hatten. Auch Bianca war anwesend und wurde wie stets mit äußerster Höflichkeit behandelt – etwa wie ein kostbarer Gegenstand, den der Kaiser besonders hoch schätzte. Petrus de Vinea überlegte im Stillen, was dem Kaiser nun wertvoller sei, das Astrolabium oder seine *concubina* ... Etwas in ihm verbat sich diese respektlosen Gedanken, manchmal aber geht der Kopf seine eigenen Wege und lässt sich kaum davon abbringen. Bianca verschwieg dem Kaiser, dass sie zuhause ein solches Instrument besessen hatte, doch bei seiner Vorführung konnte sie feststellen, dass ihres nur eine primitive Ausführung für nautische Zwecke gewesen war.

Der Kaiser wohnte mit seinem engeren Gefolge in dem notdürftig wiederhergestellten Palast des Königs Theoderich in unmittelbarer Nähe der Basilika Sant'Apollinare. Um die Wartezeit zu verkürzen, besuchten Friedrich und Bianca diese wohl schönste Kirche der Stadt. Es wurde ein sachkundiger Führer bestellt, der als Meister in einer der Mosaikwerkstätten arbeitete, die auf Weisung der Stadt anfallende Reparaturen auszuführen hatten. Friedrich dachte an die Ostertage vor fünf Jahren zurück. Das Hochamt war in San Vitale gefeiert worden und das Mosaikbildnis der Kaiserin Theodora hatte ihn plötzlich an Bianca erinnert – an das Kind Bianca ... In einfacher Kleidung und mit kleiner Begleitung betraten sie die zuvor abgesperrte Kirche, deren Pracht und Reichtum Bianca so verwirrte, dass sie schon am Eingang stehen blieb. Friedrich sah sie fragend an.

„Ich muss mich erst sammeln", flüsterte sie und ging dann zögernd weiter. Die buchstäblich vom Boden bis zur Decke mit goldstrotzenden Mosaiken bedeckten Wände zeigten vor allem Szenen aus dem Leben Christi, der hier nach alter Art als bartloser Jüngling dargestellt war.

Während Bianca sich von der kunstvollen Arbeit gefangen nehmen ließ und den Reichtum an Farben und Formen nicht genug loben konnte, stellte Friedrich Fragen über Fragen nach der Arbeitsweise und dem Material der Mosaiksteine. Da blieb ihr Begleiter stehen, hob die Hände und sagte:

„Wir benützen alles, was hart und farbig ist, hauptsächlich aber Marmor, Halbedelsteine, farbige und farblose Glaswürfel. Die farblosen werden mit Gold- oder Silberfolie überzogen und darauf eine Glasschicht aufgetragen. Das kann niemals verblassen, verwittern oder sonstwie vergehen, das hält für alle Ewigkeit."

„Nichts hält ewig", wandte der Kaiser ein, „irgendwann wird auch dies vergehen."

Der Begleiter nickte eifrig.

„Natürlich, Majestät, aber nur durch Gewalt, etwa Erdbeben oder Brand." Mit beiden Händen machte er eine kreisende, alles umfassende Bewegung. „Dies alles, der Goldgrund, die herrlichen Farben, strahlt so frisch, als sei es erst gestern vollendet worden, und doch ist es schon über sechshundert Jahre alt."

„Möge Gott diese Kirche künftig vor Brand oder Erdbeben bewahren", sagte der Kaiser und der Begleiter bestätigte es mit einem frommen „Amen".

Auf Friedrichs Frage, ob es ältere Mosaiken als diese gebe, schüttelte ihr Führer energisch den Kopf.

„Nein, und wohl auch keine schöneren – mit einer Ausnahme: der Basilika San Vitale; doch auch im Grabmal der Galla Placidia soll es wunderschöne Mosaiken geben. Leider ist es schon vor Jahren bei einer Sturmflut untergegangen."

„Das müssen wir uns ansehen!", rief der Kaiser und stürmte hinaus.

Die Besichtigung musste aber verschoben werden, denn ein Bote meldete die bevorstehende Ankunft der Abordnung aus Pisa. Bianca hätte sich freuen müssen, aber etwas hinderte sie daran und sie konnte oder wollte es nicht benennen. Sie fühlte sich jetzt mehr dem Kaiser zugehörig als der Lancia-Familie, auch wenn der kirchliche Segen noch ausstand und vermutlich in weiter Ferne lag.

„Ich werde sie gleich morgen empfangen", sagte Friedrich, zögerte etwas und fügte hinzu: „Willst du Galvano als Erste begrüßen?"

„Das steht mir nicht zu ..."

„Immerhin ist er der Dominus deiner Familie."

„Ja, das schon ..."

„Wir werden ihn gemeinsam empfangen, einverstanden?"

So wurde der Graf Galvano Lancia zu einem späten Frühstück in der fünften Tagesstunde gebeten. Friedrich hatte einen der kleineren, im Erdgeschoss gelegenen Räume für den Empfang herrichten lassen.

Das Wetter war umgeschlagen, von der See kam ein steifer, böiger Wind und am Himmel jagten sich weiße Wolkenlämmer, doch manchmal war ein großes graues Schaf darunter, das sich langsamer bewegte, als würde es auf die anderen warten, um gemeinsam mit ihnen Sonne und Himmel zu verdecken.

Um das Treffen familiär zu gestalten, war außer Bianca nur noch Giordano geladen. Als Galvano mit seinem zehnjährigen Sohn Federico den Raum betrat, kam Friedrich dem Kniefall zuvor, erhob sich und umarmte die beiden.

„Federico!", rief Bianca entzückt, „als ich euch verließ, hatten wir zuvor noch im Garten Fangen gespielt! Dazu bist du jetzt wohl zu groß?"

Der hübsche, schlanke Junge errötete und wagte es kaum, Bianca anzusehen.

„Na, na, ich bin deine Tante und dein Vater ist mein ältester Bruder, jetzt ziere dich nicht so!"

In Wahrheit war es so, dass sie alle, Bianca ausgenommen, die Anwesenheit des Kaisers einschüchterte, die das Familiäre erstickte. Friedrich spürte es und verhielt sich entsprechend. Er frühstückte mit ihnen, plauderte Belangloses und ließ durchblicken, dass er alles Politische später mit Don Galvano erörtern werde. Dann trank er noch auf das Wohl seiner Gäste und ehe er sich erhob, bat er die anderen, ruhig sitzen zu bleiben. Ausgerechnet der schüchterne Federico war es, der als Erster etwas sagte.

„War das jetzt tatsächlich der Kaiser?"

Bianca lachte fröhlich. „Aber ja, mein Kleiner, und du trägst seinen Namen." Noch ehe Galvano etwas sagen konnte, fragte sie: „Wie geht es meiner Berta?"

„So genau wissen wir das nicht, sie hat uns vor einigen Monaten verlassen."

Bianca runzelte die Stirn. „Verlassen? Was heißt das? Du wirst es mir schon genauer erklären müssen, lieber Galvano."

„Giorgio da Ponte, also Jörg, mein Hauptmann, hat in Innsbruck geerbt, wenn auch auf traurige Weise. Sein Vater und sein älterer Bruder sind beim Fischen ertrunken. Seine Mutter bestand darauf, dass er sein Erbe übernehme und ihr im Alter beistehe."

„Giorgio war davon gar nicht begeistert", warf Federico ein.

„Dafür Berta umso mehr ...", sagte Galvano und bereute es sofort.

Bianca horchte auf. „Wie das? Was ist geschehen?"

Galvano schaute sie etwas verlegen an. „Na ja, so recht behagte es ihr bei uns nicht mehr. Seit deinem Weggang fehlte ihr der Rückhalt, auch eine Aufgabe ..."

Man sah Federico an, dass er etwas richtigstellen wollte. Sein rundes Bubengesicht hatte sich gerötet, die dunklen Augen blitzten ungeduldig.

„Verzeiht, Herr Vater, dass ich mich da einmische. Ich habe Berta gemocht und deshalb nicht selten Streit mit der Frau Mutter gehabt. So lange Bianca im Hause war, blieb der Frieden notdürftig gewahrt, aber dann – dann konnte sie es keinem mehr recht machen. Giorgio war ihr auch keine Hilfe, schon vorher nicht, wie wir alle wissen. Sie hatte die ewigen Sticheleien einfach satt und trieb ihren Mann zu einer schnellen Entscheidung. Mir hat sie leid getan ..."

Giordano hatte bisher noch kein Wort gesagt, aber Bianca bemerkte eine Veränderung an ihm, die sie gut kannte. Er war bleich geworden, Schweiß trat ihm auf die Stirn und seine Finger trommelten auf die Tischplatte. Plötzlich ballte er die Faust und schlug auf den Tisch, dass ein angebissener Kreuzerwecken hinunterfiel und ein Stückchen über den Boden rollte. Er sprang auf und rief:

„Jetzt sind wir Lancia nach Jahren wieder vereint und wovon ist die Rede? Von einer *serva*! Gibt es kein anderes Thema? Wenn ihr damit fertig seid, komme ich wieder."

Er ging auf die Tür zu, doch Biancas dunkle Stimme war scharf und hell geworden.

„Giordano, du bleibst! Und was die *serva* betrifft, so war sie meine Amme und heiß geliebte Ziehmutter, der ich viel zu verdanken habe. Nur sie und Großvater haben sich um mich gekümmert, denn die Herren Brüder waren ja meist außer Haus. Ich will, dass mit Respekt von ihr gesprochen wird!"

Ja, Bianca hatte auch jetzt noch Gewalt über ihre Brüder, wozu vielleicht ihre Stellung als Konkubine des Kaisers beitrug. Giordano gehorchte, wenn auch sichtlich gegen seinen Willen. Er ging zu seinem Stuhl zurück, stützte sich auf die Lehne und blieb stehen.

„Setz dich!", befahl Galvano leise und nachdrücklich, schaute dann Bianca besorgt an. „Wie geht es dir, Schwesterchen? Bist du gerne beim – am Hof oder sehnst du dich manchmal nach Pisa zurück?"

Bianca lächelte ihn beruhigend an. „Beides, großer Bruder. Ich bin die Gefährtin des Kaisers und Mutter seiner Tochter Costanza, die im Dezember zwei Jahre alt wird. Sie ist in der Christnacht geboren ..."

„Ein gutes Omen", meinte Galvano, doch du sagtest, beides ..."

„Weil ich oft und gerne an die Stätten meiner Kindheit denke und gewiss bin, sie eines Tages wiederzusehen."

Giordano hob die Hand, als melde sich ein Schüler zu Wort.

„Noch etwas, das wir auf Wunsch Seiner Majestät keinem Schriftstück anvertrauen durften: Der Kaiser hat Bianca die Ehe versprochen – nicht vor aller Welt, aber vor Gott."

Galvano zwinkerte vor Überraschung mit den Augen.

„Wie – wie ist das zu verstehen, nur vor Gott?"

„Ganz einfach", sagte Bianca und es klang etwas abweisend. „Ein Priester wird uns trauen, sodass Costanza und die noch zu erwartenden Kinder legitimiert sind, doch die Ehe muss geheim bleiben."

„Und das hat der Kaiser versprochen? War von einem Zeitpunkt die Rede?"

„Nicht nur versprochen", warf Giordano ein, „es gibt ein von ihm unterzeichnetes Dokument und was den Zeitpunkt betrifft, so heißt es darin: zu gegebener Zeit."

„Ja, gut, aber das wäre doch gerade jetzt, da der Kaiser verwitwet ist?"

Bianca beugte sich vor und sagte mit eindringlicher Stimme:

„Mein lieber Galvano, für mich kommt das auf eines hinaus. Der Kaiser kann keine Gräfin zur Königin machen und so hat er diesen Weg gefunden. Wir sind ein Paar, ich bin die Frau an seiner Seite, und – um auch das zu sagen – seine Haremsgeschichten berühren mich nicht und er weiß es. Von den Lancia spricht er immer mit größter Hochachtung und zählt sie zu den Treuesten. Lassen wir es damit gut sein und berichtet mir von zuhause. Federico, wie viele Geschwister hast du inzwischen?“

Offenbar hatte sie den Jungen aus irgendwelchen Träumereien gerissen, denn er stotterte: „Oh, Tante Bianca, wie viele ... was?“

„Geschwister! Du *sognatore*!“, half sein Vater nach.

„Ah so, Geschwister, ja – zwei, bis jetzt.“

Galvano nickte. „Ja, die Lancia-Sippe wächst. Wenn wir deine Costanza noch dazuzählen, dann ...“

„Das geht nicht“, sagte Bianca ruhig, „das Mädchen ist eine kaiserliche Prinzessin.“

Ja, sie mussten es hinnehmen, die Grafen Lancia, dass Biancas Kinder nicht ihrer Familie zuzurechnen waren.

Galvano wandte sich an seinen Bruder: „Und was ist mit dir, Bruderherz? In deinem Alter war ich schon Ehemann ...“

„Ich bin nicht du“, sagte Giordano abweisend. „Sollte ich eine Heirat in Erwägung ziehen, erfährst du es als Erster.“

„Wie sich das gehört“, sagte Galvano steif.

Bianca lächelte. „So ganz unbeweibt ist er auch wieder nicht ...“

Da brach es aus Giordano heraus: „Ah, so nennst du das! Deine Anna macht sich inzwischen so rar wie ein Edelstein zwischen Bachkieseln. Nie hat sie Zeit für mich, immer gibt es etwas Wichtigeres!“

Bianca hob die Schultern. „Ich werde mich da nicht einmischen, das geht einzig und allein euch etwas an.“

Da ließen auch die anderen das Thema fallen und es war nur noch vom Pisaner Stadtklatsch die Rede.

14

Im Laufe des Oktobers trafen die Abordnungen der ghibellinischen Kommunen ein, doch die Städte des Lombardischen Bundes blieben fern und schwiegen sich aus. Kaiser Friedrich sah sich gezwungen, über Mailand, Verona, Padua und andere Städte zum wiederholten Mal die Reichsacht zu verhängen. Was nun seinen Sohn, den König Heinrich betraf, so erkannte er dessen Ausflüchte, er habe der gesperrten Gebirgspässe wegen der Versammlung fernbleiben müssen, nicht an. Da viele der Reichsfürsten über die östlichen Alpenstraßen und Venedig nach Ravenna gekommen waren, sandte er einen schroffen Brief an den deutschen Königshof und befahl seinem Sohn zu dem erneut einberufenen Hoftag um die Osterzeit des nächsten Jahres pünktlich zu erscheinen. Weil Friedrich diese Entwicklung hatte kommen sehen, nahm er sie, zum Erstaunen seiner Umgebung, gelassen hin.

„Was mich nicht überrascht, kann mich auch nicht erschüttern", bemerkte er zu seinen Freunden.

Immer wieder sprach Friedrich von dem Grab der Galla Placidia und als die kühle Jahreszeit die meisten Aktivitäten zum Erliegen brachte, schaute er sich den Ort mit einigen Freunden an. Am nordwestlichen Rand von Ravenna, noch innerhalb der teilweise zerstörten Stadtmauern, fanden sie das unter Geröll und Sand halb verschüttete Gebäude. Noch am gleichen Tag erteilte der Kaiser den Befehl, das Grabmal freizulegen.

Am Abend, der jetzt schon früh einsetzte, zog er sich mit Bianca in ihre geheizte Kemenate – er gebrauchte das deutsche Wort – zurück und verbat sich jede Störung.

„Verzeih, aber diesmal möchte ich, ehe ich es meinen Ratgebern vortrage, mit dir etwas Politisches besprechen. Es dauert nicht lange, aber ich will deine Meinung dazu hören."

Eigenhändig schenkte er aus dem kleinen Krug die beiden Silberbecher voll.

„Mit Wasser?"

„Nein, jetzt nicht mehr ..."

„Der mitgeführte apulische Wein ist uns leider ausgegangen und der friulische scheint mir ein wenig sauer. Ich habe ihn etwas würzen und mit Honig süßen lassen."

Sie nickte.

„Mein Bruder Galvano möchte Anfang des Jahres zurückreisen, weil er glaubt, Pisa könne ohne ihn nicht auskommen."

„Warum nicht? Wenn er für den geplanten Hoftag an Ostern Don Giordano einige Vollmachten überträgt, wird es auch ohne ihn gehen. Aber davon soll jetzt nicht die Rede sein. Ich will versuchen, der aufsässigen Lombardischen Liga etwas entgegenzusetzen, um vorerst einen Kräfteausgleich zu schaffen, und da habe ich an Venedig gedacht. Ein Bündnis mit der Serenissima würde gegen die Lombardische Liga ein ungefähres Gleichgewicht herstellen."

„Ja, aber dafür wirst du etwas bieten müssen. Venedig ist gewiss käuflich, aber nur zu einem hohen Preis."

„Ich wäre bereit, ihn zu zahlen. Ich könnte umfassende Handelsfreiheiten und verlockende Steuersenkungen bieten. Bei der Rivalität mit Genua würde ich mich auf die Seite Venedigs stellen. Das fällt mir umso leichter, als die Genuesen kürzlich einen Mailänder zum *podestà* gewählt haben – eine deutliche Kampfansage."

„Ich bin eine schlechte oder zumindest nicht die richtige Ratgeberin, du müsstest die Probe aufs Exempel machen."

„Das werde ich tun! Noch ehe wir nach Süden zurückkehren, wird es dort einen Überraschungsbesuch geben – und du kommst mit!"

Bis dahin sollten aber noch viele Wochen vergehen.

In einer stürmischen Dezembernacht lagen Friedrich und Bianca im Bett und beide waren – von Liebesfreuden erschöpft – gerade dabei einzuschlafen, als Bianca plötzlich sagte:

„Es wäre schon seltsam, wenn nach diesen heftigen Liebesnächten dein Samen nicht aufginge. Du hast meine fruchtbaren Tage so weidlich genützt, dass ich fest damit rechne. Aber Schluss damit! Man soll nicht in die Zukunft rätseln, sie liegt allein in Gottes Hand."

„Aber nicht nur, ein wenig müssen wir schon dazu tun, sie mitzugestalten. In diesen Wochen habe ich mich öfters gefragt, warum ich nur an dich denke, wenn mein Körper nach Liebesfreuden verlangt. Früher war mir fast jede recht, wenn sie jung, gesund und halbwegs hübsch war. Du kennst mich inzwischen so gut, dass ich dir des Rätsels Lösung überlasse."

Ihr leises dunkles Lachen klang durch den Raum.

„Ah, ganz nach Art der Monarchen! Wenn sie selber zu keiner Lösung kommen, dann ziehen sie die Untertanen heran."

„Nicht die Untertanen, sondern nur eine, die Einzige, die Geliebte. Hast du schon eine Antwort gefunden?"

„Aufs Erste keine leichte Aufgabe, aber das scheint nur so. Die geschlechtliche Vereinigung ist naturgegeben und wird vom Körper ausgeführt. In deinem Fall also: Dich hungerte nach Frauen, also nahmst du dir eine. Kopf und Herz hatten da kaum Anteil daran, ich nenne das lieblose Bettgeschichten. Nun aber habe ich dein Herz genommen und halte es fest und dein Kopf sagt dazu: Ja, so will ich es! Jetzt hungert es dich nach einer Frau und in ganz Ravenna werden sich eilfertig Dutzende von Schlafkammern öffnen. Aber was erwartet dich da? Ein williger Körper, doch dein Herz ist bei mir und dein Kopf befiehlt: Hole es dir zurück! Dann kommst du zu mir, wir genießen Liebesfreuden und alles ist im Lot."

„Mag schon so sein, auch wenn es ein bisschen verwirrend klingt. Aber was ist mit meinem Herz?"

„Das behalte ich als Pfand ..."

Kehren wir zu den Menschen außerhalb von Friedrichs Sphäre zurück. Dazu gehörte auch Biancas Zofe Anna, die den Kaiser wohl öfter sah als die meisten anderen. Wir haben erfahren, dass Giordano sich bei dem Familientreffen über sie beklagte, und dazu hatte er allen Grund. Denn Annas Verwandlung war weiter vorangeschritten – äußerlich wie innerlich. Im Laufe der Zeit hatte sie so manches abgelegte Kleidungsstück ihrer Herrin übernommen, und das war natürlich von allerbester Qualität. Dennoch besaß sie ein sicheres Gespür für Schicklichkeit und vermied es, diese Prachtstücke so zu kombinieren, dass sie der Kleidung einer Edeldame glichen. Was die Körperpflege betraf, so war Bianca ihr bestes und naheliegendes Vorbild. Das ging sogar so weit, dass sie ihre Sommersprossen mit Kreideöl betupfte und damit unsichtbar machte. Doch Bianca schüttelte den Kopf und meinte, das solle sie nicht tun. Schönheit werde durch kleine Unregelmäßigkeiten eher betont und ein paar *lentiggini* seien durchaus geeignet, den Reiz eines Frauengesichts zu erhöhen. Anna ließ es sich gesagt sein, doch alles in allem hatte die jetzt etwa Siebzehnjährige kaum noch eine Ähnlichkeit mit dem einstigen Hirtenmädchen. Anna hatte seit jeher die Fähigkeit gehabt, sich den Verhältnissen anzupassen und die an sie gestellten Aufgaben mit Fleiß und Geschick zu erfüllen.

Wenn Giordano sich beklagt hatte, sie könne für ihn kaum noch Zeit erübrigen, so war das keine Übertreibung, doch muss gesagt sein, dass Anna es selber so wollte. Das entsprang einer ganz einfachen und nüchternen Überlegung: Sie durfte mit Sicherheit annehmen, dass Graf Giordano ihr niemals die Hand zum Ehebund reichen würde. Käme dann noch ein Kind, so verringerte sich die Möglichkeit, einen ranggleichen Mann zu heiraten, etwa einen Stallmeister, Sekretär, Capitano oder einen der vom Kaiser so hoch geschätzten Jagdgehilfen. Da sie durch ihre Herrin über die fruchtbaren Tage einer Frau hinreichend aufgeklärt war, entzog sie sich an diesen Tagen dem Umgang mit Giordano, ohne Gründe zu nennen. Wenn er sie danach fragte, so zuckte sie nur mit den Achseln oder nannte irgendeinen Vorwand. Gemäß seiner jähen Natur brachte dies sein Blut in Wallung, dass er ihr einmal in maßlosem Zorn eine Maulschelle versetzen wollte. Anna duckte sich geschickt weg und schleuderte ihm entgegen:

„Ja, dazu musste es ja kommen, zu schlagenden Argumenten, weil du andere nicht zur Verfügung hast."

Diese Formulierung kam freilich nicht von ihr, sondern sie stammte aus einem zufällig mitangehörten Streitgespräch zwischen einem Edelmann und seiner Gemahlin. Giordano war so verblüfft, dass er nur stammelnd fragen konnte:

„Wo – woher hast du das?"

„Pah!", sagte sie nur und ging davon.

Ja, so stand es in dieser Zeit um die beiden, dazu war es Winter und es gab wenig zu tun. Giordano war mit diesem Problem, so weit es seine Männer betraf, durchaus vertraut, hatten sie doch in Syrien fünf Monate tatenlos auf die Einigung zwischen Kaiser und Sultan warten müssen. Die jetzige Situation war sehr ähnlich und er musste seine Leute mit Waffenübungen, Wettkämpfen und anderem hinhalten, bis zum Hoftag an Ostern. Wie stets in solchen Zeiten sank die Disziplin und der Stockmeister war fast täglich am Werk. Doch in Syrien war es schlimmer gewesen, denn eine Armee von Kriegern ist schwerer im Zaum zu halten, als eine kleine Leibgarde und ein gemischter Tross. Die Capitani hinderten keinen daran, seinen Sold zu den Huren zu tragen, die Ravenna seit Ankunft des Kaisers wie Heuschrecken überfallen hatten – doch nein, hierher passt ein schönerer Vergleich: Die Mädchen kamen angeflogen wie reizende Schmetterlinge, um an den Blüten – den Börsen der Männer – zu naschen oder sie schlimmstenfalls ganz auszusaugen. Poetisch begabte Herren hätten vielleicht solche Vergleiche angestellt, jedenfalls begann man diese Mädchen bald als *farfalle* zu bezeichnen.

Sie waren allein oder in Gruppen gekommen, was sowohl Vor- als auch Nachteile bringen konnte. Die auf sich Gestellten mussten aufpassen, mit wem sie sich einließen, denn es gab Männer, für die eine erwürgte Hure weniger als nichts bedeutete, wenn es um einige

Silberstücke ging, die sie vielleicht bei sich trug. Die in Gruppen mussten sich ihren Verdienst mit einem *mezzano* teilen, der allerdings auch für Unterkunft und Sicherheit zu sorgen hatte. Doch war der Hurenwirt nicht immer ein Mann, denn auch Frauen taten bei diesem einträglichen Geschäft mit und eine solche lernte Giordano kennen. Von ihr hörte er eine unglaubliche Geschichte, die ihm unter anderem zu der Erkenntnis verhalf, dass die landläufige Meinung, eine Hurenmutter müsse selbst aus dem Metier kommen und durch Alter oder entstellende Krankheit zu dieser Profession gelangt sein, nicht immer zutrifft.

Messalina, so lautete ihr „Künstlername", kam von ganz oben. Als Tochter einer reichen venezianischen Patrizierfamilie war sie, wie allgemein üblich, nach ihrem sechzehnten Geburtstag an eine befreundete Familie als Braut verschachert worden. Vielleicht hätte sie dies sogar hingenommen, wäre der künftige Gemahl nicht ein blatternnarbiger Tölpel gewesen, der sich schon bei der Verlobungsfeier im Vorgefühl der zu erwartenden Genüsse die dicken, narbenzerfressenen Lippen leckte. Schon von Kindheit an mit Mut und Selbstvertrauen gesegnet, stellte sie ihre Eltern vor die Wahl: entweder ein anderer Bräutigam oder das Kloster. Das wurde freilich nur für eine leere Drohung gehalten und so stahl sich Messalina nachts aus dem Haus und ließ sich durch einen bestochenen Gondoliere zu dem abgelegenen Frauenkloster Sant`Elena bringen. Vor die Äbtissin geführt, fabelte sie ihr vor, Jesus selbst habe sie zu seiner geistlichen Braut bestimmt, was ihre Eltern nicht guthießen, aber es würde ihr das Herz brechen, statt des himmlischen einen irdischen Bräutigam zu nehmen. Die Äbtissin, eine reife, im Umgang mit Menschen erfahrene Frau, misstraute dem Ruf des himmlischen Bräutigams und hielt einen irdischen für geeigneter. Selber aus einer Patrizierfamilie stammend, brachte sie schnell heraus, wo eine Tochter ausgeflogen war, und einige Tage später kamen zur Dämmerstunde Dienstleute ihrer Familie mit einem Boot.

Das Kloster lag auf einer Insel im äußersten Osten der Stadt und als das überraschte Mädchen unsanft in die *barca* gezerrt wurde, lag eine Fahrt von gut einer Stunde vor ihr. Messalina, fest entschlossen, ihr Schicksal selber in die Hand zu nehmen, sprang an Land, noch ehe das Boot den sehr schmalen Kanal verließ, um über das Meer zum Canal Grande zu gelangen. Damit hatte niemand gerechnet und so waren alle vor Überraschung wie gelähmt.

Das Gelände war unbebaut und dicht mit verwildeter Macchia bedeckt. Messalina machte nicht den Fehler, einfach weiterzulaufen, denn das Geräusch der im vollen Grün stehenden Büsche und Bäume, die sie streifen musste, hätte die Verfolger sofort auf ihre Spur gebracht. Sie ließ sich seitlich fallen und kroch jämmerlich zerstochen unter einen dicht belaubten Dornbusch. Ihre Verfolger verteilten sich, fanden aber kaum ein Durchkommen, gaben schließlich auf, gingen zum Boot zurück und überbrachten Messalinas Familie die Hiobsbotschaft. Bei Tagesanbruch wollten sie die Suche fortsetzen.

Das vermutete auch Messalina und als die Wolken den Halbmond freigaben, kroch sie unter dem Busch hervor und bewegte sich so lautlos wie möglich in Richtung Westen. Nach einigen Stunden tauchten in der Ferne Lichter auf, das musste wohl das vor kurzem erbaute *ospedale* für invalide Seeleute sein. In kluger Voraussicht hatte sie sich einen kleinen Beutel um ihren Hals gehängt, gefüllt mit silbernen *grossi*, während an intimer Stelle noch zwei Golddukaten versteckt waren – mehr hatte sie in der Eile nicht auftreiben können.

Hinter dem Hospital gab es einige Vorratsscheunen, wo sie auf einem Strohballen zwei oder drei Stunden schlief. So gut es ging, machte sie sich bei Morgengrauen zurecht und wartete, bis nach und nach einige Boote anlegten, vermutlich mit Freunden und Verwandten der hier lebenden Seeleute. Aus einer *barca* stieg eine vielköpfige Familie und als der Bootsführer Anstalten machte, wieder abzulegen, lief sie geduckt hinzu und winkte. Neugierig geworden, nahm er das Mädchen an Bord, doch ehe er sie ausforschen konnte, fragte sie nach männlicher Kleidung, wohl wissend, dass fast alle Bootsführer oder Gondolieri für den Fall, dass sie nass wurden, Ersatzkleidung mit sich führten. Der Mann nickte und sagte, das koste aber eine Kleinigkeit. Messalina blickte zum Hospital, wartete, bis sich dort einige Menschen zeigten, und holte zwei *grossi* aus ihrem Brustbeutel.

„Drei!", sagte der Mann kurz und seine Augen funkelten lüstern – nach mehr Geld und wohl auch nach weiblichem Umgang. Messalina bezahlte, ging zum Bootsheck und kleidete sich dort so schnell um, dass der Bootsführer den aufkeimenden Gedanken einer schnellen Notzucht wieder aufgab. Stattdessen fragte er: „Und jetzt?"

„Zum nächsten Schiff!"

Das kannst du haben, dachte er und steuerte das zurzeit vor der Piazza ankernde türkische Handelsschiff an. Da gab es einen regen Verkehr, denn Venedig hatte den Türken vor kurzem gestattet, am Canal Grande einen Fondaco dei Turchi zu errichten.

Schon bald tauchten die Umrisse des Dogenpalastes auf, daneben der wie drohend erhobene Zeigefinger des schlanken Campanile. Davor flatterte die rote Fahne mit weißem Halbmond und Stern. Wie meist lagen einige venezianische Staatsgaleeren mit aufgestellten Rudern dort vor Anker. Das ließ die Schiffe aussehen wie wehrhafte Igel, die mit aufgerichteten Stacheln drohen.

Früher hatte die Fahne mit den Markuslöwen für sie Heimat und Geborgenheit bedeutet, jetzt drohte ein grimmiger Löwe, der die fahnenflüchtige Tochter Venedigs mit seinen mächtigen Pranken zur Strecke bringen wollte. Lieber hätte sie ein Schiff bestiegen, das geradewegs in die Hölle fuhr, als eines, das im Dienst Venedigs stand. Dort würde man sie unverzüglich ihren Eltern ausliefern, denn der Vater saß in einem wichtigen Ratskollegium und sein Arm reichte weit.

Während Messalina dachte: Nur weg von Venedig, alles andere findet sich später, hoffte der *marinajo*, das Mädchen mit einigem Gewinn an die Türken losschlagen zu können. Der Gedanke war gar nicht so abwegig, denn alle Welt wusste, dass die Türken unter anderem auch Sklavenhandel betrieben, der in christlichen Ländern zwar von Staat und Kirche längst untersagt war, insgeheim aber, und vor allem in Venedig, lebhaft weiterblühte, hauptsächlich, um den enormen Bedarf der von den Türken beherrschten Gebiete zu befriedigen. Die Sklaven oder Menschen, die man dazu gemacht hatte, kamen von überall her. Es waren entflohene Soldaten oder Sträflinge, Leute, die sich oder ihre Kinder schuldenhalber verkauft hatten, auch Verbrecher jedweder Art, die sich lieber in ein Sklavendasein flüchteten, als verstümmelt oder hingerichtet zu werden.

Die türkischen Handelsschiffe ähnelten den in Nordeuropa gebauten Koggen – groß, schwerfällig, langsam –, aber was schadete das, waren doch Tyrrhenisches wie Adriatisches Meer zwischen den Schiffsmächten Ostrom, Türkei, Venedig und Genua aufgeteilt. Da herrschte nun seit Jahren ein gespannter Friede und Piraten, soweit es sie in diesen Meeren noch gab, wagten es nicht, diese großen Schiffe anzugreifen.

„Halte jetzt ja deinen Mund, hörst du?“, zischte ihr der Bootsführer zu, nicht wissend, dass sie dies schon wegen der Nähe der venezianischen Galeeren in jedem Fall getan hätte. Dann formte er mit den Händen einen Schalltrichter und rief hinauf:

„Ich hätte einen *mozzo di vascello* anzubieten, einen Schiffsjungen!“

Ein paar Köpfe erschienen an der Reling und riefen etwas Unverständliches zurück.

„Kann denn keiner von euch Italienisch?“

Ein weiterer Kopf erschien.

„*Sono il timoniere – cosa c'è?*“

„Na endlich!“, brummte der *marinajo* und rief hinauf: „Ich hätte einen Schiffsjungen anzubieten, einen ganz besonderen!“

Vielleicht hatte das scharfe Auge des Steuermanns Messalinas lange Haare oder ihre runden Hüften entdeckt, vielleicht war er auch nur neugierig. „Soll raufkommen!“

„Das kostet aber was!“

„Darüber reden wir später.“

Eine Strickleiter wurde herabgelassen und sie kletterte hinauf. Der *timoniere*, ein stämmiger Mann in mittleren Jahren, musterte sie von Kopf bis Fuß.

„Na, als Schiffsjunge bist du wohl kaum zu gebrauchen, eher als *scaldaletto*“, sagte er und grinste lüstern.

Eher als „Bettwärmer“ also ... Sie tat, als verstehe sie die Anspielung nicht, und verlangte im Befehlston den Kapitän zu sprechen.

„Ah, gleich den *capitano*, aber damit kann ich nicht dienen, er ist in Geschäften an Land.“

„Dann warte ich.“

Da kam die raue Stimme des Bootsführers von unten: „Na, was ist, könnt ihr ihn brauchen?“

„Das wird der Kapitän entscheiden, er kommt gegen Abend zurück, du kannst ja dann vorbeischauen.“

Etwas an Messalina hielt den Steuermann zurück, ihr auf irgendeine Weise Gewalt anzutun. Ihr ganzes Auftreten, ihre Sprache und der freie Blick wiesen auf eine hohe Herkunft und da wollte er keinen Fehler machen. Vielleicht sprang auch etwas für ihn heraus ... Er führte sie in die Kabine des Kapitäns.

„Ihr seid kein Türke?“

„Nein, nur in türkischen Diensten, die Serenissima ist mir zu knausrig."

Sie legte sich auf das schmale Bett und schlief sofort ein, denn in der letzten Nacht war sie ja kaum zur Ruhe gekommen. Als sie durch ein grobes Rütteln an der Schulter geweckt wurde, schien es ihr, als habe sie nur kurz geschlafen. Sie öffnete die Augen und richtete sich auf. Da stand ein großer, schlanker, nobel gekleideter Herr und musterte sie mit kalten Augen.

„Also?"

Jetzt nur nichts Falsches sagen, ging es ihr durch den Kopf. Nannte sie ihre wahre Herkunft, würde der Kapitän sie gegen eine angemessene „Gebühr" ihren Eltern übergeben. Trotzdem, es ging nicht anders.

„Ich entstamme einer venezianischen Adelsfamilie und als mich meine Eltern an einen Halbidioten verkuppeln wollten, bin ich geflohen."

Nun kam die von ihr erwartete Antwort.

„Sehr schön, meine Dame, und Euer Vater wird mir für Eure Rückführung seinen Dank abstatten."

Sie zwang sich zu einem spöttischen Lächeln.

„Nein, das wird er nicht, denn ich werde ihm erzählen, dass ich unter Gewalt hierher entführt wurde, um als Sklavin in eines der türkischen Länder verkauft zu werden. Zudem ist der Sklavenhandel in Venedig verboten und der Fall käme vor den Rat der Vierzig. Da möchte ich dann nicht in Eurer Haut stecken ..."

Nichts davon würde eintreten, das wusste sie genau, denn die Serenissima ließ sich von den türkischen Handelsherren das Recht zum Sklavenhandel mit großen Summen honorieren. Der Kapitän aber wusste, wie aussichtslos es war, der venezianischen Justiz zu entkommen, wenn sie ein Exempel statuieren wollte. Ihm waren einige Fälle bekannt ...

„Na gut, dann gibt es für Euch zwei Möglichkeiten. Entweder Ihr gesellt Euch zu den Sklavinnen, die heute Nacht hierhergebracht werden oder ich werfe Euch bei hoher See über Bord."

Sie ließ sich nicht einschüchtern.

„Ich schlage eine dritte Möglichkeit vor: Ihr setzt mich für einen Dukaten in Ravenna an Land, mehr habe ich nicht."

Der Kapitän wusste recht gut, dass es für ein in die Sklaverei verkauftes Mädchen Möglichkeiten gab, sich auslösen zu lassen.

Dazu musste sie nur Verbindung zu ihren Eltern aufnehmen. Wenn ihre Besitzer ein Lösegeld witterten, war das ganz einfach. Als Nächstes würde man ihn zur Verantwortung ziehen. Sie über Bord werfen? Er war zwar schon vor Jahren zum Islam konvertiert, doch da regte sich immer noch ein christliches Gewissen. Zudem würde auch Allah über einen kaltblütigen Mord wohl kaum hinwegsehen.

Er lächelte, doch das war unter seinem dunklen Vollbart kaum zu erkennen.

„Ich nehme den Dukaten. Schlafen müsst Ihr an Deck, es ist sonst nirgendwo Platz. Es sei denn, Ihr nehmt meine Kabine und mich dazu in Kauf."

„Ich schlafe an Deck."

„Wann wollt Ihr bezahlen?"

„Sobald wir in Ravenna anlegen und die *scala a corda* ausgerollt ist."

„Sobald die Strickleiter ausgerollt ist? Von Euch, meine Dame, kann man noch etwas lernen. Wollt Ihr eine andere Kleidung?"

„Nein, nur eine Decke."

Sie ging zum Heck und setzte sich auf eine Taurolle. Wie sollte es weitergehen? Es gab mehrere Möglichkeiten. In Ravenna lebten ferne Verwandte, die schon vor zwei Generationen nach einem Gerichtsstreit aus Venedig geflohen waren. Ihr Vater hatte von losen geschäftlichen Kontakten gesprochen, die es gelegentlich gebe. Auch könnte sie es noch einmal bei Frauenklöstern versuchen, die Zerknirschte spielen und andeuten, dass von ihren Eltern letztlich doch eine Mitgift zu erwarten sei – für den himmlischen Bräutigam ... Vielleicht gab es ja bei den Patrizierfamilien in Ravenna Bedarf an Zofen, Gesellschafterinnen oder sie heiratete einen alten Witwer, den sie dann beerben konnte?

Messalina schüttelte den Kopf. Nein, nein und nochmals nein! Es war unsinnig, solchen verstiegenen Gedanken nachzuhängen. Vielleicht hätte sie es dennoch weiter getan, doch nun war die Nacht hereingebrochen und ein seltsames Rascheln und Flüstern hob an, unterbrochen von halblauten, ungeduldigen Stimmen.

Die Sklavinnen kamen an Bord. Fast alle Sklavenhändler waren dazu übergegangen, keine gemischte Ware mehr aufzunehmen, sondern nur Frauen oder Männer. Da war es zu unschönen Szenen gekommen – Vergewaltigungen, Raufereien, Aufständen – und die Ware hatte darunter gelitten, was den Gewinn schmälerte.

Messalina duckte sich, kroch hinter ein aufgespanntes Netz und spähte hindurch. Manche mussten an Bord gezerrt werden, sträubten sich, schimpften und fluchten und flehten in den unterschiedlichsten Sprachen.

Es gab kaum Licht und so konnte Messalina keine Gesichter erkennen, sondern nur huschende Schatten, die emportauchten, um dann unsanft unter Deck gestoßen zu werden. Eine wurde heraufgezerrt, wo sie sich sofort fallen ließ und so laut um Hilfe schrie, dass einer der Helfer sie so lange auf den Kopf schlug, bis sie verstummte.

Messalina schloss vor hilfloser Empörung die Augen. Sie konnte nichts tun, als schweigend die Zähne zusammenzubeißen.

15

Giordano war es leid, bei Anna um gut Wetter zu betteln – sie glaubte wohl, aus ihr sei nun eine feine Dame geworden? Freilich, als Leibdienerin der Gefährtin des Kaisers lebte die ehemalige Gänsehirtin nun im inneren Kreis der Macht, doch ohne an ihr teilzuhaben. Der schnelle Aufstieg hatte sie offenbar übermütig werden lassen. Aber Hochmut kommt vor dem Fall, dachte er: Ich werde sie fallen lassen und wenn sie dann angekrochen kommt, kehre ich ihr den Rücken!

Bei diesem Gedanken beruhigte sich sein Gemüt, doch die Lust auf eine feurige Liebesstunde blieb und so wollte er sich nach Ersatz umschauen. Aus seinem Inneren kam eine leise Stimme, die ihm sagte, dass keine Frau durch eine andere zu ersetzen sei, doch er hörte nicht hin.

Bei einem abendlichen Bankett der ghibellinischen Abordnungen kam er mit einem Edelmann aus Cremona ins Gespräch und der schon ältere Herr schwärmte ihm etwas vor von erlesenen Kurtisanen, die ganz nach alter Art den Mann mit gepflegter Unterhaltung, auch mit Musik und Gesang verwöhnten, um ihn erst dann als krönenden Abschluss ihre „körperliche Gunst genießen zu lassen". Um Himmels willen, dachte Giordano, kann man diesen schlichten Vorgang nicht einfacher ausdrücken? Und er sagte sich, dass man die Cremonenser wohl nicht umsonst allesamt als Lügner, Aufschneider und Schönredner bezeichnete.

Es ließ ihm aber dann doch keine Ruhe und er suchte das von dem Edelmann genau beschriebene Haus an der Porta Adriana auf. Im Gegensatz zu dem Gedränge in den großen *bordelli* außerhalb der Stadtmauer herrschte hier vornehme Stille. Ein kleiner Garten umgab das niedrige, doch weitläufige Haus; er stieg vom Pferd und band es an der Pforte zum Garten fest. Sein *garzone* sah ihn fragend an. Giordano hätte den Weg lieber ohne Begleitung gemacht, doch für die kaiserlichen Truppen galt die strenge Weisung, niemals allein auszureiten.

„Du wartest hier!"

Der Bursche nickte, sprang vom Pferd, setzte sich auf einen Stein, zog Brot und Käse aus seinem Ranzen.

„Wenn ich bis Mittag nicht zurück bin, fragst du dort nach, verstanden?"

„Jawohl, Capitano, das werde ich tun."

Im Garten arbeitete ein großer, kräftiger Mann, der sich jetzt aufrichtete und den Besucher beäugte. Der Anblick schien ihn zufriedenzustellen, denn er griff nach seiner Hacke und wühlte weiter im Boden.

Giordano klopfte und ein etwas verschüchtert wirkendes Mädchen öffnete die Tür einen Spalt, schaute sich den Besucher genau an und bat ihn herein.

„Ich rufe die Patrona."

Während er wartete, begann er diesen Besuch zu verwünschen. Hatte er das nötig? Wäre Anna nicht so bockig gewesen, dann hätte sich alles wie von alleine ... Nein, er selber war ja nicht weniger störrisch gewesen.

„So in Gedanken, mein Herr?"

Er sprang auf und verbeugte sich.

„Ja, manchmal hat man sie nicht recht in der Gewalt, die Gedanken ..."

„Ich heiße Messalina, aber bitte zieht keine weiteren Schlüsse daraus. Ein Deckname ist so gut wie der andere - wenigstens da können wir frei wählen, denn unser Taufname wird uns aufgedrückt wie ein unauslöschliches Siegel."

„Ja, da – da habt Ihr schon Recht. Aber eigentlich wollte ich ..."

Sie lächelte. „Ich kann mir schon denken, was Ihr wollt."

War Messalina schön zu nennen? Groß war sie und schlank, mit ovalem Gesicht, hoher Stirn und einer edel geformten, nicht zu kleinen Nase. Ihre weit geöffneten, hellbraunen Augen blickten stolz und furchtlos in die Welt.

Giordano ging nicht auf ihre Bemerkung ein, sah sie nur an und da kamen ihm die seltsamsten Gedanken. Schaut so eine *mezzana* aus? Da war nichts Verschlagenes, Profitgieriges und Hinterhältiges – oder doch? Wie hatte eine Kupplerin auszusehen?

„Ich merke schon, es hat Euch die Sprache verschlagen. Wenn Ihr wollt, können wir uns eine Weile unterhalten, oder habt Ihr es Euch anders überlegt?"

„Ja ... nein ... ich weiß nicht ..."

Er kannte sich selber nicht mehr. Sonst gehörte er doch zu denen, die früher losstürmten als alle anderen, und jetzt? Er räusperte sich und sagte entschlossen: „Verzeiht, Donna Messalina, ich bin heute etwas zerstreut. Also, nun führt mir einmal vor, was Ihr anzubieten habt."

„Nicht viel, dafür aber das Beste." Sie klatschte ein paarmal in die Hände und befahl der Dienerin: „Hole Irene und Helena!"

Als die beiden eintraten, dachte Giordano, Messalina habe es offenbar darauf angelegt, den Kunden etwas Gegensätzliches zu bieten. Helena, sehr schlank, großgewachsen mit aschblondem Haar, grauen Augen und einem fast knabenhaften Körper unterschied sich von ihrer Begleiterin fast in allem. Diese war klein, mollig, mit dunklen Haaren, nachtschwarzen Augen und reckte stolz einen gewaltigen Busen vor.

Giordano gefiel keine von beiden und erkannte in diesem Augenblick, dass Messalina es war, die ihn fesselte und entzückte. Er schüttelte stumm den Kopf und die Mädchen gingen hinaus. Dann blickte er tief in Messalinas honigfarbene Augen und sagte mit fester, entschlossener Stimme: „Ihr seid es, Donna Messalina, die ich haben will – Ihr und keine andere!"

Sie lächelte und wich seinem Blick nicht aus. „Wenn ich aber nicht zu haben bin?"

„Dreht es sich um Geld? Gefalle ich Euch nicht oder seid Ihr grundsätzlich für Eure Kunden nicht zu haben?"

„Viele Fragen auf einmal. Geld? Ja, gewiss, am Geld hängt viel, aber nicht alles. Ob Ihr mir gefallt? Kommt es darauf an? Ja, ein wenig doch, zumindest was mich betrifft. Ob ich für meine Kunden zu haben bin? Im Allgemeinen nicht, doch lasse ich Ausnahmen zu. Dies, mein Herr, habe ich Euch wissen lassen, ohne etwas zu fordern, für jede weitere Stunde muss ich drei *grossi* ansetzen."

„Nur fürs Reden?“

Sie lachte. „Wenn Ihr wollt, kann ich dazu etwas auf der Laute klimpern und eine *canzone d'amore* singen. Ans Bett wollen wir dabei noch nicht denken, es sei denn, Ihr entscheidet Euch doch noch für eine meiner Damen.“

Hätte man ihn zuvor gefragt, ob er bereit sei, für das Gespräch mit einer *mezzana* drei Silbergroschen hinzulegen, so hätte er sich beleidigt und veralbert gefühlt. Er legte das Geld auf den Tisch, beugte sich vor und fragte mit eindringlicher Stimme: „Seid Ihr wirklich eine *puttana*? Wo kommt Ihr her?“

Ohne viel Umstände begann sie, ihre Geschichte zu erzählen, so weit, wie sie der Leser bereits kennt. Sie war bis zu dem Augenblick gekommen, da die Mädchen aufs Schiff gebracht wurden, da war die Stunde um. Als von draußen Stimmen und Geräusche zu hören waren, stand Messalina schnell auf.

„Für heute wollen wir es genug sein lassen, Don Zordano. Ihr könnt wiederkommen, wenn Ihr wollt.“

„Mein Name ist Giordano“, murmelte er, aber Messalina lachte nur unbekümmert: „So spricht man eben in Venedig.“

Als er zu seinem Pferd zurückging, hatte es zu regnen begonnen. Sein *garzone* kauerte unter einem dürren Feigenbaum, war aber schon ganz durchnässt. Giordano bemerkte ihn kaum, spürte auch den Regen nicht, so sehr beschäftigte ihn die Frage, warum ihm diese Messalina so begehrenswert schien. Vielleicht, weil sie beide aus demselben Stall kamen? Eine venezianische Adelsfamilie und ein lombardischer Graf hatten doch ähnliche Kinderstuben ... Er seufzte so schwer, dass sein Bursche ihn fragte, ob er krank sei.

„Krank? Nicht dass ich wüßte, aber hier“, er klopfte sich an die Stirn, „hier findet so etwas wie ein Kampf statt.“

Der Bursche schwieg, weil er nicht verstand, um was es ging. Kämpfe, so dachte er, finden doch nicht im Kopf, sondern im Krieg, auf der Straße oder in einer Kneipe statt – mit Schwert oder Keule, mit Messer oder Knüppel. Aber bei den hohen Herren gab es so manches, das der einfache Krieger nicht verstand, damit musste man sich abfinden.

Das weihnachtliche Hochamt fand in San Vitale statt, einer noch unter der Gotenherrschaft erbauten Kirche mit den gewaltigen Apsismosaiken des Kaiserpaares Justinian und Theodora.

Eigentlich hatte Friedrich es für sich behalten wollen, aber dann sprach er doch davon.

„Bianca, du sollst es wissen. Wichtig ist es zwar nur für mich, doch dich betrifft es auch. Vor knapp sechs Jahren feierte ich hier das Osterfest und blickte beim Hochamt in San Vitale auf das Bildnis der Kaiserin Theodora. Du wirst damals etwa dreizehn gewesen sein und wir sind uns kurz zuvor in Cremona zum ersten Mal begegnet. Der feuchte Fleck auf dem Hocker ..."

Sie lächelte ihn an. „Ich weiß ..."

„Dann sah ich hier das Bild der Kaiserin und mir war, als blicktest du auf mich herab. Vermutlich beging ich damit ein Sakrileg, denn ich konnte der heiligen Handlung nicht mehr folgen, dachte nur noch an dich. Von da an wusste ich, dass wir uns wiedersehen mussten, das war wie ein Befehl von oben: Du musst Bianca wiedersehen!"

„Befehl von oben? Du meinst von Gott?"

Er lachte verhalten.

„So weit hinauf möchte ich nicht gehen – nein, nur bis zum Apsisbogen von San Vitale. In der Kaiserin erkannte ich dein Bild und das verlangte: Wir müssen uns wiedersehen."

„Ob es mir recht war oder nicht, darauf kam es wohl nicht an?"

„Es war dir ja recht ..."

Dann kam das neue Jahr und Friedrich bereitete einen Besuch bei der Serenissima vor, der ganz überraschend und unter vorheriger Geheimhaltung erfolgen sollte. Der Abreisetag Anfang März sollte so gelegt werden, dass die zu diesem Zeitpunkt erwarteten Boten des Papstes den Kaiser nicht mehr antreffen würden. Zu Petrus de Vinea bemerkte er:

„Das soll für Gregor ein deutliches Signal sein, dass ich nicht gesonnen bin, untätig und in Demut seine Entscheidungen abzuwarten. Dieser Papst versucht seinen Machtbereich immer weiter auszudehnen, bis ihm ganz Europa zu Füßen liegt. Ich hoffe nur, dass er da auf allerlei Widerstände stoßen wird – nicht nur von meiner Seite."

Bianca, die es bisher nicht für möglich gehalten hatte, eines Tages die so berühmte wie berüchtigte Seerepublik mit eigenen Augen zu sehen, konnte ihre Begeisterung nicht verhehlen.

„Es freut mich schon sehr, dass ich dich begleiten darf, aber einige deiner Freunde könnten sich gestört fühlen ..."

Friedrich schüttelte erstaunt den Kopf. „Gestört? Wie meinst du das?“

„Ich bin da so etwas wie ein fünftes Rad am Wagen, wo es doch nur um die Verhandlungen …“

„Ich will es so.“

Am Morgen des ersten Fastensonntags brach der kleine Zug auf. Der Kaiser hatte unauffällige Kleidung angelegt, war von seiner berittenen Leibwache umgeben; ansonsten bestand das Gefolge aus Petrus de Vinea, einigen Juristen und Notaren, dazu die unerlässlichen Dienstleute. Der Kaiser wollte es vermeiden, dass einer seiner Vasallen ihn begleitete, es sollte ein ganz privater, doch hochpolitischer Besuch werden. Mit kaiserlicher Erlaubnis hatten sich noch zwei Menschen der Reisegruppe angeschlossen, nämlich Messalina und Giordano. Später werden wir sehen, wie es dazu kam.

Als Messalina ihm die Geschichte ihrer Flucht erzählte, hatte sie bei der Fahrt nach Ravenna auf dem Sklavenschiff geendet. Und Giordano hätte es dabei bewenden lassen können. Was ging ihn schließlich dieses offenbar schamlose Weib an, dessen Lebensweg zudem von anrüchigen Abenteuern begleitet war? Ihm genügte, dass seine Schwester sich schon an den Rand des gerade noch Schicklichen begeben hatte, allerdings legitimiert durch das kaiserliche Eheversprechen. Messalina aber war mit der Leitung eines *bordello* weit darüber hinausgegangen. Und wenn schon! Der immer wache Widerspruchsgeist in Giordano erhob seine Stimme. Was geht es dich an! Wenn sie dir gefällt, dann zahle ihr den Hurenlohn und steige mit ihr ins Bett! Warum ihr die Messalina-Maske abreißen wollen? Wenn sie sich dahinter verstecken will, ist das allein ihre Sache.

So machte er sich schon eine Woche später ein zweites Mal auf den Weg zu dem Haus an der Porta Adriana. Wieder rührte und regte sich nichts, aber zu dieser Jahreszeit war das kein Wunder. Es legten kaum noch Schiffe an und von denen kamen schließlich die meisten Kunden: Kaufleute, Kapitäne oder Männer, die in politischen Geschäften unterwegs waren – allesamt natürlich Herren mit Geld.

„Ah, Messer Zordano! Habt Ihr doch wieder hierhergefunden? Seid willkommen!“

Giordano fühlte sich auf ungewohnte Weise gehemmt. Sollte er sich nochmals die Damen zeigen lassen? Es war, als hätte Messalina seine Gedanken erraten.

„Darf ich Euch meine Mädchen nochmals vorführen? Außer Helena und Irene wäre Lisabetta noch frei, sie kommt aus Mailand und ist in allerlei ungewohnten Liebeskünsten bewandert."

Er gab sich einen Ruck. „Nein, Donna Messalina, auch diesmal will ich nur Euch!"

„Mich?" Sie tat überrascht, ließ aber deutlich spüren, dass sie es nicht war.

„Ja, Euch!"

„Unter einer Bedingung: Ihr müsst Euch den Rest meiner Geschichte anhören."

Es drängte ihn zu sagen: Was hat das eine mit dem anderen zu tun, doch er fragte nur: Warum?"

„Weil ich es so will! Vielleicht seht Ihr mich danach mit anderen Augen ..."

Zu seiner eigenen Überraschung fühlte er sich erleichtert. „Wenn es weiter nichts ist ..."

Sie lächelte fein. „Nein, weiter nichts."

„Für drei *grossi* pro Stunde?"

„Wir werden sehen." Sie lehnte sich zurück. „Wollt Ihr etwas trinken?"

Fast hätte er gesagt: nicht im Dienst, als ihm einfiel, dass es sein freier Tag war. „Später vielleicht, jetzt nicht."

„Gut, dann kehren wir zurück auf jenes türkische Schiff. Es dauerte etwa eine Stunde, bis die menschliche Fracht verladen war. Widriger Winde wegen waren wir drei, vielleicht auch vier Tage unterwegs. Ich wurde nicht weiter behelligt, aber schon am nächsten Morgen weckte mich der Capitano, sein Gesicht war wütend, die Stimme laut.

‚Unter den Frauen ist so ein verrücktes Luder, das keine Ruhe geben will. Wenn sie nicht gerade kotzt, hetzt sie die anderen zum Widerstand auf, so laut, dass ihr Gekeif bis herauf zu hören ist. Einmal sollen die Mädchen allesamt über Bord springen und an Land schwimmen, dann wieder sollen sie sich bewaffnen – ich frage mich, womit? – und den Kapitän samt Mannschaft totschlagen. Ich habe sie in Fesseln legen und knebeln lassen, doch sie musste wieder kotzen und weil wir sie nicht ersticken lassen konnten ... Na ja, was soll ich Euch weiter erzählen – ich will die Frau los werden. Sie heißt Helena, stammt aus Ostrom und wurde vom Vater schuldenhalber verkauft. Wenn Ihr sie übernehmt und mit ihr von Bord geht, ist Euch das Reisegeld erlassen.'

Ich überlegte nicht lange und sagte zu, denn zu zweien ist manches doch leichter, dachte ich. So legten sie Helena neben mich: leichenblass, dürr wie eine Bohnenstange, doch mit recht munteren grauen Augen, die mich neugierig musterten.

‚Bin ich jetzt an Euch verkauft?'

Da musste ich lachen und sagte: ‚Nein, nur verschenkt. Die Wahrheit ist, Ihr seid frei, müsst aber mit mir in Ravenna von Bord gehen.'

‚Und dann?'

‚Dann sehen wir weiter.'

Als Erstes gingen wir dort zu einem jüdischen Händler, der sich auf gebrauchte Kleider spezialisiert hatte. Ich warf meine zerlumpten Männerkleider weg und Helena trennte sich gern von ihrem zerrissenen und nach Erbrochenem stinkenden Gewand. Wir hatten Frauenkleider gewählt, wie sie vom einfachen Volk getragen werden, dazu Hauben, die unsere Haare verhüllten. Ich fragte mich zu den entfernten Verwandten durch, doch niemand glaubte mir dort ein Wort.

‚Du bist in Wahrheit eine entlaufene Magd und willst dein Wissen um die Herrschaft auf diese üble Weise verkaufen! Verschwinde oder wir rufen die Stadtmiliz!'

Nun kam mir zugute, dass ich fast nichts von meinem Geld ausgegeben hatte, und so mietete ich in einem Albergo ein größeres Zimmer und ging allein zum *mercato* vor der Kirche San Francesco – allein, weil Helena zu plötzlichen Ausbrüchen neigte und wir Gefahr liefen, Verdacht zu erregen. Dort gab es so eine Art Vermittlung für Tagelöhner und Dienstboten aller Art, aber ich hatte nicht damit gerechnet, dass meine venezianisch gefärbte Sprache sofort auf Ablehnung stoßen würde.

‚Hast wohl in der hochberühmten Serenissima nichts gefunden? Schon seltsam, wo dort doch ständig Arbeit angeboten wird ...'

Nach zwei Tagen gab ich es auf und als ich am Abend in die Herberge ging, fand ich Helena in seltsamer Erregung. In gebrochenem Italienisch erzählte sie mir, der Herbergswirt habe ihr gedroht, unsere Anwesenheit der Miliz zu melden, die gehalten sei, alle Fremden genau zu überprüfen, besonders entlaufene Sklavinnen. Er wolle aber beide Augen zudrücken, wenn sie mit ihm – na, ich könne es mir ja denken. Dann fügte sie hinzu, es mache ihr nichts aus, denn es sei nicht das erste Mal, dass Männer ihre Notlage ausnützten. Mir fiel ein, wie oft ich während meiner Arbeitssuche angesprochen worden war, mit dem deutlichen Hinweis, dass eine Stunde im Bett höher bezahlt werde als zehn Stunden Gemüseputzen. So kam es dann, dass ich dieses Haus hier mietete, dafür meinen letzten Dukaten opferte und aus den Hafenkneipen einige hübsche Huren in Dienst nahm. Die Mädchen erkannten schnell, dass sie es bei mir viel besser hatten, und nicht ein großer Teil ihrer Einnahmen an Zuhälter und Herbergswirte floss. Einen der *ruffiani* machte es wütend, dass „seine" *puttana* es gewagt hatte, ihn sitzen zu lassen. Er holte sie mit Gewalt zurück, wobei ein Teil unserer Möbel zu Bruch ging. So kamen wir zu der Einsicht, ein Mann müsse her, und noch ehe wir uns auf die Suche machten, kam Bruno ins Haus – er arbeitet zurzeit als Gärtner. Und das kam so:

Lisbetta hatte eine seltsame Vorliebe für Hinrichtungen und nutzte ihre freie Zeit häufig dazu, sich draußen beim Galgenhügel als Zuschauerin einzufinden. Es war der sechste Oktober, das habe ich mir gemerkt. Ein rückfälliger Dieb sollte gehängt werden, doch seine Schergen hatten übersehen, dass es sein Namenstag war, und bald ging es raunend durch die Menge, wenn Bruno eine Gemahlin fände, käme er vom Galgen frei.

Lisbetta hörte es, lief schnell nach vorne und so durfte der Glückliche die Galgenleiter wieder hinabsteigen. Bruno ist nicht der Schlaueste, doch seitdem er einem der aufdringlichen Zuhälter alle Knochen gebrochen hat, sind wir vor diesen Herren sicher."

Messalina hatte bemerkt, dass Giordanos Miene immer ungläubiger wurde, und so hielt sie inne.

„Ihr haltet meine Geschichte für erfunden, ich sehe es Euch an."

„Nein, Donna Messalina, nicht für erfunden, aber doch für sehr – sehr ausgeschmückt."

Sie erhob sich. „Ich lasse Euch mit Lisbetta allein, sie wird Euch dasselbe berichten."

Auch Giordano hatte sich erhoben. „Verzeiht, aber es ist alles so unwahrscheinlich."

„Manchmal stellt das Leben die wildesten Fantasien in den Schatten. Soll ich weiter erzählen oder wollt Ihr lieber …?"

„Nein, und verzeiht mir."

Sie setzten sich wieder.

„Diese Ereignisse liegen nun über ein Jahr zurück. Jetzt kommt noch etwas, das Ihr wieder unglaublich finden werdet. Ich führte zwar ein erfolgreiches Hurenhaus, doch selber mied ich die Männer – kurz und gut, ich bewahrte meine Jungfernschaft, wenn mir auch Liebesfreuden dennoch nicht fremd waren. Helenas Dankbarkeit nahm manchmal solche Formen an, dass sie – mit der Begründung, Männer ekelten sie an –, in meinem Bett Zuflucht suchte, und ich kann Euch versichern, dass eine kundige Frau einer anderen Liebesfreuden bereiten kann, die denen von Männern in nichts nachstehen."

„Dann – dann seid Ihr auch jetzt noch ..."

„Nein, Don Zordano, das Schicksal wollte es anders. Im Laufe der Zeit fanden sich auch Herren aus Venedig ein, und manchmal fiel da ein Name, den ich kannte. In Venedig ist es so, dass die meisten Patrizier, auch wenn sie sich nicht persönlich kennen, doch über die betreffenden Familien Bescheid wissen. Da ich als noch unmündige Tochter des Hauses niemals zu Feiern oder Gesellschaften mitgenommen worden war, kannte ich von Angesicht zu Angesicht nur die engsten Freunde meines Vaters, also solche, die uns zuhause besuchten. Dass von denen jemals einer hier auftauchen würde, hielt ich für kaum wahrscheinlich. Und doch war es so.

Ein Geschäftsfreund meines Vaters, der als Taufpate meines älteren Bruders auch ein Freund des Hauses war, stand vor der Tür. Hätte ich ihn kommen sehen, wäre ich verschwunden und Helena hätte meine Rolle übernommen. Plötzlich stand er da, begleitet von einem Diener, riss die Augen auf und rief: ‚Caterina Loredan! Was habt Ihr hier zu suchen?'

Auf diese Weise, mein lieber Zordano, habt Ihr nun auch meinen richtigen Namen erfahren und ich bitte Euch, ihn – wenigstens vorerst – sogleich wieder zu vergessen."

Giordano hatte es ein wenig die Stimme verschlagen und er räusperte sich: „Das ist – das ist ja unglaublich!"

Sie nickte heftig.

„Das fand ich damals auch und mir gingen tausend Gedanken durch den Kopf. Ich stand auf und sagte mit gepresster Stimme, hier müsse wohl eine Verwechslung vorliegen und ich würde jetzt die Damen rufen. Ich schritt zur Tür und im Vorbeigehen zischte ich ihm ins Ohr, er solle den Diener hinausschicken. Das tat er dann auch. Hier gibt es für die Dienerschaft eine Art Warteraum, wo sie gegen geringes Geld auch eine Kleinigkeit essen oder trinken können.

Kaum war der Mann draußen, fasste mich – ich werde keinen Namen nennen – der Signore bei den Schultern und schaute mich genau an. Unsicher geworden, fragte er: ‚Du bist doch Caterina Loredan? Ich kenne dich von Kindheit an und nun, da du von zuhause fortgelaufen bist, liegt die Vermutung nahe, dass …'

‚Ich bin es', gab ich zu, mein venezianischer Akzent hätte mich ohnedies verraten. Da begannen seine Augen begehrlich zu glitzern und mir fiel ein, dass meine Mutter einmal in ärgerlichem Ton gesagt hatte, vor ihm sei keine Frau sicher. Er schlug sich feixend auf die Knie.

‚Wenn deine Eltern das wüssten! Sie würden dich mit einem Kriegsschiff hier abholen lassen. Wie bist du nur in eine solche Lage geraten? Du warst doch diesem – diesem …' Ihm fiel der Name nicht ein und so half ich ihm weiter.

‚Ja, ich sollte zu diesem blatternnarbigen Tölpel ins Ehebett steigen und da bin ich lieber eine Hure geworden.'

Es hatte mich gereizt, ihm diesen Ausdruck an den Kopf zu werfen.

Er hob zweifelnd die Brauen. ‚Na, ganz so schlimm ist es wohl nicht. Inzwischen seid Ihr die Leiterin dieses Hauses und eine solche Stellung bringt es nicht unbedingt mit sich …'

Worauf wollte er hinaus? Ich blieb bei meinem rüden Ton. ‚Spart Euch den Sermon und sagt mir einfach, was Ihr wollt.'

Seine Augen wanderten zu meinen Brüsten, die das leichte Hausgewand nur zur Hälfte bedeckte. Er gehörte zu jenen Männern, die bei einer Frau vor jeder tatsächlichen Berührung imstande sind, ihren Körper mit Blicken abzutasten.

‚Was will ich? Mit Euch ein Geschäft machen – Ware gegen Ware. Ich biete Euch mein absolutes Stillschweigen, sobald ich in Venedig bin. Auch wenn Ihr eines Tages zurückkehren solltet – wir haben uns niemals gesehen! Dieses Stillschweigen hat seinen Preis und der seid Ihr.'

Natürlich hatte ich das kommen sehen und musste laut lachen. ‚Das wird sich machen lassen.'

So genoss er also meinen Körper, doch zu seinen Gunsten muss ich sagen, er tat es rücksichtsvoll, geschickt und mit hoher Kennerschaft. So war es, ehrlich gesagt, kein Opfer, sondern eine gern gegebene Gegenleistung. Dass ich noch eine *virgo* war, fiel ihm nicht auf, denn bei den heftigen Liebesspielen mit Helena muss wohl mein Hymen gerissen sein.

Als er sich verabschieden wollte, sagte ich: ‚Signore, die Rechnung ist noch nicht ganz ausgeglichen.'

Er schüttelte den Kopf. ‚Aber wir waren uns doch einig ...'

‚Für diesen Teil, ja – jetzt aber muss ich von Euch vier Dukaten fordern.'

‚Aber so war es nicht vereinbart, denn ...'

‚Halt, halt! Jetzt heißt es noch einmal: Ware gegen Ware.'

‚Und ich dachte, das Geschäft sei abgeschlossen. Aber was habt Ihr zu bieten und was muss ich geben?'

‚Auch ich habe Schweigen anzubieten. Bezahlt Ihr nicht, werde ich nach meiner Rückkehr eine Geschichte erzählen, die ganz Venedig schaudern lässt.'

Da wurde er unsicher, ich sah es ihm deutlich an. Er lächelte verkrampft und stieß hervor:

‚So laßt hören!'

‚Ich werde sagen, dass Ihr mich aus Venedig entführt habt, mit der Behauptung, Eure Frau sei todkrank und nach ihrem Ableben würdet Ihr mich heiraten. Um meine Verbindung mit dem tölpelhaften Bräutigam zu verhindern und den anderen mit vollendeten Tatsachen zuvorzukommen, habt Ihr mich entjungfert und dann in einem Kloster untergebracht, bis die Umstände günstig waren. Dann habt Ihr die Äbtissin bestochen, mich festzuhalten und mich mit allen Mitteln zum Profess zu zwingen. Schließlich gelang mir die Flucht, und ich konnte ...'

‚... meine üblen Pläne aufdecken. Schön ausgedacht, das muss ich schon sagen, ja, das verdient Respekt. Aber dann steht Wort gegen Wort und ich denke, die venezianischen Gerichte werden eher mir glauben.'

Ich lächelte süß. ‚Aber Signore, ich werde zwei Zeugen aufbieten, die meine Version bestätigen können.'

‚Gekaufte Zeugen!'

‚Und wenn schon ...', sagte ich achselzuckend.

Solche Vorgänge waren ihm freilich nicht fremd, doch er hatte in Ravenna gute Geschäfte gemacht und so nickte er und lächelte dazu. Er zog seinen Beutel und legte fünf Dukaten auf den Tisch.

‚Vier als Liebeslohn und einen für Euren Mut, der bei Frauen nicht gerade alltäglich ist.'

Ich lachte. ‚Weil man sie nicht lässt, verehrter Herr.'

Ja, Zordano, er war ein guter Verlierer und wenn ich zurückkehre, werden wir beide unser Wort halten."

„Wie soll es weitergehen? Ihr werdet doch nicht bis ans Ende Eurer Tage ..."

„Keineswegs! Jetzt sind wir beide an der Reihe, ein Geschäft zu tätigen. Ich habe jetzt zwei Jahre lang als *mezzana* gewirkt, und das ist genug. In Venedig darf davon nichts bekannt werden, also habe ich folgenden Plan gefasst. Ihr, lieber Don Zordano, begleitet mich in allen Ehren nach Venedig. Ich werde einige Wochen vor unserer Abreise als Gast in das Frauenkloster Santa Maria eintreten und von dort ein Schreiben an meine Eltern richten. Darin wird es heißen, um der Hochzeit zu entgehen, sei ich nach Ravenna geflüchtet und in das Kloster als Novizin eingetreten. Als die Zeit kam, den Profess abzulegen, habe mich eine solche Sehnsucht nach der Heimat befallen, dass ich das Gelübde verweigerte und mich nach einer würdigen Reisebegleitung umsah. Dabei sei ich auf Euch gestoßen, und ..."

Giordano hob die Hand. „Halt, halt! So geht das nicht! Wie soll eine Novizin auf einen Begleiter des Kaisers stoßen, der noch dazu aus Pisa stammt?"

„Ich dachte, Euch fällt etwas ein. Das Schreiben an meine Eltern wird das Siegel des Klosters tragen, das Schweigen der Äbtissin werde ich durch eine Spende erkaufen. Mein Plan ist lückenlos!"

Giordano schüttelte den Kopf. „Es sollte doch ein Geschäft sein – also, Donna Caterina, werden wir zunächst von Eurer Gegenleistung sprechen."

Sie spielte die Zerknirschte. „Oh, verzeiht, das habe ich ganz vergessen. Ich schenke Euch eine Nacht – genügt das?"

Giordano zuckte zusammen. Alles wäre viel einfacher gewesen, hätte er den Hurenlohn bezahlt und wäre in das gekaufte Bett gestiegen. Aber so ...

„Donna Messa – äh, Donna Caterina, Eure Gegengabe entzückt mich, aber ich kann sie erst annehmen, wenn der Kaiser mich für einige Wochen beurlaubt, damit ich Euch begleiten kann."

Sie nickte und erhob sich. „Ein Mann, ein Wort! Ich erwarte mit Ungeduld Eure Nachricht. Doch bitte nennt mich weiterhin Messalina."

Wie sie so dastand, rank, schlank, mit stolz erhobenem Haupt, das schimmernde dunkelblonde Haar über die Schulter fallend, die schönen furchtlosen Augen weit geöffnet, schoss es ihm durch den Kopf: Was ist Anna dagegen? Eine Landpomeranze, die den Stallgeruch niemals loswerden wird. Hier ist Adel, Selbstbewusstsein, Erziehung und eine Reihe von Ahnen, die das Schicksal Venedigs über Jahrhunderte mitbestimmt haben. Die richtige Frau für mich? Ja, das ist sie!

Inzwischen war es Februar geworden, die Sonne gewann an Kraft, die Luft erwärmte sich. Giordano hatte tagelang gegrübelt, mit welcher Begründung er den Kaiser um Urlaub bitten sollte, ohne ihn dreist zu belügen. Doch die Ereignisse kamen ihm zuvor.
Friedrich versammelte den Kreis seiner Freunde und Vasallen um sich und gab bekannt, der Serenissima einen kurzen Besuch abstatten zu wollen. Er nannte die Herren seiner Begleitung, doch Giordano war nicht dabei. Da ermannte er sich und dachte: Jetzt oder nie! Das Ersuchen um ein kurzes Gespräch wurde gnädig gewährt.

„Majestät, ich bitte um die Gnade, an der Fahrt nach Venedig teilhaben zu dürfen - nicht in Eurem Gefolge, sondern als Begleiter einer Dame, die ich zu ihren Eltern zurückführen möchte."

Friedrichs blaue, durchdringende Augen sahen ihn fragend an, doch gottlob fragte er nicht.

„Da es sich gewiss um etwas Ehrenhaftes handelt, so nehmt also mit der Dame an unserer Fahrt teil. Dennoch bitte ich um Stillschweigen. Mein Besuch in Venedig soll eine Überraschung sein – nur deshalb die Geheimhaltung."

Nicht dass Giordano gleich an eine Fügung des Himmels glaubte, doch zu einem kurzen Dankgebet fühlte er sich verpflichtet.

Caterina – wir wollen sie künftig bei ihrem tatsächlichen Namen nennen – empfand ähnlich.

„So anmaßend es wäre, diese für mich so günstige Entwicklung auf Gottes heiligen Willen zurückzuführen, so sehr drängt es mich, dennoch zu glauben, dass eine höhere Macht ihre Hand dabei im Spiel hatte."

Giordano schmunzelte.

„Vielleicht hat der Teufel die Lust auf Eure Seele verloren, weil sie für seine Zwecke doch zu wenig verdorben ist. Hoffentlich seid Ihr erleichtert, aus diesem Sündenpfuhl wieder in die Obhut Eurer Eltern zu kommen."

„Der Sündenpfuhl hatte auch sein Gutes", meinte sie trocken, „jedenfalls habe ich dabei mehr vom Leben gelernt, als ich sonst hätte erfahren können."

„Da mögt Ihr schon Recht haben."

Es war Abend geworden und Giordano fiel ein, dass im Dienstbotenzimmer sein Bursche auf ihn wartete. Ihm sagte er:

„Ich werde erst am Morgen wieder zum Dienst erscheinen, melde das dem Superiore."

„Aber Capitano, ich darf doch nicht allein ..."

„Du hast meine Ausnahmegenehmigung."

Dann waren sie wieder allein und jeder wartete auf die Rede des anderen. Caterina wusste sehr wohl, dass Männer lange und verstockt schweigen können, und das wollte sie nicht nachahmen.

„Dann wird es jetzt Eure – unsere Nacht ...?"

„Ja, wenn Ihr wollt ..."

„Ich muss wollen, es ist ja ein Geschäft. *Pacta sunt servanda*, lehren uns die alten Römer."

Es war nun so, dass Giordano mit Frauen aller Art Umgang gehabt hatte, doch diese kamen aus den unteren Schichten. Betraf es Damen von Adel, so war es immer seine Vorstellung gewesen, nur über eine Heirat in ihr Bett zu gelangen. Bei Caterina aber erwiesen sich die ihm anerzogenen Vorbehalte als Hemmschuh. Sie war von Adel, gewiss, doch hatte er sie als *mezzana* und Hure kennengelernt und an eine Ehe war nicht zu denken. Halt, warum eigentlich nicht?

„Habt Ihr mich gehört, Don Zordano?"

„Ja, es war die Rede von den alten Römern, aber wir sind jetzt Christen und leben zum Teil nach anderen Vorstellungen." Er stand auf, verbeugte sich knapp und nach Kriegerart. „Donna Caterina, ich möchte um Eure Hand bitten!"

Manchmal dachte sie, in diesem Leben könne sie nichts mehr überraschen, aber nun war sie doch verblüfft.

„Wenn dies Euer Ernst ist, so müsst Ihr diese Frage meinen Eltern stellen."

„Das versteht sich von selbst, doch zunächst stelle ich sie Euch."

Sie zögerte etwas, schluckte ein paarmal und zum ersten Mal wandte sie beim Gespräch ihre Augen ab.

„Ihr habt mich derart überrascht, dass – dass ich Zeit zur Überlegung brauche. Ihr aber solltet bedenken, dass eine alles andere als jungfräuliche Braut für einen Mann Eures Standes ..."

„Ja, ja, ich verstehe schon."

Sie spürte, wie er mit seinen anerzogenen Vorbehalten kämpfte, und dachte, die Venezianer seien da doch nicht so streng. Aber die Lombarden ...

„Ihr könnt dann bei meinen Eltern vorstellig werden, aber jetzt sollten wir uns um das Nächstliegende kümmern. Ihr habt ja Euren Burschen mit der Nachricht weggeschickt, dass Ihr erst am Morgen wieder zum Dienst erscheinen werdet. So schlage ich vor, Ihr betrachtet mich bis zur Abreise noch als Messalina, die Hure, denn in Venedig werde ich wieder Donna Caterina, die Adelstochter sein."

Sie klatschte in die Hände, ließ Wein und kalte Speisen bringen.

Giordano, als Truppenführer an feste Regeln gewöhnt, atmete auf. Nun hatte alles seine Ordnung und so aß und trank er kräftig, scherzte und alberte herum, erzählte ihr Geschichten aus dem Heiligen Land, verschwieg auch nicht sein Liebesabenteuer in Akkon.

Caterinas Augen begannen zu glänzen.

„Das war ja ganz schön mutig, sich mit einem Priester anzulegen."

„Ein Mullah ist zwar kein Priester in unserem Sinn, genießt aber doch einiges Ansehen. Immerhin hat der Kaiser mein Verhalten gerügt."

Sie lachte. „Und sich heimlich darüber gefreut, denke ich."

Dann nahm sie die Laute und sang eine *canzona d'amore* im venezianischen Dialekt, während Giordano durch seinen Bericht so lebhaft an die Liebesstunden mit der Witwe Amina erinnert wurde, dass ihm das Blut in die Lenden schoss. Der scharf gewürzte Wein tat ein Übriges und ohne große Umstände lagen sie wenig später nackt in Caterinas Schlafkammer. Der Abscheu vor behaarten Männern hatte ihr schon manchmal zu schaffen gemacht, doch Giordano erwies sich als muskulös und glatthäutig, auch vermied er jede Hast. Sein geduldiges Küssen und Kosen erweckte in ihr – ein wenig staunte sie dann doch – das Verlangen nach Vereinigung. Giordano vollzog sie freudig und ungestüm, doch Caterinas Lust war eher von sanfter und behutsamer Art, blieb an der Haut haften, drang nicht tiefer. Helena hingegen hatte in ihr solche Stürme entfacht, dass ihr ganzer Körper zu zittern begonnen und sie für kurze Zeit zu schweben geglaubt hatte. Doch sie ließ Giordano den Unterschied nicht spüren, bäumte sich unter ihm lustvoll auf und ächzte und stöhnte, weil sie wusste, dass die Männer solche Äußerungen ihren eigenen Liebeskünsten zuschrieben.

Da Caterina nun einmal diesen Weg beschritten hatte, wollte sie ihn auch zu Ende gehen. Helena war entsetzt, als sie von ihren Plänen hörte, auch weil sie niemals so richtig an Messalinas vornehme Herkunft geglaubt hatte. Die beiden Frauen sprachen kaum über ihre Vergangenheit, doch Helena vermutete, dass ihre Freundin in einem vornehmen Haus gedient und dann aus irgendwelchen Gründen die Flucht ergriffen hatte.

„Behandle Bruno gut", gab sie ihr zuletzt als Ratschlag, „und verweigere ihm nicht einen gelegentlichen Platz in deinem Bett. Er ist der starke Arm in diesem Haus und du bist von nun an der Kopf."

Nach einem tränenreichen Abschied, besonders auf Helenas Seite, bestieg die einstige Messalina, zurückverwandelt in die Adelstocher Caterina Loredan, eine geschlossene Sänfte, die sie zum Kloster Santa Maria brachte.

16

Im Kloster Santa Maria fabelte Giordano eine Geschichte zusammen von einer entfernten Verwandten aus Venedig, die er nach einem längeren Besuch in Forli in ihre Heimatstadt zurückgeleiten müsse. Er sah es der dicken Äbtissin mit ihren kleinen gierigen Augen sofort an, dass sie ihm kein einziges Wort glaubte. Ihr ging es nur um den Preis für das Gastzimmer und der war so hoch, dass man dafür in einer guten Herberge dreimal so lange hätte wohnen können.

Giordano zahlte für zwei Wochen im Voraus, denn da war die Abfahrt der kaiserlichen Galeere aus dem Hafen Portus Classis geplant. Da dieses Schiff nicht auf Segel angewiesen war, konnten widrige Winde die Abreise kaum verzögern. Auf dem engen Gefährt würde es kaum zu vermeiden sein, dass Giordano als Reisebegleiter Caterinas auftrat, und so beschloss er, Bianca – und damit auch Anna – vorher darüber in Kenntnis zu setzen.

Bianca fragte gut gelaunt: „Kommst du, um dich zu verabschieden?"

„Verabschieden? Im Gegenteil! Ich möchte dir sagen, dass ich auf dem kaiserlichen Schiff mit nach Venedig fahre."

„Hat Friedrich seine Meinung geändert?“

„Nein, doch Seine Majestät hat mir die Mitreise gestattet – natürlich auf eigene Kosten.“

„Und was veranlasst dich dazu?“

„Ich begleite eine – eine Signora in ihre Heimat.“

Anna saß im Nebenzimmer, wählte Kleider für die Reise, besserte manches aus. Ihre scharfen Ohren vernahmen jedes Wort.

„Darf man fragen, wer sie ist?“

„Man darf, doch ich werde es nicht sagen.“

Bianca drohte scherzhaft mit dem Finger. „Aha, du hast wieder einmal eine Frau unglücklich gemacht und jetzt schaffst du sie dir vom Hals.“

Da reizte es ihn, aufzutrumpfen. „Ganz im Gegenteil – wenn alles gut geht, können wir zusammen glücklich werden.“

Bianca schüttelte verwundert den Kopf. „Du redest ja, als sei die Dame deine Braut.“

„Im Rang würde sie jedenfalls zu mir passen.“

Anna hatte sich so auf das Gespräch konzentriert, dass ihr die Nähnadel ausrutschte und tief in ihren Zeigefinger drang. Mit einem Wehlaut sprang sie auf, ging zu dem Wasserkrug auf dem Wandbord und wusch das Blut weg.

„Da hat Galvano aber auch ein Wort mitzureden. Im Übrigen wäre es für die ganze Familie besser, du hieltest dich bei der Brautschau an Pisa. Eine Venezianerin!“

Letzteres hatte sie mit erhobener Stimme gesagt und Anna erschien an der Tür. „Ihr habt mich gerufen, Donna Bianca?“

„Nein, aber was ist mit deiner Hand?“

„Hab mich nur in den Finger gestochen“, stieß Anna hervor und schaute dabei Giordano gehässig an.

„Wider Erwarten fährt mein Bruder nun doch mit nach Venedig, als Begleiter einer Dame.“

„Was geht das die da an?“, fragte Giordano wütend.

„Die da hat einen Namen und ich gestatte nicht, dass du Anna beleidigst.“

Er verabschiedete sich schnell und beschloss, soweit dies auf einem Schiff möglich war, Anna aus dem Weg zu gehen.

Inzwischen hatte man auf die anreisenden päpstlichen Boten einige Spitzel angesetzt, sodass ihre Ankunft genau zu berechnen war. An dem betreffenden Tag wurden sie gegen Abend erwartet, sodass der Kaiser am frühen Morgen aufbrach.

Giordano hatte sich mit Caterina dem kleinen Zug angeschlossen. Sie ritt verschleiert auf einem Maultier, von etlichen neugierigen Blicken verfolgt, doch Giordano achtete darauf, dass niemand ihr zu nahe kam.

Anna hatte allen Ernstes überlegt, dieser mysteriösen Dame den Schleier vom Gesicht zu reißen, doch das hätte sie ihre Stellung gekostet und so redete sie sich gut zu: Was geht mich diese blöde Kuh an? Läuft verschleiert herum, spielt die Geheimnisvolle, aber da wird nicht viel dahinterstecken. Giordano ist ja so leicht zu täuschen und wenn eine den richtigen Ton findet, schmilzt er dahin und glaubt jedes Wort. Bei dieser Vorstellung wurde ihr leichter und sie zwang sich, immer daran zu denken, dass Giordano für sie am Ende doch nicht der richtige Mann war. Da durfte sie die Lückenbüßerin spielen, bis Don Galvano ein adliges Bräutchen herbeischaffte, und was blieb ihr dann noch? Das Wichtigste war, ihre jetzige Stellung nicht aufs Spiel zu setzen, denn damit gehörte sie zum innersten Kreis des Kaisers, und das würde die richtigen Bewerber anlocken. Aber damit hatte es noch Zeit – viel Zeit.

Classis, der Haupthafen von Ravenna, war schnell erreicht und da wartete schon die kaiserliche Galeere, genauer gesagt, eine *quadrireme*, also ein Schiff mit vier Ruderbänken übereinander. Dazu gab es fünf kurze Masten für die dreieckigen „lateinischen Segel“, die – bei gutem Wind – geeignet waren, die Ruderer zu entlasten. Diese gliederten sich in drei Klassen. Da gab es die stets kahl geschorenen Sträflinge, dann die als Sklaven bezeichneten kriegsgefangenen Türken, Sarazenen, manchmal auch Christen. Die letzte und oberste Klasse setzte sich aus Freiwilligen zuammen, die Haar und Bart tragen durften, auch nicht an die Ruderbänke gefesselt waren. Der Kaiser hatte befohlen, auf seiner eigenen Galeere ausschließlich Freiwillige zu beschäftigen, die gut bezahlt wurden und im Notfall auch als Krieger zu verwenden waren.

Eine besondere und nachteilige Eigenart der Galeere war es, dass die Ruderer den meisten Platz einnahmen und die Passagiere sich mit drangvoller Enge abfinden mussten. Doch die Fahrt nach Venedig sollte höchstens drei Tage dauern und so war das Deck durch Zeltplanen in verschiedene Bereiche aufgeteilt: für den Kaiser, sein kleines Gefolge, für Kapitän und Steuermann und – damit hatten weder Caterina noch Anna gerechnet – für die weiblichen Passagiere. Bianca hatte freilich ein Kämmerchen für sich doch Anna und Caterina mussten sich mit drei anderen Frauen ein kleines Geviert teilen, das kaum Platz für die fünf Schlafmatten bot. Dass Anna die Leibdienerin der kaiserlichen *concubina* war, wussten die anderen. Anna hingegen wusste nicht, welcher der vier Frauen Giordano als Begleiter diente. Eine kam von vornherein nicht in Frage, eine ältere, matronenhafte Dame, die mit einem verdrossenen Gesicht beharrlich schwieg. Jede der drei anderen hatte ein ansprechendes Äußeres, die Jüngste von ihnen, ein Mädchen um die vierzehn, war von etwas herber Schönheit und besaß die Anmut einer eben erblühten Wildblume.

Sie wird es sein, dachte Anna, und weil sie deren Redeweise für venezianisch hielt, war sie sich fast sicher. Caterina hatte im Kloster mit allen erdenklichen Mitteln für ein unauffälliges Aussehen gesorgt. Sie trug keinerlei Schmuck, hatte die Haare unter einer grauen Kappe hochgesteckt und die einfache Kleidung einer Dienerin gewählt. Dazu spielte sie die Schwerhörige, antwortete nicht oder falsch auf neugierige Fragen. Diese Frau hätte sich Anna zuletzt als Giordanos Begleiterin – oder Braut? – denken können.

Am dritten Reisetag wurde sie eines Besseren belehrt. In der Ferne war schon das Prunkschiff des Dogen Jacopo Tiepolo zu erkennen, der – von Boten unterrichtet – dem Kaiser entgegenfuhr, begleitet von zahlreichen kleineren Schiffen. Da hörte sie von draußen Giordanos ungeduldige Stimme:

„Donna Caterina! Macht Euch fertig, wir werden in Kürze auf ein anderes Schiff umsteigen müssen!"

Anna blickte gebannt auf die vier Frauen. Wer aber raffte eilig sein Gepäck zuammen? Es war die Unscheinbarste, die graue Maus, schwerhörig und zerstreut. Von da an glaubte Anna, Giordano habe sein Interesse nur vorgetäuscht, um sie zu ärgern. Dieses farblose Wesen in die Heimat zu begleiten, war gewiss ein Freundschaftsdienst für einen seiner Kameraden. Ja, so musste es sein! Jetzt wurde ihr Herz leicht und froh, sie hätte lachen und singen mögen. Aber warum? Sie selber hatte doch die Verbindung zu Giordano abgebrochen, weil nichts Gescheites daraus werden konnte.

So stiegen Giordano und seine Begleiterin auf ein kleineres Schiff um, das sie gegen Bezahlung zum Canal Grande brachte.

Dort nahmen sie eine Gondel, denn größere Schiffe durften hier nicht weiterfahren. Giordano blickte, stumm vor Erstaunen, auf die Pracht der den Kanal säumenden Paläste. Sein Kopf war in ständiger Bewegung, während Caterina abwesend vor sich hin starrte. Was mochte in ihr vorgehen?

„Donna Caterina, seid Ihr eingeschlafen?"

„Nein, aber ich grüble darüber nach, ob ich das Richtige tue."

„Auf lange Sicht gesehen – ja!"

„Ein Jahr hätte ich vielleicht meine Freiheit noch genießen können ..."

„Freiheit? Ich weiß nicht recht ..."

Sie war ihm jetzt so ferngerückt wie eine flüchtige Bekannte, so fern, dass er nicht mehr sicher war, ob es jene gemeinsame Nacht auch wirklich gegeben hatte. Damals hatte sie wie eine vornehme Kurtisane ausgesehen, jetzt ähnelte sie einer verschüchterten, frisch entlassenen Klosterschülerin.

Der Canal Grande verlief in Schlangenlinien, sodass sie zuerst nach Westen, dann ein kurzes Stück nach Süden und zuletzt nach Nordosten fuhren. Dort erhob sich am rechten Ufer der Palazzo Loredan und schon von weitem sahen sie, wie sich eine Gruppe Menschen an der Anlegestelle drängte. Einige Frauen winkten mit weißen Tüchern, die Herren standen mit verlegenen Gesichtern da und starrten der Gondel entgegen. Giordano half Caterina an Land, wo ihre Mutter sie sogleich stürmisch umarmte, während der Vater und die beiden Brüder sie steif auf die Wangen küssten. Freunde und Verwandte drängten sich um Caterina, während man von ihrem Vater respektvollen Abstand hielt, wie es sich geziemte gegenüber Don Marco Loredan, Ratsherr, Kaufmann und venezianischer Patrizier mit langem Stammbaum.

Wie auch im übrigen Europa war die Herrenmode, den Bart betreffend, zweigeteilt. Handwerker, Kaufleute, Schreiber, Ladenbesitzer gingen in der Regel mit nackten Gesichtern, während Geistliche, Professoren, Notare und Mitglieder der verschiedenen Räte mehr oder weniger lange Bärte trugen. Der von Don Marco war kurz geschnitten und bereits grau gesprenkelt. Er flüsterte seiner Frau etwas ins Ohr und wandte sich dann an Giordano.

„Auf ein Wort unter vier Augen, wenn es Euch genehm ist, Graf Lancia."

Dass es ihm „genehm" sein musste, war aus dem Ton zu hören. Ein Widerspruch kam nicht in Frage, denn wenn sie auch etwa ranggleich waren, so musste sich Giordano als der Jüngere dem Älteren fügen.

Sie nahmen in Don Marcos Arbeitszimmer Platz, wo schon ein Krug Wein bereitstand. Der Hausherr hatte sich jede Störung verbeten und bediente den Gast selbst.

„Trinkt man in Pisa um die Mittagszeit pur?"

Kein Lächeln begleitete die Frage und Giordano wehrte sofort ab: „Aber ich bitte Euch, Don Marco! Wer in Italien wird so barbarisch handeln? Um diese Zeit nur ein Drittel Wein."

Don Marco nickte anerkennend. „So habe ich es mir auch gedacht."

Sie verneigten sich im Sitzen, tranken und dann legte Don Marco einen Brief auf den Tisch.

„Darin hat meine Tochter mich über alles oder, sagen wir, über fast alles in Kenntnis gesetzt. Vielleicht könnt Ihr meine Wissenslücken schließen?"

„Wenn ich es kann, dann tue ich es gern."

„Ihr wisst, dass Caterina vor einer in ihren Augen nicht tragbaren Ehe geflohen ist?"

„Ja, das weiß ich und dass sie dann im Nonnenkloster Santa Maria in Ravenna Aufnahme gefunden hat, ist mir auch bekannt."

Don Marco nickte.

„Die *professio religiosa* wird in den verschiedenen Orden unterschiedlich gehandhabt. Caterina schrieb mir, dass zwei Jahre die äußerste Grenze seien, und so hat sie sich gerade noch rechtzeitig gegen das Klosterleben entschieden. Auch das wisst Ihr? Gut, nun aber zu den Lücken. Wie kam es, dass sie gerade Euch, Don Giordano, einen Fremden aus Pisa, zu ihrem Begleiter erkor? Sie hätte sich ja auch an den Gesandten unserer Republik wenden können – ich nehme an, dass jedes Kind in Ravenna seine Residenz kennt."

Giordano hatte die Frage erwartet und sich schon eine Anwort zurechtgelegt, eine, die keine dreiste Lüge war, sondern eher im Ungewissen blieb.

„Eine ähnliche Frage habe auch ich ihr gestellt und sie sagte, dass sie jedes Aufsehen habe vermeiden wollen. Sie muss sich wohl direkt an den Kaiser gewandt haben, jedenfalls hat Seine Majestät das mir gegenüber angedeutet. Dass ich mich sofort als Begleiter anbot, ist leicht zu verstehen: Damit ergab sich die beste und wohl einzige Möglichkeit, Eure weithin berühmte Seerepublik zu besuchen."

„Aber solltet Ihr nicht den Kaiser ..."

„Nein, Don Marco. Zwar hat Seine Majestät nicht inkognito, doch unter strenger Geheimhaltung und mit sehr kleinem Gefolge diese Reise angetreten."

„Das ist mir inzwischen bekannt."

Don Marco schwieg und schaute versonnen zum Fenster, wo die schon tief im Westen stehende Sonne in einem von glitzerndem Staub durchwirbelten Lichtstrahl ein überladenes Bücherbord mit einem goldenen Streifen zierte. Da Don Marco weiter schwieg, gab sich Giordano einen Ruck.

„Wenn Ihr, aus welchen Gründen auch immer, diese Frage nicht beantworten wollt, so habe ich dafür volles Verständnis. Nun, wie soll ich sagen, ist der Grund für Donna Caterinas Flucht inzwischen beseitigt?"

Don Marco gestattete sich ein karges Lächeln.

„Warum sollt Ihr das nicht fragen dürfen? Schließlich sind wir Euch doch irgendwie verpflichtet. Kurz gesagt: Der damals vorgesehene Bräutigam hat sich anderweitig vermählt. Unter uns Männern: Ich kann meine Tochter schon verstehen und sehe inzwischen ein, dass Familienpolitik nicht in jedem Fall oder zumindest nicht nur der Grund zu einer Ehe sein sollte. Man wird sich also weiter umsehen und ihr vielleicht die Wahl aus verschiedenen Möglichkeiten bieten. Jedenfalls ist aus dem Kloster ganz offensichtlich eine *virgo* zu uns zurückgekehrt und darauf kommt es wohl an."

Giordano errötete heftig, doch das war in dem schon schummrig gewordenen Raum nicht zu bemerken. Dann musste er irgendetwas dazu äußern.

„Ja, ja, gewiss, da habt Ihr wohl Recht ..."

Wäre es jetzt nicht an der Zeit gewesen, seinen Antrag vorzubringen? Doch ihm war die Zunge wie gelähmt. Über alles hätte er jetzt mit Don Marco reden können: Politik, Handel, Religion, den kaiserlichen Hof, Schiffe und Kriege, aber nicht über einen Heiratsantrag. Es ist schon seltsam, dachte er später, dass mich die Hure Messalina zu einer Ehe geneigter machte als die Klosternovizin Caterina. Am liebsten hätte er jetzt die Flucht ergriffen, weg aus diesem Palazzo, weg aus Venedig, zurück zu den schönen Tagen von Melfi, zurück zu Anna ... Da hörte er Don Marcos Stimme etwas fragen.

„Oh, verzeiht, Don Marco, ich habe Eure Frage nicht verstanden."

„So? War sie nicht deutlich genug? Also, ich wollte wissen, ob Ihr dem Kaiser während seines Aufenthalts in irgendeiner Weise verpflichtet seid?"

„Nein, ich durfte nur das Schiff benutzen, um Eure Tochter sicher ..."

„Gut, gut, damit seid Ihr natürlich unser Gast. Einer meiner Söhne würde sich geehrt fühlen, Euch unsere Stadt zeigen zu dürfen."

Am liebsten hätte Giordano die Einladung abgelehnt, er wollte mit sich und seinen Gedanken allein sein und versuchen, Anschluss an die Reisegruppe des Kaisers zu finden. Seine Majestät würde gewiss nichts dagegen haben, wenn er – nein, das war auch keine Lösung. Geh doch ins Kloster, alter Griesgram! Wirst du heuer vierundzwanzig oder vierundachtzig? Gib dir einen Ruck, erkunde die Stadt, lass dich in einem jener *bordelli* verwöhnen, die es hier zu Dutzenden gibt, mit Mädchen aus aller Welt!

Diesmal gehorchte Giordano seiner inneren Stimme und ließ sich von Leone, Don Marcos älterem Sohn, die Schönheiten der Serenissima zeigen. Das war ein fideler Bursche, der offenbar die halbe Stadt kannte und der auf Schritt und Tritt gegrüßt wurde. Nachdem sie ein gutes Dutzend Kirchen und Paläste besichtigt hatten, meinte Leone:

„Was haltet Ihr davon, wenn wir uns zur Abwechslung anderen Schönheiten zuwenden?"

Giordano verstand ihn sofort und sagte lachend: „Ich warte schon die ganze Zeit auf einen solchen Vorschlag."

Sie überquerten den Ponte di Rialto und Leone erklärte: „Das ist bis jetzt die einzige Brücke über den Canal Grande und wird es wohl noch lange bleiben. Jeden Vorschlag, an geeigneter Stelle eine weitere zu errichten, bringt die mächtige Zunft der Gondolieri zu Fall, denn die Hälfte der *traghetti* wäre dann überflüssig."

Eine schmale Gasse führte auf einen winzigen *campo*, wo in einem Hinterhaus der *bordello* untergebracht war.

Leone küsste emphatisch seinen Handrücken. „Die beste *casa* weit und breit! Nicht billig, dafür aber eine solche Auswahl, wie Ihr sie nirgendwo findet."

Als die dicke, vergnügt schmunzelnde *mezzana* auf sie zukam, musste Giordano an Messalina denken, die es jetzt nicht mehr gab. Wenn sie ihre Kunden empfangen hatte, dann war das wie ein Vorgeschmack auf das Kommende, während diese hier wie eine Krämerin aussah, die gerade überlegte, wie sie einen übers Ohr hauen konnte.

„Nicht viel los heute“, sagte Leone und blickte sich um.

Die Hurenwirtin rieb sich die dicken Hände. „Umso besser für die Herren! Dann ist die Auswahl größer ...“

„Wir werden sehen“, sagte Leone, „aber zuerst wollen wir etwas trinken!“

Die *mezzana* nickte eifrig. „Natürlich, ich verstehe, sehr wohl, kommt sofort!“

„Wart Ihr schon öfter hier?“, fragte Giordano.

Leone nickte.

„Von Zeit zu Zeit, doch Venedig steckt voller *bordelli*, und jedes Jahr kommen neue dazu. Im Übrigen ist das für mich nur ein Notbehelf, Ihr versteht? Zurzeit bin ich mit einer jungen Witwe liiert“, er küsste begeistert seine Fingerspitzen, „ich glaube nicht, dass die Mädchen hier es mit ihr aufnehmen können. Ich sehe Euch die Frage an: Warum bin ich dann hier? Um unserem Gast etwas zu bieten! Ich kann mir schon denken, dass Ihr zuhause bestens versorgt seid, aber in der Fremde – nun, deshalb sind wir hier.“

Der Wein war mit Honig gesüßt und stark gewürzt. Leone verzog sein Gesicht.

„Es ist immer das Gleiche! Sie kaufen einen billigen Säuerling und mischen so lange Honig hinein, bis eine süße Pampe daraus wird. Die Gewürze – nun ja, ich glaube, da ist nicht nur Zimt und Pfeffer drin. Seit man fast in jeder *spezieria* dieses Teufelszeugs kaufen kann, wird es auch verwendet. *Diavolini* nennen es die Leute ...“

Giordano beugte sich vor. „Nie davon gehört, wo kommt es her?“

„Weiß nicht, es sollen irgendwelche getrockneten Käfer sein ...“

Giordano hatte hastig drei Becher in sich hineingeschüttet und fühlte nun eine wohlige Trunkenheit, dazu eine steigende Hitze im Unterleib, als säße er auf glimmenden Kohlen. Leone grinste.

„Spürt Ihr es auch? Höchste Zeit, dass wir uns eine Dame besorgen.“

Dann zogen sie ein, wie eine unheilige Prozession der Sünde. Sie waren durchwegs in luftige, transparente Schleier gehüllt, die ihre Nacktheit eher betonten als verbargen.

Leone tat recht gelangweilt, ließ die eine oder andere anhalten, sich drehen, bis er sie mit einem Klaps aufs Hinterteil entließ. Giordano hatte nur noch einen Wunsch: die Hitze in seinem Geschlecht auf schnelle Weise zu löschen, und so deutete er auf eines der Mädchen, groß, mit langen Zöpfen und leicht geöffnetem Mund. Sie sah ein wenig einfältig aus, doch Giordano wollte keine Frau, die ihn an Anna oder Caterina erinnerte. Sie lächelte töricht und legte einen Arm um seine Schulter. Leone grinste und winkte ein Mädchen herbei, das er zuvor kaum beachtet hatte.

„Schließlich will ich sie nicht heiraten", sagte Giordano und hob gleichgültig die Schultern. Als sie ihren Namen nannte, zuckte er zusammen.

„Berta! *Veramente* – Berta?", sagte er stockend, doch sie nickte strahlend, als habe sie ihm mit ihrem Namen ein Geschenk zu Füßen gelegt: „Berta da Svevia."

Aus Schwaben? Die andere Berta kam aus Tirol, aber was ging es ihn an, woher die Hure stammte? Sie hatte unterdessen ihren Schleier abgelegt und sich auf das niedrige Lager gesetzt. Langsam ließ sie sich zurücksinken, langsam öffneten sich die üppigen Schenkel und gaben den Blick auf ihren Haarbusch frei. Giordano warf seine Kleider ab, doch beim Lendenschurz wurde es schwierig. Den hielt sein steifes Glied fest wie ein Kleiderhaken, was Berta zu einem prustenden Lachen veranlasste. Dann warf er sich auf sie, doch da hatte sie blitzschnell die Schenkel wieder geschlossen. Sie hielt das wohl für ein neckisches, anregendes Spiel, aber sein Phallus stieß ins Leere – nein, er knickte beim Aufprall unterhalb ihres Nabels so schmerzlich um, dass Giordano aufjaulte und sich zur Seite fallen ließ. Wieder prustete Berta los, was seinen jähen Zorn erweckte. Er griff nach einem seiner Schuhe, drehte das Mädchen mit einem harten Griff auf den Bauch und prügelte ihren schwellenden Hintern durch. Die maßlos Überraschte begann zu schreien, rief *„aiuto –aiuto – aiuto*!", doch es dauerte eine Weile, bis die Tür sich öffnete und ein muskelbepackter Hausknecht seinen Kopf hereinstreckte.

„Geprügelt wird hier nicht, Signore."

Berta hatte inzwischen ihren Vorteil erkannt. „Verschwinde, der Herr wird es bezahlen!"

Der Kopf blieb. „Geprügelt wird hier nicht, sonst muss der Herr unser Haus verlassen."

Giordano angelte einen *grosso* aus seiner Börse und warf ihn zur Tür. Der Kopf verschwand. Berta blickte auf sein Geschlecht, das sich eingerollt hatte wie eine erschrockene Schnecke.

„Das war's dann wohl? Die Hiebe kosten zwei *grossi* extra."

Ohne auf Leone zu warten, verließ Giordano den *bordello.*

Diese Stadt bedrückte ihn. Nirgends ein Baum, kein blühender Busch, kaum Blumen, keine Weite, nur Häuser, Häuser, Häuser, Kirchen, Kirchen, Häuser. Das ist wie in einem Kerker, in dieser Stadt müsste ich ersticken, dachte er.

Im Palazzo Loredan gab er Don Marco zu verstehen, dass der Kaiser vorzeitig seinen Besuch abgebrochen habe und er sich bei der Rückfahrt anschließen wolle. In seiner Notlüge steckte ein guter Kern Wahrheit, wie man hörte, drängte Friedrich tatsächlich auf Abreise.

Alles hatte so vielverheißend begonnen. Die Stadt hatte sich schnell von dem überraschenden Besuch erholt und im Palazzo Ducale entbot der Große Rat dem Kaiser seinen Gruß. An der Stirnseite des Saales saß der Doge Jacopo Tiepolo auf seinem goldenen Thron, den brokatenen *corno* auf dem Haupt, unbeweglich wie ein Schaubild. Im Grunde war er auch nichts anderes, denn im Laufe der Jahrhunderte hatten die Räte und der Senat alle Gewalt an sich gezogen und den Dogen zum fast machtlosen Symbol der Serenissima werden lassen.

Vor dieser glanzvollen Versammlung hielt Friedrich es angebracht, selber eine kurze Rede zu halten. Er sprach von diesem unter dem Segen des heiligen Markus gedeihendem Staatsgebilde, das er als nachahmenswertes Beispiel ansehe. Dem weltweiten Handel, so glaube er, sei es letztlich zu verdanken, dass der Frieden zwischen den Völkern gewahrt bleibe. Dies alles klang so höflich wie unverbindlich und so war es auch gedacht. Gerade hier wollte Friedrich vermeiden, später auf etwas festgelegt zu werden, denn ein in der Öffentlichkeit gesprochenes kaiserliches Wort wog schwer.

Nach ihm sprach Hermann von Salza und der alte Deutschordensmeister wurde dabei recht deutlich. Er schlug ein Bündnis mit dem Kaiser vor, das für die Serenissima eine Reihe von Vorteilen enthielt. Als König von Sizilien bot der Kaiser einen völlig freien Warenaustausch an, kaum belastet von anderthalb Prozent *tassa di scambio*. Zudem wurde eine Förderung des Osthandels angekündigt, möglich gemacht durch Friedrichs gute Beziehungen zu Palästina wie auch zu Ostrom.

Die Gesichter der Räte blieben unbewegt und der Doge schien mit halb geöffneten Augen im Schlummer versunken. Als Hermann von Salza geendet hatte, herrschte ein misstrauisches, fast feindseliges Schweigen. Nach einigem Getuschel ging der Sprecher des Rates zum Thron des Dogen, kniete auf der obersten Stufe nieder und flüsterte ihm etwas zu. Der Doge nickte mehrmals, sprach einige halblaute Worte, auf deren Entgegnung er wieder zustimmend nickte. Der schon bejahrte *parlatore* erhob sich, nicht ohne Mühe, und wandte sich an den Kaiser.

„Zunächst einmal sage ich im Namen des erlauchten Dogen verbindlichen Dank für die großherzigen Angebote Eurer Majestät. Zugleich bedauert die Republik Venedig, nicht davon Gebrauch machen zu können mit Rücksicht auf die besondere, nach allen Seiten offene Lage der Serenissima. Um den Dank der Republik in etwas Fassbares zu kleiden, ist sie bereit, sich von einem ihrer heiligsten Güter zu trennen, nämlich einem Splitter vom Kreuz unseres Heilands und Erlösers. Möge dieses Heiligtum die hehren Ziele und Absichten Eurer Majestät leiten und begünstigen."

Der Kaiser bedankte sich kurz und seiner Miene war nicht zu entnehmen, ob ihn diese Ablehnung enttäuschte oder erzürnte. Er ordnete sofortige Abreise für den nächsten Tag an. Beim Nachtmahl schwieg er beharrlich und wandte sich erst danach an Hermann von Salza.

„Ein besonderes Lob für Eure Rede, mein Freund. Ihr habt darin ausgedrückt, was ich aus naheliegenden Gründen nicht allzu deutlich aussprechen wollte. Ein guter Dienst erheischt guten Lohn."

Hermann geriet in einige Verlegenheit und meinte, er habe als Sprecher des Kaisers nur getan, was seines Amtes sei. Dafür brauche er keinen Extralohn, er wolle sich gern mit dem Lob zufriedengeben.

Es klang wie Hohn, als Friedrich entgegnete: „Nur keine falsche Bescheidenheit! Im Übrigen ist mein Geschenk von höchster Weihe und nicht in Geldeswert auszudrücken. Ich gebe an Euch weiter, was die Serenissima mir so hochherzig verehrte, nämlich ein Stückchen Holz von besonderer Art – den Partikel vom Kreuz Christi."

Dem Ton seiner Stimme war zu entnehmen, dass es für ihn tatsächlich nichts weiter war als eben ein Stück Holz.

Erst als Friedrich am Abend bei Bianca noch einen Nachttrunk nahm, stieß er hervor: „Ich hätte es mir ja denken können! Hochmütig, abweisend, voll Dünkel und Selbstsucht – da hast du das wahre Gesicht der Serenissima! Hätte ich Genua Ähnliches geboten, so wäre eine Dankprozession durch die Stadt gezogen, aber Venedig kann es sich leisten, Vorschläge des Kaisers abzulehnen. Für mich heißt das, dass ich der Lösung des Lombardenproblems um nichts näher gekommen bin. Wenn sich meine Reise nach Oberitalien nicht als völliger Fehlschlag erweisen soll, so muss König Heinrich zu dem Hoftag erscheinen, den ich zu Ostern nach Aquileia einberufe."

„Er wird kommen", meinte Bianca zuversichtlich.

Der Kaiser zog sich dann bald zurück, ohne die geringsten Anstalten zu machen, die Nacht gemeinsam mit ihr zu verbringen. Seit sie ihm vor einigen Wochen von ihrer erneuten Schwangerschaft berichtet hatte, teilte er nur noch den Tisch mit ihr, nicht aber das Bett. Er begründete es nicht und sie war zu stolz, um danach zu fragen.

Johannes von Procida, seit einigen Jahren der vertraute Leibarzt des Kaisers, schnitt das Thema behutsam an.

„Seine Majestät hat geruht, mich in einer – einer Sache zu Rate zu ziehen, die Euch als Frau doch auch angeht. Es ist die Frage des Beilagers nach Feststellung einer Schwangerschaft. Nicht wenige Medici vertreten neuerdings die Meinung, dass das werdende Kind daduch in seinem Wachstum empfindlich gestört wird. Da besteht die Gefahr von Fehl- und Frühgeburten oder Blindheit, wenn dem *fetus* das *semen* in die Augen dringt ..."

Der Medicus sprach dann noch einige lateinische Sätze, doch Bianca unterbrach ihn.

„Ich verstehe kein Latein, mein verehrter Medicus, doch eines möchte ich wissen: Hat Euch der Kaiser beauftragt, mir dies alles mitzuteilen?"

Johannes versuchte seine Verlegenheit mit lauten Worten zu überspielen.

„Der Kaiser?", rief er mit gespielter Überraschung, „aber nein, Donna Bianca, so war es gewiss nicht. Doch den Worten Seiner

Majestät war zu entnehmen, dass diese Erkenntnisse auch bei Euch auf ein gewisses Interesse stoßen würden."

Sie hob gleichmütig die Achseln. „Gewiss, ja, schließlich geht es ja vor allem die Frauen an, nicht wahr?"

Johannes schüttelte den Kopf.

„Nicht nur, Donna Bianca, nicht nur! Auch ein werdender Vater trägt Verantwortung, muss er doch gegebenenfalls damit rechnen, dass ihm ein Stammhalter geboren wird. Da heißt es behutsam zu sein und notfalls in ehelicher Keuschheit die Geburt abzuwarten."

Sie selbst kam in Gesprächen mit Friedrich nicht auf dieses Thema zurück, doch später in Melfi – Biancas Schwangerschaft war nicht mehr zu übersehen – deutete er auf ihren Leib und sagte: „Ich freue mich auf das Kind und noch mehr auf dich, wenn es geboren ist."

„Das hast du schön gesagt, Falcone, und du sollst wissen, dass ich deine Freude teile."

17

Als Giordano Lancia das Haus der Familie Loredan verlassen hatte, blieb ihm nur die höchst seltsame Erinnerung an Donna Caterina, wie sie ihm mit gesenktem Haupt eine schlaffe Hand zum Abschied reichte. Und dieses verhuschte Wesen sollte einst Messalina gewesen sein? In diesem Augenblick erkannte Giordano, dass er in diese und nicht in Caterina verliebt gewesen war. In die stolze, furchtlose Messalina nämlich, die vor keinem Mann den Blick senkte und nun unbegreiflicherweise nicht nur in ihr altes Leben zurückgekehrt war, sondern die scheue, gehorsame Tochter des Hauses spielte, die sie nach eigenem Bekunden zuvor niemals gewesen war.

So saß er nun in der Hausgondel der Loredan mit Bootsführer, Diener und einigem Gepäck. Seine Pläne waren gescheitert und nun wusste er nicht recht, was zu tun war. Unentschlossen kramte er in seinem Bündel nach Papier und Schreibzeug, das er für alle Fälle mit sich führte, doch kaum jemals gebraucht hatte. Dann schrieb er mühsam in dem schwankenden Boot eine kurze Nachricht an Bianca, sie möge sein Gepäck aufbewahren, er komme noch heute nach und bitte Seine Majestät, sich bei der Rückfahrt wieder anschließen zu dürfen. Der Bootsführer hielt vor dem Palazzo Ducale, am Molo der Piazzetta. Erst als er dem Diener einen *grosso* gab, verstand er den Auftrag.

„*Si, si, Don Zordano, ho capito!*"

Er hatte diese Stadt so satt, dass ihn schon sein falsch ausgesprochener Name wütend machte und er empört rief: „Ich heiße Giordano, hörst du? *Goffo maledetto*!"

Doch den Diener scherte der „verfluchte Tölpel" nicht weiter und Giordano kehrte ihm den Rücken, lief wie gehetzt über die Piazza und tauchte in der Merceria unter, der Gasse mit den meisten Gaststätten und Geschäften. Laden reihte sich an Laden, Kneipe an Kneipe und vor jedem stand ein Anreißer, der irgendetwas brüllte und die Vorbeieilenden am Ärmel fasste.

Giordano fühlte sich erschlaffen, seine Wut war verraucht, seine Unrast abgeklungen. Er blieb stehen und ließ sich von einer flinken Hand in eine winzige *bettola* ziehen. Es gab nur zehn oder zwölf Tische in dieser Spelunke und Giordano setzte sich in eine finstere Ecke und sagte dem herbeieilenden Wirt, er wolle in jedem Fall allein bleiben. Der nickte eifrig und räumte die beiden anderen Stühle fort. Nein, er wolle nichts essen, nur einen Krug Wein. Der Wirt nickte, fragte aber: „*Brocca grande, mezza o piccola*?"

Seine zuerst laute Stimme war bis zum Wort „*piccola*" immer leiser geworden.

„*Grande*!", rief Giordano grimmig.

Er schätzte den Krug auf mindestens drei *caraffe* und begann hastig zu trinken, Becher um Becher. Da er nichts gegessen hatte, wirkte der Wein schnell und bald begann Giordano seine Umgebung nur noch verschwommen wahrzunehmen. Seine Gedanken verwirrten sich, er lallte Zusammenhangloses vor sich hin und schnell kam der Wirt herbei: „Haben der Herr noch einen Wunsch?"

„Verzieh dich!", raunzte Giordano und winkte zornig ab.

Der Wirt blieb unbeeindruckt und forderte Bezahlung. Giordano kramte seine Börse hervor und zerrte so heftig an der Schnur, dass sie riss und die Münzen aus dem geöffneten Beutel hervorsprangen, über den Tisch rollten und etliche zu Boden fielen. Wie aus dem Nichts schossen einige kleinere Buben herbei und noch ehe jemand reagieren konnte, verschwanden sie mit ihrer Beute.

Giordano stierte nur vor sich hin und zeigte keine Regung, als der Wirt sich von den Münzen auf dem Tisch bediente. Er fühlte aus den Tiefen seines Magens eine zuerst leichte, dann immer drängender werdende Übelkeit aufsteigen, die er mit den letzten *bicchieri* aus dem Krug zurückdrängen wollte. Als er getrunken hatte, saß plötzlich ein Mann am Tisch. Er war mittleren Alters und trug einen verwegenen Hut über einem scharf geschnittenen Galgenvogelgesicht. Ohne zu fragen, hatte er sich einen leeren Stuhl gegriffen und sich zu dem einsamen Gast gesetzt. Der Wirt kannte ihn als Stammgast, der oft hierherkam, doch alle Welt war davon überzeugt, dass dieser *furfante* von Lug und Betrug lebte.

„Ihr gestattet doch?“

Doch Giordanos Zunge gehorchte ihm nicht mehr und die letzten Becher Weines hatten die Übelkeit nicht zurückgedrängt, sondern verstärkt.

„W-wer ... wer seid Ihr? Ich wü-wünsche ... wünsche ...“

Seine Stimme versagte, er ließ den Kopf auf die Tischplatte sinken und geriet dabei mitten in eine Weinpfütze, schreckte wieder hoch und wischte sich mit dem Ärmel trocken. Dem Gauner war nicht entgangen, das der Fremde seine Börse nur nachlässig in den Gürtel gesteckt hatte, ohne sie irgendwie zu befestigen.

„Ihr solltet an die frische Luft gehen!“, schlug er vor. „Wenn Ihr diesen Krug allein ausgetrunken habt, dann verstehe ich schon, dass Ihr ...“

Der Zorn brachte Giordano die Sprache zurück.

„Was versteht Ihr? Nichts versteht Ihr! Ich bin der Graf Giordano Lancia aus Pisa und nun wisst Ihr, mit wem Ihr es zu tun habt. Unser Kaiser hat geruht, Eurer Stadt, diesem grässlichen Steinhaufen, einen Besuch abzustatten, ich hätte es nicht getan – ich nicht!“

Der andere beugte sich vor. „Was höre ich da? Ihr redet schlecht von der schönsten Stadt Italiens?“ Er blickte um sich. „Wir sind alle stolze Venezianer und von Pisa weiß man nur, dass dort der Campanile schief steht und nicht zu Ende gebaut wurde. Hier in Venedig steht nichts schief, obwohl unsere Häuser zum Teil auf Sumpf errichtet wurden. Das sagt Euch der *negoziante* Leandro Grossato. Im Übrigen: Ein Graf vom Festland zählt hier so gut wie nichts und ich denke, kein echter Veneziano würde mit Euch tauschen wollen.“

Die Übelkeit war jetzt bis zur Kehle vorgedrungen und Giordano schluckte krampfhaft, um sie nicht in den Mund gelangen zu lassen. Sein Zorn wuchs.

„*Negoziante* – dass ich nicht lache! Ihr seid ein Galgenvogel, das sieht man Euch schon von weitem an. Es wundert mich nur, dass der Wirt Euch hereinlässt. Und Eure Stadt könnt Ihr Euch sonst wohin stecken! Eine grundhässliche *petraja* ohne freundliches Grün – nur Steine und Wasser, darauf kann ich leicht verzichten."

Nun blieb die Übelkeit doch Sieger und der Brechreiz trieb sauren Wein in seinen Rachen. Giordano beugte sich vor und ein Strahl schoss ihm aus dem Mund. Ächzend und würgend brach es noch zweimal hervor. Grossato nutzte die Gelegenheit, stützte Giordano hilfsbereit und zog ihm dabei die Börse aus dem Gürtel.

„Schafft ihn hinaus", befahl der Wirt seinem Gehilfen, der ihn zusammen mit dem „*negoziante*" hinausschleifte, ihn aber sorglich gute zehn *bracci* entfernt niederlegte. Giordano war kaum noch bei Sinnen und als die hier häufig patroullierende Stadtmiliz ihn sah, rissen sie ihn hoch und der *sergente* brüllte: „So geht das nicht! Ihr behindert die Geschäfte und solltet Euch nach Hause begeben."

Giordano glotzte die Männer an und lachte trunken: „Nach Hause? Da müsstet Ihr mich schon bis Pisa bringen ..."

„Ein Fremder", sagte der eine und der andere meinte: „Ist gut gekleidet, sieht nobel aus." Er wandte sich an Giordano: „Lebt Ihr hier in einer Herberge?"

„N-nein, doch, meine Schwester wohnt im Palazzo Ducale, sie begleitet den Kaiser."

Die beiden Wachmänner blickten sich zweifelnd an, bis der eine vorschlug: „Ist ja nicht weit, wir legen ihn einfach dort ab."

Das taten sie dann auch und liefen schnell weg. Gleich kam ein prächtig gekleideter *portinajo* herbei und fuhr ihn an: „Hier könnt Ihr nicht bleiben, das ist der Dogenpalast! Schaut, dass Ihr fortkommt!"

„Ich bin Graf Lancia und will zu meiner Schwester Bianca ..."

Natürlich kannte der Türsteher diesen Namen, half Giordano auf die Beine, stützte ihn und brachte ihn zum Gästetrakt. Wenig später lief Anna mit wehenden Röcken die Treppe hinab.

„Wie siehst du denn aus? Deine Kleidung stinkt nach Kotze und im Dreck hast du wohl auch gelegen!"

Bianca stand oben an der Treppe und rief hinunter: „Kann er noch gehen? Bringe ihn herauf."

Seine Linke klammerte sich ans Geländer, seine Rechte hatte er um Annas Schulter gelegt. So wankten die beiden nach oben. Giordano wollte etwas erklären, doch Bianca unterbrach ihn.

„Jetzt nicht! Zuerst einmal badest du, ziehst dich um und dann sehen wir weiter."

Nun fühlte Giordano sich geborgen und alle Last fiel von ihm ab. Zum Teufel mit Caterina, zum Teufel mit den Loredani – zum Teufel mit ganz Venedig! Wie Anna ihn angelacht, wie geschickt und besorgt sie ihn gestützt hatte! Von Bianca keine Vorwürfe, nur Sorge und Verständnis. Wie sollte er sich da nicht zuhause fühlen?

Der Kaiser erfuhr von all dem nichts, war jetzt ganz *homo politicus* und zerbrach sich mit seinen Beratern den Kopf über das künftige Vorgehen. Ohne Aufenthalt waren sie zum Portus Classis zurückgefahren und hatten den Landweg nach Ravenna genommen. Dort erwarteten sie schon Eilkuriere, die von König Heinrich vorausgeschickt worden waren, um sein pünktliches Eintreffen an Ostern anzukündigen.

So wurde König Heinrich nach Aquileia bestellt, während der Kaiser von Classis aus die Verhandlungen einleiten wollte. Zum unverzichtbaren Auftakt aber gehörte das reuevolle Bekennen des Ungehorsams und der Schwur, die kaiserlichen Erlasse, die Reichsfürsten betreffend, ungeschmälert und ohne Widerrede auszuführen. Friedrich ging sogar noch weiter, obwohl ihn Hermann von Salza von diesem Schritt abgeraten hatte. König Heinrich musste eine Urkunde ausfertigen, die ihn im Falle weiteren Ungehorsams für die Reichsfürsten zum vogelfreien Aufrührer stempelte. Zähneknirschend tat Heinrich auch dies, beschloss aber, nicht in allen Punkten danach zu handeln, wenn er zurück in deutschen Landen sein würde und auf seine treuen schwäbischen Vasallen bauen konnte.

Erst als Heinrich sämtlichen Bedingungen seines Vaters zugestimmt hatte, durfte er in Cividale vor seine Augen treten. Als Friedrich den Sohn umarmte, war es, als lege er seine Arme um einen Fremden. Er glich auffallend seiner Mutter, der Prinzessin Konstanze von Aragonien. Ihre dunklen, schwermütigen Augen blickten ihn nun aus Heinrichs schmalem, noch jugendlich weichem Gesicht an.

Treibe die Demütigung nicht zu weit, mahnte ihn die Stimme der Vernunft, doch wenn Friedrich spürte, dass jemand an diesem mit

Sorgfalt errichteten Rechtsgebäude zu rütteln begann, dann musste die Vernunft schweigen.

Schon Ende Mai kehrten sie nach Apulien zurück, richteten sich für den Sommer im luftig-kühlen Melfi ein.

Don Tommaso, der Hofkaplan, hatte das Unrecht – so sah er es jedenfalls – noch immer nicht verwunden, von dieser Reise ausgeschlossen gewesen zu sein. Er hatte sich in Tafelfreuden geflüchtet und wenn er zuvor noch dicklich gewesen war, so war aus dem Bäuchlein jetzt ein Wanst geworden.

In Friedrichs Abwesenheit war etwas geschehen, das geeignet war, einen Teil von Don Tommasos Unmut zu besänftigen: Er glaubte nun, den sicheren Beweis zu haben, dass Bianca Lancia Hexenkünste ausübte, wahrscheinlich sogar nach seiner kanonischen Einschätzung selber eine *strega* war. Dafür ließen sich zwei äußere Belege anführen: Kaiser Friedrich war bisher nicht gesonnen gewesen, ohne Gemahlin zu leben, und hatte nach dem Tod seiner ersten Frau knapp zwei Jahre später schon wieder geheiratet. Seit Jolandas Tod ging es nun schon in das fünfte Jahr, dass der Kaiser keine Anstalten machte, eine neue Gattin zu erwählen. Dazu hatte ihn die Hexe durch eine weitere Schwangerschaft von neuem an sich gebunden. Warum merkte der Kaiser nichts davon? Verhexte sind verblendet, sehen die Wirklichkeit im falschen Licht eines teuflischen Zerrbildes. Für ihn, Don Tommaso, war es nun nahezu göttliche Plicht, den Kaiser aufzuklären. Dafür hatte er sich schon einen Plan zurechtgelegt, Zeit genug war ja dafür vorhanden gewesen. Und nicht nur das. Seit einigen Monaten ging eine Welle religiösen Aufruhrs durch Italien, und sie schwoll zu einer gewaltigen Flut an, die binnen weniger Wochen ganze Landstriche unter sich begrub.

Niemand konnte später sagen, wie es begonnen hatte, und auch nicht genau, wo. Diese Bewegung hatte wohl von einigen lombardischen und toskanischen Städten ihren Ausgang genommen, vielleicht durch eine geheime Absprache des Minoritenordens. Fast gleichzeitig tauchten in den Städten Wander- und Bußprediger auf, die stimmgewaltig einen Gesinnungswandel forderten. Ihre Predigten waren mit Worten wie Reue, Buße, Umkehr und Verzeihung gespickt und manche von diesen Städten ergaben sich ganz dem Willen der oft fanatisch auftretenden Mönche. Das Volk ging auf die Straßen, Bußprozessionen formierten sich wie von selber und verblendete Stadtväter ließen Gefängnisse öffnen und verbrannten vor aller Augen Schuldscheine.

Im Norden trat besonders ein Bruder Benedikt hervor. In Scharen zogen ihm die Menschen entgegen, hielten brennende Kerzen in ihren Händen und schwangen Friedensfahnen. Benedikt, von dem niemand wusste, woher er kam, trug einen langen verfilzten Bart, war in einen schwarzen, mit blutroten Kreuzen bemalten Mantel gehüllt und blies vor seinen Predigten in eine kleine Trompete. Da erklangen seltsame Misstöne, die aber so durchdringend waren, dass die ganze Stadt sie hörte. Seine Predigten enthielten nichts Besonderes – da war viel Gotteslob zu hören, auch Preis der Jungfrau Maria und der heiligen Märtyrer. Von Höllenstrafen war weniger die Rede, doch viel von himmlischer Herrlichkeit und Gotteslohn für die Guten.

Nicht selten klangen auch politische Töne an. So hielt Bruder Gerardo in Parma eine Lobrede auf den „frommen Kaiser", während Bruder Giovanni ihn verdammte. Das tat er aber klugerweise nur in den guelfischen Städten Vicenza, Padua und Verona, wo er dann viel Beifall erhielt. Wenn auch im Süden keiner dieser berühmten Prediger auftrat, so drang doch ihre Botschaft dorthin.

In Melfi war es seltsamerweise Michele Scotus, der davon sprach. Der Hofastrologe des Kaisers war Anfang des Jahres schwer erkrankt, körperlich wie geistig. Fast schien es, als sei der geistige Verfall dem körperlichen vorausgegangen. Scotus begann in sonderbaren Bildern zu reden, verglich den Kaiser mit einer herrlich leuchtenden Öllampe und setzte dann hinzu:

„Aber wenn das Öl verbrannt ist – was geschieht dann?"

Don Tommaso sah ihn fragend an.

„Dann? Nun, jemand müsste Öl nachfüllen ..."

Scotus lachte meckernd.

„Jemand? Aber wer? Füllt es Satan nach, brennt ein Höllenfeuer, füllt es Gott nach, strahlt ein himmlisches Licht."

„Und wenn keiner es nachfüllt?"

„Dann herrscht Dunkelheit auf Erden."

Je weiter der geistige und körperliche Niedergang des Astrologen fortschritt, desto häufiger verlangte er nach Don Tommaso. Der Kaplan traf ihn meistens liegend an, halb aufgerichtet, durch viele Kissen gestützt.

„Kommt, kommt, setzt Euch näher zu mir."

Don Tommaso rückte ein wenig heran. Sich zu widersetzen hätte er niemals gewagt, denn er wusste, wie nahe Don Michele dem Kaiser stand. Dieser zerfallende Körper dünstete einen Hauch von Verwesung aus, der Atem stank nach saurem Wein, von dem Scotus immer einen Becher in Reichweite stehen hatte. Dazu knabberte er trockenes Brot, denn geregelte Mahlzeiten lehnte er seit längerem ab.

War Tommaso nahe genug herangerückt, dann streckte Scotus seine dürre Klaue aus, packte ihn am Arm und hielt ihn, solange er redete, eisern fest. Was er sagte, klang nur noch selten klar und verständlich, wurde immer wirrer und zusammenhangloser. Doch war ein roter Faden erkennbar: Es ging um Biancas Verhältnis zum Kaiser. Scotus winkte ihn näher und Don Tommaso beugte sich schaudernd vor, hinein in den Dunst von Verwesung und saurem Wein. Dann hörte er die heisere, zischelnde Stimme.

„Ihr erstes Kind, Costanza, sollte etwas vortäuschen. Ja, ich habe die Zeichen erkannt, glaubt mir, sie sind untrüglich. Das Mädchen wird bald eine Krone tragen, aber das ist eine satanische List. Bianca wird ein zweites Kind gebären, bald oder später, und auch über diesem Knaben schwebt eine Krone, doch keine königliche oder kaiserliche, sondern die Höllenkrone. Anders als in der Apokalypse tritt er nicht mit sieben Häuptern und sieben Kronen auf, nein, er trägt nur die eine und täuscht damit die Menschen. Erst später – zu spät erkennen wir die Wahrheit: Der Antichrist hat die Weltherrschaft übernommen. Damit will ich nicht sagen, dass Luzifer diesmal den Sieg davonträgt, denn das kann er nicht. Doch seine Weltherrschaft wird lange dauern, weit über meinen und Euren Tod hinaus."

Dann begann er hämisch zu kichern, bis ein weißer Speichelfaden aus dem Mund tropfte und im verfilzten Bart versickerte. Don Tommaso wollte sich erheben, doch die Klaue hielt ihn eisern fest.

„Nein, ich bin noch nicht fertig. Ich sehe in Eurem Gesicht eine Frage stehen und ich werde sie beantworten. Sie lautet: Wie kommt Donna Bianca dazu, den Antichristen zu gebären? Ha, nichts ist einfacher als das! Wie kommt die Jungfrau Maria dazu, den Heiland zu gebären? Sie war erwählt von Gott. Und wer hat Bianca erwählt? Da gibt es nur eine, eine einzige Antwort: Luzifer, der Höllenfürst. Warum aber gerade sie? Da können wir nur Vermutungen anstellen. Habt Ihr schon gesehen, das sie ständig ein seltsames Amulett um den Hals trägt? Ob sie es ablegt, wenn der Kaiser sie – wenn er in ihr Bett steigt? Die Lombarden, müsst Ihr wissen, sind keine so ehrlichen Christen wie die Südländer. Nicht umsonst hat unser Kaiser immer wieder die Ketzergesetze erneuert, aber warum ist er da gar so eifrig? Weil er etwas ahnt!"

Don Tommaso fühlte, wie der Griff sich lockerte. Aber nun, da Scotus auf ein Thema kam, das ihm selber sehr wichtig war, beschloss er um der Wahrheit willen den üblen Gestank noch eine Weile auszuhalten. Er hielt dagegen:

„Etwas zu ahnen ist weit davon entfernt, etwas zu wissen."

„Richtig, mein Freund, doch Satan fällt nicht mit der Tür ins Haus, dafür ist er viel zu klug. Auch ahmt er Gott darin nach, dass er – wie Gott seine sieben Erzengel – sieben Helfer besitzt, nämlich Baal, Forcas, Asmodis, Astaroth, Behemoth, Theutus und Incubus. Der dreiköpfige Baal ist der mächtigste von seinen Dienern, während Incubus – nun, Ihr könnt Euch denken, wozu dieser äußerlich sehr wohlgestaltete Dämon dient? Er ist fähig, in jede Menschengestalt zu schlüpfen ..."

Don Tommaso, nur unzureichend über die Höllenhierarchie informiert, begann zu schwitzen.

„Incubus? Nun, es könnte sein, dass – also so ganz genau ..."

Scotus kicherte heiser.

„Aber Ihr ahnt etwas, das sehe ich doch. Incubus trägt den teuflischen Samen in sich und wird, davon bin ich jetzt überzeugt, in der Gestalt des Kaisers Donna Bianca beigelegen haben." Der Astrologe hatte seinen Griff wieder verstärkt. „Kommt näher – noch näher!"

Der Kaplan beugte sich vor und der Geruch des faulig-säuerlichen Atems ließ ihn würgen und verzweifelt schlucken, um das Erbrechen zu vermeiden. Die heisere Stimme zischelte in sein Ohr.

„Man sagt, dass die Natur unseren Kaiser mit einem übergroßen Geschlechtsorgan ausgestattet hat, doch Incubus kann das noch übertreffen, ist sogar imstande, den Akt beliebig lang auszudehnen. Allerdings setzt sein Erscheinen schon eine gewisse Bereitschaft voraus, das heißt, vor einer frommen, mit Gott verbundenen Jungfrau müssen seine Künste scheitern." Ein meckerndes Lachen unterbrach seinen Redefluss. Dann fuhr er fort: „Da schrumpft sein sonst so mächtiges *membrum virile* auf Erbsengröße, das weiß er und hütet sich vor solchen Versuchen."

So verständlich redete Michele Scotus freilich nicht immer. Seine letzten Lebenstage verbrachte er meist schweigend. Als Don Tommaso ihm eine Generalbeichte vorschlug, winkte er ab.

„Da gibt es nichts zu bekunden, nichts zu bereuen. Meine ganze Arbeit, mein Forschen und Schaffen geschah immer zur höheren Ehre Gottes und niemals habe ich mich verleiten lassen, Luzifer auch nur den kleinen Finger, geschweige denn die Hand zu reichen."

Am Tage seines Todes, kurz nach Ostern, lag der Astrologe ruhig und entspannt auf seinem Lager. Don Tommaso hatte nach ihm geschaut und wandte sich eben zur Tür, als er Don Micheles schwache, doch deutlich vernehmbare Stimme hörte.

„Tommaso, mein Freund – noch eines: Ihr müsst ihr wahres Wesen aufklären, sie dem Kaiser abspenstig machen ..."

„Das will ich", sagte Don Tommaso, „aber wie – wie soll ich ..."

Es kam keine Antwort mehr und gegen Abend erlosch das Leben des Astrologen Michele Scotus.

Nun stand der Hofkaplan da mit seinem Wissen, ohne sagen zu können, wie weit es der Wahrheit entsprach.

Noch ewas kam hinzu. Ein nach Sizilien reisender Prälat hatte eigens den Umweg über Melfi gemacht und dem Hofkaplan unverblümt gesagt, dass Seine Heiligkeit eine Vertrauensperson suche, die in unmittelbarer Nähe des Kaisers tätig sei. Da sei man dann auf ihn, den *cappellano di corte* gestoßen, und dem wolle er nun die Frage stellen, wem ein Priester mehr verpflichtet sei: Gott oder dem Fürsten.

„Gott natürlich", sagte Don Tommaso schnell und fügte ein Bibelwort hinzu: „Aber ich versuche auch dem Kaiser zu geben, was des Kaisers ist, wie uns das Evangelium lehrt."

Der Prälat nickte.

„Freilich, freilich, aber wir wollen Gott und damit dem Stellvertreter Christi auf Erden doch die erste Stelle zubilligen."

Damit gab er zu verstehen, dass für Don Tommasos Spitzeltätigkeit – er nannte sie löbliches Bemühen – auch eine Belohnung in Aussicht stünde, nämlich ein kleines Bistum im sicheren Kirchenstaat. Das gab dann den Ausschlag und Don Tommaso erklärte sich einverstanden, gab aber zu bedenken, dass er nicht zum engeren Kreis um den Kaiser zähle und dorthin wohl auch nie gelangen werde. Der Prälat lächelte ermunternd.

„Bemüht Euch nur, mein Lieber, und denkt an den Lohn – hier auf Erden und später im Himmel."

Als der Kaiser Ende Mai nach Melfi zurückkam, erschrak Don Tommaso beim Anblick der schwangeren Donna Bianca. Wie hatte Scotus das wissen können? Bei dem Gedanken, dies könnte der Antichrist sein, fühlte der Hofkaplan eine Schwäche in den Beinen. Er spielte mit dem Gedanken, sich in ein Kloster zurückzuziehen, doch würde Gott diese Flucht vor der Verantwortung gutheißen? Und erst der Papst? Nein, das musste er jetzt durchstehen, um jeden Preis.

Der Antichrist – jeder Gläubige kannte dieses Wort, doch die wenigsten wussten etwas damit anzufangen. Als Priester verwies man auf die Geheime Offenbarung des Johannes. Da war von einem Tier die Rede, das alles Volk anbetete, doch blieb unklar, warum. Freilich nannte Johannes manchmal auch Zahlen, aber wo wäre da anzusetzen, wenn der „Engel mit der Kette" den Satan für tausend Jahre gefesselt in einen Abgrund stieß, um dann zu verkünden: Danach muss er für kurze Zeit freigelassen werden.

Don Tommaso schüttelte den Kopf. Aber wann sind diese tausend Jahre vergangen? Vielleicht gerade jetzt und der Augenblick von Satans Freilassung ist gekommen. Dann herrscht er wieder für kurze Zeit. Nach Scotus' Aussage würde das bedeuten, dass Bianca einen Knaben gebar, der als Antichrist „für kurze Zeit" herrschen würde. Wie lange aber ist das? Hat der heilige Johannes dabei menschlichen Maßstab angelegt? In den Augen Gottes, so sagt man, sind tausend Jahre wie ein Tag. Wie aber misst Satan, auch er unsterblich? „Kurze Zeit", das sind nach seinem Begriff wohl hunderte von Jahren ... Außerdem, was ändert das schon? So oder so, die Worte der Apokalypse sind nicht auszulöschen und schon gar nicht von einem kleinen, sündigen und machtlosen Hofkaplan. Trotzdem fand er keine Ruhe und er ließ Donna Bianca nicht aus den Augen, betrachtete schaudernd den sich rundenden Leib. Wird es ein Mädchen, so dachte er, dann hat Scotus sich geirrt und ich werde so tun, als sei nichts geschehen.

Friedrich, der sonst den kleinen dicken Don Tommaso kaum beachtete, befahl ihn kurz nach seiner Rückkehr zu einer Audienz. Dem Hofkaplan schlotterten vor Angst die Knie und er brachte kaum noch einen Bissen hinunter. Ahnte der Kaiser etwas? Friedrich hatte inzwischen einen Ruf erlangt, der ihm Wunderbares zuschrieb. Chronisten, die seine Taten notierten, begannen ihn „*stupor mundi*", das Staunen der Welt zu nennen. Vielleicht, so argwöhnte Tommaso, ist er tatsächlich fähig, mir ins Herz zu blicken und da wird er Bianca als Hexe entdecken ... Andererseits ergab sich damit eine Gelegenheit, mit dem Kaiser selber zu sprechen und darüber nach Rom zu berichten.

Der Sommer war längst ins Land gezogen und hatte den Tavoliere so reich geschmückt, dass er den strengen Ernst einer klaren, übersichtlichen Flachlandschaft verlor und mit dem üppigen Grün seiner Felder und Wälder, den Farben seiner blühenden Sträucher, Bäume und bunten Wiesen das Auge entzückte.

Don Tommaso nahm nichts davon wahr und trotz Sommerwärme und seiner Fettpolster fror es ihn erbärmlich. Schließlich klammerte er sich an seinem Vorsatz fest: Ganz gleich, was der Kaiser ihm vorwarf oder von ihm forderte, er würde sich darauf hinausreden, seine Sünden als Mönch in einem strengen Kloster abbüßen zu wollen.

Als er das Arbeitszimmer betrat, blickte der Kaiser kurz auf und fuhr dann fort, einem Sekretär etwas zu diktieren. Es ging um die Sarazenenaufstände in Sizilien, doch Tommaso nahm nichts davon wahr. Der Kaiser saß mit dem Rücken zum Fenster, sodass sein Gesicht im Schatten lag und seine Miene verborgen blieb. Dann ging der Sekretär mit gebeugtem Rücken zur Tür und Friedrich winkte Tommaso heran, etwas herrisch, auch ungeduldig.

„Setzt Euch!"

Nun wandte er ihm sein Gesicht zu und Tommaso senkte den Kopf, als der Kaiser seinen leuchtenden Blick auf ihn richtete. Hatte er bisher gefroren, so begann er jetzt zu schwitzen, spürte, wie sein Unterzeug an ihm klebte, wagte es nicht, seine Stirn abzuwischen, obwohl ihm schon die Schweißperlen ätzend in die Augen drangen.

„Nun, Don Tommaso, wie ist es Euch in Unserer Abwesenheit ergangen?"

„Er-ergangen? Jawohl, Majestät, Gott hat in seiner unendlichen Gnade – ich meine – friedlich – es war alles friedlich ..."

„Ihr seid um einiges dicker geworden – habt wohl die Fastentage missachtet?"

„Ja – nein – es ist nur so, dass ..."

„Michele Scotus ist vor kurzem gestorben, das bedauern Wir sehr, denn der Meister hat Uns stets gute Dienste geleistet. Habt Ihr noch mit ihm gesprochen?“

Tommaso nickte eifrig.

„Ja, schon, aber sein Geist verwirrte sich zusehends.“

„Mag sein, aber wohl erst ganz zuletzt.“ Der Kaiser deutete auf eine erbrochene Schriftrolle. „Das hat Scotus beim Notar für Uns hinterlegt. Wir werden es zu gegebener Zeit überprüfen. Ihr könnt jetzt gehen, Don Tommaso.“

Der Hofkaplan blieb wie betäubt sitzen. Was mochte dieser Scotus da geschrieben haben? Ein Testament? Ein Hinweis auf Biancas Hexenwesen?

„Habt Ihr Uns gehört?“

„Ja, Majestät, natürlich!“ Tommaso sprang auf und verneigte sich tief. „Ich bitte Eure Majestät, zu bedenken, dass Meister Scotus seiner Gedanken nicht mehr ganz mächtig war und er vielleicht einiges niedergeschrieben hat ...“

„Wir werden sehen ...“

Das klang schon sehr unwirsch und der Hofkaplan stolperte überstürzt hinaus.

Die Tage vergingen und nichts geschah, sodass Don Tommaso wieder Hoffnung schöpfte. Lange hatte er überlegt, ob er einen Bericht über die letzten Tage des Astrologen und seine seltsamen Gespräche mit ihm nach Rom senden sollte. Nein, sagte er sich, das könne für Seine Heiligkeit kaum von Interesse sein, und so stand er wieder allein da mit der Bürde seines Wissens.

Aufs Neue drückte ihn die Last des von Scotus Erfahrenem und er beschloss, dieses Geheimnis mit jemandem zu teilen. Die Person musste vertrauenswürdig, verschwiegen und ihm wohlgesonnen sein. Da brauchte er nicht lange nachzudenken, dafür kam nur der *parocco* des Domes von Melfi in Frage. Bei ihm pflegte Tommaso von Zeit zu Zeit seine Beichte abzulegen, zudem galt der alte Pfarrer als gelehrter Herr. Dabei machte der Kaplan einen großen Fehler. Er berichtete dem *parocco* von Gesprächen mit Michele Scotus, doch er tat es nicht innerhalb einer Beichte.

Nach außen hin bot der Dompfarrer das Bild eines vorbildlichen Priesters. Er lebte bescheiden, betrieb Armenpflege und hatte für jedermann ein offenes Ohr. Eine Eigenschaft aber verbarg er sorgfältig, nämlich seinen maßlosen Ehrgeiz. So ganz nebenher, als ginge es ihn nichts an, hatte er beim Hofkaplan nachgefragt, ob Melfi, da es schon länger eine kaiserliche Residenz sei, nicht zum Bistum erhoben werde. Tommaso wollte ihm einen Gefallen erweisen, zog Erkundigungen ein und erfuhr, dass der Kaiser dies erwäge. Die Frage war nur, ob Friedrich einen seiner Vertrauten zum künftigen Bischof erheben werde oder den verdienten Dompfarrer. Der hörte sich also Tommasos ausführlichen und etwas verwirrenden Bericht an. Am Ende fragte er ihn:

„Haltet Ihr Donna Bianca tatsächlich der Hexenkünste fähig?"

Ganz ferne schlug eine Warnglocke an und der Hofkaplan fragte: „Unser Gespräch bleibt doch vertraulich?"

„Wo denkt Ihr hin! Ein Gespräch von Priester zu Priester geht die Laien nichts an."

„Gut, *reverendissimo*, ich vertraue Euch. Um Donna Bianca nicht Unrecht zu tun, möchte ich sie nicht mit Sicherheit eine *strega* nennen, doch gibt es dafür deutliche Anzeichen. Aller Welt ist des Kaisers Vorliebe für schöne Frauen bekannt, wovon die große Zahl seiner Kinder Zeugnis ablegt. Seit Donna Bianca mit ihm Tisch und Bett teilt, ist sein – nun ja, sein Harem so gut wie vergessen. In Foggia soll es ein Haus mit Frauen geben, das er früher, wie man hört, gewiss nicht vernachlässigt hat. Jetzt hat er nur noch Augen für diese Bianca, die ihn mit Hexenkünsten an sich fesselt, aber so geschickt, dass er es nicht spürt."

So beherrscht die Miene des *parocco* war, jetzt verriet sie doch einige Zweifel und der Hofkaplan lenkte ein.

„So jedenfalls hat es den Anschein. Vielleicht ist der von der Todesnähe verwirrte Geist des Meisters Scotus auf falsche Wege geraten, wer weiß?"

Da dies keine Beichte war, zögerte der Dompfarrer nicht, den Kaiser davon in Kenntnis zu setzen, immer bemüht, sich selber ins rechte Licht zu rücken, um vielleicht später doch die Mitra zu erlangen.

Natürlich fand kein persönliches Gespräch statt, aber der *parocco* kannte einen Priester, der sich im engeren Freundeskreis des Kaisers bewegte. Friedrich zeigte sich erheitert.

„Ich fürchte, der gute Don Tommaso ist nicht der Einzige, der Donna Bianca Hexenkünste zutraut. Selbst ich bin mir da nicht so sicher …"

Doch der Kaiser wusste nicht alles. Um endlich hinter das Geheimnis von Biancas Amulett zu kommen, hatte der Kaplan es wieder einmal bei seinem Beichtkind Anna versucht. Nach erteilter Absolution hielt er sie zurück.

„Ich hätte da noch eine Frage, meine Tochter. Weißt du, was eine Hexe ist?"

„Wer weiß das nicht?", gab sie schnippisch zurück.

„Na, na, ich erlebe da oft Fälle von ungenügender Aufklärung. Was sind die äußeren Merkmale einer Hexe?"

„Wenn man's jeder schon von weitem ansähe, dann wäre es ja einfach."

Bei allen Heiligen, dachte Don Tommaso, diesem Mädchen ist nicht beizukommen. Doch er wollte sie nicht verunsichern.

„Du hast da schon Recht. Aber manche von ihnen tragen etwas mit sich, von außen nicht erkennbar, unmittelbar am Körper, unter der Kleidung. Wir nennen das ein *amuletum*. Hast du so etwas schon einmal gesehen?

Anna dachte sofort an die kleine Kapsel, die Bianca zur Erinnerung an Berta – so begründete sie es – um den Hals trug. Nachts wurde sie meist abgelegt, auch konnte es geschehen, dass sie die Kapsel tagelang vergaß und Anna sie zuoberst in eine kleine Truhe legte. Auf ihre Frage, was das sei, hatte Bianca gesagt, so etwas wie eine *porta fortuna*, ein Glücksbringer, aber man müsse daran glauben. Für sie selber sei es nur eine Erinnerung an Berta. Aber das ging diesen neugierigen Pfaffen nichts an. Nach einigem Nachdenken sagte sie:

„Ja, natürlich, besonders bei den Kriegern. Da hängt bei den meisten so etwas um den Hals, das sie vor Unglück schützen soll."

„Hast du es auch schon bei Frauen gesehen?"

„Ich selber trage so etwas, ein Silberplättchen mit dem Christussymbol, so hat Donna Bianca es mir erklärt. Sie hat es mir zum neuen Jahr geschenkt."

„Ja, das ist löblich", sagte der Kaplan salbungsvoll, „deine Herrin trägt sicher etwas Ähnliches?"

„Nicht, dass ich wüsste", gab Anna patzig zurück.

Tommaso schnaufte entsagungsvoll. Dem Mädchen war einfach nicht beizukommen ...

Anna erzählte es sofort an Bianca weiter.

„Warum kann sich der Kaplan nicht mit meiner Beichte begnügen? Immer bohrt und forscht er herum; künftig werde ich zum Dompfarrer gehen."

Natürlich wusste Bianca, dass der Hofkaplan sie nicht mochte, in ihr nur die sündige Buhle des Kaisers sah. Bei nächster Gelegenheit wollte sie mit Friedrich darüber reden, doch sie wusste, dass den Kaiser jetzt andere, politische Sorgen bewegten. Diesmal ging es um sein geliebtes Sizilien, die Stätte seiner Kindheit.

Die nach wie vor dort ansässigen Sarazenen fühlten sich mehr und mehr benachteiligt, sodass es immer häufiger zu Aufständen kam. Die Muselmanen hatten sich in unwegsame Gebiete im Innern der Insel zurückgezogen und dem kaiserlichen Statthalter gelang es nicht, sie von dort zu vertreiben. So mehrten sich die Hilferufe und Friedrich sah sich verpflichtet, für dieses Volk eine endgültige Lösung zu finden. Er wusste, dass andere christliche Herrscher die Lösung in der völligen Vernichtung der Ungläubigen sahen, eine Art Kreuzzug im Kleinen. Für Friedrich kam das nicht in Frage. Er stand mit dem Sultan in freundschaftlichem Kontakt, liebte die arabische Sprache, kannte und schätzte den Koran, weil er neben der religiösen Unterweisung auch als Gesetzeswerk diente. Aber nicht nur darum ging es. Unter dem Vorwand, sich gegen die aufständischen Sarazenen rüsten zu müssen, rebellierten wichtige sizilische Städte wie Catania, Syrakus und Messina gegen den kaiserlichen Statthalter, verweigerten Tributzahlungen, sandten Hilferufe an den Papst. In Friedrichs Augen war das Hochverrat und sein Blut begann zu kochen.

Im Freundeskreis ließ er sich davon wenig anmerken, aber Bianca schüttete er sein Herz aus und was da hervorbrach, war eine Mischung aus enttäuschter Liebe und Empörung über dieses frevelhafte Verhalten.

„Mein Vater hat es versucht und auch ich habe alles getan, um der Insel Frieden und Wohlstand zu bringen. Den Unmut der Sarazenen kann ich verstehen. Auch sie fühlen sich als Landeskinder, doch die sogenannten Christen jagen und verfolgen sie wie schädliches Ungeziefer. Ich habe mir eine Lösung ausgedacht, die hierzulande wohl keinem gefallen wird. Ein paar Meilen westlich von Foggia liegt das Dorf Lucera. Die Leute dort wundern sich, dass meine Baumeister auf einem Hügel über dem Ort das Gelände für die Errichtung einer Burg abmessen. Ansonsten ist die Umgebung so gut wie unbesiedelt, aber das wird sich ändern."

Bianca, im letzten Monat ihrer Schwangerschaft, erhob sich mühsam, streckte sich und umfasste dabei mit beiden Händen ihren Bauch. Ihr liebliches Gesicht hatte sich kaum verändert, war aber etwas weicher und voller geworden. Behutsam ließ sie sich auf die Fensterbank sinken.

„Und nun wünscht mein Falcone, dass ich mich nach dieser Änderung erkundige."

Friedrich sah sie erwartungsvoll an.

„Ja, eigentlich schon ..."

„Du weißt recht gut, dass Neugierde nicht zu meinen Schwächen gehört, und als Frau in der Hoffnung kann ich dir sagen, dass mein Sinn jetzt vor allem auf eines gerichtet ist. Du darfst raten ..."

„Auf unser Kind, und das ist gut so. Dennoch werde ich dir das Geheimnis – bald wird es keines mehr sein – verraten. Die Burg in Lucera soll eine künftige Stadt für tausende von Menschen bewachen, eine Stadt übrigens, in der es keine Kirchen gibt."

In Bianca stieg eine Ahnung auf.

„Keine Kirchen?"

„Nein, stattdessen Kasernen, Arsenale, Übungsplätze für Krieger und ..."

Sie kam nicht darauf, sagte nur nachdenklich:

„Keine Kirchen, aber was dann?"

Friedrich lachte vergnügt.

„Moscheen natürlich! Ich werde aus Sizilien tausende von Sarazenen umsiedeln und dafür sorgen, dass sie hier in Frieden leben können."

„Ich weiß nicht recht ..."

„Glaubst du, ich habe mir das nicht gründlich überlegt? So einen Entschluss fasst man nicht von heute auf morgen. Ich sehe schon den Bannstrahl aus Rom auf mich niederfahren. Unser Allerheiligster Vater würde, was die Muselmanen betrifft, jede christliche Milde fahren lassen und zu ihrer Vernichtung anraten. Ich aber sehe in den künftigen Bewohnern von Lucera eine treue, ergebene Leibtruppe, die auf nichts und niemand Rücksicht nehmen muss. Sie würden ohne Skrupel auch den Pontifex von seinem Thron zerren und ihn, mit Steinen beschwert, in den Tiber werfen. Ein verlockendes Bild, dir kann ich es ja gestehen. Aber das Papsttum ist wie eine Hydra, da wachsen die Köpfe immer wieder nach. Damit muss ich mich wohl abfinden."

„Wann wirst du nach Sizilien aufbrechen?"

„Eines möchte ich noch abwarten ..."

Sie spielte die Verständnislose, wusste aber genau, was er meinte.

„Bis du genug Truppen zusammengezogen hast?"

„Die stehen schon bereit. Ich warte auf einen neuen Menschen, den wir beide in Liebe geschaffen haben – auf unseren Sohn?" Er schaute sie fragend an.

„Du wirst noch etwas Geduld haben müssen."

Er stand auf, beugte sich über Bianca und küsste sie auf beide Wangen.

„Es darf auch ein Mädchen sein ..."

Wieder erwies es sich, dass Hofgeheimnisse auf irgendwelchen Wegen immer ans Licht kommen. Natürlich konnte die umfassende Bautätigkeit in und um Lucera nicht verborgen bleiben, zudem führte der Zufall einen der Bauinspektoren als Beichtkind zu Don Tommaso. Sie trafen sich im Dom zu Melfi, wo der Hofkaplan Anspruch auf einen Beichtstuhl hatte.

„Zu Euch bin ich gekommen, Don Tommaso, weil ich mich einem Priester anvertrauen will, der am Hof des Kaisers lebt. Geradeheraus gesagt: Ist es eine Sünde vor Gott, wenn ich am Bau einer *moschea* mitwirke? Es ist kaiserlicher Auftrag, gewiss, für mich sehr ehrenvoll, aber führt Euch das vor Augen: mitten in einem christlichen Land einen Götzentempel zu errichten! Da muss mich – muss uns doch die Strafe Gottes treffen!"

Tommaso überlegte blitzschnell. Auch er hatte Gerüchte gehört, doch über diesen Kaiser wurde so viel und so Unglaubliches geredet, dass Zweifel angebracht waren.

„Die Muselmanen glauben an einen Gott wie wir", wandte Tommaso ein und überlegte krampfhaft, wie er von diesem Mann mehr erfahren konnte.

„Ja, ja, mag sein, aber seht es doch auf völlig andere Art. Glaubt Ihr, dass Seine Majestät den Bau bewusst angeordnet hat, oder haben seine sarazenischen Berater ihn auf irgendeine Weise – behext?"

Jetzt musste er aufs Ganze gehen, da immerhin ein Bistum winkte.

„Ihr tut nur Eure Pflicht und gebt dem Kaiser, wie es die Heilige Schrift befiehlt, was des Kaisers ist. Eine Sünde sehe ich darin nicht. Wie der Kaiser es aber vor Gott und seinem irdischen Stellvertreter verantwortet, ist allein seine Sache."

Gleich danach stellte er einen Bericht darüber zusammen, der, wie der Prälat es versprochen hatte, von einem Gewährsmann übernommen werden sollte.

Bianca hatte auf Umwegen erfahren, dass der Kaiser während ihrer Schwangerschaft mehrmals seinen Harem in Foggia besucht hatte. Sie nahm es zur Kenntnis, doch es berührte sie nicht. Oder doch? Reichte ihre Fantasie nicht aus, sich den Geliebten in den Armen einer braunhäutigen und glutäugigen Sklavin vorzustellen? Solchen Gedanken gab sie sich nicht hin und sie dachte: Es betrifft mich nicht! Sie war fest davon überzeugt, dass Friedrich nur ein körperliches Verlangen stillen wollte, und sie gönnte es ihm. Offenbar brauchen Männer das, dachte sie, und er hat mich über seinen Arzt wissen lassen, was er vom Umgang mit Schwangeren hält. Sie war seiner so sicher, dass alles, was boshafte Zungen ihr über Friedrichs Liebesleben zutrugen, an ihr abprallte, als wollten gläserne Klingen einen stählernen Mantel durchdringen. Sie mussten zersplittern, ohne Spuren zu hinterlassen.

Costanza, ihr Weihnachtskind, stellte unablässig die Fragen einer aufgeweckten fast Vierjährigen. Behutsam strich sie über Biancas aufgetriebenen Leib.

„Wann kommt das Kind endlich heraus, damit ich mit ihm spielen kann?"

„Wenn es reif geworden ist, will es ans Licht, aber das dauert noch einige Tage."

„Wie kommt es heraus?"

„Alle Frauen haben unten eine Öffnung, und die wird dann ganz weit, bis das Kind seinen Kopf durchstecken kann."

Damit gab sich Costanza zufrieden und als Bianca es dem Kaiser erzählte, lachte er.

„Nur gut, das sie nicht gefragt hat, wie das Kind hineingekommen ist. Was hättest du denn geantwortet? Die Wahrheit?"

„Die hätte sie noch nicht verstanden. Vielleicht hätte ich gesagt, wenn Mann und Frau sich lieben, dann entsteht der Wunsch nach einem Kind."

„Mit dem Wunsch allein ist es nicht getan – zum Glück!"

Am Abend des ersten Septembertages kamen leichte Wehen auf, klangen wieder ab, kehrten verstärkt zurück. Das quälende Wechselspiel setzte sich bis in die Mittagsstunden fort und dann ging es so schnell, dass die Wehmutter Mühe hatte, das eilig herausgleitende Kind aufzufangen.

„Es war", so erzählte sie Friedrich später, „als bereue es seine Verzögerung und wollte nun mit aller Eile ans Licht."

So sehr Costanza beiden Eltern glich, war bei Manfred bald zu erkennen, dass in ihm ein Ebenbild seines Vaters heranwuchs. Sogar der jetzt sechzehnjährige Enzio – die schöne Adelheid hatte ihn geboren – ließ sich herab, den Halbbruder zu bewundern.

„Wird einmal ein kräftiger Kerl, glaube ich. Der Kaiser kann kriegerische Söhne gebrauchen."

Das entsprach nun ganz seinen eigenen Vorstellungen, denn Enzio tat nichts lieber, als Waffen und Pferde zu erproben. Seine zweite, etwas verschämte Vorliebe galt der Dichtung, doch musste man ihn lange bitten, ehe er zur Laute etwas vortrug.

Warum aber wählte der Kaiser für Biancas Sohn den in Italien unbekannten und auch in deutschen Landen wenig verbreiteten Namen Manfred, der sich als „Mann des Friedens" deuten lässt? Als Bianca ihn danach fragte, meinte Friedrich:

„Weil ich mir wünsche, dass dieser Name ihm zum Omen wird. Mein Leben ist bis jetzt, mit kurzen Unterbrechungen, eine Reihe von Kämpfen gewesen. So bin ich meinem Namen gerecht geworden, der ja bedeutet: ‚Im Frieden mächtig'. Wer dies erwirkt, muss vorher Kämpfe bestanden haben. Für unseren Sohn wünsche ich mir, dass er das Erkämpfte, Erworbene als ‚Mann des Friedens' bewahrt." Er strich dem Säugling über das rotblonde Haar und fügte leise hinzu: „Wahrscheinlich ein vergeblicher Wunsch ..."

Was die Aufständischen in Sizilien betraf, so hatte auch das erfreuliche Ereignis der Sohnesgeburt seinen Zorn auf die Gesetzesbrecher nicht dämpfen können. Seltsamerweise hatte sich der Aufruhr nur auf den Osten der Insel beschränkt, vor allem auf die Städte Messina, Catania und Syrakus.

Anfang des Jahres 1233 tauchten am westlichen Horizont die Segel zahlreicher Schiffe auf und den Rebellen mögen sie wie die Flügel von Racheengeln erschienen sein. Zuerst wurde Catania besetzt und Friedrich ließ verbreiten, dass er Rebellen, die sich freiwillig stellten, begnadigen würde. Wer dem Kaiserwort vertraute – und viele taten es –, musste es bitter bereuen. Auf den Marktplätzen wurden die Unglücklichen zur Schau gestellt, um dann gehängt oder verbrannt zu werden. Der Kaiser, so ließ Friedrich verkünden, sei falsch beraten worden und habe sich eines Besseren besonnen. So traf der erbarmungslose Hammer des Gesetzes Reuige wie Verstockte und zermalmte sie als furchtbare Warnung für andere. Als der Bergort Centorbi, südwestlich des Ätna gelegen, trotz aller Aufforderungen und Versprechungen die Übergabe verweigerte, ließ Friedrich ihn erstürmen und jeden, der sich zur Wehr setzte, niedermachen. Die Überlebenden wurden in den Stand von kaiserlichen Leibeigenen versetzt und in die neugegründete Stadt Augusta umgesiedelt.

Diese Vorgänge sprachen sich herum, sodass die Rebellen in Messina, Syrakus und anderen Orten sich lieber im Bergland verkrochen, als sich freiwillig zu stellen. Dafür traf es dann ihre Familien, die enteignet und deren Häuser zerstört wurden. Wer sich aus Verzweiflung dennoch dem Kaiser auslieferte, durfte keine Gnade erwarten und wieder loderten die Holzstöße, wieder wurden neue Galgen errichtet.

In den solchermaßen „befriedeten“ Städten wurde die Verwaltung reformiert und möglichst ortsfremde Männer als Beamte eingesetzt. Daneben hatten Friedrichs Heerführer das Innere der Insel nach Sarazenen abgesucht, was gar nicht so einfach war, da sich ein Teil von ihnen in kaum zugänglichen Bergregionen verschanzt hatte. Doch der unbeugsame Wille des Kaisers spornte seine Männer an und am Ende des Jahres schätzte Friedrich, dass etwa die Hälfte der Sarazenen in seinen Gefangenenlagern saß. Ihnen wurde mitgeteilt, dass für sie auf dem Festland eine Stadt zu ihrem Aufenthalt vorbereitet werde und sie weder auf ihren Glauben noch auf gewohnte Bräuche verzichten müssten. Doch die Menschen blieben misstrauisch und kaum einer glaubte diesen Versprechungen. Bald zeigte sich, dass der Kaiser sich ohne Abstriche daran hielt, und so wandelten sich Misstrauen und Ablehnung nach einigen Jahren in Treue und verlässliche kriegerische Gefolgschaft.

Zweites Buch

1

Der Dominikanermönch Konrad von Marburg war ein hochgelehrter Mann. Sein Ruf drang bis zum Papst und nach einer ausführlichen Unterredung ernannte ihn Gregor IX. zum Visitator der deutschen Klöster. Die fromme und asketisch lebende Elisabeth von Thüringen machte ihn zu ihrem Beichtvater und er übte einen großen Einfluss auf sie aus. Als ihr Gemahl nach sechs Ehejahren starb, zog sie sich in eine Art von Klosterdasein zurück und Konrad hielt Ausschau nach einer neuen Betätigung. Mit Zustimmung des Papstes und unter der ausdrücklichen Billigung von Kaiser Friedrich führte Konrad im deutschen Reich die Glaubensgerichte ein und forschte – vor allem in Thüringen, Hessen und am Rhein – nach Ketzern, Hexen und schwarzen Magiern.

Wer sich diesen Menschen als hageren und finster blickenden Asketen vorstellte, wurde enttäuscht. Konrad blickte zwar meist sehr ernst drein, doch er konnte auch lachen, schätzte, wenn es angebracht war, eine gute Tafel und wenn er Wein trank, dann musste es einer vom Besten sein.

Wo immer der Inquisitor auftrat, hagelte es Denunziationen, und für solche, die ihre Feinde loswerden wollten, brachen paradiesische Zeiten an. Zudem erhielten die vor Gericht anonym bleibenden Ankläger einen kleinen Teil des Vermögens der Gerichteten, während der größere an den Landesherrn und die Kirche fiel. So kam es dann, dass kaum Unbemittelte von den Häschern aufgegriffen wurden, auch weil deren Verurteilung und Hinrichtung auf dem Scheiterhaufen doch einiges Geld kostete. Freilich nahmen nicht alle der Angeklagten die unsinnigen Beschuldigungen so ohne weiteres hin. Bei König Heinrich VII. trafen körbeweise Beschwerdebriefe ein, mehr und mehr auch von Adligen, sodass der König sich veranlasst sah, beim Papst gegen diese Übergriffe zu protestieren. Damit tat er, wie wir später sehen werden, den ersten Schritt zum eigenen Untergang.

Konrad jedoch, von seinen Erfolgen verblendet, sah sein Wirken vor Gott gerechtfertigt und wurde immer kühner. Warum, so fragte er sich, nur bei den Bürgern nach Ketzern forschen? Stellte sich doch auch der Adel zum Teil mit lästerlichen Sprüchen und Verfügungen gegen die Heilige Kirche. Fast allen Fanatikern, auch den klugen, fehlt der Sinn für das rechte Maß. Nachdem er schon über drei Jahre sein Unwesen in deutschen Landen getrieben und tausende von Unschuldigen auf den Scheiterhaufen gebracht hatte, richtete er seinen Blick auf den in seinen Augen unbotmäßigen deutschen Adel.

Da gab es einige kleine Landesherren, die ihm den Zutritt auf ihre Gebiete verweigert hatten, und Konrad empfand dies als Sakrileg. Hatte nicht Gott selbst, durch seinen Evangelisten Johannes, das Urteil über jene Abtrünnigen gesprochen? Da hieß es doch: „Ich bin der Weinstock, ihr seid die Reben. Wer in mir bleibt und ich in ihm, der bringt viele Frucht, denn ohne mich könnt ihr nichts tun. Wer nicht in mir bleibt, der wird weggeworfen wie eine Rebe und verdorrt und man sammelt sie, wirft sie ins Feuer und sie müssen brennen." So sprach Jesus zu seinen Jüngern und darum ist dies Gotteswort Gottes Gebot.

Konrad schrieb dies in Briefen an die Grafen von Sayn, Solms und Arnsberg, verbunden mit einer Ladung vor das Glaubensgericht. Die Herren verständigten sich untereinander und richteten Beschwerdebriefe nach Rom und an den deutschen König. Das gehörte sich so, würde aber kaum etwas bewirken und so taten die drei Grafen ein Übriges. Sie sandten Vertrauensleute auf Konrads Spur und als er auf dem Weg von Mainz nach Paderborn war, stellten ihn seine Verfolger auf einer einsamen Heide und schlugen ihn mit Knüppeln tot. Zwei seiner bewährten Helfer konnten entkommen, fanden aber nicht die erwartete Hilfe, sondern den Tod am Galgen.

König Heinrich nahm diese Kunde mit sichtlicher Genugtuung auf, nicht jedoch der Papst. Kurz darauf verhängte Gregor über den deutschen König den Kirchenbann und gebot den Reichsfürsten, nicht mehr ihm, sondern nur noch Kaiser Friedrich zu gehorchen. Der Hauptgrund für den Bannspruch war das auf einem Hoftag zu Frankfurt erlassene Gesetz, die „ungerechte Verfolgung" müsse sofort eingestellt werden. Gregor sah darin einen schweren Verstoß gegen kirchliche wie weltliche Gesetze.

Friedrich hätte seinem Erstgeborenen das Gesetz gegen „ungerechte Verfolgung“ wohl verziehen, aber es gab andere, für den Kaiser weit schwerer wiegende Gründe, von König Heinrich Rechenschaft zu fordern. Seine Regentschaft war schwach, widersprüchlich, unentschlossen. Er vergaß immer wieder, dass er den deutschen Reichsfürsten sein Königtum verdankte, er ärgerte, enttäuschte und vergrämte sie. Anstatt sich mit seinem Sieg über Bayern zu begnügen und vernünftige Friedensangebote zu machen, zog er gegen die Bischofsstadt Straßburg, die sich gegen ihn gestellt hatte, und wieder tat er es ohne Zustimmung der Reichsfürsten. Sie drohten ihm nun mit einer Anklage beim Kaiser und Heinrich brach sofort die Belagerung ab. Nicht weniger kläglich scheiterte sein Versuch, im Streit der Bürger von Verdun mit ihrem Bischof vermittelnd einzugreifen. Er vergaß, dass er vor Jahren die Privilegien der Bürgerschaft selber anerkannt hatte, und musste seinen Aufruf zum Gehorsam gegen den Bischof zurücknehmen.

Zu Bianca bemerkte Friedrich:

„Es fällt mir zunehmend schwer zu glauben, dass ich diesen verdorbenen Spross selber gezeugt habe. Dass er die Frucht eines Ehebruchs ist, kann und mag ich nicht glauben. Ich muss mich damit abfinden, dass er Konstanzes und mein Kind ist. So wohlgeraten meine anderen Sprößlinge sind, so missraten ist er und ich muss es hinnehmen. Nicht aber kann ich sein hochverräterisches Handeln akzeptieren und er wird sich vor mir rechtfertigen müssen.“

„Das wird ihm nicht leichtfallen“, meinte Bianca.

„Er wird es nicht können“, sagte Friedrich ruhig, doch Bianca spürte, dass er tief enttäuscht und verbittert war. Beide schwiegen, bis der Kaiser mit leiser, fester Stimme verkündete: „Ich werde Anfang des nächsten Jahres ins deutsche Königreich reisen, um dort wieder Ordnung zu schaffen.“

Daraus wurde aber vorerst nichts, denn aus Nord- und Mittelitalien kamen Schreckensbotschaften. Es war, als hätte Gott der Natur befohlen, die Menschen an ihre Machtlosigkeit zu erinnern, ihnen zu zeigen, dass sein Zorn furchtbar und maßlos sein konnte. Doch das Volk fragte nach dem Warum und die Antworten darauf erteilten fanatische Bußprediger und sie fielen ganz unterschiedlich aus.

Die Katastrophe kündigte sich bereits im Oktober mit tagelangen, von Sturzregen und Hagelschauern begleiteten Stürmen an. Im November erstarrte die nördliche Hälfte Italiens in einer seit Menschengedenken niemals erlebten Eiseskälte, die Seen und Flüsse zufrieren ließ und die von hohem Schnee bedeckten Straßen und Wege unpassierbar machte. Hunger und Elend breiteten sich aus, tausende starben. Die vom Hunger geplagten Römer stürmten die Paläste der Kardinäle und drangen sogar in den Lateran ein. Papst Gregor floh nach Rieti und bat den Kaiser um Hilfe. Für Friedrich war dies die beste Gelegenheit, seine Aufgabe als Schutzherr der Kirche wahrzunehmen. Süditalien blieb von der Naturkatastrophe verschont. Sizilien war befriedet und so konnte er mit seinen Truppen dem Papst zur Hilfe eilen.

Zu Petrus de Vinea bemerkte der Kaiser: „Ich tue es nicht gern, aber ich muss es tun, obwohl ich weiß, dass Gregor mir beim geringsten Anlass wieder in den Rücken fallen wird."

Bei dem Pfingsttreffen in Rieti ging es vor allem um Friedrichs Waffenhilfe, doch der Papst brachte auch König Heinrichs Verhalten zur Sprache. In der Erwartung, der Kaiser würde für seinen Sohn um Verständnis bitten, sah der Papst sich getäuscht. Friedrich hieß es gut, den deutschen König wegen Missachtung der Ketzergesetze zu bannen, und teilte dem Papst seine Absicht mit, seinem unbotmäßigen Sohn im nächsten Jahr einen Besuch abzustatten. Eine Absicht muss nicht immer in die Tat umgesetzt werden, doch der Umstand, dass Heinrich sich mit der Lombardischen Liga gegen ihn verbündet hatte, ließ Friedrich zur Abreise drängen.

Bianca fragte: „Und ich soll in Melfi bleiben?"

„Oder in Foggia – ja, diesmal kann ich dich nicht mitnehmen. Costanza ist fünf, das ginge schon, aber Manfred mit seinen zwei Jahren – nein! Auch will ich nicht, dass du meinen Sohn bei einer Kinderfrau zurücklässt."

Sie kannte ihren Falcone gut genug, um seinem Befehlston nicht gleich zu begegnen. Was er mit solcher Bestimmtheit sagte, stand in diesem Augenblick felsenfest. Aber unter gewissen Umständen ist sogar ein Fels zum Wanken zu bringen, das wusste Bianca aus Erfahrung. Auch in ihr waren gewisse Pläne gereift, die eher ihre Familie als den Kaiser betrafen. Sie hatte während der letzten Monate Briefe von ihrem älteren Bruder Galvano erhalten, die davon sprachen, dass er für Giordano die geeignete Braut gefunden habe, aber auch von ihr war die Rede und von seinem Wunsch, die Schwester mit ihren Kindern bald zu sehen. Ja, es war schon seltsam: Als sei nun sie das Haupt der Familie, hatte Galvano ihr als

Erster seine Pläne für Giordanos Heirat mitgeteilt. Sie fragte den jüngeren Bruder nach Briefen von zuhause.

„Nein, von Galvano habe ich lange nichts gehört. Du weißt ja selber, dass er nicht gerne schreibt, und von mir ist ihm bekannt, dass ich nicht gerne lese." Er lachte dazu schallend, als hätte er einen Witz gemacht.

„Er wollte doch für dich eine Frau suchen ..."

Giordano feixte. „Ja, ja, das sagt sich so leicht, aber er kennt mich gut genug, um zu wissen, das ich da etwas heikel bin."

„Mit Anna ist wohl Schluss?"

Seine Miene verschloss sich, doch seine Augen funkelten zornig. „Da musst du sie schon selber fragen."

Natürlich wusste Bianca genau, was vorging. Anna wollte sich nicht mit einem Liebhaber belasten, der – wie zu erwarten stand – eine andere heiraten und sie dann sitzen lassen würde, vielleicht sogar mit einem Kind. Nein, dafür war sie sich zu schade. Außerdem hatte sich mit einem Roberto etwas angebahnt, das war der jüngere Sohn eines Landbesitzers nahe Foggia, der eigentlich nach elterlichem Wunsch Priester hätte werden sollen. Doch er war aus der Lateinschule davongelaufen, um seiner Neigung zum Waffendienst zu folgen. Bei den kaiserlichen Truppen hatte er es schnell zum Unterführer gebracht, war zur Palastwache übergewechselt und hatte Friedrich als Jagdgehilfe mit seiner Treffsicherheit verblüfft. Er konnte auf fünfzig Ellen eine Wassermelone mit absoluter Sicherheit treffen und hatte bei mehreren Wettschießen jeweils den ersten Preis gewonnen. Er entstammte einer jener Familien, die mit den normannischen Eroberern hierhergekommen waren, und so blickte Anna in zwei graublaue Augen, wenn Roberto ihr wortgewandt – er war ja Lateinschüler gewesen! – von seiner Zuneigung sprach, wobei seine Hände wie scheue Tiere sanft liebkosend über ihren Körper huschten.

Giordano hatte sie zu einer kundigen Frau gemacht, Roberto aber war in Liebeskünsten unerfahren, sodass Anna ihn sozusagen leiten und führen musste, doch davon durfte er nichts merken. Zu seiner Überraschung lagen sie eines schönen Abends nackt im Gras, in einer von dichten Büschen umstandenen Kuhle des „Garten Edens". Ältere Mitschüler waren es gewesen, die ihren als „*virgo*" verspotteten Kameraden betrunken in ein Hurenhaus geschleppt hatten, aber es war eines jener billigen, die man besser nur bei Dunkelheit besuchen sollte. Roberto war vom Anblick des welken Körpers und des überschminkten Gesichts so abgestoßen, dass er die Flucht ergriff.

Aber jetzt, ja, das war etwas anderes, auch wenn Anna bei seinen täppischen Liebesbezeugungen wider Willen an den feurigen Giordano denken musste. Was ihren neuen Liebhaber vom alten unterschied, war seine ausgeglichene Natur, seine Geduld, seine unerschütterliche Anhänglichkeit. An ihm war nichts Jähes oder Schwankendes – auf ihn war Verlass.

Das Leben in einem Kastell war zwangsläufig ein recht enges Miteinander, man lief sich ständig über den Weg. Kein Tag verging, ohne dass sich Dienerschaft und Palastwache täglich mehrmals begegneten, und jeder wusste, wer mit wem befreundet oder verfeindet war.

Dass Roberto sich um Anna bemühte, war bald ein offenes Geheimnis, das auch Giordano nicht verborgen blieb. Es ärgerte ihn, dass dieses grüne Bürschchen „seine" Anna umwarb. Zugleich machte es ihn zornig, dass er sich ärgerte, denn sie war ja längst nicht mehr „seine" Anna. Auch wenn er sich stets bemühte, als Vorgesetzter gerecht und unparteiisch zu sein, so achtete er bei Roberto genau auf jeden kleinsten Fehler, den er dann aufbauschte und entsprechend bestrafte. Als Friedrich Roberto von Zeit zu Zeit als Jagdgehilfen verwendete, erboste ihn das besonders und seine jähe Natur verführte ihn zu Ausbrüchen, für die er sich danach schämte, worüber er sich wieder ärgerte. Doch kannte auch Robertos gutmütiges Wesen seine Grenzen. Als Giordano ihn wochenlang im Dienstplan schwer benachteiligte und ihn gerade für die unbeliebtesten Zeiten zur Wache einteilte, setzte er sich auf eine Weise zur Wehr, mit der Giordano nicht gerechnet hatte. Über Anna ließ er Bianca wissen, dass es sein innigster Wunsch sei, zum ständigen Jagdgehilfen des Kaisers ernannt zu werden. Bianca ahnte, warum, und legte bei Friedrich für ihn ein gutes Wort ein. Der Kaiser lachte.

„Damit rennst du offene Türen ein. Ich hatte ohnehin daran gedacht, diesen Schießkünstler nicht im öden Wachdienst verkommen zu lassen. Er soll einer meiner Leibjäger werden."

Diese Plänkeleien, dieses ganze Hin und Her wurde belanglos, als der Kaiser zur Reise ins deutsche Reich rüstete. Bianca war noch mehrmals darauf zu sprechen gekommen, wie einsam und verlassen sie sich vorkomme, hatte ihn auch immer wieder daran erinnert, dass seine Abwesenheit diesmal einige Jahre dauern könne und sie sich hier nicht sicher fühle. Friedrich runzelte die Stirn.

„Nicht sicher? Was soll das heißen? Lucera ist ein paar Reitstunden entfernt und dort sitzt ein Teil meiner Armee, nämlich meine Sarazenen. Mit ihnen hast du gewissermaßen eine Leibwache von einigen tausend treuen und entschlossenen Kriegern. Mehr Sicherheit kann dir niemand bieten." Er hob die Hände, lachte und fügte hinzu: „Ausgenommen der allmächtige Gott."

Sie schüttelte störrisch den Kopf.

„Darum geht es nicht. Weil du nun schon von Gott sprichst: Er kann dich plötzlich abberufen, was bin ich dann noch wert? Wenn es gut geht, wird man mir die Kinder nehmen und mich in ein Kloster stecken. An andere Möglichkeiten mag ich nicht einmal denken."

Friedrich wusste natürlich, dass ein Machtwechsel sehr viele Menschen empfindlich treffen würde.

„Was schlägst du vor?"

„Hast du nicht selber gesagt, du wolltest deine Rückreise über die Lombardei machen?"

„Ja, aus politischen Gründen – dabei muss es bleiben."

„Wäre es nicht schön, wenn wir in Pisa zusammenträfen?"

„In Pisa?"

„Ja, wenn du mir gestattest, dort bei meiner Familie deine Rückkehr abzuwarten."

Ehe er antwortete, ging es wie ein Leuchten über sein Gesicht und nun wusste sie, dass sie gewonnen hatte.

„So treffen wir uns auf halbem Weg", sagte er fröhlich, „und werden zu viert nach Melfi zurückkehren."

„Nein, dann werden wir schon fünf sein ..."

Er verstand sofort und küsste sie freudestrahlend auf Mund und Wangen. Sie wehrte ihn lachend ab.

„Wir sollten uns erst freuen, wenn es da ist. Jedenfalls möchte ich das Kind im Kreis meiner Familie zur Welt bringen. Hier käme ich mir so verlassen vor ..."

„Spotte du nur, aber meine Liebe und unsere Kinder machen mich eher zu einem – ja, wie soll ich es nennen?" Friedrich blickte sie liebevoll an. „Ganz einfach: Du bist meine Frau. Gattin oder Gemahlin, das sind steife, amtliche Begriffe, die eines Tages auch auf dich zutreffen werden. Vorerst aber bist du meine Frau und die Mutter meiner geliebten Kinder."

Anfang Mai reiste Friedrich auf dem Landweg von Foggia nach Rimini, von dort ging es mit Schiffen weiter nach Aquileia. Außer einer Hundertschaft seiner Leibwache begleiteten ihn keine Bewaffneten, dafür aber prunkte er mit einem zahlreichen Gefolge, das so fremdartig wirkte, dass die Menschen von weit her zusammenliefen, um das Gepränge zu begaffen. Ein deutscher Chronist berichtete mit staunender Bewunderung:

„Er zog einher in großer Pracht, wie es der kaiserlichen Würde geziemt. Er kam mit vielen Kamelen und Dromedaren, mit Affen und Leoparden, er führte zahlreiche, vieler Künste kundige Sarazenen und Aethiopier mit sich, die sein Gold und seine Schätze bewachten. Also kam er und zog mit großem Gefolge von Prälaten durch die deutschen Städte."

Obwohl waffenlos, machte sein Auftreten auf Hoch und Niedrig einen solch gewaltigen Eindruck, dass der verstörte König Heinrich hilfesuchend durch die Lande irrte, doch fast alle seine Anhänger mieden ihn, als trage er die Pest am Leib. Schließlich gab er auf und bat Hermann von Salza um eine Unterredung. Der Deutschordensmeister, enger Vertrauter des Kaisers, ließ Heinrich keine Wahl und riet zur völligen Unterwerfung. So geschah es dann am zweiten Juli des Jahres 1235 und der ehemalige deutsche König wurde zum Gefangenen seines Vaters, der eine persönliche Begegnung vorerst ablehnte.

In der ersten Juliwoche rief Friedrich die Fürsten und Vertreter der reichsfreien Städte zum Gerichtstag nach Worms. Unbewegten Gesichts, doch von kaltem Rachezorn durchdrungen, sah Friedrich zu, wie sich Heinrich vor ihm weinend zu Boden warf. Der Kaiser schwieg, schmerzhaft dehnten sich die Minuten zu Ewigkeiten, bis zwei der mächtigsten Reichsfürsten den Kaiser baten, die beschämende Szene zu beenden. Zögernd und zitternd erhob sich der gestürzte König, stammelte etwas kaum Verständliches und brach immer wieder in Schluchzen aus. Der Kaiser erhob sich und es war, als schössen Feuerstrahlen aus den weit geöffneten Augen. Seine scharfe, helle Stimme war bis in den letzten Winkel des großen Saales zu vernehmen.

„Deine Entschuldigungen kommen zu spät und machen deinen Verrat nicht ungeschehen. Als schlechter König hast du hierzulande alles falsch gemacht, was nur falsch zu machen war. Falsch waren auch die Ratschläge deiner Freunde, die dich umgaben. Du hast die Geduld der Reichsfürsten so lange auf die Probe gestellt, bis sie zuletzt mich um Hilfe baten. Du hast dich mit meinen ärgsten Feinden, den verräterischen Lombarden, verbündet, um letztlich deinen eigenen Vater, den römischen Kaiser vom Thron zu fegen. Das und anderes hat Papst Gregor veranlasst, über dich den Kirchenbann zu verhängen. Zu all dem kam noch, dass dein Hof in ganz Europa als sittenlos und verkommen berüchtigt war. Du hast dich mit Gauklern, Sängern und liederlichen Frauen umgeben, doch das hätte weniger schwer gewogen, wärst du ein guter König gewesen. So aber zählt deine Sittenlosigkeit doppelt und dreifach. Nur eines kann ich dir zugutehalten: Du hast echte Reue gezeigt und kannst, solange Gott es dir gestattet, im Kerker auf Lebenszeit Buße tun."

Gleichsam zum Kerkermeister ernannte der Kaiser nicht ohne Grund den Herzog von Bayern, denn dieser Reichsfürst hatte unter Heinrich am meisten zu leiden gehabt. Während dieser traurigen Julitage gingen die Vorbereitungen für Friedrichs dritte Heirat zügig voran. Doch halt – hatte der Kaiser nach Jolandas Tod nicht mehrmals versichert, er werde keine Ehe mehr eingehen? Seine Nachfolge sei gesichert und den Volksspruch, aller guten Dinge seien drei, wolle er auf sich nicht anwenden. Nun aber lag die Nachfolge bei dem siebenjährigen Konrad, dessen Geburt seiner Mutter das Leben gekostet hatte. Rechnete der Kaiser mit allen Möglichkeiten und bezog er Konrads frühen Tod in seine Überlegungen mit ein, als er seine dritte Ehe beschloss? Er äußerte sich nicht dazu.

Der Vorschlag zu dieser Verbindung war wieder vom Papst gekommen, und zwar bei dem Treffen in Rieti. Gregor schlug die einundzwanzigjährige Isabella von England vor, eine Schwester des englischen Königs. Diese Verbindung mit Henry III., der dem deutschen Welfenhaus verwandtschaftlich verbunden war, konnte durchaus politische Vorteile bringen, denn seit dem Untergang seines damaligen Mitbewerbers Otto III. war das Verhältnis zu dem noch durchaus mächtigen Welfen wenn nicht feindselig, so doch etwas zurückhaltend.

Petrus von Vinea war zum Brautwerber erkoren worden und führte schon seit einiger Zeit in London die Verhandlungen. In seinen Berichten war von Isabellas überragender Schönheit die Rede, und das wird auf Friedrich nicht ohne Wirkung geblieben sein. Dachte er dabei an Bianca Lancia, die in Pisa Ende des Jahres ihr drittes gemeinsames Kind erwartete? Für Friedrich gehörten diese Dinge verschiedenen Sphären an. Bianca und ihre Kinder, sie waren seine Familie. Auch wenn er Isabella von England heiratete, so änderte dies nichts an seinem Plan, Bianca zur Frau zu nehmen, wenn nötig zur linken Hand. Dafür würde sich eine Lösung finden, er war schließlich der Kaiser.

Als Friedrich über seinen Sohn Heinrich das Urteil sprach, war die englische Prinzessin schon über zwei Monate auf dem Kontinent und erwartete in Köln die Aufforderung, nach Worms zu kommen.

Da Friedrich nicht wollte, dass Bianca über andere von dieser Heirat erfuhr, hatte er ihr gleich nach seiner Ankunft einen eigenhändigen Brief geschrieben.

„Bianca, geliebte Frau, glaube ja nicht, dass die folgende Nachricht auch nur das Geringste an unserer Beziehung ändert. Aus politischen Gründen habe ich mich entschlossen, König Henry von England um die Hand seiner Schwester Isabella zu bitten. Du sollst es vor allen anderen wissen, doch mit uns hat das nichts zu tun. Oft habe ich Dir versichert, dass ein Fürst zwei Leben führen muss, ein öffentliches und ein privates. Für Frauen mag das schwer zu verstehen sein, doch bei Dir bin ich mir sicher, dass Du diese Dinge im rechten Licht betrachtest. Allein Dir gilt meine Liebe, und mein Vertrauen in die Treue der Familie Lancia ist durch nichts zu erschüttern. Bei all dem Kummer, den ich mit meinem verräterischen Sohn erleben musste, war mir der Gedanke an Dich und unsere Kinder ein Anker des Trostes."

Dem persönlich gesiegelten Schreiben lag noch ein offizielles bei, das an Galvano Lancia gerichtet war. Der Kaiser bat ihn, Ende des Jahres nach Venedig zu reisen, um von dort den gefangenen Heinrich auf einer Galeere nach Apulien zu bringen.

„Nur in Euch", so hieß es in dem Brief, „können Wir ein solches Vertrauen setzen, um den Gefangenen in sicherer Obhut in Unser Königreich Sizilien zu bringen."

Nach Biancas Ankunft in Pisa hatte es zunächst viel Freude, später aber auch einigen Ärger gegeben. Die Stimmung in der Stadt war überwiegend – die Gegner schwiegen lieber – auf Seiten der Familie Lancia. Dass des Kaisers Geliebte aus Pisa stammte, war für sie der Garant, dass Friedrich ihrer Stadt stets wohlgesonnen sei und zugänglich für Bitten, die das Wohl dieser Kommune betrafen.

Warum aber hatte es auch Ärger gegeben? Der kam von Donna Giulia, Graf Galvanos Gemahlin. Nach dem Tod ihrer Eltern hatte sie als einzige Erbin den gesamten und sehr beträchtlichen Besitz von dem nun erloschenen Zweig der Handelsfamilie Lancia in den weithin blühenden der Grafen Lancia überführt. Dieses Blühen war letztlich ihr zu verdanken, denn vor kurzem hatte sie ein viertes Kind geboren. Nun aber erschien wie aus heiterem Himmel die Kebse des Kaisers und alles drehte sich nur noch um sie, ihre Kinder und ihre Schwangerschaft.

Giordano setzte sich, so oft es ging, nach Pisa ab, wo er sich im Kreis junger Patrizier mit seinen „Heldentaten" im Heiligen Land brüstete. Ein Liebchen hatte er auch schnell wieder gefunden. Mit Anna wollte er nichts mehr zu tun haben und sie nicht mit ihm. Zudem stand seine Verlobung bevor, die an Weihnachten gefeiert werden sollte. Die Braut hatte er einige Male gesehen, ein schüchternes und zugleich schnippisches junges Ding, das wenig redete und wenn doch, dann in spöttisch-herablassendem Ton.

Bianca hatte dafür gesorgt, dass Roberto ihrer Begleitmannschaft zugeteilt wurde, was Anna erfreute, aber auch etwas besorgt machte. Dieser Roberto hing an ihr, stammte aus guter Familie, doch seine häufige Gegenwart schreckte mögliche andere Bewerber aus Pisa ab. Insgeheim hegte sie nämlich den Plan, möglichst in ihrer Heimat eine Familie zu gründen, um dort den Aufstieg einer Schäferstochter ins Bürgertum vorzuführen. Sie hielt Roberto etwas auf Abstand, doch so, dass er sich nicht gekränkt oder gar verstoßen fühlen konnte. Ihre eigene Familie war so klug, sie nicht zu behelligen und zu akzeptieren, dass die Zeiten der barfüßigen Gänsemagd vorbei waren.

Nach steifer Begrüßung war Donna Giulias erste Reaktion, Bianca zu versichern, dass für sie, ihre Kindern und ihr Dienstpersonal auf dem Gut der Lancia kein Platz sei.

„Wir müssten anbauen", schlug sie in geheuchelter Sorge vor, „aber das braucht einige Zeit."

„Das wird nicht nötig sein", erwiderte Bianca mit ruhiger Stimme, „der Kaiser hat mir nahe der Kirche San Matteo ein Haus geschenkt und dort werde ich wohnen, solange ich hier bin. Manfred ist schließlich kaiserlicher Prinz und muss standesgemäß untergebracht werden. Für Prinzessin Costanza gilt das natürlich auch ..."

Bianca vermied jeden anmaßenden Ton, sie sprach mit gelassener Selbstverständlichkeit. Es gab wenig, das Donna Giulia sprachlos werden ließ, doch darauf fiel ihr nichts Geeignetes ein.

„So, aha, dann – dann ist ja unser kleines Problem gelöst ..."

Bianca lächelte fein.

„Problem? Vielleicht ein zu großes Wort für derlei Belangloses."

Doch Donna Giulia wollte sich noch nicht geschlagen geben.

„Und wie lang wollt Ihr in Pisa bleiben?"

„Das hängt von Seiner Majestät ab."

Fragende Gesichter. Sie wandte sich an Galvano.

„Du hast doch auch einen Brief vom Kaiser erhalten? Schreibt er nichts über seine Rückreise?"

„Nur ganz allgemein. Er will endlich die Lombardenfrage lösen ..."

„Ja, und zu diesem Zweck wird er auf der Rückreise Pisa besuchen, um dort seine treuen Vasallen zu begrüßen. Ich werde ihn dann mit den Kindern nach Apulien begleiten."

Das hörte Giulia nicht ungern, auch dass Bianca in der Stadt leben würde, kam ihr entgegen. Ihr Gesicht entspannte sich und sie fragte:

„Wann ist es so weit, Donna Bianca?"

„Anfang November, so vermute ich."

„Vielleicht wieder ein Sohn?"

„Dem Kaiser ist jedes seiner Kinder willkommen", sagte sie vieldeutig.

„Dass nicht alle zum Besten geraten, sehen wir an König Heinrich."

Da fuhr Galvano scharf dazwischen.

„Dem gewesenen König Heinrich! Konrad wird an seine Stelle treten."

„Konrad? Wie alt ist der Knabe?"

„Fünf", sagte Bianca, „doch das ist unerheblich, wichtig ist nur die Erbfolge."

Da konnte sich Giulia die Frage nicht verkneifen:

„Von der Manfred freilich ausgeschlossen ist?"

Wie peinlich dies Galvano war, sah man ihm an, doch ehe er etwas äußern konnte, sagte Bianca mit einem rätselhaften Lächeln:

„Wer weiß? Für Costanza hat Mastro Scotus jedenfalls eine Königskrone prophezeit."

„Du hältst jetzt endlich deinen Mund!", stieß Galvano hervor und schaute dabei Giulia warnend an.

So grob war ihr der sonst eher sanfte Gemahl noch niemals gekommen. Sie schmollte und schwieg, bis Bianca gegangen war.

„Auch wenn sie dem Kaiser das Bett wärmt, ist sie doch kein überirdisches Wesen. Es tut ihr ganz gut, einmal die Wahrheit zu hören."

„Ich kenne die Wahrheit, liebe Giulia, und sie sieht ganz anders aus, als du sie dir denkst. Eines vielleicht gar nicht mehr so fernen Tages wirst du sie in einem anderen Licht sehen."

Dabei dachte er an die geheime Vereinbarung zwischen Friedrich und Bianca, von der ihn Giordano in Kenntnis gesetzt hatte. Es reizte ihn, Giulia zu sagen, dass Bianca den Ehevertrag gewissermaßen schon in der Tasche habe, doch ein Gebot des Kaisers durfte er nicht brechen.

Natürlich sprach es sich schnell herum, wer sich im schönen Haus nahe der uralten Kirche San Matteo aufhielt. Man nannte sie *„la regina secreta*", die heimliche Königin. Anders als in Melfi und Foggia, wo sie streng bewachte Kastelle bewohnte, lebte sie hier wie andere Pisaner Bürger. Sie besuchte mittwochs wie sonntags die Messe und begleitete manchmal in einer offenen Sänfte ihre Diener zum Markt. Sie spürte das allgemeine Wohlwollen und bald wurde bekannt, dass sie der Kirche San Matteo eine neue, größere Glocke gestiftet hatte. Die alte, durch einen Haarsprung etwas misstönende ließ sie einschmelzen und den Erlös übergab sie der Armenpflege. Freilich brachte dieses offene Leben auch Nachteile. Immer wieder erreichten sie Audienzgesuche, die sie fast stets mit dem Hinweis ablehnte, man solle sich an den Kaiser wenden, der in den nächsten Monaten die Stadt besuchen werde. Als das Domkapitel einen Vertreter sandte, musste sie den Geistlichen freilich empfangen. Der noch junge, sehr redegewandte Mann machte es kurz.

„Ich bin kein Bittsteller im üblichen Sinn und fordere von Euch persönlich nichts. Doch im Namen des Domkapitels möchte ich Euch bitten, den Kaiser auf unseren Campanile aufmerksam zu machen. Wie Ihr wisst, wurde sein Bau vor etwa sechzig Jahren nach Vollendung des dritten Geschosses eingestellt, weil der Turm in die Erde einsank und sich zu neigen begann. Seit Jahrzehnten wird herumdisputiert, wann und wie man den Bau vollenden könne, doch bislang ist nichts geschehen. So würden wir Euch bitten, den Kaiser auf diesen Umstand aufmerksam zu machen. Vielleicht spricht Seine Majestät ein Machtwort?“

Bianca lächelte verbindlich.

„Beträfe es nicht meine Heimatstadt, so müsste ich Euch mit Unverbindlichem abspeisen. Aber so kann ich Euch zusagen, dass ich es versuchen werde.“

Am Tag nach Sankt Martin, dem zwölften November, gebar Donna Bianca ihre zweite Tochter, nach kurzen, aber sehr heftigen Wehen. Das Mädchen drängte so ungestüm ans Licht, dass Bianca sie Violante, die Ungestüme, nannte.

2

Freunde und Vertraute des Kaisers, der Hof, ja das ganze Volk fragten sich im Stillen, wie Friedrich es fertigbrachte, seinen erstgeborenen Sohn gleichsam in den Abgrund zu stoßen und den Geächteten in einen finsteren Kerker zu werfen, gleichzeitig aber zügig und mit Lust seine Hochzeitsvorbereitungen voranzutreiben.

Dies ist wohl nur damit zu erklären, dass Friedrich nach eigenem Bekunden auf zwei getrennten Daseinsbahnen lebte. Kaum ein Gefühl hatte ihn mit seinen beiden verstorbenen Gemahlinnen verbunden. Das übertrug sich wohl auch auf die Früchte dieser Verbindungen, sodass Heinrich, einer rein politischen Ehe entsprossen, nur als politischer Faktor angesehen und ausgeschaltet wurde, als er nicht mehr tragbar war.

Der nächste politische Akt war nun die Ehe mit der englischen Prinzessin. Schon ihr überaus prächtiger Einzug in Köln hatte gezeigt, dass hier nicht irgendeine europäische Prinzessin – die gab es im Dutzend – auftrat, sondern die Schwester des reichen und angesehenen Königs von England. Dem schlauen und gewandten Petrus de Vinea war es gelungen, bei den Verhandlungen 30.000 Silbermark als Mitgift herauszuschlagen, während Friedrich seiner Braut Burgen, Städte und Ländereien im Königreich Sizilien übertrug. Von der hohen Mitgift abgesehen, gab es noch König Henrys persönliche Geschenke an seine Schwester, vor allem kostbaren Schmuck und Tafelgeschirr aus Gold und Silber.

Für die Kölner war das ein festlicher Tag. Tausende von Bürgern zogen der Prinzessin in ihren besten Kleidern entgegen, schwangen Palmzweige und streuten Blumen auf ihren Weg. Auf einem von Pferden gezogenen Schiff – die Räder waren verdeckt – saß eine geistliche Kapelle und spielte ausnahmsweise weltliche Tanzlieder, die alle entzückten. Ganz Köln war auf den Beinen und wer das Glück hatte, vom Söller oder vom Fenster des eigenen Hauses die Prinzessin zu sehen, musste nicht im furchtbaren Gedränge Leib und Leben dransetzen.

Den Rufen und auffordernden Gesten konnte Isabella entnehmen, dass man ihr Gesicht sehen wollte, und so nahm sie Hut und Schleier ab, was vor allem bei den jungen Männern für lauten Beifall sorgte. Ihr Aufenthalt in Köln bestand aus einer Reihe von Festen und anderen Veranstaltungen, doch Anfang Juli rief sie der Kaiser nach Worms, denn für den Fünfzehnten des Monats, einen Sonntag, war die Vermählung angesetzt.

Die Brautleute fanden offensichtlich aneinander Gefallen. Erfreut, aber nüchtern wie stets dachte Friedrich, diesmal sei das Nützliche mit dem Angenehmen verbunden. Auf Anraten des Hofastrologen vollzog der Kaiser die Ehe einen Tag später mit Hingabe und Leidenschaft, die Isabella, so gut sie es verstand, zu erwidern versuchte. Er habe einen Sohn gezeugt, rief er am Morgen, das wisse und fühle er. Mit Isabella war angenehm zu plaudern und das hielt einige Tage vor.

Einen Monat später war in Mainz ein Reichstag angesetzt, auf dem der Kaiser weitreichende Gesetze verkünden wollte, die durchaus geeignet seien, wie er sagte, wenn nicht einen ewigen, so doch einen lange währenden Frieden zu bewirken. Eine wichtige Voraussetzung war die Aussöhnung mit den Welfen und die Heirat war der erste Schritt dazu. Die Welfen taten einen weiteren Schritt, als Otto von Lüneburg, Neffe des von Friedrich gestürzten Kaisers Otto IV., seine eigenen Güter an den Kaiser übergab und dazu den Treueid schwor. Daraufhin belehnte Friedrich den Welfen mit dem nun reichseigenen Lüneburg und gab als Anerkennung für den Friedenswillen noch Braunschweig dazu.

Wie er es von Bianca gewohnt war, versuchte Friedrich seine junge Gemahlin für seine weitreichenden Pläne zu begeistern, doch es war, als wolle er ein Sieb mit Wasser füllen. Er nannte das

„Mainzer Landfriedensgesetz“ einen Meilenstein in der Rechtsgeschichte, das zudem erstmals in deutscher Sprache abgefasst sei. Die Gefangennahme und Verurteilung seines Sohnes Heinrich, die vor sechs Wochen erfolgt waren, fand in einer besonderen Rechtsklausel ihren Niederschlag:

„Wenn ein Sohn den Vater aus seinen Burgen und Gütern vertreibt, dort brandschatzt und raubt oder sich gegen den Vater mit dessen Feinden verbündet, so soll er allen eigenen Besitz verlieren, wie auch sein Erbe von Vater und Mutter auf ewige Zeiten verwirkt ist.“

Dass dies alles in deutscher Sprache verkündet wurde, mochte Isabella nicht gefallen.

„Aber wer wird das verstehen? Seit eh und je sind doch Dinge von Belang in lateinischer Sprache abgefasst worden und so für jeden Gebildeten verständlich.“

Friedrich schüttelte den Kopf.

„Das Volk besteht aber nicht nur aus Gebildeten! Wenn etwa ein Priester in seiner Kirche – falls die Umstände es erfordern – einen Gesetzestext verliest, dann würde ein Übersetzer danebenstehen, um es den Leuten einzudeutschen. Nein, der Text muss aus der Schrift unmittelbar ins Ohr und damit das Verständnis erreichen.“

Isabella nickte nur höflich und fand dann schnell ein anderes Thema.

Später kam Friedrich auf den als sogenanntes „Gottesurteil“ ausgetragenen Zweikampf zu sprechen, der von nun an verboten war. Doch Isabella wandte ein:

„Was gibt es denn Schöneres und auch Vernünftigeres, als Gott zum höchsten Richter zu bestimmen? Er allein kennt die Wahrheit und wird den Schuldigen unterliegen lassen.“

Da wünschte Friedrich sich Bianca herbei, die ihm nicht nur Recht gegeben, sondern auch durch Vernunft und Scharfsinn geprägte Anmerkungen dazu gemacht hätte. So konnte er Isabellas Einwand nur mit Spott begegnen.

„Ich fürchte nur, dass ein durch Kraft und Erfahrung überlegener Schuldiger den anderen, den Unschuldigen, binnen kurzem abschlachten wird wie ein Stück Vieh, und Gott rührt dazu keinen Finger. Da dies ohne Zweifel oft geschehen ist, habe ich den Zweikampf als Rechtsmittel verboten.“

Isabellas schönes Gesicht strahlte ihn an.

„Ihr als Kaiser habt gewiss die höhere Einsicht ... Da nun die Gesetze verkündet sind und die Arbeit damit getan ist, wünsche ich mir für Euch eine erholsame Ruhepause. Auch Gott hat sich nach sechs schöpferischen Tagen den siebten zur Ruhe verordnet. So steht es in der Heiligen Schrift ...“

„Ich weiß, was in der Bibel steht, aber ich bin kein Gott.“

Das klang ein wenig unwillig und als Friedrich sah, dass Isabella eine weinerliche Miene aufsetzte, fügte er hinzu: „Eure Fürsorge freut mich natürlich und sie kommt meinen Wünschen entgegen.“

Im Herbst zog der Hof von Worms zur Reichspfalz Hagenau im Elsass. Schon bei seiner ersten Reise durch das deutsche Königreich hatte ihn diese Landschaft beeindruckt, auch wegen der guten Jagdmöglichkeiten in den ausgedehnten Wäldern.

Nach mehreren Versuchen, mit Isabella Tiefschürfendes zu erörtern, gab Friedrich seine Bemühungen auf. Verglichen mit Bianca war diese Gemahlin nichts weiter als ein bildschönes Weibchen, dem Beischlaf wie auch anderen Vergnügungen durchaus zugetan – ein schönes Spielzeug, das man, war man seiner überdrüssig, auch wegsperren konnte. Zur rechten Zeit würde er davon Gebrauch machen ...

Nach wie vor stak Friedrich die ungelöste Lombardenfrage wie ein schwärender Dorn im Fleisch und er setzte alle Hoffnungen auf den Papst. Doch Gregor befand sich in einer rechten Zwickmühle und fürchtete, ein Lombardenkrieg könnte einen neuen, von ihm erhofften Kreuzzug verhindern. Als der Papst erfuhr, dass die Reichsfürsten sich zur Waffenhilfe gegen die Lombarden bereit erklärt hatten, bat Gregor mit Eilkurieren um einen Aufschub für neue Verhandlungen mit der Lombardischen Liga. Die Frist verstrich und da nichts geschah, rüstete der Kaiser zum Krieg. Doch ehe er nach Süden aufbrach, wollte er dem Papst zeigen, welch ein frommer Mann der Imperator doch sei.

Für den Mai 1236 war geplant, den Leichnam der vor fünf Jahren verstorbenen und inzwischen heiliggesprochenen Elisabeth von Thüringen in einem kostbaren Schrein umzubetten. Der Kaiser ehrte die Verstorbene durch eine goldene Krone und folgte der Prozession zur neuen Grabstätte barfuß und im Mönchsgewand. Das verfehlte seinen Eindruck auf Adel, Klerus und Volk nicht, doch der

Papst verfolgte eisern eigene Interessen und hielt zu den abtrünnigen Lombarden.

Als letztes Mittel hatte Friedrich für Ende Juli in Piacenza einen Reichstag angesetzt und die Könige von ganz Europa aufgefordert, ihre Gesandten zu schicken, und das galt auch für die Delegierten aller Städte nördlich von Rom. Daraus wurde nichts, denn die Truppen von Böhmen und Bayern bekriegten den unter Reichsacht gestellten Herzog von Österreich und somit war der Kaiser den Lombarden deutlich unterlegen. Bis in den Herbst hinein kam es nur zu kleineren Gefechten, erobert und besetzt wurden auch Vicenza und Bergamo. Dann setzte der Winter mit Regen und Stürmen ein und eine schnelle Truppenbewegung war nicht mehr möglich. So gab Friedrich für dieses Jahr seine Bemühungen auf, scharte seine sarazenische Leibtruppe um sich und ging nach Pisa.

Die Stadt hatte sich den Einzug des Kaisers festlicher vorgestellt, doch Friedrich hatte seinen exotischen Tross längst wieder nach Süden geschickt, während Isabella, von Eunuchen bewacht, im sicheren Friuli den Kaiser erwartete. Zwar hatte sie einen eigenen kleinen Hofstaat für sich, doch viel besser als ihren beiden Vorgängerinnen erging es ihr nicht.

Auch der gestürzte König Heinrich war inzwischen, bewacht von Galvano Lancia, in Apulien eingetroffen und saß in strenger Haft auf der Burg Rocca San Felice bei Venosa. Als Erstes begrüßte Friedrich Bianca und seine Kinder, hob die erst einige Wochen alte Violante aus ihrer Wiege und betrachtete das Mädchen genau. Dann legte er es behutsam wieder zurück und meinte:

„Alles was ich mir für dieses Kind wünsche, ist, dass es gesund bleibt und später seiner Mutter gleicht."

Bianca lächelte.

„So Gott will. Dafür ist Manfred schon jetzt dein Ebenbild."

„Ich habe euch sehr vermisst."

Bianca zeigte eine skeptische Miene.

„Das kann ich kaum glauben! Du warst doch mit Hochzeit und politischen Dingen vollauf beschäftigt."

„Dafür brauchte ich nur meinen Kopf."

„Oh, das musst du mir zeigen, wie man eine Brautnacht nur mit dem Kopf bewältigen kann. Da wird Isabella sich gewundert haben ..."

„Ich werde es dir schon zeigen!"

Ja, das tat er dann auch und Bianca fühlte in dieser Nacht, wie Friedrichs Liebe in ihr ein Feuer entzündete, das alle Bedenken hinsichtlich der Zukunft zu Asche verbrannte. Sie machte sich seine immer wieder geäußerte Vorstellung zu eigen, dass sie und ihre Kinder Friedrichs wahre Familie darstellten, während die neue Ehe nur Politik und nichts anderes war. Nicht nur ihre Körper fanden sofort zueinander, auch der geistige Gleichklang stellte sich schnell wieder ein. Ihr schien, als sei Friedrich nur einige Tage fortgewesen und nicht anderthalb Jahre.

Um die Grafen Lancia, seine treuesten Vasallen, zu ehren, stattete er ihnen auf ihrem Landgut nahe Pisa einen kurzen Besuch ab. Donna Giulia, die Hausherrin, versank in einen tiefen Hofknicks, doch sie schaute sich diesen Mann genau an. Giordano war seit Tagen verschwunden, sodass Galvano eine dringende Familienangelegenheit erfinden musste, um seine Abwesenheit zu erklären. Er selber wurde vom Kaiser vor aller Augen ausdrücklich für seine Dienste – ohne namentliche Erwähnung des unseligen Heinrich – belobigt und mit einem juwelengeschmückten maurischen Jagdmesser beschenkt. Beim Gespräch unter vier Augen aber wurde Friedrich deutlicher, doch seine Miene blieb unbewegt, als er fragte:

„Welchen Eindruck hattet Ihr von meinem – von Heinrich?"

Galvano hatte mit solchen Fragen gerechnet und sich vorgenommen, streng neutrale Antworten zu geben und dabei einfach die Tatsachen zu schildern.

„Der König – äh, Prinz Heinrich wirkte gedrückt, sprach wenig, doch er fügte sich allen Anordnungen."

„Keine Klagen, keine Proteste, keine Rechtfertigungen?"

„N-nein – oder doch? Einmal hörte ich ihn sagen, jetzt wisse er, dass er vieles falsch gemacht habe, doch dieses Wissen sei nutzlos und helfe ihm auch nicht weiter."

Der Kaiser schwieg, erhob sich, ging zum Fenster und schaute lange hinaus.

„Kann man von hier Pisa sehen?"

„Nein, Majestät. Nur vom Garten aus ist das möglich. Da gibt es eine Stelle ..."

Mit einem Ruck wandte Friedrich sich um.

„Fast alle Reichsfürsten haben mein Handeln gutgeheißen. Das ist zwar erfreulich, doch es bringt mich nicht weiter, da eine wirksame

Truppenunterstützung aus gewiss verständlichen Gründen fehlt. So werde ich die Lombardei verlassen und nach Österreich ziehen, um den dort kämpfenden Bayern und Böhmen beizustehen. Danach wird es in Wien einen Hoftag geben, wo ich die Reichsfürsten bitten werde, Prinz Konrad zum deutschen König zu wählen."

Da fuhr es Galvano heraus:

„Wieder ein Kind! Ob das gut gehen wird?"

Doch der Kaiser blieb gelassen.

„Wenn Heinrich versagt hat, so muss sich das bei Konrad nicht wiederholen. Bis dahin wird er neun Jahre alt sein und ich werde einen Kronrat zusammenstellen, der mir treu ergeben ist."

„Mit Gottes Hilfe wird alles gut gehen, Majestät."

Gegen Jahresende zog der Kaiser sein in der Lombardei verstreutes Heer zusammen und führte es nach Österreich, wo Herzog Friedrich schon bei seinem Nahen die Flucht ergriff. Im Februar versammmelten sich die Reichsfürsten in Wien, das bei dieser Gelegenheit zur freien Reichsstadt erhoben wurde. Die Herzogtümer Österreich und Steiermark wurden dem Kaiser unterstellt – damit verschwanden die Babenberger aus der Geschichte. Dass die versammelten Fürsten den neunjährigen Konrad ohne vorherige Gegenleistung zum deutschen König und künftigen Kaiser wählten, war in der Reichsgeschichte ohne Beispiel.

In regelmäßigen Abständen erhielt Bianca Briefe, die wenig von Politik, doch viel über sein persönliches Leben und Empfinden berichteten. Manchmal legte er es geradezu darauf an, sie eifersüchtig zu machen, wohl wissend, dass er damit wenig Erfolg haben würde.

„Der Hoftag in Speyer war lange vorher angekündigt und sollte an Pfingsten stattfinden. Da hatten es sich offenbar einige Honoratioren vorgenommen, mir ihre Töchter zuzuführen, denn über eine Konkubine des Kaisers, so dachten sie, könnten ihre Wünsche leichter mein Ohr erreichen. Wie üblich, richtete mir die Stadt ein Bankett aus und als zum Reihentanz aufgerufen wurde, hoffte man, ich würde eine der Jungfern wählen und mit ihr den Reigen eröffnen. Das tat ich dann auch und wenn du jetzt glaubst, mein kundiges Auge habe die Schönste der Schönen sogleich erspäht, dann ist deine Vermutung richtig. Es war die Tochter des hoch angesehenen Stadtphysikus, die vor lauter Freude und auch Verlegenheit in meine Arme stolperte. Etwa eine Viertelstunde gab ich ihr die Ehre, dann reichte ich sie an meinen Sohn Konrad weiter, den ich vorher instruiert hatte und der den Reihentanz fast besser beherrscht als ich. Auf dem Gesicht des Mädchens zeichnete sich fröhliche Erleichterung ab, während ihr Vater, der Stadtphysikus, sehr sauertöpfisch dreinsah.

Einige Tage später, ich hatte mich gerade ankleiden lassen und die Diener fortgeschickt, öffnete sich eine Wandtruhe und ich zog sofort den Dolch, legte ihn aber gleich wieder weg. Das halb nackte, durchaus reizende Mädchen zeigte sich weniger schüchtern. Sie sei die Tochter des Stadtschreibers und wolle mir die Nacht verkürzen. Ich war schon drauf und dran, sie in mein Bett zu holen, da fiel mir die Warnung meines Leibarztes ein, der mich darauf hingewiesen hatte, dass manche Frauen oder Mädchen es darauf anlegten, von mir ein Kind zu empfangen, da ja alle Welt durch das Beispiel von Enzio und deinen Kindern wisse, wie sehr ich auch meine Kegel schätze. Doch diese Leute vergessen eines: Ich liebe sie, weil sie in Liebe gezeugt wurden. Ich sah keine Veranlassung, der hübschen Johanna diese Zusammenhänge zu erklären, wollte sie aber auch nicht beleidigen. So sprach ich von einem Gelübde im Zusammenhang mit der Königswahl und dass ich es ungemein bedauere, es nicht brechen zu dürfen. Ich tröstete sie mit einem Goldaugustalis, der mein Bildnis trägt, und bat sie, stets meiner im Gebet zu gedenken. Es kann nicht schaden, wenn die Legende von einem frommen Kaiser aufs Neue genährt wird. Dann nahm ich meinen Schlaftrank, mit gesüßtem Würzwein, und bereute es doch ein wenig, das Mädchen fortgeschickt zu haben ..."

Bianca lächelte und ließ das Blatt sinken. Das glaubte sie ihm aufs Wort und sie sagte sich, er berichte ihr das so ausführlich, um von dem Verdacht abzulenken, dass auf eine nicht erhörte Johanna zehn andere kamen, die ans Ziel gelangten.

Ursprünglich hatte sie gehofft, Friedrich werde im Frühjahr über die Alpen ziehen, sodass sie noch vor dem Hochsommer den Süden erreichten. Doch immer wieder gab es Aufschübe und als der Kaiser Ende August in Verona einzog, hatte ein Eilkurier schon lange zuvor eine Nachricht gebracht.

„*Cara Domina – carissima*,

in der ersten Hälfte des Septembers werde ich mit Heeresmacht in die Lombardei ziehen. Ich bin jetzt so gut gerüstet, dass – wie

ich hoffe – die abtrünnigen Lombarden schon aus Vernunftgründen einlenken werden. Wenn nicht, dann wird es zu Kämpfen, vielleicht größeren Ausmaßes kommen und deshalb gilt meine Sorge dir und den Kindern. Da du auf zwei meiner Briefe nicht geantwortet hast, muss ich annehmen, dass der Bote meinen Feinden in die Hände gefallen ist. Wenn diese Schreiben auch keine Staatsgeheimnisse enthielten, so war ihnen doch zu entnehmen, welchen Wert ich dir und unseren Kindern beimesse. Es kann zu Kämpfen kommen, von denen auch Pisa betroffen ist, und da wärst du mit den Kindern eine unsagbar wertvolle Geisel. Ja, *mia unica*, durch dich bin ich erpressbar geworden und dieses Risiko möchte ich nicht eingehen. So wünsche ich, dass du sofort nach Padua aufbrichst, der mir freundschaftlich verbundenen Stadt. Dort werde ich residieren, bis die Kämpfe in der Lombardei siegreich beendet sind. Wenn es möglich ist, soll dich Giordano mit einer Schutztruppe begleiten. Ich nehme an, dass er inzwischen geheiratet hat, doch eine kleine Ehepause wird ihm nicht schaden, denn Galvano brauche ich bei diesem Entscheidungskampf an meiner Seite."
So lautete die Botschaft und sie löste bei dem ohnehin schon zwischen ihr und der übrigen Familie schwelenden Zwist einen Streit aus, den letztlich Donna Giulia, Galvanos Frau, angestiftet hatte. Dazu lagen mehrere Gründe vor. Zum einen mehrte sich in Galvanos Frau das Gefühl, sie stehe im Schatten Biancas. Wer von den Lancia etwas wollte, bat im Haus nahe der Kirche San Matteo um ein Gespräch. Auch wenn Bianca nicht müde wurde, zu versichern, man solle etwaige Wünsche dem Kaiser – sein Besuch stand ja bevor – selber vortragen.

Als Friedrich dann, in unerwarteter Stille, kam, ließ er sich kaum sprechen und verwies auf seine Sekretäre. Noch vor Weihnachten reiste er wieder ab und Giulia, die gehofft hatte, er würde das Christfest im Hause Lancia feiern und der für diese Zeit geplanten Verlobung Giordanos gleichsam seinen Segen geben, war tief enttäuscht und verbittert und sie ließ es Bianca spüren. Vor der ganzen Familie, ohne Rücksicht auf die Ohren der Dienerschaft, klagte sie Bianca immer wieder der Undankbarkeit an und fügte stets hinzu, dass ihr Verhalten nur dem Hass auf sie, Donna Giulia, zuzuschreiben sei.

Was aber hatte Bianca getan? Gewiss nichts Anstößiges oder Verwerfliches. Sie hatte nur die in ihren Augen gebotene Zurückhaltung geübt und es dem Kaiser überlassen, über die vorgetragenen Wünsche oder Bitten zu entscheiden. Giulia aber meinte, Bianca habe insgeheim den Kaiser in seiner Ablehnung bestärkt, sei auch die treibende Kraft hinter seiner vorzeitigen Abreise gewesen. Da Giulia dies vor aller Ohren hinausposaunte, erfuhr Bianca schon bald davon. Sie bat um eine Aussprache, doch Giulia stellte sich taub. Dazu kam, dass sie behauptete, der Kaiser wolle im Frühjahr bei Giordanos Hochzeit als Ehrengast zugegen sein. Dies war zwar nicht völlig frei erfunden, doch hatte Friedrich, als er sich Ende November verabschiedet hatte, tatsächlich lediglich zu Giordano gesagt, er hoffe bei der nächsten Zusammenkunft einen *marito* vorzufinden, vielleicht sogar einen werdenden Vater.

So hielt Galvano seiner Gattin vor, sie müsse den Kaiser missverstanden oder das Gesagte falsch gedeutet haben. Da ergoss sich über ihn die randvolle Schale ihres Zornes.

„Ah, du stehst also nun auch auf Biancas Seite! Freilich, als treuer Diener Seiner Majestät gehört sich das wohl so, da verlieren Frau und Kinder jede Bedeutung. Nun, wenn ich keinen Platz in dieser Familie habe, so kann ich ja gleich ins Kloster gehen."

So ging es unablässig weiter und als Galvano Friedrichs Nachricht erhielt, sein Bruder Giordano solle Bianca nach Padua begleiten, verlor Giulia jede Beherrschung. Wieder sollte Bianca an allem schuld sein. Dieser hinterhältigen *concubina* läge einzig und allein daran, den Hausfrieden der Lancia zu stören, und zwar so lange wie möglich.

Niemand wagte ein Widerwort und Galvano meinte, ihr aufkochender Zorn werde sich mit der Zeit von selber abkühlen.

Der seit Ostern verheiratete Giordano hatte übrigens keineswegs etwas dagegen, seine Schwester zu begleiten. Die Hochzeitsnacht mit Maria war ein rechter Jammer gewesen und wieder einmal trauerte er seiner Zeit mit Anna nach, einer Geliebten, die sich im Bett niemals zierte und es sichtlich und hörbar genoss.

Seine *sposa* aber spielte mit Hingabe und Trotz das Pflänzchen Rührmichnichtan, das arme, bedauernswerte Mädchen, das die Grobheiten dieses Soldaten erdulden musste. Wenn sie zornig war, nannte sie ihn immer „den Soldaten" und aus ihrem spöttisch gekräuselten Mund zischte das heraus wie ein Giftstrahl. Sie entstammte einer gänzlich unmilitärischen Familie von Viehzüchtern und ackerbauenden Gutsherren und hatte zudem von ihrer Frau

Mama, die alles Übel den Männern zuschrieb und die Frau als duldendes Opferlamm betrachtete, entsprechende Verhaltensregeln mit auf den Eheweg bekommen. Da dachte Giordano mit Wehmut an sein bisheriges freies Leben, das ihm nach dem Bruch mit Anna gewiss ein neues Liebchen beschert hätte und danach wieder eines ... Das waren Frauen, die wussten, was ein Mann begehrte, und dafür sorgten, dass sie auch selber nicht zu kurz kamen. So war ihm Friedrichs Wunsch, den er flugs in einen Befehl umdeutete, hochwillkommen. Natürlich hielt er den Mund und äußerte Donna Maria gegenüber etwas wie: Pflicht gehe vor Vergnügen und die Gunst des Kaisers sei für sie alle lebenswichtig. Auch war es ihm, allem Widerstand zum Trotz, gelungen, mit der Unwilligen ein Kind zu zeugen, sodass ihm ihre wie auch seine Familie in dieser Hinsicht nichts vorzuwerfen hatten.

Giulia fand unterdessen einen neuen Grund, über Bianca herzuziehen.

„Jetzt, da es gefährlich wird und ein Krieg droht, ergreift die Dame das Hasenpanier und setzt sich mit ihrer Brut in sichere Gebiete ab."

Was nun Anna betraf, so hatte auch sie ihre Meinung ändern und ihren Wünschen eine andere Richtung geben müssen. In Pisa wusste inzwischen jeder, dass sie von Schafhirten abstammte, und kein junger Mann hegte die Absicht, der Leibdienerin von Donna Bianca einen Antrag zu machen. Da hätte man Schwiegereltern in Kauf nehmen müssen, denen noch der Mist an den bloßen Füßen klebte. Anna war klug genug, dies bald zu erkennen, und diese Erkenntnis brachte ihr Roberto näher und näher. Der wusste über ihre Herkunft nur, dass sie auch früher schon eine *cameriera* im Hause Lancia gewesen war, und seit er sie kannte, war sie Freundin und enge Vertraute von Donna Bianca gewesen, der „heimlichen Königin". Dies und nichts anderes zählte, auch dass eine fette Mitgift zu erwarten war, sprach für sie. Bianca hatte ihr gegenüber angedeutet, dass sie im Falle einer Ehe auf ihre offene Hand zählen könne. So nahm Anna in aller Stille Abschied von ihrer Heimat, die sie allem Anschein nach niemals wiedersehen sollte.

Bianca spürte, was in ihr vorging.

„Ich habe es dir schon einige Male gesagt und sage es nun ein letztes Mal: Wenn dich irgendwer hier in Pisa festhält, so entlasse ich dich mit Bedauern und einer Mitgift, die es dir erlaubt, einen geeigneten Bräutigam auszuwählen. Ich kann mir nicht vorstellen ... Was ist dir?"

Annas Augen schwammen in Tränen und eine davon rollte über die jetzt stark erblühten Sommersprossen, als springe ein Bächlein über Kiesel.

„Nein, Donna Bianca, es ist nur so, dass – dass ..."

Sie brach in Schluchzen aus.

„Dass du die Heimat wegen Roberto aufgeben musst?"

Warum nicht sagen, dachte Anna, dass keiner mich, die frühere Gänsemagd, hier haben will? Aber sie schwieg und nickte mehrmals, denn Donna Bianca hatte zumindest einen Teil der Wahrheit erkannt.

Und Roberto hatte es so eilig! Einige Tage vor der Abreise veranstaltete er eine kleine Verlobungsfeier, die Bianca in ihrem Haus ausrichtete. Lange hatte sie überlegt, wen sie aus ihrer Familie dazu einladen könnte, und war schließlich auf Federico verfallen, Galvanos ältesten Sohn, einen ruhigen, stillen Sechzehnjährigen. Es solle ein Fest der Jugend sein, ließ Bianca verlauten, und alle waren es zufrieden.

Annas Befürchtung, jemand könne sie während der kleinen Feier nach Eltern und Verwandten fragen, erwies sich als grundlos. Im Grunde ihres Herzens hätte sie es sich gewünscht, auch wenn sie dann zu einer Ausrede gezwungen gewesen wäre. Auch Bianca dachte daran, denn schließlich hatte sie Annas Eltern flüchtig gekannt, aber sie schob es einfach beiseite. Mit mir, dachte Anna stolz, beginnt ein neues Geschlecht und wenn mich meine Kinder nach den Großeltern fragen, dann werde ich sagen, sie seien schon lange tot.

Dass Giulia gegen die Feier etwas vorzubringen hatte, verstand sich von selber. Jeden erwachsenen Lancia, so drohte sie, der dieser Einladung folge, werde sie mit tiefer Verachtung strafen. War Federico mit sechzehn kein Erwachsener? Wie jede Mutter betrachtete Giulia ihren Erstgeborenen als Kind und würde es auch noch in zehn Jahren tun.

Federico schien ganz aus der Art geschlagen oder besser gesagt, er hatte zwei Generationen übersprungen und glich eher Don Bartolomeo, dem Urgroßvater. Er war belesen, an allem Geistigen interessiert und lehnte Wettkämpfe oder Waffenspiele ab. Freilich hatte er Zugeständnisse machen und eine kriegerische Grundausbildung durchstehen müssen. Seltsam genug: Er hatte sich dabei nicht ungeschickt gezeigt, sodass seinem Onkel Giordano fast hörbar ein Stein vom Herzen fiel. „Es hätte mich schon gewundert", ließ er verlauten, wenn ein Lancia in puncto Waffendienst mit zehn Daumen an den Händen geschlagen wäre."

Bei der letzten Besprechung unmittelbar vor der Abreise versuchte Bianca ihren Bruder zu trösten. Giordano war es gelungen, seine wahren Empfindungen zu verbergen und den pflichtgetreuen Krieger zu spielen, der mit tapfer zusammengebissenen Zähnen seine holde junge Ehefrau zuhause lassen muss, sodass nicht einmal Bianca seine tatsächlichen Gefühle erkannte.

„Vielleicht dauert es nicht so lange und der Kaiser schickt dich von Padua gleich wieder nach Hause. Inzwischen trägt deine Frau ein Kind aus und bis zu seiner Geburt bist du längst zurück."

Es verlockte ihn zu sagen, oh nein, das habe Zeit und der Dienst beim Kaiser sei ihm wichtiger, doch er fand eine andere Lösung.

„Verzeih, Bianca, aber diesmal geht die Stimme des Blutes vor. Du bist meine Schwester und ich würde es mir niemals vergeben, wenn dir unterwegs etwas zustieße, das ich hätte verhindern können."

Bianca war gerührt und glaubte ihm.

Als wolle das Schicksal ihn verspotten und ihm zu verstehen geben, es wäre auch ohne ihn gut gegangen, verlief die eineinhalbwöchige Reise ohne die geringste Störung. Für den fast fünfjährigen Manfred war sie ein willkommenes Abenteuer, während die siebenjährige Costanza, anstatt mit einer Puppe zu spielen, mit Argusaugen über ihre eineinhalb Jahre alte Schwester Violante wachte. Dauernd redete sie dem Kindermädchen drein, das zu verschüchtert war, um einer kaiserlichen Prinzessin über den Mund zu fahren. Doch das waren Kleinigkeiten, und die lange Reise machte allen Beteiligten mehr Spaß als Kummer.

3

Aus Sicherheitsgründen nahmen sie einen kleinen Umweg über das ghibellinische Modena in Kauf, denn Bologna gehörte der Lombardischen Liga an. Das war auch bei Ferrara der Fall, doch der *podestà* und fast alle Stadtväter erwogen ganz nüchtern, dass der Kaiser aller Voraussicht nach diesen Krieg gewinnen werde, und dann sehe es für eine Stadt sicher schlecht aus, die Donna Bianca mit ihren drei Kindern gefangen hielt.

So gelangten sie unbehelligt nach Padua, wo ihnen der *podestà* Ezzelino da Romano einen festlichen Empfang bereitete. Er galt als grausamer Gewaltherr, doch er war mit der Kaisertochter Selvaggia – ihre Mutter kannte niemand – verlobt und genoss Friedrichs uneingeschränktes Vertrauen. Der über dreißig Jahre alte Mann war eine stattliche Erscheinung von einiger Anmut, doch wer ihm ins Gesicht sah, musste erschrecken. Die schrägen, kalten, gelblichen Augen eines Reptils machten Bianca schaudern. Sein frostiges Lächeln drang niemals über die Lippen hinaus, die gelben Echsenaugen blieben davon unberührt.

Später fragte sie Anna: „Hast du seine Augen gesehen?"

„Arme Selvaggia", sagte sie nur, „muss mit einem solchen *coccodrillo* ins Bett gehen ..."

Da musste Bianca lachen. „Da haben wir es schon besser ... Hast du jemals ein Krokodil gesehen?"

„Bei einem Händler am Hafen hängt ein ausgestopftes von der Decke."

„Stimmt", bestätigte Bianca, „ich habe davon gehört."

Südlich der vor wenigen Jahren als Grablege für den heiligen Antonius erbauten Kirche standen einige noble Landhäuser und eines davon bezog Bianca mit ihrer Dienerschaft. Etwa eine Meile weiter südlich erhob sich das uralte Benediktinerkloster Santa Justina, das der Kaiser zu seinem Aufenthalt während des Lombardenkrieges erwählt hatte.

Zurzeit war Friedrich auf dem Weg nach Verona, wo er seine Truppen sammelte, ein aus vielen Nationen zusammengesetztes Heer. Als Erstes ergab sich Mantua, doch Brescia widerstand. Keine Seite wagte schon jetzt eine offene Feldschlacht und so zog der Kaiser weiter nach Süden in die Gegend von Pontevico. Dann griff er zu einer List. Es war schon Mitte November und so hielten die anderen den geschäftigen Aufbruch seiner Truppen für einen Abzug in die Winterquartiere. Tatsächlich aber zog nur ein kleiner Teil des Heeres nach Cremona, während seine Kerntruppe, die Reiterei und die Sarazenen, sich etwas nördlich in den Uferauen des Oglio versteckten, um den Gegner bei seinem Rückzug nach Mailand zu überfallen. Die feindlichen Lombarden, gerade dabei den

Fluss zu überqueren, waren so überrascht, dass sich nach wenigen Stunden der Kampf zugunsten des Kaisers entschieden hatte. Er triumphierte und konnte es sich nicht versagen, dem Papst als Erstem eine Eilbotschaft zu übersenden: „Aber als Schrecken und Getöse wie vom Donner des Himmels bei Unserer Ankunft erdröhnten, da wandten sie sich so plötzlich zur Flucht …“

Der Gegner hatte nicht nur tausende von Gefallenen zu beklagen, sondern auch die Gefangennahme hochrangiger Geiseln und den Verlust des wertvollen Trosses. Zehn Tage nach der Schlacht ergaben sich weitere Städte des Lombardischen Bundes, sodass jetzt nur noch fünf Kommunen zu Mailand hielten.

In seinem Überschwang aber beging der Kaiser einen entscheidenden Fehler. Anstatt den Rest des geschlagenen Heeres nach Mailand zu verfolgen und dort im Sturm die fast schutzlose Stadt einzunehmen, gab Friedrich dem Gegner Gelegenheit, sich neu zu sammeln.

Ein Fehler war es zudem, nach alter Cäsarenart den Triumph auch in Rom zu feiern, wo er die erbeuteten gegnerischen Fahnen auf dem Kapitol aufstellen ließ. Papst Gregor, gleichsam der Schutzherr des Lombardischen Bundes, fühlte sich tief verletzt.

Den dritten und wohl größten Fehler aber beging Friedrich, als er die von Mailand vorgeschlagenen Friedensverhandlungen ablehnte. Des Kampfes müde bot ihm die Stadt den Treueid an, dazu eine Reihe von Geiseln und eine große Geldsumme zur Erstattung seiner Kriegskosten. Warum aber schlug der doch so nüchtern denkende Kaiser das Gebotene aus? Traute er den Mailändern nicht? Wollte er mehr? Erstickte politischer Hass seine praktische Vernunft? Wir wissen es nicht. Jedenfalls brachen die enttäuschten Mailänder die Verhandlungen ab und erklärten: „Wir fürchten, durch die Erfahrung gewarnt, deine Grausamkeit. Lieber wollen wir mit dem Schwert in der Hand sterben, als durch Hunger, Feuer oder Henkershand zugrunde zu gehen.“

Um seine Gemahlin von den Kämpfen fernzuhalten und wie bei Bianca die Möglichkeit einer Geiselnahme zu verhindern, hatte er sich schon in Verona von Isabella getrennt und ihr an der Brenta, einige Reitstunden von Padua entfernt, eine kleine Residenz einrichten lassen. Isabella hatte sich alles ganz anders vorgestellt und war tief enttäuscht. Sie vermisste das freie fröhliche Leben am englischen Hof, der ihr, der bildhübschen Schwester des Königs, zu

Füßen lag – und hier? Als Gemahlin des Königs von Sizilien und des römischen Kaisers hätte sie doch an seiner Seite sein müssen, doch sie war nicht gesalbt und gekrönt worden und trug diese Titel nur, weil er sie trug. Zum Glück erwartete sie jetzt ein Kind und beschäftigte sich mehr und mehr mit dem, was da in ihr heranwuchs, ein kaiserlicher Prinz oder eine kaiserliche Prinzessin.

Doch der Ärger, wie eine Gefangene bewacht zu werden, blieb und ein neuer kam hinzu. Natürlich gab es an ihrem Hof eine Reihe von Landsleuten, die ihr aus England gefolgt waren und treu zu ihr hielten. Darunter befanden sich zwei adlige *courtiers*, die in Italien aufgewachsen waren und wegen ihrer Sprachkenntnisse zu ihrer engeren Gefolgschaft zählten. Gleichsam als Quartiermacher waren die beiden noch jungen Männer von Verona nach Padua vorausgereist und hatten dort einige Tage verbracht. Nach kurzer Zeit schon teilte ihnen der Wirt ihrer Nobelherberge mit, dass noch eine andere Frau des Kaisers in Padua einen – wenn auch bescheidenen – Hof unterhielt. Natürlich wusste Isabella seit einiger Zeit, dass es eine Reihe von Konkubinen gegeben hatte und noch gab, und auch der Name einer Favoritin war gefallen. Isabella war davon wenig berührt, denn sowohl bei ihrem Vater wie auch bei ihrem Bruder hatte es königliche Konkubinen gegeben – das gehörte einfach dazu. Also gut, der Name Bianca war ihr im Gedächtnis geblieben und nun musste sie von ihren Spitzeln hören, dass diese Frau ihm nicht nur drei Kinder geboren hatte, sondern in nächster Nähe des Klosters Santa Justina untergebracht war, während ihr eigener Wohnort gut drei Reitstunden entfernt lag. Das war irgendein kleines Dorf namens Noventa an irgendeinem kleinen Fluss namens Brenta. Da saß sie nun, von ihren Eunuchen bewacht, und fühlte sich von aller Welt verlassen. Das war schockierend und ihr Bruder, der englische König, hätte es wohl auch so empfunden. Aber was konnte sie tun? Irgendwie musste sie ihrer Empörung Ausdruck verleihen, also ließ sie ihren Sekretär kommen, denn sie wollte sich in einem Brief an Friedrich über die Bevorzugung dieser – dieser *mistress* beklagen. Nun stand der Sekretär an seinem Pult, hielt die frisch geschnittene Gänsefeder in der Hand und war dabei, sie ins Tintenfass zu tauchen. Nein, dachte sie, einen Mitwisser darf es nicht geben, und so befahl sie:

„Lass das Schreibzeug da, ich werde es selber machen."

„Aber Eure Majestät, Ihr könnt doch nicht ..."

„Und ob ich es kann – hinaus mit dir!“

Hatte sie jemals eigenhändig einen Brief verfasst? Sie konnte sich nicht erinnern. Doch, mit vierzehn oder fünfzehn hatte sie einen heimlichen Briefwechsel mit der gleichaltrigen Tochter einer Hofdame geführt, bis sie dahinterkam, dass der als Bote dienende Page die Briefe ihrer Mutter zum Lesen gab. Da streckte doch tatsächlich einer der Eunuchen seinen Kopf herein und säuselte mit Fistelstimme:

„*Un ordine, vostra maiestà?*“

„*Fuori, fuori*! rief sie empört.

Der Kopf verschwand. Vermutlich hatte der Sekretär den Eunuchen von ihrer Absicht berichtet, selber etwas schreiben zu wollen. Sie klingelte nach ihrer Zofe und befahl ihr, von draußen die Tür zu bewachen und keinen hereinzulassen. Diese schon etwas ältere Frau war treu wie Gold und hätte sie niemals verraten. Seufzend tauchte sie die Feder ein und schon war ein Klecks auf dem Papier. Sie fluchte ganz unköniglich und nahm ein neues Blatt. Da sie Italienisch nur schlecht beherrschte, wollte sie das Englische benutzen, doch dann fiel ihr ein, dass Friedrich diese Sprache nicht verstand. Sie hatte inzwischen so viel Italienisch gelernt, dass es für einfache Gespräche reichte, aber nicht für einen Brief. Nicht für diesen Brief! Da musste jedes Wort klar und verständlich sein. Aber nichts davon durfte nach draußen dringen! Sie seufzte schwer. Mein Gott, ich sitze hier wie in einem Gefängnis und kann keinem trauen. Dann ging sie zur Fensterbank, kauerte sich zusammen und begann zu schluchzen, hörte aber bald wieder auf, tupfte sich die Tränen ab und rief: „Mary!“

Die Zofe huschte herein.

„Madam?“ Sie als Einzige durfte sie derart anreden.

„Mary, ich bin verzweifelt! Gerade wollte ich einen Brief an Seine Majestät schreiben, einen etwas intimen, verstehst du, aber das Englische beherrscht er nicht und mein Italienisch ist dürftig. Was soll ich nur tun?“

Mary dachte nach und schloss ihre wasserblauen Augen.

„Worum geht es, Madam?“

„Ach so – na ja, warum sollst du es nicht wissen. Du wirst davon gehört haben, dass nahe dem Kloster Santa Justina seine Kebse mit ihrer ganzen Brut wohnt. Da braucht er nur hinüberzugehen und hüpft in ihr Bett. Mich aber hat er in dieses Wüstenland abgeschoben und da sitze ich nun und kann warten, bis Seine Majestät sich hierherbequemt. Wenn überhaupt, wo er sein Liebchen doch gleich zur Hand hat. Das ist unglaublich! Oder etwa nicht?"

Die Zofe nickte mehrmals.

„Dass er ein seltsamer Mensch ist, hat sich ja auch bis nach England herumgesprochen, aber ich verstehe Euch schon. Wenn Ihr ihm unbedingt schreiben wollt, dann muss der Brief klingen, als mache ein verliebter junger Mann seiner Freundin Vorwürfe. Etwa so:

‚Geliebte, man hat mich an diesen einsamen Ort versetzt, während dein anderer Verehrer dir so nahe ist. Ich empfinde das als ungerecht, denn es müsste doch eher umgekehrt sein. Habe ich in deinem Herzen keinen Platz mehr? Aus der Ferne grüßt dich dein unsagbar trauriger' – dann folgt der Name.

Ich lasse es von einem Sprachkundigen ins Italienische übersetzen und sage, einer unserer Pagen hat sich in eine Italienerin verliebt, die ihm offenbar einen anderen vorzieht. Ihr müsst den Brief dann nur abändern und dazu reichen auch unsere Sprachkenntnisse. Das würde dann ungefähr so lauten:

‚Geliebter Gemahl, Ihr habt mich an diesen einsamen Ort versetzt, während Eure Konkubine Euch so nahe ist.' Das Folgende kann man lassen und am Ende heißt es: ‚Aus der Ferne grüßt Euch Eure unsagbar traurige Gemahlin Isabella'."

„Du bist ein Teufelsweib, Mary, und nie um einen Rat verlegen. Ja, so werden wir es machen."

Isabella sorgte dafür, dass der Brief zusammen mit dem Bericht ihres Haushofmeisters auf den Weg ging. Aber wohin? Während des ganzen Jahres 1238 war der Kaiser ständig in Oberitalien unterwegs. So irrte Isabellas Brief von Stadt zu Stadt, bis der Bote den Kaiser auf dem Weg nach Parma einholte.

Eine andere Nachricht hatte ihn schon zuvor erreicht: Königin Isabella war Mutter eines gesunden Knaben geworden. Ihr Beschwerdebrief brachte ihn zum Schmunzeln. Nun, so dachte er, wird ihre Sorge eher dem Kind als Bianca gelten. Mit seinen Glückwünschen verband er den Namenswunsch Heinrich, als wolle er seinen in Kerkerhaft lebenden gleichnamigen Sohn damit vollends auslöschen und ihm einen kindlichen Nachfolger geben. Ganz bewusst hatte er die deutsche Namensform gewählt, wie sie der gestürzte König gebraucht hatte.

Isabella nahm es zur Kenntnis, doch sie hatte andere Pläne gehabt. Die Freude über den Sohn hatte bei ihr schon wenige Tage nach seiner Geburt krankhafte Züge angenommen. Sie fantasierte sich für den Kleinen eine glänzende Zukunft zusammen, wobei sie jedes Maß verlor. So hatte sie die deutsche Namensform Karl gewählt, denn ihre hochfliegenden Gedanken sahen in ihrem Kind den Herrscher über ganz Europa, der in Aachen festen Schritts den Marmorthron des großen Karl einnahm und von dort über ein geeintes, friedliches christliches Europa herrschte. Nun aber kam Friedrichs Namenswunsch und sie musste gehorchen, doch sie fügte „ihren" Namen als zweiten an, also Heinrich Karl. Der Kaiser hatte nichts dagegen und beließ es bei der ironischen Anmerkung: „Ein zweiter Karl der Große wird wohl nicht aus ihm werden und so nennen wir ihn lieber Carlotto." Dabei blieb es dann und auch als erwachsener Mann firmierte er unter Heinrich Carlotto.

Wegen der örtlichen Nähe hatte Bianca als Erste von Isabellas Niederkunft erfahren und den Plan gefasst, ihre Glückwünsche persönlich zu überbringen. Es hatte nicht an Warnungen gefehlt. Giordano in seiner jähen Art schlug die Hände über dem Kopf zusammen.

„Bei allen Heiligen! Sie ist Friedrichs legitime Gemahlin und wird dich sofort hinauswerfen. Ich wenigstens würde es tun, wenn ich sie wäre."

„Das glaube ich dir aufs Wort. Aber du bist nicht sie und ich kann mir denken, dass Isabella neugierig genug ist, die Konkubine ihres Gemahls kennenzulernen. Wir sind seine Familie", fügte sie leise, doch mit Nachdruck hinzu.

Auch Anna, sonst mit ihrer Herrin fast immer einer Meinung, meldete Bedenken an.

„Das ist fast, wie mein Vater immer sagte, als begäbet Ihr Euch in die Höhle des Bären. Er kann satt sein und vor sich hindösen, dann dreht er sich um und brummt nur unwillig. Er kann aber auch zornig oder hungrig sein und dann schlägt er zu und zeigt seine Zähne."

Bianca hob die Achseln. „Ein etwas schiefer Vergleich. Was kann sie mir schon antun? Wenn sie klug ist, begegnet sie mir mit Achtung, denn letztlich wird es auf sie zurückfallen, wenn sie mir die Zähne zeigt."

„Seid Ihr Euch dessen so sicher? Sie hat jetzt einen Sohn und das verleiht ihr Stärke."

„So, meinst du? Was ich dir jetzt sage, wirst du vielleicht nicht ganz verstehen. Königin Isabella hat mit ihrem Kind Friedrichs politische Lage gestärkt. Es brächte den Kaiser in eine fatale Lage, wenn Konrad vorzeitig stürbe. Alle seine anderen Söhne sind illegitim und scheiden als Nachfolger aus. So bleibt nur dieses Kind, das, wie ich kürzlich erfuhr, Heinrich Carlotto heißen soll. Der Kleine ist nun eine wichtige Figur im politischen Schachspiel. Friedrichs eigentliche Familie aber sind wir, meine Kinder und ich. Das hat er mir mehrmals gesagt und dich bitte ich, es sofort zu vergessen."

Anna blickte etwas verwirrt drein.

„Ja, Signora, natürlich ..."

Roberto, Annas Verlobter, war der Palastwache zugeteilt, doch solange der Kaiser nicht seine provisorische Residenz im Kloster Santa Justina aufsuchte, konnte er sich häufig freimachen und dann hing er an ihrem Rockzipfel, wie Anna es abschätzig Bianca gegenüber nannte.

„Du solltest darüber eher froh sein", meinte Bianca. „Er stammt aus einer Gutsherrenfamilie und solche Leute denken und handeln bäuerlich. So wie sie an Grund und Boden hängen, stehen sie auch zu ihrer Familie. Wie ich ihn einschätze, wird Roberto niemals Liebesabenteuer suchen. Er will dich, will Kinder, und sieht sich verpflichtet, das Erbe seines Vaters zu übernehmen, auch wenn er sich im jugendlichen Überschwang als Soldat versucht hat. Das wird vergehen ..."

„Er hat einen älteren Bruder", gab Anna zu bedenken.

„Sie werden das Land teilen und er kann etwas dazukaufen."

Nach diesem Gespräch hatte Anna keine Ruhe, sie musste Robertos wahre Absichten erforschen.

„Wenn wir in deine Heimat zurückkehren, werden wir doch heiraten?"

Robertos große graublaue Augen weiteten sich vor Erstaunen.

„So haben wir es abgesprochen und so wird es gemacht."

„Dann bin ich eine Soldatenfrau und werde es wohl bleiben."

Er blickte sie unbehaglich an.

„Was willst du damit sagen?"

„Nichts Besonderes, aber ich stelle mir das so vor: Wenn du dienstfrei hast, machst du mich wieder und wieder schwanger und die Kinderschar wächst, doch ihren Vater werden sie nicht oft zu sehen bekommen. Ich aber finde es nicht sehr verlockend, in einem gemieteten Häuschen zu sitzen und auf deine seltenen Besuche zu warten. Dazu kommt, dass der Kaiser, wie auch jetzt, immer in irgendwelche Kriege verwickelt sein wird und ich dann um dein Leben fürchten muss. Keine schönen Zukunftsaussichten."

Sie hatte das in ruhigem und nüchternem Ton vorgebracht, es waren weder Ärger noch ein Vorwurf herauszuhören. Roberto aber hatte es tief getroffen. Es war nicht seine Art, sich viele Gedanken zu machen, doch Anna hatte es nun getan und er musste sich dazu äußern. Lange dachte er nach, doch sie kannte ihn und wartete geduldig.

„Wenn der Kaiser zu seinem Wort steht, werde ich künftig sein Jagdgehilfe sein. Aber wenn er in den Krieg zieht, wird er auf einen so guten Schützen nicht verzichten wollen. Außerdem: Woher willst du wissen, ob ich zeitlebens Soldat bleiben will?"

„Das ist es ja: Ich weiß es nicht, hätte aber doch gerne eine Vorstellung von unserer Zukunft."

Nun sah er sich zu einer längeren Erklärung veranlasst.

„Du weißt ja, dass meine Eltern, vor allem meine Mutter, mich gern im Priestergewand gesehen hätten. Bald erkannte ich, dass ich dafür nicht geeignet war, kehrte der Lateinschule den Rücken und wählte den Waffendienst. Zwar bin ich als treffsicherer Bogenschütze bekannt, aber diese Kenntnisse kann auch ein Gutsherr verwenden, wenn er auf die Jagd geht. Damit will ich sagen, dass ich künftig meine Hand weder zum priesterlichen Segen noch zum Bogenspannen verwenden will. So wie es aussieht, möchte ich lieber einen Pflug führen."

Anna lachte erleichtert.

„Na ja, auch ich komme aus einer Familie, die eher mit Viehhaltung beschäftigt war als mit anderen Dingen. Aber was wird dein Vater zu solchen Plänen sagen?"

„Er wird versuchen, sie mir auszureden, doch glaube mir, es wird ihm nicht gelingen."

„Wenn ich heirate, wird Donna Bianca mich mit einer Mitgift ausstatten. Der oberste Lehnsherr deines Vaters ist der König von Sizilien und meine Herrin ist ihm, wie jeder weiß, eng verbunden. Da wird schon etwas zu machen sein."

Nun, da sich zeigte, dass weder Anna noch Giordano ihr einen Besuch bei der Königin ausreden konnten, wählte Bianca als Geschenk ein aus Korallen gefertigtes und in Gold gefasstes kleines Brustkreuz, als sicheren Schutz gegen Hexenkünste und den bösen Blick. Sie selber glaubte freilich nicht an solche Dinge, doch die meisten taten es. Als Giordano sich weigerte, sie zu begleiten, erinnerte sie ihn an seine Pflichten.

„Der Kaiser hat mich deinem Schutz anvertraut und so wirst du mich auf diese kleine Reise wohl begleiten müssen."

„Aha, ich muss also! Eigentlich müsste ich längst bei meiner Familie in Pisa sein. Meine Frau ist schwanger und der Kaiser wollte schon im Frühjahr zurück sein. Jetzt neigt sich der Sommer dem Ende zu ..."

Bianca unterbrach ihn.

„Der Kaiser wird seine Gründe haben."

Es war ja auch nur leeres Gerede, denn Giordano tröstete sich schon seit Wochen mit einer jungen Dame, die von ihrer Familie an einen alten Hagestolz verheiratet worden war und sich dadurch rächte, dass sie ihn nach Strich und Faden betrog. Ja, das war eine Frau! Sie mit der seinen zu vergleichen, war, als wollte man ein Schaf an einem Fuchs messen. Nach dem Stadtheiligen hieß sie Antonia, doch an ihr war nichts Heiliges, denn in ihrer durchtriebenen Schlauheit ähnelte sie tatsächlich einer Füchsin, auch äußerlich. Ihr braunrotes Haar umrahmte ein schmales Gesicht, in dem die honigfarbenen Augen mutwillig funkelten und die schmale spitze Nase angriffslustig nach vorne ragte wie ein gezückter Dolch. Wenn sie lachte, war eine Reihe auffallend langer Zähne zu sehen, die sie häufig mit der Zunge betastete, wie um zu sehen, ob sie noch alle vorhanden seien. War Giordano in sie verliebt? Er jedenfalls glaubte es, doch war es eher Bewunderung für die furchtlos zupackende Frau, die auf eine Weise lügen konnte, wie er es noch niemals erlebt hatte.

Mit ihrem Gatten bewohnte sie ein schönes großes Haus nahe dem Dom und als sie ihm die Geschichte ihrer Ehe erzählte, klopfte sein Herz vor Empörung, obwohl es ähnliche Fälle häufiger gab. Aber da es um Antonia ging, legte er andere Maßstäbe an. Sie war die einzige Tochter eines Tuchhändlers, der seine ganze Hoffnung auf den Sohn gesetzt hatte. Der aber war ein Tunichtgut, verprasste die väterlichen Dukaten und war leichter in bestimmten Kneipen als im Tuchlager zu finden. Es kam, wie es kommen musste: Bei einer Rauferei fand er den Tod und im Morgengrauen entdeckte man seinen nackten Leichnam.

Nun ruhten die Hoffnungen des Vaters auf Antonia, für die man einen ins Geschäft passenden Bräutigam finden musste. Inzwischen ging sie dem Vater zur Hand. Bald konnte sie die verschiedenen Stoffe – Brokat, Samt, Seide, auch aus Wolle oder Leinen gefertigte Gewebe – nach ihrer Qualität unterscheiden. Sie lernte Fälschungen erkennen, etwa wenn für Brokat statt Goldfäden nur vergoldete Bronzefäden verwendet wurden, die nach einigem Gebrauch grün anliefen. Der Vater hätte zufrieden sein können, doch Antonia zeigte keinerlei Verlangen nach einer Ehe. Sie wurde sechzehn, siebzehn und an ihrem achtzehnten Geburtstag redete der Vater, unterstützt von der Frau Mama, ihr ernsthaft ins Gewissen.

„Du bist ein kluges, arbeitsames Mädchen, das mir in meinen Geschäften zur Hand geht wie sonst ein Sohn. Doch nun sind deine Mutter und ich alt geworden und deine wie auch die Zukunft unseres Geschäftes machen mir ernsthafte Sorgen. Wenn es Gott gefällt, mich plötzlich abzuberufen, so stehst du mit deiner Mutter allein da, aber wer soll die Geschäfte weiterführen?“

„Ich“, sagte Antonia schnell, „auch wenn es selten vorkommt, so ist es doch nicht ungewöhnlich.“

Dann nannte sie einige Beispiele aus der Stadt, da eine Witwe Laden oder Werkstatt ihres verstorbenen Gatten weiterbetrieben hatte. Der Vater schüttelte den Kopf.

„Ich kenne diese Fälle, doch das sind Beispiele ohne Wert, weil Ehefrauen die Geschäfte weiterführen, und wenn es ein Handwerk war, so übernahm es der älteste Geselle. Du aber bist meine ledige Tochter und die meisten Kunden werden sich weigern, mit dir Geschäfte zu machen. Mit achtzehn bist du nach unseren Gebräuchen an der äußersten Grenze, um noch eine Ehe schließen zu können. Da kommen die Mädchen entweder ins Kloster oder unter die Haube.“

Antonia wusste natürlich, dass der Vater Recht hatte und versuchte ihre Abneigung gegen den Ehestand zu überwinden. Doch dann kam alles ganz anders. Um Tochter und künftigem Schwiegersohn ein blühendes Gewerbe zu übergeben, beteiligte sich der Tuchhändler an einem *vascello mercantile*, also einem der oft sehr riskanten, doch bei Erfolg sehr ertragreichen Kauffahrergeschäften, die über Venedig abgewickelt wurden. Wie meist ging es auch in diesem Fall um die Brokateinfuhr aus China, der begehrte Stoff kostete dort nur einen Bruchteil dessen, was hier dafür zu bezahlen war. Das Schiff aber wurde von Piraten gekapert und der Tuchhändler verlor dabei den größten Teil seines Vermögens. Darüber starb er aus Gram und Antonias Mutter zog sich in ein Klosterhospiz zurück, denn nun war ihr Sinn ganz auf das Jenseits gerichtet. Zu Antonias Vormund wurde ein mit der Familie verwandter Ratsherr bestimmt, der ihr erklärte:

„Mit dem einstmals florierenden Geschäft deines Vaters ist ein blühender Zweig unseres Familienvermögens verdorrt. Es liegt nun an dir, ihn wieder sprießen zu lassen, doch das lässt sich nur über eine Ehe bewerkstelligen. Da deine Mitgift durch den Ruin deines Vaters so gut wie nicht mehr vorhanden ist, haben sich auch die Bewerber um deine Hand zurückgezogen, bis auf einen."

Antonia erschrak. Wenn ein Mann sie ohne Mitgift nahm, dann stimmte mit ihm etwas nicht. Dann nannte der Ratsherr den Namen eines angesehenen Goldschmieds, der zwar dem äußeren Kreis der Familie angehörte, sich aber von allen fernhielt. Bereits in mittleren Jahren, war er noch unverheiratet und galt als Frauenfeind, ohne aber seinem eigenen Geschlecht zuzuneigen, was einige ihm anzudichten versuchten. Der Beweis waren seine regelmäßigen Besuche im Haus einer angesehenen Kurtisane, die nur mit Herren aus den oberen Schichten verkehrte.

Antonia war wie betäubt, als sie den Namen hörte, und beschloss, lieber ins Kloster zu gehen als diesen Ehehafen anzusteuern.

Der Ratsherr setzte ein etwas gezwungenes Lächeln auf.

„Es ist nun nicht so, dass wir dich bei ihm anpreisen mussten – nein, das Gegenteil ist der Fall. Er pflegt ja bei Hochzeiten oder Begräbnissen der Familie zu erscheinen und da muss er dich einige Male gesehen haben und nun möchte er dich zur Frau, wohl auch aus dem Wunsch heraus, Nachkommen zu zeugen."

In Antonia begann es zu kochen.

„Ah, so hat der Herr es sich gedacht! Damit sein Laden nicht an andere kommt, soll ich ihm als Zuchtstute dienen – wahrscheinlich so lange, bis ein Sohn geboren ist. Nein, nein, da mache ich nicht mit!"

Als sie Giordano diese Geschichte erzählte, saßen sie in der *cameretta separata* einer vornehmen Herberge in der Nähe des Marktplatzes. Sie war dort tief verschleiert und in Witwentracht mit einer Dienerin erschienen. Der bestochene Wirt wusste Bescheid und sie verschwanden in der *cameretta*, während die *serva* zum Markt ging. Dann erzählte Antonia ihre Geschichte und dazu tranken sie reichlich vom süßen Marsala, der in der Hitze des Sommers doppelt so schnell wirkte. Das war nun ihre zweite Begegnung, von der ersten, etwas flüchtigen wird noch die Rede sein.

Anstatt ihren Bericht fortzusetzen, nestelte Antonia an seinen Kleidern, was Giordano richtig verstand, und es dauerte nur wenige Minuten, da fielen sie übereinander her, als wollten sie sich gegenseitig verschlingen. Antonia saß auf der Tischkante und lehnte sich mit weit geöffneten Schenkeln zurück, sodass Giordano ihr braunrotes Schamhaar aufleuchten sah. Sie wollte und brauchte kein *preludio*, denn das hatte zuvor schon in ihrem Kopf stattgefunden. Auf dem Höhepunkt schrie oder stöhnte sie nicht, sondern knurrte tief in der Kehle – wie eine Füchsin. Danach sagte sie:

„Weißt du, was meine Lust noch steigert? Der Gedanke an meinen *marito*, wenn ich sehe, wie das Gehörn auf seinem Kopf größer und größer wird."

Wer nun geglaubt hätte, Giordano vermisse bei seiner Ehefrau das, was Antonia ihm bot, der hätte falsch gelegen. Eine derart triebhafte Gattin wäre ihm zu anstrengend gewesen und auch die Gefahr zu groß, dass sie ihn betrügen würde. Giordano wünschte sich eine gesittete Ehefrau, die ihm viele Kinder schenkte, daneben aber eine Geliebte von der Art Antonias.

Er bat sie um die Fortsetzung ihrer Geschichte, doch sie vertröstete ihn.

„Ein andermal, mein *capretto*, ich glaube, die *serva* wartet schon. Und wenn deine Kameraden dich in ein *bordello* zerren wollen, dann denke daran, dass du deine Lendenkraft für mich brauchst. Vielleicht haben wir dann länger Zeit und ich werde dich auspressen wie eine Zitrone – bis auf den letzten Tropfen!"

Ganz behaglich war es Giordano nicht, als er diese Ansprüche vernahm, doch er wusste mit Sicherheit, dass er von Antonia nicht würde lassen können, solange er in Padua war. Es war ihm ganz recht, dass der Kaiser aufgehalten wurde, ja, im Stillen flehte er Fortuna um weiteren Aufschub an. So kam ihm Biancas Reise höchst ungelegen, doch er konnte seine Begleitung nicht gut mit dem Hinweis auf eine Liebschaft verweigern. Wie aber war es dazu gekommen?

Als seine Schwester ihn fragte, an welches Geschenk er für Donna Maria nach der Geburt des Kindes gedacht habe, runzelte er unwillig die Stirn.

„Geschenk? Wozu ein Geschenk? Ich kann mich nicht darauf besinnen, dass mein Bruder Donna Giulia bei jedem ihrer Kinder ein Präsent gemacht hätte."

Bianca schüttelte lächelnd den Kopf.

„So etwas hängt man nicht an die große Glocke, weil es nur die Ehegatten etwas angeht."

„Gut, was schlägst du vor?"

„Am besten ein Schmuckstück, einen Ring, ein Armband, eine Halskette ..."

„Ich beuge mich deinem Rat", sagte er mit einer tiefen, spöttischen Verneigung.

Es wurde ihm ein bestimmter Goldschmied empfohlen und den suchte er auf. Der hagere, mürrische Mann sagte knapp:

„Ein Ring wäre wohl am geeignetsten."

In den mit einer schweren, eisenbeschlagenen Tür gesicherten Laden holte der Gehilfe eine Kassette und da lagen die verschiedensten Ringe auf Samt gebettet. Giordano versuchte, einen Rubinring auf seinen kräftigen kleinen Finger zu stecken, doch das ging nicht.

Er seufzte.

„Den müsste eine Frau vorführen ..."

Der Hagere zögerte, doch da trat, als hätte sie den Wunsch vernommen, eine junge Frau zur Tür herein.

„Das ist meine Gattin, Donna Antonia", brummte der Goldschmied und es klang sehr unwillig.

Sie lächelte ihn an und ihre honigfarbenen Augen richteten sich unverblümt auf seine Leibesmitte, sodass er ihr später sagte, er habe damals das Gefühl gehabt, sie wolle die Länge seines Gliedes ergründen. Ihr Lächeln hatte etwas Buhlerisches, fast Hurenhaftes – so jedenfalls erschien es ihm. Sein Mund wurde trocken, er räusperte sich und hob den Ring hoch.

„Donna Antonia, würdet Ihr die – die Güte haben, diesen Ring für meine Gattin – nein, ich meine – eine Frau sollte ..."

Sie nickte, nahm den Ring, steckte ihn an und hob die Hand. Da war nichts Zartes daran, diese Hand verriet Entschlossenheit, war bereit zuzupacken, sich zu nehmen, was das Leben an Erfreulichem bot. Eine unüberwindliche Lust kam ihn an, diese Finger an sich zu ziehen und jeden einzelnen zu küssen, doch die ungeduldige Stimme des Goldschmieds riss ihn aus seinen Gedanken.

„Nun, werter Herr, habt Ihr genug gesehen?“

Nein, noch lange nicht genug, denn ich könnte den Rest des Tages mit der Betrachtung Eurer Gattin zubringen. Das ging ihm durch den Kopf, als er sagte:

„Nein – ja, doch, ich nehme ihn.“

Der Hagere nannte den Preis, Giordano hörte die Zahl, ohne sie wahrzunehmen.

„Ja, ist gut, ich werde das Geld morgen bringen, am – am späten Nachmittag.“

Der Goldschmied nickte und Antonia sagte schnell:

„Ich bringe den Herrn hinaus.“ Kaum hatten sie den Raum verlassen, flüsterte sie ihm zu: „Draußen, ein paar Häuser weiter, die kleine Kirche, dort werde ich morgen um die erste Nachtstunde beichten.“

Ehe er etwas sagen konnte, war sie verschwunden. Beichten? Nun, warum nicht, aber was hatte er damit zu tun? Eine Kirche ist ja wahrhaftig kein Ort, um ... Er führte den Gedanken nicht zu Ende, sondern besann sich auf das Nächstliegende. Das Geld für den Ring musste beschafft werden, doch – so stellte er jetzt erstaunt fest – den Preis hatte er überhört. Auch hatte er versäumt, die Summe herunterzuhandeln, und das ärgerte ihn jetzt. Wie war das nur möglich? Aber das konnte er immer noch tun ...

Am nächsten Morgen besuchte er seine Schwester, um ihr von seiner Erwerbung zu erzählen. Sie nickte.

„Ein Rubinring ist zwar etwas kostspielig, doch für das erste Kind – warum nicht?“

„Steht der Reisetermin schon fest?“

„Ja, Anfang September, je nach Wetterlage, doch finde ich es übertrieben, von einer Reise zu sprechen. Es sind etwa zwei bis drei Reitstunden.“

„Aber da gibt es doch die Brenta! Könnte man nicht ein Boot nehmen und ...“

„Nein, die Brenta ist erst ab Dolo schiffbar und Noventa erreicht man schon vorher. Also halte dich während der ersten Septembertage in meiner Nähe.“

Seine Gedanken flogen ihm wieder davon, in Richtung der kleinen Kirche.

„Ja, ja, ist gut, ich werde zur Stelle sein ..."

Um die zehnte Tagesstunde stand er vor dem Haus des Goldschmieds, klopfte und der *portinajo* ließ ihn ein. Man sagte ihm, der Meister sei ausgegangen, und ein *garzone* überreichte ihm den schön verpackten Ring mit einer tiefen Verbeugung.

„Die *quitanza* habe ich schon vorbereitet und ich bin angewiesen die Summe entgegenzunehmen."

Giordano nickte, schaute auf die Quittung und sah den Preis. Achtzehn Dukaten! Ich brauche die Gelegenheit für einen zweiten Besuch, schoss es ihm durch den Kopf.

„Da muss ich wohl etwas missverstanden haben, denn die Rede war von vierzehn Dukaten."

Da riss der *garzone* vor Staunen den Mund auf und es dauerte eine Weile, bis er ihn wieder schloss. Er schluckte mehrmals.

„Aber der Meister hat gesagt ..."

„Es kümmert mich nicht, was ein *orefice* so daherredet." Er riss die Quittung entzwei und warf sie zu Boden. „Wann kommt dein Herr zurück?"

„So – so um die zweite oder dritte Nachtstunde."

„Sage ihm, ich komme übermorgen wieder und wenn ich dann nicht den Ring und die richtige Quittung vorfinde, werde ich zeigen, was ein Graf Lancia, im Dienst Seiner Majestät des Kaisers, vermag."

Er rauschte hinaus und war mit seinem Auftritt hochzufrieden. Dann glaubte er ein feines Stimmchen zu hören: Ist diese Szene eines Grafen Lancia würdig? Als Adliger müsstest du ein Vorbild für andere sein ... Giordano hielt sich die Ohren zu und presste heraus: „Wenn es um Frauen geht, handeln wir alle gleich, ob Bauer, Bürger, Edelmann oder Kaiser."

Da verstummte die warnende Stimme.

4

Sie ritten langsam die Brenta entlang. Bianca saß anmutig auf ihrer weißen Stute, gefolgt von Anna auf einem Maultier, geleitet und beschützt von Giordano mit einem Dutzend Bewaffneter.

Die Landschaft war flach und eintönig, das meist sumpfige Ufer mit Birken, Pappeln, Weiden und niedrigen Sträuchern dicht bestanden. Padua und Venedig hatten gemeinsam den vielbegangenen Weg mit Steinen befestigen lassen, doch das musste bei den regelmäßigen Herbstüberschwemmungen immer wieder erneuert werden.

Das mit den höchstens drei Reitstunden erwies sich als Untertreibung, denn sie waren fast einen halben Tag unterwegs. Die spätsommerliche Schwüle ließ die kleine Reisegesellschaft wortkarg werden, einige fielen in Halbschlaf und wachten nur auf, wenn die Pferde stolperten oder vor Hindernissen scheuten.

Giordanos Denken war, wie auch die Tage zuvor, ganz von Antonia beherrscht. Immer wieder sah er sich auf dem Weg zu der kleinen Kirche, deren klobigen Turm die sinkende Sonne mit einem rosigen Schein überhauchte und ihn seltsam schwerelos erscheinen ließ. Auch wenn die erste Nachtstunde noch nicht erreicht war, wollte Giordano nicht draußen herumlungern und so betrat er die Kirche, tauchte seine Finger in das Weihwasserbecken, schlug ein Kreuz und sah sich behutsam um. Natürlich kam gleich der *sagrestano* und fragte flüsternd, womit er dienen könne. Giordano drückte ihm einen *grosso* in die Hand und bat, am Marienaltar für ihn eine Kerze anzustecken. Ob man heute auch beichten könne? Der Mann nickte. Das sei fast immer möglich, wenn ein *parroco* zugegen sei, im Notfall könne einer geholt werden. Ob er das tun solle? Giordano winkte ab, nein, heute sei es nicht nötig.

Nach Sonnenuntergang war die Kirche nur noch durch einige brennende Kerzen erhellt, deren Schein aber nicht weit reichte, sodass der größte Teil des Raumes im Finsteren lag. Da seine Augen sich an die Dämmerung gewöhnt hatten, sah er, wie eine schwarze Gestalt zu einem der Beichtstühle huschte. Er wartete ein wenig, erhob sich dann und fragte ins Dunkle:

„Seid Ihr der Priester?“

Er hörte ein leises Lachen und dann befahl eine kaum vernehmbare Flüsterstimme: „Folgt mir ins *battisterio*.“

Dort brannte zum Glück eine Kerze, sodass er sehen konnte, wie die Gestalt hinter einem Flügelaltar verschwand. Er tappte hinterher, fühlte sich von zwei Händen zu Boden gezogen, ertastete nacktes Fleisch, fühlte, wie ihm eine Hand derb zwischen die Beine griff.

„Runter mit der Hose!", zischte sie und alle Hemmungen fielen von ihm ab. Dort, in einem finsteren Winkel der Taufkapelle, paarten sie sich wie läufige Tiere und hatten kaum Zeit, in ihre Kleider zu schlüpfen, als sie die Schritte des Mesners hörten. Sie zischte: „Er weiß Bescheid, ich habe ihn bezahlt."

Dann hörten sie seine leise Stimme: „Signori, in zehn Minuten beginnt die Abendmesse ..."

Ja, das war es dann. Sie gingen stumm auseinander und er schämte sich, das hielt jedoch nicht lange vor. Als er Antonias Nachricht erhielt, sie erwarte ihn um die Mittagszeit in der Gaststätte am Markt, da war er wieder bereit – mehr als bereit, süchtig nach einer neuen Begegnung. Die Rufe seiner Leute brachten ihn in die Gegenwart zurück.

„Da kommen Reiter – eine ganze Menge!"

Das war die Leibgarde der Königin und Giordano teilte dem Capitano mit, wer sie seien.

„Graf Lancia und seine Schwester? Seid Ihr angekündigt?"

„Nein", sagte Giordano geduldig, „aber es wird doch gestattet sein, Ihrer Majestät Glückwünsche zur Geburt des Prinzen zu überbringen?"

„Ja, das schon, aber Eure Schwester ist doch – ist ..."

„Eine Gefährtin des Kaisers, von denen es bekanntlich mehrere gab und gibt. Ich weiß nicht, worauf Ihr hinauswollt."

Da wusste der Mann auch nicht mehr weiter und gemeinsam zogen sie nach Noventa.

Der kleine Marktflecken bestand aus losen Häusergruppen, die sich bis zur Brenta hinabzogen. Isabella bewohnte ein ansehnliches Haus aus hellem Stein, von einem gepflegten Garten umgeben. Im Hintergrund drängten sich die Zelte ihres Gefolges zusammen, auch die Wachmannschaft war dort untergebracht.

Seit Bianca sich zu diesem Besuch entschlossen hatte, waren ihr keinerlei Zweifel gekommen, ob dies auch richtig sei. Jetzt, beim Anblick des steinernen Hauses, begann sie sich unsicher zu fühlen und allerlei Bedenken stellten sich ein. Fast hoffte sie, abgewiesen zu werden, doch Giordano kam überraschend schnell zurück und sagte, sie seien zum Nachtmahl geladen. Für ihre Unterkunft würden zusätzliche Zelte aufgebaut. Einstweilen sollten sie mit dem Garten vorliebnehmen. Dort wurden gerade Tische und Bänke aufgestellt und sie erfuhren, es werde ein kaltes Mahl vorbereitet.

Bianca blickte ihren Bruder erstaunt an.

„Ich muss sagen, das überrascht mich schon. Etwas zwischen Ablehnung und kalter Höflichkeit habe ich erwartet, aber das hier ... Wurdest du zur Königin vorgelassen?"

„Nein, sie ließ mich durch ihren Sekretär informieren."

Bianca lächelte. „Dass sie uns erst zum Nachtmahl geladen hat, kann ich schon verstehen. Wenn zwei Frauen sich begegnen, gibt es vorher in Bezug auf Schminke, Schmuck und Kleidung einiges zu überlegen."

Aha, so ist das, dachte Giordano zerstreut und sagte „Dann habt ihr beide ja einen halben Tag Zeit dazu."

Sie nahmen im Schatten einiger Bäume Platz. Der Himmel hatte sich mit einer fahlen Dunstschicht überzogen und aus der Ferne war ein leises Grollen zu vernehmen. Bianca nickte erfreut.

„Dem Gewitter sind wir ja glücklich entkommen und ein anderes ist wohl nicht zu erwarten."

Giordano verstand die Anspielung nicht.

„Ein anderes Gewitter?"

„Ja, im metaphorischen Sinn."

„Aha", sagte er und verstand immer noch nicht.

Bianca deutete auf das Haus.

„Es käme aus dieser Richtung."

Jetzt erfasste er den Sinn, lachte schallend und griff nach dem Weinbecher. Dann standen die Zelte bereit und Bianca zog sich mit Anna zurück.

„Wie würdest du der Königin gegenübertreten, ich meine, in welcher Kleidung, mit welchem Schmuck?"

Anna überlegte nicht lange.

„Sie soll ja eine Schönheit sein und dann wäre es lächerlich, sie übertreffen zu wollen. Ich würde mich bescheiden kleiden, die Haare aufstecken, mich kaum schminken und wenig Schmuck tragen."

Bianca klatschte spöttischen Beifall.

„Ich sehe schon, du hast einiges gelernt, denn ich werde tun, was du vorgeschlagen hast, auch den Schmuck betreffend. Doch ich werde den Ring anstecken, den der Kaiser mir zur Geburt von Manfred geschenkt hat."

„Den mit dem großen Smaragd?"

„Ja, denn von alters her wird berichtet, dieser Stein vertreibe die Müdigkeit, er stärke Körper wie Geist und verleihe Redekraft."

Anna musste kichern, hielt sich aber schnell die Hand vor.

„Was gibt es da zu lachen?"

„Wenn der Smaragd Eure Redekraft noch stärken soll, dann weiß ich nicht, was herauskommt."

„Erkläre es mir genauer!"

„Die Kraft der Rede ist Euch ohnehin reichlich gegeben."

Bianca lächelte.

„Dann artet es in Geschwätzigkeit aus, das meinst du doch?"

„Das habe ich nicht gesagt ..."

Als Bianca gegen Abend aus dem Zelt trat, trug sie ein grünes bis zum Boden reichendes Unterkleid, darüber eine braunrote Tunika mit langen Ärmeln, die vom Hals bis zu den Waden reichte. Das rötlich schimmernde dunkle Haar war aufgesteckt und mit einer straff anliegenden dunkelgrünen Leinenkappe bedeckt. Da Bianca sich auch sonst kaum schminkte, hielt sie es wie immer, doch der haselnussgroße Smaragd an der rechten Hand war nicht zu übersehen.

Das Gewitter war vorbeigezogen, der Wind erstorben und es herrschte eine stickige Schwüle. Vom Flussufer kamen die Schnaken in dichten Schwärmen, um von den im Freien versammelten Menschen den Blutzoll zu fordern, doch die Diener hatten ein enges Gatter brennender Fackeln um die im Garten gedeckten Tische aufgestellt.

Giordano führte seine Schwester zum Tisch, an dessen Stirnseite ein erhöhter Sessel wie eine Art Thron die anderen Stühle überragte. Die Königin blickte ihren Gästen entgegen und selbst das unruhige Flackerlicht der zahlreichen Fackeln konnte ihrer Schönheit nichts anhaben. Wie eine blonde Fee thronte sie auf dem vergoldeten Sessel, ja, es machte eher den Eindruck eines elfenhaften Schwebens, denn an ein profanes Sitzen mochte man bei dieser nahezu überirdischen Erscheinung nicht denken. Sie trug ein goldfarbenes Unterkleid, von dem nur die Ärmel zu sehen waren, doch das leuchtende Blau des Überkleides verlor in der vom Feuerschein erhellten Nacht seine Wirkung. Das blonde Haar floss wie ein goldener Strom über die zarten Schultern; die schmale, von Edelsteinen funkelnde Lilienkrone war kaum zu übersehen, doch die jugendfrische, strahlende Schönheit der Königin lenkte die Blicke von ihr ab, ebenso wie von der prächtigen Kette aus taubeneigroßen Saphiren, die um ihren schlanken Hals lag.

Bianca versank in einen nicht allzu tiefen Hofknicks, Giordano küsste kniend die vorgestreckte Hand. Die Stimme der Königin schmälerte etwas ihre königliche Schönheit, denn sie klang schrill, ein wenig zu laut und das fehlerhafte, stockende Italienisch machte es auch nicht besser.

„Willkommen an meinem kleinen Hof, Graf Lancia, und ebenso Ihr, Donna Bianca. Schon länger wollte ich Euch kennenlernen, doch fehlte es an Gelegenheit."

Bianca hob bedauernd beide Hände.

„Mir erging es ebenso, Majestät, doch nun hat die Geburt des Prinzen unseren Besuch zur Pflicht gemacht. Mit von Herzen kommenden Glückwünschen für Prinz Heinrich Carlotto möchte ich Euch ein kleines Geschenk überreichen."

Sie streckte das Päckchen mit dem Korallenkreuz hin, doch die Königin winkte einer Hofdame, die es entgegennahm. Nun durften sie sich setzen und ein neutraler Beobachter der beiden Frauen hätte beim ersten Blick den Eindruck gewinnen müssen, eine graue Maus sitze zu Füßen einer elfenhaften Lichtgestalt. Ein zweiter, vielleicht längerer und näherer Blick ließ erkennen, dass die Maus so grau nicht war, sondern nur bescheiden gekleidet. Ihre warme dunkle Stimme ließ aufhorchen, während es einen wunderte, dass aus Isabellas schönem Mund so schrille Töne kamen. Ob bewusst oder unbewusst, jedenfalls hielt Bianca ihre rechte Hand so, dass der Smaragd im Flackerschein der Fackeln aufleuchtete und nicht zu übersehen war. Isabella hatte das kostbare Schmuckstück sofort bemerkt und es brauchte nicht viel Fantasie, um sich den Geber vorzustellen. Krampfhaft überlegte die Königin, ob und wie sie den Ring erwähnen sollte. Bianca an ihrer Stelle hätte ihn einfach unbeachtet gelassen, doch Isabella dachte anders und sie war gesonnen, den Wert des Ringes irgendwie zu schmälern oder herabzuwürdigen. Doch dazu fehlte ihr der bewegliche Geist, auch gebrach es an Fantasie und Sprachkenntnissen.

Das Gespräch plätscherte inzwischen so dahin, am Nebentisch saß Anna mit zwei Hofdamen, dem ersten Sekretär und dem Zeremonienmeister. Die Speisen, zum Glück von italienischen Köchen zubereitet, waren köstlich: verschiedene Fische aus der Brenta, gebraten, gekocht und gedünstet, danach mit Kräutern gefüllte Schnepfen und Wachteln am Spieß. Dazu wurde dreierlei Brot gereicht und in großen Schüsseln häuften sich frische Salate, die im feuchten und milden Klima des Friuli prächtig gediehen. Übrigens waren auch zwei Eunuchen zugegen, doch sie saßen außerhalb des Lichtkreises und waren quasi unsichtbar.

In Isabellas Kopf rumorte es, sie wirkte zerstreut und wenig aufmerksam, doch dann glaubte sie, den Weg gefunden zu haben, wenn sich auch später erwies, dass es der falsche war. Die Königin tupfte sich den Mund ab und nahm einen kräftigen Schluck des hier gedeihenden leichten spritzigen Weißweines.

„Euer Ring ist ein prächtiges Juwel, Donna Bianca – wohl ein Erbstück?"

„Kein Erbstück, Majestät, ein Geschenk."

„So, so, ein Geschenk." Am englischen Hof gab es einige größere *emeralds* und jeder verkörperte den Wert eines Landgutes. „Darf ich ihn näher betrachten?"

Bianca zog den Ring ab und reichte ihn der Königin. Sie nahm ihn mit spitzen Fingern, als hafte Schmutz daran. Dann hielt sie ihn eine Weile ins Kerzenlicht und schüttelte zweifelnd den Kopf.

„Wisst Ihr, dass es hervorragende Fälschungen gibt? Ich meine nicht grünes Glas, das würde jeder sofort erkennen – nein, ich denke an einen *garnet*, der in den meisten Fällen rot gefärbt ist, doch gibt es auch grüne Exemplare, die den echten *emeralds* sehr ähnlich sind."

„Da seid Ihr wohl besser informiert, Majestät. Es ist nur so, dass der tatsächliche wie auch der Erinnerungswert eines Geschenks vom Geber abhängt. Selbst wenn es sich nur um grünes Glas handelte, so wäre der Ring mir nicht weniger wert. Da er jedoch vom Kaiser kommt, liegt die Annahme seiner Echtheit sehr nahe."

Bianca sprach ein sehr reines und korrektes Italienisch – hatte Isabella ihre Worte überhaupt verstanden? Den Sinn wohl, denn Imperator war in vielen Sprachen die Bezeichnung für einen Kaiser und *presente* entsprach dem englischen *present.*

In diesem Augenblick ahnte Isabella, dass sie sich auf einen Irrweg begeben hatte, doch egozentrische Menschen gestehen sich das niemals ein und geben anderen die Schuld. In ihrer Hilflosigkeit verrannte sie sich noch mehr.

„Ah, dann muss der Anlass wohl ein sehr bedeutender gewesen sein ..."

„Ja, Majestät, da habt Ihr Recht, es war nach der Geburt meines Sohnes Manfred."

„Wohl als Ausgleich für die illegitime Abkunft. Also ich würde die eheliche Geburt einem wertvollen Geschenk vorziehen."

Wie meist in peinlichen Situationen blieb Bianca völlig gelassen.

„Jedem das Seine, Majestät, doch ich bezweifle nicht, dass der Kaiser auch die Geburt von Heinrich Carlotto mit einem Geschenk zu würdigen weiß."

Weit davon entfernt zu spüren, dass sie dieser Frau geistig nicht gewachsen war, schob Isabella alles auf ihr dürftiges Italienisch und tröstete sich mit dem Gedanken: Die Schönere bin ohne Zweifel ich, jeder Knabe würde das erkennen. Dennoch wandelte sich ihre anfangs höfliche Abneigung in Hass. Ihr Gesicht verschloss sich und nachdem sie zweimal herzhaft gegähnt hatte, hob sie unvermittelt die Tafel auf, murmelte etwas von ihren Wünschen für eine gute Rückreise und zog sich zurück.

Selbst der mit den Feinheiten weiblicher Wortduelle wenig vertraute Giordano hatte die Verärgerung der Königin bemerkt und sagte warnend:

„Diese Engländerin hast du dir zur Feindin gemacht. Ich halte das nicht für gut ..."

Bianca winkte ab.

„Ach was, auf mein Verhältnis zum Kaiser wird es keinen Einfluss haben."

„Kennst du ihn so gut?"

„Ich glaube schon."

Giordano dachte nach und glaubte es auch.

In Padua gab es Nachrichten vom Kaiser.

„Bianca, *carissima amica* – politisch gesehen war es bis jetzt kein gutes Jahr und ich fürchte, es wird nicht besser enden. Immer häufiger habe ich die Empfindung, in einer Tretmühle zu stecken: Ich trete und trete und nichts bewegt sich. Dem Papst kommen die lombardischen Misserfolge gerade recht, er offenbart seine Feindschaft immer deutlicher und zeigt dadurch unverhüllt, dass er alles andere ist als ein ‚Stellvertreter Christi auf Erden'. Einen gewissen Gregor von Montelongo – er zählt zu meinen ärgsten Feinden – hat er als Legat nach Mailand gesandt, um die verräterische Liga zu unterstützen. Nun erhalte ich die Nachricht, Seine Heiligkeit bereite eine umfassende Beschwerdeliste vor, die mir im Oktober zugestellt werde, deren ungefähren Inhalt ich durch meinen Zuträger am Lateran aber bereits kenne. Das meiste ist völlig aus der Luft gegriffen, anderes verdreht und entstellt. Natürlich werde ich später darauf antworten, ohne mir viel Hoffnungen zu machen.

Von der Geburt meines Sohnes habe ich inzwischen erfahren; so hat das Schicksal mir eine weitere Schachfigur für das politische Spiel geschenkt. Ich werde versuchen, auch dieses Kind zu lieben, bezweifle aber, dass es den Weg zu meinem Herzen findet. Da gibt es wenig Raum, denn Du, Manfred, Costanza und Violante halten dort alle Plätze besetzt. Ob ich das Christfest mit euch feiern kann, ist fraglich, doch das neue Jahr findet mich mit Sicherheit an eurer Seite."

Für die Weihnachtszeit machen viele Christen allerlei Pläne – da wird verlobt, geheiratet und getauft. Anna hatte sich in den Kopf gesetzt, um diese Zeit mit Roberto in den Stand der Ehe zu treten, doch ihr sonst eher sanfter Herzensfreund lehnte dies rundweg ab. Sie saßen in dem kleinen Garten an der Rückseite des Hauses und warteten, bis die Küchenmagd einige Würzkräuter gepflückt hatte und im Haus verschwunden war.

„Das kann ich nicht und du weißt, warum."

„Weiß ich nicht", beharrte sie trotzig und er starrte entzückt auf ihre Sommersprossen.

„Ach, Anna ..."

„Seufze nicht herum, sondern erkläre dich deutlicher!"

„Schon mehrmals habe ich dich darauf hingewiesen, dass ohne die Einwilligung meiner Eltern eine Hochzeit in Apulien kaum möglich ist. Zugleich habe ich dir versichert und tue es nun zum wiederholten Male, dass ich auch unter widrigen Umständen einen Weg finden werde, und der wird dann wohl über deine Herrin führen müssen."

Doch Anna blieb bockig.

„Noch einfacher wäre es, quasi mit dem Segen von Donna Bianca und dem Wissen des Kaisers schnell zu heiraten und deine Eltern vor vollendete Tatsachen zu stellen. Du kannst ja ruhig sagen, dass der Zeitpunkt unserer Rückkehr so ungewiss war, dass wir, um unser Kind zu legitimieren, dazu gezwungen waren."

Robertos Gesicht lief rot an.

„Du hast – du bist – und warum weiß ich nichts davon?"

Seine Stimme war mit jedem Wort lauter geworden. Das war so gar nicht seine Art, doch Anna – das hatte sie ihrer Herrin abgeschaut – blieb gelassen.

„Weil ich mir noch nicht sicher bin, doch als Vorwand würde diese Vermutung schon taugen."

Roberto entspannte sich.

„Schon lange? Das sind Weiberlisten, die ein ehrlicher Mann ablehnen muss. Solltest du tatsächlich schwanger sein und der Kaiser sich nochmals verspäten, dann reden wir weiter."

Anna, in dem Bewusstsein, gewonnen zu haben, lächelte. Da niemand im Garten war, umarmte und küsste sie ihn.

„Du weißt, dass ich vor dir niemals etwas verbergen würde, das gegen Ehre und Gewissen geht."

Er versuchte, streng dreinzuschauen, und sagte mit fester Stimme: „Das will ich aber auch hoffen!"

Auf Giordano wartete schon der Bote aus Pisa und übergab ihm ein Schreiben seiner Frau mit den Worten: „Donna Maria würde sich freuen, wenn ich ihr von Euch gleich eine Nachricht überbringen könnte."

Er hatte jetzt anderes im Kopf, aber vor dem Boten durfte er sich keine Blöße geben.

„Ja, ja, wann reitest du zurück?"

„Morgen früh. Inzwischen sammle ich auch von anderen Botschaften für Pisa ein."

Sie habe ein gesundes Mädchen geboren, schrieb Donna Maria, und es solle nach seiner Großmutter auf den Namen Dorotea getauft werden, was ihm hoffentlich recht sei. Inzwischen bete sie täglich zu ihrer Namenspatronin, das nächste Kind möge ein Knabe sein.

Erwachte bei diesen Zeilen sein Gewissen, um ihn an sein derzeitiges Lotterleben zu erinnern? Während er Ehebruch beging und sich mit der Frau eines anderen vergnügte, hatte sein angetrautes Weib ihm unter Schmerzen das erste Kind geboren. Doch sein Gewissen blieb stumm und alle seine Sinne waren auf die eine gerichtet, die Füchsin. Allein der Gedanke an sie brachte sein Blut zum Sieden und sein *cazzo* erhob das Haupt, als wolle er nach ihr Ausschau halten.

„Das ist doch kein Zustand!", sagte er laut und sein Bursche, gerade dabei, am Rock seines Herrn etwas auszubessern, schaute fragend auf. Doch Giordano winkte nur ab und ging aus dem Zelt. Hatte er seine missliche Lage erkannt, war er zur Umkehr bereit? Nein, keineswegs, diesen Satz hatte er nur so dahergeplappert, ohne innere Beteiligung, einfach so.

Heute während der Siestazeit sollte die Zusammenkunft im Haus der „Base" stattfinden und Giordano fieberte dem Treffen entgegen, als ginge es um den Eintritt ins Paradies. Er trat ins Zelt zurück und hob die *ampollina* hoch. Der Sand lief heute so träge, als gebe es da ein Hindernis. Er schnippte mit dem Finger gegen das Glas, seufzte und stellte es zurück. Ich hätte nicht heiraten sollen, ging es ihm durch den Kopf. Warum ist mir Galvanos Ehe nicht eine Warnung gewesen? Giulia hat alles an sich gerissen und mit jedem Kind wird ihre Macht größer. Ich bin ein Krieger und kein Hausvater. An der Seite des Kaisers durch Europa ziehen und wo wir uns länger aufhalten, da findet sich ein Weibchen. So war es bisher und so könnte es wieder sein. Aber nein, in Pisa harrt Donna Maria ihres Gatten und wenn der Kaiser wieder nach Süden geht, wird es heißen: Graf Lancia, denkt an Eure Pflichten als Ehemann und Vater! Wieder blickte er auf die Sanduhr. Das untere Häufchen schien kaum gewachsen. Lästerlich fluchend packte er das Gerät und schüttelte es wie von Sinnen. Dann warf er die *ampollina* zu Boden, doch da lagen Teppiche und so blieb sie heil.

Er lief hinaus, brüllte nach seinem Pferd und sprang wütend in den Sattel. Er ritt die Brenta entlang in Richtung auf Dolo, einen kleinen, aber recht lebhaften Ort, denn von da an war der Fluss schiffbar. Es gab Wagenremisen und Pferdeställe für all jene, die hier ein Schiff bestiegen. Giordano hielt an einer Kneipe, sprang vom Pferd und übergab die Zügel einem *garzone*, der es nicht eilig zu haben schien.

In der Kneipe gab es geschmortes Lamm, das vorzüglich schmeckte, dazu trank er einen großen Krug mit Quellwasser gemischten Weines. Inzwischen war er ruhiger geworden und am Sonnenstand sah er, dass er noch etwa vier Stunden bis zum Treffen mit Antonia herumbringen musste. „*Ingannare il tempo*" sagte man hierzulande, und das hieß, die Zeit zu täuschen, zu betrügen. Aber wie? Er bezahlte und führte sein Pferd zum Flussufer, wo für die Anlegestelle die Uferauen weiträumig gelichtet waren. Sogleich kam ein *battelliere* herbei und offerierte eine Fahrt nach Venedig. Er sei preiswerter als alle anderen und sein Schiff biete alle Bequemlichkeiten und ... Giordano winkte ab und bestieg sein Pferd. Er ließ es nach Lust und Laune traben und als im Süden die Kuppeln von San Antonio auftauchten, war die himbeerrote Sonne schon dabei, sich zur Ruhe zu legen. Vor dem Zelt ließ er sich von seinem Burschen ein paar Scheffel Wasser über den Kopf gießen und legte dann dunkle, unauffällige Kleidung an. In das fragende Gesicht seines *garzone* hinein sagte er unwillig:

„Nein, du brauchst nicht mitzukommen, ich schaue vielleicht bei meiner Schwester vorbei. Aber besauf dich nicht!"

Das war ein alter Scherz zwischen ihnen, denn der Junge legte jeden Kreuzer zurück, um bald heiraten zu können. Er war der Sohn eines Pachtbauern der Grafen Lancia und sollte so lange in der Truppe dienen, bis es für einen Hausstand reichte. Giordano wusste das alles und hatte seinen Spaß daran, den Burschen zu necken.

„Überlege es dir hundert Mal, ehe du mit einer Frau vor den Altar trittst! Ich habe es mir neunundneunzig Mal überlegt und wäre beim hundertsten vielleicht klüger gewesen. So warten jetzt Frau und Kind auf mich ..."

Antonia hatte ihm das Haus genau beschrieben, es lag südlich der Eremitenkirche in einer Seitengasse und über dem Portal war eine Gans in den Stein gemeißelt. Natürlich hatte er das Haus schon vorher ausfindig gemacht, denn in der Dämmerung wäre es schwierig gewesen, sich zurechtzufinden.

Als er in die schmale Gasse einbog, blickte er sich behutsam um und schob seine Kappe tiefer in die Stirn. Dann näherte er sich mit langsamen Schritten dem „Haus zur Gans". Stand da nicht wer neben dem Portal, eng an die Wand geschmiegt? Inzwischen war es dunkel geworden, da und dort flackerte ein Licht, meist waren es Öllampen in einer Mauernische vor einem Heiligenbild.

In gehörigem Abstand ging er an dem Haus vorbei und was er für einen Menschen gehalten hatte, erwies sich als Pfahl zum Anbinden der Pferde. Giordano blieb stehen, bewegte sich auf das Gebäude zu und als er leise klopfen wollte, ging lautlos die Tür auf. Eine Gestalt winkte ihn herein, ungeduldig und mit hastigen Bewegungen. Offenbar war es die „Base“, eine Frau mittleren Alters mit einem herben, abweisenden Gesicht. Wortlos deutete sie auf eine Treppe, die steil aufwärtsführte. Wie bei einer Leiter musste er sich mit den Händen abstützen und oben vor der niedrigen Decke den Kopf einziehen. Die Base hatte von unten mit erhobener Lampe seinen Weg erhellt, nun aber kam das Licht aus einer seitlichen Tür, die sich öffnete. Da hörte er ihre vertraute Stimme:

„Giordi, komm rein!“

Niemand sonst nannte ihn so, doch dieser Kosename gefiel ihm nicht schlecht. Sie zog ihn am Arm in eine Art Dachkammer mit schrägen Wänden und einem kleinen Fenster. Antonia ließ sich umarmen und küssen, doch er spürte eine ungewöhnliche Zurückhaltung.

„Was ist los? Wir haben uns doch hier getroffen, um zu ...“

„... um zu ficken – ja, das auch, doch vorher gibt es etwas zu bereden.“

Sie stellte das blakende Lämpchen auf ein Wandbord und dann setzten sie sich aufs Bett.

„Jetzt hör mir gut zu. Der Alte wird zusehends misstrauischer und ich hege den Verdacht, er lässt mich beobachten. Ich habe keinen Beweis dafür, doch es gibt Anzeichen. Er wirft mir jetzt vor, ich sei so häufig außer Haus und er könne nicht mehr glauben, dass ich ständig zum Beichten oder zu Freundinnen gehe. Zudem hofft er ungeduldig auf einen Stammhalter, was ja der Hauptgrund für unsere Heirat war. Er kriegt seinen *cazzo* ja kaum noch hoch, erwartet aber, dass mich die paar jämmerlichen Tröpfchen schwanger machen. Dir könnte das schon eher gelingen ...“

Ihr heiseres Lachen ließ seinen Phallus hochschnellen wie ein ausgelöstes Katapult.

„Ich soll also deinem *orefice* ein Kind machen – geht es darauf hinaus?“

Ihre Hand kroch zwischen seine Schenkel.

„Ah, da regt sich ja schon einiges. Ja, du sollst mir ein Kind machen und sobald ich sicher bin, muss der Alte ins Gras beißen.“

Da lief es ihm kalt über den Rücken und was so hart war, schrumpfte und verkroch sich vor Schreck. Antonia zog schnell ihre Hand zurück.

„Hast du etwa geglaubt, ich werde mein künftiges Leben mit diesem Scheusal verbringen? Zwar ist er älter als ich, doch leider kerngesund. Zum Glück zählen *funghi* zu seinen Lieblingsspeisen. Er hat da einen pilzkundigen Freund, auf den er sich verlässt. Es dürfte ziemlich leicht sein, in den Korb mit den essbaren Pilzen die giftigen zu mischen. Da gibt es einige, die sind den genießbaren zum Verwechseln ähnlich, etwa der *agarico* ..."

„Ich will davon nichts wissen! Weißt du, was auf Gattenmord steht? Du endest auf dem Scheiterhaufen!"

„Na und? Den Dummen geschieht es recht, doch für die Schlauen gilt das nicht. Hältst du mich für dumm?"

„Nein, eigentlich nicht, aber einen Menschen einfach umzubringen – ich weiß nicht ..."

„Und ich dachte, ihr Krieger seid daran gewöhnt."

„Wenn es sich um Feinde handelt, ist das etwas anderes."

„Dann sind wir uns ja einig: Der *orefice* ist mein Feind – eigentlich auch deiner!"

Was habe ich damit zu tun, ging es ihm durch den Kopf, schließlich erwartet sie nicht von mir, dass ich ihn umbringe. Es war, als hätte sie seine Gedanken gelesen.

„Überlasse das nur mir, vielleicht findet sich eine andere Lösung. Vorerst haben wir Besseres zu tun ..."

Da war nun der Schreck ausgestanden und der Geschrumpfte reckte sich wieder empor wie eine schlaff gewordene Pflanze nach einem Regenguss.

Antonia gelang etwas, wovon seine Frau keine Ahnung, auch nicht die geringste Vorstellung hatte: Sie sog ihren Liebhaber in sich auf, öffnete weit Mund und Schoß, während ihre biegsamen Schenkel ihn umklammerten wie die Fangarme eines Oktopoden.

Als Giordano gegen Morgen in sein Zeltlager zurückging, schwankte er wie ein Betrunkener. Auch sein *garzone* hielt ihn für stockbesoffen und wunderte sich, dass da nichts zu riechen war.

„Lass mich schlafen", krächzte er und fiel auf das Feldbett.

In diesen Tagen kam die Nachricht, dass der Kaiser Anfang Januar hier eintreffen werde und nicht alle freuten sich darüber. Die kleine guelfische Partei in Padua hatte gehofft, er werde sich als Gescheiterter sogleich wieder in sein Königreich zurückziehen, und Giordano wusste, dass mit Friedrichs Rückkunft die aufregende Zeit mit Antonia ihrem Ende entgegenging.

5

Beim Einzug in Padua Mitte Januar stellte Friedrich seine Fähigkeit unter Beweis, auch nach Niederlagen wie ein Sieger aufzutreten. Zwei Dinge sind dabei richtigzustellen: Zum einen kam Friedrich schon Anfang Januar mit der Vorhut nach Padua, verkleidet als Meldereiter und nach Einbruch der Nacht. Zum anderen war sein öffentliches Auftreten als siegreicher Triumphator eine Woche später weder Lüge noch Täuschung. Die Schlacht am Flüsschen Oglio bei dem Dorf Cortenuova war ja tatsächlich ein glänzender Sieg gewesen. Die Lombardische Liga war am Boden zerstört, doch Friedrich hatte von da an eine Reihe von Fehlern begangen, von denen bereits die Rede gewesen ist.

Bianca, sonst nicht leicht aus der Fassung zu bringen, hatte in der Zeit um das Dreikönigsfest das Haus wegen der frostigen Luft kaum verlassen, als ein kaiserlicher Bote ans Tor klopfte. In einen langen Mantel gehüllt, Mund und Nase verdeckt, trat der Mann in den Flur und Bianca ging ihm entgegen, obwohl es sie drängte zu laufen. Atemlos fragte sie:

„Nachrichten vom Kaiser?"

Der Bote nickte, nahm den Mundschutz ab und verneigte sich.

„Statt einer Nachricht überbringe ich ihn gleich selber."

Die Magd, der Pförtner und der im Haus wohnende Capitano von Biancas Wachmannschaft fielen auf die Knie. Bianca nahm Friedrich an der Hand und führte ihn in das kleinere der beiden geheizten Zimmer. Anna knickste mit offenem Mund und Bianca schickte sie vor die Tür.

„Vorerst kein Zutritt, verstanden?"

Dann versanken sie in einer Umarmung, die eher einer Umklammerung glich und nicht enden wollte, als seien beide Teile dabei, in ein Ganzes zusammenzufließen. Nach einer Weile lösten sie sich voneinander, Friedrich warf seinen schweren Mantel ab und küsste Bianca auf Mund und Wangen.

„Eines gleich vorweg: Mein öffentlicher Einzug in die Stadt wird erst eine Woche später stattfinden, bis dahin ..."

Bianca nickte und rief Anna.

„Höre jetzt genau zu. Drei Menschen haben unten im Flur den Kaiser gesehen, sie sollen sofort hier antreten."

Friedrich lächelte und zog sich in die Fensternische zurück. Nacheinander traten sie ein, zuerst der Capitano, dann die Magd, hinter ihr der *portinajo*. Der Kaiser hatte sein Gesicht abgewandt, er wollte nicht zur Kenntnis genommen werden.

„Ja, ihr habt richtig gesehen, der Kaiser ist vorzeitig gekommen und dafür gibt es Gründe. Seine Majestät will aber nicht, dass seine Anwesenheit vor dem öffentlichen Einzug bekannt wird. Sollte sich dies in den nächsten Tagen herumsprechen, dann muss einer von euch geplaudert haben. Ich sehe mich dann gezwungen, euch drei aus dem Dienst zu entlassen, schimpflich und ohne Lohn. Bewahrt ihr jedoch euer Schweigen, so lasse ich jedem von euch fünf *grossi* auszahlen. Einverstanden?"

Die Männer verbeugten sich, die *serva* knickste. Als sie gegangen waren, stand Anna noch an der Tür und fragte:

„Und was ist mit mir?"

Bianca runzelte die Stirn.

„Dich werde ich wohl eines Tages wegen Frechheit davonjagen müssen! Jetzt hältst du besser den Mund und verschwindest!"

Anna feixte, knickste besonders tief und ging betont langsam hinaus. Friedrich wandte sich um.

„Die Kleine ist tatsächlich frecher, als es einer *serva* zusteht."

„Aber treu wie Gold, was wiederum eine fragwürdige *sentenza* ist, denn Gold kann sehr untreu sein ..."

Friedrich seufzte, doch er lächelte dabei und ließ keinen Blick von ihr, als wolle er prüfen, ob alles noch so vorhanden sei, wie er es verlassen hatte. Dann sagte er:

„Die Kinder, ich möchte unsere Kinder sehen!"

„Das schafft weitere Geheimnisträger, das Kindermädchen und Manfreds *precettore* werden wir auch einweihen müssen."

„Ich kann doch nicht dein ganzes Haus unter Quarantäne stellen lassen", meinte Friedrich mit gespielter Entrüstung.

Der schon über sechsjährige Manfred mit rotblondem Haar und leuchtend blauen Augen entwickelte sich mehr und mehr zum Ebenbild seines Vaters. Costanza, im Dezember neun Jahre alt geworden, hatte vom Vater die kräftige Gestalt, während sich in ihrem Gesicht das Elternerbe mischte, etwa in den graublauen Augen mit braunen Sprenkeln. Doch sie bewegte sich mit Anmut und Friedrich bemerkte gerührt, dass ihr Obergewand sich schon leicht vorwölbte. Violante, etwas über drei Jahre alt, betrachtete ihren Vater mit kritischem Gesicht und fragte leise:

„Wer ist der Mann?"

„Dein – unser Vater!"

Manfred war mit seinem begeisterten Ausruf den anderen zuvorgekommen. Bianca schüttelte den Kopf.

„Du bist wieder einmal vorlaut, *bambinello.*"

Sie wusste, dass ihn diese Bezeichnung besonders ärgerte. Er runzelte seine kindliche Stirn.

„Ich bin kein Kindchen, sondern ein *signorino* und ein Prinz dazu!"

„Das stimmt schon", warf Friedrich ein, „doch bis du ein Mann wirst, dauert es noch eine Weile. Wenn deine Mutter dich *bambino* nennt, dann tut sie das aus Zuneigung."

„Sie hat aber *bambinello* gesagt!"

Friedrich schaute sie strafend an.

„Da hat Manfred schon Recht, das Wort *bambinello* macht ihn kleiner als er ist."

„Ich werde es künftig vermeiden", sagte Bianca und verbiss sich das Lachen.

Manfred sah sie zuerst triumphierend an, bis ihm dämmerte, dass der Vater seine Mutter gescholten hatte, und so fragte er mit unsicherer Stimme:

„Aber das siehst du doch ein, *mammina*?"

„Wenn ihr Männer euch so einig seid, werde ich es wohl müssen, da sich Violante noch nicht so recht als Komplizin eignet."

Violante, von Bianca wie auch von den Geschwistern mehrfach darüber belehrt, dass dies der Papa sei, spitzte ihr Mündchen und sagte zuerst zögernd und fragend: „Papa?". Dann aber wiederholte sie es als feststehende Tatsache und tönte entschlossen: „Papa!"

Friedrich hob sie hoch.

„Ja, mein Schatz, das bin ich und da du die Kleinste bist, haben wir dich alle besonders lieb."

Dann waren sie allein und Bianca fragte: „Wann wirst du deine Gemahlin besuchen?"

„Ich habe sie benachrichtigt, sie wird an meinem Einzug in Padua teilnehmen. Beim Festbankett muss sie an meiner Seite sitzen, das gehört sich so."

„Aber das weiß ich doch, es geht um Politik. Ich kann nur hoffen, dass sie niemals von deinem vorzeitigen Eintreffen erfährt.

„Auf unsere Leute ist Verlass", sagte Friedrich mit Überzeugung.

Da mochte er schon Recht haben, aber der Ranghöchste ist oft nicht imstande, in die Niederungen zu blicken, wo unvorhersehbare Ereignisse eher die Regel als die Ausnahme bilden. Solange Friedrich in Biancas Haus blieb, bestand kaum Gefahr, doch die Mitwisser mehrten sich. Als Giordano seine Schwester besuchte, lief er dem Kaiser fast in die Hände. Er wurde eingeweiht, auf ihn war Verlass. Dann holte Roberto Anna zu einem Spaziergang ab, wartete im Flur und sah zu seinem maßlosen Erstaunen Donna Bianca vor einer Tür im Obergeschoss mit einem Mann plaudern, dessen unbekümmert laute Stimme er sofort erkannte. Er wurde eingeweiht, auch auf ihn war Verlass.

Petrus de Vinea, des Kaisers Freund und enger Vertrauter, wusste Bescheid und regierte während Friedrichs Abwesenheit gleichsam zur linken Hand. Doch er war angewiesen worden, Fragen von äußerster Dringlichkeit dem Kaiser vorzulegen. So kam es, dass ein Bote mehrmals in Biancas Haus erschien und ihr – zum Schein an sie gerichtete – Briefe übergab, die sie sofort an Friedrich weiterreichte. Einmal geschah dies, während Bianca mit einem Begleiter das Haus verließ, und der Bote erkannte den nur dürftig verkleideten Kaiser sofort. Er sah den beiden mit offenem Mund nach und wandte sich dann an den *portinajo.*

„War das nicht …? Das muss doch …"

Der Pförtner zischte: „Ja, aber halte um Himmels willen deinen Mund!"

Tat der Bote das? Vielleicht – vielleicht auch nicht. Niemand wird jemals erfahren, warum am dritten Tag ganz Padua wusste, dass der Kaiser in der Stadt war und wo er sich aufhielt.

Bianca machte nicht ihre Leute dafür verantwortlich, sondern die Umstände und so zahlte sie ihnen dennoch die versprochene Belohnung.

Wenig später erfuhr es Königin Isabella durch einen ihrer Zuträger. Sie war an einem Königshof groß geworden und wusste genau, dass es Situationen gab, da man seine Gefühle besser verbarg. Mit ihrer vertrauten Zofe Mary – die ältere Frau war schon ihr Kindermädchen gewesen – besprach sie sich.

„Ich muss davon ausgehen, dass jetzt die ganze Stadt über den Kaiser Bescheid weiß, der als Erstes nicht mich, sondern seine Kebse besucht hat, und noch dazu verkleidet. Eine Schande ist das! Wie stehe ich jetzt da?“

Über das schon etwas runzlige Gesicht der Zofe huschte ein Lächeln. Sie tätschelte Isabellas Arm und sagte:

„Du stehst glänzend da! Wir werden nämlich das Gerücht in die Welt setzen, der Kaiser habe davor zurückgescheut, seine Konkubine vor aller Augen zu besuchen – deshalb die Heimlichkeiten. Er hat sich ihrer geschämt, so werden wir es darstellen und so soll es herumgehen.“

Wer den Kaiser einigermaßen kannte, wusste freilich, dass Friedrich vor nichts und niemandem zurückscheute, aber nicht wenige glaubten dem ausgestreuten Gerücht. Doch bald redete man von etwas anderem, denn eine Woche nach dem Fest Epiphania Domini zerschnitt um die vierte Tagesstunde der Klang von Pauken und Fanfaren die Stille des frostigen, von einer fahlen Sonne erhellten Wintermorgens.

Der Kaiser saß im Purpurmantel zu Pferd, auf seinem rötlichen Haar funkelte die Lilienkrone. Zu seiner Linken ritt Ezzelino da Romano, dessen Heirat mit Friedrichs Tochter Selvaggia in den nächsten Wochen gefeiert werden sollte. Seine furchterregenden Echsenaugen waren halb geschlossen, doch von seinen schmalen, zu einem kalten Lächeln erstarrten Lippen war der Triumph abzulesen. Unmittelbar hinter dem Kaiser saß in einer vergoldeten und reich verzierten Sänfte Königin Isabella und hielt den ein halbes Jahr alten Heinrich Carlotto so auf dem Schoß, dass alle ihn sehen konnten. Die berückende Schönheit der jungen Königin übte einen solchen Zauber aus, dass das Volk mehr ihr als dem Kaiser zujubelte. Der Jubel verstärkte sich, als zwei wappengeschmückte Diener ihre Hände in einen Sack tauchten und mit weitem Schwung frisch geprägte *grossi* unter das Volk warfen. Die Münzen funkelten in der Sonne wie ein silberner Regen und die meisten davon erreichten nicht den Boden, sondern wurden in der Luft aufgefangen. Dass am Ende nur acht Todesopfer zu beklagen waren, stimmte die Stadt eher froh, denn bei ähnlichen Gelegenheiten waren einige Dutzend Menschen zu Tode getrampelt worden.

Der Kaiser trug ein strahlendes Lächeln zur Schau, und das war nicht aufgesetzt – es kam vom Herzen. Warum? Er befand sich schließlich in einer Situation, da er täglich den Bannstrahl aus Rom erwarten und damit rechnen musste, dass die Lombardische Liga sich neu formierte. Friedrich, in seinem Glauben an einen Gott, der ihm die unbeschränkte Macht auf Erden verliehen hatte, sah sich nicht als Gegner des Papstes, sondern von Gott über diesen gestellt. Er folgte damit dem von Karl dem Großen vertretenen Glauben, der Stellvertreter Christi sei eine Stufe unter ihm, dem Stellvertreter Gottes auf Erden.

Wo aber war Bianca an diesem festlichen Tag? Sie trat nicht in Erscheinung, und das war mit Friedrich so abgesprochen. Der Kaiser hatte seinen Einzug so legen lassen, dass sie an Biancas Haus vorbeiritten, und da stand sie dann am geöffneten Erkerfenster, zu beiden Seiten die größeren Kinder, die kleine Violante auf dem Arm. Friedrich blickte hinauf, mehr wollte und konnte er nicht tun, denn ein Zuwinken wäre in Isabellas Gegenwart ungehörig gewesen. Die Königin, von ihren Zuträgern genau instruiert, blickte nicht zum Erker empor, sondern behielt den Kaiser im Auge. Von hinten sah sie nur, dass er den Kopf hob, doch seine Hände waren nicht beteiligt. Damit konnte sie zufrieden sein. Am Abend hatte er das Festbankett für die Stadt angesetzt und als sie die beiden erhöhten Thronsessel sah, drückte sie ihre Zufriedenheit in einem heiteren Lächeln aus, das sie, mit einer anmutigen Kopfbewegung, nach allen Seiten richtete. Ja, sie konnte mit sich und der Welt zufrieden sein. Dass ein König sich Konkubinen hielt, war an allen Fürstenhöfen der Welt üblich und warum sollte es bei Friedrich anders ein? Eine gewisse Ungleichheit hatte sich durch Biancas drei Kinder ergeben, aber die war nun durch Heinrich Carlotto ins Lot gekommen.

Eine Stufe tiefer standen die Sessel für Ezzelino da Romano und seine künftige Frau Selvaggia, deren Mutter niemand kannte. Es wurde gemunkelt, sie sei eine sarazenische Sklavin gewesen, die Friedrichs Gunst für längere Zeit genossen hatte. Jedenfalls hatte er dieses Kind anerkannt und so war aus ihr eine kaiserliche Prinzessin geworden. Die Art ihres Auftretens war alles andere als scheu zu nennen, sie entsprach ihrem Namen – „*selvaggio*" bedeutet „wild", auch im Sinne von „widerborstig", und das traf ganz auf die hochgemute Prinzessin zu. Ihre schrägen dunklen Augen blickten so stolz wie herausfordernd um sich und es hatte den Anschein, dass ihr der künftige Gatte keine Furcht einjagte.

Isabellas zeremonieller Auftritt gestattete kein neugieriges Umsichblicken und erst als sie auf ihrem Thronsessel Platz genommen hatte, konnte sie sehen, dass Bianca mit ihren Kindern auf einer Art Galerie saß, zusammen mit dem zweiundzwanzigjährigen Enzio, Sohn der verstorbenen Adelheid, und dem zehnjährigen Ricardo, Sohn einer syrischen Konkubine. Zu Isabellas Ärger überragte die mit einem Holzgitter abgetrennte Galerie die Thronsitze um ein Beträchtliches, sodass die Kebse quasi auf die legitime Gattin herabblicken konnte. War das mit Absicht geschehen? Nein, denn am *palazzo della città* hatte man gewiss keine Umbauten vorgenommen, vermutlich war es eine Empore für die Zuschauer bei öffentlichen Ratssitzungen. Absicht aber konnte es sein, dass er seine *mistress* mit ihren Kegeln und die anderen *bastards* da oben postiert hatte, um ihre Bedeutung zu unterstreichen. Mit der Zeit würde es sich erweisen, wer mehr politisches Gewicht besaß – ihr legitimer kaiserlicher Prinz Heinrich Carlotto oder diese Horde von Bankerten.

Nun traten die Honoratioren von Padua an, vorgestellt von Ezzelino da Romano, um dem Kaiser ihre Aufwartung zu machen. Zuvor hatte ein *master of ceremonies* der Stadt die neue Königin mit den Worten präsentiert:

„An der Seite Seiner kaiserlichen und königlichen Majestät begrüßen wir Isabella von England, die neue Gemahlin Seiner Majestät. Wir alle wissen, dass sie dem Kaiser und damit der christlichen Welt einen Prinzen geschenkt hat, für den wir Gottes Segen auf seinem Lebensweg erflehen."

Während der Zeremonienmeister dies verkündete, starrte Friedrich auf die Empore, um – so vermutete Isabella – mit seiner *mistress* bedeutsame Blicke zu wechseln. Da sitze ich an seiner Seite und er zieht sie in Gedanken aus, so vermutete sie. Doch ihr Verdacht war falsch. Friedrich hatte zwar zur Galerie hinaufgeblickt, doch sein Lächeln galt Manfred und Ricardo, den Söhnen, auf die er besonders stolz war, weil sie ihm so auffallend glichen.

Übrigens war die Zeit vorbei, da Friedrich bei Biancas Anblick schwerer zu atmen begann, sein Herz pochen fühlte und die Hose ihm zu eng wurde. Mit jedem Kind, das sie ihm geboren hatte, kühlte sich die körperliche Leidenschaft ab, doch die geistige Verbundenheit wurde immer enger. Während seine nächsten Vertrauten, an der Spitze Petrus de Vinea, ihm mit Rat und Tat zur Seite standen, war Bianca es, mit der er den Dingen auf den Grund ging. Sie bekam auch seine Zweifel zu hören, ganz offen und unverstellt, wie er sie vor anderen niemals geäußert hätte. So hatte er ihr gestanden:

„Ich bin in einer fatalen Lage und mir wird immer deutlicher bewusst, was ich im vergangenen Jahr falsch gemacht habe. Das liegt gewiss nicht an meinen Ratgebern, nein, es liegt an mir, ihnen nicht genauer zugehört zu haben. Der Karren ist verfahren, wie man auf Deutsch sagt. Inzwischen habe ich den Beschwerdebrief des Papstes erhalten und die Liste ist lang. Ich will das mit dir nicht erörtern, gebe aber zu, dass es aus der Sicht des Heiligen Stuhles manches zu bemängeln gibt. Das betrifft vor allem Sardinien und da ist es schon so, dass ich weniger auf die Scharfmacher, sondern eher auf die Besonnenen hätte hören sollen. Prinz Enzio mit der Erbin Sardiniens zu verheiraten, war ein Fehler. Wie ich Adelasia einschätze, wird sie bald dem Papst zu Füßen fallen und um Vergebung ihrer Sünden winseln."

Bianca hob zweifelnd ihre Brauen.

„Kennst du sie so genau?"

„Ich bin ihr nur zweimal begegnet, doch da tat sie Äußerungen, die mich aufhorchen ließen. So etwa, der Papst sei unser aller Vater und wir als seine Kinder sollten alles tun, um ihn nicht zu erzürnen. Was mich betrifft, ist das inzwischen geschehen und bald wird Gregor seinem Zorn auf eine Weise Ausdruck verleihen, die mich zweifeln lässt, ob nicht einige der Reichsfürsten daraus Konsequenzen ziehen."

„Du meinst den Kirchenbann?"

„Was sonst? Aber wie könnte ich ihn verhindern?"

Bianca hob unschlüssig die Schultern.

„Dazu fällt mir nur eines ein: Du musst versuchen, auf die Kardinäle einzuwirken. Nicht alle schätzen Gregors zunehmend kaiserfeindliches Verhalten, denke nur an Giovanni Colonna, der in den letzten Jahren, so gut es eben ging, auf deiner Seite stand."

Friedrich nickte.

„Er und einige andere, doch sie sind zu wenig."

Diese nur vor Bianca geäußerten Sorgen trug der Kaiser niemals nach außen. Er gestaltete die Monate in Santa Justina wahrhaft kaiserlich, wobei ihn Abt Arnold nach Kräften unterstützte. Nüchtern betrachtet, war Friedrichs Aufenthalt in ihrem Kloster für die Mönche eine Zumutung. Ihr Tagesablauf mit Gebet, Studium und bäuerlicher Arbeit war durch den vielköpfigen kaiserlichen Tross empfindlich gestört. Friedrich wohnte mit den wichtigsten seiner Hofbeamten im Kloster, alle anderen mussten sich mit Zelten begnügen, die sich wie ein Schwarm bunter Vögel auf den umliegenden Feldern niedergelassen hatten. Diese Belästigungen erforderten eine Gegengabe, die nicht einfach zu erbringen war. Abt Arnold erwartete die kaiserliche Bestätigung für Besitzurkunden, die Ezzelino als nichtig betrachtete. Da er nun Friedrichs Schwiegersohn war, erforderte dies eine gewisse Rücksichtnahme, doch die Autorität des Kaisers war so groß, dass auch da ein gangbarer Weg gefunden wurde.

Da dies nun erledigt war und Rom sich in Schweigen hüllte, nahm Kaiser Friedrich seine so überaus geschätzten Jagdausflüge wieder auf, wobei die Falkenbeize im Mittelpunkt stand. Diese Ausritte wurden gelegentlich bis nach Noventa ausgedehnt, wo der Kaiser seiner Gemahlin Isabella dann einen förmlichen Besuch abstattete und den kleinen Heinrich Carlotto in Augenschein nahm. Das ist wörtlich zu verstehen, denn bei diesem Kind begnügte er sich mit dem Anblick und Bemerkungen wie „Ist er nicht etwas größer geworden?“ oder „Ich hoffe, er ist gesund und munter?“

Wie sehr Isabella sich nach mehr Zuwendung sehnte, mochte Friedrich vielleicht spüren, doch etwas vorzutäuschen, das nicht von Herzen kam – nein, das konnte er nicht. Mit den „ehelichen Pflichten“ hielt er es ähnlich. Der Sohn war geboren, die neue Gemahlin hatte ihre Aufgabe erfüllt. Vielleicht lag es an Biancas greifbarer Nähe, dass er lieber mit ihr – wenn auch weit seltener als früher – eine Nacht verbrachte.

Einmal fiel Friedrichs Besuch bei Isabella in die frühen Abendstunden, sodass der Kaiser sich zum Bleiben entschloss. Das Nachtmahl verlief in fröhlicher Runde, da Isabella Herrengesellschaft überaus schätzte und einer heiter-höfischen Unterhaltung durchaus gewachsen war. Wie immer, wenn der Kaiser hier erschien, lösten sich die Eunuchen in Luft auf.

Roberto, jetzt wieder als geschätzter kaiserlicher Jagdgehilfe tätig, nahm an diesem Nachtmahl teil und berichtete seiner Verlobten später davon.

„Es war schon seltsam, wie umsichtig und liebevoll der Kaiser sich um seine Gemahlin bemühte. Eigenhändig schenkte er ihren Becher nach, wählte aus der Schüssel die besten Stücke und legte sie ihr vor. Wir alle konnten sehen, wie Donna Isabella aufblühte – wie – wie ...“

Da ihm kein Vergleich einfiel, half Anna weiter.

„... wie eine schon etwas vertrocknete Blume, wenn sie wieder gegossen wird."

Roberto strahlte sie an.

„Ja, ja, das trifft's genau! Sie blühte auf, bekam rote Wangen und, so schien es mir wenigstens, bedachte den Kaiser mit – ja, mit feurigen Blicken, so muss man es wohl nennen. Wir waren eine kleine lockere Gesellschaft, es war kein Staatsbankett und wie immer bei Jagdausflügen gab der Kaiser sich fröhlich und umgänglich. Bis auf Isabella und einige Hofdamen war es eine Männergesellschaft und jeder von uns dachte, die kommende Nacht werden die beiden wohl gemeinsam verbringen, aber dann, um die Mitternachtsstunde, erhob sich der Kaiser, küsste Isabella auf beide Wangen, verneigte sich leicht vor den Hofdamen und verschwand in seinem Zelt. Ein gemeinsames Frühstück fand nicht statt, denn wir brachen schon in der Morgendämmerung auf."

Natürlich gab Anna den Bericht sofort an ihre Herrin weiter. Bianca hörte schweigend zu, unterbrach mit keinem Wort.

„Ich danke dir, denn es ist immer gut, über manches Bescheid zu wissen. Doch eines solltest du wissen: Selbst wenn dein Roberto berichtet hätte, der Kaiser sei mit Isabella im Haus verschwunden, so würde dies für mich keinen Unterschied bedeuten. Es wäre ja ein Unding, ihm die Erfüllung seiner Ehepflichten vorzuwerfen. Jetzt aber fürchte ich fast, der Zorn der Königin könnte mich treffen."

Sie schwieg und dachte eine Weile nach.

„Nein, ich empfinde keine Furcht, eher die Besorgnis, sie würde mir die Schuld am Verhalten des Kaisers zuschieben. Anna, glaube mir, selbst wenn es mich nicht gäbe, so hätte Friedrich nicht anders gehandelt. Seine politischen Ehen empfand er stets als Zwang, als manchmal auch lästige Pflicht. Ich kann daran nichts ändern und oft genug hat er mir erklärt, dass man den Mann vom Kaiser trennen muss. Ich kann das gut verstehen und dich, liebe Anna, muss ich wieder einmal bitten, das heutige Gespräch zu vergessen. Bedanke dich bei Roberto und sage ihm, dass ich solche Informationen durchaus zu schätzen weiß."

Giordano Lancia wurde zu den kaiserlichen Jagdausflügen selten geladen und da er jetzt jede freie Stunde mit Antonia verbrachte, war ihm das sehr recht. Als er danach wegen des Ringes, des Geschenks zur Geburt der Tocher, wieder vorsprach, zeigte der *orefice* sich so zugänglich und entgegenkommend, dass Giordano sich wunderte. Hatte Antonia das bewirkt? Doch sie sprach nicht davon, sondern malte seltsam unwirkliche Zukunftspläne von einem Leben ohne Mann und mit ihrem Kind, bei dem auch er eine gewisse Rolle spielte.

„Du kannst mich dann besuchen, so oft du willst, da wird uns niemand stören oder dreinreden."

Er versuchte, ihr geduldig die tatsächliche Lage zu erklären.

„Der Gedanke ist verlockend, doch die Wirklichkeit sieht anders aus. Erstens einmal bin ich verheiratet und zweitens wird der Kaiser höchstens noch zwei Monate in Padua bleiben. Außerdem lebt dein Mann noch, und so wie ich ihn gesehen habe, ist er gesund und munter."

Ein kaltes Lächeln flog über Antonias füchsisches Gesicht und ihre rosige Zunge tanzte erregt über die spitzen Zähne.

„Das muss nicht so bleiben ..."

Giordano nahm es zur Kenntnis, verdrängte aber den Gedanken, sie könne ihrem Gatten etwas antun.

Einige Tage später erhielt er zu seinem maßlosen Erstaunen eine Einladung des Goldschmieds zu einem Festmahl am Ostersonntag „im Kreis unserer Familie". Das war aber erst in zehn Tagen und so fragte er Antonia bei ihrem nächsten Treffen nach dem Grund. Sie tat erstaunt, rieb sich die spitze Nase und kniff die Augen zusammen.

„Davon weiß ich nichts! Um die Osterzeit lädt er in der Regel seine Sippe zu sich, weil er sich nicht dauernd vorwerfen lassen will, er meide seine Verwandten. Dass er dazu einige seiner besten Kunden lädt, ist nicht ungewöhnlich."

„Aber ich habe doch nur diesen einen Ring ..."

„Es war ein kostbares Stück und vielleicht hofft er, dir noch etwas andrehen zu können."

Wie immer, wenn sie von ihrem Mann sprach, malte sich auf ihrem Fuchsgesicht tiefe Verachtung. Niemals nahm sie seinen Namen in den Mund, nannte ihn nur „er" oder den „Goldschmied". Um diese Zeit musste Giordano sich eingestehen, dass Antonia ihm unheimlich wurde. Anfangs hatte ihm ihre sexuelle Gier geschmeichelt, aber jetzt begann sie ihn abzustoßen, weil er fand, sie zeige zusehends die Eigenschaften einer Hure. Dann musste er an Messalina denken, die sich später in das venezianische Edelfräulein Donna Caterina verwandelt hatte. Sie hat, so dachte er, eine Zeit lang als Hure gelebt, ohne wirklich eine zu sein. Antonia aber hat sich in die Ehe mit dem Goldschmied pressen lassen, ist aber eine *puttana* reinsten Wassers. Wenn sie sich schamlos auf den Rücken warf, die Schenkel spreizte und dabei einen scharf-animalischen Geruch ausströmte, so mochte das einen besoffenen Söldner entzücken, ihn aber begann es anzuekeln. So wie es ihn jetzt ärgerte, wenn sie ihn Giordi nannte, auch wenn er es vor kurzem noch als originell empfunden hatte. Er versuchte seinen Abscheu, der meist nicht lange anhielt, zu verbergen und sie ließ nicht erkennen, dass sie etwas bemerkt hatte.

Nun, da er die Einladung erhalten hatte, nahm er sich fest vor, mit dem Osterbankett einen Schlusspunkt zu setzen. Dann musste seine Beziehung beendet werden, über deren Beginn er sich jetzt wunderte. Wie hatte er nur auf dieses verschlagene Fuchsgesicht hereinfallen können – er, ein Graf Lancia!? Bei Messalina schien es ihm verständlich und er bereute nichts. Ihm war, als beginne er langsam aus einem bösen Traum zu erwachen, doch sollte er bald erfahren, welcher Schrecken ihn danach erwartete.

Für den Palmsonntag setzte der Kaiser ein Volksfest auf seine Kosten an, das auf dem Prato della Valle, der großen Festwiese im Süden der Stadt, stattfinden sollte. Es war, als hätte Friedrich bei Sankt Peter das Wetter bestellt, denn ein seidig blauer Märzhimmel spannte sich über der Festwiese. Dort hatten sich schon Gaukler, Akrobaten, Spiel- und Tanzgruppen eingefunden, dazu auch Beutelschneider und Taschendiebe. In kluger Voraussicht hatte der Magistrat vor der Stadtmauer einen mehrschläfrigen Galgen errichten lassen.

Nach und nach strömten die festlich gekleideten Zuschauer heran. Das einfache Volk setzte sich an die langen Tische, die Honoratioren an festlich gedeckte Tafeln auf einer erhöhten Balustrade. Hilfskräfte hatten die Nacht über herbeischafft, was Metzger, Bäcker und Winzer zu bieten hatten, und bald war die Luft so von Rauch und Dampf erfüllt, dass die Sonne zeitweise dahinter verschwand. Es ist schön, den Kaiser in der Stadt zu haben, ging es von Mund zu Mund, wollte Gott, er würde länger bleiben.

Da Friedrich wusste, dass seine Anwesenheit das festliche Schmausen, auch das heitere Treiben der Gaukler und Spielleute beeinträchtigen konnte, erschien er mit seinem Gefolge erst am späten Nachmittag, um damit den Tag zu krönen. Zwei Pagen trugen die Schleppe seines Purpurmantels, auf seinem Haupt funkelte die Lilienkrone. Seine Miene strahlte heitere Zuversicht aus und mit jedem, der ihm kniend die Hand küsste, wechselte er einige Worte. Dass die Königin nicht gekommen war, fiel kaum auf, später ging die Rede, sie sei unpässlich gewesen.

Bianca saß mit Ezzelino da Romano und seiner frisch angetrauten Gemahlin an der Festtafel, zu ihrer Seite die achtjährige Costanza und der sechsjährige Manfred. Jeder in Padua wusste Bescheid und kaum einen störte es, dass den Kaiser eine Konkubine begleitete.

Natürlich erfuhr Isabella noch am gleichen Tag von dem Fest und es grämte sie, dass Friedrich sie nicht geladen hatte. Liebte sie doch besonders die Auftritte vor vielen Menschen und genoss es, in den Augen der Männer das Begehren zu lesen, wozu noch der süße Triumph kam, dass sie unerreichbar war und es bleiben musste für alle Zeiten. Sie wagte aber nicht, Friedrich nach dem Grund seines Verhaltens zu fragen, ein wenig auch aus Stolz, denn eine Prinzessin von England musste eine gemeine Volksbelustigung für durchaus entbehrlich halten.

6

Dem Grafen Giordano Lancia fehlte an diesem Tag die Festlaune, auch dass einige Tische weiter dieser Roberto mit Anna turtelte, als gäbe es nur sie beide, machte ihn nicht heiterer. Auf den Bänken der Handwerkergilden erspähte er Antonia, die dem Goldschmied gegenübersaß, der so sauertöpfisch dreinschaute, als nehme er an einer Grablegung teil. Sie unterhielt sich lebhaft mit einem jungen, stutzerhaft gekleideten Mann zu ihrer Linken. Dabei fuchtelte sie mit den Händen und stieß einen Weinkrug um, dessen Inhalt sich blutrot über den Tisch ausbreitete, als habe dort eine Schlachtung stattgefunden.

Solche Gedanken gingen Giordano durch den Kopf und er fragte sich, warum ihn eine Weinpfütze gleich an Blut erinnerte. In einer Woche würde er mit Antonia am Tisch des Goldschmieds sitzen, ein letztes Mal in ihrer Gesellschaft. Ja, er hatte sich fest vorgenommen, die Füchsin danach niemals wiederzusehen, und daran würde er sich halten. Nichts könnte ihn dann umstimmen – nichts! Ob es ein Fehler war, die Einladung anzunehmen? Womöglich hatte der Goldschmied Antonias Liebschaft entdeckt und wollte ihn jetzt, gleichsam vor aller Augen, zur Rechenschaft ziehen. Nein, das hielt er für wenig wahrscheinlich, wusste doch alle Welt, dass Giordano Lancia zur engeren Gefolgschaft des Kaisers zählte. Wenn, dann würde er es in aller Stille tun, um kein Aufsehen zu erregen.

Giordano ermannte sich. Schließlich bin ich der Graf Lancia und niemandem außer dem Kaiser Rechenschaft schuldig! Aber ein Ehebrecher bist du auch, beharrte die Stimme seines Gewissens. Ja, und es tut mir leid und ich werde es beichten. Tiefe Reue fühle ich schon jetzt ...

Keines seiner früheren Liebesverhältnisse war durch das Bewusstsein getrübt, gegen das sechste Gebot verstoßen zu haben. Jetzt aber, bei Antonia, hatte ihn das Sündhafte seines Tuns zuletzt so bestürzt, dass er sich schwor, die Verbindung abzubrechen. War es, weil er früher frei war und auch seine Liebschaften nicht verheiratet waren? Von Ehebruch konnte da nicht die Rede sein, jetzt aber war es ein doppelter: der ihre und seiner. Wie die meisten Menschen machte auch Giordano sich nicht die Mühe, ein wenig tiefer zu schürfen. Vielleicht hätte er dann herausgefunden, dass weniger der Ehebruch, sondern mehr Antonias widerliches Verhalten ihn zuletzt so abstieß, dass er dem ein Ende bereiten musste.

Das mittägliche Festessen sollte im Garten des Goldschmieds stattfinden, doch seine Beziehungen zu Sankt Peter schienen weniger gut, denn schon in den frühen Morgenstunden fuhr eine Reihe schwerer, schwarzer Wolkenwagen auf, die bei den ersten Donnerschlägen umkippten, als hätte sie eine Riesenfaust angestoßen. Ihre Ladung ergoss sich in so dichten Fluten, dass es eher einem Wasserfall als einem Regen glich. Im Haus des Goldschmieds gab es einen nur selten benutzten Festsaal und da gruppierten sich jetzt unterschiedliche, aus anderen Räumen herbeigeholte Stühle um einen runden Tisch. Früher hatte hier die *corporazione* der Gold- und Silberschmiede gelegentlich getagt, doch das war lange vorbei und so hatte dieser Tisch schon seit Jahren keine Gäste mehr gesehen.

Als Giordano eintraf, saßen die meisten schon und blickten ihm neugierig entgegen. Die Herren erhoben sich, drückten seine Hand und nannten ihre Namen. Überwiegend waren es Verwandte oder Verschwägerte, auch Freunde der Familie waren geladen. Die Damen stellte der Goldschmied vor, zuletzt die Frau des Hauses.

„Das ist Donna Antonia, meine Gemahlin, aber flüchtig kennt Ihr sie ja, von der Anprobe des Ringes."

Heute würde ich einiges darum geben, wenn ich diese *baldracca* tatsächlich nur flüchtig kennengelernt hätte, dachte Giordano. Ihr Schoß ist kein Hort der Freude, sondern ein widerlicher Sumpf ...

Antonias Worte rissen ihn aus seinen Gedanken.

„Ah, Don Giordano Lancia, der Graf aus Pisa! Dass Ihr zuerst Kunde, dann Gast unseres Hauses seid, ehrt meinen Gatten und mich besonders. Darf ich, dürfen wir hoffen, Euch bald wiederzusehen?"

„Hoffen kann man immer ...", brummte Giordano und nahm auf dem ihm zugewiesenen Stuhl Platz.

Die Speisenfolge war etwas karg und kaum geeignet, die Tafel des Goldschmieds in rühmender Erinnerung zu behalten. Dazu wurde ein allerdings vorzüglicher Würzwein gereicht, den der Hausherr aus einem von ihm geschaffenen silbernen Pokal trank. Antonia hatte ihn auf eine feierliche Art – sie trug ihn wie eine Reliquie – hereingebracht und vor ihn hingestellt. Giordano, als Ehrengast an der Seite des Hausherrn, erwiderte dessen nichtssagenden Trinkspruch mit den Worten:

„Auf das Wohl Seiner Majestät, des Kaisers und mit dem Wunsch, der Himmel möge alle seine Vorhaben begünstigen und auf die rechten Wege leiten."

Dazu hatte er sich erhoben, die anderen taten es auch, nur der *orefice* schaffte es nicht. Er versuchte, sich hochzustemmen, ächzte laut, wollte etwas sagen, doch es gelang ihm nicht, denn jetzt trat blutiger Schaum vor seinen Mund, er verdrehte die Augen und sank langsam von seinem Stuhl.

Antonia warf sich mit einem Schrei über ihn und rief:

„Ach, ach, was ist mit dir? Hast du – bist du ...?"

Ein jüngerer Mann in schwarzer Gelehrtenkleidung drängte sie sanft beiseite und mit der Hilfe anderer legten sie den sich qualvoll windenden und laut stöhnenden Goldschmied auf den Tisch. Antonia schob ihm sorglich ein Kissen unter das Haupt, während der

Arzt – er hatte in die Sippe eingeheiratet – den Pokal ergriff und daran roch. Dann nickte er mehrmals und sagte:

„*Allium*! Ich habe es mir fast gedacht, nur *arsenico* strömt diesen Geruch aus."

Nach den Anweisungen des Medicus wurde allerlei unternommen, der Vergiftung zu begegnen. So versuchte man, ihm stark verdünnte Milch einzuflößen, und es erfolgte auch das gewünschte Erbrechen und was er eben gegessen hatte, kam wieder ans Licht, doch stark vermischt mit Blut. Sie trugen den immer schwächer Werdenden ins Nebenzimmer. Nach einer Weile kam der Arzt heraus und meinte:

„Da ist wenig zu machen, ich glaube nicht, dass er es überlebt. Jedenfalls müssen wir die Stadtmiliz rufen, denn hier liegt ein Verbrechen vor."

Giordano hob die Hand.

„Das werde ich tun! Ich bin im Gefolge des Kaisers und ..."

Da rief Antonia laut und voll Empörung:

„Nein! Ihr habt neben ihm gesessen und nur Ihr konntet – also, ich meine, da liegt der Verdacht schon nahe, dass ..."

Ein älterer Herr unterbrach sie.

„Hüte deine Zunge, Antonia! Don Giordano ist ein hochgeehrter Gast und hätte nicht die geringste Veranlassung ..."

Jetzt unterbrach sie ihn.

„Was wisst Ihr schon? Nichts! Ich sage Euch, dass mein Mann allen Grund hatte, sich über Graf Lancia zu erzürnen. Dieser Mensch versucht seit Wochen, mich zum Ehebruch zu verleiten, und zwar auf so schändliche Art, dass ich mich schäme, seine Worte zu wiederholen."

Giordano stand da und glaubte, seinen Ohren nicht zu trauen.

„Wa-was redet Ihr da? Ihr seid es doch, die – die mich in der Kirche auf eine Weise, die ich nicht nennen mag, dazu gebracht habt ..."

In diesem Augenblick stürmte die von einem Diener gerufene Miliz herein. Antonia wies mit ausgestreckter Hand auf Giordano.

„Das ist er! Nehmt ihn fest! Er hat meinen Mann in seinem eigenen Haus auf üble Art zu Tode gebracht. Er saß neben ihm, nur er kann es gewesen sein, nur er!"

Als sie ihn festnehmen wollten, rief Giordano:

„Halt! Ich bin Graf Lancia und ein Vasall des Kaisers!"

Da hob der Anführer der Miliz unschlüssig die Schultern.

„Dann werden wir Euch ins kaiserliche Lager bringen, Graf Lancia."

„Gut, aber die anderen Gäste müsst Ihr auch festnehmen. Jeder könnte es gewesen sein, obwohl für mich nur Donna Antonia in Frage kommt."

Ihre Augen sprühten Hass, ihr Mund verzerrte sich.

„Was fällt Euch ein? Ich? Ich soll meinen eigenen, geliebten Mann vergiftet haben? Nicht einmal der Kaiser wird Euch das glauben."

„Auch ich mochte es kaum glauben, als Ihr zu mir von der Möglichkeit spracht, Euren Gatten mit Pilzen zu vergiften – Ihr nanntet es sein Lieblingsgericht."

Da blickten sich einige aus der Familie bedeutsam an. Woher sollte Graf Lancia von dieser Lieblingsspeise wissen?

Unterdessen starb der Goldschmied qualvoll und während sie ihn aufbahrten, verkündete die Miliz den Anwesenden, sie seien bis zur Klärung des Falles unter Hausarrest gestellt.

Bei einem Grafen Lancia musste ein Oberhofricher tätig werden, und das war in diesem Fall Petrus de Vinea. Der Kaiser war einige Tage auf Besuch bei seiner Gemahlin und de Vinea meinte, die Sache müsse schnell zu klären sein. Zuerst führte er mit Giordano ein persönliches Gespräch.

„Eines gleich vorweg, Don Giordano: Ich kenne Euch nicht besonders gut, wage aber dennoch zu sagen, ich halte es für undenkbar, dass Ihr den Goldschmied in seinem eigenen Haus vergiftet habt. Alles weist darauf hin, dass seine Familie daran beteiligt war, und deshalb meine Fragen."

Giordano versicherte mit erhobener Stimme:

„Ich kann gleich jetzt einen heiligen Eid schwören, dass Ihr von mir die Wahrheit erfahren werdet, auch wenn sie zum Teil recht hässlich ist."

Petrus schüttelte sein bärtiges Haupt.

„Auf den Eid verzichte ich, denn ich glaube Euch auch so."

Das habe ich auch erwartet, dachte Giordano, doch er sagte:

„Dafür danke ich Euch, *reverendissimo*."

„Nennt mich Don Pietro, das wäre mir lieber." Giordano verneigte sich schweigend und de Vinea fügte hinzu: „Erzählt mir alles von Anfang an, auch *bagatelle* sind wichtig."

Es fiel Giordano nicht leicht, über Ereignisse, wie etwa die *copula* in der Taufkapelle zu berichten. Er bemühte sich um Sachlichkeit, doch wieder erwachte sein Ekel, als er davon erzählte.

Gegen Ende seines Berichts schüttelte de Vinea ratlos den Kopf.

„Wie konntet Ihr Euch nur mit einer solch abgefeimten *strega* einlassen? Spätestens als sie Euch von ihrem Plan erzählte, den Ehemann umzubringen, hättet Ihr doch gewarnt sein müssen. Da ist Euer Verstand wohl im *scrotum* stecken geblieben?"

Giordano errötete leicht.

„Ganz so ist es nicht, Don Pietro, denn schon bei den letzten Treffen empfand ich Ekel vor ihr und mit dem Gastmahl wollte ich einen Schlusspunkt setzen."

Petrus de Vinea nickte.

„Ja, das hat dann aber ein anderer getan."

„Eine andere, würde ich sagen."

„Der Verdacht liegt nahe, es ist aber nicht erwiesen. Am stärksten belastet Euch, dass man in einer der Satteltaschen ein Säckchen mit deutlichen Spuren von *arsenico* fand."

Giordano sprang erregt auf.

„Ich schwöre Euch bei den Häuptern meiner Familie, dass ich niemals so etwas besaß. Mein Pferd stand mit anderen im Stall, angebunden und unbeaufsichtigt, da hätte jeder etwas in eine der Taschen stecken können."

„Zeugen! Wir brauchen Zeugen!"

Die Vernehmung von Donna Antonia nahm ein Hauptmann der Stadtmiliz vor. Die Füchsin bot alles auf, sich als unschuldiges Opfer männlicher Niedertracht darzustellen. Die ganze Sippschaft fürchtete, das Vermögen des Alten könne in andere Hände geraten.

„Da er nun einmal auf mich ein Auge geworfen hatte, musste ich in den sauren Apfel beißen. Doch so unrecht war er nicht und ich habe mich an ihn gewöhnt. Als ich dann schwanger wurde, konnte ich hoffen, dass aus uns eine richtige Familie würde ..."

Sie brach in Tränen aus, doch seltsam, ihrer schlauen, verlogenen Miene konnte das nichts anhaben.

Der Capitano nahm es nicht wahr und sagte etwas verlegen:

„Beruhigt Euch, Donna Antonia ..."

Das tat sie dann auch und fuhr mit stockender Stimme fort:

„Ja, es – es hätte alles – alles – gut werden können, doch seit Graf Lancia den Ring erworben hatte – ich musste ihn zuvor anprobieren – ließ er mir keine Ruhe mehr. Immer wieder fand er Vorwände, mir zu begegnen, und was er mir dann vorschlug, muss ich verschweigen, weil eine ehrbare Frau solche Worte nicht in den Mund nehmen kann. Jedenfalls ist das auch der Grund, warum Graf Lancia meinen Mann beseitigt hat: um bei der Witwe zu erreichen, was die Ehefrau ihm verweigert hatte."

Dem Capitano leuchtete das ein und so stand Aussage gegen Aussage.

Aber da war noch Giordanos Bursche und so müssen wir nochmals zurück zu jenem mittäglichen Festessen im Haus des Goldschmieds. Giordano sprang vom Pferd und sein *garzone* übernahm die Zügel.

„Du kannst ja unterdessen in eine Kneipe gehen, hier hast du einen *grosso* zum Versaufen."

Das war wieder der alte Scherz zwischen Herr und Knecht, denn Giordano wusste sehr wohl, dass der junge Mann jeden Kreuzer zurücklegte, um bald eine Familie gründen zu können.

Der Bursche grinste und stand stramm.

„Jawohl, Euer Gnaden, das werde ich tun, sobald es aufhört zu regnen."

Er führte das Pferd in den Stall, wo schon einige andere standen, und blickte sich um. In einer dunklen Ecke lag frisches Stroh zum Einstreuen. Er rollte seinen Mantel zu einem Kissen, legte sich nieder und war bald eingeschlafen. Ein unbestimmtes Geräusch weckte ihn. Er richtete sich auf und sah eine geduckt heranschleichende Gestalt, die jedes Pferd genau musterte und bei dem seines Herrn stehen blieb. Er hielt den Atem an und erstarrte zu Stein, um sich nicht durch das Rascheln des Strohes zu verraten. Durch das schmale Stallfenster fiel gerade so viel Licht, dass er einen mittelgroßen Mann erkennen konnte, der an den Satteltaschen herumfingerte. Seine helle Empörung über diesen Eindringling drängte ihn, aufzuspringen und den Dieb am Kragen zu packen, doch der löste sich vom leise schnaubenden Pferd und es war deutlich zu sehen, dass er keine Beute in den Händen trug. Der Mann schlich hinaus und es war zu erkennen, dass er humpelte.

Was soll's, dachte der *garzone*, den hat vermutlich Don Giordano geschickt, um nach dem Pferd zu sehen. Er hätte jetzt aufstehen und dem Kerl nachschleichen sollen, aber er war zu müde, ließ sich zurücksinken und schlief weiter. Als sie ihn dann recht unsanft weckten, befahl ihm ein Mann von der Stadtmiliz, das Pferd des Herrn Grafen hinauszuführen. Giordano stieg auf und rief ihm zu:

„Geh ins Lager zurück, hier ist ein Mord geschehen und ich muss etwas klären."

Am nächsten Tag wurde ihm mitgeteilt, sein Herr stehe unter Mordverdacht und er solle sich bereithalten. Bereit? Wofür? Als Giordano auch am zweiten Tag nicht zurückkam, ging der *garzone* zum Palazzo della Ragione, wo die Gerichtsverhandlungen stattfanden. Vielleicht hatte der von ihm beobachtete vermeintliche Dieb doch eine Bedeutung? Die hellebardenbewehrten Türsteher wiesen ihn barsch zurück.

„Du kannst deinen Herrn jetzt nicht sprechen! Verschwinde und warte im Lager ab!"

Da kam aus dem Hintergrund der Capitano herbei.

„Es geht um den Grafen Lancia?"

„Ja, das ist mein Herr. Ich habe da etwas beobachtet, als ich im Stall das Pferd bewachte ..."

Der Graf Lancia war kaiserlicher Vasall und galt als Friedrichs treuer Parteigänger, so viel wusste auch der Capitano.

„Komm mit!"

So führte man Giordanos Burschen vor einen der Richter.

„Du darfst deinen Herrn jetzt nicht sehen, um jede Absprache zu vermeiden. Mir aber kannst du alles sagen, doch wehe dir, wenn es ohne Bedeutung ist! Draußen im Hof steht ein Pfahl und daran werden die Lügner gebunden und unsere Büttel sind wahre Meister mit der *frusta*."

Doch der Bursche ließ sich nicht einschüchtern.

„Ob es wichtig ist, weiß ich nicht, das müsst Ihr entscheiden."

„Sehr richtig – also rede!"

Sein Bericht war etwas umständlich, doch der Richter unterbrach ihn nicht und fragte am Ende:

„Du hast Graf Lancia nicht gesehen oder gesprochen, seit er festgenommen wurde?"

„Nein, Herr."

Der Richter nickte und murmelte:

„Das wäre auch gar nicht möglich gewesen ..."

Sogleich rief er einen Schreiber und sandte eine Botschaft an den Großjustitiar Petrus de Vinea: Ein wichtiger Zeuge habe sich gemeldet. Vor ihm musste der *garzone* seine Aussage wiederholen, dann sagte de Vinea mit strenger Stimme:

„Gibt es noch etwas, das du vergessen oder verschwiegen hast?"

Der Bursche ließ das Geschehene nochmals vor seinem inneren Auge ablaufen und da sah er, wie der „Dieb" hinaushumpelte.

„Ja, Euer Gnaden, jetzt fällt es mir ein: Als der Mann den Stall verließ, hat er gehinkt."

Der Justitiar runzelte die Stirn.

„Gehinkt?"

„Ja, es war deutlich zu sehen, als fehle ihm etwas an den Beinen."

„Ist gut, du bist entlassen."

Dann ging es sehr schnell. De Vinea schickte eine Kommission ins Haus des Goldschmieds und ließ das Hauspersonal vorbeimarschieren. Donna Antonia befand sich zu dieser Zeit noch immer in Hausarrest in ihrer Wohnstube, ohne jeden Kontakt zu ihren Dienstleuten. Der Gärtner und Stallbesorger, ein kleiner dicklicher Mann in mittleren Jahren, hinkte deutlich. Der Untersuchungsrichter winkte ihn heran.

„Ein Unfall?"

„Ja, Herr, beim Heckenschneiden ist mir die Axt ausgerutscht und ..."

„Ist gut, alle anderen können gehen."

„Du bist während des Festbanketts in den Stall geschlichen und hast dich an Don Giordanos Pferd zu schaffen gemacht?"

Der Mann grinste einfältig.

„Dann hat's doch einer gesehen – na ja, ist egal. Die Signora hat mich geschickt, ich soll dort etwas in die *borsa della sella* stecken und ja den Mund halten. Aber Euch muss ich es doch sagen?"

Dem Gericht darf nichts verborgen bleiben, ganz recht. Und was war es?"

Der Gärtner blickte verwirrt.

„Was war was?"

Der *ufficiale* blieb geduldig.

„Was hast du dort hineingesteckt?"

„Eine Überraschung, hat die Signora gesagt."

„Wie sah das Ding aus?“

Der Gärtner hob unschlüssig die Schultern.

„Eigentlich war es nicht viel, *un sacchetto*, ein Stoffbeutel, ein ganz leichter, als sei nichts drin.“

„Hast du nachgesehen?“

„Aber Signore!“ Der Gärtner zeigte sich tief empört. „So etwas tut man doch nicht!“

„Gut, vielleicht wirst du deine Aussage vor Gericht wiederholen müssen.“

„Ich soll vors Gericht?“

„Nur als Zeuge.“

„Na, dann ist es ja gut.“

Dann ging der *ufficiale* zu Antonias Wohnstube. Der Wächter trat mit einer Verbeugung zur Seite. Sie saß am Fenster und besserte ein Kleidungsstück aus. Neugierig blickte sie auf.

Der Beamte verneigte sich leicht.

„Donna Antonia, es tut mir leid, doch ich muss Euch festnehmen.“

Ihr schlaues Gesicht blieb unbewegt, nur die spitze Nase stieß wie zur Abwehr etwas nach vorne und ihre Zunge tanzte erregt über die Zähne.

„Weshalb?“

„Es besteht der dringende Verdacht, dass Ihr Euren Ehemann ermordet habt.“

„So, so, dann seid Ihr also auf das lügnerische Geschwätz dieses Grafen hereingefallen?“

„Keineswegs, doch Euer Gärtner wurde beobachtet, als er im Stall an Don Giordanos Pferd herumhantierte. Der Mann hat inzwischen von sich aus bestätigt, dort ein Säckchen in die Satteltasche gesteckt zu haben – in Eurem Auftrag.“

Sie hob gleichmütig die Schultern.

„Was ist da schon dabei?“

„Der Beutel war leer, bis auf deutlich wahrnehmbare Spuren von Arsenikon – das von Euch in den Pokal Eures Gatten praktizierte Gift. Alle Gäste können bestätigen, dass Ihr eigenhändig den silbernen Weinkelch vor ihn hingestellt habt.“

„Warum soll ich das Gift hineingetan haben? Der Kelch war für viele zugänglich.“

„Nicht für viele, da Euer Gatte ihn überaus schätzte und kein anderer daraus trinken durfte. Doch ist es offensichtlich, dass Ihr den Verdacht auf Don Giordano lenken wolltet. Erfahrungsgemäß handeln nur die Täter so."

Ein schlaues Lächeln flog über ihr Fuchsgesicht.

„Das mag schon zutreffen, doch gibt es immer Ausnahmen. Wäre es nicht auch möglich, dass ich den Verdacht von einem anderen ablenken wollte? Der Geselle meines Gatten ist ein noch junger, recht ansehnlicher Mann. Stirbt der Meister ohne leibliche Nachkommen, so ist es üblich, dass die Witwe den ersten Gesellen heiratet, der dann später zum Meister werden kann."

Das gab dem Richter schon zu denken.

„Ich will Eurer Argumentation nicht unbedingt folgen, doch nach dem Gesetz muss jeder Verdächtigte vernommen werden. Ihr bleibt bis dahin weiter in Hausarrest."

Als man den Gesellen befragte, konnte er nur darüber lachen. Er werde noch heuer die Werkstatt seines Vaters übernehmen, da sein älterer Bruder überraschend gestorben sei. Er grinste verächtlich.

„Die Meisterin heiraten? Dieses Weib würde ich nicht einmal mit der Zange anfassen."

„Warum?"

Er zuckte die Schultern.

„Seht es als persönliche Meinung und erspart mir eine Erklärung."

Die Füchsin nahm es gelassen hin.

„Dann muss ich wohl mit der Wahrheit herausrücken."

Der Richter winkte spöttisch ab.

„Eure bisherigen Wahrheiten haben sich allesamt als Lügen erwiesen. Aber bitte sehr, ehe man Euch peinlich befragt, sollt Ihr Gelegenheit haben, eine – eine weitere Aussage zu machen. Sprecht langsam, damit der Schreiber sich Notizen machen kann."

Sie nickte.

„Zuerst einmal dies: Ja, ich wollte den Verdacht auf Giordano Lancia lenken, der mir als *amante* lästig wurde."

„Wer hat also wen verführt?"

„Beide wollten wir es."

„Dann wurde er Euch lästig?"

„Die Schwangerschaft änderte alles und so wollte ich an der Seite meines Gatten ein neues Leben beginnen."

Der Richter schüttelte erstaunt den Kopf.

„Ein neues Leben? Warum wolltet Ihr ihn dann umbringen?"

„Aber Signor Giudice, das wollte ich doch nicht!"

„Und wie kam das *arsenico* in seinen Becher?“

„Ich habe mich in der Menge vertan. Das ganze Haus war in Unruhe wegen der Gäste, ich hatte tausend Dinge im Kopf, die Dienstboten schwirrten herum – da muss mir wohl zu viel in den Kelch geraten sein.“

„Jetzt aber langsam! Soll das heißen, dass Ihr schon vorher ...?“

Sie nickte eifrig.

„Aber ja, und das hatte einen wichtigen Grund. Wie Ihr wisst, ist mein Gatte fast dreißig Jahre älter und – na ja, das bringt es eben mit sich, dass der eheliche Verkehr darunter leidet. Ihr als Mann werdet das verstehen.“

Der Richter öffnete den Mund, doch sie sprach schnell weiter.

„Dann habe ich einen *speziale* befragt, was da zu tun sei. Er sagte, da gebe es eine Reihe von Arzneien, doch ohne Glaube an ihre Wirkung seien sie meist nutzlos. Aber mein Mann soll nichts davon wissen, gab ich zu bedenken. Dann riet er zu *arsenico*, gebot aber äußerste Vorsicht. Wenn ich mich recht erinnere, sprach er davon, dass eine *libra* gut siebentausend *grani* enthalte, und nur die Hälfte eines *grano*, also kaum eine Messerspitze, sei unschädlich, tue aber die erhoffte Wirkung.“

„Und damit habt ihr ihn behandelt? Wie oft?“

„Ach, schon nach dem dritten oder vierten Mal tat das Mittel seine Wirkung.“ Sie klopfte auf ihren Bauch. „Die Hebamme hat es bestätigt, ich bin schwanger.“

Der Richter dachte nach.

„Euren Mann kann ich ja leider nicht mehr befragen, aber könnte das Kind nicht auch von Graf Lancia sein?“

Antonia hatte mit dieser Frage gerechnet.

„Im dritten Monat? Den Grafen kenne ich erst seit sechs Wochen.“

„Wusste Euer Mann von dieser Schwangerschaft?“

„Aber ich bitte Euch! Das war der Hauptgrund unserer Ehe und er war außer sich vor Freude, hat auch gleich sein Testament geändert – wenigstens versprach er es. Das war auch der Grund seines Schweigens bei dem Gastmahl, denn niemand sollte vorerst von meiner Schwangerschaft wissen, um bei den vermeintlichen Erben keinen Hass zu erzeugen.“

„Dies alles wird zu prüfen sein. Auch den Apotheker werden wir vernehmen.“

„Ja, tut das und Ihr werdet meine Aussage bestätigt finden."

Der Richer maß Antonia mit einem strengen Blick.

„Noch etwas bedarf einer Erklärung. Da Ihr nun Eurer Schwangerschaft sicher ward, warum habt Ihr nicht aufgehört, ihm weiter das Gift zu verabreichen?"

Auch dafür hatte Antonia sich eine Antwort zurechtgelegt.

„Ich wollte mit meinem Mann ein neues Leben beginnen, davon war ja schon die Rede. Er sollte sich geliebt und umsorgt fühlen und dazu gehört auch der eheliche Verkehr. Diese Freuden sollte er weiter genießen können ..."

Der Richter glaubte nicht daran, erklärte aber die Vernehmung für beendet. Dann tat er das Nächstliegende und befragte den Apotheker, der Antonias Aussage bestätigte. Ja, er habe ihr sogar vorgeführt, wie sie vorgehen solle, wie sie mit der äußersten Spitze eines Messers das Pulver aufzunehmen habe.

Des Weiteren ließ der Richter das Testament eröffnen. Die alte Verfügung einer Drittelung zugunsten von Antonia, der Armenpflege und der Verteilung auf vier seiner nächsten Verwandten war aufgehoben. Den gesamten Besitz sollten allein Antonia und ihre Nachkommen erben.

Der Richter besprach sich mit einem Kollegen.

„Damit hatte sie ihr Ziel erreicht, nämlich die Übertragung des gesamten Vermögens auf sich und ihr Kind. Nun spielte der lästige Gatte keine Rolle mehr und sollte beseitigt werden."

Der Richter hob unschlüssig die Hände.

„Es kann auch anders gewesen sein ..."

„Man sollte die Dame peinlicher befragen."

„Das geht nicht, denn eine Bestätigung der *levatrice* liegt vor, dass Donna Antonia sich im dritten Monat der Schwangerschaft befindet."

Natürlich war die Hebamme von Antonia mit einer beträchtlichen Summe bestochen worden, denn ihre Regel war erst einmal ausgeblieben. So verlief die Mordanklage im Sand und Donna Antonia wurde nur wegen falscher Beschuldigung zu einer Geldstrafe von dreißig Dukaten verurteilt, wovon Giordano die Hälfte als *indennità* zugesprochen bekam. Doch hatte ihn vor dieser Frau ein solches Grausen gepackt, dass er dieses Geld nicht anrühren wollte. Er gab es an seinen *garzone* weiter, der noch niemals in seinem Leben eine solche Summe besessen hatte und seinem Herrn auf sehr feuchte Art beide Hände küsste. Giordano entzog sie ihm.

„Lass das! Nimm es als Geschenk für deine langjährigen treuen Dienste und dein vorbildliches Verhalten. Du trinkst nicht, Du spielst nicht, du hältst dir keine Weiber. Letztlich habe ich den Beweis meiner Unschuld dir zu verdanken. Wärst du meinem Rat gefolgt und hättest den *grosso* versoffen, so wäre der hinkende Gärtner unbemerkt geblieben. Ich gehe sogar so weit, dir zu sagen, dass dein Betragen mir künftig ein Vorbild sein soll."

Der *garzone* errötete und schüttelte abwehrend den Kopf.

„Aber Don Giordano, sagt doch so etwas nicht, Ihr macht mich da ganz verlegen."

Giordano schlug ihm auf die Schulter.

„Vielleicht hätte ich es nicht sagen sollen, aber mir war halt danach. Vergiss es und bleibe wie du bist."

Warum wurde Antonia nur wegen falscher Beschuldigung verurteilt und nicht auch wegen *adulterium duplex*? Fast im gesamten Abendland war der „doppelte Ehebruch" mit dem Tod der Beteiligten zu sühnen – zumindest von Rechts wegen. In der Praxis allerdings – vor allem, wenn es sich um Standespersonen handelte – wurden solche Fälle in aller Stille bereinigt. So musste die Frau in ein Kloster gehen und der Mann kam mit einer Geldstrafe davon oder wurde zu einer Sühnefahrt nach Santiago de Compostela verurteilt.

Petrus de Vinea, der fast allmächtige Freund und Berater des Kaisers, versuchte dies dem Richter klar zu machen.

„In diesem Fall heißt es vor allem auf Seine Majestät Rücksicht zu nehmen. Die Familie der Grafen Lancia ist einerseits durch Donna Bianca und ihre drei Kinder mit dem Kaiser verbunden, andererseits zählt sie zu seinen treuesten und verlässlichsten Anhängern. Nicht umsonst wurde Galvano Lancia damit betraut, den abgesetzten König Heinrich in Gefangenschaft zu führen. Verurteilt man nun Donna Antonia wegen dieses Delikts, so wird sie nicht schweigen und Graf Lancia des Ehebruchs anklagen. Das, mein lieber Feund, kann sich Seine Majestät nicht leisten und Ezzelino da Romano wird dem beipflichten."

Als der Name des gefürchteten Stadtherrn fiel, zuckte der Richter zusammen. Um das Ansehen von Justitia wenigstens halbwegs zu retten, schlug er vor:

„Dann müsste aber wenigstens eine Kirchenstrafe verhängt werden."

„Darüber lässt sich reden."

So wurde Donna Antonia in einer nicht öffentlichen Verhandlung im Bischofspalast wegen der Todsünde des Ehebruchs zur Zahlung von fünfhundert Dukaten verurteilt, die je zur Hälfte dem Siechenhaus vor der Stadt und der Fertigstellung von San Antonio zugutekamen. Antonia wusste sehr wohl, dass so manche Ehebrecherin lebendig begraben oder sogar verbrannt worden war, und stimmte sofort zu. Doch eine Frage konnte sie nicht unterdrücken:

„Und dem Ehebrecher soll nichts geschehen?"

„Darauf sind wir Euch keine Antwort schuldig", bemerkte der geistliche Richter, „aber Ihr sollt dennoch eine haben. Seine Majestät, der Kaiser, wird in eigener Person über den Grafen Lancia das Urteil sprechen."

Das war so ins Blaue gesagt, um diesen Fall endlich zu begraben. In Wahrheit erfuhr der Kaiser von all dem nichts und es geschah im Einverständnis mit Petrus de Vinea, der recht gut wusste, dass Friedrich jetzt ganz andere Sorgen bewegten.

7

Was Papst Gregor im Sommer des Jahres 1239 von den Kanzeln verlesen ließ, stellte alles Bisherige in den Schatten. Das waren keine väterlichen Ermahnungen, sondern die Hasstiraden eines Besessenen.

Friedrich besprach mit Petrus de Vinea und einigen anderen Vertrauten den Inhalt der Bannbulle.

„Aus Eigenem wird das wohl nicht kommen", eröffnete der Kaiser das Gespräch.

Vinea schüttelte den Kopf.

„Wohl kaum, dafür hält Gregor sich einige Hofpoeten. Trotzdem müssen wir es ernst nehmen."

„Ja", sagte der Kaiser, „das müssen wir unbedingt, auch wenn es schwerfällt. Wie sollen wir diesen haltlosen Anschuldigungen begegnen? Dieser unheilige Vater vergleicht mich mit einer Bestie, die den Namen Gottes lästert, die die ganze Welt zerstampfen und die Mauer des katholischen Glaubens einreißen will. Und das mir, der klaglos die fatalen Ketzergesetze gutgeheißen hat, um ja nicht beim Papst Anstoß zu erregen. Habe ich ihm nicht vor kurzem gegen seine Feinde beigestanden? Bin ich nicht dreimal den Empfehlungen der Päpste gefolgt und habe die von ihnen vorgeschlagenen Frauen geheiratet? Und nun nennt er mich einen Lügner und Betrüger, der die Völker auffordert ..."

Friedrich nahm mit spitzen Fingern das Pergament auf. Dann warf er das Blatt auf den Tisch, verfehlte ihn und es flatterte zu Boden. Als einer der Herren sich danach bücken wollte, hob Friedrich schnell die Hand.

„Nein! Lasst es dort liegen, denn Dreck fühlt sich im Dreck am wohlsten."

Wie immer, wenn Friedrich einen Plan umsetzte, hatte er an alles gedacht. Neu ernannte Bischöfe mussten dem Kaiser einen Treueid leisten und er verwandelte sein Königreich Sizilien in eine fast unzugängliche Festung. Nur noch wenige Häfen waren für auswärtige Schiffe geöffnet und Fracht wie Mannschaft wurden streng kontrolliert. Der gesamte Schiffsverkehr war einer umfassenden Zensur unterworfen, eine eigens gebildete Geheimpolizei überwachte all diese Maßnahmen. Und wehe dem, der versuchte, diese Bestimmungen zu missachten! Schlimmstenfalls musste der Betroffene auch mit der Todesstrafe rechnen.

Friedrichs Macht und Autorität waren so groß, dass er sämtliche Anordnungen noch von Padua aus in Gang setzte. Als sich im Laufe der Zeit herausstellte, dass die Lombardenfrage vorerst nicht zu lösen war, wandte sich der Kaiser gegen seinen wahren Gegner – den Papst in Rom. Sein Sohn Enzio, jetzt dreiundzwanzig Jahre alt, hatte sich als begabter Heerführer erwiesen und wurde nun zum Generallegaten von Italien ernannt. Wie ein Sturmwind fiel er in die Kirchenlehen Spoleto und Ancona ein, überrannte und besetzte sie. Diese Kommunen wurden nun zu kaiserlichen Lehen, was die dortige Bevölkerung mit Beifall und Erleichterung quittierte. Der verweltlichte Klerus war wegen zahlreicher Missstände so verhasst, dass kaiserliche Truppen Priester und Klöster vor der Wut des Volkes schützen mussten. Manchmal ging es so weit, dass Friedrich wie ein Messias begrüßt und empfangen wurde, und er tat nichts, um dem entgegenzuwirken. Darüber kam es mit Bianca zu einem Streitgespräch, das vorerst unversöhnlich zu enden schien. Friedrich war, entgegen seiner sonst eher nüchternen Art, wie im Rausch. Seine Wangen glühten, die Augen funkelten vor Begeisterung.

„Das Volk hat die Pfaffen aus der Kirche getrieben und mich auf die Kanzel gebeten. Ja, ich hab's getan! Du hättest meine Predigt hören sollen, *amica* – ich glaube, sie hat den Leuten die Augen geöffnet. Jagt sie davon, all diese feisten Prälaten, die sich an eurer Arbeit mästen, und ersetzt sie durch echte Priester, die euch das Christentum lehren, wie es in der Heiligen Schrift steht, und nicht, wie der Oberpfaffe in Rom sie auslegt. Den Jubel hättest du hören sollen! Als ich von der Kanzel herabsteigen wollte, haben sie mich auf ihren Schultern aus der Kirche getragen. Ich hoffe nur, dass Gregor von diesen Dingen erfährt und die richtigen Schlüsse daraus zieht."

Bianca schüttelte kaum merkbar den Kopf und auf ihrer Stirn erschien eine steile Falte.

„Darf ich dich an Cortenuova erinnern, Falcone? Da hast du eine Schlacht glänzend gewonnen, aber der Krieg gegen die Lombarden ist, vorerst wenigstens, verloren."

Friedrich hob die Hand, seine Augen schossen feurige Blitze.

„Halt, halt! Da muss ich doch ..."

„Ich hätte gerne zu Ende geredet."

Er wandte sich schroff ab.

„Bitte!"

„Bei dem Papst sehe ich eine ähnliche Entwicklung. Er hat einen unheiligen Brand entfacht und was tust du? Du gießt noch Öl in die Flammen, anstatt behutsam zu löschen."

Mit einem Ruck wandte sich Friedrich ihr zu.

„Was heißt das – Öl in die Flammen? Dieser von Gott im Zorn auf den Stuhl Petri Erhobene tut doch alles, um sein heiliges Amt in den Schmutz zu ziehen! Soll ich, wie einst Kaiser Heinrich, barfuß und mit einer Büßerkerze nach Canossa gehen? Da hat er sich den Falschen zum Gegner erwählt und mir scheint, du bist dabei, dich auf seine Seite zu stellen."

„Das siehst du falsch, doch halte ich es für bedenklich, Priester aus ihren Kirchen zu verjagen und mit Waffengewalt in das Patrimonium Petri einzudringen."

„So? Also der falsche Weg? Welchen würdest du vorschlagen?"

Bianca achtete nicht auf den höhnischen Ton.

„Ich würde mich mit den Reichsfürsten an einen Tisch setzen und gemeinsam mit ihnen Druck auf Gregor ausüben."

„Pah! Alle deutschen Lande sind auf meiner Seite und wenn ich es verlange, werden sie mich mit Truppen unterstützen. Mir scheint, die ganze Welt hält zu mir – mit einer Ausnahme."

Bianca lächelte leise.

„Und die bin ich?"

„Ja, Gott sei's geklagt! Gerade von dir hätte ich andere Töne erwartet und nun fällst du mir in den Rücken. Das ist schade, sehr schade. Gerade von dir hätte ich mir Verständnis und Unterstützung erhofft."

„Ich sehe, wie du in dein Verderben rennst, und dabei kann und will ich dich nicht unterstützen."

„Da verwechselst du etwas. Ins Verderben rennen solche, die den Papst unterstützen. Und noch etwas sage ich dir: Ich werde mich nicht mit der Einnahme von Spoleto und Ancona begnügen, demnächst marschieren wir geradewegs nach Rom! Wenn dir danach ist, kannst du dich dort dem unwürdigen Greis zu Füßen werfen."

Sie wandte sich ab und schwieg. Es hatte keinen Sinn, jetzt weiterzustreiten, es führte zu nichts als zu mehr Verwirrung.

Zunächst schien Friedrich Recht zu behalten. Er setzte seinen Siegeszug in Richtung auf Rom fort, durchquerte als Triumphator die Städte Montefiascone, Viterbo und Sutri und stand schon im Februar des Jahres 1240 einen Tagesmarsch vor Rom.

In Viterbo war es dann, wo sich Friedrichs Gemüt verschattete und seine dunkle Seite über ihn Gewalt bekam. Ein Teil der Bürger glaubte, auch nach der Besetzung dem Kaiser die Stirn bieten zu müssen, und trug in trotzigem Übermut das Kreuzeszeichen auf der Kleidung. Friedrich ließ einige Dutzend davon zusammenfangen und aufs Grausamste bestrafen. Da wurden Hände abgehackt und Ohren abgeschnitten, da brannten glühende Eisen große Kreuze auf die Stirnen der Störrischen. Drei der lautesten Schreier wurden auf dem Marktplatz bei lebendigem Leibe verbrannt. Ihr tierisches Gebrüll war in der ganzen Stadt zu hören und ließ die Kreuze auf den Gewändern schnell verschwinden.

In Rom zeigte sich, wie wenig beliebt der störrische, nun fast neunzigjährige Papst bei der Bevölkerung war. Ja, die Lage hätte für Friedrich nicht besser sein können, doch am Ende machte ihm der Wankelmut der Römer einen Strich durch die Rechnung.

Papst Gregor entschloss sich zu einer Verzweiflungstat. Trotz der überall spürbaren Ablehnung folgte er bei der Prozession zu Petri Stuhlfeier dem Reliquienschrein, verfolgt von einer erbitterten Volksmenge, die ihn verhöhnte. Gregor blieb stehen und hob die Hand. Laut sprach er einige beschwörende Worte und schloss:

„Ich fliehe nicht, sondern erwarte hier die Barmherzigkeit Gottes."

Dann nahm er seine Tiara ab, legte sie behutsam auf den Reliquienschrein und rief:

„Ihr Heiligen, verteidigt Rom, wenn die Römer es nicht mehr tun!"

Ja, und dann geschah, was es in Rom seit den ältesten Zeiten immer wieder gegeben hatte: Die Stimmung schlug um. Binnen weniger Tage verwandelte sich Rom in eine Festung, der Kaiser verzichtete auf einen Angriff und wich nach Apulien aus. Nachdem Friedrich Rom aufgegeben hatte, bestieg er in Terracina eine Galeere, um dann von Salerno aus den Landweg zu nehmen.

Königin Isabella war zwei Wochen eher aus Padua abgereist; sie wollte sich vorerst in Foggia niederlassen. Bianca begleitete den Kaiser auf dem Schiff, zusammen mit den Kindern. Beim letzten Teil der Schiffsreise trat eine Flaute ein, doch die Ruderer glichen das mit ihrer Muskelkraft aus.

Friedrich hatte sich in Biancas *stanzina* zu ihr auf das schmale Bett gesetzt. Da sie das Gespräch nicht eröffnete, tat er es.

„Du glaubst jetzt gewiss Recht behalten zu haben, was den Zwist mit Rom betrifft?"

Bianca hob unschlüssig ihre schmalen Schultern.

„Ist es so wichtig, wer Recht behält? *Nulla certa felicitas est*, hat mein Vater gern den Philosophen Seneca zitiert."

Friedrich nickte.

„Jeder vernünftige Mensch weiß, dass Glück nicht beständig ist, aber darum geht es nicht, es geht um das Recht. Da gibt es nichts zu deuteln und zurechtzurücken – der Papst ist im Unrecht. Außer ihm und einigen Verblendeten weiß das die ganze Welt. Ich werde meine Truppen sammeln und im Sommer ein zweites Mal nach Rom ziehen, diesmal mit Unterstützung der Reichsfürsten. Recht ist unteilbar. Nicht einmal Gott kann daran etwas ändern."

Sie nickte nur leicht und schwieg. Friedrich lächelte.

„Das ist neuerdings deine Taktik: Du hüllst dich in Schweigen, anstatt zu widersprechen oder Gegenvorschläge zu machen."

„Manchmal ist es besser so."

„Nun gut, eigentlich wollte ich dich etwas fragen. Für unser künftiges Zusammenleben gibt es drei Möglichkeiten: Wir setzen es fort wie bisher und ziehen im Winter von Melfi nach Foggia. Aber dann ist ein Zusammentreffen mit Isabella nicht zu vermeiden. Du könntest aber auch das ganze Jahr in deinem geliebten Melfi bleiben, während die Königin in Foggia residiert. Der dritte Weg würde dir vermutlich ebenso wenig gefallen wie mir: Du richtest dich auf einem meiner Schlösser in der Umgebung von Foggia ein, etwa in Andria, Venossa oder im gerade fertiggestellten Castel del Monte."

„Du hast Recht, es gefiele mir nicht und da du es offenbar auch nicht willst, möchte ich vorerst in Melfi bleiben."

Er nickte.

„Da bist du ja schon fast zuhause. Dennoch wäre Castel del Monte einen Besuch wert, denn es ist etwas ganz Besonderes und von Melfi nur einen Reisetag entfernt. Ich könnte dir Baupläne zeigen, doch nichts ist imstande, den Augenschein zu ersetzen. Wenn ich den Berichten glauben darf, hat Mastro Bartolomeo sich dabei selber übertroffen."

Friedrich schwieg eine Weile und sagte dann leise: „Übrigens stammt der Grundplan von mir."

Sie blickte auf. „Ja?"

„Meine Absicht war es, Mathematik in Bausubstanz umzusetzen, und wir werden gemeinsam herausfinden, ob es gelungen ist."

„Du hast niemals davon gesprochen."

„Nein, ich wollte mich und dich und einige meiner Freunde damit überraschen."

Bianca legte einen Finger an die Stirn.

„Du sagst, deine Absicht war es, Mathematik in ein Bauwerk zu verwandeln, aber so ist es doch stets. Jeder Baumeister berechnet zuvor Umfang, Zahl der Fenster, Giebel, Türme, Säulen und Bögen – mit anderen Worten, ohne Rechnerei geht es nicht."

Er nickte geduldig.

„Ja, das ist die Grundlage, lange erprobt und vom Nutzen diktiert. Ich aber wollte der Zahl Acht einen Tempel bauen."

„Warum gerade der Acht?“

„Weil sie den Alten, den sogenannten Heiden, als Zahl der Vollkommenheit galt. Die sieben Planetensphären münden in der achten, im Sternenhimmel, wo die Götter wohnen. Der Weg der geläuterten Seelen führt über die sieben Planeten hinauf zum Ewigen, dem die Zahl Acht zukommt.“

Sie lächtelte fein.

„Darin ist kaum Christliches zu finden ...“

Friedrich schüttelte heftig den Kopf.

„Soll es auch nicht! Auch Jahrtausende vor Christus gab es Menschen!“

Friedrich erhob sich, stieß die Tür auf und rief nach Schreibzeug. Dann hörte sie ihn unwillig rufen: „Keine Tinte! Wie soll ich auf dem schwankenden Schiff ...“

Dann kam er herein mit Papier und Silberstift. Er kniete sich vor die in der Ecke verankerte Truhe und winkte Bianca herbei. Sie kniete sich neben ihn und sagte:

„Glaube nur ja nicht, dass dir der Kniefall gilt!“

„Nein“, sagte er in gespieltem Ernst, „es ist der Mathematik zuliebe.“

Er zeichnete in schnellen Strichen und erklärte dabei:

„Der Grundriss ist ein Oktogon, das verkleinert auch den Innenhof bestimmt. Außen ist an jede der acht Ecken ein Turm angefügt, wieder ein Oktogon, und jeder endet knapp über dem zweiten Geschoss. Die trapezförmigen Innenräume aber konnten nicht oktogonal angelegt werden, es wäre auch zu viel des Guten gewesen – sie feiern die Zahl Vier. Auch sie ist, wie du vermutlich weißt, von hoher Bedeutung: Wir kennen vier Elemente, vier Himmelsrichtungen, vier Jahreszeiten, vier Mondphasen und noch manches mehr. So viel ist in Worten zu sagen, doch ich muss wiederholen: Erst der Anblick wird uns Augen und Geist öffnen. Wir werden es gemeinsam erleben.“

Für Bianca war das wie eine Liebeserklärung, denn sie kannte seine Leidenschaft für Bauprojekte, wusste um seine Begeisterung für Mathematik und die damit verbundene Symbolik. Sie wollte es nicht sagen, aber dann rutschte es doch heraus.

„Wird – wird auch die Königin es kennenlernen?“

Sie hätte es nicht fragen sollen.

„Isabella? Eine höchst überflüssige Frage. Mit in Bauten umgesetzter Mathematik kann sie nichts anfangen. Das sichtbare Äußere ist ihr weitaus wichtiger als das verborgene Innere. Teppiche, Tapeten, Möbel, Gläser, Geschirr aus Gold und Silber, schöne Kleider, erlesener Schmuck – auf diese Werte kommt es ihr an."

Bianca wolle etwas einwenden, doch er hob schnell die Hand.

„Nein, noch etwas. Glaube nur ja nicht, dass ich das Äußere gering schätze! Könige sollen nicht von Kupfergeschirr speisen und aus irdenen Bechern trinken oder kahle Räume bewohnen. Aber dies alles verlangt nach einem festen Fundament, und das muss der König selber darstellen. Goldene Pokale, silberne Teller, brokatene Gewänder und kunstvoll geschnitzte Möbel machen noch keinen König – Heinrich hat es leider bewiesen."

Bianca nickte.

„Natürlich hast du Recht, aber was Heinrich betrifft ..."

„Kein Wort über ihn! Ich bedaure es, seinen Namen überhaupt genannt zu haben, es sollte nur zum Exempel dienen."

Einige Tage verbrachten sie in Melfi, wo der Frühling noch nicht Fuß gefasst hatte und eifrige Diener die Kamine schürten. Es blieb kalt und so nutzten sie das sonnige und trockene Wetter für einen Ritt nach Castel del Monte, doch es wurde kein Eintagesritt daraus. Sie nächtigten im Zelt, krochen gemeinsam unter eine Fuchsfelldecke und liebten sich. Es war ein zärtlicher, fast behutsamer Akt, der sich lange hinzog und eher Innigkeit als Leidenschaft verriet. Als sie erwachten, sagte Friedrich:

„Ganz gleich, wo wir sind, die Liebe mit dir ist – ja, sie ist Heimat, etwas zutiefst Vertrautes, Frohes und meist auch Festliches." Er lachte leise. „Ich will nicht sagen, bei Isabella ist es wie ein Staatsakt, es hat aber doch etwas Steifes, Höfisches an sich. Auch das ist vergnüglich, ohne Zweifel, aber es fehlt etwas." Er gähnte ausgiebig und wiederholte: „Ja, etwas fehlt ..."

Der Weg bergauf verlief über Bodenwellen, wodurch das hinter Baumwipfeln verborgene Schloss nur kurz zu sehen war, dann immer wieder verschwand. Auf den Gipfel zu aber blieb das obere Stockwerk sichtbar, doch erst als sie die vom Baumeister geschaffene *pianura* erreicht hatten, ragte der klobige, durch sein silberhelles Gestein aber leicht und festlich wirkende Bau vor ihnen auf. Einige Menschen kamen herbeigelaufen und als der Kaiser abstieg, begrüßte ihn ein kräftiger bärtiger Mann in rauer Arbeitskleidung mit Kniefall und Handkuss. Friedrich zog ihn an den Armen schnell empor.

„Mastro, schon beim ersten Anblick Eures Meisterwerks müsste ich es sein, der niederkniet. Ja, so habe ich es in meinen Tagträumen gesehen und nun ist das Traumbild Stein geworden."

Der offenbar tiefbeglückte Baumeister bedankte sich für das Lob und fügte hinzu:

„Genau besehen ist es auch das Werk Eurer Majestät, denn die erste Vorzeichnung stammt von Euch und ich – wir haben sie bis zur Vollendung weiterentwickelt."

Friedrich winkte ab.

„Etwas hinzeichnen kann jeder fantasiebegabte Mensch. Aber es Gestalt werden zu lassen, den Gedanken in Materie zu verwandeln, dazu gehört schon mehr."

Plaudernd umrundeten sie das Schloss. Trotz seiner wuchtigen, wehrhaften Türme mit ihren schmalen Schießscharten und den kleinen spitzbogigen Fenstern in jedem Oktogon des Schlosses wirkte der Bau nicht kriegerisch oder aggressiv, sondern ruhte in sich, war sich selber genug. Das schmucklose Äußere verbarg im Innern keine überbordende Pracht, doch die acht Säle im oberen Stockwerk waren schlicht, aber höchst kostbar ausgestattet. Nur die edelsten Marmorsorten hatte man verwendet; drei von den acht Räumen waren bereits fertig eingerichtet mit Teppichen an den Wänden, die allerlei Jagdszenen zeigten, während andere mit ornamentalen Mustern – Geschenke des Sultans – die Böden bedeckten.

Inzwischen war in einem der unteren Räume ein Mahl angerichtet worden und der Kaiser bestand darauf, dass seine gesamte Begleitung daran teilnahm. Zuvor hatte er Bianca über den Zweck des Schlosses aufgeklärt.

„Castel del Monte wird niemals zu meiner Residenz, soll auch kein Lustschloss für Feste und Gepränge werden. Es wird vor allem zu Jagdausflügen dienen und in Zeiten des Friedens soll es ein Ort der Stille und Besinnung sein, etwas wie ein weltliches Kloster."

Bianca konnte die Frage nicht unterdrücken: „Wird es sie jemals geben, die Zeiten des Friedens?"

„Da bin ich mir gewiss, denn kriegerische Auseinandersetzungen sollen die Ausnahme sein. Nur im Frieden gedeihen die Länder und dann blühen Handel und Wandel."

Wie gut hörte sich das an, doch eine friedliche Zeit war noch längst nicht angebrochen, denn schon im Juni sammelte der Kaiser seine Truppen und zog abermals gegen Rom.

Zwei Tage vor seiner Abreise bat Friedrich sie in sein Arbeitszimmer. Dort waren schon einige Herren versammelt, nämlich ein kaiserlicher Notarius, der an seinem Schreibpult wartete, Petrus de Vinea und der Dompfarrer von Melfi. Friedrich verneigte sich leicht.

„Seid willkommen, Gräfin Bianca Lancia! Ehe Wir zu kriegerischen Handlungen aufbrechen, die Uns vielleicht ungebührlich lange von Unserem geliebten Apulien fernhalten, möchten Wir zu Eurer und zur Wohlfahrt Unserer Kinder einige Dokumente ausfertigen."

Daraufhin verlas der Notarius mit monotoner Stimme die Schenkungsurkunden. Die ihr übereigneten Ländereien lagen ausschließlich im Königreich Sizilien. Dazu kamen Häuser und ein Gutshof in und um Pisa, wozu der Kaiser bemerkte: „Damit Ihr notfalls auch in Eurer früheren Heimat von anderen unabhängig seid."

Eine eigene Urkunde erhob die Gräfin Lancia in den Stand einer *margravia*, einer Markgräfin. Die vom Kaiser ausgefertigten Dokumente wurden von Petrus de Vinea als Zeuge gegengezeichnet. Als neue Lehnsträgerin des Kaisers nahm Bianca die Urkunden kniend und mit Handkuss entgegen. Der Kaiser bedankte sich bei den Zeugen und sagte:

„Da die beiden Herren schon die vorliegenden *documenti* bezeugt haben, sollen sie auch Zeugen einer Verfügung sein, die bereits schriftlich vorliegt, aber durch Unser Wort noch einmal bekräftigt werden soll. Die von Donna Bianca Unserer Majestät geborenen Kinder Manfred, Costanza und Violante sind über den Rang ihrer Mutter hinaus kaiserlicher Prinz und kaiserliche Prinzessinnen. Der Notarius soll das in einem Vermerk zu den heutigen *documenti* nochmals anfügen."

Bianca überraschten diese Verfügungen nicht. Friedrich hatte ihre Notwendigkeit öfter erwähnt und sie wusste, dass er es ohne ernsthafte Absichten, sie zu verwirklichen, niemals getan hätte.

Nach der Abreise des Kaisers ließ Bianca ihre engere Umgebung wissen, dass an ihrer bisherigen Anrede „Donna" nichts geändert werden solle. Irgendwann kam die Rangerhöhung ihrer Mutter auch den Kindern zu Ohren. Costanza, immer etwas vorlaut und das Herz auf der Zunge tragend, fragte sie mit deutlichem Unwillen:

„Warum hat der Kaiser Euch nur zur *margravia* erhöht? Sollen wir mehr sein als unsere Mutter?"

Bianca zog ihre Älteste leicht am Ohr.

„Ich brauche einen solchen Titel nicht, denn ich besitze bereits einen weit wertvolleren."

Costanzas graubraune Augen weiteten sich vor Erstaunen.

„Ach Mutter, darf ich ihn wissen?"

„Du hast ihn eben genannt: Mutter."

8

Bianca brauchte sich im Kastell zu Melfi nicht erst einzurichten, denn sie fand ihre Räume so vor, wie sie sie vor Jahr und Tag hinterlassen hatte. Übrigens hatte es noch eine Rangerhöhung gegeben: Roberto war vom Gehilfen zum kaiserlichen Jagdaufseher ernannt worden. Das hatte Bianca angeregt, in der Meinung, ein solches Amt würde Robertos Vater der geplanten Vermählung mit Anna geneigter machen. Diese Annahme erwies sich als Fehlschluss.

Bald nach seiner Rückkehr aus der Lombardei und im Bewusstsein des neuen Rangs hatte Roberto seine Eltern aufgesucht. Die Mutter umarmte und küsste ihn mit der gewohnten Herzlichkeit, doch der Vater gab sich abweisend.

„Wer so lange abwesend ist, muss mit Veränderungen rechnen", eröffnete er die Aussprache und fügte schnell hinzu: „Dein Bruder konnte um diese Zeit nicht kommen, denn wie du weißt – oder vielleicht auch nicht mehr weißt –, erfordert der Beruf eines Gutsherrn zu jeder Jahreszeit seine Anwesenheit."

Roberto überlegte krampfhaft, was im März zu tun sei, aber da ihm nichts Rechtes einfiel, fragte er: „Gutsherr? Bisher ging er doch Euch zur Hand und ..."

„Ja, sicher! Inzwischen habe ich ihm eigene Aufgaben übertragen, genauer gesagt, als mein Erbe ist er mein Nachfolger geworden."

„Und ich gehe leer aus?"

„Auf eine gewisse *legittima* wirst du wohl Anspruch erheben können ..."

Roberto sah seinen Vater an und hatte das Gefühl, einem Fremden gegenüberzustehen. Der Gutsherr bemerkte es.

„Hast du etwas anderes erwartet? Treibst dich in der Welt herum, kümmerst dich einen Dreck um deine Eltern, deren Wunsch, Priester zu werden, du ohne Rücksicht übergangen hast. Willst du dafür noch belohnt werden? Der Kaiser schätzt dich, hat dich jetzt befördert – genügt dir das nicht?“

Alles in Roberto verhärtete sich.

„Nein, es genügt mir nicht! Ich habe mich in Pisa auf dringenden Wunsch von Donna Bianca mit ihrer Hofdame Anna verlobt, denn ohne Euren Segen wollte ich nicht heiraten.“

In den kalten Augen des Vaters blitzte etwas auf, das Roberto nicht zu deuten wusste. Er räusperte sich mehrmals.

„Meinen Segen? Ist der bei so hoher Protektion noch nötig?“

„Ich wollte den alten Brauch ehren.“

„So, den alten Brauch ... Es wäre ja auch alter Brauch gewesen, dem Vater zu gehorchen. Hättest du es getan, bräuchtest du keinen Hochzeitssegen.“

Roberto nahm alle Kraft zusammen, um nicht laut zu werden.

„Ich bin lieber ein tüchtiger Soldat und Jäger geworden, als die Zahl der unwürdigen Priester noch zu mehren.“

„Stammt diese – diese Anna aus guter Familie?“

Ja, das war ein heikler Punkt. Roberto hatte sich mit Andeutungen begnügt, weil er wusste, wie ungern sie über ihre Herkunft redete.

„Sie kommt aus unseren Kreisen. Ihr Vater ist Verwalter eines Landgutes der Grafen Lancia.“

„Da wird ihre Mitgift ja beträchtlich sein.“

„Sie hat viele Geschwister, doch Donna Bianca hat eine Beteiligung zugesagt.“

„Schön, schön.“

Der Alte dachte eine Weile nach und lächelte dann hintergründig.

„Du kannst zwischen zwei Möglichkeiten wählen: einer angemessenen Abfindung, doch ohne Zustimmung zu dieser Ehe und natürlich ohne Segenswunsch. Wenn dir aber so viel daran liegt, so sollst du unseren Segen haben, doch du musst das gesamte Erbe deinem Bruder überlassen.“

Jetzt wurde es dem sonst eher gutmütigen Roberto zu viel.

„Was soll mir der Segen? Ich glaube, es werden viele Ehen ohne elterliche Zustimmung geschlossen, und so ziehe ich das Geld vor.“

Offenbar hatte sein Vater nicht mit dieser Entscheidung gerechnet, denn er machte ein saueres Gesicht und wandte sich ab.

„Mit deinem Bruder muss ich auch noch reden", stieß er hervor und verließ den Raum, den seine Mutter gleich darauf betrat.

„Ich habe natürlich gehorcht", sagte sie mit leiser Stimme. „Dein Vater hat sich in letzter Zeit so sehr verändert, dass ich mich frage, ob ich denselben Mann geheiratet habe. Wahrscheinlich steckt dein Bruder dahinter, der ihn gegen dich aufhetzt, seit du einen anderen Beruf gewählt hast. Wärst du Priester geworden, hätte er mit Fug und Recht das gesamte Erbe beanspruchen können. Nun ist es, wie es ist, und ich werde dir meinen Segen nicht verweigern."

Dies alles berichtete Roberto seiner Verlobten, die es gelassen hinnahm.

„Dein Plan, Gutsherr wie dein Vater zu werden, lässt sich also vorerst nicht verwirklichen?"

Roberto schüttelte stumm den Kopf, doch Anna lächelte ihn aufmunternd an und wieder fesselte ihn, wie die Sommersprossen um ihr keckes Näschen zu tanzen schienen.

„Ich bin es zufrieden! Jetzt muss ich nicht bei jedem Kriegszug um dich fürchten, denn als Jagdaufseher bist du ja gewissermaßen sesshaft geworden." Dann flüsterte sie ihm ins Ohr: „Wenn unser erstes Kind ehelich geboren werden soll, dann eilt es ein wenig."

So kam alles ins Lot und als Robertos Vater die Zahlung immer wieder hinausschob, ließ Bianca, mit Zustimmung von Petrus de Vinea, einen Notarius ein Mahnschreiben verfassen, mit dem der Gutsherr scharf zurechtgewiesen und an seine Pflichten als kaiserlicher Lehnsmann erinnert wurde. Die Zahlung erfolgte dann schnell, doch es war eine bescheidene Summe, die Bianca durch eine Mitgift für Anna beträchtlich nach oben abrundete. Auf Annas Wunsch nahm Don Tommaso die Trauung vor. Schließlich war sie sein Beichtkind und sie wollte sich den Hofkaplan nicht zum Feinde machen.

Um für den Zwist mit Papst Gregor ausreichend gerüstet zu sein, nahm der Kaiser den Weg über Lucera, wo tausende seiner sarazenischen Krieger ungeduldig und beutehungrig auf den nächsten Kriegszug warteten. Natürlich ging der Weg über Foggia, wo sich Friedrich von Königin Isabella geziemend verabschieden wollte, auch um sein fast zweijähriges Söhnchen Heinrich Carlotto in Augenschein zu nehmen. Es lässt sich nicht besser ausdrücken, denn sein Vaterherz schlug für Biancas Kinder, während Isabellas Sohn eine Figur auf dem politischen Schachbrett darstellte.

Isabella, zwar von oberflächlicher Natur, doch keineswegs dumm, beschloss so zu tun, als sei dieser Besuch nichts Besonderes, sondern einer von vielen. Dass es der erste war, seit sie in Foggia lebte, hätte sie weniger geschmerzt, wäre Friedrich politisch anderweitig gebunden gewesen. Aber allein sie war es, die ihn band, die Kebse mit ihren drei Bastarden. Da er sie jetzt zurücklassen musste, wurde auch ihr, der rechtmäßigen Königin, ein Abschiedsbesuch zuteil. Was hatte dieses Weib, das sie selber nicht besaß? Sie war jünger, schöner, adliger und trotzdem schien er mit allen Fasern an dieser grauen Maus zu hängen. Sie hatte mit ihrer alten Zofe darüber gesprochen, doch sie, die immer einen Rat wusste, immer eine Lösung fand, hob nur in einer hilflosen Geste die Hände.

„Wo die Liebe hinfällt ... Sonst gäbe es keine Erklärung für schmucke junge Männer aus gutem Haus, die gegen jeden Rat an irgendeinem Miststück hängen bleiben. Für Liebe solcher Art gibt es keine Erklärung, sie ist – *it's a miracle ...*"

Dies alles beschwerte Isabellas Herz, doch nichts davon wollte sie Friedrich spüren lassen. Sie begegnete ihm mit liebreizender Natürlichkeit, ja, sie schmachtete ihn auf eine Weise an, als sei er der lang erwartete, heiß ersehnte Liebhaber. Friedrich, Frauen gegenüber seit jeher etwas kurzsichtig, fiel darauf herein und es kam so weit, dass er sich, dringende Staatsgeschäfte vorschützend, für seinen späten und längst überfälligen Besuch entschuldigte.

Mit strahlender Miene wischte sie das fort.

„Es kommt nicht darauf an, wie oft Ihr mich besucht, sondern wie erfreulich ein solcher Besuch ausfällt."

Da ihr das italienische Wort nicht einfiel, sagte sie „*joyous*", doch Friedrich ahnte die Bedeutung. Statt der geplanten zwei oder drei Tage blieb er fast eine Woche und es verging keine Nacht, die er nicht bei ihr verbrachte. Am Tag vor der Abreise ließ sie ihn spüren, wie sehr sie ihn vermissen würde und welch eintönige Tage vor ihr lagen. Könne sie nicht wenigstens in der Umgebung herumreisen, um die Orte zu besuchen, an denen auch sein Herz hing? Sie war so klug, keine Namen zu nennen, weil sie dann Melfi hätte erwähnen müssen. Es lässt sich nicht verschweigen, dass sie durch diesen Wunsch seinem Herzen ein wenig näher rückte. Sein Gesicht strahlte auf und er rief:

„Dann müsst Ihr aber auch Castel del Monte sehen, mein soeben vollendetes Jagdschloss! Es bedeutet die in einem Bau umgesetzte

Mathematik, verkörpert das Oktogon, eine der erhabensten Zahlen der Menschheit."

Isabella verstand nichts, doch sie antwortete klug.

„Das ist neu, mein Freund, das hat noch keiner gewagt! Damit habt Ihr in der Geschichte der Baukunst ein Zeichen gesetzt."

Friedrich teilte ihre Begeisterung, wenn er sich auch ein wenig über ihr Verständnis für Derartiges wunderte. Einer ihrer aus England stammenden Höflinge hatte es ihr vermittelt. Mit seinem englischen, sehr weitschüssigen Bogen war es ihm gelungen, Friedrichs Aufmerksamkeit zu erregen, und so hatte er sich der Gruppe anschließen dürfen, die mit dem Kaiser das Castel del Monte besuchte. Bei den abendlichen Gesprächen hatte er genauer hingehört und so konnte er seiner Königin davon berichten.

Was vielleicht auch flehentliche Bitten nicht erreicht hätten, kam durch die Befriedigung von Bauch und Kopf zustande und der Kaiser gab Anweisung, der Königin – von Kriegern beschützt, von Eunuchen bewacht – im Umkreis von fünfzig Meilen das Reisen zu gestatten. Hätte er den Radius auf vierzig Meilen beschränkt, so wäre Melfi nicht mehr in Frage gekommen, aber so lag es noch innerhalb der erlaubten Grenze, und das sollte fatale Folgen haben.

Isabellas erster Besuch galt dem Jagdschloss Castel del Monte, das sie gebührend bewunderte, wobei sie nicht vergaß, den noch immer anwesenden Baumeister Bartolomeo mit Lob und passenden Geschenken auszuzeichnen.

Von dort nahm sie den Weg nach Melfi, was den Capitano ihrer Wachmannschaft zu einigen Fragen veranlasste.

„Darf ich Eure Majestät darauf hinweisen, dass im dortigen Kastell – dass dort die Wohnung – äh, der Sitz ..."

Isabella lachte unbekümmert.

„Aber Capitano, Ihr seid ja ganz verwirrt. Natürlich weiß ich, wer dort wohnt. Donna Bianca war so freundlich, mir damals in Noventa die Glückwünsche zur Geburt von Heinrich Carlotto abzustatten, und nun werde ich sie in Melfi besuchen. Seid versichert, dass es zwischen uns keine Feindschaft gibt."

Der Capitano zeigte sich beruhigt und was Isabella gesagt hatte, stimmte tatsächlich: Eine offene Feindschaft hatte es bis jetzt nicht gegeben.

Inzwischen war es Juli geworden und die Königin, von zuhause an ein mildes Klima gewöhnt, spürte mit Erstaunen den Unterschied. In Foggia, fast auf Meereshöhe gelegen, aber leider von der Küste zu weit entfernt, um in den Bereich erfrischender Winde zu kommen, begann sich schon Mitte Juni eine brütende Hitze breitzumachen. Sie lastete dann bis Ende September über dem gesamten Tavoliere und nur ganz selten musste sie für einige Tage einem heftigen Nordwind weichen.

So drängten sich Isabella ärgerliche Gedanken auf, die sich auf dem Weg zu dem hoch gelegenen Kastell von Melfi noch verstärkten. Sie spürte den köstlich frischen Bergwind, der vom Monte Volture wehte, um den sie Bianca beneidete. Zum anderen erregte ihr Besuch – obwohl sie in einer offenen Sänfte einzog – wenig Aufsehen und Jubel gab es so gut wie keinen. Den Bürgern von Melfi war die Königin Isabella ziemlich fremd, obwohl man wusste, dass sie die dritte Gemahlin des Kaisers war. Donna Bianca hingegen war seit langem präsent und wenn sie sich gelegentlich in der Stadt zeigte, gab es erfreute Zurufe.

Immerhin fanden sich der *podestà* und einige Stadtväter sowie der Dompfarrer mit dem Hofkaplan Don Tommaso und anderen Priestern an der Stadtgrenze zu Isabellas Empfang ein. Den *podestà* hatte man gewählt, weil er aus guter Familie kam, er war etwas beschränkten Geistes und mischte sich nicht in die Geschäfte der anderen. Seine kurze, eher trockene Empfangsrede wurde durch Don Tommasos blumigen Willkommensgruß mehr als aufgewogen. Der Dompfarrer hatte diese Pflicht wohlüberlegt dem Amtsbruder überlassen, um einem möglichen späteren Vorwurf zu begegnen, er habe das Falsche gesagt. Der Kaiser hatte ihm für diesen Herbst das Bistum Melfi verbindlich zugesagt und bis dahin durfte er sich keinen Fehler erlauben.

Für die Königin hatte man den künftigen Bischofsstuhl vor den Dom in den Schatten gestellt und als Don Tommaso zu reden begann – es klang wie eine Predigt –, setzte sie eine freundlich-gespannte Miene auf. Natürlich sprach er Latein, doch es werde – so wurde ihr versichert – eine englische Übersetzung vorbereitet.

„Der Besuch Eurer kaiserlichen Majestät ist für diese Stadt eine unverdiente Ehre – ja, wir empfinden es als ein Gottesgeschenk. Ein wenig entschädigt uns das für die Abwesenheit Seiner Majestät des Kaisers, für dessen Wohlfahrt wir alle beten. Lastet doch schwer auf ihm und unserem Land das Interdictum Seiner Heiligkeit, des Papstes."

An dieser Stelle räusperte sich der Dompfarrer laut, um seinen Unwillen deutlich zu machen. Don Tommaso achtete nicht darauf, sang weiter ein inhaltsleeres Loblied auf die Königin und endete: „Eure Majestät möge in das Bittgebet einstimmen, um den Kaiser aus den Klauen böser Mächte zu befreien."

Damit ist Donna Bianca gemeint, dachte der Dompfarrer, und verband damit die Hoffnung, diese Bemerkung möge aus dem Hofkaplan einen Büßermönch in einem abgelegenen Kloster machen. Tatsächlich war es so, dass Don Tommaso unter den „Klauen der bösen Mächte" nicht nur Biancas „Hexenkünste" verstand, sondern all jene Berater – an der Spitze Petrus de Vinea –, die den Kaiser in seiner Gegnerschaft zum Papst unterstützten.

Aber das war jetzt weniger wichtig, denn nach dem Empfang durch die Stadt ging es hinauf zum Kastell. Dort wusste man längst, dass Königin Isabella hier in Kürze Einlass begehren würde. Don Gentile, inzwischen einziger Capitano der stark verkleinerten Palastwache, hatte die überraschende Nachricht sofort an Donna Bianca weitergeleitet. Wie stets im Sommer hatte sie sich zur Siesta in ihren „Garten Eden" begeben, wo unter der dichten Krone der alten Steineiche einige Sessel bereitstanden. Bianca richete sich erstaunt auf.

„Die Königin? Habt Ihr das richtig verstanden?"

„Aber gewiss doch, Signora. Vor dem Dom findet gerade eine Begrüßungsansprache statt und danach wird sich Ihre Majestät heraufbemühen – wohin soll sie sonst?"

„Ja, wohin sonst? Dann lasst schleunigst die Gemächer des Kaisers für seine Gemahlin vorbereiten."

„Wir sind schon dabei. Wo wollt Ihr die Königin empfangen?"

„Hier, warum nicht?" Sie wies auf einen der Sessel. „Anna, hole die goldene Brokatdecke, sie liegt in der Wandtruhe ganz oben. Wir werden sie über den Sessel breiten und ihn dadurch königlicher machen. Lass auch die Kinder herbringen."

Als Erster erschien der achtjährige Manfred mit gerötetem, schweißglänzenden Gesicht.

„Muss das sein?", maulte er. „Ich bin gerade mit einer schwierigen Waffenübung fertig und wollte ausruhen."

„Ausruhen kannst du später, die Königin ist auf dem Weg hierher."

Er riss seine blaugrauen Augen weit auf.

„Welche Königin? Ich denke, sie ist in Foggia einge..., also ich meine, sie lebt dort und darf ..."

„Was sie darf, ist allein ihre und die Sache ihres Gemahls. Wische dein Gesicht trocken und komme sofort wieder!"

Während er sich unwillig schnaubend entfernte, erschien Costanza mit ihrer fünfjährigen Schwester Violante. Bianca lächelte.

„Na, meine Große? Fühlst auch du dich gestört wie dein Bruder?"

Das jetzt elfjährige Mädchen glich weder ihrer Mutter noch dem Vater, war auch keine Schönheit. Ihr kräftiges Kinn, die graubraunen Augen und die für ihr breites Gesicht etwas zu klein geratene Nase ließen eher an eine bäuerliche Herkunft denken, doch vom Wesen her war sie ganz nach den Eltern geraten. Ihr sicheres, immer fröhliches Auftreten hatte sie vom Vater, während sie in ihrer nie erlahmenden Neugierde und Lernbereitschaft der Mutter glich.

Die kleine Violante aber sah ihrer Mutter so ähnlich, als hätte es bei ihrer Erzeugung keinen Vater gegeben. Sie war ein stilles, ernstes Kind, das stundenlang und konzentriert allein spielen konnte, denn sie wollte allen Dingen auf den Grund gehen.

So waren sie dann alle versammelt und erwarteten den Besuch der Königin. Die aber hatte sich sofort in die kaiserlichen Gemächer zurückgezogen, ließ sich ein Bad bereiten und ruhte danach aus. Don Gentile ließ anfragen, wann Ihre Majestät geruhten Donna Bianca zu empfangen. Beim gemeinsamen Nachtmahl ließ sie ausrichten. Don Gentile gab die Nachricht an Bianca weiter, was den etwas vorlauten Manfred zu der Bemerkung veranlasste, dann hätten sie ja umsonst gewartet.

Don Gentile nickte leicht.

„Ja, so kann man es sehen ..."

Bianca zog Manfred am Ohr und sagte:

„Ich kann das schon verstehen. Es ist anstrengend, um diese Jahreszeit zu reisen, da braucht man danach eine Erholungspause. So freuen wir uns auf das gemeinsame Nachtmahl."

Don Gentile verneigte sich und stapfte davon. Auch die Kinder verschwanden wieder, Bianca setzte sich auf den brokatbedeckten Sessel und lächelte.

„Sie sieht's ja nicht ..."

Anna nahm zu ihren Füßen auf zwei Polstern Platz und sagte kopfschüttelnd:

„Ich hätte ja schon gerne gewusst, ob die Königin aus eigenem Entschluss diese Reise unternommen hat oder vom Kaiser dazu veranlasst wurde."

„Davon hätte ich gewusst. Ich nehme an, sie hat ihn um etwas Bewegungsfreiheit gebeten und die Neugierde hat sie als Erstes hierhergeführt."

„Die Neugierde? Ja, das glaube ich auch. Darf ich Euch etwas fragen, Donna Bianca?"

„Wenn es nichs Ungehöriges ist ..."

„Nein, es betrifft mich. Ich sorge mich um mein Kind, habe noch nicht die kleinste Bewegung gespürt. Zwar fühle ich, dass etwas in mir ist, aber leblos wie ein Stein."

„In welchem Monat bist du nach deiner Berechnung?"

„Ich weiß, wann es gezeugt wurde, das war, als ..."

Bianca winkte ab.

„Lass es dein Geheimnis bleiben."

Gemeinsam zählten sie die Tage und Wochen ab und kamen auf das Ende des dritten Monats. Bianca lächelte beruhigend.

„Da brauchst du dir keine Sorgen zu machen. Vor dem Ende des vierten Monats bewegt es sich nicht, bei Violante, der Ungestümen, war es um diese Zeit. Manfred aber war träge und meldete sich erst in der Mitte des fünften Monats."

Annas Gesicht hellte sich auf.

„Da bin ich aber wirklich froh! Roberto tastet schon jetzt an meinem Bauch herum und beklagt sich über die Regungslosigkeit seines Sohnes."

„Es soll natürlich ein Junge sein ..."

Anna lächelte.

„Kein Mann will als erstes Kind eine Tochter, das weiß ich von zuhause."

Den ganzen Nachmittag über ging Bianca der Überraschungsgast nicht aus dem Kopf. Und wenn Friedrich ihr, aus welchen Gründen auch immer, doch geraten hatte, Melfi einen Besuch abzustatten? Nein und nochmals nein! Wäre es so, hätte er es ihr vorher gesagt. Er sprach ja auch davon, Isabella auf dem Weg nach Lucera zu besuchen. Sie klopfte sich ungeduldig an die Stirn. „Das hätte mir aber gleich einfallen können!" Sie sagte es so laut, dass Anna aus ihrem Mittagsschlummer erwachte und schläfrig etwas fragte.

„Nein, es ist nichts, schlafe ruhig weiter."

Sie hätte nämlich daran denken müssen, dass sich im Laufe eines Gesprächs zwischen Mann und Frau Dinge entwickeln können, an die zuvor niemand gedacht hatte. Sie wird ihn angeschmachtet und gefragt haben, ob er ihr Gefängnisdasein – nein, sie wäre nicht so unklug gewesen, dieses Wort zu gebrauchen. Etwa so: Mein lieber Gemahl, könnt Ihr mein etwas beengtes Dasein nicht ein wenig erleichtern? Vielleicht hat sie diese Frage im Bett gestellt, inmitten einer süßen Umarmung – oder zuvor? Oder danach? Und er wird gesagt haben: Warum nicht, ein wenig herumreisen kann nicht schaden. Da ist sie dann gleich nach Melfi gekommen, ich hätte es vermutlich genauso gemacht.

Anna hatte doch keinen Schlaf mehr gefunden und betrachtete das Gesicht ihrer Herrin mit halb geschlossenen Augen. Bianca, die sich unbeobachtet glaubte, ließ ihrem Mienenspiel freien Lauf und Anna sah, dass in ihr eine Art Kampf stattfand. Sie gähnte, seufzte, streckte sich und richtete sich auf.

„Ausgeschlafen?"

„Das gerade nicht, aber Kraft geschöpft für heute Abend."

Eine senkrechte Falte erschien auf Biancas Stirn.

„Wie soll ich das verstehen?"

„Ach nur so, dass unser Beisammensein vielleicht etwas schwierig wird."

„An mir soll es nicht liegen."

Auch Königin Isabella machte sich ihre Gedanken. Nach dem Bad fühlte sie sich sauber, entspannt und gut gelaunt. Soll er doch seine Kebse haben, dachte sie zum wiederholten Mal. Andere Fürsten halten es ebenso und keinen regt es auf, ausgenommen vielleicht die jeweiligen Gemahlinnen. Ich jedenfalls habe mir vorgenommen, gelassen zu bleiben und keine Gefühle zu zeigen, weder Eifersucht noch Missgunst. Etwas wie Überlegenheit schon, das in jedem Fall. Schließlich bin ich die Königin und Kaiserin, habe einen gesunden Sohn geboren und werde – jung genug bin ich ja – noch weitere Kinder bekommen. Bei der Kebse ist es wohl damit vorbei. Vielleicht gibt es auch keine Bettgeschichten mehr, nachdem ich ihm gezeigt habe, wozu eine englische Prinzessin fähig ist. Diese Südländer glauben ja, sie haben die Leidenschaft gepachtet! Dann erinnerte sie sich an Biancas Besuch in Noventa und die abendliche Szene mit dem Smaragdring. Etwas Ähnliches darf kein zweites Mal geschehen, nahm sie sich vor. Nein, ich werde eine kühle Überlegenheit zeigen, aber nicht zu deutlich. Vielleicht wäre auch eine leise Verachtung angebracht oder noch besser eine Betonung meines Ranges, der ja eine Herabsetzung des ihren mit einschließt.

Ja, auch die Königin macht sich Gedanken, doch die ganze Grübelei trägt dann oft keine wirklichen Früchte, wenn die Gefühle übermächtig werden und der Mund ausspricht, was besser im Herzen verschlossen bleiben sollte.

Dass Bianca an diesem Abend in einer weit schwächeren Position war, lag an einem dicken Ast, den ein Sturm losgerissen und ins hohe Gras geschleudert hatte. Das hört sich recht geheimnisvoll an, ist aber leicht aufzuklären.

9

Ehe Friedrich nach Lucera weiterzog, schrieb er ein paar eigenhändige Zeilen an Bianca und schickte einen zuverlässigen Boten nach Melfi. Der Mann hatte sich schon öfter bewährt und hätte es wohl auch diesmal getan, wäre er nicht auf die Idee gekommen, eine nur ihm bekannte Abkürzung zu nehmen, um noch vor Einbruch der Nacht den Ort Candela zu erreichen. Dabei musste er eine kleine Lichtung überqueren, die mit hohem dünnen, schon halb verdorrtem Gras bewachsen war. Vor einigen Wochen hatte eine Sturmböe dorthin einen morschen Buchenast geschleudert, der – von kleineren Zweigen gestützt – kniehoch, doch kaum sichtbar zwischen den Grashalmen lag.

Das Pferd stolperte, stürzte und warf seinen Reiter in hohem Bogen ab. Der Bote streckte die Hände vor, um den Sturz zu mildern, doch er fiel im schrägen Winkel zuerst auf den Hinterkopf und dann auf den Rücken. Er wurde sofort bewusstlos, hatte aber das Glück, dass ein Schäfer ihn sah. Der *pecorajo* war gerade dabei, seine Herde für die Nacht in den Pferch am Waldrand zu treiben, als er das hier ungewöhnliche Geräusch eines galoppierenden Pferdes hörte. Als Ross und Reiter plötzlich im hohen Gras verschwanden, schloss er den Pferch und ging zu der Stelle. Sein *mastino* lief neugierig voraus und bellte dann wie verrückt. Der Schäfer versuchte, den Gestürzten aufzurichten, doch der stöhnte nur leise und hielt die Augen geschlossen. An der wappengeschmückten Kleidung und dem Kaiseradler auf der Satteltasche erkannte der Schäfer, dass hier wohl ein wichtiger Mann unterwegs war, dachte an eine mögliche Belohnung und trug den Boten zu seinem Karren. Der Bursche war nicht allzu schwer, außerdem hatte er schon einen schwer verletzten Schafbock getragen, der gewiss nicht leichter gewesen war. Das Pferd band er an den nächsten Baum. Die Schäfer sind in der Regel auf sich allein gestellt und haben oft ein Wissen, das dem der Dorfbarbiere gleichkommt.

Am nächsten Morgen fand er den Boten wach und hörte ihn sagen, dass es ihm trotz mehrmaligem Versuch nicht gelungen sei aufzustehen.

„Darf ich Euch ein wenig abtasten?"

Der Bote nickte und der Schäfer befühlte jedes einzelne Glied auf einen Bruch, doch da war nichts. Er schüttelte den Kopf.

„Anscheinend nichts gebrochen, da muss wohl etwas gezerrt oder verstaucht sein."

„Was lässt sich da machen?"

„Abwarten. Ich werde Euch mit einer Heilsalbe einreiben."

Die hatte der Schäfer aus Beinwell, Arnika, Johanniskraut und Hammelfett selber gemacht. Sie stank fürchterlich, brachte aber doch einige Erleichterung.

Am vierten Tag war der Bote nicht mehr zu halten. Er gab dem Schäfer zwei *grossi* und der musste ihn auf den Sattel heben – eine recht schmerzvolle Prozedur.

So erhielt Bianca den Brief des Geliebten mit dreitägiger Verspätung, was – wie wir später sehen werden – nicht ohne Folgen blieb.

Nachdem der Kaiser dreitausend Sarazenen mobilisiert hatte, zog er in Eilmärschen nach Rom, fest entschlossen, den störrischen und hasserfüllten Papst vom Thron zu jagen. Friedrich, immer bestrebt, die Reichsfürsten über alles Wichtige in Kenntnis zu setzen, tat es auch diesmal. Das brachte zwar keinen Stimmungsumschwung, doch der neue Deutschordensmeister Konrad von Thüringen nahm mit dem Papst Verhandlungen auf und so musste sich der Kaiser vorerst zurückhalten. Friedrich, ruhelos und ungeduldig, wollte seine Truppen anderweitig beschäftigen und zog nach Ferrara, das die Venezianer, zur Unterstützung der kaiserfeindlichen Lombardischen Liga, besetzt hielten. Um Venedig und den Papst zu treffen, unterwarf er das kaum verteidigte Ravenna und zog danach weiter nach Faenza, einer stark befestigten Stadt, um nach deren Fall Bologna zu belagern. Doch in Faenza lagen starke venezianische Truppenverbände und die Belagerung zog sich acht Monate über den ganzen Winter hin. Daran war der erbitterte Widerstand der Venezianer schuld, die zudem noch mit Kriegsgaleeren die apulischen Häfen angriffen. Das war, als ziele ein Dolch auf Friedrichs Herz und dunkle, böse Schatten verdüsterten sein Gemüt.

Den in der Lombardenschlacht gefangen genommenen Dogensohn Pietro Tiepolo ließ er in einen Ledersack nähen und in Sichtweite der Galeeren aufhängen. Die Schiffe zogen sich aufs offene Meer zurück, doch das Elend in Faenza nahm solche Formen an, dass Frauen und Kinder ins kaiserliche Lager flüchteten – Friedrich trieb sie zurück. Bald danach ergab sich die Stadt, womit der Kaiser nicht mehr gerechnet hatte.

Das stimmte ihn gnädig und so blieb Faenza von Strafaktionen verschont. Oder war es die Nachricht vom Mongolensturm, die ihn zur Besinnung und zu der Überlegung brachte, wenn diese gefürchteten Reiterhorden noch weiter in den Westen vorstießen, so mussten sich ihnen die christlichen Länder in wehrhafter Eintracht entgegenstellen? Davon war man noch weit entfernt, doch der Kaiser sah es als seine Pflicht an, Aufrufe an die christlichen Fürsten zu richten, um die Mongolen – er bezeichnete sie als wild und gesetzlos – zurückzudrängen. Großfürst Batu, ein Enkel des legendären Dschingis Khan, hatte sich entschlossen, den Spuren seines Großvaters zu folgen, und das schien ihm anfangs auch zu gelingen. Wie ein verheerender Sturm brausten die Mongolen mit ihren kleinen zähen Pferden auf einer flammenden Spur der Vernichtung durch Ungarn und Polen, bis sich ihnen ein deutsch-polnisches Heer bei Liegnitz entgegenwarf. Die christlichen Truppen wurden geschlagen, die Horden zogen weiter nach Westen und niemand stellte sich ihnen entgegen. Kaiser und Papst waren so tief in ihren eigenen Zwist verstrickt, dass sie die Mongolen nur mit Worten, aber nicht mit Taten bekämpften. Friedrich fand dafür eine vage Entschuldigung:

„Da Uns die übergroße Sorge bedrängt, mit Unseren alten und vertrauten Feinden fertig zu werden, wie sollen Wir da die Barbaren vertreiben?“

Gott oder das Schicksal meinte es gut mit den Christen, denn Baktu war durch innenpolitische Ereignisse gezwungen, in seine Heimat zurückzukehren.

„Das haben Unsere Gebete bewirkt", meinte Papst Gregor und berief für Ostern 1241 ein allgemeines Konzil nach Rom. Durch die fehlende Unterstützung der deutschen Reichsfürsten war Gregor in Bedrängnis geraten und so sollte nun eine vorwiegend aus papsttreuen Delegierten zusammengesetzte Versammlung seinen Bannspruch bestätigen. Da bewegte sich nun eine Prozession von Kardinälen, Bischöfen, geistlichen Fürsten, Äbten und anderen Prälaten aus allen christlichen Ländern in Richtung auf die Heilige Stadt.

Friedrich reagierte sofort. Er ließ verkünden, dass er diesen Herren jeglichen Schutz verweigere, sie aufhalten und notfalls festnehmen werde. Als ihm gemeldet wurde, dass sich Ende April siebenundzwanzig genuesische Schiffe nach Süden auf den Weg machten, sandte er ihnen eine Flotte seiner Kriegsgaleeren entgegen und es kam zwischen den Inseln Montecristo und Giglio zum Kampf, den die Kaiserlichen nach wenigen Stunden für sich entschieden. Drei der genuesischen Schiffe versanken, zwei entkamen und alle anderen wurden quasi als Kriegsbeute nach Pisa gebracht. Es gab rund viertausend Gefangene, darunter namhafte Kardinäle und geistliche Fürsten. Auf sie warteten in Apulien die Kerker, bis eine Lösung gefunden war.

Der Papst tobte in ohnmächtigem Zorn, aber es machte sich auch sonst Unwille breit. König Ludwig von Frankreich drängte auf die Freilassung seiner Prälaten und Friedrich gab in diesem Fall nach. Alle anderen verblieben in seinem Gewahrsam und nicht wenige starben in den von der hochsommerlichen Hitze durchglühten Kerkern.

Nun rückte der Kaiser dem damals schon todkranken Papst zu Leibe. Gregor konnte das umstellte Rom nicht verlassen und erlag im August seiner Krankheit. Das kaiserliche Lager atmete auf und Friedrich verkündete:

„Wahrhaftig, er ist tot – er, der der Welt den Frieden nahm!"

So umfassend der militärische Sieg des Kaisers war – er nannte ihn ein Gottesurteil –, so klein war der politische Gewinn. Die Gefangenhaltung so vieler Prälaten aus christlichen Ländern wollten vor allem spanische und italienische Fürsten nicht dulden und meldeten immer stärkere Proteste an. Friedrich hatte dem Papst angeboten, sämtliche Gefangenen gegen Aufhebung des Bannspruchs freizulassen, doch der uralte sterbende Papst war vom Hass so verblendet, dass er es ablehnte. Nun aber war dieses Hindernis beseitigt und die Wahl eines neuen Papstes stand bevor.

Friedrich wusste, es würde ein langes schwieriges Konklave werden, und zog sich abwartend nach Apulien zurück. Was er dort in Melfi von Bianca erfuhr, war ärgerlich, doch es konnte die gute Laune des Siegers auf die Dauer nicht trüben.

„Es ist mit Gottesurteilen so eine Sache, Bianca, und du weißt, dass ich sie für Gerichtsentscheide verboten habe. Aber wenn Gott tausende seiner geweihten Priester in schmähliche Gefangenschaft schickt, dann ist Sein Wille doch klar und deutlich. Meinst du nicht?"

Sie musste ihm Recht geben und dann erfuhr Friedrich, was sich inzwischen hier abgespielt hatte.

Bianca hatte den Koch und seine Gehilfen angespornt, ihr Bestes zu tun, denn schließlich sei nicht nur irgendeine Königin zu Gast, sondern die von Sizilien.

„Wir bewirten sie in ihrem eigenen Land, denkt daran!"

Sie dachten daran, doch der Hochsommer hat seine eigenen Speisegesetze, und so gab es keine Fische. Die Flüsse waren ausgetrocknet und der Seefisch wäre nach zwei Tagen Transport kaum noch genießbar gewesen. Freilich, man konnte ihn einsalzen oder trocknen – für verwöhnte Gaumen eine Zumutung. Nun, der *cuoco di corte* tat was er konnte. Er war durch Friedrichs Geschmack vor allem auf Wildgerichte spezialisiert, die er mit Pilzen – getrocknete waren vorhanden – abrundete und mit einer Tunke aus *uva orsina*, aus Bärentrauben servierte. Zuvor hatte er natürlich versucht, bei ihrem Gefolge herumzuhorchen, doch die meisten saßen niemals am Tisch der Königin und die es taten, hielten sich bedeckt, um nur nichts Falsches zu sagen. So bereitete er dreierlei Geflügel, nämlich Taube, Huhn und Ente, außerdem zauberte er eine Auswahl von Süßspeisen, die von säuerlich süß über bittersüß bis zu sahnig süß reichten. Frischgebackenes Brot in zweierlei Ausführung und erlesene Weine aus den kühlen Tiefen des Schlosskellers rundeten die Mahlzeit ab.

Bei dem Nachtmahl in Noventa war die Lage der Dinge eindeutig gewesen: Bianca war der Gast und Isabella die Gastgeberin. Im gegenwärtigen Fall war es nun eigentlich umgekehrt, doch die Königin hatte dazu eine eigene Meinung. Das Kastell von Melfi befand sich im Besitz ihres angetrauten Gatten und sie konnte doch nicht gut ihr eigener Gast sein! Die Räume des Kaisers bewohnte jetzt sie, die Kaiserin. So gesehen, musste sie auch als Gastgeberin auftreten. War denn diese Bianca mehr als ein Gast? Friedrich ließ sie in Melfi wohnen, aber konnte man daraus ein Anrecht ableiten?

Nachdem Isabella gebadet, geruht und sich hatte ankleiden lassen, trug sie dieses Dilemma ihrer Zofe vor.

„Ich weiß nicht so recht, wie ich mich in diesem Fall verhalten soll."

Mary dachte nach und suchte dabei nach Präzedenzfällen aus der Vergangenheit. König Henry, Isabellas Bruder, war in Bezug auf Frauen kein Kostverächter, doch seine Gemahlin Eleonore von der Provence hielt das gesellschaftliche Leben fest im Griff, ließ sich nicht dreinreden und achtete streng darauf, keiner Kebse ihres Gatten jemals zu begegnen. Mit Friedrich war das anders, in nahezu allen Dingen bestimmte er allein. So fragte die Zofe:

„Wäre es dem Kaiser recht, wenn Ihr hier als Gastgeberin auftretet?"

Isabella dachte nach und fand keine Antwort.

„So gut kenne ich ihn nicht, doch wir müssen annehmen, dass Bianca nach wie vor in seiner Gunst steht. Sie zu verletzen hieße ihn zu verletzen ..."

„Mag sein, aber die Rangunterschiede zählen schon auch. Vielleicht solltet ihr beide euch wie Gäste des Kaisers benehmen?"

Isabella lachte unfroh.

„Ja, schon, aber wird sie es auch tun?"

Wer etwas Unbekanntes in seine Überlegungen mit einbezieht, sollte auf alles gefasst sein. Bianca stellte solche Betrachtungen nicht an. Sie hatte beschlossen, alles zu tun, um den Gast – für sie war es einer – zufriedenzustellen, im Übrigen aber den Dingen ihren Lauf zu lassen. Dass Isabellas Gefolge, ohne lange zu fragen, im „Garten Eden" die Zelte errichtet und dabei etliche Sträucher zerstört und den Rasen zertrampelt hatte, nahm sie schweigend hin. Ihr mutiger Gärtner hatte dagegen protestiert und war von einem englischen Captain mit dem Schwertknauf niedergeschlagen worden, was ihn drei seiner sieben noch vorhandenen Zähne gekostet hatte. Bianca ließ ihm fünf *grossi* überreichen mit dem Befehl, vorerst stillzuhalten.

Zwischen den Zelten wurden Tische und Bänke aufgestellt, wobei Bianca darauf achtete, dass ein „königlicher" Sessel an der Stirnseite des kleinen Tisches stand. Sie machte sich keinerlei Gedanken darüber, wer nun wen zu Tisch geladen hatte, sondern überließ es der Königin, an ihre Tafel zu bitten, wen immer sie wollte.

Schon aus Klugheit wollte Isabella es vermeiden, Bianca vor aller Augen bloßzustellen, und bat sie mit Costanza an ihren Tisch, wo auch ihre Zofe Mary, zwei vertraute englische *courtiers* und Don Tommaso Platz genommen hatten. Nun konnte sich aber Bianca nicht erinnern, den Hofkaplan geladen zu haben. Sie blickte den dicken Priester erstaunt an.

„Don Tommaso? Ich glaube, da handelt es sich um einen Irrtum, denn ich wüsste nicht, dass ..."

Isabella unterbrach sie mit einer herrischen Geste.

„Ich habe Don Tommaso als Hofkaplan zu Tisch gebeten. Das gehört sich so!"

„Ja, gewiss, auch bei Tisch ist ein geistlicher Beistand nicht zu verachten."

Isabella runzelte ihre sonst so glatte Stirn und blickte Bianca unschlüssig an.

„Wie ist das zu verstehen?"

„Wie ich es gesagt habe, Majestät."

Don Tommaso verneigte sich in Richtung der Königin.

„Darf ich dazu etwas ...?"

„Ja?"

„Vielleicht nimmt Donna Bianca Bezug auf unsere Gespräche, die sich ja möglicherweise in eine religiöse Richtung bewegen könnten. Wenn dann ein Priester mit am Tisch sitzt, ein Fachmann sozusagen ..."

Bianca nickte mehrmals.

„Ja, ja, ich verstehe", erwiderte Isabella. Es klang etwas ungeduldig.

Inzwischen ließ der Koch den ersten Gang auftragen, eine süßsauere Kürbissuppe mit Rahmflöckchen, bestreut mit Pfeffer und Zimt.

Die Königin nickte anerkennend.

„Ein etwas seltsamer Geschmack, trotzdem köstlich. Jetzt freue ich mich auf den Fisch!"

Bianca lächelte frostig.

„Es gibt keinen Fisch, Majestät, nicht um diese Jahreszeit. In Foggia wäre das kein Problem, hier aber sind die Flüsse ausgetrocknet und für Seefische ist der Weg zu weit. Einen *baccalà* wollten wir Euch nicht zumuten."

„Was soll das sein?"

„Die werden im Meer gefangen, dann an Land gesalzen und getrocknet. Zur Zubereitung muss man sie stundenlang wässern, aber wie gesagt, der Geschmack ist etwas befremdlich."

Isabellas Augen sprühten Spott.

„Ihr scheint ihn immerhin zu kennen – na ja. Trotzdem, zu einer festlichen Mahlzeit gehört Fisch! In England wäre es unmöglich, dass ..."

„Wir sind hier nicht in England." Es klang ruhig und bestimmt.

„Ihr wagt es, mir in die Rede zu fallen – mir, der Königin?"

„Verzeiht, aber ich wollte nur einiges richtigstellen."

„Ah, so nennt Ihr das! Dann lasst auch mich einiges zurechtrücken. Zwar dürft Ihr dem Kaiser vorläufig und gleichsam auf Widerruf das Bett wärmen, doch mit mir ist er an den Altar getreten – ich bin die Frau an seiner Seite und mein Sohn steht in der Thronfolge an zweiter Stelle."

Sie sprach jetzt im Bewusstsein einer neuen Schwangerschaft, die sie aber vorerst verschwieg. Erst wenn das Kind gesund zur Welt gekommen war, sollte Bianca davon erfahren. So sprach sie in spöttisch-hochnäsigem Ton weiter.

„Ihr braucht Euch also um weitere Bälger nicht zu bemühen, denn aus Bastarden kann nicht viel werden, sie müssen sich mit den unteren Rängen begnügen. Auch sollte Euch bewusst sein, dass Ihr hier nur geduldeter Gast seid. Vielleicht gefällt es mir, den Kaiser zu bitten, im Sommer hierher übersiedeln zu dürfen. Ihr könnt Euch ja dann ein Haus unten im Ort mieten oder wieder in Eure Heimat ziehen."

Freilich verlief dieses Gespräch nicht so glatt und reibungslos, wie es hier wiedergegeben ist. Je heftiger sich Isabella in ihren Zorn hineinsteigerte, desto mehr ging sie zum Englischen über und einer ihrer Höflinge bemühte sich, das Gesagte in verständliches Italienisch zu bringen. Seine Aufgabe war nicht leicht und immer häufiger entstand ein kaum noch entflechtbares Stimmengewirr. Je aufgeregter die Königin daher redete, umso ruhiger fühlte sich Bianca. Sie lächelte heiter.

„Seid bedankt für Eure Vorschläge, auch dafür, dass ich nun Eure Meinung über mich erfahren durfte. Ihr müsst dies alles dem Kaiser unterbreiten, denn auf ihn kommt es letztlich an. Wollen wir nun unser Mahl fortsetzen oder habt Ihr noch etwas auf dem Herzen?"

Isabellas blaue Augen erstarrten zu Eis, ihr Gesicht glühte vor unverblümter Abneigung.

„Ja! Ich möchte nicht weiter mit Euch an einem Tisch speisen und Ihr habt die Wahl, Euch einen anderen Platz zu suchen oder zu verschwinden. Lehnt Ihr das ab, dann werde ich mich zurückziehen."

Bianca hob nur die Achseln und schwieg. In aller Ruhe stand sie auf und ging zusammen mit Costanza zu dem Tisch, an dem Anna und ihr Ehemann Roberto saßen. Das Streitgespräch war nur halblaut geführt worden, sodass Anna nicht wusste, was vorgefallen war.

„Aber Donna Bianca, warum – was hat – ist die Königin ...?"

„Ihre Majestät will künftig nicht mehr mit mir zusammen an einem Tisch sitzen. Ich habe ihrem Wunsch entsprochen und hoffe, hier einen Platz zu finden."

Bianca hatte so laut geredet, dass alle es hören konnten. Doch niemand wagte eine Äußerung, nur von da und dort war unterdrücktes Murmeln oder zischelndes Flüstern zu vernehmen. Die Kunst des Kochs wurde kaum noch gewürdigt und nie zuvor war so viel wieder abgetragen worden – zur Freude der Bediensteten, die solch stattliche Reste durchaus zu schätzen wussten.

Die Königin blieb noch vier Tage, erkundete die Umgebung von Melfi und mied jedes Zusammentreffen mit Bianca. Dafür empfing sie mehrmals den Hofkaplan und führte mit ihm längere Gespräche. Was hatten die beiden zu bereden? Am Tag nach dem vom Streit getrübten Nachtmahl bat er um eine Audienz, die sie ihm sofort gewährte.

An jenem Abend hatte sie sofort gespürt, dass Don Tommaso keineswegs zu Biancas Freunden zählte. Zwar hatte er mehrmals den Streit zu schlichten versucht, doch immer auf eine Weise, die spüren ließ, dass er nicht geneigt war, Biancas Partei zu ergreifen.

„Ah, Don Tommaso! Seltsam schon, dass mein Gemahl Euch nicht mit auf die Reise nimmt. Einen Hofkaplan!"

Don Tommaso lächelte wehmütig.

„Ja, diesen Titel trage ich, aber bin ich es wirklich? Das Interesse Seiner Majestät an Religion ist, wenn ich das mit Respekt bemerken darf, etwas bescheiden. Oder sagen wir es so: Der Kaiser steht über den Religionen und muss es wohl auch, da seine Kerntruppen aus Sarazenen bestehen. Wenn es nicht so wäre, käme es in Lucera bald zu Unruhen. Wer an den Mauern dieser Stadt entlangreitet, kann mehrmals am Tag den Ruf des Muezzins hören – ja, es ist schon seltsam."

Isabella lächelte beruhigend.

„Der Kaiser tut schon das Richtige – meistens jedenfalls. Aber was führt Euch hierher?"

Sie hatten im Erker Platz genommen. Ein angenehm kühler Platz, mit dem Fenster nach Norden und im Schatten eines der Burgtürme. Aus Don Tommasos Leibesumfang hatte sie geschlossen, dass er Tafelfreuden nicht abgeneigt war. So ließ sie ein kleines Frühstück bringen mit kaltem Geflügel, Käse, Brot und Wein. Sie konnte beobachten, wie dem Kaplan das Wasser im Mund zusammenlief, das er leise schmatzend hinunterschluckte – den Wein lehnte er ab.

„Untertags trinke ich nur Quellwasser", sagte er bescheiden und segnete die Mahlzeit. Als der Diener später abräumte, war nichts übrig geblieben. Don Tommaso schaute sie fragend an.

„Sprecht nur, Don Tommaso."

„Es geht um Donna Bianca. Ich sage es geradeheraus: Ihr Einfluss auf den Kaiser gefällt mir nicht. Über zwei Ehefrauen hinweg hat er ihr die Treue gehalten, wenn ich es so formulieren darf. Das geht doch nicht mit rechten Dingen zu! Jedenfalls gibt es deutliche Anzeichen dafür, dass sie eine Hexe ist."

Er gebrauchte das Isabella nicht geläufige Wort *strega*.

Sie wiederholte es fragend: „*Strega*?"

Wieder griff Don Tommaso zum Hilfsmittel Latein und sagte: „*Venefica*". Wie fast alle abendländischen Fürstenkinder hatte auch Isabella einen zwar unregelmäßigen, doch über Jahre sich hinziehenden Lateinunterricht genossen.

„Ja, das verstehe ich – eine Zauberin also. Wie seid Ihr zu dieser Erkenntnis gekommen?"

„Schon der verstorbene Hofastrologe Michele Scotus hegte diesen Verdacht, der sich bei mir seither verstärkt hat."

Isabella beugte sich neugierig vor.

„Und warum?"

Don Tommaso lächelte schalkhaft.

„Dazu braucht Ihr nur in den Spiegel zu schauen, Majestät."

Sie verstand sofort, was er meinte, stellte sich aber unwissend.

„Klärt mich auf, Don Tommaso."

„Wer eine Schönheit wie Euch zur Gemahlin hat, der wendet sich in der Regel von einer Konkubine ab, die sich damit in keiner Weise messen kann. Doch der Kaiser tut es nicht, ja, jemand hat ihn sagen hören, seine eigentliche Familie sei Donna Bianca mit ihren Kindern. Das andere sei nur Politik – nichts weiter."

Das waren Worte, die schmerzhaft in ihr Herz drangen. Nichts weiter zu sein als ein Stück Politik! Galt das auch für Heinrich Carlotto? Ist mein Sohn auch nur ein Stück Politik?

Isabella war von klein auf daran gewöhnt, vor Freunden oder der Dienerschaft ihre Gefühle zu verbergen. So entgegnete sie leichthin:

„Wenn Ihr es nicht selber gehört habt, kann es auch erfunden sein. An einem Hof wird so viel herumgetratscht, da habe ich meine Erfahrungen. Nicht dass solche Bemerkungen geradewegs erlogen werden, oh nein, irgendetwas entfernt Ähnliches wird der Kaiser schon gesagt haben, etwa, dass ein weiterer Sohn ihn politisch stärke. Mehr wird es wohl nicht gewesen sein."

Don Tommaso stimmte eifrig zu.

„Ja, das ist auch meine Meinung! Aber es ändert nichts daran, dass Donna Biancas bescheidene Erscheinung den hohen Ansprüchen des Kaisers nicht genügen dürfte. Ich wiederhole es: Sie ist eine vielerfahrene *strega*, die seit Jahren einen starken Liebeszauber anwendet. Habt Ihr eine andere Erklärung?"

Vielleicht ahnte Isabella, dass es über die äußere Erscheinung hinaus etwas gab, das zwei Menschen aneinander bindet, doch ihr oberflächliches Wesen verhinderte, dass eine klare Erkenntnis daraus wurde.

„Wie sollte ich? Mich überrascht und befremdet es ja auch, dass diese graue Maus einen Mann fesselt, dem alle weibliche Schönheit dieser Erde zu Füßen liegt."

„Nicht nur zu Füßen! Der Kaiser ist mit einer der Schönsten verheiratet. Das ist, als hätte jemand zwischen drei Säcken mit Gold, Silber und Blei die freie Wahl. Er greift natürlich ins funkelnde Gold und nicht ins graue Blei, es sei denn, eine teuflische Magie lässt das Blei wie Gold und das Gold grau erscheinen."

„Ihr seid ein beredter Mann, Don Tommaso, aber was Ihr sagt, leuchtet ein. Doch was sollen wir dagegen tun?"

Er dachte stirnrunzelnd nach.

„Das muss genau durchdacht sein. Wir könnten damit beginnen, dass Ihr beim nächsten Treffen mit dem Kaiser Euch bitter über die Behandlung in Melfi beklagt. Um der guten Sache willen dürft Ihr dabei auch übertreiben. Sagt einfach, Ihr seid das Gefühl nicht losgeworden, dass Bianca Euch aus dem Weg räumen will. Sagt es unter Tränen und in einem Augenblick, da der Kaiser – als Mann – besonders zugänglich ist."

Isabella drohte scherzhaft mit dem Finger.

„Mir scheint, Eure Erfahrungen gehen weit über das einem Priester Zugängliche hinaus."

Don Tommaso senkte bescheiden das Haupt.

„Zur höheren Ehre Gottes müssen wir Priester uns in Bereiche begeben, die – nun, die etwas unheilig sind."

„Gut, gut, das sehe ich ein. Doch unser Plan wird misslingen, wenn er – und das ist leider die Regel – sie zuerst besucht. Sie wird ihm dann einen Berg von Lügen auftischen und ich muss mich auf seine Vorwürfe gefasst machen."

„Kommt Zeit, kommt Rat! Ich denke, dass Seine Heiligkeit den Kaiser bald in die Knie zwingen wird, und dann wird er froh sein, Euch zur Frau zu haben. Eine Bianca kann nämlich nichts für ihn tun, ein englischer König aber viel."

Natürlich erfuhr Bianca von dem Treffen der Königin mit dem Hofkaplan. Eine Ahnung sagte ihr, dass sich etwas gegen sie zusammenbraute, wie aber konnte sie Genaueres erfahren? Nicht anders als Friedrich blickte sie mutig nach vorne und handelte sofort. Kaum war Isabella abgereist, befahl sie Don Tommaso zu sich. Zum Glück konnte sie nicht nur auf vage Verdachtsmomente bauen, sondern auf die Aussage des Dompfarrers, der es für seine Pflicht gehalten hatte, Bianca über die verräterische Empfangsrede zu informieren, die Don Tommaso vor der Kirche gehalten hatte und wo von „den Klauen böser Mächte" die Rede gewesen war, aus denen man den Kaiser befreien müsse. Außerdem war es ihm nicht entgangen, dass von Zeit zu Zeit ein reisender Prälat den Hofkaplan besuchte, der, danach gefragt, etwas von einem Verwandten murmelte. Sie wollte ihm keinen Augenblick Besinnung gönnen, ihn gleich mit den ersten Worten angreifen. Sie hatte sich absichtlich auf die Fensterbank gesetzt, weil sie dort im Gegenlicht undeutlich blieb.

„Gott zum Gruße, Donna Bianca."

Sie ließ ihn dort stehen, grüßte nicht und bot keinen Platz an.

„Ihr seid ein Verräter, Don Tommaso", sagte sie ruhig und bestimmt und setzte schnell hinzu: „Ein Verräter, der den Kaiser hintergeht."

Sie sah, wie ihm der Schweiß ausbrach und die kleinen, in Fettwülste gebetteten Augen zu flackern begannen.

„Aber Donna Bianca, das ist doch ..."

„... die Wahrheit – ja, leider. Ihr seid ein *spione* des Papstes und liefert regelmäßig Berichte an einen angeblichen Verwandten. Nun möchte ich gerne wissen, was Ihr mit der Königin zu reden hattet."

Der Schweiß tropfte von seinem Doppelkinn, das zu zittern begann, als sei es lebendig geworden.

„Nun, Donna Bianca, also die Königin wollte – Ihre Majestät bat mich – bat mich ..."

„Nein, Don Tommaso, sie bat nicht, sie wurde gebeten, und zwar von Euch. Also hattet Ihr der Königin etwas zu sagen oder vorzuschlagen und ich gehe wohl nicht fehl, wenn ich der Gegenstand dieses Gesprächs war."

„Ja, schon, aber es ging nur um allgemeine Dinge, eigentlich Belanglosigkeiten."

„Und wegen solcher *bagatelle* wagt Ihr es, die Königin zu belästigen?"

Die unförmige Gestalt des Priesters begann zu schwanken, seine gehetzten Augen suchten eine Sitzgelegenheit. Bianca bemerkte es, doch sie reagierte nicht.

„Ich möchte die Wahrheit wissen, Don Tommaso! Vielleicht braucht Ihr Zeit, um in Ruhe darüber nachzudenken."

Sie rührte die Tischglocke und, als hätte er draußen schon gewartet, trat der Capitano Don Gentile ein.

„Bis der Kaiser entschieden hat, wird Don Tommaso wegen Verdachts des Verrats festgesetzt."

„Aber Donna Bianca, Ihr könnt doch nicht ...", weinerlich und schrill klang seine Stimme.

„Ich kann sehr wohl", sagte Bianca und wandte sich ab.

Am selben Tag schrieb sie eigenhändig an Friedrich einen Bericht über die Vorkommnisse, verschwieg auch nicht den streiterfüllten Besuch der Königin.

Als Don Tommaso in seinem fast lichtlosen Kerker auf einem stinkenden Haufen von Stroh saß, wurde ihm so deutlich wie nie, dass Meister Scotus in allem Recht hatte. Ja, Donna Bianca war seit Jahren eine Teufelsdienerin und übte satanische Künste aus. Mit Manfred hatte sie den künftigen Antichristen geboren, der die ganze Christenheit täuschen würde, bis ihm die Weltherrschaft sicher wäre. Freilich, auch seine Zeit war begrenzt, doch für die Menschen würde sie lange dauern, über viele Generationen hinweg. Und wieder erschien ihm das furchtbare Bild vor Augen, das Scotus heraufbeschworen hatte: Unter den sieben Leibdienern Satans zeichnete Incubus sich in seiner menschlichen Gestalt als Mann von Anmut und Kraft aus. Er erinnerte sich an jedes Wort, das Scotus darüber gesagt hatte: „Incubus trägt den teuflischen Samen in sich und wird in der Gestalt des Kaisers Donna Bianca beigelegen haben." Und somit zeugte er den Antichristen, der in Manfreds auffallend anmutiger Erscheinung heranwuchs. Scotus hatte ihm sterbend aufgetragen, den Kaiser über diese Zusammenhänge aufzuklären. Er hatte es versucht, war gescheitert und sollte es wohl ein zweites Mal versuchen. Hatte ihm der päpstliche Prälat nicht ein Bistum im sicheren Kirchenstaat in Aussicht gestellt? Damit war es nun vorbei, denn der Kaiser würde auf Donna Bianca hören und am Vorwurf des Hochverrats festhalten. Ein unmäßiger Hunger überfiel ihn, doch das steinalte Stück Brot war längst verzehrt und mehr würde es hier nicht geben. Da begann Don Tommaso zu beten, aber es kam nur ein Gemisch aus Pater Noster, Ave Maria sowie den Gebeten gegen Verfolger und dem Gebet „In jeglicher Bedrängnis" heraus; er verhaspelte sich und brach schließlich in Tränen aus.

Die Antwort des Kaisers auf Biancas Brief enthielt auch die Nachricht vom Tod des Papstes.

„*Cara amica, mia unica*, ja, endlich ist es Wahrheit geworden und Gott hat seinen unwürdigen Stellvertreter – so hoffe ich wenigstens – zu sich gerufen. Auch ich bin hier in den Sabiner Bergen dem Himmel etwas näher gerückt, doch nur in der schnöden Absicht, der römischen Hitze zu entgehen. Ich werde einige Wochen abwarten, denn es könnte ja sein, dass der Heilige Geist sich schnell für einen Nachfolger entscheidet. Die Spitzeldienste des Hofkaplans waren mir übrigens längst bekannt und was er nach Rom hatte melden können, waren Belanglosigkeiten. Ich entlasse ihn aus meinen Diensten und verurteile ihn zu einer schlimmen Strafe: Er soll nach Rom gehen und das Konklave beobachten.

Dort herrschen zurzeit die schlimmsten Zustände, denn der verstorbene Papst hatte vor einigen Monaten dem Senator Orsini – er hasst mich aus ganzer Seele – weitgehende Machtbefugnisse eingeräumt. Wie ich erst gestern erfuhr, hat dieser machtbesessene Mann kurzerhand die zehn in Rom weilenden Kardinäle in einem baufälligen Palast einperren lassen mit dem Hinweis, schleunigst einen kaiserfeindlichen Papst zu wählen. Auf meiner Seite steht nun Giovanni Colonna, dazu einige um Ausgleich bemühte Kardinäle. Die Mehrheit ist wohl gegen mich und so werde ich meinen Kampf mit dem Lateran leider auch künftig fortsetzen müssen. Ich warte noch einige Wochen ab, dann werde ich diesem Schreiben nachreisen.

Was nun Isabellas Besuch betrifft, so bist Du ein Opfer der Umstände geworden, die den Boten einige Tage festhielten. Sie wird wohl künftig in Foggia bleiben müssen, während meine wirkliche Familie in Melfi auf mich wartet. So umarme ich Dich und die Kinder recht herzlich und freue mich auf ein Wiedersehen."

Als dieses Schreiben in Melfi eintraf, kam Don Tommaso gleich am nächsten Tag frei. Don Gentile teilte ihm seine Entlassung aus dem Hofdienst mit und fügte mit spöttischer Miene hinzu:

„Was Eure Abreise nach Rom betrifft, so werde ich ihren Vollzug persönlich überwachen, und ich gebe Euch den guten Rat: Es sollte schnell gehen!"

Schon im Gefängnis hatte der einstige Hofkaplan einiges an Gewicht verloren, doch als er in Rom ankam, hingen die Kleider an ihm wie leere Säcke. Der Kaiser hatte schon Recht: Sich um diese Zeit in Rom aufhalten zu müssen, war eine harte Strafe. Die hitzegepeinigten Menschen vernahmen mit geduckten Köpfen die schlimmsten Gerüchte, von denen sich bald herausstellte, dass es keine waren: Was unglaublich schien, entpuppte sich als bittere Wahrheit.

Der Senator Orsini wütete wie ein Berserker und behandelte die Kardinäle wie Schwerverbrecher. Als die zehn während des ganzen Septembers nicht zu einer Zwei-Drittel-Mehrheit fanden, ließ er sie unter Faustschlägen und Fußtritten in einen Kerker werfen. Es wurde ihnen mitgeteilt, dass sie so lange eingesperrt bleiben würden, bis eine gültige Wahl zustande käme. Bald waren die meisten von ihnen erkrankt, litten an Fieber und erbrachen das kaum genießbare, halb verdorbene Essen. Ärztliche Hilfe oder bessere Kost wurde ihnen verweigert. Die Wächter wurden dazu angehalten, ihre Notdurft auf der löchrigen Decke des Kerkers zu verrichten, sodass auf die verzweifelten alten Herren von Zeit zu Zeit ein Regen von Urin und Kot herabfiel. Nach einigen Wochen starb der englische Kardinal Somercote, was die anderen dazu veranlasste, ihre Stimmen einem dem Senator Orsini nicht genehmen Kandidaten zu geben. Der drohte ihnen damit, Papst Gregors Leiche wieder auszugraben und sie in ihrer Mitte auf einen Stuhl zu setzen. Vielleicht sei der Verwesungsgeruch imstande, ihre steinernen Herzen zu erweichen. In ihrer Verzweiflung wählten die nun ausnahmslos erkrankten Kardinäle den Bischof von Sabina, der sich Coelestin IV. nannte und siebzehn Tage später starb. Doch er fand noch Zeit, den Senator Orsini für sein brutales Vorgehen mit dem Kirchenbann zu belegen. Die Kardinäle kamen frei, ergriffen schleunigst die Flucht und setzten das Konklave in dem Städtchen Anagni fort, das nahe der Grenze zum Königreich Sizilien lag. Sie sandten eine Delegation zum Kaiser und erbaten die Freilassung der zwei von ihm gefangen gesetzten Kardinäle, um der Wahl mehr Gewicht zu verleihen. Friedrich sah dies ein und bald darauf fiel die Wahl der Eminenzen einstimmig auf Sinibald Fieschi, der den Namen Innozenz IV. annahm. Dem Kaiser war das sehr recht, denn der neue Papst zählte zur „Friedenspartei“, einer um Ausgleich bemühten Gruppierung.

Das waren nun die Ereignisse in der großen Welt, doch auch in der kleinen auf dem Gebiet des Tavoliere gab es einige Veränderungen.

10

Friedrich hatte während der langen, fast zwei Jahre dauernden Sedisvakanz – Coelestins kurzes Pontifikat nicht gerechnet – mehrmals den Plan gefasst, nach Apulien zu reisen; doch die Nachrichten aus dem Konklave hielten ihn immer wieder zurück und er wollte in der Nähe des künftigen Papstes sein, wie immer die Wahl auch ausging.

Dass die heißen Liebesnächte Frucht tragen würden, hatte Isabella gespürt und so war es dann auch. Beim Besuch in Melfi hatte sie wohlweislich verschwiegen, was jetzt im achten Monat so offenbar wurde, dass sogar die Eunuchen ihren Wachdienst lockerten. Eine Königin, die das Kind ihres Gemahls austrug, war aus naheliegenden Gründen zu einer folgenreichen Untreue nicht mehr imstande. Nach den Erfahrungen ihrer ersten Schwangerschaft hätte das Kind im fünften Monat die ersten Lebenszeichen geben müssen, doch nichts regte sich. Die beruhigenden Worte ihrer Zofe Mary konnten nicht verhindern, dass sie sich Sorgen machte, die mit jeder Woche drängender wurden. Die zugezogenen Ärzte zeigten sich ratlos und führten gelehrte lateinische Gespräche, die unterschiedliche Ergebnisse brachten. Nur eine erfahrene Hebamme erkannte die bittere Wahrheit und sprach sie aus.

„Euer Kind ist tot, Signora, kommt es nicht bald ans Licht, so wird es in Eurem Leib verfaulen und Euch schlimmstenfalls das Leben kosten."

Ja, die alte kundige *levatrice* redete nicht viel darum herum, denn ihrer Erfahrung nach war es schlimmer, immer wieder vergebliche Hoffnungen zu nähren. Lieber gleich die Wahrheit sagen und die Frauen ermuntern, nach vorne zu blicken. Isabella verschloss sich diesem Rat nicht, denn schließlich war sie erst Mitte zwanzig und konnte durchaus noch weitere Kinder gebären. Die Hebamme riet:

„Ihr müsst jetzt Euren Sinn auf die eigene Gesundheit richten. Das tote Stück Fleisch muss raus!"

Da waren sich zwar alle einig, sogar die Herren Medici. Aber wie den Körper dazu bewegen, das tote Kind abzustoßen? Natürlich kannten die Ärzte das geeignete Mittel, um vorzeitige Wehen zu bewirken, nämlich *secale cornutum*, hierzulande auch *sprone* genannt. Der Hebamme war dieses Mittel durchaus vertraut, doch sie winkte ab.

„Das Zeugs ist zu gefährlich! Der König würde uns lebendig braten, wenn die Signora dadurch zu Tode käme."

Obwohl man es ihr beigebracht hatte, Isabella mit Majestät anzureden, blieb sie bei dem gewohnten „Signora", das im Süden auch für hochgeborene Frauen verwendet wurde.

Was sollten sie jetzt tun? Hätten sie Friedrich besser gekannt, so wären sie weniger besorgt gewesen, denn er besaß ein hohes Vertrauen zu richtig angewandten Arzneien, während er Heilzauber und dergleichen für abergläubischen Unfug hielt.

Nun äußerte Isabella plötzlich den Wunsch, Donna Bianca zu sehen.

„Wozu soll das gut sein?“, fragte die Zofe. „Die *mistress* hat gewiss ihre eigenen Sorgen und will nicht ...“

„Ich möchte sie sehen!“

Isabella nannte keine Gründe, vielleicht weil sie sich schämte, die *mistress* um Rat zu fragen. Genau das wollte sie aber, bewegt von dem Gedanken, die überaus kluge – ja, das hatte sie schon erkannt – Bianca würde ihr in der Not beistehen können.

Im November wurde es auf dem hoch gelegenen Kastell zu Melfi recht ungemütlich. Fast jeden Tag fauchten böige, eiskalte Winde um die Burg, als seien sie entschlossen, sie vom Berg zu fegen. In dieser Zeit eignete sich ein eher kleiner, im Untergeschoss des Palas nach Süden gelegener Raum für längere Aufenthalte. Ein mächtiger, Tag und Nacht brennender Kamin verströmte eine behagliche Wärme, die auch der anschließenden Kammer zugutekam, die den Kindern zum Spielen diente – oder dienen sollte.

Costanza, das Weihnachtskind, sollte im nächsten Monat ihren zwölften Geburtstag feiern, während Manfred vor kurzem das achte Lebensjahr erreicht hatte. Violante, gerade sechs, nutzte das Zimmerchen für ihre ruhigen, fast lautlosen Spiele, während Costanza lieber bei der Mutter saß und sie mit neugierigen Fragen in Atem hielt. Bianca erwartete täglich mit einigem Bangen die Nachricht von Costanzas Frauwerdung, denn ihr selbst würde der Abschied von deren Kindheit vielleicht noch schwerer fallen als der Tochter. Immer wieder musste sie ihr vom ersten Treffen mit dem Kaiser bis in alle Einzelheiten berichten, doch die Sache mit dem Blutfleck verschwieg sie und dabei sollte es bleiben.

Manfred, der „Mann“ im Haus, war vielseitig begabt und hielt das Zusammensein mit seinen Schwestern für vergeudete Zeit, so sehr er sie auch lieben mochte. In ihm regte sich ein Bündel von Talenten, sodass er nicht nur äußerlich, sondern auch geistig seinem Vater immer ähnlicher wurde. So sehr er sich für Waffenübungen begeistern konnte, so sehr schätzte er auch den Umgang mit seinen Lehrern, die er mit Fragen zu Mathematik, Geschichte, Astronomie, Biologie und anderen Wissensgebieten schier zur Verzweiflung brachte. Religion interessierte ihn nur wenig, denn da sei alles längst festgelegt, wie er meinte, da könne und dürfe man keine Verbesserungen anbringen und Neues gebe es auch nicht mehr zu entdecken. Diesen Unterricht hatte bisher der Hofkaplan übernommen, doch nach dessen Weggang verschwand das Thema von seinem Stundenplan. Bianca ließ es geschehen, denn dies war auch im Sinne seines Vaters, der zeitlebens eher geneigt war, sich mit Religionen als mit der einen - einzig wahren - zu befassen. Manfred machte die Kälte nichts aus; er habe es nicht nötig, sagte er, sich unter die Röcke der Frauen zu verkriechen. Bianca lachte darüber und meinte zu Costanza:

„Das sagt er jetzt, aber in drei, vier Jahren wird es damit anders aussehen."

Was die Prophezeiung des verstorbenen Michele Scotus betraf, so schien sie allmählich Gestalt anzunehmen. Während der Zeit des Wartens auf einen neuen Papst hatte Friedrich Verhandlungen mit Johannes Vatatzes aufgenommen, dem Kaiser von Nikaia. Es gab über Jahre einen Briefwechsel mit dem als Feldherrn überaus erfolgreichen Fürsten, der dabei war, das „Lateinische Kaiserreich" zurückzuerobern. 1204 hatten nämlich Kreuzfahrer Konstantinopel, die Hauptstadt von Ostrom, widerrechtlich an sich gebracht und der orthodoxen Bevölkerung römisch-katholische Kaiser aufgezwungen. Bald regte sich dagegen ein erbitterter Widerstand, als dessen Haupt Johannes derzeit dabei war, die alten Zustände wiederherzustellen. Seit dieser Fürst ihm während des Lombardenkrieges Hilfstruppen gesandt hatte, war eine Art Freundschaft entstanden. In einem Bief an ihn schwärmte Friedrich:

„Oh glückliches Asien, oh glückliche Machthaber des Ostens, die der Untertanen Waffen nicht fürchten und die Tücken der Priester nicht scheuen."

In diesen kalten Novembertagen traf ein halb erstarrter Bote aus Foggia ein und musste erst durch heißen Würzwein wieder zum Leben erweckt werden. Das Schreiben enthielt nur zwei fahrig hingeschriebene Zeilen:

„Ich bitte Donna Bianca, sich der Mühe einer Reise nach Foggia zu unterziehen. Eures Rates bedürftig, verbleibe ich in der Hoffnung Eures baldigen Erscheinens. IR."

Niemand in Biancas Umgebung wagte, einen Rat zu geben. Die Reise zu verweigern hieße die Königin von Sizilien zu kränken. Sie anzutreten war in dieser Jahreszeit als Zumutung zu betrachten. Anna bestand trotz ihrer fortgeschrittenen Schwangerschaft auf einer Teilnahme und Roberto sollte die Begleitmannschaft anführen. Bianca schüttelte ihren Kopf.

„Nein, das geht nicht. Er ist Jagdaufseher und muss gerade um diese Jahreszeit ein Auge auf den Wildfrevel haben. Don Gentile soll die Männer anführen."

Anna gab sie zu bedenken, dass ein bis zu dreitägiger Ritt dem Kind nicht zuträglich sein konnte, doch die winkte ab.

„Nein, im Gegenteil! Nicht wenige Ärzte meinen, dass viel Bewegung bis zum achten Monat für Mutter und Kind von Vorteil sei."

Für Don Gentile war dieser Auftrag recht ehrenvoll, gewiss, aber nicht gerade verlockend. Der Capitano näherte sich dem fünfzigsten Lebensjahr und er schätzte ein regelmäßiges Leben ohne Aufregung und Anstrengung. Doch er musste gehorchen umso mehr, als der Besuch einem Wunsch der Landesherrin entsprach. Aber es handelte sich hier nicht um eine bequeme Reise, denn der Weg führte nicht nur über den brettebenen Tavoliere, sondern zum großen Teil durch Bergland, das nach tagelangem Regen fast unpassierbar geworden war. Don Gentile gab dies zu bedenken, doch Bianca schüttelte den Kopf.

„Ja, das kann sein, aber der Kaiser würde es uns niemals verzeihen, einen dringenden Wunsch seiner Gemahlin missachtet zu haben."

Don Gentile drängte es, zu sagen: Und mir würde er niemals verzeihen, wenn Euch etwas zustieße, doch als Krieger stand es ihm nicht zu, an Befehlen herumzudeuteln.

So brach die Reisegruppe in den ersten Novembertagen auf und führte vorsorglich eine zerlegbare Doppelsänfte mit, falls das Reisen zu Pferd für die Damen, besonders für Anna, zu beschwerlich würde. Nun, das Wetter meinte es gut, meist brachte eine müde und tief stehende Spätherbstsonne sogar einen Hauch von Wärme. Nur wenige Stunden vor Foggia, es war gegen Mittag, näherte sich vom Meer eine gewaltige Gewitterfront mit tief hängenden schwarzen Wolkenballen und einem orkanartigen Wind. Gerade noch erreichten sie ein kleines Dorf mit armseligen Häusern, als die Fluten herabstürzten und sie alle in wenigen Minuten durchnässten. Sie drangen mit Gewalt in eines der Häuser ein, da sich auch auf heftiges Klopfen nichts regte. Ein altes, wohl taubes Ehepaar blickte schreckensstarr auf die Eindringlinge, doch Bianca trat vor und die Gegenwart einer gut gekleideten, freundlich lächelnden Frau beruhigte die beiden.

Kaum eine Stunde später klärte sich der Himmel auf und sie konnten weiterziehen. Zuerst wollte Bianca den Schreck mit einem Geldgeschenk gutmachen, doch dann bat sie Don Gentile, den noch reichlich vorhandenen und in Foggia nicht benötigten Proviant ins Haus zu schaffen. Dem Capitano schien das gar nicht zu gefallen, doch dann stapelten sich die Beutel und Säcke mit Brot, Käse, Schinken und ein Korb voll Äpfel in der kleinen verräucherten Küche. Nach draußen hörten sie die Greisenstimmen rufen: „*Grazia a Dio, grazia a Dio*!"

Am frühen Abend trafen sie in Foggia ein und die Königin empfing sie sofort. Ihr einst so wunderhübsches Gesicht war von der nutzlosen Schwangerschaft wie auch von Sorgen entstellt. Sie nahm Biancas beide Hände.

„Verzeiht, dass ich Euch um diese Jahreszeit hergebeten habe, aber ich weiß mir keinen Rat mehr."

Sie schilderte ihre Situation und schlug gegen ihren aufgetriebenen Leib, als wolle sie das tote Kind für seine Existenz bestrafen.

„Da drin steckt ein Kadaver, faules Fleisch, zu nichts nütze, als mich am Ende zu vergiften! Wie werde ich es los? Wie nur?"

„Was sagen die Ärzte?"

Sie winkte heftig ab.

„Die Ärzte – pah! Da wagt sich keiner an die Königin heran, die haben nicht Angst um mein, sondern um ihr Leben."

Bianca konsultierte die Medici, sprach mit der Hebamme und vernahm im Kern die immer gleiche Antwort: Die tote Frucht muss schnell ans Licht. Nach einem langen Gespräch mit der Königin einigten sie sich darauf, dass Isabella zuerst eine geringe Dosis des *secale cornutum* nehmen sollte und – wenn diese ohne Wirkung bleibe – zwei Tage später eine höhere. Unterdessen hieß es, geduldig abzuwarten, doch Geduld gehörte nicht zu Isabellas Stärken. Bianca musste ihr die ganze Zeit über Gesellschaft leisten, wobei einiges zur Sprache kam.

Die Königin hatte sich auf ihrem Bett ausgestreckt, Kopf und Oberkörper von einem Kissenberg gestützt.

„Ich habe mich oft gefragt, was Friedrich bewog, Euch während seiner letzten beiden Ehen die Treue zu halten. Ich sage das jetzt so, denn die Treue wird üblicherweise auf einen Ehepartner bezogen.“

Bianca nickte.

„Ihr dürft es ruhig so nennen, auch wenn es daneben immer wieder andere Konkubinen gab, kurzlebige Liebschaften, die nicht zählen. Ja, warum also? Unser Friedrich hatte es mit den Frauen immer leicht. Ein hübscher Bursche von hohem Adel, im leichtlebigen Palermo aufgewachsen, über ihm der Glanz der Krone von Sizilien. So einer braucht um Frauen nicht zu werben, sie fallen ihm gleichsam in den Schoß und wenn er die Hand ausstreckt hat er an jedem Finger ein Dutzend davon. Dann wird er mündig und die Politik bestimmt sein Leben, also legt man ihm eine um zehn Jahre ältere Witwe ins Bett. So geht es dann weiter und immer sind es die Päpste, die ihn zu neuen, politisch auch für sie vorteilhaften Ehen nötigen. Er ist König und Kaiser, der Politik verpflichtet – was soll er tun? Als heißblütigem jungen Mann ist ihm das staatlich verordnete Beilager nicht genug und so holt er sich junge und schöne Frauen ins Bett, meist nur um des Vergnügens willen. Doch manchmal spricht sein Herz und dann kommen eine Adelheid, vielleicht eine Anais und zuletzt ich, Bianca Lancia aus Pisa. Ich versichere Euch, Donna Isabella, es lag nicht nur an ihm oder mir, da war etwas Höheres im Spiel. Vielleicht wollte Gott ursprünglich nur ein Wesen schaffen, Mann und Frau in einem Körper. Aber sie sollten sich fortpflanzen, und dazu braucht es zwei, die dann wieder zu einem Körper zusammenfinden. So lesen wir es auch in der Heiligen Schrift, etwa bei Matthäus: ‚Dann wird der Mann Vater und Mutter verlassen und sich mit einer Frau verbinden und so werden die zwei wieder ein Fleisch sein.‘ Damit will ich sagen, dass wir vielleicht zu Anbeginn schon füreinander bestimmt waren und ...“

„Eure Rede strotzt vor Hochmut und Eigensucht! Gott hat euch also füreinander bestimmt? Dass ich nicht lache! Ich muss mir das nicht anhören und halte es für besser, wenn Ihr Euren Besuch abbrecht.“

Natürlich fand dieses Gespräch ohne Zeugen statt und so kam es der Sprache wegen zur Missverständnissen. Immer wenn Isabella erregt war, fiel sie ins Englische, weil sie nur so ihrem Ärger, ihrer Empörung Ausdruck verleihen konnte. Zudem fühlte sich Bianca von dem hohen, schrillen und empörten Ton in Isabellas Stimme so verletzt, dass sie ihre sonstige sprachliche Rücksicht, nämlich nur einfache Worte zu wählen, vergaß, und ihre Rede dadurch für die Königin immer unverständlicher wurde. Zuletzt war es so, dass Isabella nur noch Vorwürfe und Beleidigungen hervorstieß, während sich Bianca in kalten Spott flüchtete. Was sie zuletzt noch verstanden hatte, war ein Tadel für die Anrede „Donna Isabella", die sie gewählt hatte, um eine gewisse Nähe zu schaffen. Isabella aber bestand darauf, mit Majestät angesprochen zu werden.

Nun, sie ließ sich das nicht zweimal sagen und bat Anna noch am selben Tag zu packen.

Für den nächsten Morgen aber war geplant, die Arzneidosis zu erhöhen, nachdem sich die erste wohl als zu schwach erwiesen hatte.

Bianca war gerade beim Ankleiden, als die alte Zofe Mary sie um eine Unterredung bat. Um Missverständnisse auszuschließen, hatte sie gleich einen Dolmetscher mitgebracht. Sie solle nicht jedes Wort der Königin auf die Goldwaage legen und ihren schlimmen Zustand bedenken. Sie stehe vor dem Verlust eines Kindes und fürchte für ihr eigenes Leben. Die Königin bedauere ihre harten Worte und sie bitte Donna Bianca, wenigstens noch so lange auszuharren, bis das Kind – bis die Totgeburt überstanden sei. Hier stockte der Dolmetscher, weil ihm das italienische Wort für Totgeburt nicht geläufig war. So übersetzte er es mit *parto*, das ja ganz allgemein „Entbindung" bedeutet.

Natürlich konnte sich Bianca der Bitte nicht verschließen, obwohl Anna eine Schnute zog und patzig fragte: „Dann soll ich also wieder auspacken?"

„Nur das Nötigste."

Schon gegen Mittag begann das *secale cornutum* zu wirken. Nach kurzen, schrecklichen Wehen – Isabella hatte ihre Lippen blutig gebissen – stieß der Körper die tote Frucht ab. Es wäre ein Mädchen gewesen. Bianca hielt Isabellas Hand und redete ihr gut zu.

„Nun ist es überstanden, Majestät, und Ihr seid am Leben und werdet bald gesunden. Es muss ja nicht Euer letztes Kind sein ..."

Isabella nickte nur und bewegte dabei die bleichen, blutgeränderten Lippen, als wolle sie etwas sagen, doch sie war noch zu schwach, um sprechen zu können. Sie schloss die Augen und schien eingeschlafen, doch als sich Bianca leise erhob, hörte sie ein

Flüstern. Sie beugte sich herab und vernahm kaum verständliche Wortfetzen, nur Friedrichs Name war deutlich herauszuhören.

Sie tätschelte beruhigend Isabellas Hand, die sich so kalt anfühlte, als sei das Leben entwichen.

„Ja", sagte sie, „ja, ich habe verstanden."

Freilich hatte sie nichts verstanden, doch die Königin öffnete halb die Augen und lächelte. Bianca empfand dabei ein leichtes Unbehagen, hatte sie doch nur gelogen, um die Geschwächte nicht aufzuregen.

Der Kaiser, vom nicht enden wollenden Konklave ermüdet und erbittert, wollte wenigstens die Weihnachtszeit mit seiner Familie verbringen. Er nahm den Weg über Campobasso und Lucera, wo er einen Teil seiner sarazenischen Truppen zurückließ. Dort empfing ihn die Botschaft, dass Königin Isabella, wohl als Folge ihrer Totgeburt, am ersten Dezember in den Frieden des Herrn eingegangen war.

In Foggia fand er von den Zeugen ihres Todes nur noch die alte, völlig verstörte Zofe Mary vor, denn Ärzte wie Hebammen hatten es vorgezogen, sich unsichtbar zu machen. Da von Mary nur tränenreiche Klagen in englischer Sprache kamen, bat Friedrich den Dolmetscher, sie gründlich zu befragen und ihm das Ergebnis mitzuteilen. So erfuhr der Kaiser, dass Bianca auf Isabellas Bitte gekommen und bis zur Niederkunft geblieben war. Mary vergaß auch nicht zu erwähnen, dass eine Arznei die Wehen ausgelöst hatte. Nach einer Woche scheinbarer Erholung hatte die Königin begonnen bei hohem Fieber zu delirieren und war am Morgen des ersten Dezember verstorben. Mary sah in Bianca die geschworene Feindin ihrer Herrin, die, zu scheinbarer Hilfe herbeigeeilt, die Gelegenheit genutzt hatte, Isabella zu vergiften. So stellte sie es dar, doch Friedrich wollte einen neutralen Zeugen hören und erst nach Tagen gelang es, eine der Hebammen aufzuspüren.

Wie eine Gefangene wurde sie zum Kaiser eskortiert, der sich zur Ruhe zwang und die Verstörte mit sanfter Stimme befragte. Ihrem dialektgefärbten stockenden Bericht war zu entnehmen, dass sie und ihre Kollegin, zusammen mit den Ärzten, die Gefahr zwar erkannt, doch nicht gewagt hatten, das *secale cornutum* anzuwenden. Donna Bianca aber hatte es getan und damit die Abstoßung des toten Kindes erreicht. Wie aber hatte Donna Bianca von der richtigen Dosis gewusst? Sie habe mit den Ärzten darüber gesprochen.

Zuerst sei eine wohl nicht wirksame Dosierung angewandt worden, tags darauf eine stärkere. Die Hebamme aber wollte sich nicht vorwerfen lassen, diesbezüglich einen falschen Rat gegeben zu haben, so schloss sie eine falsche Dosierung mit Nachdruck aus. Wenn die Menge zu hoch gewesen sei, dann wäre die Königin bald nach der Einnahme gestorben. So aber habe sie noch eine Woche gelebt und es habe so ausgesehen, als gehe es ihr von Tag zu Tag besser.

Friedrich ließ der Frau fünf *grossi* auszahlen und befahl die Beisetzung der Königin im Dom zu Andria, einem nahe gelegenen Städtchen, wo vor dreizehn Jahren Jolanda von Brienne bestattet worden war. Den jetzt dreijährigen Heinrich Carlotto, ein stilles zartes Kind, nahm Friedrich zu sich; er sollte in Melfi zusammen mit Biancas Kindern aufwachsen.

Wohl verlockt durch die Belohnung, die der Kaiser der Hebamme gezahlt hatte, meldete sich kurz vor seiner Abreise einer der Ärzte bei ihm. Friedrich befragte ihn scharf und sagte, das Verschwinden der Medici könne man auch als Schuldbekenntnis auslegen. Nein, nein, wehrte sich der Arzt, er und sein Kollege hätten nichts anderes getan, als die Dosis der abtreibenden Arznei mit Donna Bianca zu besprechen.

„Und wer hat sie der Königin verabreicht?"

„Donna Bianca in eigener Person und sie hat am Bett der Königin gesessen, bis das Kind ... bis die tote Leibesfrucht abgestoßen war."

„Aber die Todeskrankheit kann doch nicht auf das *Secale* zurückgeführt werden. Schließlich hat die Königin noch eine Woche gelebt."

„Wer kann das mit Sicherheit sagen? Vielleicht hat die doch bedenklich starke Arznei ihren Körper so geschwächt, dass er später zu fiebern begann und dann ..."

„Vielleicht – wer weiß – hätte – könnte ... Ich habe genug von Euren haltlosen Vermutungen! Ihr seid doch hier eine Art von Hofarzt gewesen. Warum habt Ihr nichts Ernsthaftes gegen Fieber und Schwäche der Königin unternommen, nicht um ihr Leben gekämpft?"

„Aber Majestät, seit die Königin hier lebte, war sie niemals krank. Erst als sich ihre Schwangerschaft zur Lebensgefahr entwickelte, haben mein Kollege und ich ..."

„Nichts getan! Sagt es nur freiheraus! Im Übrigen steht Ihr hier unter Hausarrest, bis der andere Arzt sich meldet."

Jetzt begann der Medicus um sein Leben zu fürchten, denn wie grausam der Kaiser strafen konnte, war weithin bekannt.

Isabella hatte in Foggia durch ihre fröhliche und liebenswürdige Art und durch ihre stets offene Hand das Volk für sich gewonnen gehabt. Als im vergangenen Frühjahr ein plötzlicher Sturm den Marktplatz in ein Trümmerfeld verwandelt und es auch Tote gegeben hatte, war sie es gewesen, die für den Schaden aufkam und die verwaisten Kinder unterstützte.

Natürlich wusste hier jeder, dass es in Melfi die andere gab, die Kebse, die Hexe, die den Kaiser mit Zauberkraft an sich band. Biancas Gegner hatten dies ausgestreut und die meisten glaubten es. So hatte ihr Eintreffen einige Unruhe verursacht, auch als bekannt wurde, dass die Königin sie um ihren Besuch gebeten hatte. Diesen Wunsch, so sagten einige, habe Bianca der Königin eingehext, um in aller Ruhe die lebensbedrohende Schwangerschaft für ihre tödlichen Zwecke zu nutzen.

Diese dummen Gerüchte sprudelten nun in wirrer Folge aus dem Arzt heraus, um den Zorn des Kaisers von sich abzulenken. Obwohl Friedrich kein Wort davon glaubte, regte sich in ihm ein seltsamer Verdacht. Bianca musste sich doch sagen, dass die um einige Jahre jüngere und äußerlich wesentlich attraktivere Isabella ihn auf die Dauer mehr fesseln würde als sie selber, die auf den ersten Blick eher unscheinbare Bianca, die sich als Mutter von drei Kindern jetzt mehr zur Matrone eignete. Sein scharfer Intellekt protestierte sofort. Das sind allein deine Gedanken, Friedrich, denen du die Zügel hast schießen lassen. Nimm sie wieder, wie es doch deine Art ist, scharf an die Kandare. Lässt du sie ausbrechen, so gewinnen sie ein bedenkliches Eigenleben und entgleiten deiner Hut. Friedrich nickte mehrmals, als stimme er der Sprache der Vernunft zu. Er wusste ja, dass ein zuerst harmloser Zweifel sich aufblähen und zur Hydra werden konnte, der, so sehr man sie auch bekämpft, in kurzer Zeit unzählige Köpfe wachsen.

So ließ er den vor Schreck schon halb toten Arzt frei, nahm in Andria am Requiem für Isabella teil und erreichte wenige Tage vor Weihnachten Melfi. Hier sprach er mit Bianca in aller Ruhe über die Ereignisse in Foggia. Bianca stellte den Ablauf so dar, wie sie ihn selber erlebt hatte.

„Dass Isabella in ihrer Not ausgerechnet mich um Hilfe rief, kann ich mir nur so erklären, dass sie aus mir unbekannten Gründen einer Bianca Lancia eher traute als allen anderen. Vielleicht hat sie mich als einen Teil von dir gesehen oder einfacher gesagt: Du warst nicht greifbar, ich aber wohnte in der Nähe. Ich weiß, wie absurd das klingt, doch Menschen in höchster Not verhalten sich nicht immer vernünftig."

Friedrich musste ihr Recht geben und es stellte sich fast sofort ihre alte, vielfach bewährte Seelenfreundschaft wieder ein, doch seine Sinne blieben stumm. Durch die Blume gab er ihr zu verstehen, dass er zunächst seine Trauer über Isabellas unerwarteten Tod zu verarbeiten habe. Ob das nun stimmte oder nicht, Bianca sah darin weniger die Trauer um einen geliebten Menschen, sondern eher den Schmerz, eine schöne, fröhliche und gewiss auch leidenschaftliche Bettgefährtin verloren zu haben.

Der liebe und zarte Heinrich Carlotto wurde sofort mit Begeisterung in die Familie aufgenommen. Für Violante war er der im Stillen ersehnte kleine Bruder, den es nun zu umsorgen und zu bemuttern galt.

Anna gebar ihr erstes Kind, eine Tochter, wenige Tage nach dem Dreikönigsfest und schied für eine Woche aus Biancas Diensten aus. So ganz passte ihr das nicht, denn sie war der festen Überzeugung, dass nur sie allein genau über Biancas Bedürfnisse Bescheid wusste. Ihre Rolle übernahm mit Hingabe und Geschick Costanza, die ohnehin eine starke Neigung zu praktischen Tätigkeiten besaß.

Es waren stille und friedliche Tage, die Friedrich mit seiner Familie im alten und dann im neuen Jahr verbrachte. Mit Bianca führte er lange Gespräche über Gott und die Welt, wobei Ersterer etwas zu kurz kam. Gott, so sagte er einmal, sei für ihn kein fester, sondern ein allumfassender Begriff.

„Da thront nichts über den Wolken, das die Welt und ihre Bewohner im Auge hätte oder sich Sorgen um die eigene Schöpfung machen würde. Diese ungeheuere universelle und unser Denken sprengende Macht hat hier auf Erden etwas in Gang gesetzt, das wir Menschen dann weiterbetreiben müssen. Gott hat wohl in Kauf genommen, dass die Menschheit im Laufe ihrer Entwicklung die unterschiedlichsten Lebens- und Glaubensformen annimmt. Kaum hatten die Juden sich unter allerlei Schwierigkeiten zum Glauben an den einen Gott durchgerungen, traten schon zahlreiche Propheten auf, die dies oder das lehrten, befahlen oder für verboten erklärten. Warum unter ihnen am Ende Jesus und Mohammed die meisten Anhänger gewannen, wäre eine gründliche Untersuchung wert. Aber so oder so, auch ihre Anhängerschaft spaltete sich auf, es gibt römische und orthodoxe Christen, es gibt Schiiten und Sunniten, zudem blühen im Verborgenen wohl zahlreiche Irrlehren. Dabei gibt es nur eine Bibel, einen Koran, doch beide enthalten unklar formulierte, manchmal auch widersprüchliche Textstellen. Damit mögen sich andere befassen, ich bin Kaiser und kein Papst."

„Den es nach wie vor nicht gibt", meinte Bianca.

Friedrich lächelte.

„Ach, wer weiß, vielleicht wird in diesem Augenblick einer gewählt."

Davon war man leider noch sehr weit entfernt, doch andere Nachrichten waren geeignet, den Kaiser zu beunruhigen. Der Castellano der Burg von Nicastro, einem elenden Bergnest in Calabria, sandte einen etwas ungelenken Brief, in dem er verschiedene Umstände schilderte, die seinen Gefangenen betrafen, den gestürzten König Heinrich. Die Burg sei in einem so erbärmlichen Zustand, dass es immer schwerer falle, den hohen Gefangenen dort menschenwürdig zu versorgen. Die Räume seien klein und feucht, das Dach undicht, die Bewacher so faul wie unzuverlässig. Es müsse einiges an Geld und Arbeit aufgewendet werden, um Abhilfe zu schaffen, doch seine diesbezüglichen Anfragen seien bislang unbeantwortet geblieben.

Friedrich, derzeit in bester Stimmung, weil von nirgendwoher eine unmittelbare Gefahr drohte und seine Familie um ihn war, fühlte sich angerührt. Heinrichs Verrat lag jetzt sechs Jahre zurück und der Kaiser hatte einen größeren Abstand dazu gewonnen. So fasste er den Entschluss, Heinrichs Lage zu verbessern und ihm das weitaus bequemere, auch gut zu überwachende Castello di Cosenza als neuen Aufenthaltsort zuzuweisen. Er sandte einen Eilboten nach Nicastro, mit dem Befehl, den Gefangenen sofort auf den Weg zu bringen, ohne ihm das Ziel zu nennen. Eine Vorfreude wollte er dem Verräter nicht gönnen ...

Der Burgvogt von Nicastro war zusammen mit dem Capitano der Wachmannschaft für Heinrich verantwortlich, Ersterer für den Zustand und die Ausbruchsicherheit der Festung, Letzterer für die

Person des Gefangenen mit allem, was damit zusammenhing. Da traf nun das Schreiben des Kaisers ein, doch die beiden konnten nur mit größter Mühe lesen und so wurde der Cappellano zugezogen.

Dieser alte, wunderliche Kauz befasste sich mehr mit Pflanzen als mit den Seelen der ihm Anvertrauten. Wer bei ihm beichtete, musste damit rechnen, nach der hastig erteilten Absolution sofort auf verschiedene Gesundheitsfragen antworten zu sollen: Kein Husten? Leibweh? Fieber? Wie steht's mit den Zähnen? Schwer heilende Wunden? Und so ging es weiter und wenn das Beichtkind alles verneinte, rief der Kaplan: „Dann scher dich fort!" Bei älteren Leuten aber fehlte es schon da oder dort und die mussten dann mit ihm in seine kleine Wohnung neben der Burgkapelle gehen, wurden weiter ausgefragt und schließlich mit der geeigneten Arznei versehen.

Nun las der Kaplan den Brief des Kaisers vor und beide Zuhörer erschraken. Der Castellano, weil damit seine Burg an Bedeutung verlieren und ins Dunkel der Vergessenheit sinken würde. Der Capitano, weil er fürchtete, mit seinen Männern wieder zu den Kampftruppen versetzt zu werden, denn in Cosenza gab es gewiss eine geeignete Wachmannschaft. So hatte ihn der kaiserliche Befehl nicht gerade erfreut und als er den Gefangenen im Burghof ansprach, tat er dies in gereizter Stimmung. Die knappe Anrede freilich hatte der Kaiser befohlen, sie durfte über das „Don" nicht hinausgehen.

„Don Enrico!"

Heinrich blieb stehen und wandte sich um. Der etwas über Dreißigjährige sah zehn Jahre älter aus, sein faltiges Gesicht wirkte müde und verfallen, die grau gesprenkelten Haare hingen verfilzt und ungepflegt bis auf die gebeugten Schultern.

„Ja?"

Der Capitano blieb stehen und stieß hervor:

„Ihr werdet verlegt! Befehl Eures ... äh, Befehl vom Kaiser."

Die glanzlosen Augen blickten erschrocken.

„Schon wieder?"

„Ich führe nur Befehle aus."

„Ja, ja, ist schon gut. Und wohin geht es diesmal?"

Nun soll der Kerl auch sein Fett abbekommen, dachte der Capitano hasserfüllt.

„Ich bin nicht befugt, Euch das zu sagen, doch fürchte ich, besser wird's nicht werden."

Heinrich hatte sich niemals mit seiner Lage abgefunden, doch die bodenlose Verzweiflung, die ihn nach Rocca San Felice, seinem ersten Gefängnis, begleitet hatte, war einer stillen Duldung gewichen, in der dann und wann ein winziges Licht der Hoffnung aufleuchtete. Sein Vater würde nicht ewig leben und sein Halbbruder Konrad, jetzt deutscher König, wäre vielleicht geneigter, die Haft in eine Art Hausarrest umzuwandeln. Und nun das! Wie oft hatte er während der zwei Jahre auf Nicastro dieser halben Ruine einen Zusammensturz oder den Untergang in einem Flammenmeer gewünscht. Dies alles waren Wunschträume geblieben und nun sollte es weitergehen in eine andere und keineswegs bessere Kerkerhölle.

Zwei Tage später brachen sie auf. Pferde waren in diesen wüsten Bergregionen nicht zu gebrauchen und so trabten sie auf Maultieren langsam dahin, nicht selten zum Absteigen gezwungen, damit die erfahrenen Tiere mit ihren unfehlbaren Instinkten den Weg ergründen konnten.

Heinrich verstrickte sich immer tiefer in Gedanken, die um seine triste und auswegslose Lage kreisten. Wie lange sollte dieses unwürdige Leben andauern? Von einer abgelegenen Burg in eine noch abgelegenere? Der Kaiser konnte damit doch nur bezwecken, ihn aufs Neue zu demütigen, sein Haupt immer tiefer zu beugen, sein Gesicht immer häufiger in den Schmutz zu drücken.

Es war noch früher Nachmittag, doch die Wintersonne stand tief und ließ sich nur selten blicken. Wieder ertönte der Warnruf des Bergführers:

„Absteigen! Absteigen! Die *muli* sofort an die Spitze setzen!"

In Heinrich bäumte sich alles auf. Trotz seiner elenden Lage blieb er der gesalbte und gekrönte König! *Rex in aeternam*. Er duckte sich in den Sattel und als einer seiner Begleiter wütend an seinem Zügel riss, schlug er dem Tier die Sporen tief in die Weichen. Der plötzliche Schmerz trieb das Tier voran und es stolperte, stürzte. Da ließ Heinrich die Zügel fahren, streckte seine Arme in die Höhe und rief:

„Frei sein! Ich will frei sein!"

Er stürzte kopfüber auf einen felsigen Vorsprung und verlor das Bewusstsein. Sie schafften den Schwerverletzten in ein armseliges Bergdorf, das den treffenden Namen Martirano trug, und hier starb der Gefangene, der einstmals König Heinrich VII. gewesen war, am Morgen des zehnten Februar, ohne das Bewusstsein wiedererlangt zu haben Der Capitano verfasste einen Brief an den Kaiser, in dem er jede Schuld abstritt, denn Heinrich habe, was viele bezeugen könnten, von sich aus den Tod gesucht.

Friedrich war mit seiner Familie wegen des strengen Winters von Melfi nach Foggia gegangen, wo Bianca die früheren Räume der Königin Isabella beziehen sollte.

„Ich werde es tun, doch einiges muss verändert werden."

„Was gefällt dir nicht daran? Du könntest wohnen wie eine Königin ..." Er wies auf die Truhen, Schränke, Tische und Stühle. „Alles von ersten Handwerkern geschaffen und brauchen kannst du sie auch."

Sie nickte.

„Ja, sicherlich, lass mich nur machen."

Da wurde dann einiges umgestellt, der prunkvolle thronartige Sessel fortgeschafft, für die Kinder einige Räume hergerichtet.

Von hier aus ging Friedrich häufig auf die Jagd, mit Vorliebe auf die Falkenbeize, denn in den dichten Wäldern des Tavoliere wimmelte es nur so von Vögeln und Niederwild. Meist war Roberto an seiner Seite, dessen Frau Anna schon das zweite Kind erwartete. Auf ihren langen Ritten kam es nicht selten zu Gesprächen, doch der Kaiser stellte ihm manchmal Fragen, die er nicht verstand oder die ihn verlegen machten.

„Wie hältst du es während der Schwangerschaft? Besonders in den letzten Monaten ist der Bauch schon ein Hindernis. Ein kluger Arzt hat mir während dieser Zeit von jedem Verkehr abgeraten. Der einschießende Samen könnte den *embrione* schädigen oder irritieren, doch ich mag daran nicht glauben. Die Natur hütet in der Regel eigensüchtig das heranwachsende Leben. Während der Lombardenkriege ist eine schwangere Frau in mein Lager geflüchtet, die nach eigenem Bekunden von etwa einem Dutzend Männern vergewaltigt worden war. Ich habe sie später beobachten lassen und sie gebar einen völlig gesunden kräftigen Jungen. Was sagst du dazu?"

Auf der Jagd hatte der Kaiser sich die Anrede Majestät verbeten und bestand auf dem lateinischen *dominus*.

Roberto, wieder einmal in höchster Verlegenheit, stotterte herum. „Nun ja, Domine, was kann ich da sagen? Ich meine, jeder sollte das ... sollte es für sich ... oder ... oder im Gespräch mit seiner Frau ..."

Friedrich lächelte spöttisch.

„Ist schon gut, brauchst mir deine Bettgeschichten nicht zu erzählen."

Auf einem dieser Jagdausflüge, es war in der Gegend von Troia, erreichte den Kaiser die Nachricht vom Tod seines Sohnes. Wie immer, wenn Eilkuriere in die fröhliche Jägerrunde platzten, gingen die anderen sofort respektvoll zur Seite. Der Kaiser ließ das Schreiben sinken, entlohnte persönlich den Boten und winkte ihn fort. Dann trat er langsam auf die anderen zu und zeigte ihnen eine Miene von Trotz und Aufruhr, so als sei ihm eine Verschwörung angekündigt worden.

„Mein Sohn Heinrich ist gestorben, doch was soll es uns kümmern? Ein Verräter weniger auf der Welt ist doch kein Verlust, oder? Was meint ihr dazu?"

Natürlich kam keine Antwort, alle senkten die Köpfe, einige nahmen die Hüte ab. Einer wagte dann halblaut zu rufen:

„Wir fühlen mit Euch, Domine. Sollen wir die Jagd abbrechen?"

„So, ihr fühlt also mit mir? Wer ist so anmaßend, meine Empfindungen zu kennen? Gut, ich will euch sagen, was ich nicht fühle, nämlich Bedauern. Die Jagd werden wir natürlich nicht abbrechen, wir setzen sie fort, als sei nichts geschehen."

Zurück in Foggia rieten ihm seine Vertrauten, der Welt zumindest sein Bedauern über den Verlust des Sohnes anzuzeigen. Als auch Bianca sich diesem Rat anschloss, ließ der Kaiser den sizilischen Bischöfen ein Schreiben zukommen, das von den Kanzeln verlesen wurde.

„Das Leid des liebenden Vaters hat die strenge Stimme des Richters verstummen lassen. Tief müssen Wir das Geschick Unseres erstgeborenen Sohnes Heinrich betrauern, und die Natur trieb eine Flut von Tränen aus Unserem Innersten, die bisher der Schmerz über die Kränkung und die Starre der Gerechtigkeit zurückgehalten hatten. Vielleicht werden sich harte Väter wundern, dass der von öffentlichen Feinden unbesiegte Caesar von hässlichem Schmerze hat besiegt werden können. Aber eines jeden Fürsten Sinn, sei er noch so starr, ist dem Gebote der allmächtigen Natur unterworfen; sie, die ihre Macht über jeden ausübt, anerkennt weder Könige noch Kaiser. Wir gestehen es, dass Wir durch des lebenden Königs Übermut nicht gebeugt werden konnten, durch den Sturz dieses Unseres Sohnes aber gerührt sind. Wir sind jedoch weder der erste noch der letzte Vater, der durch die Übergriffe eines Sohnes Schaden erlitt und nichtsdestoweniger an seinem Grabe weint.

So wollen und können Wir beim Hingang Unseres teuren Sohnes nicht unterlassen, was des Vaters Pflicht ist.

Wir befehlen daher durch dieses Schreiben, allen Geistlichen und Unseren übrigen Getreuen aufzuerlegen, dass sie seine Totenfeier in aller Ehrfurcht feierlich begehen und seine Seele mit Messgesängen und den anderen Sakramenten der Kirche der göttlichen Barmherzigkeit empfehlen sowie durch offenbare Zeichen beweisen, dass sie, ebenso wie sie bei den Festlichkeiten Unserer Freuden heiter und froh sind, auch in Unseren Schmerzen getreulich mit Uns fühlen."

Heinrich wurde im Dom von Cosenza feierlich beigesetzt, auf Befehl des Kaisers mit einem Königsmantel bekleidet.

11

Etwas hielt Friedrich davon ab, Bianca über den Text seiner Trauerbotschaft noch vor ihrer Bekanntgabe zu informieren. Fürchtete er ihre Kritik oder ihre Einflussnahme? Wie dem auch sei, sie hörte erst davon, als sie in der Kathedrale von Foggia zu Ostern verlesen wurde. Beim anschließenden feierlichen Ostermahl im Kreise seiner Freunde kam der Kaiser darauf zu sprechen.

„Ich glaube, meine Botschaft blieb nicht ohne Wirkung. Während der Lesung war kein Laut zu hören, danach aber ging es wie ein Seufzen durch die Kirche ..."

Friedrich blickte Petrus de Vinea an.

„Habt Ihr es auch vernommen, mein Freund?"

Das bärtige Gesicht des Großjustitiars blieb unbewegt.

„Es war nicht zu überhören."

Andere nickten bestätigend und es kamen Zurufe wie „Ein erschütterndes Bekenntnis Eurer Majestät!" oder „Das zeigt dem Volk Euer gutes Herz!"

Bianca schwieg, obwohl Friedrich sie mehrmals auffordernd anblickte. Wie meist am Abend kam er zu einem Gespräch in ihre Räume.

„Du warst so schweigsam bei Tisch."

„Was hätte ich sagen sollen?“

„Einfach deine Meinung äußern. Beifall, Kritik ...“

„Kritik verbietet sich im Kreis deiner Freunde und zu Beifall gab es keinen Anlass.“

Seine Miene wurde abweisend. „Keinen Anlass, warum?“

„Weil deine Trauerbotschaft nicht deine wahren Gefühle zeigt, weil Heinrich auch nach seinem Tod für dich ein Verräter bleibt.“

„Ah, so genau kennst du mich! Darf ein Kaiser keine Einsicht zeigen, können sich Gefühle durch Ereignisse nicht ändern? So mancher Todfeind hat seinem Gegner verziehen, bewegt durch einen Schicksalsschlag, der ihn oder den anderen traf. Warum soll ich da eine Ausnahme machen?“

„Weil du im Licht der Weltöffentlichkeit stehst und darauf bedacht sein musst, nicht allzu hartherzig zu erscheinen.“

Friedrichs Gesicht verriet Staunen und Verblüffung.

„Was hätte ich deiner Ansicht nach tun sollen?“

„Du hättest ehrlicher sein müssen. Wenn du sagst, dass der Übermut des lebenden Königs dich nicht gebeugt, dich sein Sturz aber gerührt habe, so muss jeder kritische Mensch sich fragen, warum Heinrich erst sterben musste, ehe sein Sturz dich gerührt hat. Du wusstest von seinen elenden Kerkern, hast den längst Gebrochenen dort bewachen lassen wie eine gefährliche Bestie – über sechs Jahre lang hat es dich nicht bewegt. Seine Reue und Einsicht hätten dich veranlassen müssen, eine andere Lösung zu finden. Kaiser Augustus, der doch dein Vorbild ist, hat seinen Gegnern nicht nur verziehen, sondern sie in seine Nähe gezogen und sie waren nicht seine Söhne.“

Etwas wie spöttischer Triumph erschien auf Friedrichs Gesicht.

„Das ist leider nur die halbe Wahrheit, denn seinen eigenen Kindern gegenüber war er hart und unnachsichtig. Seine Tochter Julia hat er wegen ihres anstößigen Lebenswandels auf eine karge Insel verbannt und er hat dieses Urteil niemals zurückgenommen. Es ist schon so, dass man von den eigenen Kindern mehr erwartet und sie auch härter bestraft, wenn sie einen enttäuschen.“

„Wir Christen sollten uns eher an das Beispiel vom verlorenen Sohn halten, der reuig zurückkehrte und sagte: Vater, ich habe gesündigt gegen den Himmel und vor dir. Hat Heinrich nicht ähnlich gesprochen? Anstatt ihn nach einer angemessenen Buße wieder aufzunehmen, hast du ihn verstoßen und verdammt. Vielleicht hat sein Tod in dir so etwas wie Reue oder Bedauern ausgelöst, doch Heinrich hat nichts mehr davon, er hätte es zu Lebzeiten gebraucht."

Friedrich schwieg, schüttelte den Kopf, erhob sich und sagte im Hinausgehen:

„Gerade von dir hätte ich mehr Verständnis erwartet."

Friedrich war klug genug, um zu erkennen, dass Biancas Vorhaltungen nicht grundlos waren, doch das mochte er sich nicht eingestehen. Für ihn, dem Mann der Tat, wurde es allmählich unerträglich, immer wieder auf eine Nachricht aus Anagni zu warten, wo das Konklave nach wie vor ergebnislos tagte. Bianca, gleichsam sein lebendes Gewissen, wollte er jetzt nicht sehen und sogar die Jagd machte ihm keine Freude mehr.

Inzwischen hatte der Frühling das Land erobert, die Natur erwachte, entfaltete Kräfte, die Säfte stiegen, brachte die Pflanzen zum Keimen und Blühen. Auch Mensch und Tier gerieten in diesen Sog, übermächtig regte sich die Lust am Zeugen und Schwängern, in den Bienenstöcken, umschwärmt von Drohnen, rüstete sich die Königin zum Hochzeitsflug, die Vögel bauten Nester für die künftige Brut, die Hasenböcke kämpften lautlos auf grünen Feldern, während die grellen nächtlichen Liebesrufe der Kater weithin zu vernehmen waren. Und sogar der Mensch, obwohl ganzjährig zum Zeugen bereit, machte da keine Ausnahme: Was er das Jahr über zwar mit Lust, doch eher nebenher betrieb, wurde im Frühling, vor allem für die Jugend, zum Sinn und Zweck des Daseins, zum Hauptziel, zur liebsten und wichtigsten Tätigkeit.

Kaiser Friedrich gehörte zwar nicht mehr der Jugend an, doch seine Neigung zu Frauen hatte nicht abgenommen und die Umstände brachten es mit sich, dass sich etwas in ihm angestaut hatte, das vordergründig nichts mit dem anderen Geschlecht zu tun hatte und dennoch dort Entladung und Erlösung suchte.

Wir haben gesehen, dass Friedrich, was zuvor kaum geschehen war, den Umgang mit Bianca mied, auch bedingt durch uneingestandene Reue über den – mitverschuldeten? – Tod des Sohnes. Dazu kam die steigende Ungeduld wegen der zögerlichen Papstwahl auch ein nie gekannter Überdruss an der zeitlebens doch immer so geliebten Jagd. Jetzt konnte nur eines helfen, nämlich seinen getreuen Sarazenen in Lucera einen Besuch abzustatten, der freilich, wie schon öfter geschehen, weit über eine Truppenschau hinausging.

Nachdem sein Kommen angekündigt war, entfaltete der *aga* der dort ansässigen Truppen eine lebhafte Tätigkeit, wohl wissend, was der Kaiser erwartete. Als Erstes wurde das Palastkastell einer gründlichen Inspektion unterzogen. Die hohe, abweisend wirkende Mauer überragte ein zweigeschossiger Wohnturm, der – von außen nicht sichtbar – am Sockel von einem kleinen kunstvoll angelegten Garten mit zierlichen Wasserspielen und marmornen Sitzbänken umgeben war. Innen war die Mauer von Wohn- und Aufenthaltsräumen durchbrochen. Dort hielt sich ständig eine aus den tüchtigsten Kriegern gebildete Palastwache auf, die im Bedarfsfall nicht nur den Kaiser, sondern auch einen beträchtlichen Teil des sizilischen Staatsschatzes zu bewachen hatte.

Im unteren Geschoss des Palastturmes gab es Räume für einen Harem, den aber erst kurz vor der Ankunft des Kaisers Eunuchen zusammenstellten, die seine Vorlieben kannten. Dazu wurden etwa acht bis zehn junge Sklavinnen ausgesucht, kundig in Tanz und Musik und – von erfahrenen Frauen geprüft – nicht empfängnisbereit. Friedrich hatte nur Bedingungen für das Alter, nicht jedoch für ihr Aussehen gestellt. Da gab es Mollige, Schlanke, Kleine und Große, Blonde, Braune, Rote und Schwarze.

Lucera war etwa fünzehn Meilen von Foggia entfernt und lag auf einem jäh aus der Ebene aufragenden Bergsporn. Als Friedrich mit seinen Männern den steilen Pfad hinaufritt, verkündeten Fanfarenklänge von den Türmen seine Ankunft. Der *aga* aller sarazenischen Truppen stand vor dem weit geöffneten Tor und streckte – so war es Brauch – dem König auf einem Samtkissen den goldenen Stadtschlüssel entgegen. Als der Kaiser vom Pferd stieg, kniete der *aga* nieder, küßte Friedrichs Mantelsaum und stieß mit vor Ehrfurcht brüchiger Stimme hervor:

„*As-salamu aleikum, Sultan*!"

Der Kaiser bedankte sich, ließ ihm ein Ehrengeschenk überreichen, erkundigte sich nach der Gesundheit seiner Familie. Dann wurde Friedrich feierlich zum Palast geleitet, wo der Castellano ihn mit den Palastdienern kniend empfing. Nach einer kurzen Begrüßung der zwei Capitani der Palastwache zog sich Friedrich in seine

Wohnräume zurück, die ohne Ausnahme im sarazenischen Stil eingerichtet waren. Da gab es geschnitzte Truhen mit arabischen Koranversen, kunstvoll gewebte Seidenteppiche aus Persien, niedere Ebenholztische mit silbernen Gefäßen für Obst, Nüsse und Räucherwerk. Überall lagen schwellende, vielfarbige Polster verstreut, Stühle gab es nicht.

Durch seine Jugend in Palermo geprägt, wo er häufig mit Sarazenen verkehrte, fiel es Friedrich leicht, alles Westlich-Christliche abzustreifen und sich nahtlos in die morgenländische Welt einzufügen. Hier nannten ihn alle „Sultan“, aus dem Sonntag wurde ein Freitag, den sie hier *yaum al-juma* nannten, „Tag der Versammlung“. Dies alles tat Friedrich nicht, wie seine Feinde sagten, als heimlicher Muselman, sondern um dem Volk von Lucera zu zeigen, dass sie für ihn nicht fremdländische Sklaven, sondern Untertanen waren, deren Religion und Brauchtum er achtete. Sie dankten es ihm mit unwandelbarer Treue und einer Hingabe, die bis zur Selbstaufopferung reichte.

Das wusste Friedrich und dieses Wissen machte ihn stark. Doch hier im friedlichen Lucera mussten seine Krieger dies nicht erproben und so führten sie stattdessen wilde Reiterspiele vor. Da galoppierten die Krieger laut schreiend aufeinander los, versuchten mit stumpfen Lanzen einander aus dem Sattel zu stoßen oder hieben hölzerne Schwerter in Stücke. Danach setzte man sich zu üppigen Banketten, die – der Jahreszeit angemessen – im Freien stattfanden. Da türmten sich nach Zimt und Safran duftende Reisberge, gesäumt von allen erlaubten Fleischsorten: Lamm, Ziege, Rind und Geflügel. Alle aßen nur mit der rechten Hand, während die linke, die unreine, in der Kleidung oder am Rücken versteckt blieb.

Draußen, in seinem abendländischen Leben hätte Friedrich eine Mahlzeit ohne Wein kaum akzeptiert, hier aber wählte er ohne Murren aus der Vielzahl der angebotenen Säfte oder nahm, wie fast alle anderen, nur quellfrisches Wasser. Doch die islamische Welt hatte auch ohne Alkohol allerlei Anregendes zu bieten. So gab es ein dunkles, aus gerösteten Kafa-Bohnen heiß aufgebrühtes Getränk, das schon in kleinen Mengen anregender wirkte als die ebenfalls angebotenen Teesorten. Einen gewissen Höhepunkt stellte das Einatmen von Rauchwolken dar, die von einer bestimmten Hanfsorte stammten und von den Sarazenen schlicht als *hachyach*, „Kraut“, bezeichnet wurden, auch die Namen *bang* oder *mas-*

lach waren im Gebrauch. Allerdings war dieses „Kraut“ nur den oberen Rängen vorbehalten, denn bei längerer Anwendung lähmte es körperliche wie geistige Kräfte. Wenn sich die Männer am Freitag den anregenden Kafa-Trank leisteten, so war das ohnehin recht teuere „Kraut“ nur wenigen vorbehalten. Friedrich schätzte es schon deshalb, weil sich der damit erzeugte Rausch wesentlich von dem durch Wein hervorgerufenen unterschied. Richtig dosiert schärfte das „Kraut“ den Geist, die Konturen der Welt ringsum wurden überdeutlich und damit unwirklich. Nicht zu unterschätzen war auch die aphrodisische Wirkung, die der männlichen Kraft eine sonst nie erlebte Ausdauer verlieh. Der Wein zeigte gewöhnlich eine umgekehrte Wirkung. Nach kurzer geistiger Anregung erschlaffte das Denken, die Konturen verwischten sich, das Schlafbedürfnis wuchs. Friedrich hatte sich schon mehrmals vorgenommen, über die Wirkung des „Krauts“ eine Untersuchung anzustellen, auch um herauszufinden, ob diese nur durch langsames Verbrennen und Einatmen des Rauchs zu erzielen sei, etwa wenn ein Tee daraus bereitet wurde. Kenner hatten ihm versichert, dass alles andere schon erprobt worden sei, nichts aber der Wirkung des Rauchs gleichkomme. Friedrich war schließlich zu der Erkenntnis gelangt, dass nichts aus der sarazenischen Welt auf die abendländische übertragen werden sollte, und trennte diese Spähren ähnlich streng voneinander wie die von ihm erwählte Familie von den politisch notwendigen Eheschließungen.

Nach Abschluss dieser Bankette zog sich der Kaiser mit wenigen Vertrauten in seine Privaträume zurück und während aus den Räucheröfen der betäubende blaugraue Dampf des „Krauts“ wölkte, erschienen spärlich bekleidete Mädchen mit Musikinstrumenten und spielten den Tänzerinnen auf, die etwas außerhalb der arabischen Welt Unbekanntes aufführten, nämlich den *raksa scharkije*, bei dem der Körper fast unbeweglich blieb, während die Leibesmitte, der Bauch, unglaubliche Windungen und Zuckungen ausführte. Das erregte die Männer so sehr, dass sie an diesen Bewegungen teilhaben, dieses lüsterne Winden und Zucken an sich selber spüren wollten.

Friedrich durfte, ja musste als Erster entscheiden, doch er war nicht wählerisch, nahm aber auch nicht die Erstbeste. Er hielt sehr viel vom Augenkontakt und bevorzugte jene, die ihm die frechsten Blicke zugeworfen hatten. Hier galten ihm diese Mädchen als

Liebesdienerinnen und nicht als behüteter Harem, sodass auch seine Begleiter nach ihm ihre Auswahl treffen konnten. Da zeigten sich dann die Unterschiede, denn für Friedrich war auch die nur für eine Nacht Erwählte eine gleichberechtigte Gefährtin der Lust, während die ranghohen Muselmanen sie als ein Ding, einen Gegenstand ansahen, den man benutzte, etwa wie einen Teller, der, einmal leer gegessen, jede Bedeutung verlor.

Der Kaiser aber beschenkte seine Auserwählten so fürstlich, dass sie sich freikaufen und heiraten konnten. Als großzügiger und kenntnisreicher Liebhaber genoss Friedrich in ihren Kreisen einen derart legendären Ruf, dass so manche dieser jungen Frauen sich hätte auspeitschen lassen, um in sein Bett zu gelangen. Freilich gab es da kein Bett, da wälzte man sich auf Polstern, erprobte die zahllosen Stellungen der orientalischen Liebeskunst und erfand neue hinzu.

Während seiner Aufenthalte in Lucera sprach Friedrich nur Arabisch und um seine Kenntnisse aufzufrischen und zu festigen, suchte er jedes Mal das Gespräch mit gelehrten Mullahs. Vor kurzem war ein neuer Prediger aus Syrien eingetroffen, dem der Ruf eines großen Korankenners und -deuters vorausging, dazu rühmte man seine Redekunst. Friedrich hatte ihn predigen hören, doch dem Mullah fehlte die Fähigkeit zur Vereinfachung der an sich komplizierten Materie, und so wirkte er eher auf die Gebildeten, während die meisten ihm nur offenen Mundes lauschten.

Friedrich lud ihn zu einer frühen Abendstunde zu sich, unter dem Vorwand, über den Islam etwas hinzulernen zu wollen. Das Alter des Mullahs war schwer einzuschätzen, doch der bis auf die Brust reichende Vollbart wies keine weißen Fäden auf und seine Augen strahlten die Sicherheit und das Sendungsbewusstsein eines von Allah gesandten Predigers aus. Er wusste natürlich, wer Friedrich war, doch es wurde ihm bedeutet, den Kaiser hier nur formlos mit „Sultan“ anzureden. Nach einigen kurzen Höflichkeitsfloskeln ging Friedrich *in medias res.*

„Warum gefällt es manchen eurer Lehrer, uns Christen als Ungläubige zu bezeichnen? Auch wir glauben an einen Gott.“

Ein feines, nur an den Augen erkennbares Lächeln flog über das bärtige Gesicht.

„Ich würde dieses Wort niemals für Christen, auch nicht für Juden anwenden. Isa – ihr nennt ihn Jesus – wird im heiligen Koran häufig erwähnt und hat auch für uns Moslemim eine hohe Bedeutung. Er wurde, so sagen es die dritte und die vierte Sure, durch ein Wort Gottes gezeugt und von der Jungfrau Maryam geboren. Freilich ist er nicht der Sohn Gottes, denn Allah kann keinen Sohn haben, doch wir verehren ihn als den letzten Propheten vor Mohammed. Dass dieser Prophet Gottes am Kreuz gestorben ist, glauben wir allerdings nicht."

Friedrich hatte zwar davon gehört, tat aber recht erstaunt.

„Nicht am Kreuz gestorben? Aber damit wäre ja die christliche Heilserwartung sinnlos. Gerade sein Kreuzestod stellt ihn als den Erlöser dar."

„Erhabener Sultan, diese Irrtümer galt es auszuräumen und so hat Allah den Engel Gabriel zu Mohammed gesandt, um die wahre Lehre zu verkünden – Gottes Wort! Genau besehen stammt der Koran nicht aus Menschenhand, sondern aus dem Geist Allahs. Menschen waren es, die ihn dann niedergeschrieben haben."

Friedrich deutete auf den Koran, den der Mullah in der rechten Hand hielt.

„Kannst du mir die Stelle vorlesen, wo vom Kreuzestod die Rede ist?"

Eifrig begann der Mullah zu blättern.

„Nichts tue ich lieber, erhabener Sultan. Hier in der vierten Sure, im Vers 156 heißt es: ‚Und weil sie sprachen: Siehe, wir haben den Messias Jesus, den Sohn der Maria, der Gesandten Allahs, ermordet – doch sie ermordeten und kreuzigten ihn nicht, sondern einen ihm Ähnlichen –, darum verfluchen wir sie! Und siehe, diejenigen, die über ihn uneins sind ...'"

„Gut, gut, das Wesentliche ist schon gesagt. Noch einmal, zur Verdeutlichung: Was die anderen Propheten betrifft, so haben sich Irrtümer eingeschlichen, die von Mohammed richtiggestellt wurden."

„Ja, Erhabener, so ist es."

„Und zu diesen Irrtümern gehört auch Jesu Kreuzigung?"

„Auch das ist so."

„So erfahren wir erst durch Mohammed, dass stattdessen ein anderer gekreuzigt wurde?"

Der Blick des Mullahs war wachsamer geworden, seine Miene drückte Misstrauen aus.

„Der Engel Gabriel hat es dem Propheten übermittelt, also kann es nicht anders sein."

Friedrich schüttelte leicht den Kopf.

„Da erscheint es mir schon seltsam, dass etwa dreihundert Jahre vor Mohammed, heute als Irrlehrer angesehene Gnostiker, genau dasselbe behaupteten. Wenn du willst, kann ich dir Abschriften zukommen lassen."

Das Gesicht des Mullahs verschloss sich, wurde undurchdringlich.

„Warum sollen nicht begnadete Menschen schon vor Mohammed eine Ahnung davon gehabt haben?"

Friedrich grinste spöttisch.

„Könnte es nicht sein, dass Mohammed auf seinen zahlreichen Reisen mit Menschen verschiedener Glaubensrichtung in Berührung kam und sich davon anregen ließ? Es muss ja nicht alles von Gabriel gekommen sein ..."

Der Mullah erhob sich.

„Ich habe dir noch nicht erlaubt zu gehen."

Der Mullah blickte gehetzt um sich, aber da war niemand und so setzte er sich wieder. Friedrich sprach weiter.

„Weißt du, warum mir der Islam trotzdem so zusagt?"

„Nein, erhabener Sultan."

„Weil der Koran nicht nur eure heilige Schrift ist, sondern zugleich ein für alle verbindliches Gesetzbuch. Das ließe sich auch vom Alten Testament sagen, doch das ist nur für Juden maßgebend. Das Evangelium hingegen vermittelt zwar Christi Lehre, doch ein Gesetzbuch ist es nicht – leider."

Der Mullah nickte nur und saß mit gekreuzten Beinen auf seinem Polster, doch sein Körper war so gespannt, als warte er nur auf die Erlaubnis, aufspringen zu dürfen.

Friedrich bemerkte es wohl, aber etwas trieb ihn dazu, diesen selbstbewussten Prediger ein wenig zurechtzustutzen.

„Was nun Mohammed betrifft, so gibt es in meinen Augen drei Möglichkeiten für eine Erklärung. Man kann ihn als politischen Abenteurer sehen, dem jedes Mittel recht war, Macht an sich zu reißen. Er könnte aber auch religiöse Motive mit politischen Absichten verknüpft haben. Das damalige Oströmische Reich umfasste weite Teile des Abendlandes, ganz Kleinasien, Syrien, Palästina und die nordafrikanischen Küstenregionen von Ägypten bis Numidien, vereint unter dem christlichen Glauben. In seiner Heimat aber wechselten die Götter von Stadt zu Stadt und die Kleinkriege nahmen kein Ende. Sein Ehrgeiz war es nun, diese religiös wie politisch zersplitterte arabische Welt zu einen, und dazu gehörte ein gemeinsamer Glaube. Doch eine Religion lässt sich nicht so ohne weiteres aus dem Boden stampfen und so ernannte er klug Moses und Jesus zu seinen Vorläufern, deren aus seiner Sicht im Laufe der Jahrhunderte löchrig gewordenes Lehrgebäude er für alle Zeiten neu zusammenfügte, ohne dabei auf alte Bauteile zu verzichten."

Friedrich schwieg und schaute nachdenklich den Mullah an. Der räusperte sich und sagte:

„Durchaus beachtenswert, doch Ihr spracht von einer dritten Möglichkeit."

Friedrich lächelte nachsichtig.

„Soll ich sie noch erwähnen? Du kennst und vermittelst sie doch."

„Ja, und sie ist die einzig richtige, wahre und wahrhaftige."

„Oh nein, mein Freund. Objektiv betrachtet ist jede Religion falsch, subjektiv gesehen ist jede die wahre. Wir dürfen ja nicht vergessen, dass die Erde noch andere Kontinente trägt, mit riesigen Ländern wie China, dessen Seide wir schätzen, und Asien, dem Ursprung begehrter Gewürze. Dort werden Götter verehrt und Buddha hat eine hier kaum bekannte Religion gestiftet. Ob Juden, Christen, Muselmanen, Buddhisten oder Götterverehrer, jede dieser Religionen ist wahr für all jene, die mit ihr aufgewachsen und mit ihrem Inhalt vertraut sind. Aus neutraler Warte betrachtet, ist aber jede von ihnen falsch, denn ihre heiligen Bücher, wie immer sie heißen mögen, sind Menschenwerk, auch Bibel und Koran."

Der Mullah schüttelte so heftig das Haupt, dass sein Bart wie ein Besen über sein Obergewand strich.

„Nicht der Koran, Erhabener, nicht der Koran!"

„Damit gibst du meiner Einschätzung Recht: Du vertrittst gläubig den Islam, so ist er für dich die einzig wahre Religion und der Koran ein heiliges Buch."

„Darf ich eine Frage stellen, erhabener Sultan?"

„Jede, wenn sie nicht mich oder meine Religion beleidigt."

„Seid Ihr ein gläubiger Christ?"

Der Kaiser schenkte ihm ein strahlendes Lächeln.

„Aber ja, wo denkst du hin? Als Herr des christlichen Abendlandes muss ich es wohl sein."

„Natürlich, Erhabener, verzeih."

Nun durfte der Mullah gehen, doch als kluger Kopf erkannte er wohl, dass dieser seltsame Sultan im Grunde an nichts glaubte, abgesehen von dem, was er sah, fühlte und hörte. Immerhin, sein Verständnis für den Islam war für einen christlichen Herrscher ungewöhnlich und er hatte dies nicht nur mit schönen Worten, sondern auch mit Taten bewiesen, Lucera war dafür das beste Beispiel.

Einen Tag vor seiner Rückreise entschloss sich Friedrich, die Sklavin Aischa mit nach Foggia zu nehmen. Sie hatte er als Einzige zweimal zur Gefährtin erwählt. Etwas an ihr fesselte ihn so, dass er sie vorerst nicht missen wollte, und er fragte sich lange vergebens, woran das lag. Unter den Mädchen, die vor dem Kaiser sangen und tanzten, gab es gewiss hübschere, auch solche, die Aischa an Kunstfertigkeit übertrafen. Erst später erkannte Friedrich, dass es andere Eigenschaften waren, die ihn anzogen. Aischa war eher schweigsam, doch wenn sie sprach, dann kam kein seichtes Redegeplätscher, sondern Notwendiges und Vernünftiges. Sie erwies sich als heißblütige Geliebte und der vielerfahrene Friedrich konnte bei Frauen eine vorgetäuschte Leidenschaft recht gut von einer echten unterscheiden. Sie wusste weder, wie alt sie war, noch woher sie kam. Wie alle in Lucera sprach sie Arabisch, verstand auch einiges Italienisch, ohne sich darin ausdrücken zu können. Vermutlich war sie als ganz kleines Kind bei einem Scharmützel geraubt und als künftige Sklavin nach Lucera verschleppt worden. Ein kinderloses Ehepaar nahm sie auf, doch die Pflege eines Kleinkindes erweckte in der Frau eine bisher verborgene Fruchtbarkeit und da sie von nun an Jahr um Jahr ein Kind gebar, musste die inzwischen sechs- oder siebenjährige Aischa weichen. Sie wurde an eine Tanzschule verkauft, lernte dort singen und musizieren und musste bei abendlichen Banketten einem der Herren die Nacht versüßen, manchmal waren es auch zwei oder drei. Sie tat es so willig wie unbekümmert, denn die meist älteren Männer verlangten nicht viel, doch dann kam der Sultan. Natürlich wusste sie schon vorher, dass es ihn gab und wer er war. Eines der älteren Mädchen hatte erklärt, er sei der Herr aller Christen auf dieser Erde, aber Aischa sagte das nicht viel. Sie kannte nur die Welt von Lucera und wusste weder wie viele Christen es auf der Welt gab, noch was sie von den Muselmanen unterschied. Vielleicht stammte sie sogar aus einem christlichen Haus, doch ihre Pflegeeltern hatten sie islamisch erzogen und ihr aus Begeisterung über das erste Kind den Namen einer von Mohammeds Lieblingsfrauen gegeben. Aischa war die Tochter von Abu Bakr gewesen, einem langjährigen Freund des Propheten, der die kaum Vierzehnjährige in Medina zur Frau nahm.

Nun, da Aischa den Kaiser nach Foggia begleitete, konnte sie erahnen, welch ein mächtiger Herr ihr Gebieter war. Wer sich ihm näherte, sank in den Staub und in Foggia lief das Volk scharenweise auf die Straße und bejubelte seinen Einzug. Friedrich hatte Aischa eine Dienerin zugeteilt, doch sie sagte ihm, wie sehr sie ihre Feundin Asma vermissen würde, und so durfte diese mit auf die Reise.

Im Burgpalast zu Foggia gab es noch die früher als Harem verwendeten Räume und die beiden Eunuchen, die einst Königin Isabella behütet hatten, gab es auch noch. Ihre neue Aufgabe war es nun, die zwei Frauen so unauffällig wie möglich zu bewachen, denn Friedrich hatte Aischa gleich zu Anfang gesagt, von nun an sei sie einzig und allein für ihn da und auch Asma möge sich als ihre Gesellschafterin danach richten. Falls dies nicht nach deren Geschmack sei, stehe es ihr frei, nach Lucera zurückzukehren. Aischa flehte die Freundin an, dies nicht zu tun, und während Aischas späterer Schwangerschaft wurde Asma gelegentlich vom Sultan in sein Bett gerufen.

Während Friedrichs Abwesenheit hatte die jetzt bald dreizehnjährige Costanza ihre Regel bekommen und da man ihr inzwischen so oft gesagt hatte, damit werde sie vom Kind zur Frau, wollte sie von nun an dem Vater nicht mehr als kleines Mädchen begegnen. Bianca hatte ihm die Neuigkeit sofort zugeflüstert, doch Friedrich winkte ab. Costanza sei seine Große, trotzdem sein Kind und so zog er die leicht Widerstrebende an sich und küsste sie auf beide Wangen und die Lippen.

Costanza wischte sich den Mund verstohlen ab, doch dem Vater entging das nicht. Er schmunzelte.

„Du hast schon Recht und ich verspreche dir, es nicht mehr zu tun. Der nächste Kuss auf deine Lippen soll deinem künftigen Gatten vorbehalten bleiben."

Costanza wandte sich errötend ab und flüsterte kaum vernehmbar: „So war es nicht gemeint, Herr Vater ..."

Manfred, jetzt fast zehn, hielt sich von seinen Schwestern eher fern. In seiner erwachenden Männlichkeit fühlte er sich dem Frauenvolk überlegen, seine Mutter freilich ausgenommen, die er liebte und verehrte.

Als die Kinder gegangen waren, fragte Bianca:

„Hast du dich in Lucera gut erholt? Deine Sarazenen werden es zu schätzen wissen, wenn ihr Herr sich von Zeit zu Zeit sehen lässt."

„Dort bin ich der Sultan und das wäre für den künftigen Papst schon wieder ein Grund, mich als heimlichen Muselmanen zu bezeichnen. Leider hat sich gezeigt, dass nicht der Heilige Geist, sondern unheilige Interessen solche Wahlen bestimmen. Damit werde ich leben müssen ..."

Sie nickte und schenkte ihm einen liebevollen Blick. Friedrich erkannte wieder einmal, dass es keine Frau auf dieser Welt gab oder gegeben hatte, die ihm so viel bedeutete – auch Adelheid nicht. Dann fiel ihm Aischa ein und er sagte spontan:

„Ich habe aus Lucera zwei Tänzerinnen mitgebracht, Aischa und Asma. Dort, wo sie wohnen, werden sie dich nicht behelligen."

„Warum sollten sie?", fragte sie ruhig, doch ihre Stimme zitterte leicht.

„Du und die Kinder – ihr und nur ihr seid meine Familie."

Das hatte er schon oft gesagt, warum wiederholte er es jetzt?

„Das weiß ich, doch immer wieder höre ich es gern."

Friedrich kannte Bianca gut genug, um zu wissen, dass sie von sich aus das Thema der Tänzerinnen niemals berühren würde. Ja, so war es nun einmal: Dachte Friedrich an die wunderhübsche Aischa, so schoss ihm das Blut in die Lenden, dachte er aber an Bianca, so strömte es ebenso heftig zum Herzen und ihn durchdrang ein wohlig-warmes Gefühl.

Der Sommer verging und es zeigte sich, dass Aischa schwanger geworden war. Als ihr Bauch sich rundete, mied er den Umgang mit ihr und sagte, so hielte er es immer mit Schwangeren. Er ließ Asma kommen und als diese vor Aufregung in einen endlosen Redeschwall verfiel, legte er ihr einen Finger auf den Mund.

„Nimm dir an deiner Feundin ein Beispiel! Aischa redet nur, wenn sie etwas Sinnvolles zu sagen hat. Also halte dich daran!"

Diese doch so sanfte Zurechtweisung hatte Asma so erschreckt, dass sie eine Zeit lang schweigsam blieb, bis dann nach und nach ihre Redelust, allerdings in gemäßigter Form, zurückkehrte.

12

Das Jahr 1242 neigte sich dem Ende zu und vom Konklave in Anagni kam zum wiederholten Mal die Nachricht, dass die acht Kardinäle sich nicht in der Lage sähen, einen neuen Papst zu wählen, solange ihre Brüder in Christo Jakob von Palestrina und Otto von San Nicola sich in Haft befänden. Die beiden Kardinäle waren damals bei der Seeschlacht von Montecristo in Gefangenschaft geraten und der Kaiser wollte auf diese wertvollen Pfänder nicht verzichten. Lange beriet sich Friedrich mit Petrus de Vinea und anderen, doch die Herren waren überwiegend der Meinung, wenn acht Kardinäle sich nicht einigen könnten, dann würden es zehn auch nicht tun.

Der Kaiser fügte sich ihrem Rat und eine Nachricht aus Ostrom brachte ihn auf andere Gedanken. Der in Nikaia residierende oströmische Kaiser Johannes Vatatzes berichtete ihm von großen Erfolgen bei der Rückgewinnung der seit 1204 von Kreuzrittern eroberten und besetzten Gebiete. Die Bevölkerung weigerte sich nach wie vor, dem „lateinischen", vom Papst beherrschten Christentum beizutreten. Die Kirchenspaltung von 1054 hatte so tiefe Gräben zwischen Ost und West aufgerissen, dass sie auch mit Gewalt nicht zu überwinden waren. Als beim Volk verhasster Schattenkaiser regierte Balduin II., hinter einer Truppenmacht verschanzt, ein fast nicht mehr vorhandenes Reich. Seine Hilferufe an den Papst und die katholischen Fürsten verhallten ungehört, denn niemand wollte Geld und Truppen in ein Unterfangen stecken, das für die meisten längst als verloren galt. Freilich schmerzte es die Päpste, dass sich ein Herrschaftsgebiet aufzulösen begann, mit dem sie die Hoffnung verbunden hatten, die Ostkirche werde sich Rom unterwerfen. Kaiser Johannes Vatatzes aber lehrte sie das Fürchten und würde mit seinen Truppen bald vor den Mauern von Konstantinopel stehen. Ihn zu unterstützen hieße Rom zu schwächen und die eigene Position zu stärken, so dachte Kaiser Friedrich. Seit Jahren führte er mit Johannes eine von gegenseitiger Sympathie getragene Korrespondenz und während der Lombardenkriege hatte ihm der oströmische Kaiser Hilfstruppen gesandt.

Inzwischen war der Plan gereift, sich noch näher mit Johannes zu verbinden, und nach einer zarten Andeutung von Friedrich warb der verwitwete Oströmer um die Hand der kaiserlichen Prinzessin Costanza, Biancas ältester Tochter. Friedrich hatte erfahren, dass sie zur Frau geworden war, doch ihm schien, sie habe sich noch viel Kindliches bewahrt. So schrieb Friedrich zurück, der Antrag ehre ihn überaus, doch solle Costanzas vierzehnter Geburtstag zu Weihnachten abgewartet werden. Was er dem Oströmer nicht mitteilte: Er wollte seine Zusage vom neuen Papst abhängig machen. War es einer aus dem ghibellinischen Lager, der den Bann aufhob, würde er sich hüten, ihn mit einer Annäherung an die Ostkirche zu verärgern. War es aber einer der kaiserfeindlichen Kardinäle, dann hätte Costanzas Ehe mit Kaiser Johannes einen politischen Sinn.

Kaum hatte er diesen Plan zu Ende gedacht, kamen ihm Bedenken. Er wollte also kalten Herzens Biancas erstgeborene Tochter aus politischen Gründen verschachern? Er musste sich eingestehen, dass seine innere Bindung zu Costanza die schwächste war. Manfred, sein Ebenbild, war der erklärte Liebling, auch wenn Friedrich peinlich darauf achtete, es ihn nicht spüren zu lassen. Violante war das Hätschelkind und kam so sehr nach ihrer Mutter, dass dem Kaiser bei ihrem Anblick jedes Mal das Herz aufging.

Im April siedelte er mit seiner Familie ins kühlere Melfi um, wo es zudem die besseren Jagdgründe gab. Die hochschwangere Aischa ließ er mit ihrer Freundin zurück, auch wenn er beabsichtigt hatte, die muntere Asma mit nach Melfi zu nehmen. Da machte ihm Aischa, was sonst nicht ihre Art war, eine tränenreiche Szene. Sie wolle ihr Kind nicht in einer Umgebung gebären, wo niemand sie verstand, auch die etwas törichte Dienerin sei ihr keine Hilfe. So musste Asma bei ihrer Freundin bleiben, obwohl sie lieber mit ihrem kaiserlichen Geliebten gegangen wäre. Dass Friedrich mit ganzem Herzen an seiner Familie hing, wusste sie, ahnte auch, dass Donna Bianca nur noch seine Seelenfreundin war. Ihn danach zu fragen, wäre ihr jedoch niemals in den Sinn gekommen.

Trotz ihres Versprechens ließen die Eminenzen sich Zeit. Ende Juni traf dann endlich der Eilbote ein: Die Kardinäle hatten Sinibald Fieschi, den früheren Bischof von San Lorenzo, zum Papst erhoben; er wählte den Namen Innozenz IV. Friedrich zeigte sich erleichtert, denn Fieschi zählte zur sogenannten Friedenspartei, die auf Ausgleich mit dem Kaiser bedacht war, und so erschien ihm die Wahl wie ein Geschenk des Himmels. Er ließ im ganzen Königreich Dankmessen lesen und schickte eine Gesandtschaft nach Rom.

Lange genug hatte er gewartet, jetzt aber sandte er dem neuen Papst eine so überschwängliche Ergebenheitsadresse, dass sein Sekretär ihn beim Diktat einige Male ungläubig ansah.

Die ersten Zweifel an der Kaiserfreundlichkeit des Papstes schlichen sich ein, als ihm gemeldet wurde, seine Delegation sei nicht empfangen worden, denn der Papst weigere sich mit einem Gebannten zu verhandeln.

„Und so ein Mann trägt den Titel ‚Stellvertreter Christi auf Erden'", bemerkte Friedrich empört gegenüber Petrus de Vinea. Der befingerte nachdenklich seinen grau gewordenen Bart, als wolle er sich vergewissern, dass die Zierde noch vorhanden war.

„In den Augen der Welt ist er es – leider. Wir müssen jetzt diplomatisch vorgehen. Ich werde meinen ganzen Einfluss aufbieten, damit der Bann wenigstens von mir und dem Erzbischof Berardo genommen wird. Gelingt dies, dann stehen wir wieder ganz am Anfang und wir werden wie Sisyphos den ins Tal gestürzten Felsblock von neuem nach oben tragen müssen. Dazu braucht es viel Geduld ..."

„Ich weiß nicht, ob ich sie noch aufbringen kann."

Der Winter fiel in diesem Jahr selbst den Süden an wie ein gefräßiger Wolf. Norditalien erstarrte im Frost, tausende von Menschen starben an Hunger und Kälte und mit ihnen das in zugigen Ställen darbende Vieh.

Friedrich, von Niederlagen und Enttäuschungen zermürbt, begann zu kränkeln. Er, von dem alle Welt glaubte, er sei immun gegen Krankheiten, magisch gefeit gegen Verletzungen, scheute jetzt lange Ritte, verlor die Lust an Jagdausflügen und stellte Aischa vor die Wahl, sich taufen zu lassen und einen seiner Krieger zu heiraten oder mit einem Geldgeschenk nach Lucera zurückzukehren. Gleich zu Anfang hatte er beiden Frauen die Freiheit geschenkt, um ihnen ein künftiges Sklavendasein zu ersparen. Aischa hatte eine Tochter geboren, doch das Kind starb nach einigen Tagen. Auch Asma brachte ein Mädchen zur Welt, das gesund und munter aus blauen Augen in die Welt blickte. Nach langen Beratungen entschlossen sich die Frauen nach Lucera zu gehen, beide mit einer Abfindung ausgestattet, die es ihnen erlaubte, sich einen würdigen Ehemann zu „kaufen", wie Aischa es unter fröhlichem Lachen formulierte.

Bianca machte sich Sorgen, weniger um seinen körperlichen Verfall, mehr um seine geistige Verfassung. Friedrich spürte es und sie hielt auch nicht damit hinter dem Berg.

„Immer häufiger erscheint es mir, als spräche ich mit einem anderen – Falcone, du bist mir fremd geworden."

Sein Lächeln fiel etwas kläglich aus.

„Da haben wir denselben Eindruck, denn auch mir scheint manchmal, als kenne ich mich nicht mehr. Ja, auch ich bin mir fremd geworden und ich suche herauszufinden, warum. Sich selber treu zu bleiben, ist doch eine der edelsten Aufgaben des Menschen, auch wenn Recht und Ordnung rings um ihn zusammenbrechen. Dies scheint mir jetzt der Fall zu sein und ich frage mich, frage meine Freunde, frage dich, woran es liegt. Nur an mir? Auch an mir? Nur an den anderen? An mir und den anderen? Ich habe doch alles getan, um mit meinem Gesetzeswerk Ordnung unter die Menschen zu bringen, gewinne aber zunehmend den Eindruck, dass dies vergebens war. Woran liegt das? Was soll ich tun?"

So ratlos hatte Bianca ihn noch niemals erlebt. Auch in scheinbar auswegsloser Situation hatte er immer ein Ziel vor Augen gehabt, etwas, das er erreichen wollte, gegen welche Hindernisse auch immer.

Bianca drückte seine schlaffe Hand, fand keine Erwiderung.

„Du hast eine Reihe von Fragen gestellt, doch wichtig scheint mir nur die eine: Liegt es an dir oder den anderen? Fast alle Zwistigkeiten gehen nicht auf eine Ursache zurück, sondern wurzeln mehr oder minder in allen daran Beteiligten. Da wir kaum fähig sind, die Fehler der anderen abzustellen, sollten wir darauf bedacht sein, keine eigenen mehr zu begehen."

Sie erwartete seinen Protest, doch er nickte nur bekräftigend.

„Du hast Recht, Bianca, hast mir eine bittere Pille zum Schlucken gegeben. Doch ich werde es tun, werde die Zähne zusammenbeißen und versuchen, über meinen eigenen Schatten zu springen."

Friedrich hielt Wort und sein Verhalten schien reiche Früchte zu tragen. Der hoch angesehene und im Ruch der Heiligkeit stehende König Ludwig von Frankreich schaltete sich als Vermittler ein und drängte Papst wie Kaiser zu raschen Friedensverhandlungen. Daraufhin sprang der Kaiser tatsächlich über seinen Schatten, war taub für anderslautende Ratschläge und bot an, seine Truppen aus den besetzten Städten im Patrimonium Petri abzuziehen, alle restlichen Gefangenen freizulassen, sämtliche Rebellen zu begnadigen. Überdies wolle er jede erträgliche Bußübung leisten, die der Papst ihm auferlegte. Dies alles wurde weithin bekannt gemacht und brachte Innozenz in eine Lage, in der er gar nicht anders handeln konnte, als diese Bedingungen anzunehmen.

Am Gründonnerstag des Jahres 1244 versammelten sich die Kardinäle und Prälaten, die römischen Fürsten und Senatoren zusammen mit einer dicht gedrängten Volksmenge vor dem Lateranspalast. Für den Kaiser hob Petrus de Vinea die Hand zum Eid und der Papst nannte Friedrich in seiner kurzen Predigt einen rechtgläubigen Fürsten und treuen Sohn der Kirche. So hätte alles gut werden können, wären da nicht einige Tage später die Proteste der lombardischen Städte gewesen. Ohne sich mit dem Kaiser abzusprechen, änderte Innozenz eigenmächtig einige der Vertragspunkte, darunter den, der die Freilassung der Gefangenen und die Räumung der besetzten Gebiete erst nach der päpstlichen Absolution vorsah.

Friedrich, durch den Vertragsbruch von Viterbo gewarnt, war nicht gesonnen, seine wertvollen Pfänder aus der Hand zu geben, doch er war zu neuen Verhandlungen bereit. Nach kurzem Zögern erklärte sich auch der Papst dazu geneigt, bestand aber darauf, dass ein Treffen innerhalb des Kirchenstaates stattfinden müsse. Man einigte sich auf das Städtchen Narni und den Monat Juni. Dass Innozenz kurz zuvor zwölf neue, unbedingt papsttreue Kardinäle ernannt hatte, wäre dem Kaiser eine Warnung gewesen, hätte er nicht mit wachsender Ungeduld das entscheidende Treffen erwartet.

Schon am neunten Juni traf der Papst in Civita Castellana ein, während Friedrich im unweit gelegenen Terni darauf wartete, mit Innozenz in Narni verhandeln zu können. Er fasste sich in Geduld, bis zwei Wochen später endlich ein Terminvorschlag eintraf. Friedrich erklärte sein Einverständnis, musste wenig später aber zu seinem Entsetzen erfahren, dass der Papst inzwischen in aller Stille entflohen war. Später stellte sich heraus, dass Innozenz schon Wochen vorher mit Genua über die Entsendung von Galeeren verhandelt hatte, die in Civitavecchia auf ihn warteten.

Der Kaiser zeigte sich tief betroffen, im Kreise seiner Freunde sogar verzweifelt.

„Womit habe ich das verdient? Was kann der Papst mir vorwerfen? Hatte ich mir doch selber Vorwürfe gemacht, ihm so weit entgegengekommen zu sein."

Innozenz setzte Gerüchte in die Welt, der Kaiser habe das Treffen als Vorwand benutzt, um ihn gefangen zu nehmen. Diese Behauptung war so absurd, dass nicht einmal dem wortgewandten Friedrich eine Entgegnung einfiel. Was aber wollte der Papst in Genua?

Die christlichen Könige verhielten sich insgesamt abweisend, nicht einmal der sonst so verständnisvolle Ludwig von Frankreich zeigte Entgegenkommen und überließ es den einzelnen Kommunen, ob sie den Flüchtling aufnehmen wollten. Die reiche und mächtige Handelsstadt Lyon zeigte sich schließlich dazu bereit, verwies auf ihren Status als freie Reichsstadt. Das war freilich widersinnig, denn gerade als solche hätte sie den Kaiser um sein Einverständnis bitten müssen.

Aber Friedrich gab nicht auf und es trat ein Ereignis ein, das seine Absichten unterstützte. Im August eroberte der ägyptische Sultan Jerusalem und zwei Monate später besiegte er die christlichen Truppen bei Gaza. Daraufhin flehte der Patriarch von Antiochia Papst und Kaiser um Hilfe an. Friedrich reagierte sofort und erklärte sich zu einem Kreuzzug bereit, auch wolle er sich aus allen im Kirchenstaat noch besetzten Gebieten sofort zurückziehen – die Lombardenfrage überließ er einem Schiedsspruch des Papstes.

Selbst Friedrichs engste Vertraute rieben sich erstaunt die Augen. Es konnte doch nicht wahr sein, dass der Kaiser alles aufgab! Gerade er, der bisher seine Zugeständnisse genau abwog, warf nun alles in einen Topf. Der Papst sah sich in seiner Macht bestätigt und pries die durch Gott bewirkte Einsicht des Kaisers.

Eines allerdings konnte Friedrich nicht mehr rückgängig machen: Im Sommer des vergangenen Jahres hatte eine oströmische Flotte in Barletta angelegt, um die Braut des Kaisers Johannes von Nikaia feierlich einzuholen. Costanza stand zu dieser Zeit in ihrem fünfzehnten Lebensjahr und ließ alles mit vor Kummer versteinertem Gesicht über sich ergehen. Der Plan hatte ja schon länger bestanden, doch aus Zorn über die Täuschung und die Flucht des Papstes hatte Friedrich ihn schnell in die Tat umgesetzt.

Schon Anfang des Jahres hatte er Bianca gegenüber angedeutet, dass es für Costanza einen kaiserlichen Bewerber gab, und sie hatte sofort an die Prophezeiung des Michele Scotus denken müssen.

Beim Neujahrsorakel hatte er doch deutlich die Krone gesehen und war immer der Meinung gewesen, aus dem am Heiligen Abend geborenen „Christkind“ müsse etwas Besonderes werden. Bianca hatte diese Prophezeiung nicht besonders ernst genommen, allenfalls hatte sie damit gerechnet, dass Costanza einen von Friedrichs fürstlichen Lehensleuten zum Mann nehmen könnte. Johannes aber trug die oströmische Kaiserkrone und war dabei, ihr mit dem zu erwartenden Sturz der lateinischen Herrschaft den alten Glanz zu verleihen. Der Papst schlachtete diese Verbindung mit dem „schismatischen“ Kaiser zwar weidlich aus, doch ihn selber störte sie nicht allzu sehr. Er wusste, dass das Gastspiel der lateinischen Herren dort bald zu Ende ging. „Kaiser“ Balduin hatte längst die Flucht ergriffen und versuchte im sicheren Frankreich mit seinem wertlosen Titel bei Unbedarften Eindruck zu schinden.

Ehe sich die oströmische Kaiserkrone auf ihr Haupt senkte, musste aus der römisch-katholischen Costanza eine griechisch-orthodoxe Anna werden. Das Schicksal wollte es, dass sie als Einzige ihres Geschlechts den Niedergang und die Vernichtung der Staufer überlebte und als hochbetagte Nonne in Spanien starb – doch diese Geschichte steht auf einem anderen Blatt.

Von allen Seiten gedrängt, blieb Innozenz am Ende nichts übrig, als wiederum Friedrichs Lösung vom Bann anzukündigen, und dafür war der sechste Mai angesetzt. Friedrich brach sofort nach Norden auf, nur von einer kleinen Truppe begleitet. Dass Bianca Lancia ihn begleitete, war nicht geplant gewesen. Friedrich hatte nämlich gehofft und erwartet, dass sie nach seiner Lösung vom Bann in Foggia oder Melfi auf ihn wartete. Zuerst war sie dazu bereit gewesen, doch als sie hörte, dass der fast dreizehnjährige Manfred seinen Vater begleiten sollte, kamen ihr Bedenken.

„Ich sitze dann hier allein mit Violante und darf auf eure Rückkehr warten, viele Monate lang. Meine Zofe Anna hat schon mehrmals dringend den Wunsch geäußert, mit Mann und Kindern einen eigenen Hausstand gründen zu dürfen, und ich habe es ihr nicht abschlagen können. So möchte ich den Lauf der Dinge lieber in meiner Heimat verfolgen, wo ich dir und Manfred näher bin.“

Dazu kam noch etwas, das sie bis jetzt verschwiegen hatte: Sie fühlte eine Krankheit in sich, die sie nicht zu benennen wusste. Manchmal hatte sie das Gefühl, als wachse in ihrem Bauch etwas heran, doch mit Sicherheit war es keine neue Schwangerschaft, denn ihre Regel hatte nicht ausgesetzt. Es schmerzte nicht, fühlte sich eher taub an, doch eines wusste sie mit Sicherheit – da war etwas, das nicht zu ihr gehörte.

Friedrich ging sogleich auf ihren Wunsch ein.

„Ich muss dir schon Recht geben, denn auch ich habe das Gefühl, dass es länger dauert. Diesem Papst ist nicht zu trauen, auch wenn er meine Lösung vom Bann auf den sechsten Mai festgesetzt hat. Solange Kardinal Raniero von Viterbo lebt, wird er mit allen Kräften versuchen, mich zu vernichten. Von ihm lässt Innozenz sich nicht nur beraten, sondern auch beeinflussen. Eines allerdings stelle ich zur Bedingung: Du musst mich wieder zurückbegleiten."

„Dich und Manfred?"

Friedrich lachte fröhlich.

„Du wirst doch nicht ernsthaft glauben, dass ich unseren Jungen irgendwo zurücklasse? Auch Enzio musste erst achtzehn werden, ehe ich ihm ein Amt übertrug. Nein, nein, du brauchst dir keine Sorgen zu machen. In Pisa bist du bestens versorgt, das Stadthaus ist längst auf dich überschrieben und ein Landgut in der Nähe deines Elternhauses war Teil der Schenkung bei deiner Erhebung zur *margravia*."

„Ich weiß und ich sage dir nochmals Dank."

Während Bianca mit ihrer Tochter Violante, sorglich vom *capitano di nave* umhegt, eine meist ruhige Seefahrt nach Norden genoss, gelangte der Kaiser inmitten seiner sarazenischen Truppen in das Gebiet von Civita Castellana. Von hier hatte der Papst damals seine Flucht in den Hafen von Civitavecchia angetreten, wo ihn die genuesischen Schiffe erwarteten. Und alle hatten ihm beigestanden, nicht einem einzigen war der Gedanke gekommen, dass dieser falsche Stellvertreter Christi den Kaiser heimtückisch hinterging. Jetzt, da sie am Ort des Geschehens weilten, quälte Friedrich diese Vorstellung bis aufs Blut.

Am Abend lud er einige Freunde ins kaiserliche Zelt und sie alle waren überrascht, dass nicht wie sonst eine kalte Mahlzeit gereicht wurde, sondern nur Becher bereitstanden. Die wurden alsbald gefüllt und wer es gewohnt war, den Wein nie unvermischt zu trinken, sah sich vergebens nach einem Mischkrug um. Dass sich der Kaiser im Zustand äußerster Erregung befand, blieb nicht verborgen.

„Heute bleiben wir ganz unter uns", lächelte er gequält und schenkte mit zitternder Hand den Becher voll. „Ja, ja, das seid ihr nicht gewöhnt, aber es gibt etwas zu feiern." Er hob den Becher und stieß hervor: „Auf den Papst!"

Die anderen murmelten etwas und tranken zaghaft. Friedrich setzte seinen Becher so heftig ab, dass der Wein überschwappte und auf dem Tisch eine kleine Pfütze hinterließ.

„Warum auf den Papst? Möchte es keiner von euch wissen?"

Nur Petrus de Vinea nickte.

„Doch, Domine, ich schon."

„Gut, dann sage ich es euch. Nur ganz wenigen gelingt es, den Kaiser zu hintergehen, und wem es gelingt, dem zolle ich Respekt, auch wenn er es dann büßen muss. Im Falle des Papstes aber bleibt nur der Respekt, denn ich kann ihn nicht bestrafen. Vor kaum einem Jahr ist er bei Nacht und Nebel, als Ritter verkleidet, von hier zur Küste geflohen, während wir in christlicher Demut auf ein Treffen warteten." Friedrich trank in großen Zügen und schenkte sofort nach. „Trinkt, meine Freunde, trinkt! Schurkerei verdient in der Regel keine Bewunderung, es sei denn, der Herr aller rechtgläubigen Christen begeht sie. Dann ist es nämlich keine Schurkerei, sondern taktisches Verhalten zur höheren Ehre Gottes."

Wieder trank er in großen Schlucken und als er den Becher zurückstellte, rann der Wein von seinen Lippen, hinterließ am Kinn eine rote Spur. Friedrich wischte sie mit dem Ärmel weg.

„Ja, das lässt sich leicht entfernen, da es ja nur auf der Haut klebt, aber was da drinnen steckt", er hämmerte mit der Faust gegen seine Stirn, „das haftet wie ein Blutegel, doch selbst den kann man wegreißen oder er fällt ab, wenn er satt ist. Wann aber ist dieser Papstmoloch satt, wann?"

Friedrich blickte fragend in die Runde. Nur Berardo von Palermo, Friedrichs ältester Jugendfeund, wagte eine Antwort.

„Auch Innozenz ist nur ein Mensch wie wir alle – schwach, fehlbar, ein Sünder. Und im Gegensatz zu Christus, dessen Stellvertreter er ist, hat der Papst kein ewiges Leben, sondern ist sterblich wie jeder Mensch."

Friedrich nickte spöttisch.

„Freilich, freilich, aber noch lebt er und sein Amt gestattet ihm, was keinem Menschen auf Erden erlaubt ist, nämlich gegen sämtliche Regeln und Gesetze zu verstoßen. Er kann lügen und betrügen, handeln wie ein Gauner, seine Meinung täglich ändern, andere bedrohen und verdammen, doch er steht wie ein Halbgott über den Dingen. Darf das sein? Augenscheinlich ist die Welt nicht dieser Meinung. Soviel ich weiß, missbilligen die christlichen Fürsten – manche verhalten, andere sehr deutlich – sein Gebaren, was ihn offenbar nicht stört. Wie schon gesagt, einen Papst kann man nicht bestrafen, sehr wohl aber jene, die ihn unterstützen, ihn ermuntern. An ihrer Spitze steht der Erzschurke Raniero von Viterbo und ihn werde ich zu treffen wissen."

Mehr war an diesem Abend nicht zu erfahren. Der Kaiser trank wie ein Verdurstender, lallte schließlich nur noch, schlief kurz ein, erwachte wieder, trank weiter und während er sich heftig erbrach, winkte er seine Freunde hinaus.

In den nächsten Tagen zeigte sich Friedrich düster, sprach kaum und beriet sich lange mit den Capitani seiner Sarazenen. Die fielen dann wie ein Schwarm gefräßiger Heuschrecken über das Land um Viterbo her, brandschatzten und machten alles nieder, was sich ihnen in den Weg stellte. Das stark befestigte und massiv verteidigte Viterbo selbst ließ Friedrich zwei Wochen lang belagern, doch schien die Stadt entschlossen, sich trotz des erwartungsgemäß grausam ausfallenden Strafgerichts des Kaisers nicht zu unterwerfen.

Kardinal Raniero von Viterbo, der lange gegrübelt hatte, wie er den Papst von der Lösung des Bannes abbringen könnte, rieb sich erfreut die Hände. Der von Machtgier Besessene glaubte an nichts, doch in solchen Glücksfällen sah er doch so etwas wie eine göttliche Fügung. Sofort sandte er Eilkuriere nach Lyon, die mit maßlos übertriebenen Berichten den Papst zum Umdenken brachten. Darin wurde der Kaiser in apokalyptischen Bildern als der kommende Antichrist gezeichnet.

Natürlich wurden die Friedensverhandlungen sofort abgebrochen und für Ende Juni in Lyon ein Konzil einberufen. Der Papst hatte den Vorteil, dass er seine Hasstiraden von allen Kanzeln der christkatholischen Welt verkünden lassen konnte. Nur in seinem Königreich Sizilien konnte Friedrich dies unterbinden, ansonsten aber erschallte von Süd bis Nord, von Ost bis West der Aufruf: „Habt kein Mitleid mit dem Ruchlosen, werft ihn hinaus aus dem Heiligtum Gottes ..."

13

Auf jeder ihrer bisherigen Seereisen hatte Bianca unter dem *mal di mare* leiden müssen. Bei ruhiger See war es weniger schlimm, doch wenn das Schiff stark zu schlingern begann, überfiel sie die Übelkeit mit aller Macht. Die Schiffsreise nach Pisa verlief zum größten Teil glimpflich, nur in der Meerenge zwischen Elba und Piombino zeigte sich die See stürmisch bewegt und Bianca erwartete gefasst die Folgen. Die aber blieben überraschenderweise aus und sie hatte das seltsame Gefühl, als sei dieser „Stein" in ihrem Bauch – so nannte sie es für sich – die Ursache. Diese geheimnisvolle Last verursachte ihr weder Schmerzen, noch fühlte sie sich körperlich beeinträchtigt. Nicht selten vergaß sie, dass es da in ihrem Körper etwas Fremdes gab, doch in den Augenblicken der Ruhe und Entspannung machte sich der „Stein" wieder bemerkbar. Es wäre ihr schwergefallen, etwa einem Medicus diesen Zustand zu schildern, denn die erste und wichtigste Frage der Ärzte lautet in der Regel: Wo tut es weh? Doch da tat nichts weh und davon zeigte Bianca sich zunehmend beunruhigt. Dass diesmal die Seekrankheit ausblieb, war ihr kein Trost, sie empfand es eher als eine unbestimmte Drohung.

Dann endete die Schiffsreise und sie fand keine Zeit mehr, in sich hineinzuhorchen, denn ihre Geburtsstadt empfing sie an diesem wunderschönen Frühsommertag des Jahres 1245 mit festlichem Gepränge. Eigentlich war dieser ungewöhnliche Aufwand nicht für sie betrieben worden, denn der Kaiser hatte sich für die nächsten Tage angesagt und so empfing man sie gewissermaßen als Vorbotin des zu erwartenden festlichen Ereignisses. Die freudige Stimmung der kaisertreuen Stadt war in diesen Junitagen durch nichts getrübt, denn alle Welt setzte auf die Einsicht des Papstes und hoffte auf einen positiven Entscheid des Konzils.

Ihre Brüder Galvano und Giordano begrüßten sie am Hafen, begleitet von Kindern und Verwandten, an der Spitze einer Delegation von Stadträten und Patriziern. Die stille, aber sonst durchaus selbstbewusste Violante versteckte sich hinter ihrer Mutter, bis der kecke, jetzt vierundzwanzigjährige Federico, Galvanos Erstgeborener, die schüchterne *cugina* hervorzog und sie abküsste. Alle waren da, nur Giulia, Galvanos Frau fehlte. Sie lasse sich entschuldigen, sagte der Bruder, die Vorbereitungen zu Biancas Empfang hielten sie zuhause fest.

So ist ihre alte Abneigung noch immer nicht erloschen, dachte Bianca und änderte spontan ihre Pläne.

„Deine Gemahlin muss nichts vorbereiten“, sagte sie lächelnd, „denn ich werde für euch alle in meinem Haus ein Begrüßungsfest veranstalten. Das gehört sich so!“

Warum gehörte es sich so? Bianca wollte mit dieser Bemerkung jede weitere Diskussion verhindern, doch manchem geriet es in die falsche Kehle.

Giulia, die tatsächlich einen festlichen Empfang vorbereitete, sagte mit spitzer Stimme:

„Da lässt sie uns wohl den Rangunterschied zwischen *margravia* und *contessa* spüren. Arrogant ist sie ja schon immer gewesen, aber ihrer eigenen Familie gegenüber hätte sie einen anderen Ton finden müssen.“

Aus ihrer Sicht mochte sie da Recht haben, doch Bianca sah es anders. Zugleich mit der Familie Lancia wollte sie auch den *podestà* samt Stadträten, den Bischof und einige Patrizier einladen. Erst danach, wenn sich alles wieder beruhigt hätte, sollte die Familie zu ihrem Recht kommen, in aller Stille. Dazu kam noch, dass ihr Haus in Pisa einen weiträumigen Festsaal besaß, während es auf dem Gut ihrer Eltern nichts Gleichwertiges gab. Hatte sie dabei auch bedacht, dass der Kaiser auf seinem Weg zum Hoftag in Verona in Pisa Station machen wollte? Der *podestà* versuchte verzweifelt dieses Dilemma zu lösen, denn Donna Biancas Begrüßungsfest sollte das für den Kaiser geplante in keinem Fall übertreffen.

Einige Tage später löste sich dieses Problem durch die überraschende und zeitraubende Belagerung von Viterbo, die den kaiserlichen Besuch um zwei Wochen verzögerte. Alles atmete auf und keiner von Biancas Festgästen musste eine Ausrede erfinden.

Donna Giulia, unbestrittene Herrin des Hauses Lancia, sagte von oben herab:

„Liebe Schwägerin, ich bin Euch zu Dank verpflichtet, denn Ihr habt mir die Mühe erspart, eine *margravia* empfangen zu müssen. Wir sind ja nur Grafen und im Umgang mit Höhergestellten nicht so geübt.“

Bianca strahlte sie an.

„Dann trifft es sich ja bestens! Bei mir könnt Ihr es lernen und bis der Kaiser kommt, seid Ihr perfekt.“

Giulias rundem Gesicht war anzusehen, dass sie angestrengt nachdachte. Schließlich erwiderte sie:

„Wie kommt Ihr denn mit einer Rangerhöhung zurecht, die Euch über die eigene Familie stellt? Seht Ihr in uns jetzt so etwas wie Untertanen? Dazu kommt noch, dass Ihr neuerdings nicht nur Geliebte eines Kaisers, sondern Mutter einer Kaiserin seid."

Noch ehe Bianca darauf anworten konnte, wies Galvano seine Frau zurecht.

„Es ist doch sonst nicht deine Art, einen solchen Unsinn zu reden!"

Bianca drückte schwesterlich seinen Arm.

„Nein, nein, Giulia stellt nur Fragen, die sich ihr aufdrängen, für mich aber ohne Bedeutung sind. Dazu hat sie noch das Glück, sich nur einer Familie zugehörig zu fühlen, da ihre Eltern tot sind und sie keine Geschwister hat. Ich aber bin mit zwei Familien verbunden: mit der, aus der ich kam, und mit der, die ich zusammen mit Friedrich geschaffen habe. Sind damit Eure Fragen beantwortet, Donna Giulia?"

Sie sah, wie Galvano in einer bittenden Geste eine Hand auf die Schulter seiner Frau legte. Giulia verstand.

„Ja, ich glaube schon und verzeiht meine ... meine Aufdringlichkeit."

Bianca küsste sie lächelnd auf beide Wangen.

„Fragen soll man nicht herunterschlucken, sondern schnell klären."

Dann wandte sie sich den anderen Gästen zu. Mit dem *podestà* erläuterte sie den nur zögerlich anlaufenden Weiterbau am schiefen Glockenturm, der alte und ziemlich schwerhörige Bischof verstand alles falsch, sodass kein Gespräch zustande kam. Die Häupter der ghibellinischen Familie scharten sich um ihren Stuhl und immer wieder kamen besorgte Fragen nach dem Fortgang der Verhandlungen in Lyon. Bianca wehrte sie mit lächelnder Höflichkeit ab.

„Weder bin ich befugt noch imstande, dazu Stellung zu nehmen. Seine Majestät wird innerhalb der nächsten zwei Wochen hier eintreffen, er wird eure Fragen nach bestem Wissen beantworten."

Dies war dann leider nicht der Fall, denn der Kaiser befand sich nach wie vor im Ungewissen, musste sich aber im Stillen eingestehen, dass sein blutiger Rachefeldzug gegen Viterbo so unklug wie ungerecht gewesen war. Er hatte die nach Lyon jagenden Boten vor Augen, die Kardinal Raniero eilends dorthin entsandt hatte. Damit lieferte er dem Papst endlich die greifbaren und stichhaltigen Argumente für ein Verdammungsurteil. Dennoch blieb die kleine Hoffnung, Innozenz möge seinen Hass überwinden und der politischen Vernunft gehorchen, die ihm gebot, den Streit zu beenden.

Zu den politischen Sorgen kamen nun auch noch private. Bianca war nach dem Begrüßungsfest plötzlich schwer erkrankt. Der „Stein" in ihrem Leib hatte sich plötzlich durch einen heftigen Blutsturz aufgelöst. Den Ärzten war es zwar schließlich gelungen, durch Eiskompressen die Blutung zum Stillstand zu bringen, aber Bianca war derart geschwächt, dass sie blass und regungslos in ihrem Bett lag und kaum die Kraft zu ein paar geflüsterten Worten fand. Als Friedrich sich über sie beugte und behutsam die blassen, eingefallenen Wangen küsste, brachte sie nur ein klägliches Lächeln zustande. Ihre Lippen bewegten sich, als wolle sie etwas sagen, doch es war kein Laut zu vernehmen. Er flüsterte ihr ins Ohr:

„Jetzt tue ich, was ich längst hätte tun sollen, *mia amante unica*."

Er sandte einen Eilboten zu dem vor einigen Jahrzehnten gegründeten und von ihm stets unterstützten Franziskanerkloster mit der Bitte, ein Beichtvater möchte sich schnell auf den Weg hierher machen.

Inzwischen war Bianca etwas munterer geworden und ein im Nebenraum wachender Arzt richtete sie behutsam auf. Sie trank mühsam schluckend etwas Eisenwein, dann richtete sie ihre Blicke auf Friedrich.

„Falcone ...", hörte er sie flüstern.

„Ja, ich bin es, bin endlich gekommen. Du wirst wieder gesund werden, das weiß ich, doch zuvor gibt es einiges zu erledigen."

Sie schaute ihn fragend an. Er lächelte.

„Du wirst schon sehen ..."

Wenig später kam der Priester, zwei Ministranten trugen die liturgischen Geräte. Als Bianca sie sah, malte sich etwas wie Erschrecken in ihrem abgezehrten Gesicht. Friedrich beruhigte sie.

„Nicht weil du todkrank bist, musst du beichten, sondern, wie allgemein üblich, vor der Hochzeit."

Sie nickte, doch der bärtige Franziskaner flüsterte ihm zu:

„Sie kann kaum sprechen, so würde ich die *estrema unzione* vorschlagen."

Der Kaiser nickte und der Priester vollzog schnell und geschickt die Krankensalbung. Als er sich verabschieden wollte, hielt Friedrich ihn zurück.

„Das ist noch nicht alles, ehrwürdiger Vater. Ihr müsst uns noch trauen."

Inzwischen war Petrus de Vinea eingetroffen, zusammen mit einem kaiserlichen Notarius. Hinter ihnen drängten sich Violante und Manfred in den Raum. Sie hielten sich an der Hand und blieben neben der Tür stehen. Friedrich nickte ihnen zu.

„Kommt nur näher, eure Mutter wird sich freuen."

Zögernd traten sie an das Krankenlager, Violante eher neugierig, Manfred aber mit ängstlichem Gesicht und Tränen in den Augen. Nacheinander küssten sie ihrer Mutter die Hand und gingen dann auf Zehenspitzen zur Tür. Hatte Bianca es wahrgenommen? Galt das leise, kaum erkennbare Lächeln ihren Kindern?

Der Kaiser wartete, bis sie gegangen waren, deutete auf de Vinea und den Notar und stellte sie dem Pater vor: „Die Zeugen!"

Der Pater nickte und wandte sich an den Kaiser.

„Könnt Ihr auf das Kreuz schwören, Majestät, dass Ihr seit dem Tod Eurer letzten Gemahlin keiner Frau in heimlicher Ehe verbunden seid?"

„Ja, das schwöre ich."

Auf die Frage, ob sie den hier anwesenden Friedrich von Staufen zum Ehemann nehmen wolle, brachte Bianca ein gehauchtes, doch deutlich vernehmbares Ja zustande.

Der Notarius setzte einen kurzen Ehevertrag auf, der die Kinder legitimierte und die Klausel enthielt, dass die Ehe mit Friedrich für die *margravia* Donna Bianca Lancia die Rechte einer Rangerhöhung ausschloss.

Draußen warteten die Kinder und Violante frage ihren großen Bruder: „Hast du geweint, Mani?"

„Nenn mich nicht Mani! Ich bin schon fast dreizehn und werde bald mündig."

„Du hast meine Frage nicht beantwortet."

Er schwieg. Was sollte er auch sagen? Dass er sich manchmal so erwachsen fühle, manchmal aber wieder wie ein Kind, wie vorhin am Bett der Mutter.

Am nächsten Tag lud der Kaiser die erwachsenen männlichen Mitglieder der Familie Lancia zu sich, an der Spitze den dreiundvierzigjährigen Galvano, seinen fünfunddreißigjährigen Bruder Giordano und Galvanos vierundzwanzigjährigem Sohn Federico. Der junge Mann war seit zwei Jahren verheiratet und Vater einer Tochter. Der Kaiser bat sie ganz formlos in einen kleinen und karg ausgestatteten Vorraum im Erdgeschoss, der sonst dem Pförtner zum Aufenthalt diente. Vier Stühle standen bereit und Friedrich wies darauf.

„Setzen wir uns. Was es heute zu besprechen oder besser gesagt zu verkünden gibt, betrifft ausschließlich Donna Bianca, ihre Kinder, dann mich und die Familie der Grafen Lancia."

Mit einer Geste der Betroffenheit deutete der Kaiser nach oben. „Dort liegt sie in ihrer Schlafkammer und nur Gott weiß, ob sie diesen rätselhaften Blutsturz überleben wird. Unabhängig davon und weil die gegebene Zeit nun gekommen ist, habe ich mich entschlossen, eine Ehe mit Donna Bianca einzugehen, der Vielgeliebten."

Der Kaiser senkte den Kopf, hob ihn dann wieder und seine Augen schwammen in Tränen. Federico wollte etwas sagen, doch sein Vater legte sofort einen Finger auf den Mund. Der Kaiser schüttelte den Kopf, als sei er über die eigene Rührung erstaunt. Er räusperte sich.

„Unsere gemeinsamen Kinder sind gleich nach der Geburt in den kaiserlichen Rang erhoben worden und bei Costanza kam noch eine wirkliche Kaiserkrone dazu."

Langsam erhob er sich. „Ja, meine Herren, mehr gibt es nicht zu sagen. Wenn einer von euch Fragen hat ..."

Auch die anderen waren aufgestanden und Galvano hob fast schüchtern die Hand. Der Kaiser nickte ihm zu.

„Sollte Donna Bianca wieder gesunden, was wir alle von Herzen hoffen, wird sie dann nach Apulien zurückkehren?"

„Das hängt von ihr und verschiedenen Umständen ab. Ich jedenfalls hoffe, dass es dazu kommt."

Die Hoffnung war vergebens. Der Kaiser sah sich gezwungen, nach Verona aufzubrechen. Einige Tage später – fast schien es, als sei das Ärgste überwunden – erlitt Donna Bianca einen Rückfall und starb in den frühen Morgenstunden einen lautlosen Tod. Der im Nebenzimmer wachende Arzt fand sie im Morgengrauen ruhig und entspannt mit geschlossenen Augen wie eine Schlafende, doch es war kein Atem mehr wahrzunehmen.

Zu dieser Zeit befand der Kaiser sich in Torino, weil diese an sich guelfische Kommune mit dem Gedanken spielte, sich nach der Befreiung vom Bann dem Kaiser anzuschließen. Friedrich war dafür zu allerlei Zugeständnissen bereit und führte mit den Stadträten darüber gerade Verhandlungen, als der Bote hereinplatzte. Man muss es wohl so bezeichnen, denn der abgehetzte Mann stolperte, von der Stadtwache verfolgt, in den Saal und sank zu Boden.

Der Kaiser las die Botschaft, sprang auf und rief:

„Dieser Papst hat mich abgesetzt und mir meine Kronen geraubt! Woher diese Frechheit? Woher dieser dreiste Übermut? Soll er sich meine Kronen doch holen – ich werde ihn vom Thron Petri zerren. Doch dieser Spruch hat ja auch sein Gutes, denn nun bin ich ihm gegenüber jeden Respekts enthoben, und das bedeutet Krieg, Krieg, Krieg!"

Die Stadtväter von Torino zogen sich schnell von dem Gebannten zurück und lehnten weitere Verhandlungen ab. Der Kaiser aber kehrte in sein Königreich zurück und schon unterwegs ergriff er Gegenmaßnahmen. In ausführlichen Schreiben wandte er sich an die Könige und Fürsten des Abendlandes, bestritt die Rechtmäßigkeit seiner Absetzung mit scharfen Worten und gab den Herrschern zu bedenken, dass ihnen bald das Gleiche zustoßen könne. Viele pflichteten ihm bei, an der Spitze König Ludwig von Frankreich, dessen Wort großes Gewicht besaß.

In Pisa erfuhr Friedrich von Biancas Tod. Er nahm mit der gesamten Familie Lancia am Requiem teil und bestieg dann Anfang August mit den Kindern ein Schiff nach Süden.

Seit Biancas Tod bewegten Friedrich seltsame Gedanken. Irgendwie war sie noch um ihn, er spürte ihre Gegenwart, manchmal so nah, als sitze sie mit ihm am Tisch. Fast jede Nacht träumte er von ihr, allerdings häufig im Zusammenhang mit Ereignissen, die zu ihren Lebzeiten niemals stattgefunden hatten. So begleitete sie ihn auf die Jagd, übernahm sogar die Rolle des Falkners, der den stolzen Vogel auf der Hand hielt. Dann wieder ritt sie wie ein Krieger gekleidet neben ihm, hielt eine Lanze und lächelte ihn beruhigend an, als wolle sie sagen: Solange ich neben dir bin, kann dir nichts geschehen.

Sein sonst sehr ausgeglichenes Gemüt durchlebte jetzt ungekannte Höhen und Tiefen. Manchmal erwachte er mit einem Gefühl der Vergeblichkeit. Er hatte doch zeitlebens alles getan, um seine Ämter als König und Kaiser im Einklang mit der Kirche und den Reichsfürsten wie auch zum Wohle aller auszuüben. Damit war er offenbar gescheitert und er wusste nicht, was er tun konnte, um die unangefochtene, allmächtige Kaiserherrlichkeit früherer Zeiten wiederherzustellen. Nicht, dass er jemals erwogen hätte abzudanken, um den Rest seines Lebens als Klostereremit hinzubringen – nein, dazu war er sich zu schade. Doch da gab es ja noch die Möglichkeit, sich auf sein sizilisches Königreich zu beschränken und damit den ewigen Zank zwischen Kaiser und Papst für alle Zeiten hinter sich zu lassen – diese Art der Lösung gefiel ihm mehr und mehr. Freilich gab es auch kämpferische Tage, da er nicht gesonnen war, dem Papst auch nur einen Fußbreit entgegenzukommen. Das hatte er ja schon versucht und Zugeständnisse gemacht, die seine Ratgeber zur Verzweiflung brachten. Heute freute es ihn, dass der Papst nicht darauf eingegangen war, und er schwor sich, bei neuen Verhandlungen eine enge Grenze einzuhalten. Aber würde es solche jemals geben? Es sah nicht danach aus.

Einen Tag vor dem Osterfest landete im Hafen von Grosseto eine Galeere und ein Bote des Grafen von Caserta drängte sich rücksichslos zum Kaiser durch und überreichte ihm verschiedene Dokumente. Friedrich nahm sie stirnrunzelnd entgegen und sagte:

„Ich hoffe, diese Nachricht ist so eilig, dass sie dein unziemliches Benehmen rechtfertigt."

Der Kaiser las, vergaß über dem Inhalt den wartenden Boten und rief seine Getreuen zu sich. Zuvor hatte er den Befehl erteilt, die Palastwache zu verdoppeln und Truppen aus der Umgebung zusammenzuziehen. Leichenblass und mit vor Erregung zitternden Händen hob Friedrich das Schreiben Richards hoch.

„Was hier steht, ist an Ungeheuerlichkeit kaum zu übertreffen und wenn es ein Alptraum gewesen wäre, hätte ich ihn am nächsten Morgen lachend, weil in der Wirklichkeit undenkbar, abgeschüttelt und bald vergessen. Und doch, meine Freunde, sind es bittere Tatsachen, die hier stehen.

Du, mein Sohn Enzio, und Ihr, mein *genero* Ezzelino, ihr solltet zusammen mit mir beim morgigen Ostermahl ermordet werden. Darauf sollte in Sizilien, natürlich durch päpstliche Truppen, ein Aufstand entfacht und alles Staufische von Süd bis Nord ausgetilgt werden. Schön ausgedacht, doch Graf Richard hatte überall seine Spione und die Beweise, mit Dutzenden von Namen, sind eindeutig."

Ezzelino hob die Hand, worauf Friedrich nickte.

„Ist auf diesen Richard Verlass? Vielleicht steckt er mit drin und will jetzt seine Haut retten?"

Der Kaiser winkte ab.

„Nein, denn der Graf von Caserta wird bald mit mir verschwägert sein, was bisher nur wenige wissen. Meine Tochter Violante ist bereits mit ihm verlobt und wird zu gegebener Zeit seine Gemahlin."

Da war es wohl undenkbar, dass Richard von Caserta zu den Verschwörern gehörte, das sahen die Herren ein.

Der Drahtzieher schien Orlando di Rossi zu sein, ein Schwager des Papstes und somit für diese Aufgabe prädestiniert. Doch einige Namen der Mitverschwörer trafen den Kaiser im Innersten. Das waren Freunde, Vertraute oder deren Söhne, die am kaiserlichen Hof erzogen worden waren.

Nun war Friedrich wieder ganz der Alte, er handelte schnell und entschlossen. Er eilte nach Apulien, um dem ausgestreuten Gerücht von seinem Tod entgegenzutreten. Doch bald stellte sich heraus, dass die Verschwörung bei Volk und Adel kaum Rückhalt besaß, sondern nur auf wenige kleine Zentren beschränkt war. Die Rädelsführer wurden in kurzer Zeit gefasst und da sie fast alle am kaiserlichen Hof, unter Friedrichs väterlicher Aufsicht, herangewachsen waren, nannte er sie „Vatermörder" und wandte die strengsten Gesetze gegen sie an. Diese besagten, dass solche Verbrechen durch die „vier Elemente" gesühnt werden müssten. So wurden die Unglücklichen gehängt, verbrannt, am Boden zu Tode geschleift oder im Meer ertränkt. Der Hauptverschwörer, ein Enkel von Friedrichs verehrtem Lehrer Francisius, wurde geblendet, schwer verstümmelt und dann von Stadt zu Stadt geführt als warnendes Beispiel. An seine Stirn war ein Schreiben des Papstes geheftet, der die Rebellion mit Nachdruck unterstützt hatte.

So war im Königreich Sizilien der ohnehin kaum gestörte Frieden wiederhergestellt und jetzt galt es, den vom Papst finanzierten Gegenkönig, Heinrich Raspe von Thüringen, zu besiegen. Da er nur von den geistlichen Kurfürsten unterstützt wurde, nannte das Volk ihn den „Pfaffenkönig".

Den ganzen Winter über hatte Friedrich den Feldzug vorbereitet und es war geplant, über Verona und den Brenner ins deutsche Reich zu ziehen. Ohne große Eile, denn unterwegs galt es, da und dort Ordnung zu schaffen und der gefährdeten Macht von König

Konrad wieder Ansehen zu verschaffen. Zum Glück war dieser von Jolanda von Jerusalem geborene Sohn jetzt schon fast neunzehn Jahre alt und konnte ohne Vormund regieren.

In der Toskana erreichte den Kaiser die Nachricht vom Tod des „Pfaffenkönigs", der nirgendwo im Reich Rückhalt gefunden hatte. Friedrich änderte seinen Plan und wollte mit seinen Truppen über Parma, Cremona und Pavia nach Torino ziehen. Von hier aus sollte dem Papst ein Ultimatum gestellt werden, bei dessen Ablehnung Lyon erobert und besetzt werden sollte; König Ludwig von Frankreich erklärte sein Einverständnis.

Seltsam nur: Wenn Friedrich früher so weit reichende Pläne gefasst hatte, dann war er von deren Gelingen felsenfest überzeugt. Freilich, an Sorgfalt und Umsicht ließ er es auch jetzt nicht mangeln, alles wurde mehrmals genau durchdacht. Doch Biancas Stern war erloschen und mit ihm der Glaube an das Gelingen, die feste Zuversicht. Das Schicksal beeilte sich, dem Zweifler Recht zu geben.

Aus Parma kam die Nachricht, dass diese Kommune zu den Kaiserfeinden übergewechselt war. Orlando di Rossi, dem Papstschwager, war es gelungen siebzig als Pilger verkleidete Ritter einzuschleusen und die Stadt im Handstreich zu besetzen. Kaiser Friedrich zog seine Truppen zusammen – die aus den ghibellinischen Städten stießen dazu – und begann im Februar 1248 die Belagerung von Parma. Der Abfall dieser Stadt machte in der Lombardei die Runde und wirkte auf die Kaisergegner mehr als ermunternd, geradezu euphorisierend. Noch vor der Belagerung hatte Parma Hilfstruppen aus Mailand erhalten und so blieb nur eines: Die Stadt musste ausgehungert werden. Friedrich blieb geduldig, ließ rings um Parma eine Lagerstadt errichten, umgeben von hohen Mauern und Tortürmen. Eine Kirche wurde gebaut, Läden, Schenken, Märkte und viele Holzhäuser entstanden. Und nicht nur das: Friedrich richtete sich in der „Victoria" genannten Stadt so ein, als plane er hier eine ständige Residenz.

In Parma dagegen wütete der Hunger und Seuchen brachen aus. Katzen, Hunde, Ratten und Mäuse kamen auf den Tisch, das Brot musste durch Sägemehl, der Wein durch brackiges Wasser gestreckt werden.

Wieder erschien es Friedrich wie ein Schachspiel. Wer hatte den längeren Atem, wer dachte am weitesten voraus? War Friedrich sorglos geworden oder begann er den Gegner zu unterschätzen?

Eine gewisse Gleichgültigkeit würde seinen Gemütszustand wohl am besten beschreiben, auch wenn er sich eine solche Regung niemals eingestand.

Am Morgen des achtzehnten Februar – es war ein klarer, kalter und sonniger Tag – wagten die halb verhungerten Parmesen einen verzweifelten, doch wohlüberlegten Ausfall. An diesem Morgen machte der Kaiser mit Manfred, einigen Freunden und Falknern einen Jagdausflug in die sumpfigen Auen des Taro. Durch geschickte Spitzel war Parma über jeden Schritt des Kaisers auf dem Laufenden. Die mit den Ausbrechern beschäftigten kaiserlichen Truppen wurden abgelenkt und päpstliche Boten hetzten unterdessen die verbitterten Parmesen zum Sturm auf Friedrichs Lagerstadt, die schnell erobert und geplündert war. Sie brannte noch am selben Tag völlig nieder und so wurde Victoria zum Ort nicht des Sieges, sondern der *sconfitta*, der Niederlage. Der Kaiser entkam nur mit Mühe, verkleidet und in nächtlichen Ritten in das ihm treu gebliebene Cremona. Sein Lieblingssohn Manfred hatte inzwischen Beatrix von Savoyen geheiratet und wurde dort jubelnd empfangen. Wem ging nicht das Herz auf beim Anblick dieses Kaisersohnes, in dem der alternde Friedrich sich wunderbar verjüngt fühlte?

Der Kaiser nutzte den gespannten Frieden, um noch einmal bei Papst Innozenz Verhandlungen anzuregen, mit dem Ziel einer Versöhnung und der Aufhebung des Bannes. Seine Niederlage bei Parma aber hatte auch in den kaiserfreundlichen Städten Norditaliens zu einem Umdenken geführt. Sie wollten nicht auf einen Verlierer setzen und fielen, zur Freude des Papstes, in großer Zahl vom Kaiser ab. So fühlte sich Innozenz wieder als der Stärkere, lehnte Verhandlungen ab und kannte nur noch ein Ziel: die Vernichtung der Staufer.

14

Petrus de Vinea, seit jeher ein blendender, fast unschlagbarer Schachspieler, wandte seine herausragenden analytischen Fähigkeiten auch im täglichen Leben und besonders in der Politik an. Mochte die Lage in diesem scheinbar so friedlichen Jahr in Cremona auch zu einiger Hoffnung Anlass geben – der fast siebzigjährige Papst konnte jederzeit sterben –, so sah de Vinea den Kaiser doch auf der Verliererseite und gelangte zu der Ansicht, es gäbe nicht den geringsten Grund, sich beim bevorstehenden Sturz mit in den Abgrund reißen zu lassen. Freundschaft? Die gab es wohl auch, doch sie hatte darunter gelitten, dass der Kaiser sich in den letzten Jahren jedem vernünftigen Rat verschlossen hatte. Hätte er auf ihn gehört, so wären die Katastrophen in der Lombardei und in Viterbo, das der Kaiser aus blinder Rache verwüstete, vermeidbar gewesen und hätten letztlich den Papst zum Einlenken zwingen müssen.

So begann de Vinea sich langsam vom Kaiser zu lösen und nahm mit dem Papst Geheimverhandlungen auf. Es bleibt unklar, wer als Erster auf den Gedanken kam, diesen insgesamt doch vom Glück begünstigten Menschen physisch zu vernichten, da es politisch, zumindest was das deutsche Reich betraf, offenbar nicht möglich war. Der Papst hatte nach Heinrich Raspes Tod einen neuen Gegenkönig unterstützt, dem es aber nicht gelang, sich gegen Konrad durchzusetzen. Wilhelm von Holland gab den Kampf bald auf und zog sich in seine niederländische Grafschaft zurück. So entstand bei Friedrichs Gegnern der perfide Plan, ihn durch seinen eigenen Leibarzt töten zu lassen. Petrus de Vinea hatte kaum mit einem Misslingen gerechnet, dabei aber vergessen, dass das von ihm selber mit aufgebaute Netz von Spionen und Zuträgern nach wie vor tadellos funktionierte. So war Friedrich gewarnt und achtete genau auf seine Umgebung.

An diesem kühlen, verhangenen Februartag verlangte es den Kaiser nach einem Bad und danach sollte ihm der Medicus Tibaldo einen Heiltrank gegen seine seit Tagen anhaltenden Magenschmerzen bereiten. Nach dem Bad sagte der Kaiser lächelnd, doch mit ernster Stimme:

„Mein Leben ist Euch anvertraut. Gebt mir nicht Gift anstelle des Heilmittels zu trinken."

Der Arzt erschrak sichtlich und beteuerte mit lauter, doch falsch klingender Stimme:

„Aber Majestät, wo denkt Ihr hin? Niemand an Eurem Hof würde es wagen, Euch auch nur ein Haar zu krümmen."

„Gut, dann beweist es mir und trinkt den ersten Schluck."

Der Arzt griff zitternd nach dem Becher und stieß ihn dabei um, natürlich in voller Absicht. Ein flinker Diener hob das Gefäß schnell auf und rettete so einen fingerbreiten Rest. Den musste ein zum Tode Verurteilter trinken, der wenig später daran starb. Der Leibarzt gestand auf der Folter, dass er sich, in parmesische Gefangenschaft geraten, durch eine hohe Summe hatte bestechen lassen. So ergab sich der kuriose Fall, dass der Kaiser, als er seinen Leibarzt auslöste, den eigenen Mörder zurückkaufte.

Für Friedrich reichten die wochenlang gesammelten Beweise aus, um ein Manifest zu verbreiten, das den Papst schwer belastete.

„Unlängst nämlich hat dieser Priester, dieser Hüter und Lenker unseres Glaubens, versucht, durch schändliche und heimtückische Anschläge Unser Leben zu vernichten. Er hat einen gottlosen Arzt gekauft, der Uns Gift in Form eines Heiltrankes reichen sollte. Seht die würdigen Werke dieses Priesterfürsten! In größter Bestürzung erkennen Wir, dass Giftmischerei von denen betrieben wird, die Wohltaten spenden sollten. Bei Gott, welches Unrecht haben Wir ihm getan, dass er so fluchwürdig und grausam handeln musste?"

So vernahm es die Welt mit Unglauben und Empörung, manchmal wohl auch mit heimlicher Genugtuung.

Petrus de Vinea wurde all seiner Würden entkleidet, sein riesiges Vermögen eingezogen. Geblendet wurde er in die Festung San Miniato gebracht, wo er seinen Kopf mit solcher Wucht gegen eine Säule stieß, dass er daran starb. Vermutlich wollte er dem Schicksal des Arztes entgehen, der geblendet, mit abgeschnittenen Ohren und verstümmelter Nase von Stadt zu Stadt bis ins Königreich Sizilien gebracht und dort hingerichtet wurde.

Anfang April traf der Kaiser in Pisa ein, wo er wie stets begeistert empfangen und bejubelt wurde. Die kaisertreue Stadt sah in der Entdeckung des Anschlags einen Wink Gottes und nicht wenige wünschten dem Papst einen schmählichen Untergang.

Jetzt endlich tat Friedrich, was er bisher versäumt hatte, er fand sich zu einem Besuch auf dem Gut der Grafen Lancia ein. Nun, es war kein „offizieller" Besuch, sondern eher eine Auszeichnung für seine durch alle Fährnisse treuen Gefolgsleute und nicht zuletzt sollte Manfred seine Verwandten kennenlernen, denn Galvano und Giordano waren ja immerhin seine leiblichen Onkel und deren Kinder seine *cugini*. Eine Familienähnlichkeit gab es zwar kaum, da Manfred eher wie der jüngere Bruder seines Vaters aussah, abgesehen von seinem zarteren Körperbau, der auf Bianca hinwies.

Beim Eintreten hatte Friedrich gut gelaunt wissen lassen, dass er Kaiser wie König draußen lasse und ihm ein „Don Federico" genüge. Fast alle hielten sich daran, nur der sonst so mundfertigen Giulia rutschte immer wieder die „Majestät“ heraus. Warum? Vielleicht weil ihre Verwandtschaft mit Manfred eine sehr weitläufige war, da sie ja aus einem Lancia-Zweig stammte, dessen gemeinsame Wurzeln sehr weit zurücklagen. Möglicherweise auch deshalb, weil es ja seit jeher ihr Wunschtraum gewesen war, der Kaiser möge ihr Gast sein: der Kaiser und nicht der Anverwandte Don Federico.

Friedrich wusste sehr wohl, dass das Haupthindernis im Umgang mit Tieferstehenden sein sakraler Glanz als gesalbter Kaiser und König war, der alles überstrahlte und den er selber aus Nützlichkeitserwägungen heraus in der Öffentlichkeit pflegte und zeigte. Mit Galvano und Giordano war am ehesten ein unbefangener Ton zu finden, man sprach sozusagen von Krieger zu Krieger. Galvanos Sohn Federico, jetzt achtundzwanzig und etwas aus der Art geschlagen, fand zu dem um gut zehn Jahre jüngeren Manfred sofort Kontakt und mit Erlaubnis des Kaisers zogen sich die beiden zurück, denn Federico wollte dem Gast seine Bücherschätze vorführen. Seltsam nur, dass kaum Biancas Name fiel, fast so, als sei dessen Nennung verboten. Gegen Ende seines Besuches kam Friedrich selbst auf sie zu sprechen.

„Es sind jetzt schon fast vier Jahre vergangen, seit Gott meine innig geliebte Gemahlin zu sich gerufen hat. Ich sehe großes Erstaunen in euren Gesichtern und so sollt auch ihr erfahren, was bisher nur wenige wissen. Ich habe Donna Bianca geheiratet, wenige Tage, ehe sie verschied. Für Manfred macht das keinen Unterschied, denn er ist von Geburt an kaiserlicher Prinz. Da er jetzt nicht im Raum ist, werde ich ihm selber zu gegebener Zeit von dieser Hochzeit berichten.“

Warum er es dann doch nicht tat, ist schwer zu verstehen. Vielleicht wollte er damit sich selber beweisen, dass das Kind der Liebe über allen anderen stand, die gleichsam in einem Staatsakt in königlichen Betten gezeugt wurden.

Ehe Friedrich im Hafen von Pisa an Bord seiner Galeere ging, hatte er für einen Vormittag den Dom für Besucher sperren lassen. In Biancas Grabkapelle kniete er nieder und schaute auf die schlichte, nur mit Rosenreliefs verzierte Grabplatte. Dort stand in großen goldenen Buchstaben:

Bianca, Margravia de Lancia
nata Octobris nonus A.D. 1213
mortua Julius duodecimus A.D. 1245
REQUIESCAT IN PACEM.

„Da liegst du nun, einzig Geliebte, und harrst der Auferstehung. Das wäre ein schönes Wiedersehen, aber da sind ja auch die anderen in Christo Verstorbenen und bei den meisten lege ich kaum Wert auf deren Gesellschaft in alle Ewigkeit. Endlich habe ich jetzt dein Elternhaus besucht und ich vermute, dass es sich unter seiner jetzigen Herrin etwas verändert hat. Insgeheim ist Donna Giulia erleichtert, dass es dich nicht mehr gibt, das war ihr anzusehen. Da musste ich ihr einfach etwas Bitteres in den Trank der Freude mischen und habe von unserer Heirat berichtet. Vielleicht tue ich ihr Unrecht, vielleicht hat sie bei deinem Tod keine Freude empfunden, aber gewiss auch kein Bedauern.

Wäre unsere Verbindung kinderlos geblieben, so müsste ich mich mit der Erinnerung begnügen, aber unsere Liebe hat im Fleisch Früchte getragen, sodass etwas von dir geblieben ist, das man berühren, küssen, liebhaben kann. Die Nachrichten von unserer Erstgeborenen treffen spärlich ein, doch es scheint ihr gut zu gehen an der Seite eines Mannes, der von Erfolg zu Erfolg eilt. Violante ist seit kurzem mit einem meiner Treuesten, dem Grafen von Caserta, verheiratet, ich sehe sie erfreulich oft und dann muss ich jedes Mal meine Rührung verbergen, so sehr gleicht sie dir. Ich sehe dich ungeduldig werden, Geliebte, und weiß auch, warum. Ja, unseren Manfred habe ich mir bis zuletzt aufgespart und über ihn gibt es nur zu sagen, dass er mir viel Freude bereitet und meine Vorlieben und Abneigungen teilt, was mich beglückt und auch verblüfft. Ob ich ohne ihn mein Falkenbuch verfasst hätte, ist mehr als fraglich. Er hat gebeten, gedrängt, ermuntert und viel Eigenes dazu beigetragen. Kopisten sind dabei, es abzuschreiben, denn ich möchte es weit verbreitet wissen und in manchen Fällen als besondere Auszeichnung verschenken. *„De arte venandi cum avibus*“ heißt das Werk und fast bin ich versucht, dir ein Exemplar aufs Grab zu legen. Aber was hättest du davon? Du lebst in anderen Sphären und anderes, uns Lebenden Unbekanntes mag für dich wichtiger sein.

Auch wenn mein Körper dich jetzt verlässt, über alles Geliebte, so bleibt dein Bild, bleibt die Erinnerung an dich in meinem Herzen immerfort lebendig, solange ich selber am Leben bin.“

Als er sich erhob, um hinauszugehen, hörte er hinter sich eine Stimme, ein Flüstern nur: „Falcone ..."

Er blieb stehen und wandte sich um. Wieder traf der geflüsterte Kosename sein Ohr: „Falcone ..."

Er flüsterte zurück: „Bist du das, Bianca? Willst du mir etwas sagen?"

„Von uns Toten bleibt nicht viel und das wenige wird schnell zu Staub. Eines aber besteht fort, solange du lebst, und nach dir wird es auf andere übergehen – bis in alle Ewigkeit. Es ist das Band der Liebe, das uns umschlungen und verbunden hat, und glaube nur ja nicht, mein Tod habe es zerrissen. Nach dir werden andere es übernehmen und vielleicht mag Gott es fügen, dass dieses unsichtbare und doch fühlbare Band die Menschen in aller Welt umschlingt, weil im Grunde doch alle dasselbe wünschen und erhoffen, wenn auch vorerst noch oft einer dem anderen im Wege steht. Ein Wunschtraum nur? Vielleicht. Der große Vergilius hat gesagt: *Qui amant, ipsi sibi somnia fingunt.* Mag die Liebe auch nur vom Traum leben, so ist dieser Traum doch der schönste, den ich mir denken kann. *Addio, mio falcone, addio ...*"